『삼국유사』 다시 읽기 13

『삼국유사』 다시 읽기 13
통일 신라의 멸망

초판1쇄 인쇄 2022년 4월 20일
초판1쇄 발행 2022년 5월 2일

지 은 이 서정목
펴 낸 이 최종숙

책임편집 임애정
편   집 이태곤 권분옥 문선희 강윤경
디 자 인 안혜진 최선주 이경진
마 케 팅 박태훈 안현진

펴 낸 곳 글누림출판사/ 서울시 서초구 동광로46길 6-6 문창빌딩 2층(우-06589)
전   화 02-3409-2055 FAX 02-3409-2059
이 메 일 nurim3888@hanmail.net
홈페이지 www.geulnurim.co.kr
등   록 2005년 10월 5일 제303-2005-000038호

ISBN 978-89-6327-643-4 94800
      978-89-6327-351-8(세트)
정가 35,000원

『삼국유사』 다시 읽기

13

통일 신라의
멸망

 서정목 지음

글누림

역사를 생각하는 사람이 나라의 흥망성쇠를 생각하지 않을 수 있겠는가? 나라가 일어나는 것은 절대적으로 개인의 역할에 달려 있다. 나라가 망하는 것도 개인의 죽음에 달려 있다. 최고 통치자가 살해되거나 쫓겨나고 살인자나 쫓아낸 자가 최고 통치자가 되면 그 나라는 망한 것이다. 국민과 신하야 일부만 죽고 나머지는 언제나 불의한 새 나라에서도 살아남는다.

이 책은 통일 신라 멸망 과정을 살펴본 것이다. 통일 신라는 780년 4월 제 36대 혜공왕이 김지정의 반란을 진압하던 고종사촌 형 김양상에 의하여 시해당함으로써 나라의 수명을 다하였다. 그때 그의 어머니 만월부인과 왕비들도 같이 죽었다. 이 통일 신라의 멸망 과정은 거의 알려지지 않은 그 시대 세 왕의 석연치 않은 죽음을 파헤치는 작업을 근간으로 하여 밝혀졌다. 그 세 왕은 32대 효소왕(孝昭王), 34대 효성왕(孝成王), 36대 혜공왕(惠恭王)이다.

효소왕의 죽음은 미궁에 빠져 있다. 그가 몇 살에 즉위하여 몇 살에 왜 죽었는지조차 밝혀져 있지 않다. 학계에 널리 알려진 엉터리 가설은 '효소왕은 6세에 왕위에 올라 16세에 죽었다.'는 것이다. 그러나 그것은 효소왕을, 『삼국사기』에서 687년 2월에 출생하였다고 한 31대 신문왕의 원자로 잘못 판단한 데서 나온 틀린 역사이다. 효소왕은 687년생이 아니다. 효소왕은 677년[문무왕 17년] 아버지, 어머니가 혼인하기 전에 출생하였고 『삼국유사』가 말하는 대로 692년 16세에 즉위하여 702년 26세에 죽었다.

효소왕은, 700년 5월 경영의 모반으로 700년 6월 1일 어머니 신목왕후가 죽은 지 2년 후인 702년 7월 27일에 죽었다. 경영의 모반은 정통성이 결여된 효소왕을 폐하고 부모가 정식 혼인한 683년 5월 7일 이후인 684년에 태어난 김사종을 즉위시키려는 모의였다. 경영의 모반에는 중시 김순원이 연좌되어 파면되었다. 김순원은 자의왕후의 친정 동생이다. 702년 효소왕의 아우 성덕왕이 오대산에서 돌아와 22세로 즉위하였다. 26세 효소왕의 죽음은 어머니 신목왕후와 아버지 신문왕의 혼전, 혼외정사가 낳은 결과이다.

34대 효성왕의 죽음은 아버지 33대 성덕왕의 두 번에 걸친 혼인과 그 자신의 후궁 총애, 계비 혜명왕비의 후궁 살해 사건으로 유발되었다. 효성왕은 성덕왕의 선비 엄정왕후의 아들이고, 그의 아우 35대 경덕왕은 성덕왕의 계비 소덕왕후의 아들이다. 엄정왕후는 가락 김씨로 보이는 김원태의 딸이고 소덕왕후는 자의왕후의 동생 신라 김씨 김순원의 딸이다. 이 이복형제 사이의 왕위 쟁탈전은 형을 죽이고 아우가 즉위하는 비극을 낳았다. 효성왕의 계비 혜명왕비의 아버지는 김순원의 아들 김진종이다. 소덕왕후와 혜명왕비는 고모와 친정 조카딸이며, 경덕왕은 혜명왕비의 고종사촌이다. 혜명왕비의 오빠는 김충신, 효신이다. 김효신은 혜명왕비의 후궁 살해에 관여하였다.

36대 혜공왕의 어머니 만월부인[경수태휘는 김의충의 딸이다. 만월부인은 경덕왕의 계비이다. 김의충, 신충은 김대문의 아들로 보인다. 김대문은 김오기의 아들이다. 김오기는 자의왕후의 여동생 운명의 남편이다. 혜공왕의 죽음은 그의 어머니 만월부인의 혼외정사가 직접적으로 야기하였다. 상대등 김양상과 이찬 김경신이 만월부인의 정부 김지정이 일으킨 모반을 진압하러 군대를 출동시켜 혜공왕, 태후, 왕비를 죽였다.

혜공왕의 죽음의 원인이 된 어머니 만월부인의 혼외정사는 「성덕대왕신종지명」에 의하여 논증된다. 에밀레종 명문(銘文)이다. 효소왕의 어머니 신목태후의 혼전, 혼외정사 문제는 「황복사 3층석탑 금동사리함기 명문」에 의하여 자세하고도 정확하게 증명된다. 이 두 기록은 신라 시대에 직접 그 일을 겪은 인물들에 의하여 작성되었다. 그들이 역사적 사실을 왜곡하지 않았다면 거기에 적힌 내용은 사실(史實)이다. 놀랍게도 그들은 있었던 일을 있었던 그대로 적어 두어 왕실의 추문을 재구하는 데에 훌륭한 증거가 되는 기록을 남겼다.

효성왕의 불행한 죽음은 있었던 그대로 『삼국사기』에 적혀 있다. 효성왕이 후궁을 총애하여 승은을 입히기를 날로 심하게 하고, 혜명왕비가 친정 족인들과 모의하여 그 후궁을 죽이고, 그 후궁의 아버지 영종이 모반하여 사형당하고, 그리고 어느 날 효성왕은 죽어 화장당하여 동해에 산골되고 이복 아우 헌영이 즉위하였다. 그가 경덕왕이다.

이 세 왕의 죽음이 통일 신라 망국의 원인이다. 이 세 왕의 죽음에는 모두 자의왕후와 그의 친정 세력이 관여하였다. 특히 자의왕후의 여동생 운명의 증손녀인 만월부인의 혼외정사는 그 아들 혜공왕의 죽음을 불러옴으로써 실제로 통일 신라를 멸망시키는 직접적 원인이 되었다. 혜공왕을 낳기 위하여 경덕왕과 만월부인은 여러 가지 거대한 불사를 벌였고 그 결과가 지금까지 남아 있다. 역사의 흔적이 인간의 탐욕과 비행을 증언하는 것이다.

대저, 망국을 말하려면 건국을 알아야 한다. "『삼국유사』 다시 읽기 2-「가락국기」: 너와 나의 뿌리를 찾아서"는 건국의 고단함을 다룬 책이다. 건국은 얼마나 힘든 일인지, 그러나 못난 후손을 둠으로써 망국은 왜 또 그렇게도 쉽게 다가오는 것인지.

> 堯階三尺卑　요임금 섬돌은 석 자로 낮았으나
> 千載餘其德　오랜 세월 지나도 그 덕을 남기었고,
> 秦城萬里長　진시황 장성은 만리로 길었으나
> 二世失其國　아들 대에 나라를 잃고야 말았도다.
> 古今靑史中　고금의 푸르른 그 역사 속에
> 可以爲觀式　참으로 본보기가 될 만도 한데,
> 隋皇何不思　수나라 황제는 어이 생각 못하고
> 土木竭人力　토목으로 인력을 말리고 말았던고?
> <김부식, 「결기궁(結綺宮)」, 서거정 『동문선』 4. 김부식은 남조(南朝) 진(陳) 후주(後主)가 지은 결기궁을 수 양제(煬帝)가 지은 것으로 착각하고 있다.>

두 권을 연이어 상재(上梓)하는 이유는 흥망성쇠의 흐름을 한눈에 보면서 망국의 원인을 인간들의 관계, 즉 사회적 관계망에서 찾고 싶었기 때문이다.

『삼국유사』 권 제1 「기이 제1」에 들어 있는 「미추왕 죽엽군」은 신라 김씨와 가락 김씨의 애증의 갈등을 가장 잘 보여주는 설화이다. 김유신의 혼령이 미추임금의 능에 들어가 (1)과 같이 말하였다.

> (1) 지난 경술년에 내 후손이 죄 없이 죽임을 당했다. 나는 이제 더 이상 이 나라를 지키는 데에 힘을 쏟지 않겠다.

미추임금의 혼령이 세 번이나 말렸다. 김유신의 혼령은 세 번 다 거부하고 신라를 떠났다. 통일 신라 멸망의 근저에는 신라 김씨에 배신당한 가락 김씨의 원한이 깔려 있다.

「대성 효 이세 부모 신문대」는 불국사, 석불사의 창건 실화이다. 그 기록은 부자 2대에 걸쳐 재상을 지낸 김대성이 751년부터 이승의 부모를 위한 불국사와 전생의 부모를 위한 석불사를 짓기 시작하였다고 한다. 그러나 『삼국사기』에는 이 설화를 뒷받침할 만한 불국사, 석불사의 창건 동기나 과정이 전혀 기록되어 있지 않다. 심지어 『삼국사기』에는 김대성이란 인물조차도 없다. 『삼국사기』에서 747년부터 750년까지 중시를 지낸 인물은 김대정(金大正)이다. 가상공간인 전생의 김대성은 현실공간인 이승에서는 김대정인 것이다.[1] 『삼국유사』가 서라벌에서 가장 아름답고 화려하다고 증언하는 불국사, 그리고 그 웅장한 석굴암에 대하여 『삼국사기』가 한 마디 언급도 하지 않는 것은 무슨 까닭일까? 그것은 이 불사가 통일 신라 망국의 가까운 원인이기 때문이다.

「경덕왕 충담사 표훈대덕」은 나라의 멸망을 경고하는 경세(警世) 이야기이다. 경덕왕 말년[765년] 3월 삼짇날에 화랑 출신 승려 충담사는 '임금이 임금답고 신하가 신하답고 국민이 국민다우면', 즉 '임금은 아비요, 신하는 사랑할 어미며, 국민은 어린 아이라고 한다면', '국민이 나라 지니기를 알리라.'는 의

---

1) '김대성이 불국사를 지었다.'를 '김대정이 불국사를 짓기 시작했다.'로 고쳐야 한다. 김대성은 실제로 존재했던 인물이 아니다. 실존 인물 김대정이 불국사를 짓기 시작하였으나 완성하지 못하고 죽어서 나라가 이어받아 완성하였다.

미심장한 「안민가」를 지어 망국이 눈앞에 다가왔다는 경계를 하고 있다. '임금이 임금답지 않았던 것이다.' 거기에 '모래 가른 물시울에/ 숨은내 자갈밭에'서 이러지도 저러지도 못하고 죽어간 화랑도 한 풍월주의 억울한 죽음을 추모하는 애절한 「찬기파랑가」가 곁들여 실려 있다.

「경덕왕 충담사 표훈대덕」은 나라의 흥망성쇠를 다룬『삼국유사』권 제2 「기이 제2」에 들어 있고, 「대성 효 이세 부모 신문대」는 효행과 선행을 모은 권 제5 「효선 제9」에 들어 있다. 이렇게 떨어져 있어서 그런지 이 두 설화를 융합하여 역사의 진실을 파악하려는 연구는 거의 없다. 저자는 이 두 설화를 연관지어 해석하고 여러 기록들을 종합하여 망국의 시대 기록들을 '다시 읽으려고' 시도하였다. 이 시기는 29대 태종무열왕의 후손들이 왕위를 이은 통일 신라가 36대 혜공왕이 가락 김씨 고종사촌 37대 선덕왕에게 죽임을 당함으로써 멸망하고, 38대 원성왕의 후손들로 왕의 혈통이 바뀌는 시기이다. 그 시기에 이어진 천제의 경고에도 불구하고, '아들 하나 얻어 후사를 이으면 그만.'이라는 고집불통, 극단적 이기주의, 정신이상 증세를 보인 왕이 35대 경덕왕이다.

「경덕왕 충담사 표훈대덕」에는 경덕왕이 아들 하나 낳기 위하여 표훈대덕을 천제에게 보내어 로비를 하는 장면이 있다. 33대 성덕왕의 아들 35대 경덕왕은 742년 5월, 이복형 34대 효성왕이 의문사(疑問死, 아마 죽였을 것이다.)한 뒤에 왕위에 올랐다. 왕위 찬탈로 보인다.

왕이 된 그가 처음 한 일은 743년 4월에 왕비 삼모부인[사량부인]을 폐하고 서불한 김의충의 딸인 만월부인[경수태휘를 새 왕비로 들인 일이다.[2] 폐비 이유는 아들을 못 낳아서이다. 그러고는 표훈대덕을 거듭 하늘에 보내어 딸만 가능하다는 천제에게 딸을 아들로 바꾸어 달라고 떼를 썼다. 그때 천제가 한 말은 (2a)와 같다. 이에 대한 경덕왕의 대답은 (2b)이었다.

---

2) 중시이었던 김의충은 739년에 이미 죽었다. 그를 이어 중시 자리에 오른 이가 「원가」를 지은 김신충이다. 이들은 형제이고 김대문의 아들들이다. 만월부인을 왕비로 넣은 것은 김신충이다(서정목(2018) 참고).

(2) a. 그렇게 하려면 그렇게 할 수 있다. 그러나 그렇게 하면 나라가 위태로
워질 것이다.

　　b. 나라가 비록 위태로워져도 아들 하나 얻어 후사를 이으면 그만이다.

　그리하여 758년 7월 23일에 태어난 아들이 건운[乾運, 天雲], '하늘구름', 즉
36대 혜공왕이다. 나라는 위태로워져서 망하게 되어 있었던 것이다.

　김대정은 751년부터 불국사를 짓기 시작하였다. 751년이면 나라의 위태로
워짐을 무릅쓰고 제 고집대로 아들 낳기에 올인 한 경덕왕이 한창 아들 하나
에 목 매달고 있을 때이다. 그때 그런 경덕왕이, 중시에서 은퇴한 김대정이 이
승의 부모와 전생의 부모의 명복을 빌기 위하여 불국사, 석불사를 짓는 것을
허락해 주었을까? 그 잘난 제 아들 하나 낳기에 바빠서, 제 코가 석자인데.

　세상 어떤 신하가, 아들 하나 못 낳아서 온갖 짓을 다하는 왕을 '나 몰라라.'
하고 허락도 없이, 전생과 이승의 부모의 명복을 빈다고 저런 간 큰 짓을 할
수 있겠는가? 불국사, 석불사가 완성된 뒤에 표훈대덕이 석불사의 주지가 되
었다. 불국사, 석불사 창건은 경덕왕의 아들 낳기 위한 불사의 일환이 아닐까?

　경덕왕은, '국고를 허물어 절 짓는 데에 다 퍼다 준다.'는 지탄을 받지 않으
려고 김대정에게 대신 총대를 메라고 강요하였을 것이다. 부자 양대에 걸쳐
고위직을 지낸, 약점 많은 김대정은 왕의 협박에 자기 재산 모두 다 쏟아 부어
대신 절을 지었을 것이다. 이렇게 딸을 아들로 바꾸어 태어난 이가 혜공왕이
다. 어려서 여아들의 놀이를 즐겨하였고 어머니 만월부인이 섭정하였는데 정
사가 조리를 잃어 도둑이 벌떼처럼 일어났다. 780년 4월 상대등 김양상이 김
지정의 모반을 진압하는 과정에서 혜공왕과 왕비, 태후를 죽였다.

　김양상이 37대 선덕왕(宣德王)으로 추대되었다. 김양상의 어머니 사소부인
은 33대 성덕왕의 딸이다. 702년 7월 27일 형 효조왕이 승하하여 오대산에서
돌아와 왕위에 오른 성덕왕은 704년 5월에 엄정왕후와 혼인하였고 720년 3월
에 소덕왕후와 다시 혼인하였다.3) 김양상의 어머니 사소부인은 어느 왕후의

―――――――――

3) 스님이 되어 오대산 상원사 터에서 10여 년간 수도하던 왕자 효명이 환속하여 성덕왕

딸일까? 사소부인은 남편 김효방의 나이, 아들 김양상의 나이로 보아 소덕왕후의 딸이 아니고 엄정왕후의 딸이다. 사소부인은 효성왕의 친누이이고 경덕왕의 이복누이이다.

그러니 김양상의 친외삼촌은 억울하게 죽은 효성왕이지 이복형 효성왕의 왕위를 가로챈 경덕왕이 아니다. 경덕왕의 아들 혜공왕은 김양상의 친외사촌이 아닌 것이다. 김양상은 친외사촌 동생을 죽인 것이 아니고, 친외할머니 엄정왕후, 어머니 사소부인, 친외삼촌 효성왕의 정적이었던 새외할머니 소덕왕후, 새외삼촌 경덕왕의 후계 세력인 새외사촌 동생 혜공왕을 죽인 것이다.

『삼국사기』는 김양상이 '해찬 효방의 아들'이라 하였고, 『삼국유사』는 효방 해간이 '원훈 각간의 아들'이라 하였으며, 박창화의 『화랑세기』는 원훈이 '흠순의 아들'이라고 하였다. 김흠순은 김유신의 동생으로 가락 김씨이다. 선덕왕이 즉위함으로써 이제 신라 왕위는 신라 김씨를 떠나서 가락 김씨에게로 넘어갔다. 선덕왕이 즉위 5년 후에 죽었다. 785년 38대 원성왕이 즉위하였다. 그로써 그나마 문무왕-신문왕-성덕왕-사소부인-선덕왕을 통하여 조금이나마 남아 있던 태종무열왕의 피가 신라 왕의 몸에 조금도 남아 있지 않게 되었다. 이제 신라 왕위는 무열왕의 핏줄을 떠난 것이다. 통일 신라는 이로써 멸망하였다.

이러니 불국사, 석불사 창건 기록이 『삼국사기』에 남아 있을 리가 없다. 그 절들 지어 태어난 못난 아들이 나라를 망쳤는데, 750여 년 전 대륙에서 정권 쟁탈전에 패배하여 쫓겨 온 선조들이 온갖 권모술수를 다 동원하여 서로 손잡고 이룬 왕업을 무너뜨렸는데, 어떻게 그 부왕이 국고를 쏟아 부어 그 절을 지었다고 쓰겠는가?

그러나 『삼국유사』는 불국사, 석불사 창건에 대하여 다른 어떤 사찰의 창건 동기와 과정보다도 더 상세하게 기록하고 있다. 그 화려하고 거창한 불사의 이면에 들어 있는 비밀, 경덕왕의 기자 불사를 적어 둔 것이다. 그 기록은 이

이 되는 과정에서 왕위 계승 우선권을 가졌던 왕자들은 그 후 당나라로 가서, 32대 효조왕의 아들 수충이 지장보살 김교각, 31대 신문왕의 첫 번째 원자 사종이 무상선사, 두 번째 원자 근{흠}질이 무루가 되었다(서정목(2019) 참고).

것이 통일 신라를 망국으로 내몬 요인이라고 말하고 있다. 다시 한 번『삼국사기』에서 빠진 일들을 적었다는『삼국유사』의 위대성을 본다.

김양상이 가락 김씨라는 것을 안 밝힌 책이『삼국사기』이다. 김양상의 아버지 김효방이 원훈 각간의 아들이라고 함으로써 그것을 밝히는 가교를 놓은 책은『삼국유사』이다. 나아가 원훈이 김유신의 동생 김흠순의 아들이라 하여 김양상이 가락 김씨라고 밝힌 책은 박창화의『화랑세기』이다.『삼국사기』에서는 볼 수 없는 정보가 이렇게『삼국유사』,『화랑세기』에 적혀 있다.

저자는 이 책이, 독자들이『삼국유사』의 이런 기록들의 진정한 가치를 꿰뚫어 보고 역사 기록을 올바로 읽을 수 있는 능력을 기르는 데에 이바지하기 바란다. 또한 독자들이『삼국사기』가 빠트렸거나 이상하게 적어『삼국유사』의 기록과는 다른 경우 대부분『삼국유사』의 기록이 진실에 가깝다는 것을 깨닫고『삼국유사』의 사료적 가치를 인정하는 데에 이바지하기 바란다.

나아가 나는 김양상이 김흠순의 후손으로 가락 김씨 핏줄을 이어받았다는 증언을 남긴 필사본『화랑세기』의 위서 여부에 관한 학계의 논의가 본격화되기를 기대한다. 대한민국의 대부분의 학자들이 이 필사본이 한 개인에 의하여 창작된 것이 아니라 무엇인가를 보고 필사한 것이라는 데에 동의한다면 일본도 더 이상 이 일에 시치미를 뗄 수는 없을 것이다.

앞으로 신라사에 관한 연구는 필사본『화랑세기』를 떠나서는 논의되기 어려울 것이다. 그 책의 내용과 어긋난 것은 그 어느 것도 역사적 진실이 아니다. 그만큼 필사본『화랑세기』는 화랑도 풍월주들의 세보를 통하여 21대 소지마립간[재위 479년-500년] 이후부터 31대 신문왕[재위 681년-692년] 때까지의 신라 왕실과 귀족 사회의 속살을 있었던 그대로 기록하고 있다. 특히 유목민 흉노족의 혼습에서 유래한 족내혼이 왕실 혼인 전체를 지배하고 있었음을 적나라하게 보여 주고 있다. 이것이 의미하는 바는 실로 깊고도 길다.

2021년 6월 25일
저자 적음

제1장

미추왕 죽엽군

미추왕 죽엽군

1. 김유신의 혼령은 왜 분노했을까

신라 김씨의 시조왕은 13대 미추임금이다. 미추임금은 서기 262년에 왕위에 올랐다. 김알지가 60년{또는 65년}에 이 땅에 나타났으니 200년이 흐른 뒤에 그의 후손이 신라 왕권을 집수한 것이다.[1] 미추임금은 11대 석씨 조분임금의 딸 광명랑과 혼인하였다. 그는 석씨와 김씨의 동맹을 상징한다.

금관가야 마지막 왕 10대(???, 실제로는 15대 이상이다.) 구충왕(仇衝王){구형왕(仇衡王)으로도 적음}이 532년[23대 법흥왕 19년]에 신라에 항복해 옴으로써 신라 김씨와 가락 김씨가 하나의 나라를 이루었다. 구충왕의 셋째 아들 김무력이 24대 진흥왕의 딸 아양공주와의 사이에서 김서현을 낳았다. 김서현은 진흥왕의 조카딸 만명과의 사이에 김유신을 낳았다. 김유신은 가락 김씨와 신라 김씨의 피를 다 이어받았다.

김유신이 누이(??) 문희를 김춘추에게 소개한 후 둘 사이에 법민이 태어났다. 법민왕[문무왕]도 신라 김씨의 피와 가락 김씨의 피를 다 물려받았다.

---

1) 김알지의 출현 시점에 대하여 두 가지 기록이 있다. 『삼국사기』는 서기 65년이라 적었고 『삼국유사』는 60년이라 적었다. 서정목(2021)에서 서기 60년이 옳다고 판정하였다. 이하에서는 서기 60년으로만 표기한다.

그는 신라 김씨와 가락 김씨 피의 융합의 상징이다. 29대 태종무열왕, 30대 문무왕, 그리고 김유신이 협력하여 660년에 백제, 668년에 고구려를 정복하고 통일 신라를 이루었다. 통일 신라는 이 두 집안, 신라 김씨와 가락 김씨의 공동 기반 위에 이루어진 나라이다.[2]

　681년 7월 1일 문무왕이 승하한 후 통일 신라는 갑자기 멸망의 내리막 길을 내닫기 시작하였다. 31대 신문왕 이후 32대 효조왕(孝照王, 孝昭王으로도 적음, 33대 성덕왕을 거치면서 일어난 정치적 갈등은 대체로 <u>무열왕 비 가락 김씨 문명왕후와 문무왕비 신라 김씨 자의왕후 사이의 고부간의 갈등</u>에 기인한다.

　대표적 사건이 681년 8월의 '김흠돌의 모반'이다. 김흠돌은 문명왕후의 친정 조카사위로 김유신의 사위이다. 김흠돌의 모반을 진압한 김오기는 자의왕후의 친정 동생인 운명의 남편이다. 700년 5월의 '경영의 모반'은 효조왕을 폐하고 그의 아우 김사종을 즉위시키려는 반란이었다. 지의왕후의 친정 동생 김순원이 중시에서 파면되었다. 715년의 '성정왕후 쫓아냄 사건'은 33대 성덕왕 즉위 후 태자 김중경을 책봉하려는 과정에서 전왕 32대 효조왕의 왕비인 성정왕후가 자신의 아들인 김수충이 태자가 되어야 한다고 주장하여 궁에서 쫓아낸 사건이다. 왕실 안의 균열의 조짐이 왕의 즉위와 태자 책봉 과정에서 서서히 드러나고 있었다. 권력 투쟁이 시작된 것이다.

　특히 자의왕후의 친정 동생 김순원 집안에서 성덕왕의 계비 순원의 딸 소덕왕후, 효성왕의 계비 순원의 손녀 혜명왕비를 들임으로써 3대에 걸쳐서 왕비가 배출되었다. 마지막에는 자의왕후의 여동생 운명의 증손녀 만월부인이 경덕왕의 계비가 되어 아들 낳기 위한 불사를 대대적으로 벌임으로써 국가 재정을 파탄으로 몰아넣었다.

---

2) 흉노제국의 서방에 웅거하던(居西) 번왕이었던 휴저왕(休屠王)의 태자 김일제(金日磾)의 후예가 신라 김씨 왕실이고 왕자 김륜(金倫)의 후예가 가락 김씨 왕실일 가능성이 크다 (서정목 2021) 참고).

765년[경덕왕 24년] 3월 삼짇날에, 이렇게 '임금이 임금답지 않고 신하가 신하답지 않은' 망조가 든 나라에서 '국민이 나라 지니기를 포기한 말세(末世)'를 충담사의 시 「안민가」가 읊고 있다.

(1) 안민가는 읊기를[安民歌曰],[3]

　　임금은 아비여[君隱父也]

　　신하는 사랑하실 어미여[臣隱愛賜尸母史也]

　　국민은 어리석은 아이고[民焉狂尸恨阿孩古]

　　하실 때 국민이 사랑을 아ᄂ다[爲賜尸知 民是愛尸知古如][4]

　　굴속[5] 국민 살리기가 중요하므로[窟理叱大肹生以支所音物生]

　　이를 먹여 다스려라[此肹湌惡支治良羅]

　　이 땅을 버리고 어디로 갈 것인가[此地肹捨遣只於冬是去於丁][6]

　　한다면 나라 지니기 아ᄂ다[爲尸知國惡支持以支知古如]

---

3) 다음의 「안민가」 해독은 김완진(1980:70-80)의 해독을 따른 것이다. 현대 한국어로의 해석은 그 책과 약간 다르게 저자가 손질하였다.

4) '知古如'는 '알 知', '늙을 古', '다울 如'로 '아ᄂ다'를 적은 것으로 본다. 현대 한국어로는 '안다'는 뜻이다. '늙을 古'의 '늙'으로 현재 인식의 'ᄂ'를 적었다고 보는 것이다.

5) 「안민가」에서 해독이 가장 어려운 것은 '窟理叱大肹'이다. 소창진평(1923)에서 '굸대[樞機를[나라의 지도리를]'로 해독한 이래 양주동(1942)의 '구물다히[구물거리며]'를 거치며 김완진(1980)에 와서 '구릿한올[어리석은 대중을]'로 발전해 왔다. 김완진(1980)은 '구리'가 '멍텅구리'에 남아 있는 '구리'라고 하였다. 저자는 이를 '굴속의 국민'을 나타내는 것으로 본다. '움 窟'은 움막이나 굴로 훈독하고, '옥을 갈다'에서 유래한 '다스릴 理'는 /리/을 적은 것으로 '큰, 한 大'는 '한, 대중'으로 '웃음소리 肹'은 목적격 조사 '-을'로 보아 '굴ㅅ한-을'로 해독하여 '움막에 사는 국민들'을 뜻하는 것으로 해석한다. 오랜 전쟁과 수탈로 말미암아 초래된 통일 신라 국민들의 피폐해진 삶, 초근목피로 굶주림을 면하는 생존의 현장을 뜻한다.

6) 굶주린 국민들은 먹이를 찾아 다른 땅으로 이동한다. 통일 전쟁 후 당나라의 속국으로 전락한 이 땅의 국민들은 왕실의 수탈에 진저리치며 '이 땅을 버리고 어딘가로 가고 있었다.' 거기에 자연재해와 모반이 계속되어 백성들의 탈신라(脫新羅)가 빈번했던 것일까? 그러니 일본과 중국에 신라도 있고 백제도 있고 고구려도 있지.

아아 임금답게 신하답게 국민답게[後句 君如臣多支民隱如

한다면 나라가 태평ᄒ니이다[爲內尸等焉國惡太平恨音叱如].

<『삼국유사』권 제2「기이 제2」「경덕왕 충담사 표훈대덕」,

김완진(1980),『향가 해독법 연구』, 서울대 출판부, 70-80.>

이런 나라가 망하지 않으면 어떤 나라가 망하겠는가? 그러나 '임금답게, 신하답게, 국민답게' 제 구실 다하기가 그렇게 쉽지만은 않다.

신라 13대 미추임금은 김구도갈몬왕의 아들이다.[7] 김알지의 6세손인 구도의 딸 옥모부인[미추의 누이]가 석골정과 혼인하여 11대 조분임금과 12대 첨해임금을 낳았다.[8] 옥모부인의 남편은 석씨 골정으로 9대 벌휴임금의 아들이다. 9대 벌휴임금이 승하하였을 때 왕자 석골정과 그 아우 석이매가 둘 다 아버지보다 먼저 죽고 없었다. 골정의 아들인 장손 조분이 어려서 이매의 아들이 왕위를 이었으니 10대 내해임금이다. 내해임금은 딸 아이혜를 4촌 아우 조분에게 출가시켜 조분을 사위로 삼았다. 그리고 이승을 떠날 때 사위에게 왕위를 물려주었다.

조분임금은 미추의 생질이다. 그런데 미추는 생질 조분임금의 딸과 혼인하여 조분임금의 사위가 되었다. 조분임금은 미추의 생질이고 장인이다.

---

7) '葛文王'은 무슨 말을 적은 것일까? 1976년 대학원 강의 시간에 이기문 선생은 화두를 던지셨다. 그렇지만 내가 그런 말들을 연구할 것이라고는 꿈도 꾸지 않던 시기였기에 나는 다 잊고 살았다. '葛칡 갈攵글월 문'은 '칡글'처럼 훈독할 수 없다. 음독을 표기이다. '葛文'에 가장 가까운 우리 말은 '곪-[臟]'의 관형형인 '곯믄' 또는 거기에 선어말어미 '-오/우-'가 통합된 '갈몬'이다. '갈몬왕'은 '갈무리해 둔 왕, 예비왕'을 가리킨다. 주로 왕의 아우가 '갈몬왕'이 되었는데 그 아우의 아들이 왕이 되는 경우가 많아서 추봉한 아버지 왕들도 '갈몬왕'이라 칭한 것으로 보인다. 흉노제국의 좌현왕, 우현왕이 그와 비슷한 개념으로 보인다.

8) 김씨가 왕비를 배출한 것은 3대 박씨 유례임금[재위: 서기 21년-57년]의 차비 사요부인부터이다. 5대 파사임금의 왕비도 김씨 사성부인이고 6대 지마임금의 왕비도 김씨 애례부인이다. 사요부인과 사성부인의 아버지는 갈몬왕 김허루이고 애례부인의 아버지는 김마제이다. 미추임금이 왕위에 오르는 이면에는 김허루, 김마제, 아버지 김구도, 누이 옥모부인으로 대표되는 김씨 세력의 힘이 작용하고 있었다.

조분임금의 아우인 12대 첨해임금{또는 이해임금}도 김구도의 다른 딸과 혼인하였다. 첨해의 어머니는 구도의 딸 옥모부인이다. 첨해는 이모와 혼인한 것이다. 첨해임금은 미추에게 생질이자 매부이다. 13대 미추임금은 매부인 생질의 뒤를 이어 왕위에 오른 것이다.

신라 초기 석씨 왕실과 김씨의 이 복잡한 혼인 관계를 도표로 보이면 (2)와 같다. (A/B는 배우자 표시, 숫자는 왕의 대수)

(2) 4탈해임금/박씨 아효부인[2남해차차웅 딸]
　　석구추/김씨 지진내례부인
　9벌휴임금/???
　　석골정/김씨 옥모부인[구도 딸], 　미추/광명랑　　석이매/내례부인
　　11조분/석씨 아이혜[내해 딸], 12첨해/김씨[구도 딸], 10내해/골정 딸
　　13미추/광명랑, 14유례/석씨[내음 딸], 　　걸숙, 　　내음, 우로/조분 딸
　　　　　　　　　　　　　　　　　　　　15기림　　　　16흘해

(2)에서 9대 벌휴임금의 아버지는 각간 석구추이고 구추의 아버지는 4대 석탈해임금이다. 구추의 아내는 김씨 지진내례부인이다. 8대 박씨 아달라임금이 승하한 후에 9대 석씨 벌휴임금이 즉위한 데는 구추의 처가인 김씨 집안의 힘이 작용하였을 것이다. 벌휴임금의 왕비의 성은 아직 밝혀져 있지 않다.

벌휴임금의 아들이고 탈해임금의 증손자인 석골정의 아내가 김씨 옥모부인이고 옥모부인의 아버지가 갈문왕 김구도이다. 골정의 아들 조분임금은 김구도의 외손자이고 미추임금은 구도의 아들이다. 아마도 나이 든 미추가 조분의 젊은 딸 광명랑을 아내로 삼았을 것이다. 옥모부인이 미추의 누나이고 광명랑은 옥모부인의 손녀이므로, 미추임금은 누나의 손녀와 혼인한 것이다. 이 혼인은 정략결혼일 가능성이 매우 높다. 이처럼 초기 신라

왕실의 혼인은 현대인의 상식을 넘어서는 족내혼과 정략결혼으로 이루어져 있다. 이것은 유목민[Nomad]의 혼습이다.

미추임금은 서기 262년에 즉위하여 284년에 승하하였다. 미추임금이 죽은 뒤에 조분임금의 장자 14대 유례임금이 즉위하였다. 그는 미추임금의 처남이다. 유례임금의 왕비는 석씨 내음[이음이라고도 함]의 딸인데 10대 내해임금의 손녀이다. 15대 기림임금은 조분임금의 아들 걸숙의 아들이고 유례임금의 조카이다. 16대 흘해임금은 석우로의 아들인데 조분임금의 외손자이고 10대 내해임금의 손자이다. 미추임금이 승하한 284년부터 내물마립간이 즉위하는 356년까지 72년 동안 이렇게 석씨 임금 3명이 왕위를 이었다.

서기 356년에 17대 내물마립간이 즉위하였다. 이로써 다시 왕위가 김씨에게로 돌아갔다. 내물마립간은 402년까지 47년 동안 재위하였다. 내물마립간이 미추임금의 사위(?)라는 것은 거짓말이다. 내물마립간이 죽은 뒤 402년에 그의 동서 18대 실성마립간이 즉위하였다. 물론 실성마립간이 미추임금의 사위(?)라는 것도 성립하기 어려운 말이다.9)

그리고 417년 실성마립간을 죽이고 내물마립간의 아들 19대 눌지마립간이 왕위를 빼앗았다. 고구려 군사를 이용하여 먼저 눌지를 죽이려 한 것은 실성마립간이었다. 눌지는 실성의 사위였다. 눌지는 장인을 죽인 것이다. 장인은 사위를 죽이려 하고 사위는 장인을 죽이고 왕위에 올랐다. 내물마립간 이후 신라 왕통을 이은 김씨 왕조는 출발부터 미추임금의 사위라는

---

9) 내물마립간이 미추임금의 사위가 될 수 없음은 서정목(2021), "『삼국유사』 다시 읽기 2-「가락국기」: 너와 나의 뿌리를 찾아서"에서 밝혔다. 284년에 죽은 미추임금의 사위가 어떻게 356년에 왕위에 오를 수 있겠는가? 미추임금의 딸은 아무리 늦어도 285년에는 태어났어야 한다. 그녀는 356년에 72세이다. 그때 그녀의 남편 내물마립간은 몇 살이었겠는가? 그도 70세라 치자. 그는 47년 동안 통치하고 402년에 죽었다. 117세에 죽었다는 계산이 나온다. 거기에 또 그의 동서 살성마립간도 미추임금의 사위라 한다. 말이 되는 거짓말을 해야지. 후흑(厚黑), 이것이 왕들의 속성이다. 미추임금의 딸이, 소서노가 고주몽을 남편으로 삼은 것처럼, 40여세 연하의 내물을 남편으로 두었다는 증거가 없는 한 내물마립간이 미추임금의 사위라는 기록은 입증되기 어렵다.

의심스러운 이력과 옹서(翁婿, 장인과 사위) 사이의 잔인한 살인으로 검은 얼룩을 역사에 남겼다.

13대 미추임금부터, 3명의 석씨 임금을 제외하고, 36대 혜공왕까지는 신라 김씨로 김알지의 후손이라고 한다. 김알지는 흉노제국 거서(居西, 서방을 통치한) 번왕 휴저왕(休屠王)의 태자 출신인 한나라 투후(秅侯) 김일제(金日磾)의 후손으로 보인다. 김일제는 한나라 효소제(孝昭帝) 때인 기원전 86년에 투후로 책봉되었다.

그런데 36대 혜공왕을 죽이고 왕이 되는 37대 선덕왕(宣德王) 김양상부터는 혈통이 바뀐다. 선덕왕은 가락 김씨로서 김수로(金首露)의 후손이다. 김수로는 김일제의 아우 김륜(金倫)의 증손자인 도성후(都城侯) 김탕(金湯)의 손자로 추정된다. 김륜의 아들 김안상(金安上)이 한나라 선제(宣帝, 기원전 74년-기원전 49년 재위) 때 곽광(霍光) 집안의 모반을 막은 공으로 도성후로 책봉되었다.

내물마립간 이후의 신라 김씨 왕국을 말아먹은 왕은 35대 경덕왕, 36대 혜공왕이다. 혜공왕에 대한 『삼국사기』의 기록은 (3)과 같이 시작된다.

(3) (765년) 혜공왕이 즉위하였다. 휘는 건운이다. 경덕왕의 적자(嫡子)이다. 어머니는 김씨 만월부인으로 서불한 의충의 딸이다. 왕이 즉위 시에 나이가 8살이어서 태후가 섭정하였다. <『삼국사기』 권 제9 「신라본기 제9」 「혜공왕」>

혜공왕 건운(乾運)은 일명 '천운대왕(天雲大王)'이다.[10] '하늘 乾, 하늘

10) 표훈대덕이 천제에게 빌어 딸을 아들로 트랜스 젠더하여 만월부인이 낳은 아이가 건운(乾運)이다. 하늘의 운[天運]. 사천 선진리 신라비에서는 혜공왕을 '天雲大王'으로 적고 있다. '천'은 측천무후가 만든 측천문자를 썼다. '하늘구름대왕', 바람에 날리어 뜬 구름처럼 왔다가 뜬 구름처럼 떠나는 것이 인간이다. 왕인들, 왕비인들, 황제인들 별 수 있으랴? 헛되고 헛된 삶이다. 그러니 '하늘구름'이다. '뜬구름', '뭉개구름' 같은 왕이다. '하늘구름대왕', 이것은 무엇을 상징하는 말일까? 비었다는 말이다. 무엇이 비

天, 돌 運, 구름 雲', 아마 그의 이름은 우리 말로는 '하늘구름'일 것이다. 하늘구름왕은 결정적으로 가락 김씨와 신라 김씨, 이 두 가문의 동맹을 깨뜨려 멸망으로 치달았다. 그는 김유신의 후예인 김융을 모반으로 몰아 죽였다. 최고 통치권자인 왕이 동맹을 배신한 것이다.

「미추왕 죽엽군」 설화는 (4)와 같다.

(4) 미추왕 죽엽군[未鄒王 竹葉軍]

a. 제13 미추*{미조 또는 미소로도 적음}*임금은 김알지의 7세손이다. 대대로 현달하고 성덕이 있으므로 이{첨}해의 뒤를 이어 (김씨로서는) 처음으로 왕위에 올랐다. *{지금 왕의 능을 속칭 시조당이라 하는 것은 대개 김씨로서 처음 왕위에 오른 까닭에 후대 김씨 여러 왕이 모두 미추로 시조를 삼으니 마땅한 일이다.}* 재위 23년에 세상을 떠났다. 능은 흥륜사 동쪽에 있다. [第十三 未鄒尼叱今*{ ·作未祖又未召}* 金閼智七世孫 赫居紫縷 仍有聖德 受禪于理(沾)解 始登王位*{今俗稱王之陵爲始祖堂 盖以金氏始登王位故 後代金氏諸王皆以未鄒爲始祖宜矣}* 在位二十三年而崩 陵在興輪寺東]

b. 제14 유리왕 때에 이서국인들이 와서 금성을 공격하였다. 우리도 많은 군사를 동원하여 막았으나 오래 대항하기 어려웠다. 갑자기 낯선 군사가 와서 도왔는데 모두 댓잎을 귀에 꽂고 우리 군사와 힘을 합치어 적을 쳐 물리쳤다. 군사가 돌아간 후에는 간 곳을 알 수 없었다. 다만 댓잎이 미추왕릉 옆에 쌓여 있는 것을 보고 이에 선왕이 음으로 말을 부린[驚(말 부릴 즐)] 줄 알고 (그 능을) 죽현릉이라고 불렀다. [第十四儒理王代 伊西國人來攻金城 我大擧防禦 久不能抗 忽有異兵來助 皆珥竹葉 與我軍协力擊賊破之 軍退後不知所歸 但見竹葉積於未鄒陵前 乃知

었을까? 불알이 비었다. 수술이 실패하였을까? 나는 남장여인으로 본다. '惠恭'은 시호이고 '天雲'은 휘이다. 살아 있는 어린 아이에게 '천운'이라 이름 짓는 것은 잔인한 일이다. 이름은 짓는 것이 아니고 짖어, 짐 지워 주는 것이다. 그러니 '이름 값' 하기가 참 어렵다.

先王陰隲有功 因呼竹現陵]

c. 건너뛰어 37세[36대] 혜공왕 때인 대력 14년 기미년[779년] 4월에 홀연히 유신공의 무덤에서 회오리 바람이 일어났다. 그 바람 속에 한 인물이 있어 준마를 탔는데 장군의 모습과 같았고, 또 갑옷을 입고 무기를 든 인원 40명 가량이 그 뒤를 따라 죽현릉으로 들어갔다. 갑자기 능 속에서 마치 진동하고 우는 듯한 소리가 나고 혹은 고하여 호소하는 듯한 소리가 들리었다. 그 말은 가로되, "신이 평생에 시국을 돕고 난을 구하고 널리 통합한 공이 있었으며 지금 혼백이 되어서도 나라를 진호하여 재앙을 물리치고 환난을 구하고자 하는 마음이 잠시도 변함이 없는데 지난 **경술년** 신의 자손이 죄 없이 죽임을 당하였으니 임금과 신하들이 모두 나의 공로를 생각하지 않는 까닭입니다. 신은 멀리 다른 곳으로 옮겨가서 다시는 힘쓰지 않겠으니 원컨대 왕은 허락하소서." 하였다. 왕이 대답하기를, "나와 공이 이 나라를 수호하지 않는다면 저 국민들은 어떻게 할 것인가? 공은 다시 전과 같이 힘써 주시오" 하고, 세 번이나 청하여도 듣지 않고 회오리 바람은 돌아갔다. [越三十七世惠恭王代 大曆十四年己未四月 勿有旋風 從庚信公塚起 中有一人 乘駿馬如將軍儀狀 亦有衣甲器仗者四十許人 隨從而來 入於竹現陵 俄而陵中 似有振動哭泣聲 或如告訴之音 其言曰 臣平生有輔時救難匡合之功 今爲魂魄 鎭護邦國 攘災救患之心 暫無偸改 往者庚戌年 臣之子孫無罪被誅 君臣不念我之功烈 臣欲遠移他所 不復勞勤 願王允之 王答曰 惟我與公不護此邦 其如民庶何 公復努力如前 三請三不許 旋風乃還]

d. (혜공)왕이 듣고 놀라서 대신 김경신을 김공 능에 보내어 사과하고 공을 위하여 공덕보전 30결을 취선사에 내리어 명복을 빌게 하였다. 이 절은 김공이 평양을 토벌한 후에 복을 빌기 위하여 세운 것이었다. [王聞之懼 乃遣(大)臣金敬信 就金公陵謝過焉 爲公立功德寶田三十結于鷲仙寺 以資冥福 寺乃金公討平壤後 植福所置故也]

e. 미추왕의 영이 아니었더라면 김공의 노여움을 막지 못하였을 것이니 왕이 나라를 진호함이 크다고 아니 할 수 없다. 이로써 국인들이

그 덕을 생각하여 삼산과 함께 제사 지내기를 게을리 하지 않고 서차를 오릉의 위에 두어 대묘라고 일컬었다. [非未鄒之靈 無以遏金公之怒 王之護國 不爲不大矣 是以邦人懷德 與三山同祀而不墜 躋秩于五陵之上 稱大廟云] <『삼국유사』 권 제1 「기이 제1」 「미추왕 죽엽군」>

(4)에는 작게 나누면 5가지 이야기가 들어 있다. 이 가운데에서 가장 중요한 일이 무엇일까? 그것은 (4c)의 김유신 장군 혼령의 격노이다. 이것을 먼저 생각하고 그것을 중심으로 나머지를 부수적으로 갖다 붙이면 된다.

일연선사는 (4c)를 쓰고 싶어서, 나머지 미추왕이 시조라는 것, 정체를 밝히지 않은 댓잎을 귀에 꽂은 귀신 군대, 미추왕릉의 큰 무덤화 등에 관하여 적었다. (4c)를 보면 기미년[혜공왕 15년, 대력 14년 779년] 4월에 김유신 장군의 귀신이 나타나서 죽현릉[미추왕릉]에 가서 호소를 한 것으로 되어 있다. '임금과 신하들이 모두 나의 공로를 생각하지 않는다. 나는 차라리 다른 곳으로 옮겨가서 다시는 힘쓰지 않겠으니 왕은 허락하시오.' 이유는? '지난 경술년[혜공왕 6년, 대력 5년 770년] 내 자손이 죄 없이 죽임을 당하였다.'이다.

나라가 공신의 은혜를 잊고 그 후손을 죽이면 어떤 일이 일어나겠는가? 김유신 장군은 워낙 점잖아서 '자기가 떠나는 것으로 끝내겠단다.' 떠났다가 돌아왔을까? 아니면 영원히 이 땅을 떠났을까? 하여간에 에이, 그는 바보다. 정상적인 인간이라면 '나도 네 자손들을 다 죽이겠다. 너희 나라가 망해서 너희 후손들이 모두 죽거나 노예가 되고, 왕비와 귀족 부인, 그 딸들이 수없이 많은 적군에게 집단 강간을 당하고 적국의 성 노예가 되어 처참하게 짓밟히고 네 발로 기며 목숨을 구걸하는 꼴로 살도록 원수를 갚아 주겠다.' 그것이 정상이다. 그리고 이런 모습은 경애왕이 견훤에게 살해된 포석정에서 실제로 실현되었다.

그러나 경애왕은 김씨가 아니라 박씨였다. 그러니 견훤이 박씨 경애왕에게 저지른 만행은 가락 김씨 김유신 장군이 신라 김씨에게 복수한 것은 아니다. 그 복수는 다른 데서 찾아야 한다. 견훤은 무슨 원한이 쌓였기에 애꿎은 박씨에게 보복을 하였을까? 박씨는 보복이나 당하고 마는 성씨일까? 박씨는 왕위를 빼앗기고도, 살육을 당하고도 보복한 기록이 없다.

그런데 지난 경술년은 770년이다. 후손이 억울한 죽임을 당한 770년으로부터 9년이나 지난 뒤인 779년에 김유신 장군의 혼령이 미추임금의 혼령에게 호소하고 있다. 『삼국사기』는 779년에 김유신 장군 혼령의 격노에 관해서는 한 마디도 적지 않고 (5)의 두 가지 일만 기록하고 있다.

(5) a. 779년[혜공왕 15년] 3월에 서울에 지진이 일어나서 민가가 파손되고 사람이 100여명이나 죽었다.
b. 태백성이 달을 침범하므로 백회법좌를 열었다. <『삼국사기』 권 제9 「신라본기 제9」 「혜공왕」>

779년에 무슨 일이 있었는지 알 수 없게 되어 있다. 지진이 일어나고 서울에서 사람이 100명 죽은 것이 이 일과 관련될까? 그럴 리가 없다. 지진은 지진이고 혼령은 혼령일 뿐이다. 이러니 『삼국유사』가 필요하지. 하기야 혼령이 어디 있다고 다 민심이 반영된 이야기이다. 억울한 죽음을 수도 없이 많이 보게 된 하늘구름왕 시대의 신라인들은 차라리 673년에 죽은 김유신 장군의 혼령이라도 나와서 284년에 죽은 미추임금 혼령과 한바탕 싸워나 주었으면 속이라도 시원하겠다는 생각을 하고 있었다고 해설하는 것이 더 나을 것이다. 왜 김유신 장군의 혼령은 격노한 것일까?

(4a)는 김씨로서 처음 왕이 된 13대 미추임금의 소개이다. (4b)에는 14대 유리임금[석씨] 대에 이서국[경북 청도에 있던 소국] 사람들이 금성[경주]에 쳐들어왔음을 적고 있다. 이것은 (6)에서 보듯이 『삼국유사』 권 제1 「기이 제1」의 「이서국」 조에도 들어 있다. 그리고 (7)의 같은 책 「제3 노례왕」 조

에도 이서국을 쳐서 멸하였다는 기록이 있다.

(6) 이서국[伊西國]

노례왕 14년에 이서국인들이 금성을 쳐들어왔다. 운문사 고전과 여러 절의 납전기에 따르면, 정관 6년 임진년 이서군 금오촌(今部村)의 영미사가 밭을 바쳤다 하였다.[11] 즉 금오촌은, 지금의 청도 땅, 청도군이고 옛 이서군이다. <『삼국유사』권 제1「기이 제1」「이서국」>

(7) 제3 노례왕(第三 弩禮王)

박노례임금*{유례왕으로도 적음}*. 처음에 왕이 매부인 탈해에게 왕위를 양보하였다. 탈해가 말하기를, 무릇 덕이 있는 이는 이가 많다. 의당 잇금으로 시험하여야 할 것이다. 이에 떡을 씹에[噬, 씹을 세] 시험하였다. 왕이 이가 많아서 먼저 즉위하였다. 그로 말미암아 '잇금'이라 했다. 잇금 칭호는 이 왕으로부터 시작하였다. 유성공 경시 원년 계미년에 즉위하였다. *{연표에는 갑신년에 즉위하였다고 한다.}* 6부의 이름을 고치고 이어서 6성을 하사하였다.[12] 도솔가를 짓기 시작하였는데, 차사가 있고, 사뇌격이었다. 보습을 제작하고 얼음을 창고에 저장하고 수레를 만들어 타기 시작하였다. <u>건호{무} 18년[서기 42년] 이서국을 정벌하여 멸망시켰다.</u> 이 해에 고구려 군대가 쳐들어왔다. <『삼국유사』권 제1「기이 제1」「제3 노례왕」>

'이서국'이 멸망한 것이 (7)이 말하듯이 3대 박씨 왕 유례임금 때(?-57년)

---

11) 정관 6년[632년]은 당 태종 때로 선덕여왕 즉위년이다. 그러니 이 시기는 영미사가 밭을 바친 시기를 적은 것일 뿐 이서국은 이미 망하여 없어진 뒤의 일이다.
12) 6부는 사량부, 양부, 습비부, 본피부, 한지부, 모량부이다. 6성은 이씨, 정씨, 설씨, 최씨, 배씨, 손씨이다. 이 성이 이 시기의 신라 토성이다. 박씨, 석씨, 김씨는 어딘가에서 흘러들어온 정복족으로 지배족이다. 박씨는 말, 알과 관련이 있다. 석씨는 배, 까치와 관련이 있다. 신라 김씨는 황금, 그리고 닭과 관련이 있다. 가락국의 김씨는 거북, 황금 알과 관련이 있다. 해양으로 오는가, 아니면 하늘에서 지상에 오는가의 차이이다.

인 서기 42년의 일일까? 아니면 (4b)가 썼듯이 14대 석씨 왕 유례임금 때 (?-298년)의 일일까? 답은 (4b)의 14대 석씨 왕 유례임금 때의 일이라는 것이다. 왜 그런가?

42년은 김수로가 가락국에 처음 나타난 해이다. 김알지는 60년대에야 계림에 나타났다. 그러니 이 일은 14대 유례임금 때 일이다. 13대 미추임금이 이서국 이야기 속에 나오려면 석씨 임금인 14대 유례임금 때의 일이라야 하지 3대 박씨 유리임금 때일 수가 없다. 두 왕의 이름이 비슷하여 생긴 혼동일 것이다. (7)의 밑줄 그은 건무 18년[서기 42년] 유례임금 때 이서국이 멸망했다는 기록은 잘못된 것이다.

『삼국사기』에는 댓잎 군대 이야기가 (8b)에서 보듯이 당연히 14대 유례임금 14년[서기 297년] 조에 적혀 있다. 그러니 14대 유리임금 때까지 이서국이 잔존했다고 보아야 한다.

> (8) a. 297년[유례임금 14년] 봄 정월 지량을 이찬으로 삼고 장흔을 일길찬으로 삼고 순선을 사찬으로 삼았다.
> b. 이서고국이 금성을 침공하여 왔다. 우리도 크게 군대를 동원하여 방어하였으나 쳐부술 수 없었다. 갑자기 이상한 군대가 왔는데 그 수를 헤아릴 수 없었다. 그 군인들은 모두 귀에 댓잎을 꽂고 아군과 함께 적을 공격하여 격파하였다. (싸움이 끝난) 후에 그 간 곳을 몰랐다. 사람들이 혹 댓잎 수만 개가 죽장릉*{미추왕릉}*에 쌓여 있는 것을 보기도 하였다. 이로 말미암아 국인들이 선왕*{미추왕}*이 음병으로써 전쟁을 도왔다고 하였다. <『삼국사기』 권 제2 「신라본기 제2」 「유례임금」>

모처럼 『삼국유사』의 이야기가 『삼국사기』에도 적혀 있다. 그런데 『삼국사기』에는 '댓잎 군대' 이야기만 있고, 김유신 장군 혼령의 격노 이야기는 없다. 왜 그렇게 되었을까?

2. 댓잎 군대의 비밀

두 사서에 다 적혀 있는 이 이야기야말로 역사적 사실일 터인데 그것이 믿기지 않는 '댓잎 군대' 이야기만이라니 기가 찬다. 두 군데 다 있는 댓잎 군대 이야기만 진실이고 『삼국사기』에는 없는 김유신 장군 혼령의 격노는 없었던 일일까? 실제의 역사적 사실로 기록되기는 좀 어렵고 『삼국유사』의 이야기로 적히는 것은 가능했을까? 그렇다면 민심이 반영된 스토리일 가능성이 크다. 민심은 김유신의 편에 있고 혜공왕의 편에 있지 않았다. 그것이 김유신 장군의 혼령이 격노한 진정한 뜻이다.

그러면 '댓잎 군대' 이야기는 어떻게 이해되어야 할 것인가? 도대체 『삼국사기』와 『삼국유사』 두 책에 다 들어 있는 이 귀신 군대, 신병(神兵) 이야기의 진실은 무엇일까? 이 시기에는 서라벌[사로, 서블을 거점으로 하는 사로국이 서남쪽에 바로 인접한 이서국도 합병하지 못한 상태였음을 주목해야 한다. 물론 더 북쪽에 있는 의성의 소문국이나 상주의 대가야국 등은 훨씬 후에 합병된다. 3세기경의 신라의 판도가 극히 좁았음을 알 수 있다. 이서국의 침입을 물리치지 못할 정도로 약한 나라가 사로국이었다.

그런데 이 이야기의 요체는 그 이서국의 침략을 귀에 댓잎을 꽂은 군사들이 나타나서 도와주어 물리쳤다는 것이다. 그리고 전쟁이 끝난 후에 그 군사들은 물러갔는데 어디로 갔는지는 모르고 귀에 꽂았던 댓잎들이 김씨 최초의 왕인 미추임금의 능 옆에 쌓여 있었다고 한다. 이를 보고 돌아가신 미추임금이 군사를 부린 것임을 알고 그 음덕을 기리기 위하여 그 능을 죽현릉이라고 불렀다고 『삼국사기』는 말한다.

이걸 말이라고 하고 있나? 어떻게 죽은 왕의 영혼이 군사를 부린단 말인가? 음병(陰兵)이 어디 있어. 이런 것을 기록 그대로 미추임금의 혼령이 귀신 군사를 부려서 적을 물리쳤다고 해석하면 그것은 과학적 학문이 아니다. 과학적으로는 혼령도, 귀신 군사도 존재할 수 없다. 그러면 이를 어떻게 이해해야 할 것인가?

현대 과학을 믿는 한, 이것은 적군이 침략해 왔을 때 물리칠 힘이 부족하여 동맹인 이웃 나라의 군사를 빌려와서 대적한 것이라고 해석할 수밖에 없다. 주변에는 영천도 있고 밀양도 있고 경산도 있고 달구벌도 있고 김해도 있다. 서남쪽의 이서국이 침략해 왔으니 동북쪽의 포항이나 서북쪽의 영천, 달구벌이나 동남쪽의 울산, 남쪽의 김해의 군사가 구원하러 오는 것이 상식이다. 여러 정황으로 보아, 그리고 김유신 장군이 굳이 미추왕릉에 와서 격노하는 것으로 보아 김해 금관가야, 창원 탁순국, 성산가야, 함창가야, 상주 대가야 등의 군사가 왔을 가능성이 크다. 그들은 같은 김씨이니까. 한 마디로 댓잎 군대는 사로국을 구원하러 온 가야의 군대이다.

그 군대가 귀에 댓잎은 왜 꽂았을까? 댓잎이 달랑 하나였을까? 잘 보이지도 않는데. 아마도 작은 댓가지였을 것이다. 그것은 혼재된 적군과 연합군 사이에서 피아를 구분하기 위한 표지이다. 이른바 식별 표지.

적과 직접 접촉하여 싸우는 경우가 거의 없는 현대전에서도 아군 식별 표지는 필수적이다. 그러니 직접 맞붙어 칼과 창으로 싸우는 옛날 전투에서는 원조하러 온 군대와 적군을 구별하는 표지를 선명하게 하는 것이 지금보다 훨씬 더 중요하였을 것이다. 이 댓잎은 신라를 도우러 온 인접 소국의 군사임을 나타내는 표지이다.

그런데 왜 이들이 원조군 표지인 댓잎을 미추왕릉 옆에 두고 갔을까? 현재로서는 모른다. 그러나 추리는 가능하다. 외국 군대가 와서 주둔할 때 그 터로 비교적 유용한 곳은 도시 주변의 왕실 소유의 야산이다. 그 야산에는 왕릉이 있을 수 있다. 아마 석씨 임금인 14대 유례임금은 김해 금관국에서 왔을지도 모르는 이 군대에게 직전 왕인 최초의 김씨 왕 13대 미추임금의 능 주변에 주둔하게 배려하였을 것이다. 미추왕릉 지역은 이 전쟁을 원조하러 온 군대의 주둔지였을 것이다.

그리고 전쟁이 끝난 후 외국 군대가 철수할 때 그곳에는 흔적이 남기 마련이다. 그 댓잎은 이서국과의 전쟁에서 원조국과 이서국 군대를 구별하기 위한 식별 표지였다. 물론 사로국 군대와 원조국 군대를 식별하기 위해서도 유용하였다. 이제 적군이 물러가고 전쟁이 끝났으니 그 식별 표지가 필요 없게 되었다. 그들은 전쟁 중에만 필요했던 그 댓잎을 떼어서 주둔지 옆에 쌓아놓고 자기들 나라로 돌아간 것이다. 우리도 전쟁 연습이 끝나면 완장과 철모의 표지 헝겊을 풀어 불에 태워 버렸다.

이 현실에서 일어났던 일을 그 후 김씨 왕이 이어가는 신라 왕조에서는 자신들의 선조 가운데 첫 번째 왕인 미추임금을 신성화하고 호국 선조로 승화시키는 상징으로 이용하였다. 죽현릉은 그 상징화를 대표하는 것이다. '만파식적'이니 '천사옥대'니 '문두루 비법'이니 온갖 기상천외한 상징물을 만들어 자신들의 조상을 신성화함으로써 왕을 신성화시키고 아울러 자기 자신도 그 신성불가침의 지극 존엄의 그늘 속에 숨어서 국민들을 다스리는 수법, 예나 이제나 연면히 이어오는 지배자들의 잔머리가 낳은 산물이다. 이렇게 죽엽군이 금관가야나 인접한 다른 가야국에서 온 원군일 것이라고 가정하면 그들이 미추왕릉 곁에 댓잎을 쌓아두고 간 것을 설명하는 것이 가능해진다.

그렇지만 더 중요한 점은 그것이 (4c)에 이어지는 500년 후의 혜공왕 시대의 일을 설명하는 데에도 유용하다는 것이다. 왜 하필이면 297년의 14대 유례임금 시대에 있었던 일인 죽엽군 원조 사실에 대하여 기록하면서 13대 미추왕릉을 부각시켰을까? 그리고 그 뒤에 느닷없이 그로부터 500여 년 후의 일인 779년의 혜공왕 때의 이야기를 기록해 두었을까?

그 이야기는 믿을 수 없는 혼령들의 이야기이다. 혼령들의 이야기는 주인이 없는 것이다. 주인이 없다는 것은 모두가 주인이라고 할 수 있다. 이 이야기는 떠돌아다니는 민초들의 말, 즉 민심이 낳은 이야기이다.

김유신 장군의 혼령이 등장하여 미추임금의 혼령과 대화를 주고받는 (4c)의 일이야말로 『삼국유사』가 보여 주는 통일 신라 왕실에 대한 기본적인 인식이라고 할 수 있다. 그 나라는 신라 김씨와 가락 김씨가 합심하여 이룬 나라이다. 신라 김씨 최초의 왕 미추임금과 금관가야 가락 김씨 구충왕의 증손자인 김유신,[13] 이 두 인물이야말로 김씨 통일 신라를 대표하는 인물들이다.

이 둘이 힘을 합쳐 진호하던 신라에서 김유신의 후손들이 죄 없이 죽임을 당하는 일이 벌어졌다. 한 쪽이 다른 한 쪽을 배신한 것이다. 배신당한 김유신 장군의 혼령은 그 나라를 떠나려 한다. 어디로 가려고?

미추임금의 혼령은 그대[가락 김씨]와 내[신라 김씨]가 이 나라를 지켜 왔는데 그대가 떠나면 저 국민들은 어쩌라는 말인가 하고 달랜다. 국민들이 무슨 관계가 있다고? 결국 나라가 망하면 죽는 것은 지배자들이다. 언제나 지배자들은 절대로 살아남지 못한다. 떠나려는 김유신의 혼령을 미추임금의 혼령이 세 번씩이나 말리고 있다. 회오리바람은 돌아갔다. 어디로 갔을까? 도로 김유신 장군의 무덤으로 갔을까?

어쩐지 그러지 않았을 것 같다. 절대로 그러지 않았을 것 같다. 문맥도 세 번씩이나 미추임금의 혼령이 청하였으나 김유신의 혼령이 허락하지 않았다고 되어 있다. 그런 상태라면 김유신의 혼령은 신라를 떠난 것이라고 보아야 한다. 어디로 갔을까? 김유신 장군의 혼령도 먼 옛날 구가야 땅에 살다가 밖에서 온 정복자들에게 정복당하여 쫓겨 간 이들이 산다고 전해 오는 그곳, 가라쿠니 다케[韓國岳]이 있는 기리시마[霧島]로 갔을까?

---

13) 김유신은 김서현과 숙흘종[진흥왕의 동생]의 딸 만명부인이 야합하여 낳은 아들이다. 아버지는 가락 김씨이고 어머니는 신라 김씨이다. 7세기 이후 신라라는 나라의 혈통을 가장 잘 보여주는 상징적 인물이 김유신이다. 그의 아버지 김서현은 무력 장군과 진흥왕의 딸 아양공주의 아들이다. 김서현도 아버지는 가락 김씨이고 어머니는 신라 김씨이나. 2대에 걸쳐 신라 김씨, 가락 김씨의 피가 섞이고 있다. 신라 김씨 김춘추와 가락 김씨 문명왕후 사이에 태어난 문무왕의 피도 이와 같다. 금관가야의 마지막 왕 구충왕은 노종, 무덕, 무력 세 아들을 거느리고 법흥왕에게 나라를 바치고 가야를 신라에 합병시켰다. 사정이야 복잡하였겠지만 내부 분란을 원만하게 다스리지 못하고 나라를 들어 다른 나라에 가져다 바친 왕, 금관가야 구충왕, 그는 가락 김씨, 인천 이씨, 가락 허씨 후손들이 금관가야 김씨 나라를 망친 왕으로 길이 기억해야 할 것이다.

그리고 이 두 김씨 집안, 신라 김씨와 가락 김씨는 흉노제국 휴저왕(休屠王)의 태자 김일제와 그의 동생 윤(倫)의 후손들로서 한 핏줄을 이어받은 동족으로 보인다. 황위 쟁탈전에서 패배하여 서기 40년대와 60년대에 유이 주한 그 두 집안이 틀어지면 신라는 망하게 되어 있다. 하기야 어떤 경우든 동맹을 배신하면 살아남기 어렵지.[14]

3. 김융의 모반

김유신 장군 혼령의 말에 '경술년에 내 후손이 죄 없이 죽임을 당했다.'가 나온다. 경술년에 무슨 일이 있었는가? 경술년은 서기 770년으로 혜공왕 6년[대력 5년]이다.

  (9) a. 770년[경술년, 혜공왕 6년, 대력 5년] 봄 정월 왕이 서원경에 행차하였다. 지나가는 곳마다 주, 현의 죄수들을 사면하였다. 3월에 흙비가 내렸다. 여름 4월 왕이 서원으로부터 돌아왔다. 5월 11일 혜성이 오장*{章은 당연히 車로 적어야 함}* 북쪽에 나타나서 6월 12일에 이르러 사라졌다. 29일 범이 집사성에 들어와서 잡아 죽였다.
  b. 가을 8월 대아찬 <u>김융이 모반하여 목 베어 죽였다.</u>
  c. 겨울 11월 서울에 지진이 있었다. 12월 시중 은거가 물러나고 이찬 정문을 시중으로 삼았다. <『삼국사기』권 제9「신라본기 제9」「혜공왕」>

---

14) 신라 김씨가 흉노제국의 서방을 다스리던 휴저왕의 태자인 김일제의 후손이고, 가락 김씨가 김일제의 아우 김륜의 후손들이라는 가설, 그리고 가락국의 역사와 김알지가 나타난 뒤로부터 미추임금, 내물임금 즉위까지의 신라 역사 기록 해석은 서정목 (2021), "『삼국유사』 다시 읽기 2-「가락국기」: 너와 나의 뿌리를 찾아서, 글누림."을 참고하기 바란다.

(9)에 770년의 일로 기록된 것을 모두 적었다. 이 중에서 (9b) '김융의 모반'이 이 해에 일어난 유일한 모반이다. 770년의 모반 사건은 이것 하나뿐이다. 그리고 김융은 복주되었다. 죄를 실토하고 목이 달아났다는 말이다. 김유신 장군 혼령이 말하는 '경술년에 내 후손이 죄 없이 죽임을 당했다.'가 바로 이 사건을 가리키는 것이다. 김융이 바로 김유신의 이 후손이다. 그런데 '죄 없이 죽임을 당했다.'는 예삿일이 아니다.

무열왕이 법민을 태자로 삼고[655년] 보룡의 딸 자눌을 태자비로 결정할 때 김유신의 딸 신광은 문무왕의 빈으로 살았다. 그 결과 훗날 신문왕 때 [681년]에 '김흠돌의 모반'으로 유신의 외손녀인 왕비가 쫓겨나고 그 집안은 억울할 것도 같은 죽임을 당하였다. 김유신의 딸 진광의 남편 흠돌이 사위 정명태자[신문왕]의 혼외정사로 태어난 왕자들 문제로 자의왕후, 요석공주와 갈등을 빚다가 주륙된 것이다(서정목(2019) 참고).

김유신의 또 다른 딸은 보종과 혼인한 작광이다. 아들은 삼광이 있다. 또 다른 아들 이름은 원술, 원정이다. 긴 귀라는 뜻의 '장이'라는 이름의 아들도 있다. '광' 자 돌림, '원' 자 돌림, 그리고 '장이'라는 이름이 각각 세 명의 다른 어머니 소생임을 뜻하는 것일까?

원술은 당나라와의 전쟁에서 패하고도 살아 돌아왔다고 아버지 김유신이 문무왕에게 참수형을 청하였으나 왕의 아량으로 살아났다. 유신은 죽을 때까지 나는 너 같은 아들을 둔 적이 없다고 하며 원술을 보지 않았다. 가락 왕실 출신이 신라에서 태대각간으로까지 출세하고 그 군사들을 지휘하여 전쟁을 하며 상대등으로 나라를 통치해 가는 데에는 이렇게 매정하고 지독한 자기희생이 뒤따랐다.

그런 독한 아버지가 죽고 나서 원술은 집으로 찾아와 울부짖었다. 그러나 무열왕의 막내딸인 계모 지조(智照, 智炤로도 적음)공주는 '아버지가 인정하지 않은 아들을 내가 어찌 받아들이겠는가?' 하고 매정하게 내쳤다. 전처가 낳은 아이를 곱게 보아 줄 후처는 이 세상에 단 한 사람도 없다.

김유신의 아들임에 틀림없는 삼광, 원정이 살아남은 것으로 보아 '흠돌의 모반' 때 유신의 아들 집안은 피해를 입지 않은 것 같다. 그러나 큰딸 진광의 집안이 절멸된 것은 틀림없다. 이 멸문(滅門)의 귀책사유는 태자 감을 못 낳은 김유신의 외손녀[신문왕의 첫째 왕비]에게 있었으니 김유신의 혼령으로서도 어쩔 수 없었을 것이다.

이렇게 애증의 갈등을 빚으며 통일 신라를 통치해 온 그 두 집안, 무열왕 신라 김씨 집안과 김유신 가락 김씨 집안이 혜공왕 때 또 다시 '김융의 모반'으로 틀어지고 만 것이다. 이번에는 아들의 후손이 복주되었다. 대가 끊긴 것일까?

그런데 김융이 왜 모반하였는지 원인이 기록되어 있지 않다. 지금까지 살펴본 거의 모든 모반에 대하여 『삼국사기』는 그 원인을 적지 않는다. 묘한 사서이다. 목숨을 걸고 모반하는 인물이 왜 모반하였을까? 이유 없이 모반하는 인물이 어디 있겠는가? 대아찬이나 되는 인물이 반란을 모의하였으면 거기에는 무슨 까닭이 있어야 하지 않겠는가?

그런데 쓸데없이, 혜성이 나타났다느니 범이 집사성에 들어와서 잡아 죽였다느니 하는 것은 적으면서 막상 고위 관등의 귀족들이 무슨 까닭으로 모반하였는지 그 이유를 적지 않았다. 그리고 모반한 인물의 인적 사항에 대해서도 적지 않았다. 호랑이 죽이는 것이 중요한가, 사람 죽이는 것이 중요한가? 사람을 죽일 때는 이유가 있어야 할 것 아닌가?

이런 것은 역사 기록자가 정직하지 못하기 때문에 생긴 일이다. 그들에게는 꿀리는 것이 있다. 반란은 왜 일어나는가? 왕이 잘못을 범하여 거기에 불만을 가진 세력이 있기 때문이다. 모반의 사유를 적으면 그 속에는 이 불만 세력이 주장한 왕의 부정이 빠질 수 없다. 그런 부조리, 부정이 모반의 이유 속에 들어갈 수밖에 없다. 이때 왕의 눈치를 보는 사관은 역사를 왜곡하거나 역사의 진실에 눈을 감는다. 표현의 자유가 말살되는 것이다. 스스로 자기 검열도 하게 된다. 그래서 전제 왕권이 독재를 펴는 시대에는 호랑이 죽인 것, 좀도둑 가둔 것은 기록하여도 훌륭한 인물 죽인 것, 재상 가둔 것은 적지를 못한다.

김유신의 후손인 김융은 하늘구름왕의 어떤 통치 행위가 마음에 들지 않았을까? 어떤 불이익을 입었을까? 알 수가 없다. 770년의 앞에 일어난 일들은 (10)과 같다.

(10) a. 768년[혜공왕 4년] 봄 혜성이 동북쪽에 나타났다. 당 대종은 창부낭중 귀숭경을 어사중승을 겸하게 하고 옥절과 책서를 지니고 보내어 왕을 개부의동삼사신라왕으로 책봉하고 아울러 왕의 어머니 김씨를 대비로 책봉하였다. 여름 5월 사형 아닌 죄를 사면하였다. 6월 서울에 벼락이 쳐서 초목이 상하고 큰 운석이 황룡사 남쪽에 떨어졌는데 지진이 뇌싱 같았다. 샘, 우물이 모두 마르고 범이 궁중에 들어왔다.

b. 가을 7월 일길찬 대공이 아우인 아찬 대렴과 더불어 모반하였다. 반란의 무리가 왕궁을 33일 동안 포위하였다. 왕군이 토평하고 <u>9족을 목 베어 죽였다.</u>

c. 9월 사신을 당나라에 보내어 조공하였다. 겨울 10월 이찬 신유를 상대등으로 삼고 이찬 김은거를 시중으로 삼았다.

d. 769년[혜공왕 5년] 봄 3월 신하들에게 임해전에서 연회를 베풀었다. 여름 5월 황충과 가뭄 피해가 있었다. 백관에게 명하여 각자 아는 이를 천거하게 하였다. 겨울 11월 치악현의 쥐 80여 마리가 평양을 향하여 출발하였다. 눈이 오지 않았다. <『삼국사기』 권 제9 「신라본기 제9」 「혜공왕」>

(10)에서 김융과 관련된 어떤 증거도 찾을 수 없다. 다만 (10b)의 일길찬 대공, 아찬 대렴 형제가 33일 동안이나 왕궁을 포위하였다는 것이 눈을 끈다. 이들이 직접 김융과 관련되었다는 보장은 없다. 그런데 대공, 대렴 형제의 9족을 주륙하였다고 한다. 3족을 멸한다고 해도 친족, 처가, 외가가

몰살당한다. 9족은 다시 처가의 처가, 외가, 외가의 처가, 외가를 포함한다. 그러면 행세깨나 하는 집안에서 안 걸려들 이가 어디 있겠는가? 이렇게 무자비한 것이 전제 왕권이다. 그것이 독재 정권인 것이다. 이 9족 주륙이 무엇인가 냄새를 풍긴다. 대공, 대렴의 9족 속에 김융의 9족이 들어 있을 가능성을 배제하기는 어려울 것이다. 이렇게 많은 이가 죽어 나가면 억울한 죽음이 있을 수도 있다.

혜성 출현, 운석 낙하, 황충 출현, 가뭄으로 샘 마름, 눈이 오지 않음 등은 모두 나라의 멸망을 예고하는 조짐이다. 그야말로 민심이 흉흉한 모양을 나타낸다. (10d)에는 치악현의 쥐 80여 마리가 평양을 향하여 출발하였다. 파이드 파이퍼? '하멜른(Hameln)의 피리 부는 사나이'가 나타났을까? 쥐를 없앴으면 약속대로 천 냥을 주어야지. 푼돈 아끼려 약속을 지키지 않은 하멜른 시장에게 Rattenfänger는 아이들을 유괴하는 것으로 보복하였다. 약속을 지켜야지. 약속을 지켜야 쥐새끼도 도망치지 않는다.

그 쥐들이 평양으로 가는지, 개성으로 가는지를 어떻게 알고 저렇게 썼을까? 이것을 쓰면서 9족들이 죽어나가는 대공, 대렴의 모반의 원인을 안 쓴다는 말인가? 김유신의 혼령이 야단법석을 떨게 만든 억울한 죽음, '김융의 모반'의 원인을 안 적는다는 말인가? 그러려면 무엇 하러 역사를 적는가? 그리고도 아무 일 없었으면 오죽 좋으랴. 이어지는 『삼국유사』의 기록은 (11)과 같다.

(11) a. 왕이 듣고 놀라서 대신 김경신을 김공 능에 보내어 사과하고 공을 위하여 공덕보전 30결을 취선사에 내리어 명복을 빌게 하였다. 이 절은 공이 평양을 토벌한 후에 복을 빌기 위하여 세운 것이었다.

b. 미추왕의 영이 아니었더라면 김공의 노여움을 막지 못하였을 것이니 왕이 나라를 진호함이 크다고 아니 할 수 없다. 그러므로 국인이 그 덕을 생각하여 삼산과 함께 제사 지내기를 게을리 하지 않고 서차

를 오릉의 위에 두어 대묘라고 일컬었다. <『삼국유사』 권 제1 「기이
제1」 「미추왕 죽엽군」>

(11a)에서는 김경신을 김유신의 능에 보내어 사과하였다.[15] 김경신은 나
중에 상대등 김양상과 함께 하늘구름왕을 죽이고 김양상이 선덕왕이 되면
서 상대등이 되었다. 5년 후에 선덕왕이 죽자 김경신이 왕이 되었다. 38대
원성왕이다. 왕 시해와 왕통 변경이다. 망한 것이다. 공덕보전 30결을 취선
사에 퍼주었다. 이 취선사는 김유신의 고구려 정벌 공을 찬양하기 위하여
지은 것이다. 이래저래 퍼주기 하느라 바쁘다. 국고만 축나고 국민들의 등
골을 빼어 등만 휘어지게 되어 있다.

(11b)는 사실 「미추왕 죽엽군」 전체의 결론이다. 그러나 이 결론은 철저
히 신라 김씨들이 자신들을 위하여 미추왕과 김유신을 이용한 것이다. 김
공 혼령의 노여움을 미추왕의 혼령이 막았다 한다. 정말? 遏막을 알은 '막
다, 저지하다 등'의 뜻을 가진다. '막았는지 못 막았는지'는 독자의 해석에
맡기자. '미추왕의 혼령이 세 번 말리고, 김유신의 혼령도 세 번 불허하고
는 돌아가 버렸다.'가 진실이다. 틀어진 것이다. 어디로 갔을까? 그런데도
(11b)는 엉뚱하게 '미추왕의 영이 아니었더라면 김공의 노여움을 막지 못하
였을 것이니 왕이 나라를 진호함이 크다.'고 내 논에 물대기[我田引水]를 하
고 있다.[16] 결단코 김유신의 혼령은 더 이상 신라를 지키지 않았다. 그러니

---

15) 김유신은 신라 하대 42대 흥덕왕 때에 흥무대왕(興武大王)으로 추증되어 그 무덤이 능
   으로 불리게 되었다. 왕이 아닌 인물을 왕으로 부른 것이다. 김춘추의 아버지 김용수
   가 신라 중대에 흥문대왕(興文大王)으로 추증된 것과 관련을 지으면 신라 왕실에서는
   김용수와 김유신을 문무의 상징적 인물로 내세웠던 것으로 보인다.
16) 이때의 田은 밭이 아니라 논이다. 원래 한자에서 田은 경작지에 경계를 나타내는 금
   을 그은 것을 형상화하였다. 그러므로 田은 '논'도, '밭'도 다 가리키는 경작지의 뜻이
   다. 畓은 우리 조상들이 '논'을 적기 위하여 만든 한자이다. 우리 말 논, 그것은 바로
   물밭[水田]이었다. 水田을 세로로 쓰면 畓이 된다. 田이 논과 밭도 구분 못하는 인식
   수준을 나타낸다면 田畓은 논과 밭이 구분되는 인식의 경지를 나타낸다. 세상 아무
   데서도 사용되지 않는 畓을 만들어 쓰고 돌 石에 /ㄹ/ 받침을 붙여 乭[돌]을 나타내는

통일 신라가 망했지.

이 이야기는 『삼국사기』에 (12)처럼 적혀 있다. 내용상으로 동일하다. (12b)는 5대만 흘러가도 역사 기록이 과장되고 뒤틀린다고 하였다.

(12) a. (779년[혜공왕 15년, 대력 14년]) 여름 4월 돌개바람이 김유신
의 무덤에서 무섭게 일어나서 시조대왕의 능에 이르렀는데 먼지가 하
늘을 가려 사람과 물건을 분별할 수 없었대[夏四月 旋風坌起 自庾信墓
至始祖大王之陵 塵霧暗冥 不辨人物]. 능지기가 들으니 그 능 속에서 울
면서 슬피 탄식하는 소리가 났대[守陵人聞 其中若有哭泣悲嘆之聲]. 혜공
대왕이 그 말을 듣고 크게 두려워하여 대신을 보내어 제사를 올리어
사과하고 곧 취선사에 밭 30결을 바쳐서 명복을 빌게 하였대[惠恭大王
聞之恐懼 遣大臣致祭謝過 仍於鷲仙寺納田三十結 以資冥福]. 이 절은 유
신이 고구려, 백제 두 나라를 평정하고 세운 것이대[是寺庾信平麗濟二
國 所營立也].

b. 유신의 현손 신라 집사랑 장청이 지은 행록 10권이 세상에 전하
여 왔는데 거기에는 만들어 낸 이야기가 많으므로 이를 가려서 쓸 만
한 것만 뽑아 이 전기를 만들었대[庾信玄孫 新羅執事郞長淸作行錄十卷
行於世 頗多釀辭 故刪落之 取其可書者爲之傳]. <『삼국사기』 권 제43 「열
전 제3」 「김유신 하」>

그러나 신라 김씨 후손들은 고려, 조선을 거쳐서 이후로도 부귀영화를
누렸다. 한반도 역사상 가장 오랜 기간 동안 양반으로 불리는 경주 김씨,
안동 김씨, 광산 김씨, 김녕 김씨, 의성 김씨, 청풍 김씨, 강릉 김씨 등등 헤
아리기 어려울 만큼 많은 본관으로 나누어져 대대로 부귀와 권세를 누린
거성(巨姓)이 되었다. 가락 김씨는 김해 김씨를 비롯하여 인구수가 가장 많
은 대성(大姓)이 되었다.

이 吏讀(이두)의 창의성에 감탄을 금치 못한다.

그런데 이것은 후대의 신분 제도와 밀접한 관련을 맺고 있다. 고려는 문반, 무반 두 반을 양반으로 불렀다. 그리고 상민이 있고 그 밑에는 노비가 있었다. 양반집 노비만 하여도 권세를 부렸다. 상민은 그보다 권세가 적었을지도 모른다. 노비가 가장 우습게 본 계층이 백정이다. 백정들은 따로 마을을 이루어 살았다. 양수척(楊水尺, 무자리). 버들고리짝을 짜는 일을 주업으로 하고 소, 돼지, 개도 잡고 여인들은 몸도 팔았다. 기생[해어화(解語花)]의 원류이다. 이들은 주로 멸망한 나라 백제, 고구려의 잔민들과 여진 포로, 귀화인, 피정복자들로 이루어졌다.

인도에는 바르나[色, casta(포르투갈 어)] 제도가 있다. 최상위 브라만[婆羅門, Brahman, 사제], 크샤트리아[Kshatriya, 무사, 통치자], 바이샤[Vaisya, 상인, 농민], 수드라[Sudra, 종, 노비], 불가촉천민[不可觸賤民. Untouchable, Harijan]이 그것이다. 아직도 작동하고 있는 기본 질서이다.

브라만을 문반으로 보면, 고려, 조선의 문반, 무반, 상민, 노비, 그리고 백정에 거의 비슷하게 일치한다. 이러한 계급이 일시에 타파된 것이 조선 망국이다. 일부를 제외하고는 모두 일본제국의 상민과 노비로 전락하였다.

동양에서의 신분제, 계급, 이것을 잊고서는 과거 역사가 제대로 이해되지 않는다. 이기면 신분이 상승하고 지면 신분이 하강하기 마련이다. 특히 모반에 가담하면 본인은 죽고 가족은 죽거나 노비가 된다. 전쟁에 지고 적에게 항복하여 목숨을 건지면 노비로 전락한다. 망국의 본모습이다.

그러나 김씨들은 그러지 않았다. 그들은 나라가 망해도 노예가 되거나 신분이 하락하지 않았다. 잠시 1000년, 고려, 조선을 거치며 왕씨와 이씨에게 왕권을 내어 주었지만 그 뒤에서 내내 귀족 지위를 누리며 왕비들을 통하여 왕권을 위협하며 외척 세도라는 특권을 누리고 살았다. 지금도 한반도의 최고위층에 김씨가 얼마나 많은가? 박씨를 몰아내는 데에 김씨들은 어떤 역할을 하였나? 이 끈질긴 생명력, 2000년을 절대 권력자와 귀족으로 군림한 그 김씨들의 생존 전략은 어떤 유전인자로부터 오는 것일까?

현대사회에서 이 유전인자를 되살려서 잡초에 모란을 접목시킨 것 같은 종족을 만들어 내는 것은 불가능한 일일까? 주변의 유목민[Nomad]의 후예들인 몽골, 일본, 퉁구스, 투르크, 훈 족들과 동맹을 맺어 전자 기기와 비행기로 무장한 현대의 유목민이 되어 대륙과 태평양의 길목을 지키며 통행세와 무역, 금융을 관장하는 현대적 유목 국가를 이루는 길은 없을까? 그런 일을 하는 데는 기업들이 적격이다. 그들이 자유롭게 세계를 경영할 수 있게 하면 된다.

제 2 장

대성 효 이세 부모 신문대

대성 효 이세 부모 신문대

1. 불국사는 왜 지었을까?

내가 경주에 처음 간 것은 1977년이다. 그때 가장 인상적인 것은 역시 불국사, 석굴암이었다. 특히 '김대성이 이승의 부모를 위하여 불국사를 짓고 전생의 부모를 위하여 석굴암을 지었다.'는 창건 설화가 그러하였다.

그러나 나는 그 말이 영 믿어지지 않았다. 아무리 재상을 지낸 부호라 하더라도 부모에 대한 효도를 위하여 어떻게 그렇게 큰일을 할 수 있었을까? 그 후 경주에 갈 때마다 머릿속을 떠나지 않은 궁금증은 '그 화려한 불국사와 웅장한 석굴암을 왜 만들었을까?' 하는 것이었다.

1983년부터 서강대학교에 와서 '원전판독/고전문헌해독' 강의를 맡게 되었다. 한국 사람으로서 '원전', '고전문헌'이라는 이름을 들으면 가장 먼저 머리에 떠오르는 문헌은 어느 것일까? 나는 『삼국유사』를 떠올렸다. 1969년 학부 2학년 때 '한문 고전 강독'이라는 과목을 수강하였다. 그때 그 과목의 교재가 『삼국유사』이었다. 그리하여 고대국어에 대하여 배운 것, 특히 향가 해독을 중심으로 『삼국유사』를 가르치기 시작하였다.

30여 년 동안 가르치면서 『삼국유사』의 여러 기록들을 살펴보니 의외로 많은 의문점들이 생겼다. 오래 마음속에 담고 있었던 불국사, 석불사 창건과 관련된 기록도 그런 기록들 가운데 하나이다. 그 기록만 보아서는 불국사, 석불사 창건의 동기와 과정이 명쾌하게 드러나지 않는다. 무엇인가 풀리지 않는 의문점과 궁금함, 거기에 신비로움까지 감돌게 하는 무영탑[석가여래 상주 설법 탑(釋迦如來常住說法塔)] 설화까지 곁들여 불국사, 석굴암 창건의 비밀을 밝히는 일은 두고두고 내 마음의 과제 하나로 깊게 자리 잡고 있었다.

모두들 (1)의 『삼국유사』의 기록에 따라 '김대성이, 불국사는 이승의 부모의 명복을 빌기 위하여, 석굴암은 전생의 부모의 명복을 빌기 위하여 지었다.'고 한다. 그러나 나는 그 말을 믿기가 참으로 어렵다. 김대성이 무슨 재벌 회장이라노 되어서 그 큰 절을 지었다는 말인가?

> (1) 이에 이승의 양친을 위하여 불국사를 세우고 전생의 부모를 위하여 석불사를 세운 뒤 신림, 표훈 두 성사를 청하여 각각 주하게 하였다. 크고 좋은 불상을 설치하여 또 양육한 수고를 갚아 한 몸으로써 두 세상의 부모에게 효도한 것은 옛날에도 드문 일이다. 착한 보시의 영험을 어찌 가히 믿지 못하겠는가! [乃爲現生二親創佛國寺 爲前世爺孃創石佛寺 請神琳/表訓二聖師各住焉 茂張像設 且酬鞠養之勞 以一身孝二世父母 古亦罕聞 善施之驗 可不信乎] <『삼국유사』권 제5 「효선 제9」 「대성 효 이세 부모 신문대」>

그런데 실제로 일연선사도 '한 몸으로써 두 세상의 부모에게 효도한 것은 옛날에도 드문 일이다.' 하고, '착한 보시의 영험을 어찌 가히 믿지 못하겠는가!'라고 믿으라고 강요하는 듯하게 적었다. 그도 대성이 두 승의 부모에 효도했다는 말이 미심쩍었을까?

한 승의 부모에게도 효도하지 못한 것이 평생의 한으로 남은 속세의 이 중생은, 우리를 뉘우치고 또 뉘우치게 만드는 이 요상한 설화를 내 손으로 분석하여 후손들에게 부모에게 효도하는 것은 정말로 어려운 일이니 그렇게 많이 자책하지 않아도 된다는 핑계를 마련해 주고자 한다. 그리고 이런 저런 사정으로 불효할 수밖에 없었던 수많은 사람들과 공범이 될 수 있는 길을 찾고자 한다.

이제 김대성이 이승과 전생의 부모에 대한 효도를 위하여 지었다는 그 불국사, 석굴암 창건 설화가 <u>거짓말</u>이라는 것을 밝히고, 진실로 그 절을 짓기로 한 동기가 무엇인지를 파헤쳐서 스스로 자신에게 제기했던 문제, <u>정치와 종교의 관계</u>, <u>역사 기록의 신빙성</u>에 대하여 전 생애에 걸쳐서 찾아낸 해답을 제시하고자 한다.

그런데 이 시대에 (2a)와 같은 문제를 곱씹어 보는 것은 어떤 의미를 가지는 것일까? 지난 날 일어난 망국의 역사를 살피며 천하의 운세를 점치는 것은 (2b)에 대하여 어떤 답을 주는 것일까?

> (2) a. 통일 신라 시대의 그들은 왜 불국사, 석굴암을 지었을까? 35대 경덕왕 시대는 통일 신라가 망하기 직전이다. 그때 그들은 무엇 하러 그 거대한 불사를 시작했을까?
> b. 나라가 망한다는 것은 무엇을 의미하는가? 나라는 왜 있는 것일까? 나라가 망하고 나면 그 국민들은 어떻게 되는 것일까?

나라가 망하기 직전에 이루어지는 국고를 기울인 거대한 사업은 나라 망함을 촉진하는 요인이 되면 되었지 결코 망하는 나라를 붙들지 못한다. (2b)는 막연한 논의이다. 이 세상에 망하지 않은 나라가 어디 있으며 무너지지 않은 무덤이 어디 있겠는가? 다만 막대한 국고를 들여 불사를 하여 현명하지 못한 왕을 억지로 만들어 내어 나라를 망친 것은, 어리석은 지도자 아래 대규모 토목공사를 하여 국가 재정을 털어먹고 국민들을 빚더미에 올려놓은 뒤에 외국으로부터 차관을 도입하여 나라를 팔아먹은 자들과 똑같다는 교훈이나 얻었으면 더 이상 가치 있는 일이 없다. 옛날에 존재하였다가 사라진 나라에 대하여 애착을 가지고 안타까워하는 것은 개인으로서는 주제넘은 일이다. 나라의 흥망성쇠는 일반 국민과는 아무 관련이 없는 것으로 신라가 망하여도 일반 국민은 고려의 국민이 되면 그만이었다.

그러나 가야, 백제, 고구려로부터의 전리품 덕택으로 이 땅의 역사상 가장 찬란했던 한때를 누린 것이 분명한 통일 신라가 그렇게 쉽고 허망하게 무너진 과정은 아직 잘 밝혀져 있지 않다. 특히 그들이 누린 찬란한 황금 문화를 이룬 막대한 재원이 어디에서 왔는지, 그들은 왜 스키타이 유목민처럼 황금을 그렇게도 숭상했는지 잘 모른다.

서정목(2021)은 가락 김씨와 신라 김씨들이 흉노제국의 후예들로서 한나라에서 제후에 봉해진 집안일 것으로 추정하였다. 흉노제국은 기원전 100년 이전에 유라시아 대륙을 제패하였던 유목민 국가이다. 양과 말, 소의 먹이를 따라 초원을 이동하며 삶을 영위하는 유목민들에게는 휴대가 간편한 황금이 가장 중요한 재산이다. 그들은 황금으로 인형을 만들어 그 금인(金人)을 통하여 하늘에 제사를 지내는(祭天) 풍습을 가진 종족이다. 흉노제국은 그 휘하에 수많은 종족들이 번왕을 맡아 종족 연합적 성격을 이루는 나라였다. 그런 제국의 후예들이 건설한 나라가 왜 그렇게 쉽게 망하였을까?

2. 불국사, 석불사 창건 설화

『삼국유사』에는 불국사, 석불사 창건에 관한 기록 (3)-(5)가 있다. 그 설화의 이름은 '大城孝二世父母神文代'이다. 번역하면 '신문왕대에 대성이 이승과 전생의 부모에게 효도하였다.'이다. 불국사는 경덕왕 때 짓기 시작하여 혜공왕 때에 완성되었다. 신문왕은 경덕왕의 할아버지이다. 그런데 왜 이 설화의 시대는 신문왕대로 되어 있을까?

(3) 대성이 이승과 전생의 부모에게 효도하였다. 신문왕대[大城孝二世父母神文代].

　　a. 모량리*{부운촌으로도 적음}*의 가난한 여인 경조에게 아이가 있었다. 머리가 크고 정수리가 성처럼 넓어 대성이라 이름하였다. 집이 빈궁하여 키울 수가 없어 재화가 넉넉한 복안의 집에 머슴살이를 하게 하여 그 집에서 나누어 준 몇 이랑의 밭으로 의식의 비용을 마련하였다. 그때 승 점개가 육륜회를 흥륜사에서 베풀고자 하여 복안의 집에 와서 시주하기를 권하였다. 복안이 베 50필을 주었다. 점개가 빌며 원하여 말하기를, "보시하기를 좋아하니 천신이 항상 보호하여 지키며 하나를 보시하면 만 배를 얻고 안락 장수하리라." 하였다. 대성이 이 말을 듣고 뒤꿈치를 들고 뛰어들어와 어머니에게 말하기를, "내가 문에서 중이 외는 바를 들으니 하나를 보시하면 만 배를 얻는다고 합니다. 생각하건대 우리가 집도 좋은 것이 없고 지금 이와 같이 곤궁하니 지금 또 보시하지 않으면 내세에는 더욱 가난해질 것입니다. 내 머슴살이로 얻은 밭을 법회에 시주하여 뒷날 과보를 도모함이 어떻겠습니까?" 하였다. 어머니도 좋다 하였다. 이에 <u>그 밭을 점개에게 보시하였다.</u> [牟梁里*{一作浮雲村}*之貧女慶祖有兒 頭大頂平如城 因名大城 家窘不能生育 因役傭於貨殖福安家 其家俵田數畝 以備衣食之資 時有開士漸開 欲設六輪會於興輪寺 勸化至福安家 安施布五十疋 開呪願曰 檀越好布施 天神常護持 施一得萬倍 安樂壽命長 大城聞之 跳而入 謂其母曰 予聽門僧誦倡云施一得萬倍 念我定無宿善 今玆困矣 今又不施 來世益艱 施我傭田於法會 以圖後報何如 母曰 善 乃施田於開]

　　b. 얼마 아니하여 대성이 죽었다. 그날 밤 나라의 재상 김문량의 집에 하늘에서 부르짖는 소리가 있어 크게 말하기를, "모량리의 대성이란 아이가 지금 너의 집에 환생할 것이다." 하였다. 집 사람들이 매우 놀라 사람을 부려 모량리를 살펴 조사하여 보니 대성이 과연 죽어 있었다. 그날 그 부르짖음과 동시에 임신하여 아이를 낳았는데 왼손을 꼭 쥐고 펴지 않다가 7일 만에 폈다. 그 손 안에 대성 두 글자를 새긴 금

간자가 있으므로 또 그로써 이름하였다. 그 어머니를 집에 모셔다 아울러 봉양하였다. [未幾城物故 是日夜 國宰金文亮家有天唱云 牟梁里大城兒 今托汝家 家人震驚 使檢牟梁里 城果亡 其日與唱同時 有娠生兒 左手握不發 七日乃開 有金簡子彫大城二字 又以名之 迎其母於第中兼養之]

c. 장성하여 사냥을 좋아하였다. 하루는 토함산에 올라가 곰 한 마리를 잡고 산 아래 마을에서 묵었다. 꿈에 곰이 귀신으로 변하여 따져 말하기를, "네가 어찌하여 나를 죽였는가? 내가 환생하여 너를 잡아먹으리라." 하였다. 대성은 두려워서 용서를 빌었다. 귀신이 말하기를, "네가 나를 위하여 절을 세워 주겠는가?" 하였다. 대성은 그렇게 하기를 맹서하였다. 꿈을 깨니 땀이 흘러 요를 적시었다. 그 후부터 그는 들사냥을 끊고 곰을 위하여 곰 잡은 자리에 장수사를 세웠다. [旣壯好遊獵 一日登吐含山捕一熊 宿山下村 夢熊變爲鬼 訟曰 汝何殺我我還啖汝 城怖 請容赦 鬼曰 能爲我創佛寺乎 城誓之曰 旣覺汗流被 自後禁原野 爲熊創長壽寺於其捕地]

d. 그로 인하여 마음에 느낀 바가 있어 비원이 더 두터워졌다. 이에 이승의 양친을 위하여 불국사를 세우고 전생의 부모를 위하여 석불사를 세운 뒤 신림, 표훈[1] 두 성사를 청하여 각각 주하게 하였다. 크고 좋은 불상을 설치하여 또 양육한 수고를 갚아 한 몸으로써 두 세상의 부모에게 효도한 것은 옛날에도 듣기 어려운 일이다. 착한 보시의 영험을 어찌 가히 믿지 못하겠는가! [因而情有所感 悲願增篤 乃爲現生二親創佛國寺 爲前世爺孃創石佛寺 請神琳/表訓二聖師各住焉 茂張像設 且酬鞠養之勞 以一身孝二世父母 古亦罕聞 善施之驗 可不信乎]

e. 석불을 조각하려고 큰 돌을 다듬어 감실의 뚜껑을 만들려 하는데 갑자기 돌이 셋으로 갈라졌다. 낙심하여 어렴풋이 잠이 들었는데 밤중

---

1) 석불사에 주하였다는 표훈성사가 이 책의 핵심 인물이다. 그는 다음에 볼 「경덕왕 충담사 표훈대덕」에도 나오고 「동경 흥륜사 십성」에도 나온다. 「대성 효 이세 부모 신문대」와 「경덕왕 충담사 표훈대덕」 두 설화에 다 등장하는 이 표훈대덕이 이 책에서 두 설화를 연결하는 중심 고리가 되었다.

에 천신이 내려와 다 만들어 놓고 돌아갔다. 대성이 일어나 급히 남쪽 고개에 올라 향을 피우고 천신을 공양하였다. 그리하여 그곳을 향령이라고 부른다. 불국사의 구름다리, 석탑, 종, 돌, 나무를 새긴 기술이 동도[경주]의 여러 절 가운데 이보다 나은 것이 없다. [將彫石佛也 欲鍊一大石爲龕蓋 石忽三裂 憤而假寐 夜中天神來降 畢造而還 城方枕起 走跋南嶺 香木以供天神 故名其地爲香嶺 其佛國寺雲梯石塔彫鏤石木之功 東都諸刹未有加也]

(4) 옛 「향전」에 실린 바는 위와 같다. 그러나 절에 기록이 있어 말하기를, "경덕왕 때 큰 재상 대성이 천보 10년[751년, 경덕왕 10년] 신묘년에 불국사를 짓기 시작하였다. 혜공왕 때를 거쳐 대력 9년[774년, 혜공왕 10년] 갑인년 12월 2일에 대성이 죽었다. 국가에서 이에 완성을 마쳤다. 처음에 유가의 대덕인 항마를 청하여 이 절에 주하게 한 것이 이어져서 지금에 이르렀다." 하였다. 옛 「(향)전」과 같지 않다. 어느 것이 옳은지 분명하지 않다. [古鄕傳所載如上 而寺中有記云 景德王代 大相大城以天寶十年辛卯始創佛國寺 歷惠恭世 以大歷九年甲寅十二月二日 大城卒 國家乃畢成之 初請瑜伽大德降魔住此寺 繼之至于今 與古傳不同 未詳孰是]

(5) 찬하노니[讚曰],
모량의 봄 지나 세 고랑 밭 보시하고[牟梁春後施三畝]
향령에 가을 와서 만금을 거두었네[香嶺秋來獲萬金].
어머니는 평생에 가난과 부귀를 겪었고[萱堂百年貧富貴]
홰나무 뜰 한 꿈, 이승과 내세를 오가도다[槐庭一夢去來今].
<『삼국유사』 권 제5 「효선 제9」, 「대성 효 이세 부모 신문대」>

(3)에 따르면 불국사는 이승의 부모인 김문량 부부를 위하여 짓고, 석불사는 그승의 부모인 경조 부부를 위하여 지었다. 이승의 부모는 어머니 이

름이 없고 그승의 부모는 아버지 이름이 없다. 귀족은 남자가 이름을 남기고 천민은 여자가 이름을 남긴다. 왜 그럴까?

그 어머니 이름 慶祖[경사스러운 할아버지]가 참으로 이상하다. 여자 이름도 아니고 사람 이름도 아닌 것 같다. 기껏해야 아기[阿只] 정도의 이름이라야지. 정말로 경조는 실존했던 인물일까? 대성도 실존하였을까? 석불사에 주하였다고 하는 표훈이라는 큰스님을 주목할 필요가 있다. 이 스님은 실존하였던 인물이다.

(4)는 불국사 창건에 관하여 적은 것이다. (3)과는 약간 차이가 있다. 가장 중요한 것은 751년에 짓기 시작하여 774년 12월 2일 죽을 때까지 완성하지 못하여 나라가 이어받아 완성하였다는 것이다. 나라가 무슨 까닭으로 개인이 효도하겠다고 짓는 절을 대신 지어준다는 말인가?

(5)는 그 일을 시로써 읊은 것이다. '회나무 뜰 한 꿈'이 가장 인상적이다. 사람 한 평생, 그 허망한 세월을 무슨 이승과 그승[前生]을 오가며, 하물며 다가올 저승을 생각하겠는가? 알 수 있는 것은 이승뿐, 그승이 있었는지, 다가올 저승이 있을지 알 수 없는 일이다. 이승에만 충실하기에도 인간은 부족하다.

3. 김대성이 아니라 김대정이다

기록 (3)의 주인공은 김대성이다. 김대성이 재상을 지냈다고 하고 그의 아버지 김문량도 재상을 지냈다고 한다. 신라 중대의 재상이라면 중시가 아니면 상대등이겠지. 이 시기의 중시와 상대등은 거의 다 『삼국사기』에 등장한다. 당연히 찾아볼 수밖에 없다. 그런데 참 이상하다. 중시가 된 김문량은 있는데 김대성은 없다. 어떻게 된 일일까?

이 이야기 (3)을 요약하면 (6)과 같다.

(6) '대성'이라는 아이가 전생에 머슴살이 하여 얻은 밭을 보시하여 후세에 재상 김문량의 집에 태어났다(3a, b). 그 대성이 자라서 사냥하여 죽인 곰이 꿈에 나타나 자기를 위하여 절을 창건하라고 하여 장수사를 세웠다(3c). 대성이 나중에 벼슬에서 물러난 뒤에 이승의 양친을 위하여 불국사를 세우고 전생의 부모를 위해 석불사를 세웠다(3d, e).

(4)를 보면 (3)의 내용은 옛 「향전」이라는 기록에 적힌 것이다. 그러나 절에 전해 오는 기록은 (7)과 같다고 하였다.

(7) 경덕왕 때인 751년에 재상 대성이 불국사를 세우기 시작하여 23년이나 되었으나 완성하지 못하고 혜공왕 때인 774년에 죽었다. 나라가 그 공사를 이어받아 완성하였다.

(3)과 (4)의 차이점은 (8)과 같다.

(8) a. (3)은 불국사, 석불사 창건을 말하고 있으나, (4)는 불국사 창건만 말하고 있다.

b. (3)은 연대가 밝혀져 있지 않으나, (4)는 연대가 명확하게 밝혀져 있다.

c. (3)은 대성이 재상 김문량의 집에 환생하였다고 하고 대성은 재상이라는 말이 없다. 그러나 (4)는 김문량에 대한 말은 없고 대성이 큰 재상이라고 하였다.

d. (3)은 대성이 불국사를 다 짓고, 석불사는 천신의 도움으로 완성하였다고 하였다. 그러나 (4)는 751년에 재상 대성이 불국사를 세우기 시작하여 23년이나 되었으나 완성하지 못하고 혜공왕 때인 774년에 죽었고, 그 후 나라가 그 공사를 이어받아 완성했다고 하였다.

e. (3)은 불국사에는 신림이, 석불사에는 표훈이 주하였다고 하였다.

그러나 (4)는 불국사에 항마가 주하였다고 하였다.

(8)의 차이점들은 서로 보완하여 이해할 수 있다. (8a)의 경우 (4)에도 석불사 창건이 포함되었을 것으로 보인다. 그리고 이 석불사는 오늘날의 석굴암을 말하는 것으로 보인다.[2] (8b)의 연대는 『삼국사기』에서 확인하면 된다. 연대가 밝혀진 것이 더 신빙성이 있다. (8c)도 『삼국사기』에서 이 부자의 신원을 확인하면 된다. 그것은 나중에 보기로 한다.

(8d)는 상당한 차이가 있다. 대성이 공사를 모두 마쳤다고 한 것과 완성하지 못하고 죽어서 나라가 이어받아 완성했다는 것은 중요한 차이이다. 아마 '완성하지 못하고 죽어서 나라가 이어 완성하였다.'가 더 진실에 가까울 것이다. 그러니 불국사가 언제 완성되었는지는 모른다.[3] 그리고 이 공사는 무려 23년 이상이 걸린 대불사이다. (8d)의 불국사 주지가 신림이었는지 항마이었는지도 큰 차이라 할 수 있다. 석불사의 주지는 표훈인 것으로 보인다.

(4)는 절에 전해 내려오는 기록에 적힌 내용이라고 한다. 그러니 이것이 (3)의 옛 「향전」에 적힌 것보다는 훨씬 더 사실에 가까울 것이다.

(3)과 (4)로 적어 놓으면 불국사, 석불사 창건에 두 가지 설이 있는 것처럼 보인다. 그러나 이 두 가지 설의 내용은 결국 같은 것이다. 이야기의 뼈대, 나라의 재상 김대성이 불국사, 석불사를 짓기 시작하였다는 전체적인 내용은 (3)과 (4)가 다르지 않다.

"옛 「(향)전」과 같지 않다. 어느 것이 옳은지 분명하지 않다."는 아마도

---

[2] 이 책에서는 현대의 유물로서의 그 절은 석굴암이라 적고 『삼국유사』의 기록에 나오는 그 절은 석불사로 적는다.

[3] 따라서 불국사, 석굴암이 언제 완성되었는지는 기록에 없다. 흔히 불국사, 석굴암의 창건 연대가 774년이라고 하고 있지만 그것은 김대정이 죽은 해이지 불국사, 석굴암이 완공된 해가 아니다. 그 해에 완성되었을 수도 있지만 미완의 공사를 나라가 이어받아 완성했다면 몇 년이 더 걸렸을 수도 있다. 불국사, 석굴암의 완성 연대는 774년 이후 어느 해이다.

일연선사가 (8d)의 대성이 완성했는지 아니면 나라가 이어받았는지의 문제와 (8e)의 불국사, 석불사를 짓고 신림과 표훈을 모셨다는 데 비하여 불국사를 짓고 항마를 주하게 하였다는 것이 서로 다르다는 데에 관심을 가지고 적은 것으로 보인다.

전생에 머슴살이 하여 번 밭을 보시했다느니, 그 보시의 공으로 재상의 집에 태어났다느니 하는 것은 다 신비롭게 윤색한 것에 지나지 않는다. 전생이 있다고 믿던 시대, 빈한한 아이가 절에 보시하여 재상의 집에 태어났다는 환생을 믿던 시대에야 가능한 이야기일지 모르지만, 지금 저런 말을 믿으면 이상한 인간 취급받는다.

사냥 때 죽인 곰이 꿈에 나타나서 절을 지으라고 했다는 것도 이상하다. 자기가 죽인 짐승이 꿈에 나타나는 것이야 있을 수 있다. 그러나 꿈에 곰이 나타나 절을 지으라고 했다는 것도, 곰을 위하여 절을 지었다는 것도 다 현실적 진실과는 관련이 없는 말이다. 잠깐 조는 사이에 천신이 내려와 감실[석굴, 龕]의 지붕을 완성하였다는 것도 천신이 있다고 믿던 시대에는 유효하다. 그렇지만 지금은 '???'이냐.

그러니 옛 「향전」이라는 기록에 있다는 내용은, 재상 김대성이 불국사와 석불사를 지었다는 뼈대를 제외하고는 모두 꾸민 말에 지나지 않는다. 그러면 이 이야기에는 왜 이런 꾸밈말들이 잔뜩 들어 있을까? 이런 믿을 수 없는 꾸밈말들로써 무엇을 가리고 있는가? 무엇을 숨기려 하고 있는가? 누구를 속이려 하고 있는가? 그것을 찾는 것은 현대의 독자들이 할 일이다.

그 숨겨진 진실은 무엇일까? 길게 윤색된 내용은 결국 '하나를 보시하면 만 배를 얻는다.'는 것이다. 그것도 보시하고도 이승에서 복을 받지 못하면 내세에서라도 복을 받는다는 것이다. 내세에 복을 받지 못하면 어디에 호소할 것인가?

『삼국사기』에는 김대성이 없다

경덕왕 시대에 당면했던 가장 큰 일은 무엇이었을까? 그것을 알기 위해서는 공적인 일을 적은『삼국사기』를 볼 필요가 있다. 그것도『삼국유사』에서 불국사를 짓기 시작했다는 경덕왕 10년[751년] 전후한 시기의 기록과 김대성이 죽었다고 하는 혜공왕 10년[774년] 주변의 기록들을 볼 필요가 있다.

그런데 어인 까닭인지『삼국사기』에는 김대성이라는 이름이 없다. 그뿐만 아니라 경덕왕, 혜공왕 때 기사에는 불국사, 석불사 창건과 관련된 기록이 하나도 없다. 왜 그 크고 중요한 절을 지었는데 한 마디 기록이 없는가? 그런 사실이 없어서 기록하지 않은 것인가? 그런 사실이 없었다면 왜 불국사, 석굴암은 남아 있는가?

그런데 요상한 것은 751년으로부터 3년 뒤인 경덕왕 13년[754년]에는 (9)와 같은 기록이 남아 있다는 점이다.

(9) 754년[경덕왕 13년] 5월에 성덕왕의 비를 세웠다. --- 가을 7월에 왕은 관에 명하여 영흥사, 원연사의 두 절을 수리하였다. <『삼국사기』권 제9「신라본기 제9」「경덕왕」>

경덕왕이 아버지 성덕왕의 비를 세웠다. 현재는 거북의 목이 베인 귀부만 남아 있는 그 거북 등에 꽂혀 있었을 거대한 비석이 이때 세워진 것이다. 그 비신이 남았으면, 다시 '투후 제천지윤이 7대를 이어왔다.' '15대조 성한왕이 하늘에서 이 땅에 내려와 시작하였다.'는 내용을 확인할 수 있을 것인데---.[4]

---

4) 태종무열왕비가 비신 없이 이수와 귀부만 남은 이유가 무엇일까? 성덕왕비가 이수도 비신도 없이 귀부만 남은 까닭은 무엇일까? 문무왕비가 흔적 없이 사라졌다가 여염집 빨랫돌로 다시 나타난 일의 뒤에 숨은 사연은 무엇일까? 그 비신들에는 틀림없이 '투후 제천지윤이 7대를 이어왔다.'가 있었을 것이다. 그리고 그 비석의 주인공인 왕으로부터 미추임금까지의 대수를 헤아려 문무왕비의 15대조 성한왕처럼, 무열왕비에는 14

이어지는 기록은 영흥사(永興寺), 원연사(元延寺)의 두 절이 흐트러져서 수리하였다는 것이다. 그것도 경덕왕이 관에 명하여 수리하게 하였다. 왜 관에 명하여 수리하게 하였을까? 재상을 지낸 고위 귀족에게 명하여 수리시키면 안 되었을까? 754년이면 불국사, 석불사 창건이 시작되어 공사가 한창 진행 중일 때이다. 그런데 그 공사에 관해서는 아무 말이 없으면서 이미 있는 두 절의 수리 사실은 적어 두고 있다. 어느 절이 더 중요한지는 따질 수 없지만 절 수리 기사는 적으면서 새로 짓는 절에 관한 기사가 전혀 없다는 것은 쉽게 납득하기 어렵다.

고려 시대에 『삼국사기』를 편찬할 때까지 전해 온 기록에 불국사, 석불사 창건에 관한 기사가 없었을까? 없었다면 신라 시대부터 그 일에 관해서는 언급하지 않는 것이 불문율이었을까? 여기에 무슨 사연이 있는 것은 아닐까? '모든 절의 창건이 『삼국사기』에 기록되는 것은 아니다.'고 하면 그만일까? 그러면 왜 낡은 절 수리하는 것은 저렇게 떠억 하니 적었을까?

혹시 『삼국사기』는 일부러 그 기록을 누락시키지 않았을까? 그렇다면 왜 누락시켰을까? 부끄러워서. 그것을 적는 것이 말도 안 되는 부끄러운 일이어서 누락시킨 것이 아닐까? 부끄러워서 그 사실을 숨긴 것이다. 그들이 숨기고 있는 것, 차마 『삼국사기』에 적지 못한 불국사, 석불사 창건의 비밀은 무엇일까? 그 비밀은 『삼국사기』가 적기를 부끄러워한 일이어야 한다. 그 비밀의 일단은 앞에서 본 대로 『삼국유사』가 환생, 웅몽(熊夢), 이승과 전생

대조 성한왕, 신문왕비에는 16대조 성한왕, 성덕왕비에는 17대조 성한왕이라고 적혀 있었을 것이다. 투후가 무엇인지는 『한서』를 읽은 선비들은 다 안다. 사마천의 『사기』, 반고의 『한서』는 전통사회에서 필독 교양서였다. 투후를 알면 자신의 피가 흉노족과 연결된다는 것을 알게 된다. 흉노족의 피, 그것이 부끄러운 일이어서 비석을 모두 깨어 묻은 것일까? 유라시아 대륙을 호령한 유목 민족 셋을 들라면 흉노, 몽골, 돌궐이다. 세종이 한글을 지으면서 이런 새외의 민족들이 다 제 문자를 가지고 있다는 것을 말하고 있다. 그것이 '나랏말이 중국말과 달라'이다. 피의 혼효는 세계사상으로 자연스러운 일이다. 유목 기마 민족의 피와 혼효되었다는 것이 자랑스러운 일이 될 날이 올 것이다. 조선 시대에 한양에서 경주로 온 지방관들이 탁본 뜨는 일이 귀찮아서 비를 모두 깨부수어 땅에 묻었다는 속설은 얼마나 신빙성이 있는 것일까?

의 부모에 대한 효도 등 말도 안 되는 상상을 통하여 상징적으로 적고 있다. 그 비밀을 어떻게 찾아낼 것인가?

그승[前生]은 가상이고 이승[此世]는 현실이다

다른 방법이 있을 수가 없다. 당시의 왕실과 정치적 상황을 참작하여 불국사, 석불사 창건의 이면에 들어 있는 비밀을 찾아야 한다. 정치적 상황은 이 시대에 관한 기록들을 종합하여 살펴보면 다 나온다.

『삼국사기』에서 확인할 수 있는 분명한 사실은 통일 신라 시대에 김문량이라는 재상이 실제로 있었다는 것이다. 706년[성덕왕 5년]에 대아찬[5등관위명]으로 중시가 되어 711년에 죽은 '문량'이 있다.[5] 한자 이름 '文亮'은 '文良'으로 되어 있지만 이는 '亮' 자가 피휘 등 어떤 사연에 의하여 '良'으로 달리 적혔을 뿐 동일인임에 틀림없다.

> (10) a. 706년[성덕왕 5년] 가을 8월 중시 신정*{구본에는 진으로 적음. 이번에 고친다.}*이 병으로 면직하였다. <u>대아찬 문량(文良)을 중시로 삼았다.</u>
> b. 711년[동 10년] 겨울 10월에 나라 남쪽의 주, 군을 순수하였다. <u>중시 문량이 죽었다.</u> <『삼국사기』 권 제8 「신라본기 제8」 「성덕왕」>

『삼국유사』가 김대성의 아버지라고 말하는 金文亮이 이 金文良일 것은 확실하다. 그러니 성덕왕대에 김문량이라는 중시가 있었던 것은 현실이다. 현실공간에 김문량이 존재한 것이다.

만약 김문량이 706년에 중시가 될 때 55세였다면 그는 652년생이다.

---

5) 집사부의 '중시(中侍)'는 왕의 시위를 담당하고 명령의 출납을 관장하는 대통령 경호실장 겸 비서실장 격인 관직이다. 그만큼 왕의 지근거리에서 왕을 보필하는 재상급 관직이다. 경덕왕 때인 747년에 '시중'으로 명칭을 바꾸었다.

652년은 647년부터 654년 3월까지 재위한 진덕여왕 6년이다. 그렇다면 그가 40세 되었을 때인 691년은 681년부터 692년 7월까지 재위한 신문왕 11년이다. 그러니 이 설화의 연대가 '신문대'라고 되어 있다. 이 '신문왕대'라는 시기는 김대성이 김문량의 집에 태어난 시점이다. 40세 전후의 나이인 그 김문량의 집안에 귀한 늦둥이 아들이 하나 태어났다. 여기까지도 현실 공간이다.

그러면 751년에 재상 직위를 면하는 김대성이라는 사람이 있는가? 없다. 『삼국사기』 751년 조에는 김대성이라는 인물이 없다. 아니 사람 이름으로서의 김대성은 『삼국사기』에서 찾을 수가 없다. 그렇다면 이 사람이 존재하지 않았는가? 아니다. 그렇다고 말하기도 어렵다. 751년[경덕왕 10년]에 재상 직을 면한 김대성이란 인물은 없지만 그와 비슷한 이름을 가진 사람은 있다.

『삼국유사』는 김대성이 전생에서는 모량리의 경조라는 여인의 아들이라고 한다. 그 아이가 머리가 크고 정수리가 성처럼 넓어서 이름을 대성이라고 지었다. 이것은 전생이므로 현실이 아닌 가상이다. 가상공간인 전생을 설정하고 머리가 크고 정수리가 넓은 아이를 창조하여 그 속에 존재시킨 것이다. 즉, 존재하지 않은 아이를 상상으로 만들어 내었다. 이것은 가상공간이다.

하늘에서 대성이 김문량의 집안에 태어날 것이라는 소리가 있었다는 것도 가상이다. 김문량의 아들이 태어나 이레 뒤에 손바닥을 폈는데 그 속에 '大城'이라는 글자가 쓰인 금간자(金簡子)가 있었다 한다. 금간자라? 목간(木簡)은 나무로 만든 글 쓰는 조각, 죽간(竹簡)은 대로 만든 글 쓰는 조각이다. 금으로 만든 글 쓰는 조각을 들고 있었다니 사실인지 지어낸 것인지 참으로 기가 막힌다.

어떤 아이가 어머니 뱃속에서 나올 때 금 조각을 손 안에 숨기고 나오겠는가? 어머니 뱃속에 금반지가 들어 있었고 그것을 어머니의 몸이 녹였을까? 현실적으로는 절대로 있을 수 없는 일이다. 아마도 이것은 그 아이의 출생을 신비화하기 위하여 그 집안에서 지어낸 이야기일 것이다. 그리고 조그만 금간자를 그 아이의 손 안에 숨겨 넣었을지도 모른다. 이것은 현실이 아니고 거짓이고 가상이다. 지어낸 것이다. 그러니 이 이름은, 이 글자 때문에 모량리의 대성이라는 그 아이가 환생하였다고 보고 대성이라고 이름을 지었다고 하니, 이것은 현실과 가상을 연결 짓는 장치이다.

따라서 현실과 가상을 연결시키는 이 이름, '대성'이라는 이름은 장치이다. 이 장치는 금간자와 더불어 상상으로 고안해 낸 것이다. 그러니 현실에 없는 것을 만든 것이다. 우리가 현실을 적은 『삼국사기』에서 김대성을 찾을 수 없는 것은 그 이름이 가상과 현실을 연결 짓는 장치이기 때문이다. 이제 가상공간에서 가져온 김대성이라는 장치를 통하여 현실공간에 존재했던 다른 인물을 찾는 것이 가능해졌다.

그런데 놀랍게도 경덕왕 시대에 상대등이나 중시 등 재상 급으로 불릴 만한 관직에 나아가는 사람 가운데 '대정(大正)'이라는 사람이 있다. 745년에 중시가 되어 750년에 시중 직을 면하는 이찬 대정이란 인물이 있는 것이다.

(11) a. 745년[경덕왕 4년] 5월 가물었다. 중시 유정이 퇴직하였다. 이찬 대정(大正)을 중시로 삼았다.

b. 747년[동 6년] 봄 정월에 중시를 시중으로 바꾸었다.

c. 750년[동 9년] 봄 정월에 시중 대정을 그 직에서 면하고 이찬 조량을 시중으로 삼았다. <『삼국사기』 권 제9 「신라본기 제9」 「경덕왕」>

아버지로 보이는 김문량이 중시가 된 706년으로부터 정확하게 40년 후인 745년에 아들로 보이는 김대정이 중시가 되었다. 거의 같은 나이에 중시가 되었다고 보면 이 두 사람의 나이 차이는 40이다. 두 사람이 부자 사이라고 할 수 있을 것이다.

(3)-(5)에서 본 불국사, 석불사 창건 설화가 적힌 이 「대성 효 이세 부모 신문대」라는 설화의 연대는 신문왕대이다. 성덕왕의 아버지이고 경덕왕의 할아버지인 신문왕은 681년에 즉위하여 692년에 죽었다. 그러니까 가상공간의 지어낸 아이 대성이 밭을 시주하고 현실공간인 김문량의 집에 환생한 시기는 신문왕대, 즉 681년에서 692년 사이이다. 그가 중시가 된 745년에 55세였다면 그는 691년생이다.

김문량이 중시가 된 때는 그로부터 시간이 좀 지난 706년이다. 706년은 702년에 즉위한 성덕왕 5년이다. 705년에 성덕왕은 오대산의 효명암을 진여원으로 새로 고쳐지었다. 오늘날의 상원사이다. 그리고 706년 금동사리함에 명문을 새겨 황복사 3층석탑에 새로 안치하였다. 그 706년에 중시가 되는 김문량은 대아찬[5등관위명]이고 금농사리함을 안치하는 김순원은 소판[3등관위명]이다. 김순원이 2등관 정도 높다. 김문량이 김순원의 영향권 안에 있는 사람이라고 보아야 하지 않겠는가?

706년이면 691년경에 태어난 김문량의 아들 대성은 16세이다. 이 나이는 사냥을 좋아하고 곰을 잡을 만한 나이이다. 그가 곰을 잡은 곳에 장수사를 지었다는 시기는 아버지가 중시가 된 706년경이다. 만약 가상공간인 전생의 김대성이 현실시간인 신문왕대에 태어났다면. 김대정이 중시가 된 745년에 대정은 55세가 되었을 것이다. 아마도 중시란 관직은 그 정도 나이의 중신이 맡는 것이고, 이찬[2등관위명]이라는 관등도 그가 상당한 나이에 이른 사람이라는 것을 시사한다. 이 김대정은 김문량이 늦게 본 그 귀한 아들이다. 김대정은 현실공간인 이승에 실제 존재했던 사람이다. 그러나 김대성은 이승에 존재하지 않았다.

'김대성이 불국사, 석굴암을 지었다.'고 적는 것은 틀린 역사 기술이다. 그 기록 『삼국유사』의 「대성 효 이세 부모 신문대」는 김대성의 전생의 일을 적은 것이다. 요새 세상에 전생이 있다고 믿는 사람이 어디 있겠는가?

없는 전생의 김대성이 불국사를 짓기 시작한 것이 아니라 있는 이승의 일을 적은 『삼국사기』의 「경덕왕」 조에 나오는 김대정이 불국사를 짓기 시작하였다. 김대성은 김대정과 관련하여 가상공간인 전생에 존재했다고 설정된 가짜 인물이다. 그러므로 (12)처럼 적어야 올바른 역사 기술이 된다.

(12) 불국사, 석굴암은 751년 김대정이 짓기 시작하여 완성하지 못하고 774년 12월 2일에 죽어서, 나라에서 이를 이어받아 그 후 언젠가 완성하였다. <저자>

이제 가상공간인 전생에서의 이름이 '大城'이던 아이가 현실공간인 이승에서는 그 이름을 '大正'으로 하였다고 짐작할 수 있다. 그러나 이것은 먼저 가 보지도 않은 그승인 전생을 인정하는 인간들을 속여먹을 때나 가능한 일이다. 그승을 인정하지 않는 사람들을 설득할 이론은 못 된다.

그런 사람들을 설득하는 설명 가운데 수준 낮은 것 하나는 '대성'은 아명이고 '대정'은 어른이 되어서 사용한 본명이라는 것이다. 김대성이 어릴 때는 아명으로 대성을 사용하다가 나중에 어른이 되어 대정으로 이름을 바꾼 것으로 보는 것이다. 그러나 이것도 아명, 자, 명, 호, 시호가 존재하던 시대의 사람들에게나 통하는 설명법이지 달랑 이름 하나만 가지고 사는 현대인들을 설득할 수 있는 방법은 아니다.

이보다 훨씬 수준 높은 설명 방법은, 그리고 이 책이 진실이라고 생각하는 가설은 '개구명받이' 민담(民譚)을 활용하는 것이다. 그 내용은, 모량리 경조라는 여인이 중시 김문량의 집에 외거 노비처럼 일하러 드나들었는데 재상 문량이 아들이 없어 한탄하는 것을 보고 남 몰래 재상과 밀회하여 아들을 낳아 개구명으로 들여 넣어주고 그 아들을 마치 재상 부인이 낳은 것처럼 꾸며서 키웠다는 스토리이다. (3b)의 (13)이 이를 증언한다.

(13) 그 어머니를 집에 모셔다 아울러 봉양하였다[迎其母於第中兼養 之]. <『삼국유사』 권 제5 「효선 제9」 「대성 효 이세 부모 신문대」>

대성이 어려서 죽어 전생의 어머니 경조가 아직 살아 있는 상황이다. 하늘에서 모량리의 대성이란 아이가 김문량의 집에 태어날 것이라고 하였다는 것을 믿을 사람은 아무도 없다.

그러면 어떻게 대정은 모량리의 가난한 여인 경조가 자기 전생의 어머니라는 것을 알아보고 모셔 와서 아울러 봉양했을까? 이 설화에 경조의 남편이 등장하지 않는 것도 이를 방증한다. 유일한 재산 밭 한 뙈기를 승 점개에게 보시하려면 대성이 아버지의 허락을 받는 것이 먼저지. 정말로 경조는 부부생활을 한 것일까?

그러니까 재상 대정은 낳아 준 어머니 경조에 대한 애틋함으로 석불사를 짓고, 키워서 교육시킨 어머니 재상 부인에 대한 의리를 지키기 위하여 불국사를 세운 것이다. 낳아서 젖을 먹여 준 어머니 경조에게는 대성이라는 이름을 사용하고 커서 법적 어머니로서의 역할을 한 재상 부인과 관련해서는 대정이라는 이름을 사용했을지도 모를 일이다. 그러나 이것도 역사적 진실을 다 말한 것이라 하기 어렵다.

우리가 산다고 하는 이승인 『삼국사기』의 이 '김대정'이 전생인 『삼국유사』의 그 김대성이다. 왜냐하면 『삼국사기』는 무조건 이승의 일을 적은 것이지만 『삼국유사』는 이승의 일 외에도 경우에 따라 전생인 그승의 일, 내세의 일도 적어 둔 가상공간이 등장하기 때문이다.[6]

---

6) 역사는 이승[此世]의 일만을 적어야 하지만 문학은 우리가 살다가 온 그승[前生]과 앞으로 가게 될 저승[來世]의 일도 적는 자유를 누릴 수 있다. 역사가 날조된 상상을 적는 자유를 누리면 역사가 죽고, 문학이 현실에 얽매여 표현의 자유를 박탈당하면 시인이 죽는다. 언어 연구자가 역사를 말하고 문법 선생이 시를 논하면 그 사회도 죽은 사회이다. 그러나 어떤 역사, 어떤 시도 문자를 떠나서는 존재할 수 없다. 역사와 시를 적은 문자를 읽고 언어로 풀이해 내는 것은 언어가[言語家] 고유의 일이다. 문학가도, 역사가도 할 수 없는 그 일을 안 하면 언어가도 죽은 것이다. 모두가 죽은 그런 사회가

김대성은 전생이라는 가상공간에 등장한 가상인물이다. 그러므로 가상세계의 인물로 설정된 이름인 '<u>김대성</u>'이 불국사, 석불사를 짓기 시작했다고할 것이 아니다. 어디까지나 현실공간의 실제 인물인 '<u>김대정</u>'이 불국사,석불사를 짓기 시작했다.'고 적어야 옳다.[7)]

김대정은 750년에 시중에서 물러나고 751년부터 불국사와 석불사를 짓기 시작하였다. 그 불사를 완공하지 못한 채 774년에 죽었다. 무려 23년 동안 불국사, 석불사 창건에 매달린 것이다. 만약 김대정이 중시가 되던 745년에 55세였다면 84세쯤에 죽었다는 계산이 나온다. 가상공간 전생에서'대성'이라는 아이가 머슴살이 하여 얻은 밭을 중 점개에게 시주하여 현실공간에서 김문량의 집에 환생하였다는 것만 빼면, 김문량의 아들 김대정이부귀영화를 누리고 안락하게 살다가 84세쯤에 죽었다는 말을 할 수 있다.그러므로 김문량, 김대정과 관련된 이상의 모든 추정은 적절하다 할 수 있다. 그들은 부자(父子)임에 틀림없다.

750년에 시중에서 물러난 김대정은 왜 751년부터 불국사를 짓기 시작하였을까? 설화 (3c)를 보면 사냥하여 죽인 곰 때문에, 그 곰이 꿈에 나타나서'네가 나를 죽인 곳에 절을 지으라.'고 해서(이것은 가상공간이다), 그 곰을잡은 곳에 장수사를 지었다는 것(이것은 현실공간이다)이다. 이 장수사를 지은 때는 중시가 된 745년보다 훨씬 전, 그가 젊었을 때였던 것으로 보인다.

그 일로 하여 불심이 깊어져서 이승의 부모를 위하여 불국사를 짓기 시작하였다. 곰을 위하여 절을 짓다가 불심이 깊어지면 부모를 위하여 절을

존재했었고 존재하고 있으며 존재하게 될지도 모른다.

7) 우리 모두 '김대성이 불국사, 석불사를 지었다.'는 가상공간의 이야기를 버리고, '김대정이 불국사, 석불사를 짓기 시작했다.'는 현실공간의 이야기로 돌아가자. 그 이야기는현대의 과학적 학문이 아니다. 옛날 사랑방에서 할아버지들이 손주들에게 효도의 중요성을 가르치기 위하여 들려주던 그야말로 '옛 이야기'이다. 그 흘러간 이야기에 매달리면 그 이야기가 주는 교훈도 얻을 수 없다. 가상공간을 빙자하여 만들어진 이야기는말할 수 없는 현실공간의 답답함을 이기기 위하여 그 장치를 이용한 것일 가능성이 크다. 말할 수 없는 현실공간의 답답함, 그래서 '임금님 귀는 당나귀 귀'가 생겨난다.

짓게 되는가? 이 둘을 바로 연결 짓는 것은 비합리적이다. 필연성이 떨어진다. 곰과 부모가 무슨 관련이 있는가? 이것도 역시 김대정이 부모의 명복을 빌기 위하여 불국사를 지었다는 절 창건 동기가 미덥지 못한 요인이 된다. 무엇보다 꿈은 가상공간이다.

여기가 중요 포인트이다. '김대정이 곰을 위하여 장수사를 지은 후로 불심이 깊어져서 김문량 부부를 위하여 불국사를 짓기 시작하였다.'는 이 말을 어떻게 이해해야 할 것인가? 말 그대로 이승의 부모의 명복을 빌기 위하여 불국사를 짓기 시작한 것일까? 아니면 이것은 겉으로 내세운 명분이고 속으로는 말 못할 다른 무슨 사정이 있는 것일까?

순수하게 부모의 명복을 빌기 위하여 불국사 같은 대사찰을 지을 통 큰 자식이 있을까? 통일 신라 말기에 고위 공직자를 지낸 인사가 이승의 부모를 위하여 불국사를 짓고 전생의 부모를 위하여 석굴암을 짓기 시작했다는 이 말로 포장된 이면의 진실은 무엇일까? 이 진실을 읽어 내는 것이 이 책에서 우리가 추구해야 할 '역사 기록 다시 읽기'의 구체적 목표이다.

이 목표를 이루기 위해서는 시대상, 특히 정치 정세를 냉철하게 분석하여야 한다. 이 일이 이루어지게 강요하는 집권자의 암묵적 눈초리와 그를 둘러싸고 있는 이들의 탐욕을 고려해야 한다. 특히 유의해야 할 것은 김대정의 관직과 그의 사후 나라가 공사를 이어받아 완성하였다는 점이다.

첫째, 김대정은 중시를 지낸 높은 벼슬아치이다. 거기에 그 집안은 그의 아버지 김문량에 이어 2대에 걸쳐서 재상을 지내는 명문거족 집안이다. 대대로 고위 공직에 오르는 특권을 누린 진골 귀족 집안일 것으로 짐작이 된다. 33대 성덕왕, 34대 효성왕, 35대 경덕왕 시대에 이런 지위에 오를 수 있는 집안은 어떤 집안일까? 이 집안이 왕실과 어느 정도 가까운 집안인지를 밝혀야 할 필요가 있다.

둘째, (14)에서 보듯이 김대정이 절을 짓기 시작하여 다 완성하지 못하고 죽었는데 그 공사를 나라가 이어받아 완성했다는 점이다. 이 공사가, 이 불사가 어느 개인의 부모에 대한 단순한 효심에서 시작된 것일까?

> (14) 혜공왕 때를 거쳐 대력 9년 갑인년[774년, 혜공왕 10년] 12월 2
> 일에 대성이 죽었다. 국가에서 이에 완성을 마쳤다. <『삼국유사』권
> 제5「효선 제9」「대성 효 이세 부모 신문대」>

그 넓은 땅에 그렇게 호화로운 절을 짓는다면 왕실이 모를 수가 없다.
경덕왕의 허락 없이, 『삼국유사』가 '경주에서 가장 호화롭다.'는 기록을 남
기고 있는 불국사를 김대정이 자신의 부모의 명복을 빌기 위하여 지을 수
있었을까? 더욱이 만약 봉덕사가 성덕왕이 태종대왕을 위하여 지었다면 경
덕왕은 자기 아버지 성덕왕의 명복을 빌 절을 짓지도 못한 상태인데,[8] 감
히 일개 퇴직 재상이 불국사를 짓는 것을 허용하였을까?

불국사가 들어선 그 드넓은 땅은 누구의 소유였을까? 사유지였을까, 국
유지였을까? 동원된 인력은 다 개인 김대정의 돈으로 품삯을 받았을까? 전
재상이 시작한 일이고 그 일을 나라가 이어받아 완성하였다. 나라가 왜 개
인이 짓던 이 절을 이어받아 완성했을까? 이 사찰 건립은 단순히 개인의
효도를 위한 것이라고 하기 어렵다.

나라는 무엇인가? 국민 전체? 귀족들? 왕조 시대에는 나라는 곧 왕이다.
왕의 허락 없이, 재상을 지낸 사람이 20여 년 이상 끌 불사를 할 수는 없다.
더욱이 석굴암 본존불의 시선이 경덕왕의 증조부인 문무왕의 왕릉 대왕암
을 바라본다는 설도 있고, 석굴암 본존불의 시선은 동지 날 해 뜨는 곳을
향한다는 설도 있다. 마치 영국의 스톤헨지의 중심과 힐스톤을 연결하는
선이 하지 날 해 뜨는 곳과 일직선을 이루듯이.[9]

---

8) 봉덕사 창건에 관하여는 2가지 다른 기록이 있다. 하나는 성덕왕이 태종대왕을 위하
  여 지었다는 것이고 다른 하나는 효성왕이 성덕왕을 위하여 지었다는 것이다. 진실은
  효성왕이 성덕왕을 위하여 지었다는 것이다. 그러면 경덕왕에게는 아버지 성덕왕을
  위한 절을 지을 의무가 없었다. 그는 왜 저렇게 호화로운 절을 지어야 했을까?

여기서 중요한 것은 그 공사가 공적인 일이었지 사적인 일이 아니라는 점이다. 공적인 일이란 나라가 관여하였다는 말이다. 나라가, 왕이 이 절을 짓는 데에 관여했다면 그 목적은 무엇이었을까? 부처님의 법력을 이용하여 나라가 이루려 하는 소원이 무엇이었을까? 그 당시의 왕, 경덕왕이 이루려 한 소원은 무엇이었을까? 그가 부처님의 법력을 빌려 해결하려 한 그 문제는 무엇이었을까? 그 문제를 풀기 위하여 불국사, 석불사를 지은 것은 아닐까? 이제 이 문제가 무엇인지를 추적해야 할 단계에 왔다.[10]

그 문제는 그 시대의 정치 정세를 알아야 파악할 수 있다. 그리고 그 시대의 정세를 알기 위해서는 그 바로 앞 시대의 정세도 알아야 한다. 왕조 시대의 정치 정세는 왕실 가족 상황과 분리하여 생각하기 어렵다. 신라처럼 왕과 그를 둘러싼 귀족들이 거의 모든 관직을 차지하여 지배하는 체제에서는 가족 관계를 면밀하게 밝히는 것이 매우 중요하다.

특히 서정목(2021)에서 누누이 강조하였듯이 신라 시대는 왕비 집안이 권력 실세이었다. 차기 왕을 결정하는 일은 거의 죽은 왕의 어머니나 아내가 하였다. 그 여인, 왕위 승계 질서를 장악한 여인은 친정아버지가 지배하

---

9) 영국 월트셔[Wiltshire] 솔즈베리 평원에 있는 스톤헨지[Stonehenge, 매달려 있는 바윗돌]은 거석들이 말굽 모양과 원형을 이루고 서 있다. 이 원 밖에 힐 스톤이라는 다른 형태의 돌이 있는데 이 돌과 스톤헨지 거석 유적지 중심을 연결하는 선은 하지 날 해가 뜨는 방향과 일직선을 이룬다. 대마도에는 와타즈미[和多都美] 신사가 있다. 그 신사는 초대 천황 신무(神武)의 할머니 도요타마히메노 미코티[豊玉姫命]를 모시는 신사이다. 그 신사의 도리이는 5개인데 2개는 바다에 설치되어 있다. 그 5개의 도리이가 가리키는 방향은 거제도 가라산이다. 구주의 기리시마[霧島, 안개섬]에는 멀리 가락국이 보인다는 가라쿠니다케[韓國岳]가 있다. 유목이나 해양 정복 유이민들의 원시 신앙에 해가 중요한 기준이 되고 있다. 그리고 떠나온 고향에 대한 그리움이 고향이 있는 방향을 향하게 하고 있다. 호사수구(狐死首丘: 여우가 죽을 때 머리를 살던 굴 쪽으로 둔다는 뜻. 고향을 그리워하는 마음을 나타냄: 『초사(楚辭)』)이다. 수구초심(首丘初心: 여우는 죽을 때 구릉을 향해 머리를 두고 초심으로 돌아간다는 뜻: 『예기』「단궁상편(檀弓上篇)」)과 같은 뜻이다.

10) 경덕왕 첫 왕비의 무자 폐비, 만월부인과의 재혼, 15년 동안의 무자, 그리고 만월부인의 할아버지 김대문과 김대정의 관련성 등이 이 문제가 무엇이었을지를 짐작하게 해 주는 힌트가 된다.

였다. 그러므로 왕의 장인이 누구인지를 밝히는 것은 정치 정세를 파악하는 첩경이라 할 수 있다.

4. 통일 신라 왕실 상황 개관

문무왕 이후 통일 신라 시대는 평안한 시대가 아니다. 삼국 통일 전쟁이 끝나고 왕권에 도전하는 진골귀족들을 신문왕이 '김흠돌의 모반'으로 제거하고 중앙집권을 이루어 그 아들 성덕왕 때에 태평성대가 펼쳐졌고, 그 결과 경덕왕 때 불교문화가 꽃을 피워 불국사, 석굴암 같은 명품 문화재를 남겼다고 해설하는 역사는 진실을 외면한 역사 기술이다. 7세기 후반부터 8세기의 신라의 실상은 전혀 그렇지 않다.

백제와의 오랜 전쟁과 당나라의 고구려 정복군 뒷바라지에 재정은 바닥이 났고 백성들의 삶은 도탄에 빠졌다. 백제를 정복한 후 눌러앉은 당나라 군대를 몰아내는 전쟁으로 국토는 황폐화되었고, 곧 원상복구되었지만 당나라가 문무왕을 폐위하고 김인문을 신라왕으로 책봉함으로써 통치의 권위는 흔들렸다.

왕실 내부는, 태종무열왕의 사위 김흠운의 전사로 인한 요석공주의 홀로됨과 그녀와 원효대사 사이에 출생한 설총, 문무왕의 첫아들 소명전군의 죽음으로 인하여 정명태자가 형수감과의 사이에서 아들들을 낳음으로써 야기된 후계 구도의 난맥, 문명왕후의 후원을 받는 김유신 후계 세력의 군권 장악과 화랑도 풍월주 독점으로 인한 문명왕후와 자의왕후의 갈등 등으로 일촉즉발(一觸卽發)의 위기에 놓여 있었다. 681년 7월 1일 문무왕의 승하는 이 휘발성 위기에 기름을 끼얹고 불을 지른 것이었다.

통일 신라의 핵심 실세 집안은 문무왕의 왕비 자의왕후의 친정이다(서정목(2019) 참고). (15a)에서 보듯이 『삼국사기』에는 자의왕후의 아버지가 파

진찬 선품이라고 되어 있다. (15b)에서 보듯이 『삼국유사』에도 자의왕후가
'선품 해간의 딸[善品海干之女]'라고 되어 있다.[11]

(15) a. [661년] 문무왕이 즉위하였다[文武王立]. 휘는 법민이다[諱法
敏]. 태종왕의 원자이다[太宗王之元子]. 어머니는 김씨 문명왕후인데 소
판 서현의 막내딸이고 유신의 누이동생이다[母金氏 文明王后 蘇判舒玄
之季女 庚信之妹也]. --- 왕비는 자의왕후이다[妃慈儀王后]. 파진찬 선
품의 딸이다[波珍飡善品之女也]. <『삼국사기』 권 제6 「신라본기 제6」
「문무왕 상」>
　b. 제30 문무왕[第三十文武王]. 이름은 법민이다[名法敏]. 태종의 아
들이다[太宗之子也]. 어머니는 훈제부인이다[母訓帝夫人]. 왕비는 자의
*{의는 눌로도 적음}*왕후이다[妃慈義*{一作訥}*王后]. 선품 해간의
딸이다[善品海干之女]. 신유년에 즉위하였다[辛酉立]. 20년간 다스렸다
[治二十年]. 능은 감은사 동쪽 바다에 있다[陵在感恩寺東海中]. <『삼국
유사』 권 제1 「왕력」 「문무왕」>

이것만 보아서는 선품의 아버지, 할아버지, 즉 윗대를 알 수 없다. 그러
나 아버지 없는 아들은 있을 수 없다. 선품의 아버지가 있어야 한다. 선품
의 아버지, 즉 자의왕후의 할아버지는 누구일까?
　그런데 『삼국유사』가 (16)과 같은 이상한 기록을 남기고 있다. 여기에는
『이제{비}가기(李磾{碑}家記)』라는 괴상한 문헌이 나온다. 견훤의 족보를
적은 책이다. 거기에 '선품의 아버지가 구륜'이라고 기록되어 있다.

(16) 『이제{비}가기』에 이르기를[李磾(碑)家記云], 진흥대왕의 비 사

11) 波珍飡은 4등관위명으로 海干으로도 적는다. '波'는 음독자이다. '돌 珍'은 훈독자로
'돌'을 적었다. 고대 한국어 '바돌'에서 중세 한국어 '바롤'로 변하였다. '바롤'은 아
마도 어느 지방 방언형이었을 '바ᄃ'에 그 자리를 내어주었다. '바돌 海'는 훈독자이
다. '飡, 干'은 음독자다. khan을 적었다. 이 4등관위명은 현대 국어로 '바다칸'이다.

도부인, 시호 백승부인의 제3자 <u>구륜공의 아들 파진간 선품</u>의 아들 각
간 작진이 왕교파리를 아내로 맞아 각간 원선을 낳았다[眞興大王妃思刀
謚曰白0夫人第三子仇輪公之子波珍干善品之子角干酉珍妻王咬巴里生角干
元善]. 이 사람이 아자개다[是爲阿慈个也]. 아자개의 제1처는 상원부인,
제2처는 남원부인이다[慈之第一妻上院夫人第二妻南院夫人]. (그는) 5자
1녀를 낳았다[生五子一女]. 그 장자는 상보 견훤, 2자는 장군 능애, 3자
는 용개, 4자는 보개, 5자는 소개, 딸은 대주도금이다[其長子是尙父萱二
子將軍能哀三子將軍龍盖四子寶盖五子將軍小盖一女大主刀金]. <『삼국유
사』 권 제2 「기이 제2」, 「후백제 견훤」>

'구륜공(仇輪公)의 아들 파진간 선품'이라? 파진찬 선품이야 문무왕의 장
인으로 널리 알려져 있다. 그 선품의 아버지가 구륜이라고 한다. 구륜이 또
진흥왕의 아들이라고 한다.[12] 그러면 선품의 딸인 자의왕후는 진흥왕의 증
손녀라는 말이다.
　이 기록은 '진흥-구륜-선품-작진-아자개[원선]-견훤'으로 견훤의 4대조

12) 이 기록에서 사도부인의 시호가 백승부인이라고 되어 있다. 그러면 진흥왕의 왕자들
　　인 동륜-금륜-구륜이 동복형제라는 말이다. 그러나 동륜이 일찍 죽어 금륜이 진지왕
　　이 되었다가 폐위된 뒤에 구륜이 왕이 되지 않은 것을 보면 진지왕과 구륜이 동복형
　　제인지 의심스럽다. 더욱이 사도부인의 시호가 백승부인이라는 말은 이상하다. 시호
　　는 대체로 ○○태후로 적는다. 예컨대 만월부인=경수태후이듯이, 살아서는 ○○부
　　인이고 죽어서는 ○○태후인 것이 일반적이다. 『삼국사기』 권 제4 「신라본기 제4」 「진
　　흥왕」, 『삼국사기』 권 제14 「백제본기 제4」 「성왕」 조에 의하면 진흥왕은 553년[진
　　흥왕 14년] 10월에 백제의 왕녀를 맞이하여 소비로 삼았다. 540년에 7세로 즉위하였
　　으니 20세가 된 때이다. 백제의 왕녀와의 사이에서도 자식이 태어났을 것이다. 구륜
　　이 그 소비의 아들일 가능성은 없을까? 이 혼인 후 이듬해인 554년[백제 성왕 32년]
　　7월에 성왕은 구천(狗川)[관산성, 옥천]에서 신라 신주 도독 김무력의 비장 삼년산군
　　[보은]의 고간 도도에게 피살되었다. 성왕은 김유신의 할아버지 무력에게 살해된 것
　　이다. 구륜이 소비의 아들이라면 자의왕후가 김유신의 후계 세력인 김흠돌을 제거하
　　고 김흠돌의 딸인 며느리를 폐비시킨 것은 할아버지 구륜의 외할아버지인 백제 성왕
　　의 원수를 갚은 것이 된다. 그럴 가능성은 몇 %나 될까? 적국으로부터 헌상된 여인
　　에게서 아이를 낳아 피를 본 대표적 사례가 망한 포나라의 여인 포사(褒姒)에게 멸망
　　한 주(周)나라 유왕(幽王)이다.

가 구륜, 5대조가 진흥왕이라고 말한 셈이다. (16)의 바로 앞에는 아자개가
가은 출신의 이씨라고 되어 있으니,[13] 『이제{비}가기』는 견훤의 선조를 신
라 김씨 왕실에 갖다 붙인 것으로 전체적으로는 가짜 족보이다.[14] 그렇지
만 '진흥-구륜-선품'으로 선품의 아버지가 구륜이고 할아버지가 진흥왕임
을 증언한 것은 엄청난 가치를 지닌다.

이 3대를 그대로 적고 있는 것이 필사본 『화랑세기』이다.[15] 이종욱 역주
(1999:186-188)에서 박창화는 김선품이 구륜의 아들이고, 구륜은 24대 진
흥왕의 아들이라고 적었다. 선품의 딸이 자의왕후와 운명[김오기의 아내, 김
대문의 어머니], 야명[문무왕의 차비]이고 선품의 외아들이 순원이다. 선품은
진흥왕의 손자이고 자의, 운명, 야명, 순원은 진흥왕의 증손주들인 것이
다.[16] 김오기는 김흠돌의 모반을 진압한 전방 북원소경의 군주이었다. 진본

---

13) 『삼국사기』도 '견훤은 상주 가은현 사람이다[甄萱 尙州加恩縣人也]. 본성은 이씨인데
   나중에 견을 씨로 하였다[本姓李 後以甄爲氏]. 아버지 아자개는 농사로 먹고 살았다[父
   阿慈介 以農自活]. 후에 집안을 일으켜 장군이 되었다[後起家爲將軍].'고 적었다. 견훤
   이 진흥왕의 후손이라는 말은 틀린 말이다.

14) 견훤의 후백제가 후삼국을 통일하였으면 우리는 이 말도 안 되는 엉터리 족보를 강
   요당하는 역사를 가지게 되었을 것이다. 마치 내물마립간의 엉터리 족보를 신라사의
   일부로 받아들여 내물이 미추임금의 사위라는 말도 안 되는 역사를 가져야 했듯이.
   내물의 왕비, 눌지의 어머니 보반부인이 미추임금의 딸이 될 수 있겠는가? 미추임금
   은 284년에 죽었고 눌지는 417년에 즉위하였다. 죽은 뒤 133년 후에 외손자가 왕이
   되다니? 미추임금 죽은 뒤 50년 후에 외손자가 태어났다고 해도 눌지는 334년생이
   된다. 그렇게 상정하면 그가 죽은 458년에 몇 살이 되는가? 124세이다. 하물며 어느
   딸이 아버지 죽은 뒤 50년 후에 아들을 낳겠는가? 이런 걸 역사라고 적어 남겼나?

15) 『이제{비}가기』는 '진흥-구륜-선품'의 3대를 적음으로써 필사본 『화랑세기』가 『삼
   국유사』와 일치하는 중요한 연결 고리가 된다. 『삼국사기』는 적지 않았지만 진흥왕
   의 아들로 구륜이 있었음은 『삼국유사』, 『화랑세기』가 증언하는 것이다. 필사본 『화
   랑세기』는 박창화가 공상으로 지어낸 위서가 아니라 무엇인가를 보고 베낀 책이다.

16) 『이제{비}가기』는 대수가 맞지 않아 전체적으로는 신빙성이 떨어진다. 진흥왕재위:
   540년-576년이 어찌 350년 정도 후에 경애왕재위 924년-927년을 죽인 견훤의 5대
   조가 될 수 있겠는가? 5대는 150년 정도면 흘러간다. 1880년대생 우리 할아버지로부
   터 5대인 내 손자는 2006년생이다. 350년은 10대도 더 지나갈 만한 세월이다. 실제로
   진흥왕의 후손은 '진흥-동륜, 진지-진평-선덕, 진덕, 천명/용수-무열-문무-신문-효
   소, 성덕-효성, 경덕-혜공[758년생]'으로 182년만에 10대가 흘러갔다. 만약 견훤이 진

『화랑세기』는 김오기가 향음으로 적기 시작한 것을 김대문이 한문으로 완성하였다.

두 사서『화랑세기』,『삼국유사』가 일치하고 다른 한 사서『삼국사기』는 언급하지 않았다. 그 일치하는 두 사서가 공모한 것이 아니라면 그것은 진실이다. 그 진실은 '진흥왕의 아들로 구륜이 있었고 구륜의 아들이 선품이라.'는 것이다.

'선품의 아버지가 구륜이고 구륜의 아버지가 진흥왕'이라는 이 기록은,『삼국사기』는 적지 않은 신라 왕실 속살의 가장 중요한 부위를『화랑세기』와『삼국유사』가 건드린 사례이다. 그 가장 은밀한 속살은 '자의왕후가 진흥왕의 증손녀'라는 것이다. 그들은 한 집안 사람들이다. 진흥왕의 현손 문무왕은 7촌 고고와 혼인한 것이다. 신라 왕실의 전형적인 혼인 패턴이다. 그 족내혼[endogamy]는 유목민 흉노족의 혼습이기도 하다.[17]

그것을『삼국유사』와『화랑세기』가 이렇게 증언한다. 따라서 지금 전하는 필사본『화랑세기』는 박창화가 공상으로 지어낸 것이 아니라 무엇인가

홍왕의 후손이라면,『이제{비}가기』가 말하는 각간 작진은 선품의 아들이 아니다. '진흥-구륜-선품-순원-진종-효신'을 다 거치고 효신공의 아들이라 해야 할 것이다. 그러면 작진은 35대 경덕왕[재위: 742년-765년] 때쯤의 인물이다. 그 아들 각간 원선은 38대 원성왕[재위: 785년-798년] 때쯤의 인물이어야 한다. 그리고도 아자개는 원선이 아니라 원선의 아들쯤이 되어야 한다. 그러면 견훤이 진흥왕의 10대가 된다. 1대를 30년으로 보아 진흥왕이 죽은 576년에 300을 더하면 876년이 된다. 견훤(867년-936년)이 경애왕[재위 924년-927년]을 죽였다고 할 만하다. 그러므로 이런 기본적인 계대도 하지 못하는『이제{비}가기』같은 책이야말로 가짜 책, 위서(僞書)이다. 견훤이 진흥왕의 후손일 가능성은 거의 없다.

17) 필사본『화랑세기』에는 선품의 외아들이 각간 김순원이라고 되어 있다. 서정목(2019)에서 밝힌 대로 순원의 아들은 각간 김진종이고 진종의 딸이 효성왕의 계비 혜명왕비이다. 성덕왕, 효성왕 때의 김충신과 효신은 진종의 아들들이다. 이들은『삼국사기』와「황복사 3층석탑 금동사리함기 명문」에서 확인된다. 여기에 선품의 딸이 자의왕후와 운명이고, 진종의 딸이 효성왕의 계비 혜명왕비이다. 운명의 남편이 김오기이고 김오기의 아들이 김대문이며, 김대문의 아들이 신충, 의충이다. 의충의 딸이 경덕왕의 계비 만월부인이다. 김오기는 옛고구려 땅 날이[영쥐에서 온 벽아부인의 후예이다. 이것이 통일 신라 왕실의 가장 은밀한 속살이다. 지증마립간-법흥왕-진흥왕의 혈통과 관련된 이 속살의 비밀을 파헤쳐야 한다.

를 보고 베낀 것이다. 우리는 '진흥왕의 아들 구륜, 그의 아들 선품'을 볼 수 있는 제3의 기록을 언젠가는 목도할 수 있을 것이다. 박창화가 본 것을 다른 사람이 못 볼 리는 없다. 그것이 일본에 있다.

진흥왕에게는 아들이 셋 있었다. 첫째가 동륜, 둘째가 금륜, 셋째가 구륜이다. 첫째 동륜이 태자가 되었으나 일찍 죽어 둘째 금륜이 25대 진지왕이 되었다. 진지왕이 황음하다고 폐위된 후 동륜의 아들인 백정이 왕이 되었다. 26대 진평왕이다. 왕실 내부 권력은 진흥왕의 어머니 지소부인과 진흥왕비 사도부인이 행사하였을 것이다. 구륜은 왜 왕이 되지 못하였을까? 지소부인은 김씨로 법흥왕의 딸이고 사도부인은 박씨로 모량리 영실 각간의 딸이다. 실세는 지소부인이다. 진골정통 지소부인은 대원신통 사도부인을 탐탁치 않게 여겼다. 진평왕의 어머니 동륜태자비는 만호부인이다. 만호부인은 진골징통이다. 지소부인은 대원신통 사도부인의 아들인 금륜, 구륜보다 진골정통 만호부인의 아들인 증손자 백정을 선택한 것이다. 그리하여 진평왕이 즉위하였다.

진지왕비 지도부인은 이복 시동생 천주공(진흥왕의 아들)과 눈이 맞아 아들 용수, 용춘을 데리고 대궁을 떠났다. 아니지. 천주공은 형 진지왕이 도화녀와 염문을 뿌리다가 폐위되어 비궁에 유폐되고 나서 형수를 책임진 것이지. 형사취수. 이것도 유목민의 혼습이다. 형이 죽었는데 집안의 모든 가축과 황금, 땅을 상속한 형수를 어떻게 딴 집안 남자에게 보낼 수 있겠는가?[18]

진평왕 사후 성골남이 한 명도 없어서 그의 딸 덕만이 27대 선덕여왕이 되었다. 그리고 선덕여왕 승하 후에 사촌 승만(진평왕의 아우 진안 갈문왕 국반의 딸)이 28대 진덕여왕이 되었다. 여왕은 여성 인권이 남성 인권과 동

---

18) 조선조는 과부 재혼을 금지하였다. 얼마나 많은 불쌍한 여인들이 마음을 졸이며 불륜과 수절의 경계선을 넘나들었을까? 과부수절보다는 형사취수가 훨씬 더 인간적인 제도이다.

등하여 배출된 것이 아니라 성골남이 없어서 성골녀가 힘이 가장 세어 배출된 것이다. 선덕여왕과 진덕여왕은 진흥왕 모, 진흥왕비, 동륜태자비, 진평왕비 등으로 이루어진 왕실 내 여인들의 직계 후손 가운데 가장 힘이 세었던 것이다. 진덕여왕이 왕이 된 것을 보면 그녀의 할머니 동륜태자비 만호부인이 이런 결정을 한 것으로 보인다. 그것은 유목민 흉노족의 가족 제도가 가진 당연한 귀결이다.

진덕여왕 사후 성골녀마저 다 사라져 버려서 대궁 밖 세력인, 그러면서 대궁 안 세력 출신인 천명공주의 아들 진골남 김춘추가 29대 태종무열왕이 되었다.[19] 김춘추는 25대 진지왕의 아들 용수와 26대 진평왕의 딸 천명공주 사이에서 태어났다. 천명공주는 5촌 당숙인 용수와 혼인한 것이다. 용수가 진평왕의 사위로서 왕위에 오를 자격을 갖추었다. 그러나 진평왕 사후 왕위는 사위에게 가지 않고 그의 딸 선덕여왕, 소가딸 진덕여왕을 거쳐 성골녀도 다 없어진 다음에야 진평왕의 외손자이며 5촌 조카인 김춘추에게로 갔다. 어머니 쪽으로는 진평왕이 춘추의 외할아버지이지만 아버지 쪽으로는 진평왕이 춘추의 5촌 당숙이다. 선덕여왕, 진덕여왕과 춘추는 6촌이다. 그러나 천명공주가 선덕여왕의 언니이므로 선덕여왕은 춘추의 이모이기도 하다. 이것도 전형적인 흉노족의 혼습이다.[20]

---

19) 여기서 성골과 진골의 차이를 찾아야 한다. 진흥왕-동륜-진평왕-선덕여왕-진덕여왕까지는 성골이다. 진덕여왕의 아버지 진안 갈문왕 국반도 성골이다. 그런데 무열왕-용수, 용춘은 성골이 아니다. 용수, 용춘의 아버지는 진지왕이고 어머니는 지도태후이다. 진지왕은 폐위되었다. 왕비 지도태후는 어찌 되었을까? 폐비? 아니지. 지도태후는 진흥왕의 아들 천주공과 살았다. 형 진지왕이 죽은 후 동생 천주공이 형수를 취한 것이다. 형사취수의 대표적 경우이다. 지도태후의 아들들인 용수, 용춘과 그들의 자손들은 진골이다. 그러면 성골은 진흥왕비 사도태후의 후손 가운데 동륜태자 부부의 후손들만이다. 그러니까 왕의 어머니의 직계 후손들이 성골이고 이들이 대궁에 살았다. 그 외는 진골이고 그들은 대궁 밖에 나가서 자신의 궁을 가지고 살았다. 성골은 왕의 어머니의 직계 자손들만을 지칭하는 것이다.

20) 일본 신무천황의 어머니 다마요리 히메는 신무천황의 할머니 토요타마히메의 동생이다. 아버지 우가야가 이모 다마요리와 혼인하여 신무천황을 낳았기 때문에 친가의 할머니가 외가에서는 이모가 되었다. 일본 왕실도 흉노족의 혼습 범주에 든다. 그들

김춘추는 원래 보종공의 딸인 보라궁주와 혼인하여 딸 고타소를 낳았다. 보종공은 미실의 아들로서 대원신통이다. 보종은 진평왕의 딸 양명공주와 혼인하여 보라를 낳았다. 보라는 진평왕의 외손녀이고 진평왕은 김춘추의 당숙이다. 김춘추는 6촌 양명공주의 딸인 7촌 질녀 보라와 혼인한 것이다. 여기까지는 왕실과 대원신통의 결합으로 소지마립간, 지증마립간 이후의 여러 혼맥과 대동소이하다.

그러나 532년[법흥왕 19년] 가락국 마지막 왕 구충왕이 항복하여 신라로 오고 그 아들 김무력이 진흥왕의 딸 아양공주와 혼인함으로써 새로운 혼맥 가야파가 생겨났다. 진흥왕의 사위 신쥐서울, 경기 지역] 군주 김무력은 554년[진흥왕 15년] 7월 관산성[옥천] 전투에서 백제의 성왕을 죽이는 전공을 세웠다. 553년 10월에 '백제의 왕녀를 소비로 삼은' 진흥왕에게 성왕은 장인이었다. 성왕의 딸인 진흥왕의 소비는 가야파 김무력이 친정아버지를 죽인 데 대하여 원한을 품었을 것이다.[21]

김무력의 아들 김서현은 진흥왕의 아우 숙흘종의 딸 만명과 야합하여 김유신을 낳았다. 진평왕, 선덕여왕, 진덕여왕을 거치면서 이미 화랑단과 군권을 거의 장악한 김유신은 성골이 절멸하고 장차 왕위가 김춘추에게 갈 것을 예측하고 그와 손잡기 위하여 혼인계를 사용하였다. 김유신은 문희에게 김춘추와의 사이에 법민을 잉태하게 하였다. 김유신은 혼인하기 전에 잉태한 문희를 태워 죽이려는 쇼를 벌였다. 남산 산책을 하던 덕만공쥐[선덕여왕]가 김유신 집에서 솟는 연기를 보고 김춘추를 보내어 문희의 목숨을 구하였다. 문무왕 법민이 출생하였다.

김춘추의 첫부인 보라는 출산 중에 사망하였다. 춘추는 법민을 낳은 문희를 왕비로 삼았다. 문명왕후이다. 문희에게 꿈을 판 보희는 무열왕과의

도 가락을 거쳐 대마도로 갔다.

21) 성왕의 왕녀의 어머니가 정비가 아닐 수도 있다. 진흥왕은 성왕의 서녀와 혼인하였을 수도 있다.

사이에서 요석공주를 낳았다. 이제 법민의 배우자, 태자비가 누가 되는지에 따라 전통적 왕비 배출 집안인 대원신통이 실세가 되는가, 아니면 문명왕후 이래 힘을 키운 가야파가 실세가 되는가가 결정된다.

가야파는 김유신의 딸인 신광을 태자비 후보로 밀었다. 그러나 무열왕은 법민의 태자비로 자의를 선택하였다. 이 태자비 싸움에서 가야파는 패배하였다. 자의는 진흥의 아들 구륜의 아들 선품의 딸이다. 선품과 용수가 4촌이고 무열왕과 자의가 6촌이다. 법민은 7촌 고모인 자의와 혼인한 것이다.[22] 전형적인 족내혼이 이루어지고 있었다. 흉노족의 혼인 관습을 그대로 실현한 것이다.

진흥왕의 셋째 아들 김구륜에게는 현재 파악되기로는 선품과 수품의 두 아들이 있었다. 김선품의 아들은 김순원이고 김수품의 아들은 김천광이다. 선품에게는 딸이 셋 있었다. 큰딸은 자의왕후이고, 둘째 딸은 운명, 셋째는 야명이다. 운명은 대원신통 김오기에게 시집갔다. 야명은 문무왕의 소비가 되었다. 자의왕후의 친정 동생 김순원의 아들은 진종이고 딸은 성덕왕의 계비 소덕왕후이다. 김진종의 아들은 김충신, 효신이고 딸은 효성왕의 계비 혜명왕비이다.

---

22) 신라 왕실의 혼인 패턴은 대체로 두 가지 경향을 보인다. 이 경향의 선택이 왕실의 안정을 좌우하는 핵심 지렛대이다. 하나의 경향은 큰집의 조카딸이 작은집의 아저씨에게 시집을 가는 경우이다. 형이 딸을 {친, 4촌, 6촌} 아우에게 시집보내는 것이다. 이 방향은 큰 문제를 야기하지 않는다. 반란을 방지하는 효율적인 제도라 할 수 있다. 왕위에 도전할 수 있는 잠재적 적인 아우와 사촌동생들을 사위로 삼음으로써 왕은 편안하게 친인척 관리를 할 수 있다. 다른 한 경향은 큰집의 조카가 작은집의 {친, 5촌, 7촌} 고모와 혼인하는 경우이다. 왕이 고모나 5촌 고모, 이모를 왕비로 들이는 경우이다. 작은집의 촌수가 높으므로 처남이 숙부가 되고 장인이 할아버지뻘이 되어 그쪽 발언권이 세어진다. 이 경우는 왕실이 불안정해지고 왕위가 매우 위험한 상황에 놓인다. 모반도 대체로 이러한 경우에 일어난 것으로 보인다. 이러한 족내혼은 순혈을 유지하기 위한 석가씨의 혼습과 일치하는 것으로 가비라국의 왕실이 기원전 200년대에 몽골 고원을 떠나서 서남쪽으로 이동해 간 유목 종족임을 시사한다. 신라 왕실은 기원전 120년경에 한나라에 왔다가 서기 60년경에 서라벌로 왔다(서정목(2021), 『삼국유사』 다시 읽기 2-「가락국기」: 너와 나의 뿌리를 찾아서. 참고).

이 자의왕후의 친정 집안에서 33대 성덕왕의 계비 소덕왕후[순원]의 딸과 34대 효성왕의 계비 혜명왕비[순원]의 아들 진종의 딸을 배출하였다. 고모할머니-고모-조카딸의 3대가 왕비가 되었다. 그들은 왕의 외척으로서 권력 실세로 군림하였다.[23] 김문량의 집안을 자의왕후의 친정 집안, 즉 김순원 집안과 떼어서 생각하기는 어렵다.

681년 7월 1일 문무왕이 승하하였다. 681년 7월 7일 신문왕이 즉위하고 8월에 바로 '김흠돌의 모반'이 터졌다. 김흠돌은 김유신의 사위이고 문명왕후의 친정 조카사위였으며 신문왕의 장인이었다. 이 모반으로 신문왕의 첫 왕비 김흠돌의 딸이 폐비되고 문명왕후 세력 가야파가 거세되었다.

자의왕후에게는 여동생 운명이 있었다. 운명은 김오기와 혼인하였다. 김흠돌의 모반을 진압한 군대는 북원소경의 김오기 군대였다. 김오기는 신문왕이 즉위하던 681년 8월 북원소경의 군대를 이끌고 서라벌로 회군하여 김흠돌의 모반을 진압하고 김흠돌, 김군관, 김진공, 김흥원 등을 죽였다. 김오기의 아들이 김대문이다. 신문왕은 이모부 김오기의 군사력을 배경으로 외숙부 김순원과 손잡고 정국을 운영하였을 것이다.

김흠운과 요석공주의 딸인 신목왕후가 683년 5월 7일 새로 신문왕의 왕비가 되었다. 신목왕후는 혼전에 이미 677년에 이공[효소왕], 679년에 봇내, 681년에 융기[효명, 성덕왕]을 낳았다. 그리고 684년에 사종, 687년 2월에 근{흠}질을 낳았다. 692년 이공이 즉위하여 효소왕이 되었다. 696년 효소왕과 성정왕후 사이에서 왕자 김수충이 태어났다. 700년 5월에 효소왕을 폐위하고 사종을 왕위에 앉히려는 '경영의 모반'이 일어났다. 700년 6월 1일 신목왕후가 죽고 702년 7월 27일 효소왕이 죽었다. 오대산에서 수도하고 있던 효명이 와서 즉위하였다. 성덕왕이다.

성덕왕은 704년 김원태의 딸 엄정왕후와 혼인하여 딸 사소부인, 중경,

---

23) 「황복사 3층석탑 금동사리함기 명문」에는 706년[성덕왕 5년]에 이미 소판 김순원, 김진종이 특별히 교지를 받들어 이 사리함을 안치한다고 적고 있다.

승경을 낳았고,[24] 720년 김순원의 딸 소덕왕후와 혼인하여 헌영과 그 아우를 낳았다. 김순원은 구륜의 손자이다. 714년에 효소왕의 아들 김수충을 당나라로 숙위 보내었다. 715년에 태자로 책봉된 중경이 죽고 수충이 당나라에서 귀국하였다. 724년에 새로 승경이 태자가 되었다. 이복형제 태자 승경과 왕자 헌영 사이에 왕위 쟁탈전이 벌어졌다. 719년 수충은 도로 당나라로 갔다.

737년 성덕왕이 죽고 승경이 즉위하여 효성왕이 되었다. 737년 5월 김의충이 중시가 되었다. 효성왕 즉위 후 공신에 책봉되지 못한 김신충이 효성왕을 원망하는 「원가」를 지었다. 739년 정월에 중시 의충이 죽어서 김신충이 중시가 되었다. 739년 3월 효성왕은 박씨 왕비가 있었으나 김순원의 손녀 혜명왕비를 새로 왕비로 들였다. 5월 왕의 이복아우 헌영을 태자로 책봉하였다. 혜명왕비가 친정 오빠 효신과 모의하여 효성왕이 총애하는 후궁을 죽였다. 후궁의 아버지 영종이 딸의 억울한 죽음을 원망하여 모반하였다. 이 '영종의 모반' 후 742년 5월에 효성왕도 의문의 죽음을 하고 화장당하여 동해에 산골되었다. 이런 복잡한 정치 전쟁을 겪고 소덕왕후의 아들, 김순원의 외손자 헌영이 즉위하여 경덕왕이 되었다.

불국사 창건 공사가 진행되던 시기의 왕비는 35대 경덕왕의 계비 만월부인이다. 만월부인의 아버지는 김의충이다. 의충은 739년 정월에 죽고 신충이 중시가 되었다. 743년 4월에 경덕왕이 만월부인과 재혼할 때의 중시는 김신충이다. 「원가」를 지은 김신충은 당시의 권력 구도로 보아 자의왕후의 친정 사람은 아니고 인척임에는 틀림없다. 자의왕후의 인척으로는 여동생

---

24) 사소부인의 어머니가 엄정왕후가 아닐 가능성도 있다. 702년 육욕에 굶주린 22세의 스님 효명(성덕왕)이 오대산에서 와서 즉위하였을 때 궁중엔 26세로 죽은 형 효소왕의 왕비 성정왕후가 있었다. 성덕왕이 형수를 취하였을 가능성이 있다. 그리고 성덕왕은 즉위 후 2년 뒤 704년에 엄정왕후와 혼인하였다. 그 2년 동안 성정왕후나 후궁이 성덕왕과의 사이에 사소부인을 낳았을 가능성도 크다. 사소부인의 아들 김양상의 나이를 보면 사소부인은 704년 이전에 태어났을 가능성이 있다.

운명의 시가인 김오기 집안이 있다. 김오기의 아들이 김대문이고 김신충, 의충은 김대문의 아들일 것이다. 만월부인은 김대문의 손녀이다.

김신충은 739년 정월에 중시가 되어 744년 정월까지 재임하고, 757년에 상대등이 되어 763년 8월에 상대등을 면하였다. 760년 4월에 김옹이 시중이 되고 763년 8월에 면하였다.[25] 745년 5월에 중시가 되어 750년에 중시를 면하는 김대정은 어느 집안 사람일가? 그가 김신충의 영향력을 벗어날 수 있을까? 아마도 불가능할 것이다.

김대정은 김오기 집안 사람일 가능성이 있다. 김문량은 김오기와 같은 세대이고 그 아들 김대정은 김대문과 같은 세대일 것이다. 김오기와 김문량이 한 집안일 가능성이 있는 것이다.[26] 이를 이 책에서 추정하여 지금까지 기술한 그 시기의 왕실을 둘러싼 권력 실세 집안의 세계인 (17)에 넣으면 아래에서 보듯이 김대정은 김의충의 딸인 경덕왕비 만월부인의 작은 할아버지뻘이 된다.

(17) a. 24진흥-동륜-26진평, 국반-27선덕, 천명/용수, 28진덕

b. 24진흥-25진지-용수/천명, 용춘-29무열/문명-30문무/자의-31신문/신목-32효소/성정, 33성덕/엄정, 소덕-34효성/혜명, 35경덕/만월-36혜공

c. 24진흥-구륜-선품, 수품-자의/30문무, 운명/오기, 순원-진종, 소덕/33성덕-충신, 효신, 혜명/34효성

d. 벽아-벽화, 위화랑-이화랑-원광, 보리-예원-오기/운명-대문-신충, 의충-만월/35경덕

---

25) 나중에 검토하는 '성덕대왕신종지명'에는 김옹이 만월부인의 오빠로 되어 있다. 김옹은 김의충의 아들인 것이다. 이 시기에 고위직은 자의왕후의 후계 세력이 독차지하고 있었던 것으로 보인다.
26) 경덕왕의 계비 만월부인의 아버지가 김의충이므로, 김의충의 아버지가 김대문이고 그가 김대정과 친척이라면 김대정이 만월부인의 득남을 위하여 불국사, 석불사를 지었다는 가설이 성립된다.

e.   ??---문량-대정

f. 구충-세종, 무력-솔우, 서현-서운, 유신-문명/29무열, 진광/흠돌
-??/31신문

700년 '경영의 모반' 후 신목왕후도 죽고 32대 효소왕도 의문사 하고,
34대 효성왕도 의문사 하였다. 중시 김의충도 죽었다. 통일 신라 시대는 이
렇게 음모와 모반이 연속되는 어둠의 시대이다. 이 살벌한 통일 신라 왕실
에서 2대에 걸쳐서 중시를 맡으려면 자의왕후 집안과 연결되는 배경 정도
는 가져야 한다.

척 보아서 왕실도 아니고 김유신 계열도 아닌 것으로 보이는 김대정이
자의왕후 집안과 연결되려면 김대문 집안을 통할 수밖에 없다. 어쩌면 김
문량이 김오기의 아우이고 김대정은 김대문의 사촌일지도 모른다. 어딘가
에 김오기 집안을 적어 둔 비석이 없을까? 이것을 적어 둔 기록이 없을까?
사소한 근거라도 발견하는 사람은 신라사의 대박을 터트리는 인물이 될 것
이다.

제 3 장

왕들은 왜 절을 지었을까

왕들은 왜 절을 지었을까

1. 봉덕사와 에밀레종

봉덕사는 효성왕이 성덕왕을 위하여 지었다

봉덕사는 에밀레종으로 널리 알려져 있다.[1] 에밀레종의 정식 이름은 '성덕대왕신종'이다. 그런데 이 봉덕사를 누가 왜 지었는지 잘 모른다. 그것은 기록이 두 가지로 나뉘어 있기 때문이다. 『삼국유사』 권 제2 「기이 제2」의 「성덕왕」 조는 (1)과 같이 되어 있다. 그리고 그의 아들 「효성왕」 조는 (2)와 같이 되어 있다.

(1) 제33대 성덕왕(第三十三 聖德王)
  a. 신룡 2년[706년] 병오년에 흉년이 들어 백성들의 굶주림이 심하였다. 이듬해인 정미년 정월 초하루로부터 7월 30일까지 백성들을 구제하기 위하여 세곡을 배급하되 한 사람에게 하루 3되씩으로 하였는데

---

1) 이 책은 전체적으로 불국사, 석굴암 창건의 참역사를 밝히고 그 절의 창건이 통일 신라 멸망을 초래하였다는 사평을 정립하기 위하여 작성한다. 그러기 위해서는 통일 신라 시대에 창건된 절들의 창건 설화를 자세히 검토할 필요가 있다. 이 책에서는 일부의 절에 대하여 관련된 사항만 검토하였다.

일을 마치고 계산해 보니 30만 5백석이 들었다. [神龍二年丙午 歲禾不登 人民飢甚 丁未正月初一日至七月三十日 救民給租 一口一日三升爲式 終事而計三十萬五百碩也]

b. 왕은 태종대왕을 위하여 봉덕사를 세우고 7일 동안 인왕 도량을 베풀었다. 대사하였다. [王爲太宗大王瓶奉德寺 設仁王道場七日 大赦]

c. 이때부터 시중 직을 두었다[始有侍中職]. *{다른 본에는 효성왕 때 일이라 하였다[一本系孝成王].}* <『삼국유사』 권 제2 「기이 제2」 「성덕왕」>

(1a)는 성덕왕 5년[706년] 심한 흉년으로 백성들이 굶주리고 있음을 보여 준다.[2] 그런데도 왕은 (1b)에서 보듯이 29대 태종대왕[무열왕?]을 위하여 봉덕사를 짓고 있다. 정말로 봉덕사는 태종대왕을 위하여 지은 절일까?

702년 7월 27일 형 32대 효조왕이 갑자기 죽어서 오대산에서 승려가 되어 수도하던 왕자 효명이 서라벌로 와서 즉위하였다(서정목(2019) 참고). 그가 33대 성덕왕이다. 성덕왕에게는 아버지 31대 신문왕의 명복 문제도, 형 효조왕의 명복 문제도, 형수 성정왕후 문제도, 형의 아들 장조가 김수충의 문제도 미결인 채로 남아 있었다. 그런 성덕왕이 제 아버지 신문왕, 할아버지 문무왕을 다 건너뛰고 증조부인 태종무열왕의 명복을 빌기 위하여 봉덕사를 짓는다? 그것은 아무래도 미심쩍은 일이다.

(2) 효성왕(孝成王)

a. 개원 10년[722년] 임술년 10월에 처음으로 관문을 모화군에 쌓았다. 지금의 모화촌으로 경주의 동남 경계에 속했으며 일본을 막는 요새 담이었다. 주위는 6,792보 5척이며 부역 인부는 39,262명이고 관장한

---

2) 이 해에 성덕왕은 이미 형 효조왕이 세운 황복사 3층석탑에 새로 금 아미타불상 1구, 무구정광대다라니경 1권, 부처 사리 4과 등이 든 금동사리함을 안치하고 그 뚜껑에 명문을 새겼다.

관원은 원진 각간이었다. [開元十年壬戌十月 始築關門於毛火郡 今毛火
村 屬慶州東南境 乃防日本塞垣也 周廻六千七百九十二步五尺 役徒三萬
九千二百六十二人 掌員元眞角干]

b. 개원 21년[733년] 계유년에 당나라 사람들이 북적을 정복하기 위
하여 신라에 청병할 때 사신 604명이 왔다가 돌아갔다. [開元二十一年
癸酉 唐人欲征北狄 請兵新羅 客使六百四人來還國] <『삼국유사』권 제2
「기이 제2」「효성왕」>

(2)는 연대 자체가 틀려 있다. 개원 10년은 722년이고 722년은 737년까
지 재위한 성덕왕의 시대이다. 개원 21년도 733년으로 아직 성덕왕이 통치
할 때이고 실제로 (2b)의 내용은『삼국사기』권 제8「신라본기 제8」「성덕
왕」32년에 기록되어 있다.

(3)은『삼국유사』권 제3「탑상 제4」의 기록이다. 황룡사종, 분황사 약사
여래, 봉덕사종, 봉덕사 창건에 대한 증언이다.

(3) a. 신라 제35대 경덕대왕이 천보 13년 갑오년[754년]에 황룡사 종
을 주성하였다. 길이가 1장 3촌이고 두께는 9촌이었다. 49만 7581근을
넣었다. 시주는 효정 이간, 삼모부인이다.[3] 장인은 이상택 하전이다. 숙
종 조에 새 종을 다시 지었는데 길이가 6척 8촌이었다. [新羅第三十五
景德大王 以天寶十三甲午 鑄皇龍寺鐘 長一丈三寸 厚九寸 入重四十九萬
七千五百八十一斤 施主孝貞伊干三毛夫人 匠人里上宅下典 肅宗朝 重成

---

3) 삼모부인은 경덕왕의 첫 왕비로 순정의 딸이다. 아들을 낳지 못하여 폐비가 되고 후비
로 만월부인이 들어왔다. 삼모부인도 아들 낳으려고 애를 많이 쓴 것으로 보인다. 성
덕왕 때 강릉 태수로 가는 순정공이 있다. 순정공의 부인은 수로부인이다. 삼모부인은
수로부인의 딸이다. 효정은 순정의 아우일 가능성이 있다. 황룡사 터는 월성 동쪽 드
넓은 들판이다. 선덕여왕이 자장법사의 주청을 받아 외적의 침입을 면하기 위하여 9층
탑을 쌓았다는 절이다. 그 절에 단 종을 시주하였는데 얼추 50만근을 넣었다고 한다.
얼마나 많을까? 길이가 1丈 3寸이라고 한다. 1丈은 10尺이다. 1尺은 24.5cm 정도이다.
2m 73cm 정도 길이의 종이다.

新鐘 長六尺八寸]

　　b. 또 이듬해 을미년에 분황사 약사 동상을 주성하는 데 무게가 30만 6700근이었다. 장인은 본피부 강고내미였다. [又明年乙未 鑄芬皇藥師銅像 重三十萬六千七百斤 匠人本彼部强古乃未]

　　c. 또 황동 12만근을 희사하여 선고 성덕왕을 위하여 큰 종 하나를 주조하려 하였으나 이루지 못하고 죽었다. 그 아들 혜공대왕 건운이 대력 경술년[770년] 12월에 유사 구공도에게 명하여 기어이 완성하여 봉덕사에 안치하였다. <u>(봉덕)사는 효성왕이 개원 26년 무인년[738년]에 선고 성덕대왕의 명복을 빌기 위하여 창건한 것이다. 그러므로 종명에 이르기를 성덕대왕신종지명이라 하였다. *{성덕왕은 경덕왕의 아버지 흥광대왕이다. 종은 본래 경덕왕이 돌아가신 아버지를 위하여 시주한 금이 있으므로 성덕종이라 한 것이다.}* 조산대부 전태자사의랑 한림랑 김필월이 교지를 받들어 종명을 지었는데 글이 빈잡하여 적지 않았다.[4]</u> [又捨黃銅一十二萬斤 爲先考聖德王 欲鑄巨鐘一口 未就而崩 其子惠恭大王乾運 以大曆庚戌十二月 命有司鳩工徒 乃克成之 安於奉德寺 寺乃孝成王開元二十六年戊寅 爲先考聖德大王奉福所創也 故鐘銘曰 聖德大王神鐘之銘*{聖德乃景德之考 典光大王也[5] 鐘本景德爲先考所施之金 故稱

------

4) 좀 적어 두지. 글이 번잡하여 적지 않았다니 뭔가 이상하다. 더 번잡한 글도 많이 실렸는데. 이 명문을 『삼국유사』에 적어 두었으면 이 비밀이 진작 드러났을 것을. 그래도 그것을 안 적었으니 내가 직접 찾아 읽고 그 엄청난 비밀을 캐어낼 수 있었다. 일연선사께서 내가 할 일을 남겨 두었다. 고맙습니다.

5) 典은 興의 오식이다. 흥광대왕은 성덕왕을 가리킨다. 신라 시대에 살아 있는 왕을 어떤 말로 지칭했는지는 잘 밝혀져 있지 않다. 현재까지 시호 외의 지칭으로 왕을 가리킨 것은 『삼국유사』 권 제2 「기이 제2」 「가락국기」에 문무왕을 '법민왕', 신문왕을 '정명왕'이라고 적은 예, '황복사 3층석탑 금동사리함기'에 성덕왕을 '융기대왕'으로 적은 예가 있다. 이 지칭어는 휘(諱, 이름)에 '왕, 대왕'을 붙인 것이다. 문무왕의 휘는 법민이고 신문왕의 휘는 정명이다. 이로 보면 시호가 사용된 법흥왕 이전의 왕들은 휘에 거서간, 잇금, 마립간을 붙였다고 할 수 있다.
　　성덕왕의 휘는 원래 융기(隆基)였으나 당 현종의 휘와 같아서 피휘하여 712년에 이름을 흥광으로 고쳤다. 에고 무슨 이런 일이. 그것을 지시한 자는 노원민이라는 이름을 가진 당나라 사신이다. 서정목(2019:51)에서 "이로 보면 712년 이후에는 성덕왕의 생시 지칭이 '흥광대왕'일 것으로 추정할 수 있다."고 적었다. 작년에 그 책을 쓸 때에는 여

云聖德鐘爾}* 朝散大夫前太子司議郞翰林郞金弼奧(奚)奉敎撰鐘銘 文煩不
錄] <『삼국유사』 권 제3 「탑상 제4」 「황룡사종 분황사약사 봉덕사종
(皇龍寺鐘 芬皇寺藥師 奉德寺鐘)」>

봉덕사에 매단 종, 그 종이 유명한 성덕대왕 신종, 일명 에밀레종이다.
이 성덕대왕신종은 그 제작 동기가 (3c)처럼 납득할 만하게 되어 있다. 그
종은 35대 경덕왕이 아버지 33대 성덕왕을 위하여 황금 12만근으로 짓다
가 이루지 못하고 36대 혜공왕 때 겨우 완성하여 봉덕사에 달았다. 그러니
까 33대 성덕왕은 29대 태종대왕을 위하여 봉덕사를 짓고, 35대 경덕왕과
36대 혜공왕은 33대 성덕왕을 위하여 성덕대왕신종, 즉 에밀레종을 주조하
였다는 말이 된다. 이상하지 않은가?

에밀레종은 경덕왕이 아버지 성덕왕을 위하여 주조한 것이다. 그것을 성
덕왕의 손자인 혜공왕이 완성하였다고 보면 된다. 그렇다면 그 종을 단 봉
덕사는 어떤 절일까? 누구나 당연히 성덕왕의 명복을 빌기 위한 절이라고
생각한 것이다. 그리고 실제로 (3c)처럼, '(봉덕)사는 효성왕이 738년[효성왕
2년, 개원 26년 무인년]에 돌아가신 아버지 성덕대왕의 명복을 빌기 위하여
창건한 것이다.'고 적은 기록도 있다.

성덕왕을 위하여 만든 종을 왜 태종대왕을 위한 봉덕사에 달았을까? 그
종에는 '聖德大王神鐘'이라는 종 이름이 뚜렷하게 적혀 있다. 그러니 에밀
레종이 성덕왕을 위하여 그 아들, 손자가 만들었다는 것은 사실이다.

기에 '흥광대왕'이 있는 줄도 몰랐다. 성덕왕이 봉덕사를 지은 것이 아니라는 것을 길
게 논증하고 난 뒤에야 이를 보고 효성왕이 봉덕사를 창건했다는 기록도 있음을 알았
다. 이것을 보았더라면 그 논증은 한 줄로 줄여도 되었을 것이다.
　에밀레종 덕분에 추정하고 있던 두 가지 논제, 왕의 생시 지칭어, 효성왕의 봉덕사
창건을 확증하였다. 나중에 보면 이 에밀레종은 그 명문에서 부지불식간에 만월부인의
정부(情夫)를 알려 주고 있다. 나에게도 신내림이 있었다. 이를 典光大王으로 쓴 번역서
도 있다. 그러나 그것은 興(흥)을 잘못 적은 것이다. 뭘 알아야 면장을 하지. 면장은 면
장(面長)이 아니고 『논어』의 면면장(免面墻: 담장을 마주 한 것 같은 답답함을 면한다.)
이다. 정말로 문자와 언어를 잘 가르쳐야 하고 잘 배워야 한다.

봉덕사는 누가 왜 지었을까? (1b)의 '33대 성덕왕이 29대 태종대왕을 위하여 봉덕사를 지었다.'와 (3c)의 '34대 효성왕이 33대 성덕왕을 위하여 봉덕사를 지었다.' 가운데 어느 것이 옳은 것일까? 성덕왕이 태종대왕을 위하여 봉덕사를 지었다는 (1b) 기록이 사실이 아닐 가능성이 크다.

왕위 계승이 '29태종무열왕-30문무왕-31신문왕-32효조왕, 33성덕왕'으로 이어졌으니 태종무열왕은 성덕왕의 증조부이다. 자신의 형인 효조왕, 아버지인 신문왕, 할아버지인 문무왕을 건너뛰고 증조부 태종무열왕의 명복을 빌어야 할 만큼 성덕왕은 한가하지 않았다. 이 '태종대왕'은 잘못 적힌 것이다. 봉덕사를 지은 왕도 성덕왕이 아니다.

그런데 이를 뒷받침하는 증거가 있다. 그것은 『삼국유사』 권 제2 「기이 제2」에 있는 (1)과 (2)의 기록이 전체적으로 신빙성이 떨어진다는 사실이다. (2)에 있는 34대 효성왕 대의 기록도 틀린 것이다. (2a)의 일이 일어난 연대인 개원 10년은 효성왕 때가 아니라 성덕왕 21년[722년]이다. 물론 (2b)의 개원 21년 당나라가 발해의 침공을 받아 신라에게 발해의 배후를 공격해 주기를 청한 때도 효성왕 때가 아니라 성덕왕 32년[733년]이다. 이 틀린 연대가 봉덕사 창건에 관한 역사적 진실을 찾는 열쇠가 된다.

(2a)에는 722년[성덕왕 21년]에 경주 동남 경계에 있는 모화군에 요새를 쌓았다. 왜구가 경주의 바로 코앞까지 침범하고 있었음을 알 수 있다. 그러니 동해안 먼 갯마을에 해룡이 있어 태수의 행차를 습격하여 그 부인을 납치하여 가는 일이 일어나지.

(2b)는 발해가 당나라 등주를 쳐들어가자 발해의 배후를 치라는 당나라 황제의 명을 가져온 사신들에 관한 이야기이다. 신라 군사를 당나라를 위한 이른바 용병으로 내어보내라는 요청이다. 당나라 군대를 끌어들여 백제, 고구려를 멸망시킨 후 당나라에 당하는 치욕이다. 당나라도 곧 '안사의 난'으로 제 코가 석자가 된다.

(1b)와 (1c)도 잘못된 기록이다. 우선 (1c)의 '중시'라는 관직을 '시중'으로

고쳐 부른 것은 747년[경덕왕 6년] 김대정이 중시로 있을 때의 일이다. 그가 퇴직할 때는 '시중'으로 불렸다. 그러므로 이 일을 성덕왕 때의 일이라 적은 것은 명백히 잘못된 것이다. 그리하여 주를 붙여서 *{다른 본에는 ('중시'를 '시중'으로 고친 때를) 효성왕 때 일이라 하였다[一本系孝成王]}* 하고 있다. 이 주도 틀린 것이다. 제대로 되려면 *{다른 본에는 '경덕왕 때 일이라 하였다}*'가 되어야 한다.

이 주 *{다른 본에는 ('중시'를 '시중'으로 고친 때를) 효성왕 때 일이라 하였다}*는 (1c)에 붙일 것이 아니라 (1b)에 붙여야 한다. (1b) 기사인 '봉덕사를 세운 일이 성덕왕 때의 일이 아니고 효성왕 때의 일이라.'고 한 (3c)와 같은 기록도 있다는 말이다. 그러면 봉덕사는 효성왕이 지었다는 생각을 할 수 있다. 아니, 당연히 봉덕사는 효성왕이 세운 것이 된다.

그런데 그렇게 하면 효성왕이 태종대왕을 위하여 봉덕사를 지었다는 것은 더 이상해진다. 왜 737년 2월에 즉위한 효성왕이 금방 돌아가신 아버지 성덕왕의 명복을 빌기 위한 절을 짓지 않고 661년에 돌아가신 고조부 태종대왕을 위한 절을 짓는다는 말인가? 이 태종대왕은 성덕왕을 잘못 적은 것이다.

이 '태종대왕'을 '성덕왕'으로 고치면 '봉덕사는 738년[효성왕 2년]에 34대 효성왕이 돌아가신 아버지 33대 성덕왕의 명복을 빌기 위하여 세운 절이다.'가 나온다. (1b, c)는 사리(事理)에 비추어 볼 때 틀린 기록이다. 요약하면 (1b)는 틀린 기록이고 (3c)가 봉덕사 창건에 관한 기사로 올바른 것이다.

35대 경덕왕은 왜 그 봉덕사에 에밀레종을 만들어 달아 아버지 성덕왕의 명복을 빌려 했겠는가? 이 종의 주조 배경에는 (4)와 같은 믿을 수 없는 악성 설화가 들어 있다. 이 설화는 근거가 없는 가짜 뉴스다.

(4) 종이 거의 다 되었을 때 자꾸 무너졌다. 어린 아이를 끓는 쇳물에 넣었더니 완성되었다. 완성된 종을 칠 때마다 그 종의 소리가 '에밀

레, 에밀레' 하고 울었다. 그래서 이름이 '에밀레종'이다.

그 아이는, 종 짓는 데 쓸 쇠붙이를 걷으러 온 관리들에게 숟가락 하나 내어 줄 것 없는 처참한 삶을 살던 가난한 어머니가 세금 대신 내어준 젖먹이 딸이다. 이런 이야기는 '에밀레종'이라는 별명 때문에 영원히 구전되어 갈 것이다.

이런 가짜 뉴스를 남긴 왕 시대에 무슨 태평성대가 있고 이런 시대에 무슨 화려한 불교문화가 꽃피었다는 말인가? 성덕왕 시대와 경덕왕 시대 사이에는 효성왕 시대가 있다. 효성왕 시대는 통일 신라 역사상 가장 짧은 만 5년이다. 그 5년 동안 왕비 교체, 중시 사망과 교체, 이복아우 헌영의 태자 책봉, 왕비의 후궁 살해, 후궁의 아버지 영종의 모반, 왕의 의문사 등 암울한 사건들이 연달아 일어났다. 태평성대가 아닌 것이다.

경덕왕 시대도 평온한 시대라 할 수 없다. 가렴주구와 노동력 착취와, 현세의 욕망을 버리고 내세의 복을 비는 종교에 빠진 왕실이 있었을 뿐이다. 불교를 이용하여 국민들로 하여금 현세의 재물을 바치면 내세의 복을 받는다는 것을 믿게 꼬이는 절대 권력이 있었을 따름이다. 그 절대 권력의 중심에 자의왕후의 친정 김순원 집안의 손녀, 손자인 혜명왕비와 충신, 효신(김진종의 자녀들), 그리고 자의왕후의 여동생 운명과 김오기의 아들 김대문, 그의 아들인 신충이 있고 신충의 아우인 의충의 딸 만월왕비가 있었다. 이것이 통일 신라의 권력 구도 실상이다.

봉덕사에 건 '성덕대왕신종'을 중심으로 생각하면 가장 합리적인 것은 '봉덕사는 성덕왕의 명복을 빌기 위한 절'이라는 것이다. 33대 성덕왕의 명복을 빌 1차적인 책임은 34대 효성왕에게 있다. 그러므로 봉덕사를 짓기 시작한 왕은 효성왕이어야 한다. 그러나 효성왕은 5년 동안 재위하면서 재혼한 혜명왕비의 후궁 살해 사건 외에는 특별한 기록을 남기지 못하였다. 그리고 이복아우 헌영과의 왕위 쟁탈 권력 싸움 속에서 즉위 6년[742년] 5

월 어느 날 갑자기 사망하였다. 이 효성왕의 죽음은 거의 혜명왕비와 중시 김신충 세력이 자신들 집안의 외손자 헌영[35대 경덕왕]을 즉위시키기 위하여 효성왕을 죽인 것에 가깝다.

이 봉덕사 창건은 (3c)처럼 효성왕 때의 일이다. 그러나 서정목(2018)에서 밝혔듯이 후궁과의 섹스 스캔들에 시달리다가 재위 불과 6년 만에 이복동생 경덕왕의 외가 세력에게 비명횡사 당한 효성왕이 봉덕사를 다 짓는 것은 불가능했을 것이다.

그래서 그것을 이어받아 경덕왕이 그 봉덕사에 달 에밀레종을 주조하다가 완성하지 못하고 죽어서 혜공왕이 완성하고 그 이름을 '성덕대왕신종'이라고 하였겠지. 봉덕사는 효성왕이 아버지 성덕왕을 위하여 지은 절이고, 경덕왕이 에밀레종을 주조하기 시작하고 혜공왕이 완성하여 봉덕사에 달았다고 설명하는 것이 합리적이다. 중요한 것은 경덕왕은, 형 효성왕이 아버지 성덕왕을 위한 절로 봉덕사를 지었으므로, 아버지를 위하여 불국사, 석굴암을 지을 필요는 없었다는 사실이다. 그렇다면 경덕왕은 누구를 위하여, 무엇을 위하여 불국사, 석굴암을 지었을까?

2. 사천왕사와 망덕사

문무왕은 사천왕사를 짓고 문두루 비법을 써서 당나라 군대를 물리쳤다고 한다. 그러나 (5)의 『삼국사기』에서 사천왕사의 완공은 679년[문무왕 19년] 가을 8월의 일이다. 이로 보아 당나라와의 전쟁이 치열했던 시기에 짓기 시작한 사천왕사가 이때 완공된 것으로 보인다.

문무왕이 지은 이 절이 태종무열왕의 명복을 빌기 위한 것이라는 기록은 없지만, 그 절은 태종무열왕의 명복을 비는 역할도 하였을 것이다.

(5) 문무왕 19년 가을 8월 --- 사천왕사가 완성되었다. <『삼국사기』 권 제7 「신라본기 제7」 「문무왕 하」>

『삼국유사』는 (6)에서 보듯이 사천왕사와 망덕사의 창건에 관하여 자세한 사연을 적고 있다. 망덕사는 문무왕이, 채색 비단으로 가짜로 설치한 사천왕사를 확인하러 온 당나라 사신을 속이기 위하여 급히 지었다. 그래서 이름도 '당나라 덕을 바라보는 먼 산(望德遙山)'이라는 당나라 사신의 말을 따서 '망덕사'라고 지었다고 한다.

문두루 비법이 무엇인지, 왜 그런 불교의 비법을 행하면 바람이 불고 파도가 일어 적선이 수장되었는지 궁금하다. 혹시 명랑법사가 용궁에 오가면서 바다의 기상 변화를 잘 알아 태풍이 불어오는 시점을 예측하여 문두루 비법이라는 희한한 불공을 드려서 태풍을 불러온 척했을까?

(6a-f)에 사천왕사 창건과 문두루 비법의 위력, 그리고 당나라 사신의 눈을 속이기 위하여 임시로 망덕사를 짓는 과정이 잘 드러나 있다. 이로 보면 사천왕사와 망덕사는 모두 문무왕이 건립한 것이다.

(6) 문호왕[6] 법민

a. ---전략--- 총장 원년 무진년[668년] 9월 계사일에 이적(李勣)은 고장왕을 사로잡아 12월 정사일에 제에게 포로로 바쳤다. ---중략--- 이때 당나라 유병과 여러 장병들이 머물러 있으며 우리를 습격하려 하므로 (문무)왕이 이를 알고 군사를 내어 공격하였다.

b. 이듬해 고종이 사람을 시켜 인문 등을 불러 말하기를, "너희들이 우리 군사를 빌려서 고구려를 멸하더니 이제 해치려 하니 무슨 까닭인고?" 하고, 이에 감옥에 가두고 군사 50만명을 훈련하여 설방을 장수로 삼아 신라를 치려 하였다. 이때 의상대사가 불교를 공부하러 당나라에

---

6) 문호왕은 문무왕에서 피휘를 위하여 武를 虎로 바꾸어 적은 것이다. 누구의 이름 자를 피휘했는지는 모른다. 고려 혜종의 성명이 王武이고 측천무후의 성명이 武照이다.

와 있어 인문을 찾아오니 인문이 그 사실을 말하는지라 의상이 곧 동으로 돌아와서 임금에게 알렸다. 왕이 매우 염려하여 여러 신하들을 모아 방어책을 물었다. 각간 김천존이 말하기를, "근래에 명랑법사가 용궁에 들어가 비법을 전해 왔으니 청컨대 불러서 물으소서." 하였다. 명랑이 아뢰기를, "낭산의 남쪽에 신유림이 있으니 그 땅에 사천왕사를 세우고 도량을 개설하면 좋겠습니다." 하였다. 이때 정주에서 사자가 달려와 보고하기를, "당나라 군사가 무수히 우리나라 국경에 이르러 바다 위를 순회합니다." 하였다. 왕이 명랑을 불러 말하기를, "일이 이미 급박하였으니 어찌 하리오?" 하였다. 명랑이 말하기를, "채색 비단으로 절을 임시로 설치하면 마땅하겠습니다." 하였다. 왕이 채색 비단으로 절을 만들고 풀로 오방의 신상을 만들어 유가의 명승 12명으로 하여금 명랑을 우두머리로 하여 문두루 비밀의 법을 행하게 하였다. 이때 당나라 군사와 신라 군사가 교전하기도 전에 바람과 파도가 사납게 일어서 당나라 배가 모두 물에 침몰하였다. 후에 절을 고쳐지어 사천왕사라 이름하였는데 지금까지 (법을 행한) 단석은 허물어지지 않았다. *{『국사』는 절을 크게 고쳐 지은 때가 조로 원년 기묘년[679년]이라 한다.}* 그 후 신미년에 당나라가 조헌을 사령관으로 삼아 5만 군사를 다시 보내어 쳐들어오므로 또 그 법을 행하였더니 배가 전과 같이 침몰하였다.

c. 이때 한림랑 박문준이 인문을 따라 옥중에 있었다. 고종이 문준을 불러 말하기를, "너희 나라에 무슨 비법이 있기에 두 번씩이나 많은 군사를 출동시켰으나 살아 돌아오는 자가 없는가?" 하였다. 문준이 아뢰기를, "신 등이 당나라에 온 지 10여 년이 되어서 본국의 일을 알지 못합니다. 다만 멀리서 한 가지 일을 들었으니 당나라의 은혜를 후하게 입어 3국을 일통하였으므로 그 덕을 갚고자 낭산의 남쪽에 천왕사를 새로 창건하여 황제의 수가 만년에 이르기를 오래 법석을 열어 축수한다 합니다." 하였다. 고종이 그것을 듣고 크게 기뻐하여 이에 예부시랑 악붕구를 신라에 보내어 그 절을 살펴보게 하였다.

d. 왕은 당나라 사신이 온다는 것을 미리 듣고 이 절을 의당 보여 주

면 안 된다고 생각하고 이에 그 남쪽에 새 절을 따로 창건하고 기다렸다. 사신이 도달하여 말하기를, "필히 먼저 황제의 장수를 빈 곳인 천왕사에 가서 향을 피워야 할 것이다." 하였다. 이에 데리고 가서 새 절을 보여 주었다. 그 사신이 문앞에 서서 말하기를, "이것은 사천왕사가 아니라 망덕요산의 절이다." 하고, 끝내 들어가지 않았다. 국인이 금 1천냥을 주었다. 그 사신이 돌아가서 아뢰기를, "신라가 천왕사를 창건하여 새 절에서 황제의 장수를 빌더이다." 하였다. 당나라 사신의 말로 말미암아 망덕사라 이름지었다. *{혹은 효소왕대 일이라고 하나 잘못이다.}*

e. 왕은 문준이 잘 아뢰어 황제가 너그러이 용서할 뜻을 갖게 되었다는 말을 듣고 이에 강수 선생에게 명하여 인문을 석방하기를 청하는 표를 짓게 하고 사인 원우를 시켜 당나라에 전하게 하였다. 황제는 표를 보고 눈물을 흘리며 인문을 풀어주고 위로하여 보내었다. 인문이 감옥에 있을 때 국인이 (그를) 위하여 절을 짓고 인용사라 이름짓고 관음도량을 열었는데 인문이 돌아오다가 해상에서 죽음에 이르러 고쳐서 미타도량을 삼아 이제까지 남아 있다.

f. 대왕이 나라를 다스린 지 21년 영륭 2년 신사년에 승하하였다. 유조에 따라 동해 가운데의 큰 바위 위에 장사 지내었다. 왕이 평시에 늘 지의법사에게 말하기를, "짐은 죽은 후에 호국대룡이 되어 불법을 숭봉하고 우리나라를 수호하기를 원한다." 하였다. 법사가 말하기를, "무슨 업보로 용 같은 짐승이 되려 합니까?" 하니, 왕이 말하기를, "내가 세간의 영화를 싫어한 지 오래이오. 만약 추한 응보로서 짐승이 된다면 곧 짐의 뜻에 합당하오" 하였다.

g. 또 서울에 성곽을 쌓고자 이미 관리들에게 명령을 내렸는데 이때 의상법사가 이를 듣고 글을 보내어 보고하기를, "왕의 다스림과 가르침이 밝으면 비록 품 우거진 언덕 땅을 성으로 삼아도 백성이 넘을 생각을 못하고 재난을 깨끗이 하고 복을 불러오지만, 왕의 정교가 구차하고 밝지 않으면 비록 긴 성이 있어도 재해가 끊이지 않습니다." 하였다.

왕이 이에 바로 잡아 그 역사(役事)를 파하였다. <『삼국유사』 권 제2 「기이 제2」 「문호왕 법민」>

이 문무왕에 관한 기록에서 눈을 끄는 것은 오히려 (6g)이다. 경주는 좀 이상한 도읍지이다. '나래[國]'에 어울리지 않는다. '나라'란, 맨 안 핵심에 궁(宮)이 있고 그 궁을 에워싼 재[城]이 있고 그 바깥에는 곽(郭)이 있다. 곽의 바깥은 교성밖 郊이다. 지금 경주의 반월성은 대궁을 둘러싼 성이다. 그런데 그 성이 지금은 무너져 그렇겠지만, 그래도 충분하다는 느낌을 주지는 않는다. 그리고 그 바깥에 있어야 할 곽이 없다.

문무왕은 서라벌에 곽을 쌓아 번듯한 나래[도읍지]로 만들고 싶었던 것이다. 그러려면 백성들을 동원하여 토목 공사를 벌여야 한다. 오랜 전쟁에 시달린 신라 백성들이 전쟁이 끝나고 평화가 도래한 시점에 노역에 동원되어야 한다. 밑줄 그은 의상대사의 글이 멋지다. 이 말을 들은 문무왕은 경주의 성곽을 쌓는 역사를 중단하였다.

이런 왕이 어떻게 신문왕 같은 독재자 망나니를 아들로 두어 결국 나라를 망치게 하였는지 참으로 알다가도 모를 일이다. 호부무견자(虎父無犬子)는 헛말이고, 큰 나무 그늘 아래 새끼 나무 자라지 못한다가 진리이다. 자식 교육은 훌륭한 왕에게도 그렇게 쉬운 일이 아니다.

문무왕은 사천왕사도 짓고 감은사도 짓기 시작하여 당나라 군대, 왜병을 물리치는 일에 열심이었다. 아버지 태종대왕의 명복을 빌기 위한 절을 손자인 성덕왕이나 증손자인 효성왕이 짓도록 남겨 두었을 리가 없다.

3. 감은사와 대왕암

30대 문무왕의 명복은 31대 신문왕이 감은사를 지어 빈 것으로 보인다.

감은사와 관련된 기록은 『삼국사기』와 『삼국유사』가 일치한다. (7a)에는 감은사에 관한 직접적 기록은 없으나 대왕암에 관한 사항이 있다. (7b)에는 감은사, 대왕암에 관한 자세한 기록이 있다.

(7) a. 681년[문무왕 21년] --- 가을 7월 1일 왕이 승하하였다. 시호를 문무라 하고 신하들이 유언에 따라 동해 가운데*{口는 유사에는 中으로 적었다.}* 큰 바위 위에 장사를 지냈다. 세상에 왕이 변화하여 용이 되었다고 전하는데 이에 그 바위를 가리켜서 대왕석이라 한다. <『삼국사기』권 제7「신라본기 제7」「문무왕 하」>

b. 제31 신문대왕. 휘는 정명이고 김씨이다. 개요 원년 신사 7월 7일에 즉위하였다. 성스러운 돌아가신 아버지 문무대왕을 위하여 동해 가에 감은사를 창건하였다. *{절 속의 기록에 말하기를, 문무왕이 왜병을 진압하고자 이 절을 짓기 시작하였으나 완공하지 못하고 승하하여 해룡이 되었다. 그 아들 신문왕이 즉위하여 개요 2년에 완공하였다. 금당 섬돌(砌섬돌 체) 아래 동쪽으로 구멍 하나를 뚫었으니 용이 절에 들어와 돌아 서리게 마련한 것이다. 대개 유조의 뼈를 묻은 곳을 이름하여 대왕암이라 하고 절 이름을 감은사라 했다. 후에 용이 모습을 나타낸 것을 본 곳을 이름하여 이견대라 하였다.}* <『삼국유사』권 제2「기이 제2」「만파식적」>

(7a, b)의 감은사와 대왕암, 이견대를 연결하여 생각하면 신문왕이 아버지 문무왕을 위하여, 아버지가 짓던 절을 이어받아 완성한 절이 감은사임을 알 수 있다. 감은사 금당의 해룡 출입구, 이견대에서의 해룡 목격 등에서 해룡이 무엇을 의미하는지가 수수께끼이지만 감은사가 신문왕이 아버지의 은혜에 감사하여 지은 절이라는 것은 사실이다.

31대 신문왕의 명복은 누가 빌어야 했을까? 당연히 32대 효소왕이 할 일이다. (8a)는 효소왕이 망덕사를 지은 것처럼 적고 있다.

(8) a. 장수 원년[692년] 임진에 효소왕이 즉위하여 망덕사를 창건하여 당 황실의 복을 빌고자 하였다. 후에 경덕왕 14년[755년] 망덕사 탑이 흔들리더니 이 해에 안사의 난이 있었다. 신라인들이 말하기를, "당나라 황실을 위하여 이 절을 세웠으니 응당 그 감응이 있는 것이라." 하였다.

b. 8년[699년] 정유[기해?]년에[7] 낙성회를 열어 왕이 친히 가서 공양하였다. 한 비구가 있어 의의가 소루한 모습을 하고 뜰에 구부리고 서서 청하기를, "빈도도 재를 보기를 바랍니다." 하였다. 왕이 허락하고 상에 앉게 하였다. 파하려 할 때 왕이 희롱조로, "어느 곳에 거주하시는가?" 물었다. 스님이 말하기를, "비파암."이라 하였다. 왕이 말하기를, "이제 가거든 남들에게 국왕이 친히 공양하는 재에 갔다고 말하지 마시오" 하였다. 스님이 웃으며 답하기를, "폐하도 남들에게 진신 석가를 공양하였다고 말하지 마소서." 하였다. 말을 마치자 몸을 솟구쳐 공중에 떠서 남쪽으로 갔다. ---하략--- <『삼국유사』 권 제5 「감통 제7」 「진신수공」>

그러나 (6)에서 보았듯이 망덕사는 문무왕 때에 지었다. 사천왕사와 망덕사의 창건은 분리할 수 없는 것으로 문무왕 때의 일이라 해야 옳다. (6f)에서 보았듯이, '다른 책은 효소왕 때에 지었다고도 하는데 이는 틀렸다.'고 한 것이 옳을 것으로 보인다. 망덕사는 효소왕이 창건한 것이라 하기는 어렵고 중창한 것이라 해야 할 것이다.

효소왕이 망덕사를 지었다는 (8a, b)는 무엇인가 어긋났다. (8a)의 탑이 흔들린 일은 『삼국사기』 권 제9 「경덕왕」 14년[755년] 조에도 비슷한 내용이 적혀 있다.

---

7) 효조왕 원년[692년]이 임진년이므로 8년[699년]은 정유년이 아니고 기해년이다. 만약 정유년이 옳다면 효조왕 6년[697년]이 된다.

4. 황복사: 효조왕이 지은 절

황복사 3층석탑 금동사리함기 명문

망덕사가 문무왕이 지은 것이라면 효소왕은 아버지 신문왕을 위하여 어느 절을 지었을까? 그 후보 절은 황복사이다. 황복사 터라고 알려진 곳에는 3층 석탑이 있다. 1942년에 이 탑에서 발견된 '금동사리함'의 뚜껑에는 긴 명문이 새겨져 있다.

이 명문에 따르면 706년 5월 30일 성덕왕은 황복사 3층석탑 2층에 '금동사리함'을 안치하였다. 이 명문은 706년 5월 통일 신라 시대 사람이 새긴 것이다. 현전하는 기록 가운데 신문왕, 효소왕, 성덕왕 시기의 역사적 팩트에 대하여 가장 정확한 정보를 전해 준다. 그러므로 이 명문과 다른 주장을 하는 어떤 학설도 옳은 것일 수 없다.

정병삼이 판독하여 『한국 금석문 종합 영상정보 시스템』에 올려 놓은 그 명문의 전문과 저자의 번역문은 (9)와 같다.

(9) a. 무릇 성인은 품을 드리워 탁세에 처하여 창생을 기름에 지덕 무위로 염부에 응하여 무리를 제도한다[夫聖人垂拱處濁世而育蒼生至德無爲應閻浮而濟群].

b. 신문대왕이 오계로 세상에 응하고 십선으로 백성에 임하여 다스림을 안정시켜 공을 이루고 692년 7월 2일 하늘에 올랐다[有 神文大王 五戒應世十善御民治定功成天授三年壬辰七月二日乘天]. 그래서 신목태후와 효조대왕이 종묘 성령을 위하여 선원 가람을 바치고 3층 석탑을 건립하였다[所以 神睦太后 孝照大王奉爲 宗廟聖靈禪院伽藍建立三層石塔].

c. 700년 6월 1일 신목태후가 뒤쫓아 장사로써 정국에 높이 올랐다 [聖曆三年庚子六月一日 神睦太后逐以長辭高昇淨國].

d. 702년 7월 27일에 효조대왕이 멀리 올라갔다[大足二年壬寅七月二

十七日 孝照大王登霞].

e. 706년 5월 30일 금주대왕이 부처 사리 4과, 금미타상 6촌 1구, 무구정광대다라니경 1권을 석탑 제2층에 안치한대[神龍二年丙午五月三十日 今主大王佛舍利四全#{果를 오독}#金彌陀像六寸一軀無垢淨光大陀羅尼經一卷安置石塔第二層]. 빌건대 이 복전을 오르는 노자로 하여 신문대왕, 신목태후, 효조대왕 대대의 성묘가 열반의 산에 눕고 보리의 나무에 앉기를 바란대[以卜以此福田上資 神文大王 神睦太后 孝照大王代代聖廟枕涅盤之山坐菩提之樹]. 융기대왕의 수도 산하와 같이 길기를 알천 등과 더불어 대천자가 칠보를 갖추어 바친대[隆基大王壽共山河同久爲與軋川等大千子具足七寶呈祥]. 왕후의 체류 월정 명도 같이 무궁하기를 빈대[王后體類月精命同劫數]. 내외 친속이 크게 되고 옥수가 무성한 열매를 맺기를 빈대[內外親屬長大玉樹茂實]. 보베로운 가시가 범석 4왕의 위덕을 더하여 밝고 기력이 자재하여 천하가 태평하고 항상 법륜이 굴러서 삼도의 난과 육취를 면하고 낙을 받아 법계의 함령들이 갖추어 불도를 이루기 바란대[寶枝梵釋四王威德增明氣力自在天下泰平恒轉法輪三塗勉難六趣受樂法界含靈俱成佛道].

f. 절 주지 사문 선륜, 소판 김순원, 김진종이 특별히 교지를 받들어 [寺主沙門善倫 蘇判金順元金興#{眞을 오독}#宗特奉 教旨], 승 영휴, 승 영태, 한내마 아모, 한사 계력이 승 혜안, 승 심상, 승 원각, 승 현방, 한사 일인, 한사 전극, 사지 조양, 사지 순절, 장인 계생 알온과 더불어 탑을 세웠대[僧令催僧令太韓奈麻阿摸韓舍季歷塔典#{與를 오독}#僧惠岸僧心尙僧元覺僧玄昉韓舍一仁韓舍全極舍知朝陽舍知純節匠季生閼溫].
<황복사 3층석탑 금동사리함기 명문, 『한국 금석문 종합 영상정보 시스템』>

이제 (9)로부터 알 수 있는 통일 신라 시대의 역사의 진실을 추적해 가기로 하자. 중요한 글자들은 (10)에 든 것들이다. 이 글자들을 하나하나 정확

하게 이해하고 설명해야 이 시대 역사를 제대로 안 것이 된다.

(10) a. 神文大王(신문대왕), 神睦王后(신목왕후)
　　 b. 孝照大王(효조대왕)
　　 c. 奉 仙院伽藍 立 三層石塔(봉 선원가람 입 삼층석탑)
　　 d. 今主大王(금주대왕)
　　 e. 隆基大王(융기대왕)
　　 f. 金順元(김순원)
　　 g. 金眞宗(김진종)

(9b)의 '神文'은 681년 7월에 즉위하여 692년 7월에 죽은 30대 왕의 시호(諡號)이고, '神睦'은 (11)에서 보듯이 683년 5월 7일에 30대 왕과 혼인한 계비의 시호이다.

(11) 683년[신문왕 3년] --- 일길찬 김흠운의*{少(之의 誤:필자)* 딸을 들여 부인으로 삼기로 하고, 먼저 이찬 문영과 파진찬 삼광을 보내 기일을 정하고, --- 5월 7일에 이찬 문영과 개원을 파견하여 그 집에 이르러 부인으로 책봉하고 --- 부인은 수레를 타고 좌우에서 시종하는 관인과 부녀자 등으로 아주 성황을 이루었다. <『삼국사기』 권 제8 「신라본기 제8」 「신문왕」>

시호는 죽은 뒤에 정해진다. 그들이 죽은 뒤인 706년 5월 30일에 새긴 명문이니 당연히 시호가 들어오게 되어 있다. '神睦'은 '神穆'으로도 적는다. 이들이 살아 있었을 때 그들을 지칭하던 이름, 즉 휘(諱)는 이 명문에는 보이지 않는다. 특히 신목태후라고 적힌 신문왕의 두 번째 왕비는 김흠운의 딸로만 알려져 있고 휘는 전해 오지 않는다. 신문왕의 첫 번째 왕비 김흠돌의 딸은 폐비되어서 그런지 시호도 없다. 그녀의 어머니는 진광(晉光)

이라고 알려져 있다. 진광은 김유신 장군의 딸이다.

효조대왕, 융기대왕, 김사종, 김근{흠}질

(9b, d, e)의 '효조대왕'은 32대 효소왕을 가리킨다. 왜 효소왕을 孝照大王이라 적은 것일까? 孝照든 孝昭든 다 시호이다. 그가 죽은 702년 7월 27일보다 더 뒤에 새겨진 명문이니 당연히 시호가 들어온 것이다. 이 왕의 시호는 효소인가, 효조인가? '照'와 '昭'는 음이 같지는 않지만 '불 灬'가 있는가 없는가의 차이를 보여 주고 있다. 이 '孝照'라는 두 글자는 통일 신라 시대 사람들이 남긴 기록을 옮겨 적은 것으로 보이는 『삼국유사』 권 제3 「탑상 제4」, 「대산 오만 진신」에도 나온다. 특히 그 책에는 '照一作昭[照는 昭로도 적음]'라는 세주를 여러 곳에서 달고 있다.[8]

(12) 살펴보면 효조*{照는 昭로도 적음}*는 천수 3년 임진년[692년]에 즉위하였으니 그때 나이 16세였고 장안 2년 임인년[702년]에 붕어하여 누린 수가 26세였다. 성덕이 이 해에 즉위하였으니 나이 22세였다. [按孝照*{一作昭}* 以天授三年壬辰卽位 時年十六 長安二年壬寅崩 壽二十六 聖德以是年卽位 年二十二]. 만약 말한 대로 (이때가) 태화 원년 무신년이라고 한다면, 즉, 효조가 즉위한 갑진*{임진의 잘못: 필자, 692년}*년보다 45년이나 앞선 태종문무왕의 치세이다.[9] 이로써 이 문장이 잘

---

8) 이하의 내용은 서정목(2019)의 핵심을 요약한 것이다.
9) 이 '태종문무왕'은 당 태종문무대성황제를 가리키는 말이다. 이를 신라의 태종무열왕과 문무왕을 가리킨다고 한 책은 모두 틀린 것이다. 그런데 내가 검토한 모든 번역서, 연구서가 그렇게 되어 있다. 기가 막힌 일이다. 무열왕의 치세는 654년부터 661년까지이고 문무왕의 치세는 661년부터 681년까지이다. 당 태종의 치세는 692년보다 45년 앞서는 627년부터 649년까지이다. 태화는 신라 진덕여왕의 연호로 태화 원년은 진덕여왕 즉위 2년인 648년 무신년이다. 진덕여왕 즉위 원년인 647년은 선덕여왕의 연호인 인평을 쓴다. 무열왕은 진평왕의 딸 천명공주의 아들이므로 진평왕의 외손자이고 선덕여왕의 조카이다. 친가로는 무열왕의 아버지 용수와 진평왕이 4촌이므로 선덕여왕과 무열왕은 6촌이다. 물론 진평왕의 동생 국반갈문왕의 딸 진덕여왕도 무열왕의 6

못된 것임을 알 수 있으므로 취하지 않는다. <『삼국유사』 권 제3 「탑상 제4」 「대산 오만 진신」>

이는 32대 왕의 시호가 원래 효조였는데 효소로도 적는다는 뜻이다. 왜 그랬을까? 당시의 당나라 실권자 측천무후의 이름이 '武照'이다. 그러니 그의 이름에 사용된 '照' 자를 신라에서는 못 쓰는 것이다. 그러므로 이것은 '照'가 측천무후의 이름 자이여서 그 글자를 피휘하여 임시로 '昭'로 적었다는 뜻이다.[10] 효조왕의 휘는 이공(理恭), 이홍(理洪)으로 적는다.『삼국사기』가 주로 이홍으로 적고『삼국유사』는 이공, 이홍으로 적는다. '이공'이 원휘이고 '이홍'이 피휘 등의 이유로 달리 적은 것으로 보인다.

효조왕은 692년에 즉위하였다.[11] 그런데 즉위 불과 8년 만인 700년 6월 1일에 어머니 신목왕후를 여의고 자신도 702년 7월 27일에 죽었다. (9b)의 신목왕후의 사망 시기는 주목의 대상이 되었다. 그러나 (9d)의 효조왕의 사망 시기인 702년 7월 27일은 그렇게 주목받지는 못하였다. (13)은 효조왕이 26세에 죽었다고 적었다. 그는 왜 저렇게 젊은 나이에 죽었을까? 나는 그것

촌이다. 천명공주가 5촌 당숙인 용수와 혼인함으로써 친가 촌수와 외가 촌수가 달라졌다. 중요한 것은 신라가 모계 사회이고 족내혼을 하였기 때문에 무열왕이 진평왕의 외손자라는 점이다. 친가로는 5촌 조카이다.

10) 이 시기 천하를 호령한 측천무후의 이름은 '武照(무조)'이다. 천하에 '照'라는 글자를 쓰는 것은 불경한 일이었다.『삼국사기』는 거의 모든 照 자 자리를 昭, 炤, 召 등으로 적고 照를 적지 않았다.『삼국유사』는 '照'를 昭, 炤, 召로도 적는다는 주를 곳곳에서 붙이고 있다. 나아가 측천무후는 측천자라는 새 문자들을 만들었다. 그 가운데 자신의 이름 자 '照'를 대치할 글자로 '曌(조)'를 창안하였다. 하늘에 떠 있는 해와 달이다. 이 曌에서 피휘하면 '空'을 떼고 '明'으로 적는다. '孝照王'을 '孝曌王'으로 적고 '曌'에서 '空'을 떼면 '孝明王'이 된다.『삼국사기』권 제8 「신라본기 제8」의 권두 차례에 나오는 孝明王이 그것이다. 물론 성덕왕의 스님일 때 이름인 孝明과는 다른 인물인 그의 형 효조왕(孝照王)을 가리킨다(서정목(2016:330)).

11) 당나라와 절연한 대한민국은 측천무후 눈치 안 보고 효조왕을 써도 된다. 아니 신라 시대에 측천무후 눈치보고 효조왕을 못 쓰고 효소왕이라고 썼으면 이제 그 눈치 안 봐도 되니 효조왕을 효조왕으로 적어야 한다. 자주 독립국이 되어서 자기 선조들의 시호조차 제대로 못 쓰면 그게 어디 자주 독립국인가?

이 궁금하여 그의 죽음을 앞둔 시점에 어떤 일이 있었는지 『삼국사기』를 보았다.

(13) 효소왕 9년[700년], --- 여름 5월에 이찬 경영*{永은 玄으로도 적음}*이 모반하여 복주하였다. 중시 순원이 이에 연좌되어 파면되었다. <『삼국사기』 권 제8, 「신라본기 제8」 「효소왕」>

효조왕의 사인은 (13)에서 보는 '경영의 모반'이다. 나는 700년 5월 말의 '경영의 모반'으로 6월 1일 신목왕후가 죽고, 그때 다친 효조왕이 2년 동안 시름시름 앓다가 죽었다고 생각한다.

그런데 (12)를 보면 죽을 때 효조왕의 나이가 26세이다. 그러면 그는 677년생이다. 성덕왕은 즉위할 때 22세이다. 그러면 그는 681년생이다. 효조왕이 형이고 성덕왕이 아우이다. 그런데 그들의 부모는 (11)에서 보았듯이 683년 5월 7일에 혼인하였다. 그러니 이들은 부모가 혼인하기 전에 태어난 것이다. 부모가 혼인도 하기 전에 자식이 먼저 태어났다. 어찌 이런 일이.[12]

이 '경영의 모반'은 왜 일어난 것일까? 『삼국사기』는 이에 관하여 한 글자도 적지 않았다. 경영이 누구인지, 왜 반란을 일으킨 것인지, 순원은 어떤 인연으로 그 모반에 연좌된 것인지 알 수가 없다. 반란이 일어나고 이어서 효조왕의 어머니가 죽었다. 그리고 2년 후에는 효조왕이 죽었다. 신목태후가 죽은 사실이 중요한 일이 아니었을까? 효조왕의 죽음의 원인이 기록할 가치가 없는 정쟁이었을까? '중시 순원이 이에 연좌되어 파면되었다.'라는 말은 별 정치적 가치가 없는 말일까? 그럴 리가 없다.

통일 신라 시대 정치적 사건 가운데 '김흠돌의 모반' 다음으로 중요한 것이 이 '경영의 모반'이다. '김흠돌의 모반'에서는 신문왕의 장인 김흠돌

---

12) 이 현상 뒤에는 무슨 사연이 있는 것일까? 신라 왕실에는 무슨 비밀이 이렇게 많은가? 왜 이런 비밀들이 아직도 제대로 밝혀져 있지 않은가?

이 죽고 병부령 김군관이 죽었다. 그러나 '경영의 모반'에서는 효조왕의 어머니가 죽고 나아가 효조왕이 죽었다. 어쩌면 이 '경영의 모반'이 더 심각한 것일 수도 있다. 어떻게 그런 중요한 일의 원인과 과정을 안 적는다는 말인가?

그런데 이에 관한 연구도 제대로 되어 있지 않다. '경영'이 누구이며, 그는 왜 반란을 일으켰는지 아무 데에도 밝혀져 있지 않다. 더욱이 왜 그 반란에서 신목태후가 죽었으며 잇따라 효조왕이 죽어야 했는지 아무 것도 밝혀져 있지 않다. 나아가 그 반란에 연좌되어 중시에서 파면된 김순원은 어떤 인물인지, 경영과는 어떤 사이인지, 왜 그가 연좌되었는지 아무 것도 밝혀져 있지 않다.[13]

이런 중요한 일들의 원인이 사서에 적히지 않은 까닭은 무엇인가? 여기에는 역사적 사실에 대한 인멸이 들어 있다고 볼 수밖에 없다. 역사 기록자들이 왕실이나 권력자들에게 불리한 역사적 사실을 인멸하고 숨겼기 때문이다. 『삼국사기』를 편찬할 때 이미 통일 신라 이 시기의 역사가 다 태워져 버렸는지도 모른다. 그들은 무엇인가를 숨기고 있다. 틀림없이 신문왕과 신목왕후는 문제가 많은 인물들이고 효조왕은 그 문제 많은 부모 때문에 신하의 모반을 겪고 일찍 죽었을 것이다.

이 역사 인멸에 대해서 일연선사는 『삼국유사』에서 놀라운 증언을 하고 있다. 일연선사가 보고 있던 『국사』에 정신, 보천, 효명의 3부자에 대한 명문이 없었다고 (14a)는 말하고 있다. '明文'이 무엇일까? '밝은 글', '분명한 글'이 없다는 말이다. 이미 역사적 사실이 인멸된 것이다. 그리고 그 앞에

---

13) 학계의 일반적 경향은 신문왕 즉위 후에 왕권 중심의 중앙집권적 전제정치가 강화되었고 이에 반발한 진골 귀족들이 '김흠돌의 모반', '경영의 모반', '영종의 모반'으로 저항한 것으로 보고 있다. 아무 증거도 없고 논증도 되지 않는 가설이다. 앞으로 보게 되는 대로 이 세 반란은 전혀 공통점이 없다. 각각의 반란은 각각의 정치적 이유로 일어날 수밖에 없는 구도가 되어 있다. 그리고 왕권은 문무왕 때가 가장 강했고, 그 후로 갈수록 약화되어 결국 혜공왕이 상대등 김양상에게 살해되고 통일 신라가 망하였다. 현재 우리가 볼 수 있는 통일 신라사 연구물들은 공상을 쓴 것이다.

옮겨 적는 내용은 마치 절에 전해 오는 옛 기록을 보고 적는 듯이 첫 부분이 (14b)처럼 되어 있다.

(14) a. 『국사』를 살펴보면 신라에는 정신, 보천, 효명의 3부자에 대한 명문이 없다. [按國史 新羅無淨神寶川孝明三父子明文].

b. 산중의 고전을 살펴보면, 이 산이 진성이 거주하는 곳이라고 이름난 것은 자장법사로부터 비롯되었다. 처음에 법사가 중국 오대산 문수진신을 보고자 선덕왕 때인 정관 10년 병신년[636년]에 *{『당승전』은 정관 12년[638년]이라 하였으나 지금은 『삼국본사』를 따른다.}* 당나라에 들어갔다. [按山中古傳 此山之署名眞聖住處者始自慈藏法師 初法師欲見中國五臺山文殊眞身 以善德王代貞觀十年丙申*{唐僧傳云十二年 今從三國本史}*入唐] <『삼국유사』 권 제3「탑상 제4」「대산 오만 진신」>

나아가 (15a, b)에서 효조왕이 성덕왕의 형이며 692년 16세에 즉위하여 702년 26세에 승하하였고, 성덕왕이 702년에 22세로 즉위하었다고 적고 있다. 이 기록들을 전체적으로 고려하면 어떤 상황이 설정되는가?

(15) a. 그러나 이 기의 아래 문장에서 말하는 '신룡 원년에 땅을 닦아 절을 세웠다.'의 신룡은 성덕왕 즉위 4년 을사년[705년]이다. 왕의 이름은 흥광인데 본명은 융기이다. 신문왕 제2자이다. 성덕의 형 효조는 이름이 이공*{이홍으로도 적음}*으로 역시 신문왕의 아들이다. [然此記下文云 神龍元年開土立寺 則神龍乃聖德王卽位四年乙巳也 王名興光本名隆基 神文之第二子也 聖德之兄孝照名理恭*(一作洪)* 亦神文之子]

b. 살펴보면 효조*{조는 소로도 적음}*는 천수 3년 임진년[692년]에 즉위하였으니 그때 나이 16세였고 장안 2년 임인년[702년]에 붕어하여 누린 수가 26세였다. 성덕이 이 해에 즉위하였으니 나이 22세였다. [按孝照*(一作昭)* 以天授三年壬辰卽位 時年十六 長安二年壬寅崩 壽二十

六 聖德以是年卽位 年二十二] <『삼국유사』 권 제3 「탑상 제4」 「대산
오만 진신」>

아무리 인멸하고 왜곡하여도 역사의 진실은 어딘가에 흔적을 남긴다.
700년 5월의 반란 직후에 효조왕의 어머니 신목왕후가 죽고 그 2년 뒤에
효조왕이 죽었다는 사실에 주목하자. 왕이 죽었으니 최소한 왕위를 노린
반란이었을 것이다. 어머니가 먼저 죽었으니 모후는 왕 편을 들었고 왕 자
리를 노리는 파들의 편을 들지 않았을 것이라는 추리까지는 가능하다. 그
러면 현재의 왕을 몰아내고 다른 사람을 왕으로 앉히려는 반란이 700년 5
월에 있었다는 말이다. 어딘가에 그런 기록이 남아 있지 않을까? 당연히 있
다. 모든 사건은 언제나 어딘가에 흔적을 남긴다.[14]
　실제로 33대 성덕왕의 즉위 과정을 적은 기록에 이런 일이 있었음을 보
여 주는 내용이 있다.

　　(16) a. 淨神太子{與 결락: 저자}弟副君 在新羅爭位 誅滅[정신 태자가
　　아우 부군{과} 셔블에서 왕위를 다투다가 죽었다 <『삼국유사』 권 제3
　　「탑상 제4」 「명주 오대산 봇내태자 전기」>
　　b. 淨神王 {太子 결락: 저자}之弟 與王爭位 國人廢之[정신왕 {태자}
　　의 아우가 왕과 왕위를 다투어 국인이 폐하였다.. <『삼국유사』 권 제3
　　「탑상 제4」 「대산 오만 진신」>

(16)에는 결락된 글자들이 있고 '정신왕'이라는 정체불명의 왕이 등장하
여 글의 내용을 파악하기가 아주 어렵게 되어 있다.[15] 그러나 (16a)와 (16b)

14) 아무리 증거를 인멸하고 사실을 감추고 역사를 왜곡하여 보라. 그래도 진실은 어딘가
　　에 숨어 있다. 다만 그 진실을 볼 줄 모르고 진실을 보고도 눈 감는 식자들이 있을 따
　　름이다. 왜 눈 감았을까? 표현의 자유를 박탈당했기 때문이다.
15) 『삼국유사』를 최초로 번역한 이병도(1975)의 번역을 비롯하여 번역서들을 보면 제대
　　로 번역한 책이 하나도 없다. 이런 문장은 문법적 관계를 잘 파악하고 현실에서 일

를 비교하여 문장의 구조와 의미를 파악하면 아주 정확하게 그 문장들이 무엇을 나타내는지 알 수 있다. (16)을 어떻게 읽어야 하는지의 전범을 보이기로 한다. (자세한 것은 서정목(2019)를 참고하기 바란다.)

(16a)에서 '누군가가 부군인 아우와 왕위를 다투다가 죽었다.' 주절의 서술어는 '죽었다'이다. 주어는 '누군가가'이다. '누군가가 죽었다.'가 나온다. 그 다음 종속절의 서술어는 '셔블에서 왕위를 다투다가'이다. 문장 구조는 '누가 누구와 왕위를 다투다가'이다. '누가'는 주절의 주어인 '누군가가'와 같다. '누구와'의 '누구'는 '부군'이다. 부군은 왕에게 아들이 없을 때 그 아우 가운데 하나를 책봉하여 태자 역할을 하게 한 직위이다.[16] 그러니 '아우'와 '부군'은 동격이다. 그러니 '弟' 앞에 '-와'에 해당하는 '與(더불어

어난 일인 뜻, 의미를 알아야 올바로 번역할 수 있다. 즉, 문법도 알아야 하고 역사적 사실도 알아야 한다. 그러나 문법을 아는 자들은 역사적 사실을 모르고 역사적 사실을 아는 자들은 문법적 관계를 파악할 줄 모른다. 그러니 광복 후 70년이 지나도 이 중요한 문장 하나 제대로 번역할 수 있는 학자가 안 나온 것이다. 인접 학문과의 교류, 특히 국학 상호간의 융합이 절실히 요구된다. 사실은 중국학, 일본학도 한자로 적힌 언어, 문화, 역사를 논의한다는 면에서는 공동 토론의 장에 나와야 한다.

16) '부군'은 『삼국사기』권 제10 「신라본기 제10」 「헌덕왕」 14년[822년] 정월에 '동모제 수종으로 부군을 삼아 월지궁에 들게 하였다[以母弟秀宗爲副君入月池宮].'에서 볼 수 있다. 수종은 819년 2월에 이미 상대등이 되었으니 젊었다 하기도 어렵다. 이 수종이 42대 흥덕왕이 되었다.

박창화의 『화랑세기』 「1세 풍월주 위화랑」 조에는 '법흥대왕은 그때 부군의 아들로 국공의 자리에 있었으나 총애가 미치지 못하였다[法興大王 時以副君之子 位在國公而 寵不及焉].'이라고 되어 있다. 이 부군은 22대 지증마립간이다. 지증은 19대 눌지마립간의 딸 조생부인의 아들이다. 그러니 지증은 눌지의 외손자이다. 눌지의 장자 20대 자비마립간은 미사흔의 딸과 혼인하여 21대 비처{소지}마립간을 제3자로 낳았다. 눌지의 손자 비처가 아들이 없어 눌지의 외손자[비처의 6촌 아우, 재종제] 지증이 부군이 되어 있고 그 부군의 아들 원종은 국공이 되어 있다.

지증의 할아버지는 기보갈문왕이고, 지증의 아버지는 습보갈문왕이다. 지증의 아들이 23대 법흥왕이다. 64세에 즉위한 지증이 왕이 된 뒤에 법흥왕을 낳았을 리가 없다. 비처마립간 때 눌지의 외증손자인 법흥왕 원종이 이미 태어나 있었다. 비처마립간 때도 눌지의 왕비 실성마립간의 딸이 아직 살아 있었을 가능성이 크다. 그녀의 직계비속이 모두 궁 안에 있었고 외손자도 왕위 계승권을 가지고 있었음을 볼 수 있다. 그때 부군이라는 용어가 사용된 것이다. 성골의 속성을 보여 주는 좋은 예이다.

여)'가 결락되었음을 알 수 있다. 이제 '○○왕이 아우인 부군과 왕위를 다투다가 죽었다'는 의미가 나온다.

그런데 '○○왕이'인 '누군가가'는 '정신 태자[淨神太子]'이다. '정신 태자'는 '정신의 태자'일 수도 있고 '정신'이라는 '태자'일 수도 있고 '정신과 태자'일 수도 있다. 누가 죽었겠는가? '왕'이 죽었어야 한다. 죽은 이가 1명이라서 '정신과 태자'는 배제된다. 이제 '정신의 태자'가 죽었는지, '정신이라는 태자'가 죽었는지 가려야 한다. (16a)만으로는 더 이상의 진전은 불가능하다.

(16b)는 주절이 '국인이 폐하였다'이다. 목적어가 생략되었다. 목적어 후보는 종속절 속에 있다. 종속절은 '정신왕의 아우가 왕과 왕위를 다투어'이다. '아우'는 (16a)에서 '부군'이었다. 그러니 국인은 '아우, 부군을 폐한' 것이다. 그 아우 부군이 '왕'과 왕위를 다투었다.

(16a)에서는 '정신 태자'였는데 (16b)에서는 '정신 왕'이다. '정신'과 '왕', '태자'는 무슨 관계일까? 즉, 이 사람은 '정신 왕'일까, '정신 태자'일까? '왕'과 '태자'는 한 사람일 수 없다. '왕'이 있고 '태자'가 있다. 이들은 '왕의 태자' 관계에 놓인다. '정신 태자인 왕', '정신왕인 태자'는 성립되지 않는다. 그리고 '정신 태자의 왕'은 성립되지 않고 '정신 왕의 태자'만 성립된다. 이제 '누군가가'가 '정신 왕의 태자가'임을 알 수 있다.

이제 (16a, b)는 (17)과 같은 의미[세상의 일을 나타내는 문장임이 논증되었다. 이제 문장은 의미를 표현한 것이고 그 의미는 세상의 일이라는 명제가 이해될 것이다.[17]

(17) 정신 왕의 태자가 아우인 부군과 셔블에서 왕위를 다투다가 죽었다. 국인이 정신 왕의 태자의 아우를 부군에서 폐하였다. <저자>

17) 언어학자가 문장의 의미를 연구하는 것은 세상의 일을 연구하는 것이다. 세상의 일을 연구하는 역사학자도 언어학자로서의 기본을 망각하면 안 된다. 세상의 일은 언제나 문장으로 적힌다. 역사를 올바로 기술하려면 문장의 의미를 잘 파악해야 한다.

(17)에서 가장 어려운 문제는 '정신 왕의 태자'이다. 아우와 왕위를 다투다가 죽은 사람. 그런데 그의 아우가 부군이 되려면 그는 왕이고 아들이 없는 왕이어야 한다. '정신 왕의 태자'는 이미 왕이 되어 있어야 한다. 그러면 그들{죽은 왕과 그의 아우인 부군의 부왕이 '정신 왕'이어야 한다. 이제 '정신왕'이라는 왕이 나왔다.

이제는 (16)이 들어 있는 기록 전체의 의미를 고려해야 한다. (16)은 33대 성덕왕의 즉위 과정을 적은 기록 속에 들어 있다. 32대 왕은 효조왕이고, 31대 왕은 신문왕이다. 신문왕의 태자는 효조왕 이공{홍}이다. 그러니 죽은 왕은 효조왕, 신문왕의 태자이고 형이 죽어 왕이 된 이는 성덕왕이다. 그들의 아버지는 신문왕이고 어머니는 신목왕후이다. 그러니 '정신왕의 태자'는 신문왕의 태자인 효조왕이다. 그러면 이 글의 '정신 왕'은 신문왕을 가리키는 말이다. 신문왕의 또 다른 이름이 '정신왕'임을 알 수 있다. 이제 아우, 부군이 누구인가를 밝히는 일만 남았다.

(16)은 정확하게 700년 5월의 '경영의 모반'의 실상을 그리고 있다. '부군이 형 효조왕과 왕위를 다투어 효조왕이 죽고 부군이 폐위된 것이다. 여기에 왕위를 다툰 두 사람의 어머니인 신목태후가 죽고,『삼국사기』의 '중시 순원이 연좌되어 파면되었다.'만 덧붙이면『삼국사기』,『삼국유사』는 '경영의 모반'에 관하여 적을 것은 모두 다 적은 훌륭한 역사 기록이 된다.

부군인 아우가 형 왕과 왕위를 다투다가 왕은 죽고 왕의 아우는 부군에서 폐위되어 왕이 될 자격을 상실하였다. 왕은 죽고 왕이 될 사람도 폐위되어 없으니, 왕위에 오를 희망이 전혀 없었던 사람이 왕이 될 수밖에 없다. 왕위에 오를 희망이 없었던 사람은 누구인가? 과거 어느 때에 그보다 왕위 계승 서열이 앞서는 사람이 있어야 한다. 그러고도 왕이 되려면 최소 필요 조건은 무엇이었을까? 최소한 왕족이어야 한다. 그러한 조건을 갖춘 사람을 찾아보기로 하자.

(9b)의 '奉 禪院伽藍 立 三層石塔'은 절을 바치고 탑을 세웠다는 뜻이다.

이미 세운 탑이 있었다. 그 탑은 황복사 3층석탑이다. 절은 어느 절일까? 황복사일 수밖에 없다. 이는 이 탑이 세워진 터의 절이 어떤 성격의 절인지 말해 준다. 이 절은 신목왕후와 효소왕이 신문왕의 명복을 빌기 위하여 지은 절이다.[18]

(9c)에서 새로 즉위한 금주대왕은 706년 5월 30일에 황복사 3층석탑 2층에 '금동사리함'을 안치하고, 그 함 속에 아버지 신문대왕, 어머니 신목왕후와 효조대왕의 명복을 빌기 위하여 금 아미타불상 1구와 무구정광대다라니 1권, 부처 사리 4과를 넣었다.

금주대왕과 효조왕은 무슨 관계에 있을까? 효조왕이 죽은 후에 왕이 된 사람은 효조왕의 아우 성덕왕이다. '금주(今主[이젯님금])대왕'은 당시의 왕을 가리킨다. 706년의 왕은 33대 성덕왕이다. 그러나 '聖德'이라는 시호는 그가 죽은 뒤인 737년에 정해진다. 살아서 그를 지칭하는 말이 이 명문에는 필요하였다. '금주대왕'이 그것이다.

그 다음에 '융기대왕'의 수명이 길기를 빌고 있다. 이 '융기대왕'은 누구

---

18) 이것은 다음과 같은 기록의 진위를 따져보아야 하는 문제를 제기한다.

　(다음) 법사 의상. 아버지는 한신이다. 김씨이다. 나이 29세에 서울의 황복사에서 머리를 깎았다. [法師義相 考日韓信 金氏 年二十九依京師皇福寺落髮] <『삼국유사』 권 제4 「의해 제5」 「의상전교(義相傳教)」>

　의상대사가 정말로 황복사에서 머리를 깎았다면 이 터는 황복사 터가 아니다. 의상대사가 당나라로 간 것은 진덕여왕 때이고 돌아온 것은 문무왕 때이다. 그러니 머리를 깎은 것은 선덕여왕 때이다. 그때도 황복사가 있었다면 신문왕이 죽은 692년에 지어 바치는 이 절은 황복사가 아니다. 그런데 탑은 지금도 그 자리에 있으니 이 탑을 '황복사 터 3층석탑'이라고 부르는 것도 이상한 일이 된다. 이 터가 황복사 터라면 의상대사가 황복사에서 머리를 깎았다는 말이 틀린 말이다. 절이 생기기도 전에 그 절에서 머리를 깎을 수야 없다.
　이 터가 정말 황복사 터가 맞을까? 아니면 이 터에는 황복사가 아닌 다른 절이 있었을까? 아직은 섣불리 말할 수 없는 일이다. 이곳이 황복사 터도 맞고 의상대사도 황복사에서 머리를 깎았다고 하려면 옛날부터 있던 황복사를 새로 손보고 이 탑을 세웠다고 보면 된다.

일까? 수명이 길기를 바라니 살아 있는 왕이다. 살아 있는 왕은 금주대왕이다. 내용상으로는 33대 성덕왕이다. 그런데 '융기(隆基)'는 33대 성덕왕의 이름이다. (18)에서 보듯이 '융기'가 성덕왕의 원래 휘이다.

(18) 702년 성덕왕이 즉위하였다. 휘는 흥광이다. 본명은 융기였는데 현종의 휘와 같아서 선천에[先天中] 고쳤다. *{『당서』는 김지성이라 하였다.} * 신문왕의 제2자이고 효소왕과 같은 어머니에게서 난 아우이다. 효소왕이 승하하였으나 아들이 없어 국인이 즉위시켰다.[19] <『삼국사기』 권 제8 「신라본기 제8」 「성덕왕」>

이 '융기'는 공교롭게도 당나라 현종의 휘와 같다. 그리하여 712년에 흥광으로 고쳤다.[20] (9)는 706년에 작성된 것이다. 그때까지는 성덕왕의 휘가 '김융기'이다. 그러니 '융기대왕'은 성덕왕을 가리키는 말이다. 그러나 712년에 '이융기'가 당나라 황태자가 됨으로써 그 이름을 쓸 수 없게 되었다. 그리하여 고친 새 이름이 '김흥광'이다. 그러면 '융기대왕'도 쓸 수 없다. 그래서 사용된 이름이 '흥광대왕'이다.

33대 성덕왕을 흥광대왕(興光大王)으로 적은 것은 저 앞 (3c)의 『삼국유사』 권 제3 「탑상 제4」 「황룡사종 분황사약사 봉덕사종」에서 이미 보았다. 성덕왕의 이름은 『삼국사기』에 융기, 흥광, 『당서』에 지성, 『삼국유사』에 효명, 『자치통감』에 숭기 등으로도 적힌다. 나아가 『삼국유사』 권 제2 「기

---

19) 효조왕에게 아들이 없어 아우 성덕왕이 즉위한 것처럼 적은 것도 사실이 아니다. 효조왕에게는 김수충이라는 아들이 있었다.
20) 712년[성덕왕 11년] 3월 당나라 사신 노원민이 성덕왕의 휘 '융기'를 바꾸라고 하였다. 융기가 황태자가 된 뒤에 그의 이름을 피휘할 것을 요구한 것이다. 그래서 바꾼 이름이 흥광이다. 선천(先天)은 4개월 동안 사용된 연호이다. 712년 9월 당 예종은 황태자 융기에게 양위하고 연호를 선천으로 정하였다. 이듬해 713년에 당 현종은 개원(開元)으로 연호를 바꾸었다. '中'은 향찰, 이두에서 처격 조사 '-에'를 적는 데 사용되는 차자(借字)이다. 처격 조사는 '也中', '惡希'로도 적히는 것으로 보아 '-아기', '-아희'의 2음절 형태소였던 것으로 보인다(남풍현(1977) 참고).

이 제2」「가락국기」에는 문무왕을 '法敏王', 신문왕을 '政明王'이라 적고 있다. 법민, 정명은 그들의 휘이다. '휘(諱)'에 '왕, 대왕'을 붙이는 지칭어가 있었던 것이다.

33대 성덕왕은 아버지 신문왕, 어머니 신목태후, 형 효조왕을 위하여 이 3층석탑 속에 금 아미타불상 1구, 무구정광대다라니경 1권, 부처 사리 4과를 넣은 금동사리함을 안치하였다. 성덕왕이 신문왕과 신목왕후의 아들이란 것은 분명히 증명되었다. 이 명문을 보면 효조왕이 성덕왕의 형이라는 사실을 의심하는 것이 얼마나 어리석은 일인지 알 수 있다.[21] 성덕왕은 형에 대한 우애도 지킨 것이다. 형 왕이 죽어 새로 왕이 된 사람은 33대 성덕왕이고 죽은 왕은 그의 형 32대 효조왕이다.

(9e)의 '금주대왕', '융기대왕'은 33대 성덕왕이다. '금주대왕'은 '금상(今上)'처럼 그때 왕을 가리킨다. '융기'가 성덕왕의 원래 휘(諱)이다. 성덕이라는 시호는 그가 죽은 737년에 지어졌다. 그러니 706년에는 시호 '성덕'이 없다. 생시의 왕을 지칭할 때는 어떻게 적었을까? '융기대왕'처럼 생시의 휘를 이용하여 적었다.

법민왕, 정명왕, 융기대왕, 흥광대왕의 예에 비추어 보면 『삼국유사』가 왕을 시호가 아닌 휘를 이용하여 지칭하기도 하였다는 것은 명약관화한 사실이다. 하기야 탈해임금, 미추임금, 내물마립간 등도 모두 휘에 왕을 의미

---

21) 이로써 성덕왕이 김흠돌의 딸이 낳은 효조왕의 이복형일 것이라는 주장은 설 자리가 없어진다. 효조왕이 687년 2월에 출생한 원자로서 691년 3월 1일 5세에 태자로 책봉되고 692년 7월 6세에 왕위에 올랐다는 통설도 설 자리가 없다. 거기에다가 봇내, 성덕왕, 부군이 신문왕의 전처 김흠돌의 딸이 낳은 아들들이고 효조왕이 신목왕후의 아들이라는 것도 틀린 말이다.

　신문왕의 아들은 차례로 677년생 효조왕, 679년생 봇내태자, 681년생 성덕왕, 684년생 김사종{무상선사}, 687년생 김근{흠}질무루선사의 5명이다. 신문왕은 681년 왕비 김흠돌의 딸을 폐비하고 김흠운의 딸 신목왕후와 683년 5월 7일 혼인하였다. 효조왕, 봇내, 성덕왕은 혼인하기 전에 태어났다. 그러니 첫 원자는 684년생 김사종이다. 그는 700년 5월의 '경영의 모반'에 연루되어 폐하여졌다. 이어서 원자가 된 이가 687년 2월생 김근질이다. 그도 왕위를 사양하고 도망쳤다. 그리하여 693년 8월에 형 봇내와 함께 오대산에 들어갔던 효명이 702년에 속세로 나와 성덕왕이 된 것이다.

하는 칭호를 붙였다. 법흥왕 이전에는 시호 제도를 채택하지 않았으니 모두 휘(諱)에 '잇금[尼師今, 齒叱今]'이나 '마루간[麻立干]'을 붙여서 지칭하였던 것이다.

이 사실은 앞에서 본 (16)의 『삼국유사』 권 제3 「탑상 제4」 「대산 오만 진신」에 나오는 '정신왕(淨神王)', 정신대왕(淨神大王)의 '정신왕'이 누구인지를 추론하는 데에 강력한 근거가 된다. 이 '정신왕'도 '신문왕'의 또 다른 이름을 이용하여 그를 지칭한 것으로 보아야 한다.

신문왕의 휘가 정명, 명지라는 것은 알려져 있다. 아마도 정신이라는 휘나 시호도 있었는데 뒤에 바꾸었을 것이다. 그러므로 「대산 오만 진신」의 '정신태자'는 '정신태자'='보천태자'가 아니라, 무조건 '정신(왕)의 태자'라는 말이다(서정목(2016a, 2019 등) 참조).

693년 8월 5일 서라벌 월지궁을 떠나 오대산 상원사 터에서 효명암을 짓고 수도하며 속세를 떠났던 정신왕의 왕자 효명이, 702년에 서라벌로 돌아와서 33대 성덕왕이 되었다. 성덕왕은 32대 효조왕의 아우이다. 그러니 아우에게 반란을 당하여 죽은 왕은 32대 효조왕이고 효조왕을 죽인 아우는 성덕왕의 아우이기도 한 부군과 그의 계파이다.

이제 역사 기록에서 효조왕이나 성덕왕의 아우로 기록된 이를 찾아야 한다. 33대 성덕왕은 오대산에서 형 봇내[寶川, 寶叱徒]와 함께 수도하다가 702년에 서라벌로 와서 즉위하였다. 그때 봇내는 안 오려고 울면서 도망쳤다. 봇내와 성덕왕은 형 효조왕을 죽이는 일에 연루되지 않았다.

다른 아우는 없을까? 있다. 『삼국사기』에 성덕왕의 아우라고 명기된 이가 둘이나 있다. (19a)의 김근{흠}질(金釿{欽}質)과 (19b)의 김사종(金嗣宗)이 그들이다. 둘 다 당나라에 사신이나 숙위로 갔다. 嗣宗은 종묘와 사직을 물려받았다는 의미이다. 왕위 상속자의 이름이다. 그리고 왕의 조카로 기록된 (19c)의 지렴이 있다.

(19) a. 726년[성덕왕 25년] 여름 4월 김충신을 당에 파견하여 하정하였다. 5월 왕의 아우[王弟] 김근*{『책부원구』에는 흠으로 적었다.}*질(金釿*{冊府元龜作欽}*質)을 당으로 파견하여 조공하니, 당에서는 낭장(郎將)을 주어 돌려보내었다.

b. 728년[동 27년] 가을 7월 왕의 아우[王弟] 김사종(金嗣宗)을 당에 보내어 방물을 바치고 겸하여 자제(子弟)가 국학에 입학할 것을 청하는 표를 올렸다. (현종은) 조칙을 내려 허락하고, 사종에게 과의(果毅)를 주어 머물러 숙위하게 하였다.

c. 733년[동 32년] 겨울 12월 왕의 조카[王姪] 지렴을 당에 파견하여 사은하였다. --- (현종은) 지렴을 내전으로 불러 향연을 베풀고 속백을 하사하였다. <『삼국사기』 권 제8 「신라본기 제8」 「성덕왕」>

성덕왕의 이 두 아우 가운데 누가 부군이고 형 효조왕과 왕위를 다투었을까? 누가 부군으로서 700년 5월 '경영의 모반'을 일으키거나 그 반란에 연루되어 부군에서 폐위되고 궁궐에서 쫓겨났을까? 누가 신목왕후와 효조왕을 죽음으로 몰고 간 아우 부군이겠는가? 사종? 근질?

그런데 사종(嗣宗)이란 이름이 이상하다. 종통을 물려받다.[22] 왜 이런 이

---

22) 조선 선조의 장손자 능양군의 휘는 종(倧)이고 자는 천윤(天胤)이다. 선조의 아들 정원군[원종]은 임해군, 광해군보다 더 먼저 아들을 낳아 능양군이 선조의 맏손자가 된 것이다. 상고 시대의 신을 뜻하는 倧과 하늘의 상속자 天胤, 이 이름과 자를 누가 지었을까? 선조가 지었다. 정원군의 아들 이름이 이렇게 지어졌다는 소식을 전해들은 광해군은 '어디에 이름 지을 글자가 없어서 하필이면 이런 이름을.'이라고 하였다. 섬뜩하지 않은가? 인조반정은 이미 예견된 일이었다. 숙부가 조카의 왕위를 찬탈하는 세상에 조카가 숙부의 왕위를 빼앗는 것이 이상할 이유가 있는가?
나는 정원군을 원종으로 추존하는 것은 안 된다고 한 송시열의 예론을 우습다고 생각한다. 공자도 정치를 맡으면 맨 먼저 할아버지를 아버지라고 부르는 것부터 바로잡겠다고 정명론을 펼치지 않았는가? 인조를 선조의 손자라고 하고 정원군을 원종으로 추존해야지. 이름이 바르지 않으면, 정의가 정의가 아니고 공정이 공정이 아니면, 국민들이 손발을 둘 곳을 알지 못한다. 무신불립(無信不立)이니까. 국민들이 믿지 않으면, 국민들을 속이면, 국민 앞에 쇼를 하면 하늘 아래 설 곳이 없다. 그때 그 왕신 문왕도 하늘 아래 설 곳이 없었는지도 모른다. 전형적인 나쁜 왕이다.

름을 지었을까? 그가 왕위에 오를 제1 우선권을 가진 것은 아닐까? 김사종, 그가 신문왕 사후 효조왕 이공보다도 왕이 될 자격이 더 우선하지 않았을까? 왜? 이공은 신문왕과 김흠운의 딸이 혼인하기 전인 677년에 낳은 혼전, 혼외자이니까.

그러면 사종은 언제 태어났을까? 신문왕과 김흠운의 딸이 683년 5월 7일에 정식으로 혼인했으니 가장 이르게 잡으면 그는 684년에 태어났다. 684년에 태어났으면 그때는 그가 원자이다. 어머니 김흠운의 딸이 정식 왕비가 되었으니까. 그런데 691년 3월에 15살 이홍이 태자로 책봉되었다. 사종은 8살이다. 692년 아버지가 죽었을 때 태자 이공은 16살이고 사종은 9살이다. 외할머니 요석공주는 이공을 왕위에 앉혔다. 처녀 딸이 외사촌 오빠와 사랑에 빠져 미혼인 채로 낳은 불쌍한 외손자를 왕위에 앉히고 딸이 혼인한 후 태어난 원자 사종을 부군으로 책봉하여 불만 세력을 잠재웠을 것이다.

그랬던 그가, 어머니가 683년 5월 7일에 혼인하였으니 빨라야 684년생이고 700년에 많아야 17살이었던 그가, (19b)에서 저렇게 728년에 당나라로 숙위를 가고 있다. 몇 살이나 되었을까? 728-684=44, 무려 45살이나 되었다. 45세에 당나라에 숙위 간 신라 왕자가 기록에 있을까? 있다.

선종사서(禪宗史書)인 『역대법보기(歷代法寶記)』에는 무상선사(無相禪師)가 나온다. 그는 신라국 왕자로서 728년[개원 16년] 45세에 당나라에 왔다고 되어 있다. 728년에 당나라로 간 왕자는 (19b)에서 보듯이 성덕왕의 아우인 김사종뿐이다. 『역대법보기』의 무상선사는 바로 『삼국사기』의 김사종이다.

『역대법보기』는 무상선사에 대하여, 신라 왕자 출신으로 45세에 당나라로 와서 장안에서 당 현종을 만나고, 처적선사에게서 무상이라는 법명을 받고 사천성으로 와서 수도하다가, '안사의 난'으로 성도로 피난 온 당 현종을 다시 만나고 정중사에 주하여 정중종을 창시하고, 무억(無憶), 무념(無念), 막망(莫妄)의 3구 설법으로 당나라 불교를 대중화시키고, 죽어서 오백

나한의 455번째 나한이 되었다고 적고 있다. 절에 가면 옹기종기 모셔 놓은 500 나한. 그 500 나한의 한 분이 신라 신문왕의 원자 김사종이다. '과거를 묻지 마세요, 현세의 탐욕을 버려라, 미래에 대한 헛된 망상을 버려라.' 제행무상(諸行無常)이다.

그런데 김사종, 무상선사가 728년에 45세이면 그는 몇 년생인가? 684년생이다. 684년은 어떤 해인가? 신문왕과 신목왕후가 거창한 혼인식을 거행한 683년 5월 7일의 이듬해이다. 그러니 그때는 신문왕의 시대이다. 그 해에 태어난 신라 왕자는 무조건 신문왕의 아들이다. 김사종은 신문왕과 신목왕후가 정식으로 혼인한 후 태어난 첫째 아들이다. 그가 원자(元子)였을 가능성이 크다. 실제로 그는 신문왕의 원자이다.

김사종이 부군으로 있다가 700년 5월 '경영의 모반'에 연루되어 부군에서 폐위되고 원자 자격을 잃었다. 김사종은 군남사라는 절에서 낙발하고 중이 되어 있다가 28년 뒤에 형 성덕왕의 배려로 당나라로 떠났다. 속세, 신라를 완전히 떠난 것이다. 그래도 혈육의 정은 못 잊었던지 (19b)에서 '자제의 당나라 유학'을 청하였다. 현종의 허락을 얻어 아들을 데리고 오게 되었는데 (19c)에서 보듯이 사종이 당나라에 온 지 5년도 더 된 733년에 성덕왕의 왕질 김지렴이 그를 뒤따라 당나라로 오고 있다. 성덕왕의 조카이면 성덕왕의 아우인 사종의 아들이다.

김사종이 무상선사이고 무상선사가 김사종이다. 그가 신문왕과 신목왕후가 혼인한 뒤에 처음 태어난 왕자이다. 그러니 원자이다. 그런데 부군으로 있다가 700년 5월 처가 사람이었을 경영의 모반에 연루되어 부군에서 폐위되고 원자 자격을 잃었다. 그 뒤에 그는 어떻게 되었을까? 속세에서 살 수야 없지 않았을까? 세상을 떠날 수밖에 없다. 편리하게도 통일 신라 시대에는 수틀리면 낙발하고 산에 들어가면 되었다. 그도 그 길을 따랐다.

그러면 700년 5월에 반란을 일으켰다가 주살된 경영은 누구이겠는가? 무조건 부군 사종의 편이다. 사종의 아버지일까? 아니지. 그의 아버지는 사종이 죽인 형 왕의 아버지 왕이지. 그 아버지 왕이 31대 신문왕이지 않은 가? 경영은 사종의 아버지가 아니다.

그 다음 후보는 누구일까? 사종의 장인일까? 그럴 가능성이 크다. 그의 장인이 있으려면 그가 혼인했어야 한다. 700년에 사종은 몇 살이나 되었을 까? 684년생이니 17살이다. 17살이면 장가도 들고 아이도 낳고 말도 타고 활도 쏘고 칼도 쓰고, 그리하여 반란을 일으켜 시시한 형 왕, 정통성이 결 여된 군주, 유부남 아버지와 처녀 어머니가 통정하여 낳은 형을 죽이고 스 스로 왕이 될 야망을 가질 만하지 않은가? 또 그런 것을 부추길 만한 장인 이 있지 않았겠는가?

마누라들은 어쩌고? 형 효조왕의 왕비가 있었을 것이고 그 왕비는 자신 의 아들 ○○이 왕위에 오를 것을 기대하고 있었을 터인데, 사종의 마누라 는 제가 낳은 아들 XX이 왕이 되기를 바라지 않았겠는가? 만약 효조왕의 아들이 왕이 되면 사종의 아들 사촌 동생을 그냥 두겠는가? 사종 부부는 자신들의 아들을 죽음으로부터 구해 내어야 했다. 그러려면 어떻게 해야 할까? 저 부당한 왕, 어머니가 처녀 시절에 낳은 혼외의 형을 죽이는 수밖 에 없다. 이렇게 되면 누구나 스스로 효조왕의 아들 ○○은 714년에 당나 라로 가는 김수충이고, 김사종의 아들 XX는 733년에 당나라로 가는 김지 렴이라는 것을 알 수 있다.

아니, 그보다 더 중요한 것은 경영이 사종의 처갓집 사람일 것이고, 어쩌 면 장인일 것이며, 그가 노렸던 것은 효조왕을 죽이고 사종이 왕이 되면 자 신의 외손자가 왕이 될 수 있는 길이 열린다는 것이었다. 경영의 아내, 지 렴의 외할머니는 그것을 노리고 있다. 그 부부는 당연히 반란을 일으키게 되어 있다. 반란을 일으키지 않으면 자신들의 외손자 김지렴이 죽게 된다. 이러면 물불을 안 가리는 것이 인간이다. 이제 '경영의 모반'이 당연히 일 어날 수밖에 없었다는 이론적 근거가 마련되었다.

『삼국사기』는 (20a)처럼 684년이 아니라 687년 2월에 신문왕의 원자가 출생하였다고 적었다. 이것은 어찌 된 일일까?

> (20) a. 687년[신문왕 7년] 봄 2월 원자가 출생하였다. 이 날 음침하
> 며 어두웠고 큰 벼락이 쳤다.
> b. 691년[동 11년] 봄 3월 1일 왕자 이홍을 책립하여 태자로 삼았다.
> 13일 대사하였다. 사벌주에서 흰 참새를 바쳤다.
> c. 692년[동 12년] 가을 7월 왕이 죽었다. 시호를 신문이라 하고 낭
> 산 동쪽에 묻었다. <『삼국사기』 권 제8 「신라본기 제8」 「신문왕」>

이 원자는 (19a)의 김근{흠} 질이다. 700년 형 사종이 부군에서 폐위되면
서 원자의 자격을 잃었으니 그 동생이 원자가 된 것이다. 역사상 신문왕의
법적 원자는 이 김근질이다.

그럼으로써 『삼국유사』 권 제3 「탑상 제4」 「대산 오만 진신」은 정확하
게 (21)과 같은 통일 신라 정치사의 팩트를 적고 있는 역사 기록으로 확립
된다. 딴 소리 할 필요가 전혀 없다.

> (21) a. 신라 31대 신문왕 정명은 문무왕의 차자(次子)이다. 그의 형
> 소명전군이 일찍 죽어 그가 장재형(들)이 죽은 후 가장 나이가 많은 아
> 들이 되었다. 시호 신문이 정해지기 전의 그의 칭호는 정명왕, 정신왕
> 등으로도 적혔다. 정명은 665년 태자로 책봉될 때 김흠돌의 딸을 태자
> 비로 맞았다. 김흠돌이 김유신의 사위이니 그 태자비는 김유신의 외손
> 녀이다.
> 신문왕은 681년 7월 즉위한 후 8월에 장인 '김흠돌의 모반'으로 왕
> 비를 폐비시켰다. 그리고 683년 5월 7일 형 소명전군의 약혼녀였던 김
> 흠운의 딸어머니는 요석공주와 혼인하였다. 신목왕후이다. 이 혼인 전
> 에 정명은 이미 그녀와의 사이에 효조왕 이홍, 봇내, 성덕왕 융기를 낳
> 았다. 그들은 혼전, 혼외자들이다. 두 사람의 정식 혼인 후인 684년에

김사종이 태어나고 687년 2월에 김근{흠}질이 태어났다.

b. 신라 32대 효조왕은 677년 31대 신문왕과 김흠운의 딸 사이에 혼전 첫째 아들로 태어났다. 그가 신문왕의 태자 이홍{공}으로서 692년에 즉위하였다. 효조왕의 시호를 孝昭王이라고 적은 것은 측천무후의 이름 자 '照'를 피휘하여 '昭'로 적은 것이다. '曌(조)'를 피휘하여 '明'으로 적으면 효명왕이 된다. 그러니 효조왕, 효명왕, 효소왕은 모두 32대 왕 이공{홍}을 적은 것이다.

효조왕은 성정왕후와 혼인하여 696년 아들 김수충을 낳았다. 이 수충이 714년 당나라로 숙위 갔다가 717년에 돌아왔다. 그 후 그는 다시 719년경에 당나라로 가서 안휘성 지주시 청양현의 구화산에서 75년 동안 수도한 후 99세 된 784년에 열반하였다. 3년 후에도 썩지 않은 그의 시신에 제자들이 금을 입혀 육신불, 등신불로 만들어 구화산 화성사의 육신보전에 보존하여 오늘날까지 전한다. 그가 불교에서 지장보살(地藏菩薩)의 화신으로 숭앙하는 김교각(金喬覺)이다.

c. 700년 5월 '경영의 모반'이 일어났다. 이 모반은 효조왕을 폐위하고 부군 김사종을 옹립하려는 음모이다. 사종은 684년생으로 신문왕의 첫 번째 원자이다. 이 모반으로 700년 6월 1일 신목왕후가 죽고 702년 7월 27일 효조왕이 죽었다. 부군 사종은 폐위되고 그의 아우 김근{흠}질이 새로 원자가 되었다.

d. 효조왕이 죽은 후 702년에 김근질이 즉위를 거부하여 오대산 상원사의 스님 효명[융기]를 데려와 즉위시켰으니 이 이가 33대 성덕왕이다. 그는 693년 8월 경 형 봇내와 함께 오대산에 숨어들어 수도 생활을 하고 있었다. 그의 생시의 칭호는 융기대왕, 홍광대왕이다. 처음의 휘는 융기였으나 당 현종의 이름과 같아서 홍광으로 바꾸었다(서정목 (2016a, 2019) 참조).

(21)과 다르게 적은 것은 그 어떤 것도 역사적 팩트가 아니다. 그런데 현대 한국인이 쓴 통일 신라사는 모두 (21)과 다르다. 그러니 그런 것들을 어

떻게 역사 기술이라고 그대로 두고 볼 수 있겠는가? 내가 신라 역사를 다시 쓰는 이유이다.

국사편찬위원회(1998)은 이러한 역사적 사실들을 잘못 파악하여 (20b)의 왕자 이홍이 (20a)에서 태어난 원자라고 헛짚고서는 효소왕이 6살에 왕위에 올라 16살에 죽었다고 (22)와 같이 써 놓았다.

> (22) a. 효소왕은 6세의 어린 나이로 왕위에 올랐는데, 母后가 섭정하는 등 스스로에 의한 정상적인 왕위수행은 어려웠을 것으로 생각되기 때문이다.
>
> b. 성덕왕이 행한 왕권강화 노력은 --- 일정한 왕당파 세력의 지지와 협력을 받았을 것으로 보인다. --- 孝昭王代의 정치에 참여하였다가 몰락하여 소외당하고 있던 인물들에게 커다란 관심을 갖고 중용했다. 진골귀족세력의 영향을 벗어나기 위하여 선택한 방법이었다고 할 수 있다. --- 이들 세력은 성덕왕의 후비로 딸을 바친 金順元으로 대표되는 것으로 보인다.
>
> c. 그렇지만 이외는 달리 엄정왕후로서 상징되며 성덕왕의 왕권을 제약하던 진골귀족세력은 상대적으로 크게 위축되었을 것임은 틀림이 없다. 그러므로 이러한 두 세력의 대립 충돌은 필연적이었을 것이다. 이러한 두 세력의 대립 충돌을 상징적으로 보여주는 사건이 바로 성덕왕의 첫째 왕비인 엄정왕후의 出宮事件이다. <국사편찬위원회(1998), 『한국사 9』「통일신라」96-101면>

(22a)를 보면 효소왕이 6세에 왕위에 올랐다고 하였다. 효소왕은 692년에 왕위에 올랐다. 692년에 6세였으면 태어난 해는 687년이다. 687년 2월에 태어난 원자를 이홍으로 오인한 것이다. 이렇게 되면 714년에 20살쯤 되어서 당나라에 숙위 가는 김수충이 효조왕의 아들이라는 것을 상상도 할 수 없다. 그러면 『삼국유사』권 제3「탑상 제4」에 있는「대산 오만 진신」의 '효

소왕이 16세에 왕위에 올라 26세에 승하하였다.'는 (14b)의 기록은 어떻게 된 것인가? 『삼국유사』는 믿을 수 없는 야사라고? 국사편찬위원회(1998)이 더 믿을 수 없는데. 옳은 것이 정사고 틀린 것이 야사다. 『삼국유사』가 정사고 국사편찬위원회(1998)이 야사인 것이다.

'효소왕이 6세에 왕위에 올랐다.'는 국사편찬위원회(1998)의 말은 틀린 말이다. 그것은 충분한 자료 검토 없이 687년 2월에 태어난 '원자'가 효소왕이고 그가 691년 3월에 '왕자 이홍'으로 태자가 되었으며 692년에 왕이 되었다고 단정한 야사이다. '원자'와 '왕자'는 같은 말이 아니다. 원자는 왕과 정비 사이에 태어난 적장자로 한 왕에게 1명뿐이다. 왕자는 헤아릴 수도 없이 많을 수 있다. 이것은 (21a, b)를 잘못 읽은 데서 온 것이다.

'687년 2월에 元子가 태어났다. 691년 3월 1일 王子 이홍을 태자로 책봉하였다.'는 역사 기술은 사실상, '원자'가 태자가 되지 못하고 '왕자 이홍'이 부당하게 태자가 되었다는 것을 함의한다. 언어학상으로는 그렇다.

(22b)를 보면 성덕왕이 '진골 귀족 세력'의 영향권을 벗어나기 위하여 후비로 딸을 바친 '김순원 세력'과 손을 잡은 것처럼 적었다. 그러면 순원은 진골 귀족 세력이 아니다. 그는 성골인가? 육두품인가? 성골은 이미 진덕여왕이 죽었을 때 한 사람도 남지 않았었다. 김순원은 최종 관등이 각간[1등 관위명]이다. 그도 진골 귀족의 대표적 인물이다.

(22c)에서는 엄정왕후가 성덕왕의 왕권을 제약하던 진골 귀족 세력의 상징이며, 그 세력이 김순원 세력과 충돌하였다고 적었다. 그리고 엄정왕후 출궁을 말하고 있다. 그러나 엄정왕후는 출궁된 적이 없다. (23c)를 잘 보라. 쫓겨난 사람이 누구인가?

(23) a. 714년[성덕왕 13년] 2월 --- 왕자 김수충을 당에 보내어 숙위하게 하였다. 현종이 집과 비단을 주고 조당에서 연회를 베풀었다.
b. 715년[동 14년] 12월 왕자 중경을 책봉하여 태자로 삼았다.

c. 716년[동 15년] 3월 --- 성정*{혹은 엄정으로 된 곳도 있음}*왕
후를 쫓아내었다[出成貞*{一云嚴貞}*王后]. 채단 500필과 밭 200결, 조
1만석과 집 한 구역을 주었다. 집은 강신공의 옛집을 사서 주었다. <『삼
국사기』 권 제8 「신라본기 제8」 「성덕왕」>

쫓겨난 왕비는 성정왕후이다. 성정왕후를 쫓아낸 것이지 엄정왕후를 쫓
아낸 것이 아니다. 국사학계는 『삼국사기』도 혼동하고 있는 듯한 '成貞*
{一云嚴貞}*'이라는 세주 때문에 성정왕후를 엄정왕후와 동일인인 것처럼
알고 있다. 그러나 저 두 왕비는 다른 인물이다. 성정왕후는 성덕왕의 형수,
즉 효조왕의 왕비이다. 엄정왕후는 성덕왕의 첫째 왕비로 김원태의 딸이다.
　성정왕후의 아들이 (23a)의 714년에 당나라로 숙위 간 김수충이다. 이 효
조왕의 왕자 수충을 당나라로 보내어 놓고 성덕왕은 715년에 자신의 아들
중경을 태자로 책봉하였다. 이에 대하여 형수 성정왕후가 성덕왕에게 항의
하였다. 그래서 성덕왕은 형수를 쫓아내어 버린 것이다. 어머니가 쫓겨난
소식을 들은 수충이 717년에 귀국하였다.[23) 그가 다시 719년쯤 당나라로
가서 지장보살의 화신 김교각이 되었다.[24) 김근질은 당나라에서 '안사의
난'이 일어났을 때 숙종이 연 백고좌 강회에 초대받은 석 무루(無漏)가 되
었다.

---

23) 성정왕후가 당나라로 태자 자리를 잃은 아들을 찾아갔다는 속설도 있다. 아직 증거를
　확보하지는 못했지만 자식 문제라면 물불 안 가리는 이 종족의 모성 본능이 충분히
　그리했을 거라고 나는 생각한다. 언젠가 구화산 근방에 가서 이 증거를 확보하려는
　생각을 가진 적도 있었으나 이제 다 버린 헛꿈이다.
24) 이 때문에 역사 왜곡의 대표적 예인 '효소왕에게 아들이 없어 성덕왕이 즉위하였다.'
　가 『삼국사기』 권 제8 「신라본기 제8」 「성덕왕」 조에 버젓이 들어 있다. 이로 하여,
　우리는 지장보살의 화신 안휘성 지주시 청양현 구화산의 등신불 김교각이 신라국왕
　의 아들이라고 되어 있지만, 정말로 신라국왕의 아들이 맞는지, 어느 왕의 아들인지
　도 모르는 참담한 상황에 놓여 있다. 이렇게 정신 안 차리고 살면 제 역사를 모두 다
　른 나라에 빼앗기고 말 것이다. 하긴 스스로 인멸하고 왜곡한 역사를 빼앗아 가려는
　욕심을 낼 나라도 없을 것이다. 깡그리 지워버리고 무시할 뿐이지. 역사를 왜곡하면
　전 세계인에게 멸시 당한다. 거짓 역사를 만들어 퍼뜨리지 말라.

성덕왕은, 704년에 혼인한 김원태의 딸 엄정왕후를 어떻게 했는지 아무런 기록 없이, 720년에 김순원의 딸 소덕왕후와 다시 혼인하였다. 이 혼인이 엄정왕후의 사망으로 인한 것인지, 폐비로 인한 것인지, 아니면 소비를 들인 것인지 알 수가 없다. 다만 (24)에서 보듯이 선비, 후비란 말을 사용한 것으로 보아 엄정왕후 사망 후 소덕왕후를 들인 것일 가능성이 높다.

(24) 제33 성덕왕. 이름은 흥광, 본명은 융기이다. 효소왕의 같은 어머니 아우이다. 선비는 배소왕후인데 시호는 엄정이다. 원태 아간의 딸이다. 후비는 점물왕후인데 시호는 소덕이다. 순원 각간의 딸이다. <『삼국유사』권 제1 「왕력」>

그러므로 엄정왕후, 소덕왕후와 관련하여 제기되는 정치사적 문제는 김원태 세력은 어떤 세력이며 김순원 세력은 어떤 세력인가를 밝히는 것이어야 한다.[25] 그것은 진골귀족과 왕당파의 대립으로 설명할 수 있는 것이 아니다. 왕실이 이미 진골귀족인데 진골귀족과 왕당파의 대립을 설정하여 무엇을 설명할 수 있겠는가? 적어도 기야파와 신라파의 대립 정도는 되어야 설명의 꼬투리가 잡힐 수 있다.

(22)는 통일 신라 정치사의 진실과는 거리가 멀다. 이렇게 기초적인 인적 사항이 제대로 파악되지 않으니 심지어 한국학중앙연구원의『한국민족문화대백과』마저도 '김수충'이라는 중요 인물에 대하여 '성덕왕의 아들이라

---

25) 오히려 나중에 보는 대로 엄정왕후의 딸 사소부인은 남편이 효방으로 원훈 각간의 아들이다. 원훈 각간은 김흠순의 아들이다. 이들이 가락 김씨 계열인 가야파라는 것을 지적해야 한다. 김순원은 선품의 아들이고 구륜의 손자이다. 구륜은 진흥왕과 백승부인의 아들이다. 백승부인이 사도태후이면 대원신통이고 그녀가 백제 성왕의 달이면 백제계이다. 그러니 김순원의 딸 소덕왕후는 백제계이거나 대원신통이다. 엄정왕후와 소덕왕후의 대립은 가야파 대 백제파 또는 대원신통의 대립으로 설명하는 것이 더 진실에 가깝다. 아니 그것이 진실이다. 이 당시의 정치 전쟁의 구도는 절대로 왕당파와 진골정통의 대립이 아니다.

느니, 어머니 성정왕후가 김원태의 딸이라느니' 하는 틀린 정보를 제공하고 있다.[26] 김원태의 딸은 엄정왕후이다.

이런 지저분한 골육상쟁을 『삼국사기』는 일부러 적지 않은 것이다. 김부식이 자기 선조들의 왕실에서 일어났던 일들 가운데 좋은 일만 골라 적고 안 좋은 일은 빼어 버렸을까? 아닐 것이다. 나는 이 신문왕의 고종사촌 누이, 형의 약혼녀와의 혼외정사가 빚은 왕위 계승의 혼돈이 신라 시대의 기록에서부터 지워졌다고 생각한다. 흉노족의 혼습이 낳은 결과를 지운 것이다.

부군에서 폐위된 김사종을 이어서 부군이나 원자가 된 사람이 성덕왕의 아우 김근{흠}질이다. 김근질이 『삼국사기』 권 제8 「신라본기 제8」 「신문왕」 687년 2월 조에 '元子生'이라는 기록을 남긴 신문왕의 바로 그 최종 원자

---

26) 한국학중앙연구원에서 제공하는 『한국민족문화대백과』는 '김수충'에 대하여 다음과 같이 적었다.

  (다음) 아버지는 성덕왕이며 어머니는 승부령 소판 김원태의 딸인 성정왕후이다. 714년(성덕왕 13년)에 견당대감으로 당나라에 파견되어 숙위하였다. 이때 당나라의 현종은 집과 의복을 내리어 총애하였을 뿐 아니라 조당에서 연회까지 베풀어 주었다. 그 뒤 717년에 귀국하면서 공자와 10철 및 72제자의 도상을 가지고 와 성덕왕에게 바쳤는데, 이것은 곧 국학에 안치되었다.

  이 기술은 틀린 것이다. 김수충은 성덕왕의 아들이 아니고 효소왕의 아들로서 696년에 태어났다. 성정왕후는 김원태의 딸도 아니고 성덕왕의 왕비도 아니다. 성정왕후는 716년에 궁에서 쫓겨난 효소왕의 왕비이다.
  성덕왕은 702년에 즉위하여 704년 소판 김원태의 딸 엄정왕후와 혼인하였다. 만약 수충이 이들의 아들이라면 당나라에 숙위 갈 때 9세도 안 된 어린 아이이다. 성덕왕은 714년 자신의 아들인 중경을 태자로 책봉하였다. 이에 항의하다가 쫓겨난 이가 수충의 어머니 성정왕후이다. 717년 6월 효상(孝殤)태자 중경이 죽었고 717년 9월 수충이 귀국하였다. 엄정왕후는 또 승경을 낳았고 승경이 724년에 태자로 책봉되었다. 720년에 성덕왕은 김순원의 딸 소덕왕후와 다시 혼인하였다. 724년에 소덕왕후가 죽었다. 소덕왕후는 헌영을 낳았다.
  737년 태자 승경이 즉위하여 34대 효성왕이 되었다. 그러나 효성왕은 742년에 의문의 죽음을 하였다. 효성왕의 아우 헌영이 35대 경덕왕이 되었다. 승경과 헌영은 이복형제이다. 이 이복형제 사이의 왕위 쟁탈전이 김순원의 손녀 혜명왕비[효성왕의 계비]의 후궁 살해 사건과 후궁의 아버지 '영종의 모반', 김신충의 「원가」로 기록에 남았다. 서정목(2016a, 2018)을 참고하기 바란다.

이다. 『삼국사기』가 이 대목에서 '元子鉽質生'이라고만 썼어도, '王子 理洪'[효조왕]이 신문왕의 원자이고 6살에 왕위에 올라 16살에 죽었다는 천하의 악문, 오문은 나오지 않았을 것이다. '元子'와 '王子'도 구분하지 못하다니.

딱 두 글자가 모자라서 모든 이들을 다 헤매게 하고 온 한국사 책을 다 악서로 만들어 버린 이 '元子生', 그래도 그 세 글자 덕분에 만년에 이 무도한 세상을 나 혼자, 통일 신라 시대의 온갖 비밀을 다 아는 척, 광복 후 75년 동안 오리무중에 빠졌던 31대 신문왕, 32대 효소왕, 33대 성덕왕, 34대 효성왕, 35대 경덕왕 시대, 통일 신라의 왕실 내부 사정에 대하여 상상하며 객관화하며 진실화하며 사실화하면서 즐겁게 살 수 있었다. 그것은 바로 흉노족의 혼습이 낳은 필연적 귀결이었다.

신목왕후의 사망 일자, 효소왕의 사망 일자를 적고 있는 저 '황복사 3층 석탑 금동사리함기 명문'은 신라 중대 정치 전쟁의 실상을 논증하는 가장 중요한 근거가 되어야 한다. 그 명문은 706년 5월 30일에 33대 성덕왕에 의하여 작성된 것이다. 통일 신라인이 자신들의 시대에 있었던 일을 적은 것이다.

현대의 한국 역사학자들이 어떤 다른 주장을 하여도 통일 신라 시대의 일에 대하여 33대 성덕왕의 신하들이 적은 이 명문을 이길 수는 없다. 역사 기록을 중시하지 않고, 역사적 사실, 진실에 입각하지 않고, 공상으로 지어 낸 (25)와 같은 통설, 가설들은 증명될 수가 없다. 신라 중대 정치사를 새로 써야 한다.

(25) a. 효소왕이 687년 2월에 태어난 신문왕의 원자이다. 그러니 효
소왕은 692년 6살에 즉위하여 702년 16살에 죽었다.
b. 성덕왕은 12살쯤에 즉위하였을 것이다.
c. 성덕왕이 효소왕의 동부이모(同父異母) 형일 수도 있다.
d. 효소왕은 신목왕후의 아들이고 보천태자와 성덕왕은 김흠돌의 딸

의 아들일 것이다.

　e. 정신태자는 보천태자이고 정신대왕은 성덕왕이 왕이 된 후 형 보천을 예우하여 왕 칭호를 붙인 것이다.

　f. 수충은 성덕왕의 왕자이고 사종과 근질은 성덕왕의 사촌동생이다.

　g. 효성왕은 소덕왕후의 아들이다.

　h. 효성왕의 계비 혜명왕비는 김순원의 딸이다.

　i. 신라 중대는 전제 왕권을 확립한 시대이다. 그리고 그에 항거하는 진골 귀족 세력을 숙청하였다. 이것이 '흠돌의 모반', '경영의 모반', '영종의 모반'이다.

　j. 「원가」는 신충이 경덕왕 22년[763년] 상대등에서 물러난 이후 지리산에 피은하여 지은 것이다. 등등.

김순원과 김진종

　지금까지 살펴본 통일 신라 정치 전쟁사의 흐름에서 악역일 것 같기도 하고 선역(善役)일 것 같기도 하고, 조연일 것 같기도 하고 주연일 것 같기도 한 핵심 배우 한 사람을 꼽아 보시라. 누가 모든 것을 지배하고 있는가? 무열왕? 김유신? 문명왕후? 문무왕? 자의왕후? 요석공주? 신문왕? 신목왕후? 효소왕? 성덕왕? 어쩐지 다 아닌 것 같다. 그들이야말로 짧은 시간 등장하여 무대 중심에 있는 듯이 보이다가 곧 사라지는 화려한 조연 같은 느낌을 주지 않는가?

　주인공은 아니어서 조연인 것 같지만 가장 오래 이 무대에 머물러 있으면서 잊힐 만하면 다시 등장하는 인물이 누구인가? 그 인물은 (9f)에 등장하는 '蘇判 金順元'이다. 그는 (13)의 '경영의 모반'에 연좌되어 중시에서 파면된 바 있다. 그런데 그의 이름 뒤에 金眞宗이 있다. 김진종은 누구일까? 이들은 아마도 경영과 가까운 사람일 것이다. 김사종의 아내를 들인 경영과 같은 집안일 가능성이 크다. 누가 김사종의 아내를 골라 왔을까? 697

년쯤에 효조왕의 동생 김사종을 장가 들일 때 궁중의 실세는 누구였을까?

문무왕비 자의왕후는 이미 죽었다. 683년 5월 7일에 혼인한 신목왕후가 살아 있다. 그녀의 아버지는 655년 1월에 백제와의 싸움에서 전사한 무열왕의 사위 김흠운이다. 그녀의 어머니는 무열왕의 딸이다. 대야성에서 죽은 고타소를 빼면 무열왕의 딸은 둘밖에 없다. 하나는 60세 넘은 외삼촌 김유신에게 재취로 간 지소공주이다. 다른 하나는 원효대사와의 사이에 설총을 낳은 요석공주이다. 신목왕후의 어머니는 요석공주일 수밖에 없다.

요석공주가 신목왕후와 손잡고 외손자들의 배우자를 골랐을 가능성이 가장 크다. 요석공주의 어머니는 문명왕후의 언니 보희이다. 가야파와도 연결된다. 요석공주는 자신의 딸인 신목왕후를 왕비로 만들기 위하여 자의왕후와 손잡고 681년에 '김흠돌의 모반'을 진압하고 흠돌의 딸인 왕비를 폐비하였다. 그때 북원소경[원주]에 있던 자의왕후의 여동생 운명의 남편 김오기를 월성의 호성장군으로 불러왔다. 그러니 자의왕후 세력과도 연결된다. 그 쪽에서도 외손자들의 배우자를 골랐을 것이다.

691년에 태자로 책봉된 677년생 효조왕의 왕비 성정왕후는 가야파일 가능성이 크다. 684년생 사종은 698년쯤 혼인하였을 것이다. 사종의 아내는 자의왕후의 친정 세력일 것이다. 그 당시에 가장 강력한 무력을 지닌 집안이었을 것이기 때문이다. 그러니 사종의 장인으로 보이는 경영이 일으킨 모반에 자의왕후의 동생 순원이 연좌되어 중시에서 파면되었다. 그 모반은 700년에 일어났다. 이 모반으로 700년에 딸 신목왕후, 702년에 외손자 효조왕을 잃은 요석공주는 순원파를 멀리 하였을 것이다.

요석공주는 702년에 오대산의 융기를 데려와서 성덕왕으로 즉위시켰다. 그리고 성덕왕의 왕비를 고를 때 순원파를 배제하고 다시 가야파 쪽으로 눈길을 돌렸다. 704년에 김원태의 딸을 성덕왕의 왕비로 들였다. 그 왕비가 엄정왕후이다. 김원태는 '원○'인 이름으로 보아 김유신이나 김흠순의 집안 아들일 가능성이 크다. 그러니 엄정왕후는 가야파이다.

김순원과 김진종, 이 두 이름은 이 책 전체를 통 털어 가장 중요한 인물들이다. 통일 신라 정치사 전체에서 가장 지탄받아야 할 자들이다. 중시 순원은 700년의 '경영의 모반'에 연좌되어 파면되었다. 그런데 (9d)를 보면 그는 706년에 이미 복귀하여 성덕왕 즉위 후에 황복사 3층석탑에 금동사리함을 안치하는 불사를 맡아서 주관하고 있다. 698년 중시가 될 때 대아찬[5등관위명]이었는데 불과 8년만에 파진찬을 거쳐 소판[3등관위명]에까지 이르러 있다.

자의왕후의 동생, 소덕왕후의 아버지, 혜명왕비, 김충신, 효신의 할아버지로 파악되는 이 인물 순원은 도대체 어떤 집안 출신일까? 신라 시대의 족보는 박창화의 『화랑세기』 외에는 참고할 것이 따로 없다. 거기서 꿀 팁을 가져올 수밖에 없다.

(26) a. 21세 선품공은 구륜공의 아들이다. --- 인평 10년[643년] 사[임금의 심부름]을 받들어 당나라에 갔다가 병을 얻어 돌아와서 죽으니 나이 35세였다[壽三十五]. 왕이 슬퍼하였다. 작을 아찬으로 올렸다.

b. 후에 공의 딸 자의를 문무제의 후로 삼을 때 파진찬을 추증하였다. 공의 차녀 운명은 예원공의 아들 오기에게 시집갔다. 3녀 야명도 문무제를 섬겨 궁주가 되었다. 외아들 순원은 귀히 되고 현달하였다.

c. 처음 공이 죽고 보룡이 혼자 살았다. 그때 문명태후가 선원전군을 낳아 보룡에게 젖을 먹여 줄 것을 청하였다. 문무제가 이로써 보룡의 아름다움을 보고 좋아하였다. 보룡이 이에 장녀[자눌]로써 허락하고 스스로 여승이 되었다. 제가 애석하게 생각하였다. (법민이) 태자가 되기에 이르러 그 딸 자눌을 태자비로 삼아 궁궐을 세워 자의(궁)이라 하고 보룡에게 명하여 입궁시켜 감으로 삼았다. 순원은 이로써 궁중에서 자라 선원, 당원전군과 더불어 한 줄로 작이 올라가니 영화와 행운이 지극하였다. 남들이 모두 일러 (선품)공이 녹을 받지 않은 공을 누렸다고 하였다. ---중략---

d. 세계: 아버지는 구륜이고 어머니는 보화이다. 구륜의 아버지는 진
흥이고 어머니는 사도이다. 보화의 아버지는 진평이고 어머니는 미실
이다. <박창화, 『화랑세기』, 이종욱 역주해(1999), 186-88, 295-96.>

이것이 없었어도 김순원이 자의왕후의 동생이라는 것은 서정목(2016a,
2018: 257-278)에서 이미 다 증명되었었다. 그러나 박창화의 『화랑세기』는
이렇게 직접적으로 기록하고 있다. 이것이 위서를 쓰면서 지어낼 수 있는
이야기인가? 30년 이상을 헤매고 서성이고 망설이면서 한 조각, 한 조각의
레고 조각을 맞추어 겨우 도달한 것이 서정목(2016a, 2018)의 '김순원은 자
의왕후의 동생이다.'는 가설이었다.

그런데 (26c)를 보라. 거기에는 순원의 어머니 보룡이 일찍 과부가 되었
는데 문명왕후가 선원진군을 낳았을 때 유모가 되어서 궁중에 들어갔고,
법민이 그녀를 탐하였으나 장녀 자눌을 내어 주었으며, 나중에 자눌이 태
자비가 되어 자의궁에 들어갔을 때 그 어머니 보룡이 감이 되어 어머니를
따라 궁에 들어간 순원은, 문명왕후의 아들인 선원전군, 어머니 보룡의 아
들인 당원전군과 나란히 자랐다는 것이다. 선원은 문무왕의 이부동모의 아
우이고 당원은 춘추가 과부인 당숙모 보룡과의 사이에서 낳은 아들로서 문
무왕의 동부이모의 아우로 보인다.

이런 프리 섹스 경향을 이상하게 생각하지 않아야 신라사를 제대로 볼
수 있다. 신라 김씨 왕실은 흉노족의 후예로 추정된다. 그들의 혼습과 성
생활은 유교적 도덕관을 갖춘 이들에게는 이해 불가능한 차원이다. 오히려
일본의 경향과 비슷하다. 그들의 옛 터전에는 오늘날도 모계사회의 전통을
지니고 일처다부의 혼인생활을 하는 소수종족들이 살고 있다.

선원, 당원, 순원은 (27)에서 보듯이 모두 신문왕, 효조왕 시대에 중시를
지냈다. 당원은 696년 정월 조에 이찬으로서 중시가 되었다. 그리고 698년
2월에 늙어서 퇴직하면서 순원에게 중시를 물려주었다.

(27) a. 690년[신문왕 10년] 봄 2월 중시 원사가 병으로 그만두어 아찬 선원을 중시로 삼았다. <『삼국사기』 권 제8 「신라본기 제8」 「신문왕」>

b. 696년[효소왕 5년] 봄 정월 이찬 당원을 중시로 삼았다.

c. 698년[효소왕 7년] 2월 - 중시 당원이 늙어 물러나고 대아찬 순원을 중시로 삼았다. <『삼국사기』 권 제8 「신라본기 제8」 「효소왕」>

그러면 선원, 당원, 순원이 함께 궁중에서 자랐다는 (26c)의 기록이 뜻하는 바를 이해할 수 있다. 순원이 문무왕의 아우들인 선원, 당원의 뒤를 이어 효조왕 때에 중시를 맡았다는 것은 신문왕의 외가, 즉 자의왕후의 친정이 이 시기에 외척 세도의 핵심에 있었다는 말이 된다. 여기에 보룡의 형제 김오기[자의왕후의 제부], 그 아들 김대문 등이 자의왕후 세력을 이루고 있다. 김오기는 문무왕의 동서이고 김대문은 신문왕의 이종사촌이다. 자의의 동생 김순원은 신문왕, 김대문의 외사촌이다. 순원의 집안이 외가이고 신문왕의 집안, 김대문의 집안이 고모집인 것이다.

『삼국사기』의 (27)을 보고 박창화는 『화랑세기』의 (26c) 자리에 선원, 당원, 순원을 같이 등장시켜 놓았을까? 세상에 그런 천재가 어디 있겠는가? 그 책은 무엇을 보고 베낀 것이지 개인이 지어내어 쓸 수 있는 책이 아니다. 박창화의 『화랑세기』가 지어낸 위서라는 말은 있을 수 없는 말이다. 그 책을 제대로 읽어 본 사람이라면 그런 말을 할 수가 없다. 그 책을 안 읽어 보았으면 그는 신라사에 관하여 말할 자격이 없다.

효조왕 4년부터 상대등은 무열왕의 아들 개원이 맡고 있었다. 이 시기 김대문의 할아버지 김예원[자의왕후의 여동생 운명의 시아버지]는 우두쥐춘천] 총관을 맡아 지방관으로 나가 있었다. 여기에 등장한 무열왕의 다음 항렬 인물들의 이름이 거의 모두 '○元'으로 되어 있다. 그들 효조왕의 증조부, 조부 뻘 되는 집안사람들이 요직을 독차지하고 있었다. 신라는 완전히 신라 김씨, 진골정통의 족벌 국가가 되어 버린 것이다.

김순원은 통일 신라의 권력 중심이다. 그는 자의왕후의 동생이다. (28)처럼 그는 성덕왕의 계비 소덕왕후의 아버지, 즉 성덕왕의 장인이다.

> (28) 720년[성덕왕 19년] 3월에 이찬 순원의 딸을 들여 왕비로 삼았다[三月納伊飡順元之女爲王妃]. <『삼국사기』 권 제8 「신라본기 제8」 「성덕왕」>

이 금동사리함기 명문에 김순원과 이름이 나란히 적혀 있는 김진종은 누구일까? 성덕왕이 아버지 신문왕, 어머니 신목왕후, 그리고 형 효소왕의 명복을 빌기 위하여 벌이는 이 불사에 김순원과 함께 이름을 올리려면 어떤 사람이어야 할 깃인가? 김순원의 아들일 것이다. 그들과 그 후손들이 통일 신라를 망쳤다. 김순원은 통일 신라의 문제아 중의 문제아이다.

이 명문 외에도 김순원과 김진종이 나란히 나오는 문서가 또 있다. 『삼국유사』 권 제1 「왕력」이다. (29a)를 보면 '순원'은 33대 성덕왕의 계비 소덕왕후의 아버지이다. (29b)를 보면 '진종'은 34대 효성왕의 계비 혜명왕비의 아버지이다.

> (29) a. 제33 성덕왕. 이름은 흥광, 본명은 융기이다. 효소왕의 같은 어머니 아우이다. 선비는 배소왕후인데 시호는 엄정이다. 원태 아간의 딸이다. 후비는 점물왕후인데 시호는 소덕이다. 순원 각간의 딸이다. <『삼국유사』 권 제1 「왕력」>
>
> b. 제34 효성왕. 김씨이다. 이름은 승경이다. 아버지는 성덕왕이고 어머니는 소덕태후이다. 왕비는 혜명왕후이다. 진종 각간의 딸이다. <『삼국유사』 권 제1 「왕력」>

둘 다 각간이 되어 있다. 이는 최종 관등일 것이다. 순원은 706년에 소판이었고 720년에 이찬이었다. 진종도 아마 딸을 왕비로 들일 때는 이찬이었고 최종 관등이 각간일 것이다.

그런데『삼국사기』에는 (30)과 같은 틀린 기록이 들어 있다. (30)의 '순원'은 '진종'으로 적을 것을 잘못 적은 것이다. (28)과 (30)의 두 문장은 '三月'까지 거의 같다. 오식이 나기 좋게 되어 있다. 더욱이 이 집안에서 연이어 왕비가 들어오니 순원의 딸인지 진종의 딸인지 헷갈렸을까?

(30) 739년[효성왕 3년] 3월에 이찬 순원의 딸 혜명을 들여 왕비로 삼았다[三月納伊飱順元女惠明爲妃]. <『삼국사기』 권 제9「신라본기 제9」「효성왕」>

(30)의 '순원'은 '진종'으로 적을 것을 잘못 적은 명백한 오가이다. 순원은 성덕왕의 새 장인이고, 진종은 효성왕의 새 장인이며, 그들이 아버지와 아들이라는 사실은 이미 서정목(2016a:478-500)에서 논증되었다. 그런데 그 두 사람이 '황복사 3층석탑 금동사리함기 명문'에 이렇게 나란히 적혀 성덕왕의 교지를 특별히 받들어 그 탑에 금동사리함을 안치하는 주체로 등장하는 것이다. 이들이 부자 관계가 아니면 이럴 수가 없다.

그런데 이 두 인물의 이름이 오식이 난 것을 읽어내지 못하고 국사편찬위원회(1998)은 (31)처럼 '효성왕이 이모와 혼인하였다.'고 적고 있다.

(31) 김순원은 이제 성덕왕·효성왕의 父子 兩代에 걸쳐서 이중적인 혼인을 맺은 셈이다. 또한 이때 효성왕의 혼인은 姨母와 혼인하는 전형적인 族內婚이라고 할 수 있다. <국사편찬위원회(1998),『한국사』9,「통일신라」, 103면>

'효성왕이 이모와 혼인하였다.'는 이 기술은 역사적 사실과 전혀 일치하지 않는다. 관련 문헌인 (29)의『삼국유사』도 보지 않은 무책임한 기술이다.

순원은 739년에 왕비가 될 만한 딸을 가질 수 없다. 왜 그런가?

(27c)를 보면 순원은 698년에 중시가 되었다. 그때 50세는 넘었을 것이다. 그러면 소덕왕후를 성덕왕의 후비로 넣던 720년에는 73세 이상 되었을 것이다. 그로부터 19년 후이면 92세 이상 된다. 『화랑세기』의 (26a)를 고려하면 순원의 아버지 선품은 643-4년경에 죽었다. 순원은 유복자라 해도 644년에는 태어났어야 한다. 그러면 소덕왕후를 성덕왕의 후비로 넣던 720년에 76세 정도이다. 소덕왕후가 15세에 왕비가 되었다면 그는 순원이 61세에 낳은 딸이다. 그로부터 19년이 지난 739년에는 몇 살쯤 되는가? 95세 정도이다. 그때 혜명이 15세 정도라면 몇 살에 그 딸을 낳아야 하는가? 95-15=80이다. 80세에 딸을 낳을 수가 있을까? 가능하기야 하겠지만 드문 일이다.

소덕왕후는 순원의 딸이고 혜명왕비는 진종의 딸이다. 김순원과 김진종이 부자간이므로 소덕왕후는 혜명왕비의 고모이다. 따라서 소덕왕후의 아들 헌영은 혜명왕비의 고종사촌이다. 여기에 선품의 자녀가 순원과 자의왕후이므로 자의왕후는 소덕왕후의 고모이다. 그러므로, '효성왕은 이모와 혼인한 것이 아니라 새어머니의 친정 조카딸과 혼인한 것이다.' 더욱이 효성왕은 소덕왕후의 아들이 아니고 엄정왕후의 아들이므로 그는 남, 그것도 어머니의 연적인 시앗 소덕왕후의 조카딸, 원수(怨讐)와 혼인한 것이다.

30대 문무왕 왕비 자의왕후, 33대 성덕왕 계비 소덕왕후, 34대 효성왕 계비 혜명왕비가 모두 한 집안에서 왕고모-고모-조카딸의 3대를 이어 배출되었다. 아마 우리 역사에서는 전무후무한 일일 것이다.[27] 거기에 경덕왕

---

27) 이들은 구륜의 후손들이다. 구륜은 『삼국유사』 권 제2 「기이 제2」 「후백제 견훤」 조에서 진흥왕의 왕비 백승부인의 아들이다. 만약 백승부인이 백제 성왕의 딸이라면 백승부인의 아들인 구륜의 후손들은 백제파이다. 신라 왕실의 안방은 어느 덧 백제 혈통을 이어받은 여인들에 의하여 점령된 것일까? 적국 백제의 공주를 왕비로 들이고 그 적국의 왕을 죽이면 죽은 적국 왕의 딸인 신라 왕비의 원한이 어디로 향하겠는가? 신라는 이미 무열왕이 자의를 법민의 태자비로 삼는 순간 망하는 길로 들어선 것이다. 가장 융성한 시기가 가장 취약한 시기이다. 성왕은 딸을 진흥왕의 소비로 들

의 계비 만월부인은 문무왕의 처제 운명의 증손녀이다. 그러니 만월부인은 혜명왕비의 조카딸 뻘이 된다. 4대의 왕비가 연속하여 한 세력권, 자의왕후의 친정 집안에서 배출된 것이다.

통일 신라를 논하면서 이것을 말하지 않으면 정곡(正鵠, 과녁의 가운데 붉은 점, 양궁의 10점)을 뚫었다고 할 수 없다. 무열왕의 왕비로 가야파의 문명왕후가 들어가서 김유신, 김흠순, 김흠돌의 세력이 서라벌 정계를 휘어잡았다. 그 세월은 어머니 문명왕후를 극진히 대우한 문무왕 때까지 이어졌다. 654년 무열왕 즉위부터 681년 문무왕 승하까지 30년 남짓한 세월이었다. 그 세월의 최정점인 665년에 김흠돌의 딸이 정명태자의 태자비가 되었다. 그녀는 김유신의 외손녀였다.

그 동안 왕실 친척인 진골정통, 1세 풍월주 위화랑을 잇는 대원신통의 세력이 위축되었다. 이 과정에서 655년에 법민의 태자비가 되어 661년에 남편이 왕이 된 자의왕후는 시어머니 문명왕후의 그늘에서 숨죽이며 기회를 노렸다. 이 가야파 우세의 세력 구도를 일시에 뒤엎은 것이 681년 7월 1일 문무왕이 승하하고 7월 7일 신문왕이 즉위한 후 벌어진 숙청 작업이었다. 8월 8일 김흠돌, 진공, 흥원 등이 죽고, 8월 28일 병부령 김군관도 자살당하였다. 역사는 이 사건을 '김흠돌의 모반'이라는 반란으로 기록하였다. 아들을 못 낳은 왕비 김흠돌의 딸도 폐비되었다. 이제 백제파가 신라 왕실의 안방을 차지하였다.

687년 5월 새 왕비를 들였다. 그녀는 김흠운의 딸 신목왕후이다. 폐비 김흠돌의 딸의 4촌 자매이다. 그녀에게는 이미 세 아들 677년생 이공, 679년(?)생 봇내, 681년생 융기가 있었다. 그 아이들의 아버지는 681년 7월 7일에 즉위한 신문왕이다. 태자 정명이 형수 감이었던 고종사촌 누이와의 사이에서 혼외로 세 아들을 낳은 것이다.

임으로써 세작을 신라의 구중궁궐에 심은 것이다. 트로이 목마가 따로 없다. 역사는 반복되었다.

정적이었던 가야파의 우두머리 김흠돌과 그 일당을 숙청하고 그의 딸을 왕비 자리에서 폐비한 사람은 자의왕후와 김흠운의 아내 요석공주였다. 그들이 부린 군대는 북원소경의 김오기 군대였다. 김오기는 자의왕후의 여동생 운명의 남편이다. 그리고 김오기는 예원의 아들로 대원신통이었다. 그의 아들이 김대문이다. 이 부자가 『화랑세기』를 지었다.

이제 왕실의 안방 권력은 왕의 어머니 자의왕후에게 집중되었다. 그 후로 '진골정통 처남 김순원-대원신통 자형 김오기' 연합 세력이 정권을 장악하였다. 신문왕 시대 이후 외척 세도가 그만큼 강했다. 그것이 통일 신라를 망국으로 내몰았다. 통일 신라는 가락 김씨 문명왕후 후예 세력 대 신라 김씨 및 대원신통, 백제파의 피를 융합시킨 자의왕후 후예 세력의 정쟁으로 멸망의 길로 굴러 떨어진 것이다. 삼한 통합의 결과는 구밀복검(口蜜腹劍), 면종복배(面從腹背)의 배신을 낳았다.

'황복사 3층석탑 금동사리함기 명문'은 이렇게 통일 신라 왕실의 처절한 권력 투쟁을 정확하게 파악할 수 있도록 되어 있다. 『삼국사기』, 『삼국유사』의 모든 기록도 이와 일치하고 심지어 『화랑세기』의 기록도 여기에 조금도 어그러지지 않는다.

700년 6월 1일에 신목왕후가 죽고 702년 7월 27일에 효조왕도 죽었다. 오대산에서 수도하던 스님 효명이 와서 왕이 되었다. 33대 성덕왕이다. 그가 706년 5월에 할머니 자의왕후의 친정 동생, 진외종조부인 김순원과 할머니의 친정 조카 김진종의 도움을 받아 이 3층석탑 속에 금 아미타불상 1구, 무구정광대다라니경 1권, 부처 사리 4과를 넣은 금동사리함을 안치하였다. 그 금동사리함에 이렇게 자세하게 그 시대 왕실의 내막을 샅샅이 파악할 수 있는 명문을 새겨 두었다.[28]

---

28) 세월이 가고, 사람도 가고, 절도 무너져 탑만 남은 황복사 터. 그 터에 털썩 주저앉아 신라 중대 최대 미스터리였던 '김흠돌의 모반: 김흠돌의 딸과 김흠운의 딸이 벌인 사촌 자매 사이의 치열했던 왕비 자리다툼'을 생각한다. 그리고 신문왕이 죽은 형의 약혼녀와의 사이에서 혼전에 낳은 효조왕, 오대산의 봇내 스님, 성덕왕, 그리고 혼인

그들은 절을, 왕의 명복을 빌기 위하여 지었다

그러나 정치 상황에 관한 이 모든 정보보다 더 귀중한 것, 이 터가 황복사 터였는지, 의상대사가 정말로 황복사에서 머리를 깎았는지 그런 것보다 더 귀중한 것이 있다. 이 책이 주목하는 가장 중요한 정보, 그것은 신문왕이 죽고 나서 그의 아내 신목태후와 아들 효소왕이 죽은 신문왕을 위하여 이 절을 지어 바치고 탑을 세웠다는 사실이다. 그리고 성덕왕이 부모와 형을 위하여 그 탑에 다시 불상과 불경, 사리를 봉안하였다는 사실이다.

문무왕은 사천왕사를 지었다. 아마도 태종무열왕의 명복을 비는 일과 관련될 것이다. 신문왕은 문무왕을 위하여 감은사를 지었다. 효조왕은 신문왕을 위하여 황복사를 지었다. 봉덕사에는 성덕대왕 신종이 있으니 효성왕, 경덕왕이 성덕왕을 위하여 봉덕사를 지었다. 이렇게 통일 신라 시대 왕들은 아버지를 위하여 절을 짓는 것이 관례화되어 있었다. 절과 탑은 죽은 이의 명복을 빌기 위하여 지어지고 세워졌다.

5. 누구를 위하여 경덕왕은 불국사를 지었을까

그런데 이 관례에서 예외적인 절이 있다. 물론 소소한 작은 절들이야 이 관례와 관계없이 지어졌을 것이다. 그러나 소소하지도 않고 왕실이 관여하

후에 낳은 사종, 근{흠}질, 효조왕의 아들 수충, 훌훌히 속세의 인연을 털어버리고 당나라로 가서 불교에 귀의하여 영원한 이름 무상, 무루, 지장보살을 남긴 왕자들을 생각한다. 1300년이 흘렀다. 다시 1300년이 흘러도 이 책 내용은 옳을 것인가? 이 책을 읽을 후손들이 있기나 할까? 제행무상인 것을. 곧 죽을 목숨이다. 아까운 세월, 쓸데없이 왜 이러고 있는 것일까? 안 해도 탓할 사람 하나 없고, 해도 득 되는 거 하나 없는데. 그러나 그것이 인문학의 속성이다. '앎을 위한 앎', 그냥 궁금해서 온갖 것을 읽고 생각을 정리할 뿐이다. 그리고 남을 지배하는 정치권력과 관련하여 인간이 얼마나 추악하고 잔인한 동물인가를 홀로 말하고 싶을 뿐이다. 새삼 정치권력의 잔인함에 진저리를 친다.

지 않은 것도 아니면서 이 관례로 설명하기 어려운 절이 있다. 불국사, 석굴암이다.

불국사는 왜 지었을까? 경덕왕은 형 효성왕이 아버지 성덕왕의 명복을 빌기 위하여 봉덕사를 지었으니 따로 절을 지을 필요가 없다. 그런데 왜 불국사, 석불사를 짓는다는 말일까? 이것이 『삼국유사』 권 제5 「효선 제8」 「대성 효 이세 부모 신문대」의 불국사 건립 설화가 미덥지 않은 까닭이다. 재상을 지낸 김대성이 이승의 부모를 위하여 불국사를 짓고 전생의 부모를 위하여 석불사를 지었다. 이 말이 믿어지는가? 그렇게 큰 절을 일개 재상을 지낸 개인이 짓는다는 것이 말이나 되나?

불국사는 나라가 국력을 기울여 지었다. 그 당시 임금은 경덕왕이다. 경덕왕은 왜 그 절을 지었을까? 경덕왕은 자신의 가장 큰 소원을 이루기 위하여 불국사, 석불사를 지었을 것이다.

경덕왕의 가장 큰 소원은 무엇인가? 그것은 아들 하나 낳기이다. 그는 아들 하나 낳으려고 국고를 절에다 퍼준 것이다. 그렇게 하여 낳은 아들이 36대 혜공왕이다. 그런데 혜공왕은 할아버지 성덕왕의 외손자 김양상에게 시해되었다. 통일 신라는 멸망하였다. 그러니 불국사는 나라를 망친 요인이 된 절이다.

통일 신라인이나 고려인들도 그것을 알았을까? 佛國, 부처님의 나라라고 거창한 가람을 세웠는데 현실 속의 나라는 임금이 할아버지의 외손자에게 죽임을 당하는 막장이 되었다.[29] 그러니 불국사에 대한 기록이 『삼국사기』

---

29) 진짜 불국인 석가씨의 가비라국도 인접 코살라국[Kosala, 憍薩羅國, 초기 수도 아요디아(Ayodhya)]로 시집보낸 여인이 낳은 비두다비[Vidudabha, 毘琉璃王]에게 정복되어 석가씨는 절멸되고 가비라국은 코살라국에 병탄되었다. 코살라국으로 시집간 하녀의 딸의 아들 비유리왕에 의하여 가비라국이 망하였으니 외손자가 외할아버지 마하나마왕을 죽이고 외가 나라를 멸망시킨 모습이 되었다. 혹시 사소부인도 성덕왕과 엄정왕후가 아닌 하녀 사이에 태어나서 가락 김씨 김효방에게 하가(下嫁)하였을까? 그리하여 김효방의 아들 김양상, 즉 성덕왕의 외손자가 외사촌을 죽이고 외가 나라를 멸망시킨 것일까? 만약 그렇다면 의사 불국 통일 신라는 진짜 불국인 가비라국과 똑같은

에 남기 어렵다.

혜공왕은 왜 할아버지의 외손자, 즉 고종사촌 형에게 시해당한 것일까? 그것은 할머니 때문이다.[30] 혜공왕의 할머니는 소덕왕후이다. 할머니가 한 사람일 때는 할머니 처지에서는 아들 쪽을 보면 친할머니가 되고, 딸 쪽을 보면 외할머니가 된다. 한 사람이 친할머니가 되었다가 외할머니가 되었다가 하는 것이다. 그러나 할머니가 두 사람 이상이면? 그때는 피비린내가 난다. 그런데 왕실에는 할머니가 두 사람 이상인 것이 보통이다.

하물며 두 할머니가 하나는 가야파이고 하나는 백제파혹은 신라파이다. 영원히 풀리지 않는 원한이 저 윗대 할아버지들의 관산성 전쟁에서 맺혔다. 이것이 통일 신라 시대 정치 전쟁의 핵심을 뚫고 흐르는 갈등의 중심 맥이다. 왕위 계승의 모든 문제는 할머니로부터 비롯된다. 신라사의 중심 맥도 할머니이다. 그 할머니는 혜공왕에게는 백제파 친할머니이지만 가야파 선덕왕 김양상에게는 남이다. 이것을 모르면 신라사가 제대로 보이지 않는다.

흔히들 모계사회라 했던가? 아니다. 할머니 중심 사회이다. 할머니 한 사람이 죽고 나면 기득권 세력은 거세되고 새 할머니와 그 친정이 새 권력의 중심이 된다. 정권 교체가 이루어지는 것이다.[31] 그 할머니가, 왕의 할머니

멸망 경로를 밟은 셈이다. 우연이겠지만 가비라국 왕실 석가씨와 신라 왕실 김씨의 운명이 비슷하게 흘러간 측면이 있다.

30) 석가모니의 조국 가비라국도 부처의 사촌 마하나마왕과의 사이에 비사바카티야를 낳은 하녀 외할머니 때문에 비두다바에게 도륙되었다. 마하나마왕은 비두다바의 외할아버지이다. 그 외할아버지가 하녀와의 사이에 비두다바의 어머니 비사바카티야를 낳았다. 코살라국 비유리왕의 정복군에게 절멸되는 친족 석가씨들을 보며 석가모니는 회자정리, 생자필멸을 강설하였다. 모든 것은 인과응보였다.

31) 현대 한국 사회도 이렇게 변하고 있다. 할머니가 죽고 나면 삼촌, 고모는 멀어지고 외삼촌, 이모들이 손님의 중심이 된다. 시가 중심의 사회로부터 친정 중심의 사회로 변하는 것이다. 말을 타고 초원을 누비던 수렵 유목민들에게는 농경사회를 위한 근육노동보다는 정보를 수집하는 예리한 눈과 날렵한 몸, 그리고 활을 쏘는 섬세한 손가락이 필요하였다. 그리고 항상 죽음과 함께 하였다. 가(家)를 지키는 것은 할머니의 몫이었다. 권력의 중심에 할머니가 있었다. 어느덧 우리는 차를 타고 금을 캐는 도시 유목민이 되어 있다.

가 3대에 걸쳐서 한 집안에서 나왔고 또 4대를 이어 같은 세력권 내에서 배출되었다. 그것도 3번은 왕비를 쫓아낸 계비의 모습으로.

통일 신라 시대에는 전왕이 죽고 새 왕이 서면 새 왕은 아버지 왕의 명복을 빌기 위하여 절을 지었다. 부왕의 명복을 빌기 위한 이 절 짓기는 거의 관례화되어 있었다. 통일 신라 시대 어떤 왕도 아버지를 위한 절을 짓지 않은 사람이 없다. 문무왕은 태종무열왕을 위하여 사천왕사를 짓고, 신문왕은 문무왕을 위하여 감은사를 짓고, 효소왕은 신문왕을 위하여 황복사를 짓고 탑을 세웠고, 성덕왕은 그 탑을 다시 세웠다.

그런데 33대 성덕왕, 35년이나 왕위에 있은 성덕왕을 위하여 그 아들 왕들이 절을 안 지었을 리가 없다. 더욱이 성덕왕은 오대산에서 10여 년 가까이 수도 생활을 하다가 속세로 돌아와서 왕이 되었다. 그리고 그의 아들들이 두 명이나 왕이 되었다. 34대 효성왕, 35대 경덕왕이 그의 아들들이다. 아무리 이복형제 사이의 골육상쟁으로 이복형을 죽인 외가 세력의 등에 업히어 왕이 되었다 하더라도, 경덕왕이 아버지 성덕왕을 위한 불사를 에밀레종밖에 하지 않았다는 것은 상식을 벗어난다. 에밀레종을 단 절이 봉덕사라는 것은 그 절이 성덕왕을 위한 절이라는 것을 뜻한다.

봉덕사가 경덕왕의 아버지 성덕왕을 위한 절이 아니라면 경덕왕은 아버지를 위한 절도 짓지 않은 채 퇴직한 재상 김대정이 제 전생의 부모와 이승의 부모, 두 부모의 명복을 빌기 위한 불국사, 석불사를 짓는 것을 허용하였다는 말이 된다. 경덕왕도 아버지 성덕왕을 위한 절을 짓지 않았는데 김대정이 전생과 이승의 부모의 명복을 빌기 위한 절을 짓는 것이 가능한 일일까? 만약 이 책처럼 효성왕이 성덕왕을 위하여 봉덕사를 짓고 경덕왕이 에밀레종을 만들기 시작했다고 보면, 이제 봉덕사는 성덕왕의 명복을 빌기 위한 절이라 할 수 있다.

형 효성왕이 이미 봉덕사를 지었으니 경덕왕은 아버지 성덕왕의 명복을 빌기 위하여 새로이 절을 지어야 할 필요가 없었다. 봉덕사에 달 에밀레종을 주조하면 그만이었다. 그러면 경덕왕은 누구를 위하여 또 새로운 절 불국사, 석불사를 지었어야 했을까? 일찍 죽은 어머니 소덕왕후일까? 그 소덕왕후는 성덕왕과 함께 봉덕사에 모셔져 있지 않았을까?

그러니 김대정이 경덕왕 때에 짓기 시작했다는 불국사, 석불사는 왜 지었는지 수긍할 만한 답을 도저히 얻을 수 없었다. 설마 경덕왕이 자신을 왕위에 올리기 위하여 자신의 외가 세력이 죽였을 것으로 보이는 이복형 효성왕을 위하여 불국사, 석불사를 지으려고 하지는 않았겠지.

불국사, 석불사는 창건 동기가 참으로 이상하다. 그것도 왕이 지은 것이 아니고 재상을 지낸 김대성이 지었다고 되어 있다. 그런데 『삼국사기』에는 그 시대에 김대성이라는 이름을 가진 재상이 존재하지도 않는다. 그리고 그 시대에 불국사, 석불사가 창건되었다는 기록도 없다.

통일 신라 시대에 지어진 큰 절들은 다 선왕의 명복을 빌기 위하여 왕실이 직접 관여하여 지었다. 그런데 왜 불국사, 석불사는 일개 퇴임 재상이 자신의 이승의 부모와 전생의 부모를 위하여 지었다고 『삼국유사』에 적혀 있을까? 『삼국유사』는 무엇을 말하려고 「대성 효 이세 부모 신문대」를 실었을까? 아니, 우리는 『삼국유사』의 「대성 효 이세 부모 신문대」의 이면에 들어 있는 역사적 진실을 어떻게 읽어낼 것인가?

불국사, 석불사의 창건에는 무엇인가 비밀스러운 사정이 들어 있다. 이 두 절의 창건 설화는 경주에 소재한 통일 신라 시대에 지어진 다른 여러 절들의 창건 설화와는 너무나 차이가 크다. 이 비밀을 파헤치는 것이 이 책의 주된 과제이다. 거기에 덧붙여 이 책은 경덕왕 시대의 참역사를 보여 주는 「안민가」와 현존 최고의 명작 향가 「찬기파랑가」를 올바로 이해하는 즐거움도 추구하고자 한다. 그 시들의 참뜻을 아는 것도 즐겁고, 즐거운 일이다. 이 즐거움을 누릴 수 있는 세월이 얼마나 남았을꼬?

제4장

경덕왕 충담사 표훈대덕

경덕왕 충담사 표훈대덕

1. 충담사와 표훈대덕

이복형 34대 효성왕이 의문사하고 즉위한 35대 경덕왕의 치세를 살피는 가장 빠른 지름길은 무엇일까? 『삼국유사』에서 경덕왕 때의 신라 사회를 가장 잘 보여 주는 기록을 찾는다면, 그것은 단연 『삼국유사』 권 제2 「기이 제2」의 「경덕왕 충담사 표훈대덕」이다. 이 기록은 크게 두 가지 내용 단락으로 이루어져 있다. 그 제목도 '경덕왕 때의 충담사'와 '경덕왕 때의 표훈대덕'으로 나누어 읽는 것이 합리적이다.

이 기록은 「안민가」와 「찬기파랑가」의 연기 설화라고 하여 그 때문에 유명하다. 그러나 이것은 기록을 잘못 읽은 것이다. 이 기록의 진정한 가치는 「안민가」나 「찬기파랑가」에 있지 않다. 일연선사가 이 기록을 통하여 진정으로 말하고 싶었던 것은 후반부의 '경덕왕 때의 표훈대덕' 속에 들어 있다. 전반부의 '경덕왕 때의 충담사'와 관련된 이야기는 경덕왕 시대가 암울하기 짝이 없는 암군의 시대라는 것을 말하고 있다. 이 시대에 지어진 향가는 「안민가」이다. 「안민가」의 내용은 '임금이 임금답고 신하가 신하다우면 국민이 나라 지니기를 안다.'는 것이다. 그 시대는 임금이 임금답지 못하고 신하가 신하답지 못하여 국민이 나라를 지키고 지녀낼 마음을 잃어버린 암울한 시대이다.

이런 시대에 사는 이들은 무슨 낙으로 나날을 보내었을까? 그 암울한 시대를 살았던 신라인들은 주사위를 던지며 벌주 몇 잔, 노래 한 가락, 헛웃음 웃기, 말 타고 하는 골프 같은 격구(擊毬) 등으로 시간을 죽였다. 현대판 격구도 시간 죽이기에는 안성맞춤이다. 그리고 틈만 나면 먹을거리를 찾아 이 땅을 떠나 당나라로, 일본으로 떠나갈 것을 꿈꾸고 있었다. 너도 나도 미국을 꿈꾼다. 그만큼 「안민가」가 지어지던 시대의 신라 사회는 암울하다. 그 암울한 망조는 어디에서 온 것일까? 그 망조의 요인을 보여 주는 것이 후반부의 '경덕왕 때의 표훈대덕'이다.

이 기록 속에 들어 있는 또 다른 향가는 「찬기파랑가」이다. 이 시는 이 시기에 지어진 것이 아니다. 이 시는 충담사가 예전에 지어서 이미 그 내용이 뜻이 매우 높다고 소문이 난 노래이다. 경덕왕도 그 시의 뜻이 높다는 것을 알고 있고, 충담사도 그렇다고 스스로 인정하고 있다. 신라의 모든 국민들이 그 노래가 뜻이 매우 높다는 것을 알고 있었다.

그런데 그 '기파랑[노화랑]을 찬양하는' 시 「찬기파랑가」는 삶과 죽음의 운명이 나누어지는 이러지도 못하고 저러지도 못하는 '모래 가른 물가에' 서서, 죽음밖에 남지 않은 불모지 '숨은내[逸烏川] 자갈 밭'에 서서도 '변하지 않는 절의'를 지녔던 '잣나무 같은 화랑'의 기개를 찬양하고 있다.[1] 도대체 기파랑은 누구이며 그는 어떤 정치적 처지에서 왜 절의를 지켜야 하는 위기에 놓였을까?

이 두 노래를 담고 있는 이 기록은 그것만으로도 충분한 가치를 지닌다. 그러나 이 기록의 진정한 가치는 거기에 있지 않다. 그 가치는 바로 '그렇

---

[1] '기파랑'은 사람 이름, 즉 고유명사가 아니다. 耆는 '늙을 기'이다. 60대의 늙은이를 '耆'라고 한다. '늙을 老'는 70대의 늙은이를 말한다. 婆는 '-보'를 적은 음차자이다. 그러면 '기파랑'은 '늙보 화랑'이란 뜻이다.

게 하면 나라가 위태로워질 것이다.'는 천제의 경고에 응답한 경덕왕의 '나라가 비록 위태로워져도 아들을 얻어 후사를 이으면 그것으로 족하다.'는 망나니 같은 말 속에 들어 있다. 그런데 이 중요한 내용이 후반부에 들어 있다. 그리하여 「안민가」와 「찬기파랑가」를 읽는 데 지쳐 그 뒤에 이어지는 '어떻게 하면 나라에 망조가 드는가?'를 고발하는 일연선사의 준열한 말씀을 읽고 가르칠 여력이 없다.

그런데 이 두 이야기는 인과관계를 이루고 있다. 한 이야기의 내용 '경덕왕 때의 표훈대덕'이 원인이 되어 그 결과 다른 이야기 '경덕왕 때의 충담사'가 나오게 된 것이다. 한 이야기의 내용은 경덕왕이 아들 하나 낳으려고 표훈대덕을 상제에게 보내어 온갖 무리한 일을 저지르는 것이다. 그리고 다른 한 이야기는 '임금이 임금답지 못하고 신하가 신하답지 못하여' 국민이 '나라 지니기'를 단념하고 그 나라를 떠나는 망해 가는 세상을 시로 읊고 있다.

'경덕왕의 아들 낳기'와 '충담사의 「안민가」 창작'이라는 이 두 사건은 시간적 순서가 '아들 낳기'가 '「안민가」 창작'을 앞선다. '경덕왕의 아들 낳기'는 왕자 건운이 태어난 758년[경덕왕 17년]보다 더 전의 일이다. 그리고 「안민가」 창작은 경덕왕 말년인 765년[경덕왕 24년]의 일이다.[2] 하물며 하나는 '표훈 이후로 신라에 성인이 나지 않았다.'고 나라의 멸망을 운위하고 있고, 다른 하나는 치국의 요체를 주제로 한 시(詩)를 이야기하고 있다. 그

---

2) 참으로 기이한 것은 『삼국사기』에는 경덕왕의 기자 불사와 충담사의 「안민가」 창작이라는 이 두 역사적 사건에 관한 기록이 전혀 없다는 것이다. 경덕왕의 기자 불사는 원년[742년]과 2년[743년]의 왕비 폐비와 새 왕비 책봉을 보면 짐작이 가는데 아무 데도 명시적으로 기록되지는 않았다. 경덕왕 24년[765년]의 기록은 지진, 당나라에 사신 보냄, 유성이 신성을 범함, 경덕왕 승하이다. 특히 마지막에는 경덕왕 사망이 『고기』에는 765년이라고 하였는데 『구당서』와 『자치통감』은 767년이라고 잘못 적었음을 지적하고 있다. 그것은 게으른 당나라 사관이 신라에서 온 보고를 뒤늦게 『구당서』에 올린 것이고 『자치통감』은 그것을 베낀 것이다. 『삼국사기』 편찬에서 『고기』가 중심 사료 역할을 하였음을 알 수 있다. 이런 기록보다는 충담사가 치국의 요체를 읊은 「안민가」를 지어 바쳤다가 더 중요하지 않을까?

치국의 요체는 '왕이 왕답고', '신하가 신하다워야 한다.'는 것, 즉 '지도자가 지도자답고', '공직을 맡은 자들이 공복다워야 한다.'는 것이다.

이 시 내용이야 무슨 큰 의미가 있겠는가? 『논어』 「안연편」의 '군군신신부부자자(君君臣臣父父子子[임금은 임금답게, 신하는 신하답게, 아버지는 아버지답게, 아들은 아들답게])'를 그대로 옮겨놓은 것으로 당연한 말을 당연하게 하고 있는 것이다. 그러니 이런 시가 들어 있는 대목이야 안 읽어도 그만이다. 그리고 시도 중요하지만 나라가 망한 뒤에야 그 시가 무슨 의미가 있겠는가?

이 책에서는 「경덕왕 충담사 표훈대덕」을 '경덕왕 때의 충담사'와 '경덕왕 때의 표훈대덕'으로 나누어 책의 순서대로 전반부를 먼저 읽기로 한다. 후반부가 원인이고 전반부가 결과라는 것, 시대적 순서도 후반부가 전반부보다 앞선다는 것을 잊지 말아야 한다. 그러나 이렇게 후반부의 중요성을 강조하는 것은 무엇보다도, 아무리 그 시의 주제가 치국의 요체를 담고 있다고 해도 역시 '시 감상'보다는 '나라가 망하는 것'이 더 중요하다는 시대의 요구를 말하는 데에 더 암시적이기 때문이다.

후반부의 '경덕왕 때의 표훈대덕'에는 경덕왕의 아들 낳기 불공과 그 아들 혜공왕 때의 어지러운 정사가 들어 있다. 혜공왕 때의 어지러운 정사는 시대상으로 「안민가」 창작 후의 일이다. 그러니 「안민가」가 읊고 있는 망조가 든 나라는 경덕왕의 아들 낳기 불공이 초래한 것이다. 이것은 제2장에서 제기한 '왜 불국사, 석굴암을 창건하였을까?'는 문제에 대한 진정한 대답, 즉 불국사, 석굴암 창건의 참역사를 보여 주는 것이기도 하다.

2. 「안민가」에 대하여

이제 이 역사 기록의 첫 부분 '경덕왕 때의 충담사'를 보기로 한다. 시대의 흐름상으로 보아 이 내용은 경덕왕과 만월부인이 왕자 건운을 낳은 758년으로부터 7년 정도 지나서 경덕왕 24년인 765년 3월 3일의 일을 적은 것이다. 물론 750년에 시중에서 은퇴한 김대정이 부정축재한(?) 재산을 기울여 751년부터 한창 불국사, 석불사의 공사를 진행하고 있을 때이다. 그러니까 사건의 시대적 순서가 751년 김대정의 불국사, 석불사 착공-표훈대덕의 기자 불공-758년 왕자 건운 출생-765년 「안민가」 창작-768년 김대정 사망-불국사, 석불사 완공-경수태후의 스캔들-성덕대왕신종지명 완성-780년 혜공왕 시해의 순서임을 잊어서는 안 된다.

이 부분은 시작부터 꼬여 있다. 첫 머리에 엉뚱한 내용이 들어 있는 것이다.

> (1) 경덕왕 충담사 표훈대덕 [景德王 忠談師 表訓大德]
> (당나라 사신이 도)덕경 등을 (바치니) 대왕이 예를 갖추어 받았다.
> [德經等 大王備禮受之] <『삼국유사』 권 제2 「기이 제2」 「경덕왕 충담사 표훈대덕」>

(1)은 경덕왕의 형인 제34대 효성왕 시대의 일이다. 737년 2월 성덕왕 승하 후 738년 4월에 당나라 현종이 보낸 조위 사절단이 온 사실이 이곳에 잘못 끼어들어 온 것이다.[3]

『삼국사기』 권 제9 「효성왕」 2년[738년]에 따르면 그 해 2월에 성덕왕의 승하 소식이 당나라 현종에게 알려졌다. 현종은 오랫동안 성덕왕의 죽음에 조위를 표한 뒤에 좌찬선대부 형숙(邢璹)을 단장으로 하는 조위 사절단을

---

3) 『삼국유사』의 성덕왕, 효성왕, 경덕왕 때의 일은 앞에서 보았듯이 착오가 좀 있다. 효성왕, 경덕왕이 성덕왕을 위하여 봉덕사를 창건한 것을 성덕왕이 태종대왕을 위하여 창건한 것처럼 적은 것이 그 사례에 든다. 이는 성덕왕 이후 효성왕, 경덕왕의 이복형제 사이의 골육상쟁으로 말미암아 그 당시 역사 기록이 혼란스럽게 되어 있었을 가능성을 암시한다.

보내고 사왕(嗣王) 효성왕을 책봉한다. 이 사신이 2월에 당나라를 떠나서 (2)와 같이 4월에 서라벌에 도착한 것이다.

(2) 738년[효성왕 2년] 여름 4월에 당나라 사신 형숙이 노자 도덕경 등 문서를 왕에게 바쳤다. <『삼국사기』 권 제9 「신라본기 제9」 「효성왕」>

형숙이 신라로 떠날 때 당 현종은 '신라는 군자의 나라이므로 자못 서기를 아는 것이 중국과 유사하다.'고 하고 '마땅히 경서의 뜻을 연설하여 대국에 유교가 성대함을 알게 하라.'고 하며 특명을 주어 보내었다. 당나라와 신라, 선비족 후예와 흉노족 후예, 그들은 한 때 함께 흉노제국을 건설하여 천하를 호령한 지상 최강자들이었다.

그러므로 (1)은 성덕왕의 승하와 효성왕의 즉위 시점에 일어난 일을 적은 것이다. 비록 성덕왕의 승하와 효성왕의 즉위라는 특별한 시기의 일을 적은 것이기는 하지만 이 시기에 당나라와 신라가 어떤 관계를 맺고 있었는지 잘 보여 주는 기록이라 할 수 있다.4) 그러나 이 잘못된 기록은 이 자리에 있을 필요가 없다.

(3)은 경덕왕 24년[765년] 3월 3일의 일을 적기 시작한 대목이다. 이 시기는 경덕왕이 죽기 불과 3개월 전이다. 그는 765년 6월에 죽었다. 어머니 소덕왕후가 720년 3월에 성덕왕과 혼인하였으니 721년에 태어났다고 하여도 경덕왕은 45살 정도에 죽었다. 나이가 얼마 되지도 않았는데 죽기 3개월 전이니 몸이 정상은 아니었을 것이다. 음란한 음악을 들으며 기쁨조에 둘러싸여 주지육림(酒池肉林)과 미약(媚藥)으로 쾌락에 빠져 살았으니 그 몸이 남아날 리가 없지.

---

4) 이 문제는 「원가」를 다룬 서정목(2016a), 『요석(공주)』와 서정목(2018), 『삼국유사 다시 읽기 12』에서 자세히 논의하였다. 바로 이 효성왕의 즉위 시점이 신충이 「원가」를 창작한 시점이다.

'오악 삼산의 신들'이 나타나서 대궐 뜰에서 왕을 모셨다고 하였다. 정상적인 일은 아니다.

(3) a. 왕이 나라를 다스린 지 24년에 오악 삼산의 신들이 간혹 현신하여 대궐 뜰에서 왕을 모셨다. [王御國 二十四年 五岳三山神等 詩或現侍於殿庭]

b. 3월 3일5) 왕이 귀정문6) 누상에 나가서 좌우를 보고 일러 말하기를, "누가 길에서 영복승 한 사람을 얻어 올 수 있겠는가?" 그때 한 큰 스님이 위의를 깨끗하게 차리고 거닐고 있었다. 좌우가 바라보고 데리고 와서 보이었다. 왕이 말하기를, "내가 말한 바의 영승이 아니다." 하고 물리쳤다. [三月三日 王御歸正門樓上 謂左右曰 誰能途中得一員榮服僧來 於是適有一大德 威儀鮮潔 徜徉而行 左右望而引見之 王曰 非吾所謂榮僧也 退之]

c. 다시 한 스님이 있어 누비옷을 입고 앵두나무 통을 지고*{궤를 짊어지고라 쓰기도 함}* 남쪽으로부터 오고 있었다. 왕이 기뻐하며 보고 누상으로 모시어 그 통 속을 보니 다구만 갖추어져 있었다. (왕이) 말하기를, "그대는 누구인가?" 스님이 말하기를, "충담입니다." (왕이) 말하기를, "어디에서 오는가?" 스님이 말하기를, "소승은 3월 3일과 9월 9일마다 남산 삼화령의 미륵세존에게 차를 달여 바치는데 지금도 이미 바치고 돌아오는 길입니다." 하였다. 왕이 말하기를, "과인에게도 한 잔의 차를 나누어 줄 수 있겠는가?" 스님이 이에 차를 달여 바쳤다. 차의 향기와 맛이 보통과 다르고 잔 속에 이상한 향기가 더욱 강렬했다. [便有一僧 被衲衣 負櫻筒 *{一作荷蕢}*從南而來 王喜見之. 邀致樓上

---

5) 3월 3일은 삼짇날이다. 유라시아 초원에서는 3월 3일이 새로운 해가 시작되는 기점이었다. 초원에 새싹이 돋고 양과 말들이 뜯을 풀이 자라기 시작한다. 그 날이 설인 것이다. 이 '삼짇날'은 '三日 날'에서 온 말이다. '日'의 한자음이 중세 한국어에서도 /싈/이었다. '삼싎날'이 '삼짓날'로 된 것을 '삼짇날'로 잘못 적게 되었다.
6) 월성의 남문을 말한다. 남산을 바라보고 있었다.

視其筒中 盛茶具已 曰 汝爲誰耶 僧曰忠談 曰何所歸來 僧曰 僧每重三重
九之曰 烹茶饗南山三花嶺彌勒世尊 今玆旣獻而還矣 王曰 寡人亦一甌茶
有分乎 僧乃煎茶獻之 茶之氣味異常 甌中異香郁烈]

d. 왕이 말하기를, "짐이 일찍이 스님이 기파랑을 찬양한 사뇌가가
그 뜻이 매우 높다고 들었는데 이것이 과연 그러한가?" 대답하여 말하
기를, "그렇소이다." 왕이 말하기를, "그러하다면 짐을 위하여 백성을
다스려서 편안하게 하는 노래를 지으라." 스님이 즉시 칙명을 받들어
노래를 바치었다. 왕이 아름답게 여겨 왕사로 봉하였다. 스님은 재배하
고 굳게 사양하여 받지 않았다. [王曰 朕嘗聞師讚耆婆郎詞腦歌 其意甚
高 是其果乎 對曰然 王曰 然則爲朕作理安民歌 僧應時奉勅歌呈之 王佳
之 封王師焉 僧再拜固辭不受] <『삼국유사』 권 제2 「기이2」 「경덕왕 충
담사 표훈대덕」>

(3a)는 '산신'을 무엇으로 보는가에 따라 해석이 달라진다. 일단 '산신'이
있다고 믿는 사람들은 그쪽으로 생각하면 된다. '산신'이 호랑이라고 믿는
사람들은 또 그쪽으로 생각하면 된다. 그러면 그들은 산신들이 대궐의 뜰
에서 왕을 모셨다[侍]하였다는 말을 해석할 수 없을 것이다.

저자는 '산신'이 없다고 본다. 그리고 이 문맥에서는 '산신'이 호랑이를
뜻한다고 보지도 않는다. 이 문맥에서 '산신'은 산에서 온 인간들을 뜻할
따름이다. 이 인간들은 어떤 인간들일까?

이들이 나타난 것을 상서로운 일로 보면 왕을 도와주는 세력들이 나타난
것이다. 반란과 같은 안 좋은 일이 일어나서 왕을 호위하여 반란을 진압하
러 온 세력일 수도 있다. 이들이 왕을 도와주는 세력이라 하더라도 이들이
나타난 것은 정국이 평안하지 못하다는 것을 의미한다.

이들이 나타난 것을 좋지 않은 조짐으로 본다면 당연히 정국이 평안하지
못하다는 것을 의미한다. 불만을 가진 세력이 왕에게 자신들의 주장을 전
달하러 온 것일 수도 있다. 아니면 그 자체가 반란 세력일 수도 있다.

그러나 그것도 충분하지 않다. 사람들이 나타나서 무엇인가를 했다는 후속 사건이 적히지 않았기 때문이다. 그냥 산신이 나타나서 왕을 모신 것일 뿐이다.

이에 대한 다른 해석 하나는 경덕왕만 오악삼산의 신이 나타난 것을 보았고 신하들은 보지 못했다고 하는 것이다. 49대 헌강왕 시대의 「처용랑 망해사」 설화에도 산신들이 임금 앞에 나타난다. 다른 사람은 산신들을 보지도 못하는데. 특히 그 신들의 춤을 왕은 보았으나 신하들은 보지 못하여서 헌강왕이 스스로 춤을 추며 산신들이 이렇게 춤을 춘다고 하고 있다. 어무상심(御舞祥審)이다. 현대적으로 해석하면 헌강왕이 헛것을 보는 상태임을 나타낸다. 그는 정신 이상자인 것이다. 경덕왕도 헛것을 보았으면 정신 이상자이다. 정상을 정상(頂上)에 앉혀야지 비정상을 정상에 앉히다니. 하물며 정상인 이복형을 죽이고 비정상인 이복동생을 정상에 앉혔으니 그 나라가 갈 곳은 망국밖에 더 있었겠는가?

이렇게 산신이 궁궐에 나타났다는 것은 비정상적인 현상임에 틀림없다. 이는 경덕왕 시설이 평안한 세월이 아니었음을 드러내는 도입부이다. 경덕왕은 이미 24년이나 왕위에 있었다. 주색에 곯아 정신이 혼미한 상태에 이르렀을 수도 있다.

(4)에서 보듯이 지리산에 단속사를 짓고 피세한 이순이 왕이 음악을 좋아한다는 소문을 듣고 달려와서 음란한 음악을 좋아하는 왕을 꾸짖는 것으로 보아 경덕왕의 심신이 쇠락(衰落)헤 있었을 것이다.

(4) (763년) 대내마 이순은 왕의 총애하는 신하가 되었으나 홀연히 하루아침에 산에 들어가 여러 번 불렀으나 나오지 않고 머리를 깎고 중이 되어 왕을 위하여 단속사를 짓고 살았다. 뒤에 왕이 음악을 즐긴다는 소문을 듣고 즉시 궁문에 와서 간하여 말하기를, 신이 듣기에 옛날 걸 임금, 주 임금이 주색에 빠져서 음란한 음악을 그치지 아니하여

이로써 정사가 무시되고 늦어져서 나라가 패멸하였다 합니다. 앞에 있는 자국을 밟으며 뒤의 수레는 마땅히 경계해야 합니다. 엎드려 바라건대 대왕께서는 잘못을 고치시어 스스로 새로워져서 나라의 수명을 영원하게 하소서. 왕이 듣고 감탄하여 음악을 멈추게 하고 곧 정실로 이끌어 왕도의 묘미와 세상 다스리는 비방을 설파함을 듣기를 여러 날 하고서 그치었다. <『삼국사기』 권 제9 「신라본기 제9」 「경덕왕」>

(3b)에서 「안민가」를 짓게 되는 배경 설화가 시작되고 있다. 왕은 '영복승'을 구하고 있다. 신하들이 스님 한 명을 데려왔지만 왕은 자기가 뜻하는 '영승(榮僧)'이 아니라 하고 물리쳤다. 아무렴, 저만 못했을까?

'영승'이 무엇일까? 어떤 스님을 구했는지 모르지만 겉보기로 위의가 있는 스님을 구하는 것은 아니라는 것을 알 수 있다. 뒤에서 충담사를 왕사(王師)로 봉하는 것으로 보아 나라를 다스리는 데에 도움이 되는 가르침을 줄 수 있는 덕이 높은 스님을 구하고 있다고 볼 수 있다. 그렇게 위의를 잘 차린 중을 물리친 경덕왕은 누비옷을 입고 앵통을 지고 오는 충담사를 만나게 된다.

(3c)에서 가장 주목되는 점은 765년 3월 3일에 경덕왕이 충담사를 처음 만났다는 점이다. '그대는 누구인가?' 하고 물었다. 그것은 경덕왕이 충담사를 알아보지 못했다는 말이다. 경덕왕이 충담사의 얼굴을 알아보지 못했다는 이 말은 뒤에서 보듯이 매우 중요한 의미를 지닌다. 그런데 '충담입니다.'라는 대답을 듣고서는 어디서 오는지 묻고, 삼월 삼짇날이어서 남산 삼화령의 미륵세존에게 차를 달여 바치고 온다는 말을 듣고 나서 차 한 잔을 청하여 마셨다.

(3d)는 충담사가 「안민가」를 짓게 되는 대목이다. 경덕왕은 차 한 잔 얻어 마신 후에 (3d)에서 보듯이 '스님이 지은 기파랑을 찬양하는 사뇌가가 뜻이 매우 높다고 하는데 이것이 과연 그러한가?' 하고 묻고 있다.[7] 이 물

음은 경덕왕이 충담사의 이름은 이미 익히 알고 있다는 것을 뜻한다. 그리고 충담사가 지은 「찬기파랑가」라는 시도 알고 있었다는 것을 뜻한다.

이 물음이 '기파랑'이 어떤 인물인지를 추정할 수 있는 유일한 단서이다. 그런데 여기서 어떻게 장수천신이 나오고, 천제가 나오고 인품이 훌륭한 화랑이 나오고, 애민정신이 나온다는 말인가.[8] 이 기록으로부터는 그런 의미가 나오지 않는다. 이 기록을 보면 '기파랑'은 충담사가 예전에 지은 노래의 주인공을 지칭하는 말일 따름이다. 그것도 왕이 어떤 사람을 지칭하는 데에 사용한 단어일 뿐이다.

경덕왕은, 얼굴은 처음 보지만 '충담사'라는 이름은 이미 들어서 잘 알고 있고, 충담사가 예전에 지은 '기파랑'을 찬양한 사뇌가[10행 향가의 별칭]의 뜻이 매우 높다는 것도 들어서 알고 있는 상태이다. 그렇다면 경덕왕과 충담사는 어떤 관계에 있었던 것일까? 이름도 알고 그가 뜻이 매우 높은 노래를 시었다는 소문도 들어서 알고 있다. 그렇다면 당연히 '아아! 그대가 그 유명한 충담사이오? 그대의 명성을 들은 지는 오래이나 오늘에야 만나 보는구려!' 이것이 정상적인 사람 사이의 관계이지 않겠는가?

그러나 이 기록에서는 서로의 만남을 반가워하는 기색을 느낄 수 없다. 무엇인가 석연치 않은 분위기가 두 인물을 둘러싸고 있다. 이 분위기는 경덕왕과 충담사의 관계가 우호적이지 않다는 것을 암시한다. 충담사는 이 물음에 대하여 조금의 겸양도 없이 '그렇소이다.'고 대답한다. 왜 그리했을까? 그 속에는 겸양이나 망설임이 끼어 들 여지가 없을 만큼 이 노래에 대한 평판에는 다른 말이 필요 없다는 단호함이 들어 있다. 그만큼 이 노래의

---

7) '기파랑'이라는 말은 이 대목과 노래 제목에만 출현한다. 다른 어떤 기록에도 '기파랑'이라는 말은 없다.

8) 「찬기파랑가」를 연구한 국문학계의 논저들은 기파랑을 장수천신, 천제, 애민정신을 가진 화랑 등으로 보고 있다. 물론 모든 학설이 전혀 논증이 안 되는 공상의 산물이다. 노래의 내용은 '이러지도 저러지도 못하는 난관에서 충절을 지키다가 억울하게 죽어간 노화랑을 찬양하는 제가'이다. 그 노화랑에 가장 가까이 가는 사람은 현재로서는 문무왕의 상대등 겸 병부령 김군관이다(서정목(2017b) 참고).

주인공 '기파랑'의 절의는 숭고하고 다른 사람이 쉽게 용훼(容喙)할 수 없는 엄숙하고 경건한 일이다.

이 대답을 듣고 나서 경덕왕은 '그러면 짐을 위하여 백성을 편안하게 다스리는 노래[理安民歌]를 지으라.'고 명하였다.[9] 이 말은 '누군가를 위하여 그 노래를 지었으니 나를 위해서는 「안민가」를 지으라.'는 느낌을 준다. 경덕왕도 기파랑의 절의를 찬양한 「찬기파랑가」의 뜻 깊음에 대해서는 더 이상 입에 올리지 않고 다음 화제로 넘어간 것이다.

이에 충담사는 (5)와 같은 「안민가」를 지어 바쳤다. 이 시는 시대와 장소를 넘어서 언제, 어디서나 통하는 치국의 원리를 담고 있다.

(5) 안민가는 읊기를[安民歌曰],[10]

임금은 아비여[君隱父也]
신하는 사랑하실 어미여[臣隱愛賜尸母史也]
국민은 어리석은 아이고[民焉狂尸恨阿孩古]
하실 때 국민이 사랑을 아느대[爲賜尸知 民是愛尸知古如]

굴속 국민 살리기가 중요하므로[窟理叱大肹生以支所音物生]
이를 먹여 다스려래[此肹飱惡支治良羅]
이 땅을 버리고 어디로 갈 것인가[此地肹捨遣只於冬是去於丁]
한다면 나라 지니기 아느대[爲尸知國惡支持以支知古如]

아아 임금답게 신하답게 국민답게[後句 君如臣多支民隱如]

9) '作理安民歌'는 '백성을 다스려 편안히 하는 노래를 지으라.'일까, 아니면 '백성을 편안하게 다스리는 노래를 지으라.'일까? 전자는 '백성이 편안해지는 것'이지만 후자는 '왕이 편안하게 백성을 다스리는 것'으로 받아들여진다. 후자라면 백성이 편안하게 다스려지지 않아 왕이 불편한 것이다.
10) 해독의 중요 사항은 이 책의 제1장(21-22면)에 소개하였다.

한다면 나라가 태평ᄒ니이다[爲內尸等焉國惡太平恨音叱如].
<『삼국유사』 권 제2 「기이 제2」 「경덕왕 충담사 표훈대덕」, 김
완진(1980), 『향가 해독법 연구』, 서울대 출판부, 70-80.>

「안민가」는 『논어』 「안연편」의 '군군신신부부자자(君君臣臣父父子子)'와
닮았다. 제(齊) 경공(景公)이 공자에게 정치에 관하여 물었다. 공자가 답하
기를, '임금은 임금 구실 (제대로) 하고 신하는 신하 구실하고 부모는 부모
구실하고 자식은 자식 구실하는 것입니다.' 이에 대해 제 경공은 '좋은 말
씀입니다. 진실로 만일 임금이 임금 구실을 하지 못하며 신하가 신하 구실
을 하지 못하며 부모가 부모 구실을 하지 못하며 자식이 자식 구실을 하지
못한다면, 비록 곡식이 있더라도 제가 어찌 먹을 수 있겠습니까?' 하였다.
말은 그럴 듯하게 하였지만 제 경공은 폐첩(嬖妾[총애하는 후궁])이 많아서
이들의 권력 다툼에 휘말려 많은 아들들 가운데 태자 하나를 정하지 못하
고 신하 진씨(陳氏)에게 시해되었다.

제(齊) 나라가 여러 아들들 가운데 후계자를 정하지 못하여 왕이 시해되
고 멸망하였듯이 통일 신라도 이와 비슷한 상황에 처했던 것일까? 아니다.
통일 신라는 좋지 않은 후계자를 잘못 세움으로써 망해 갔다. 통일 신라 무
열왕계 왕통은 36대 혜공왕을 끝으로 끊어졌다. 경덕왕이 표훈대덕을 천제
에게 보내어 여아를 남아로 바꾸어 왔다는 외동아들 혜공왕은 8세에 즉위
하여 부녀의 놀이를 좋아하고 도류(道流[뜻 미상])들과 어울려 놀면서 정사
를 어머니 경수태후 만월부인에게 맡겼다. 다스림이 조리를 잃어 고위 관
직에 있는 귀족들의 반란이 해를 걸러 연속하여 일어났다.

그러다가 780년 4월 이찬[2등관위명] 김지정의 반란을 진압하러 나선 상
대등 김양상(金良相)[37대 선덕왕(宣德王)]이 혜공왕을 시해하였다. 김양상은
33대 성덕왕의 외손자이다. 선덕왕이 아들 없이 죽어 다시 상대등 김경신
(金敬信)이 왕위를 이었다. 38대 원성왕(元聖王)이다. 그 이후의 신라는 국

명만 남고 임금 자리는 원성왕의 후손들끼리 삼촌이 조카를 죽이고, 사촌들끼리 서로 죽이고, 친척들끼리 죽고 죽이는 다툼을 벌이며 나라가 쇠망의 내리막길을 달렸다. 「찬기파랑가」는 이러한 신라 멸망의 가장 핵심 요인이 된 정치적 사건과 관련되어 있다.

「안민가」는 '임금이 임금답고, 신하가 신하답고, 국민이 국민다우면 나라가 태평할 것이다.'로 요약된다. 이 노래는 예사 노래가 아니다. 이 말을 뒤집어 보면 '임금이 임금답지 못하고, 신하가 신하답지 못하고, 국민이 국민답지 못하여 나라가 태평하지 못한 상태에 있다.'는 말이 된다.

누가 감히 임금에게 이런 노래를 지어 바칠 수 있다는 말인가? 정상적인 임금과 신하의 관계가 아니다. 경덕왕은 왜 「찬기파랑가」라는 뜻이 높은 노래를 지어 명성이 자자한 충담사를 만나 '리안민'할 수 있는 노래를 지어 달라고 부탁하는 것일까? 그것은 '리안민'이 안 되고 있기 때문이다. '리안민'이 안 되니까 '나라가 태평하지 않은 것'이다.[11]

이 「안민가」를 들은 경덕왕은 충담사를 왕사로 책봉하였다. '리안민'을 위하여 충담사 같은 사람이 필요하였기 때문일 것이다. 그러나 충담사는 왕사로 봉하는 경덕왕의 명을 굳게 사양하여 받지 않고 훌훌히 귀정문 누상을 떠났다. 아마도 임금이 임금답지 않고 신하도 신하답지 않으며 국민도 국민답지 않은 돌이킬 수 없는 나라의 기울어가는 현실이 현자(賢者)를 절망하게 만들었을 것이다.

충담사는 누구이기에 이렇게 왕도(王道) 정치를 실현하지 못하고 있는 왕에게 훈계하는 듯한 노래를 지었으며, 왜 경덕왕이 왕사로 봉하는 데에도 굳이 사양하는 것일까?

여기에는 두 가지 요인이 겹쳐서 작용하고 있는 것으로 보인다. 하나는

---

11) '理'는 '治'와 뜻이 같다. '治'는 당나라 고종 이치(李治)의 이름이다. 『삼국사기』, 『삼국유사』에는 '治'로 적을 자리에 '理'로 적은 경우가 많다. 그러므로 '리안민'은 '치안민'으로 쓸 수도 있다. 경덕왕 시대의 신라는 '치안'이 안 되는 나라이다.

충담사의 나이이다. 아마도 그는 나이가 많은 노승으로서 이미 왕권 정도가 다스릴 수 있는 범위를 넘어선 분일 것이다. 『삼국유사』 권 제5 「신주(神呪) 제6」의 「혜통항룡」 조에서는 692년에 혜통이 효조왕의 왕사가 되었다. 그런데 그는 이미 당나라에서 당 고종의 딸의 병을 낫게 하고 귀국하여 독룡을 물리치는 노승이다. 그러한 혜통도 왕사를 맡았다. 그런데 충담사가 왕사를 맡지 않는 것이 나이 때문이라면, 적어도 692년의 혜통보다는 나이가 더 많았다고 보아야 한다. 충담사는 왕사가 되기에는 너무 나이가 많았을 것이다.[12] 「안민가」를 지을 때 그의 나이는 80에 가까웠을 것으로 보인다.

다른 하나는 충담사의 정치적 성향이다. 충담사는 이미 이승을 단념한 김시습 같은 무금선원(無今禪院)의 사람이다.[13] 이 세상에서 경덕왕 부류의 사람과 함께 아웅다웅 하며 정사를 훈수할 그런 차원의 사람이 아니다. 왜 그런가? 그는 이미 681년[신문왕 즉위년, 그때로부터 765년은 85년이 지났

---

12) 그것은 「찬기파랑가」가 이 시섬보다 아주 오래 전에 지어졌다는 것을 암시하는 것일 수 있다. 충담사는 765년에는 80여세에 가까웠을 수 있다. 그러면 「찬기파랑가」를 지었을 때는 몇 살이나 되었을까? 억울하게 이 세상을 떠난 노화랑의 제사를 계기로 비장한 심정으로 그 절의를 찬양한 그 때, 충담사는 몇 살이나 되었을까? 노래의 내용으로 보아 아마도 50세쯤 되었을 것으로 보인다. 「찬기파랑가」는 「안민가」가 지어진 시점보다 20여 년 이상 앞선 성덕왕 시기에 지어졌을 가능성이 있다.

13) 설악산 백담사 시냇가에는 '無今禪院[무금선원]'이 있다. 이승에서의 삶을 버리고 선승처럼 수도하며 산 梅月堂[매월당=김시습]이 머문 곳이라 한다. 그는 원성왕 김경신에게 왕위를 빼앗기고 강릉으로 피신한 강릉 김씨 시조 김주원의 후손이다. 계유정난, 조카의 왕위를 찬탈한 수양대군의 쿠데타에 저항하여 세상을 등지고 천하를 주유한 생육신의 한 분이다. 거열형을 당한 사육신의 시신을 수습하여 노량진에 안장하였다. 만년에 경주 금오산(金鰲山)에서 『금오신화』를 지어 전기소설(傳奇小說)의 효시를 쏘았다. 그 소설들은 천재 가인들이 벌이는 딴 세상 이야기를 펼침으로써 이 세상에 절망한 사람들에게 탈출구를 열어 주었다. 처녀 몸으로 세상을 떠난 유령과의 불타는 사랑을 그린 「이생규장전(李生窺墻傳)」, 「만복사저포기(萬福寺樗蒲記)」는 우리 젊은 날의 실패한 사랑의 도피처가 되어 주었다. 역사의 상처가 어린 고도에서 위만이라는 정복자의 불의와 폭력에 조국 기자조선을 잃은 기씨 처녀에 대한 그리움을 그린 「취유부벽정기(醉遊孚碧亭記)」는 오늘날도 유효하며, 용궁에서 용왕과 놀았다는 「용궁부연록(龍宮赴宴錄)」, 염왕과 사상적, 종교적, 정치적 논쟁을 벌여 유교적 가치관의 우월성을 논한 「남염부주지(南炎浮洲志)」 등은 그 이름만 들어도 속세를 훌쩍 벗어날 수 있었다.

다.]의 '흠돌의 모반' 사건 이후, 아니면 700년[효조왕 9년, 그때로부터 765년은 65년이 지났다.]의 '경영의 모반' 사건 이후 부도덕하고 파렴치한 신문왕의 혼전, 혼외 아들과 그 후손들이 이어가고 있는 비정통적 왕권에 대하여 염증을 내고 있는 사람일 가능성이 크다. 그는 681년 신문왕의 1차 적폐청산에서 희생된 김흠돌의 세력권에 속하는 사람으로서 신문왕의 즉위와 효소왕의 승계를 못마땅하게 생각하는 성향의 사람일 가능성이 있다. 그렇지 않다면 700년 그나마 혼전, 혼외자가 아닌 원자를 옹립하여 왕권의 정통성을 회복하려는 '경영의 모반' 때에 숙청된 경영의 세력권에 드는 사람일 수도 있다. 두 세력권은 결국 모두 효조왕, 신목왕후, 요석공주에 반대하는 세력이고, 효조왕의 아우 성덕왕에 반대하는 세력이며, 성덕왕의 아들 경덕왕에 반대하는 세력이라 할 수 있다.

이 두 가지 요인 가운데 어느 하나거나, 아니면 둘 모두가 작용하여 충담사로 하여금 경덕왕의 왕사가 되는 것을 재배하고 고사하게 하는 것이라 할 수 있다. 특히 두 번째 요인은 왕사 수용 거부뿐만 아니라 경덕왕이 충담사를 만나서 '스님이 기파랑을 찬양한 노래가 뜻이 높다고 들었는데 이것이 과연 그러한가?'라고 묻는 분위기도 설명할 수 있는 장점이 있다.

이렇게 「안민가」가 지어진 후 석 달이 지난 765년 6월 경덕왕은 숨을 거두었다. 「안민가」의 내용은 실현되지 않은 미완의 꿈으로 남았다. 여전히 국민들은 먹을거리를 구하여 이 땅을 떠날 수밖에 없었다. 그들은 어디로 갔을까? 다시 돌아왔을까?

3. 「찬기파랑가」에 대하여

「안민가」 가사가 나오고 이어서 (6)처럼 「찬기파랑가」가 곁들여 실려 있다. 「찬기파랑가」는 통일 신라 시대, 그것도 멸망으로 치닫고 있는 경덕왕 말년에 지어진 「안민가」가 창작되는 이야기의 첫머리에, 왕이 스님 시인 충담사와 대화하는 장면에서 언급되고 있다. 이 시는 망국, 나라의 멸망이 눈앞에 닥쳐와 있는 시대적 상황을 떠나서는 설명할 수 없다.

「찬기파랑가」는 어쩌면 향가 가운데 가장 뜻이 높고 통일 신라 시대의 시대상을 가장 잘 보여 주는 시일 수 있다. '기랑'은 누구이며 어떤 삶을 살았기에 '눈도 푸르름을 덮지 못하는 잣나무 같은 고고한 기개를 지닌 화랑의 표상'으로 남았는가? 수많은 화랑들, 화랑 출신 귀족들이 목이 베여 죽어 나간 그 통일 신라 시대에 어떤 삶을 살았기에, 그리고 어떤 죽음을 죽었기에 '기랑'은 경덕왕이 말한 '그렇게 뜻이 높은 노래'의 주인공이 될 수 있었을까?

(6) 찬기파랑가는 읊기를[讚耆婆郎歌曰],[14]

흐느끼며 바라보매[咽鳴爾處米]
이슬 밝힌 달이[露曉邪隱月羅理]
흰 구름 좇아 떠간 언저리에[白雲音逐于浮去隱安支下]
모래 가른 물시울에[沙是八陵隱汀理也中]
기랑의 모습일 시 숲이여[耆郎矣兒史是史藪邪]

숨은내 자갈밭에[逸烏川理叱磧惡希][15]
낭이여 지니시던[郎也持以支如賜烏隱]

---

14) 다음의 「찬기파랑가」 해독은 김완진(1980:80-91)을 따른 것이다. 현대국어로의 해석은 그 책과 약간 다르게 저자가 손질하였다.

15) '逸烏'를 김완진(1980)은 고유명사로 보아 해독하지 않고 그냥 두었다. '숨은내'의 해독은 이임수(2007)에서도 볼 수 있다. 그러나 그는 二十川[스무내]와 관련 짓고 있다. 저자는 '숨을 逸(일)'의 훈을 이용하여 '물이 숨은 내'라는 뜻으로 '乾川[마른내]'를 나타낸다고 본다. 현재의 '건천'을 가리키는 고유명사인지 물이 말라 자갈만 남은 내의 모습을 묘사한 보통명사인지는 결정하지 않는다. 둘 다 가능한 후보이다.

마음의 가를 좇ᄂ오라[心未際叱肹逐內良齊].

아아 잣가지 높애[阿耶 栢史叱枝次高支好]
눈이 못 짓누를 화랑장이여[雪是毛冬乃乎尸花判也].
<『삼국유사』 권 제2 「기이 제2」 「경덕왕 충담사 표훈대덕」,
김완진(1980), 『향가 해독법 연구』, 서울대 출판부, 80-91.>

　이미 경덕왕이 이 시의 뜻이 매우 높다는 것을 알고 있다. 그러니 「찬기
파랑가」가 「안민가」보다 훨씬 더 먼저 지어졌다. 언제쯤 지어졌을까? 적어
도 경덕왕의 아버지 성덕왕 시대 이전에는 지어진 것으로 보인다. 그러므
로 기랑도 성덕왕 시대 이전의 인물이고 그의 죽음이 초래된 사건도 성덕
왕 시대 이전에 있었던 일이다. 그러나 불과 1300여 년 전의 일인데도 불
구하고 전해 오는 직접적 기록이 거의 없다.

　그렇지만 간접적인 기록들을 통하여 우리는 기랑이 누구이며, 그가 어떻
게 죽었으며, 충담사는 왜 이러한 시를 지었는지를 추론할 수 있다. 사건의
원인과 추이, 결과를 논리적으로 설명하는 데에는 역사적 상상력이 필요한
경우가 더러 있다.

　시의 제목은 '찬-기파랑-가', 즉 '기파랑'을 찬양하는 노래이다. '기파랑'
이란 무엇일까? 사람 이름? 그러면 그는 '기파'인가? '김기파' 아니면 '기'
가 성이고 '파랑'이 이름일까?

　우선 '랑(郞)'은 화랑이다. 그러면 '기파'가 떨어져 나온다. '기(耆)'는 '늙
을 기'이다. 60대의 나이든 늙은이를 '耆'라고 하고 70대의 늙은이를 '老'
라고 한다. 조선조의 '기로소(耆老所)'는 왕이 은퇴한 관리들을 모시기 위하
여 만든 관아이다. '婆(파)'는 '할미 파'이다. 지위가 높은 화랑의 이름에 이
런 의미가 들어갈 리야 없다. 이 글자는 뜻으로 이해할 글자가 아니라 소리
로 이해해야 할 글자이다. 이 한자의 음은 [po]에 가깝다. 우리 말 '-보'를

적기 위하여 그 음을 빌려온 글자일 가능성이 크다. 신라 시대에 '-보'를 적는 데 사용된 한자들은 '巴, 卜, 福/k/는 발음 안 됨) 등'이다. 그러면 '기보'는 '늙보'라고 읽을 수 있다.

그리고 이 말은 경덕왕의 말 속에 들어 있다. '耆婆-郞', '늙보 화랑'이라는 이 말은 경덕왕이 지은 말이다. 왕이 적폐청산에 몰려 억울하게 죽은 노화랑을 얕잡아 부른 말이 '늙보 화랑', 즉 '기파-랑'이라는 말이다.

충담사는 왜 이런 노래를 지었을까? 어느 화랑이, 어느 풍월주, 어느 화랑장, 어느 화판이 어떤 정치적 소용돌이 속에서 자신이 어느 편에 서는가를 선택함에 따라 삶과 죽음이 나뉘는 갈림길에 섰던 것일까? 어느 노화랑이, 고관대작을 지낸 훌륭한 장군이 전우들에 대한 절의를 지키다가 부정한 정권의 적폐청산의 보복적 숙청에 휘말려 스스로 목숨을 끊는 죽음의 길을 선택하라고 내몰려서 한 많은 삶을 마감하였을까? 그것을 푸는 열쇠는 이 시의 시어(詩語) 속에 들어 있다.

이 열쇠를 찾아가기 위해서는 시구 하나하나를 면밀하게 살펴보아야 한다. 시를 감상할 때는 시어 이외의 딴 것들을 생각하면 안 된다. 칭송 대상이 화랑도의 풍월주라거나 잣나무 같은 기상을 지녔다거나 그런 것을 선입견으로 가지면 안 된다. 오로지 시어를 통하여 시어만으로, 그 시어에 의하여 묘사되는 대상, 인물과 시의 의미를 찾아야 한다.

이 시의 시어 가운데 가장 암시적인 어구가 '이슬 밝힌 달'이다. '이슬 밝힌 달', 그것은 이 시가 지어진 계절, 시간을 암시한다.

흐느끼며 바라보매/ 이슬 밝힌 달이

제일 먼저 우리의 눈을 끄는 시구는 '흐느끼며 바라보매'이다. 시의 화자는 슬픔에 잠겨 하늘을 우러러 보고 있다. 왜 슬플까? 시가 '찬양하는' 대상이 죽었기 때문이다. 이 노래는 죽은 사람을 찬양하고 있다. 언제? 그가 죽은 날, 즉 그의 제삿날을 며칠 앞둔 날이다. 이 노래는 제사 때에 사용하기 위하여 지어진 제가(祭歌)일 가능성이 크다.

이 제1행 '咽嗚爾處米'를 오구라 신페이[小倉進平](1929)는 '(창문을) 열치매'로, 양주동(1942/1981)은 '(구름을) 열치며'로 해독하였다. 5자를 내림 음으로 읽은 것이다. 향찰 표기의 제1 원리, 우리말 어휘 요소는 한자의 뜻을 이용하여 적고 우리말 문법 요소는 한자의 음을 이용하여 적는다는 원리를 어긴 것이다. 옳을 리가 없다. '목멜 咽(열, 인)', '흐느껴 울 嗚(오)'의 의미를 고려하지 않은 것이다. 서재극(1975)의 '목메치며'는 '목멜 咽'로의 방향 전환을 이룬 획기적 해독이다.

눈물 젖은 눈동자로 하늘을 바라보는 그의 눈에 들어 온 것은 '달'이다. '달'이 하늘에 떠 있는 것이다. 그런데 그 달은 지상의 이슬을 밝히고 있다. 달이 이슬을 밝힐 수 있는가? '달이 이슬을 밝힌다.' 흔히 이 말을 이슬이 달빛을 받아 빛나는 것을 나타낸 것으로 이해하지만 사실 달빛은 이슬을 밝히지 못한다. 아무리 밝은 보름달도 이슬을 밝히지는 못한다. 이슬이 빛나는 것은 달빛과 관련된 것이라 하기 어렵다. 그렇다고 달이 이슬을 밝힌다는 것은 동양적 시구의 전형으로 관념 속에 들어 있는 죽은 비유[dead metaphor]라 하고 말 것인가?

이슬은 언제 내리는가? 이슬은 언제 맺히는가? 이슬이 풀잎 끝에 영롱(玲瓏)하게 맺히는 계절은 여름부터 가을이다. 양력 9월 9일 무렵에 백로(白露)가 든다. 그리고 9월 23일 경에 추분이 들고 10월 8-9일에 찬이슬이 내리는 한로(寒露)가 든다. 그리고 이어서 10월 23일 무렵에 상강(霜降)이 오면 서리가 내린다. 특히 양력 9월 9일 무렵인 백로를 전후한 가을 날 아침에 여명(黎明)의 햇빛을 받아 반짝이는 이슬, 그것이 가장 영롱한 이슬이다. 그러므로 이슬을 밝히는 것은 새벽 먼동이 트는 여명의 햇빛이다.

달이 이슬을 밝히는 시점은 언제인가? 이슬이 달빛을 받아 영롱하게 반짝이는 시간은 언제인가? 풀잎에 이슬이 맺히는 시간은 새벽이다. 새벽에 떠 있는 달은 어떤 달인가? 초승달? 상현달? 보름달? 하현달? 그믐달?

보름달은 초저녁에 떠서 밤새 서쪽으로 가서 새벽녘에 진다. 보름달은 새벽에 서쪽 하늘에 떠 있는 것이다. 보름으로부터 기울어가는 하현달이 새벽 하늘에 떠 있다. 하현달은 밤중에 떠서 새벽에 하늘 가운데에 있다가 먼동이 트면 빛을 잃는다. 그믐달은 새벽에 동쪽에 잠시 떴다가 여명이 되면 햇볕에 가리어 보이지 않는다. 그러니 새벽에 보이는 달은 보름 이후 하현달을 거쳐 그믐달에 이르기까지의 시기에 뜨는 달이다. 이슬을 비추는 그 달은 하현달이나 그믐달이다. 기실 새벽에 풀잎에 맺히는 이슬을 밝히는 것은 달이 아니라 여명의 햇빛이다.

이제 충담사가 이 시를 지은 계절과 시간이 어느 정도 정해졌다. 계절은 백로를 전후한 가을날이다. 이 시는 가을날 새벽에 지어졌을 가능성이 가장 크다. 아마도 음력 8월 말에 가까운 날의 새벽이다. 그러므로 이 달은 새벽 달이다. 이제 우리는 이 시가 음력 7월부터 9월에 걸치는 그믐에 가까운 어느 가을 날 새벽에 지어졌을 것이라고 추정할 수 있다.

새벽에 시를 짓는 사람은 어떤 사람일까? 잠 못 이루는 밤을 지새우고 새벽에 붓을 들고 시를 짓는 사람. 누가 새벽에 흐느끼며 먼 서쪽 하늘을 바라보고 우연히 눈에 뜨인 '잣나무 숲'에서 동료들과의 의리와 지조를 지키다가 국가 폭력에 의하여 죽임을 당한 화랑장을 '연상(聯想)할' 수 있겠는가? 이 시인은 무엇을 하고 있는 중일까? '제사(祭祀). 제사를 준비하고 있다.'가 가장 실상에 가깝다. 제사에 사용할 시, '제가(祭歌)'를 짓고 있었을 것이다. 그럴 수도 있고 그러지 않을 수도 있다. 그러나 이 시인이 처한 상황에 걸맞은 일은 제사나 죽은 이에 대한 추모 행사보다 더 나은 대안이 없다. 우리는 죽은 화랑장을 흠모하는 낭도들이나 그 후배들이 그를 추모하는 제사를 지냈을 것이고 그 제사를 위해서 '제가'를 지었거나 제사를 지낸 후의 심정을 시로 읊었을 가능성을 배제할 필요는 없다. 실제로 '제가'는 제사를 지내기 며칠 전에 미리 지어 두었을 가능성이 크다.

「찬기파랑가」는 가을 그믐 가까운 날 새벽 제사와 관련하여 지어졌을 가능성이 크다. 이 제사에서 추모의 대상이 된 사람은 당연히 기랑, 노화랑으로 지칭된 인물이다. 그가 어느 가을 달 그믐쯤에 죽은 것이다. 어느 달의 그믐 근방일까? 음력 7월 그믐, 8월 그믐, 9월 그믐, 셋뿐이다. 여름이 끝나는 처서는 양력 8월 23일 무렵, 흰 이슬이 내린다는 백로는 9월 9일 무렵, 찬 이슬이 내린다는 한로는 10월 9일 무렵, 그리고 서리가 내리는 상강은 10월 23일 무렵이다.

음력과 양력이 차이가 많이 날 수도 있지만 대체로 백로부터 한로 사이에 한가위[秋夕]이 들고 8월 그믐도 그쯤에 든다. 이 세 그믐 가운데에 가장 가능성이 높은 것은 8월 그믐이다. 그러면 이 시는 8월 그믐쯤에 있을 제사를 위하여 8월 후반 하현달이 비취는 날 새벽에 지어졌을 것으로 추정할 수 있다.

양주동(1942/1981)의 해독은 '露曉邪隱'을 '나토얀[나타난]'으로 읽었다. '이슬 露'를 '나타날 露'로 보고 '새벽, 밝힐 曉'를 사역 접사 '-호-'와 관형형 어미 앞의 '-오/우-'를 적은 것으로 보고 있다. 1행과 합쳐서 구름 속의 달이 구름을 '열치며 나타났다'는 의미로 해석한 것이다.

흰 구름 좇아 떠간 언저리에/ 기랑의 모습일 시 숲이여

달은 하얀 구름을 따라 서쪽으로 떠가고 있었다. 달도 구름도 서쪽으로 흘러간다. 바람은 동풍이다. 하늘의 달과 구름 따라 시인의 눈길도 흐른다. 저 멀리 하늘의 언저리, 달과 구름이 땅과 맞닿은 하늘 언저리에 무엇이 있을 것인가?

그런데 이상하다. 그 다음에 이어질 것으로 기대되는 것은 당연히 저쪽 하늘 언저리, '하늘 가'에 무엇인가가 있어야 한다. 그런데 이어지는 시행은 '몰애 가른 물시울에'이다. '하늘 가'에 왜 갑자기 '모래와 물'이 나오는 것일까? 바닷가일까? 바다와 하늘이 맞닿은 것일까? 그러나 경주는 새벽 달이 지는 '서쪽 하늘 가'에 바다가 나올 수 있는 지형이 아니다. 바다는 해가 뜨는 새벽 '동쪽 하늘 가'에 나타난다. 시인은 달이 기울어가는 서쪽을 보고 있다.

김준영(1979), 안병희(1987)의 논의에 의하면 이 시는 제4행과 제5행이 뒤바뀌어 적혀 있다. 지금 전해오는 대로의 이 시의 연 구분은 양주동(1942/1981)의 해독에 의하면 '3행-5행-2행'으로 나뉘고 김완진(1980)의 해독을 따르면 '5행-3행-2행'으로 나뉜다.

이러한 연 구분은 향가라는 시가의 형식 논의에서 가장 기본이 되는 원리를 어기는 것이다. 모든 10행 향가의 의미 단락은 '4행-4행-2행'으로 나누어진다는 것이 향가 형식의 기본 원리이다. 이 원리를 어기고는 향가 해독과 연구가 성공하기 어렵다. 그리고 '3행-5행-2행' 또는 '5행-3행-2행'의 연 구분을 보이는 10행 향가는 한 수도 없다.

이 시가 '4행-4행-2행'으로 나뉘려면 제4행의 끝이 현재 전해오는 것처럼 장소를 나타내는 부사어로 끝나서는 안 된다. 문법상으로는 문장이 종결되어야 한다. 이와는 전혀 관계없지만 양주동(1942/1981)은 제3행을 종결되게 '흰 구름 좇아 떠가는 (것) 아니냐?'라고 해독하여 시의 화자가 달에게 묻는 문장으로 해석하였다.[16] 그래서 3행으로 제1연이 끝난다고 한 것이다. 그러나 이 문장이 의문문일 가능성은 전혀 없다. 한국어의 의문문은 기본적으로 '-고'나 '-가'로 끝나야 하기 때문이다.

내용상으로도 '모래 가른 물시울에'가 4행의 자리에 나오는 것은 이상하다. 바로 앞에서 시의 화자는 '이슬 밝힌 달'이 '흰 구름 좇아 떠간 서쪽 하늘 가'를 바라보고 있었다. 그러나 '모래 가른 물시울에'는 '하늘 가'에 있을 수 없다. 그것은 '물 가'를 배경으로 하고 있다. 그리고 제5행에는 '기랑

---

16) 양주동(1942/1981)은 사람이 달에게 묻고, 달이 대답하고, 그리고 사람이 달의 대답을 듣고 '달조차 흠모해 마지않았던 화랑장이여!' 하고 감탄했다고 하였다.

의 모습일 시 숲이여'가 나오고, 제6행에 '숨은 내 자갈밭에'가 온다.

'숲'이 '물 가'에 있는 것이 정상적일까, 아니면 '자갈밭'이 '물 가'에 있는 것이 정상적일까? '모래', '물시울', '자갈밭'이 '물 가'에 있는 것이 가장 정상적이다. '숲'은 '물 가'에 있는 것보다는 '산'이나 산과 하늘이 맞닿은 '하늘 가'에 있는 것이 정상적이다. 그러므로 '모래', '물시울', '자갈밭'이 함께 묶여 '물 가'에 위치하는 것으로 만들어야 시의 의미가 순조로워진다. 그것은 '모래 가른 물시울에'를 '숨은 내 자갈밭에'와 가까이 둠으로써 이루어진다. 그러면 당연히 가운데 놓인 '숲'이 들어 있는 시행을 앞으로 옮겨가는 작업이 필요하다.

이 모든 문제점은 제4행과 제5행의 순서를 바꾸면 해소된다.17) 김준영(1979), 안병희(1987)에서 이 시의 제4행과 제5행이 뒤바뀌어 적혀 있다고 한 것은 시의 형식과 문법적 특성을 기반으로 한 것이다. 이제 시어들의 분석을 통한 시의 내용상으로도 제5행과 제4행이 뒤바뀌어 적힌 것임이 증명되었다. 이에 따라 제5행을 제4행의 자리로 옮겨 오면 이어지는 제4행은 '기랑의 모습일 시 숲이여'가 된다.

'藪'는 '늪'이나 '수풀'을 뜻한다. 불교에서는 숲 속에 있는 수도 도량을 뜻한다. 이 '숲'이 시의 가장 중심 소재이다. '이슬 밝힌 달, 흰 구름'은 시인의 눈길을 끌고 가서 이 '숲'에 도달하게 하는 보조 소재에 지나지 않는다. '흰 구름 따라 달이 떠간 언저리에' 그곳에 '숲'이 있는 것이다. 그러므로 '숲'에 주목하지 않고 '흰 구름[白雲]'이나 '달[月]'에 주목하여 이 시를 해설한 작품론은 정곡을 벗어난 것이다. 더욱이 '耆郎矣皃史是史藪邪'라는 행을 '기랑의 모습이 이슈라'나 '기랑의 모습이여 꽃이여'라는 뜻이 되도록 해독하면 '숲'은 등장하지도 않게 된다.

수풀, 숲은 어디에 있는가? 산에 있다. 저 멀리 흰 구름 좇아 간 달을 바

---

17) 고대의 책은 죽간이나 목간의 묶음으로 이루어졌다. 죽간, 목간의 한 조각이 순서가 바뀌면 이런 현상이 나타난다. 『논어』에도 앞 뒤 구절이 바뀐 곳이 더러 있다.

라보던 시인의 눈에 들어온 것은 숲이었다. 그 숲은 잣나무 숲이다. 그 숲으로부터 화자는 기파랑을 연상하였다. 왜? 잣나무는 늘 푸른 나무이니까. 이렇게 제1연은 끝났다.

제1연은 '(시인이) 흐느끼며 바라보는 하늘/ 이슬 밝힌 달이/ 흰 구름 좇아 떠간 언저리에/ 기랑의 모습임에 틀림없는 숲이여'이다. 이것은 시인이 바라보고 있는 현실 세계의 공간이다. 다시 말하여 이 세상의 일이다. 이제 제2연이 시작된다.

모래 가른 물시울에/ 숨은내 자갈밭에

제1연이 현실 세계의 공간이었음에 비하여 제2연은 과거에 기랑이 처했던 공간을 시인이 상상하여 제시하는 상상의 공간이다. 그 상상의 공간은 '모래 가른 물시울에'로 시작된다. '沙是八陵隱汀理也中'를 '새파란 냇가에'로 해독한 양주동(1942/1981)과 비슷한 유형의 인식에서는 생각할 수 없는 세계가 펼쳐지는 것이다.

'沙是'가 '모래 沙'의 음과 '이 是'의 훈을 이용하여 색깔의 짙음을 나타내는 접두사 '새-'를 적었을 것이라고 생각하는 사람은 김완진(1980)이 출간된 뒤로는 아무도 없다. '八陵隱' 석 자가 모두 음독되어 '파란碧, 靑, 綠」'이라는 우리 말 형용사를 적었다고 생각하는 사람도 없다. 하물며 '새파란 내에 기랑의 모습이 있구나!' 하고 달이 대답한 것이라고 해설하는 양주동(1942/1981)의 설명을 곧이 들을 사람이 이 세상 어디에 있겠는가? 아무리 뛰어난 시인이라도, 아무리 1300여 년 전이라도 사람이 달과 대화를 나눌 수는 없다.

이로부터 논리의 비약을 거쳐 도달한 세계가, '새파란 내'는 '청강(靑江)'을 의미하고 청강은 '청사(靑史)'를 의미하여 이 시는 '청사에 빛나는 이름을 남긴 달조차도 흠모해 마지않은 화랑장이여.'라는 의미를 가진다고 보는 박노준(1980) 작품론의 세계이다. '새파란 내'가 무너지면 '모래 위의 성'처럼 무너질 공상의 산물이다. 이래서 향가에 대한 문학적 연구는 언어학적 해독이 어그러지면 끝 간 데를 모르게 추락할 수밖에 없다.

'八陵隱'은 이 시에서 가장 어려운 난공불락의 요새[要塞 citadel]처럼 보인다. '여덟 八', '언덕 陵(릉)', '숨을 隱(은)'이 모르는 글자인가? 그렇지 않다. 너무나 쉬운 한자들이다. 그런데 가장 쉬운 '八 字' 때문에 국어학자들은 모두 사주팔자에도 없는 한숨을 내쉰다.

그런데 이 요새에 접근하는 통로가 전혀 없는 것은 아니다. 그 통로는 '숨을 隱'이다. 이 글자는 '-(으)ㄴ'을 적는 향찰 글자이다. 신라 시대 우리 선조들은 '隱 자'의 음을 이용하여 우리 말 '-(으)ㄴ'을 적었다.

우리 말 '-(으)ㄴ'은 두 가지가 있다. 기정의 관형형 어미 '-(으)ㄴ'과 대조와 제시를 나타내는 특수 조사 '-(으)ㄴ'이 그것이다. '모래'가 명사이므로 그 뒤에 오는 '八陵'이 명사일 가능성은 떨어진다. 이 자리는 용언이 올 자리이다. 그러면 '-(으)ㄴ'이 조사일 가능성도 떨어진다. 이 '隱'은 관형형 어미 '-(으)ㄴ'을 적은 것이다. 그러면 그 앞의 '八陵'은 동사나 형용사이다.

'八'을 이가원, 장삼식 편저(1973:150)에서 찾아보면 '捌과 같음'이라고 되어 있다. '捌(팔)'은, 그 사전 615면을 보면 '깨뜨릴[破], 나눌[分], 칠[擊]'이라고 되어 있고 '八과 같음'이라고 되어 있다.[18] 그러므로 이 '八'은 '나눌 팔'의 훈을 이용하여 '가르다'라는 동사를 적은 것으로 볼 수 있다. '八陵隱'은 '陵'을 고려하면 '가른'으로 보는 것이 가장 적절하다.[19]

---

18) 김완진(1980:86)에는 "'八'字는 '여덟'이라는 數詞的 의미 이외에 동사적인 의미로 '分, 割'을 뜻하는 것으로 '八陵隱'은 '가른'의 표기로서 適格이다. '沙是八陵隱'으로 著者가 이해하는 것은 '沙洲 깊숙히 갈라 들어간' 물과 白沙의 경계선이다."고 되어 있다.

19) 우리 고향 웅동(熊東)의 북쪽에는 웅산(熊山), 불모산(佛母山), 화산(花山), 굴암산(窟庵山), 팔판산(八判山)이 병풍처럼 둘러서 있다. 우리는 어릴 때 어른들로부터 '갈판이'라는 말을 듣고 살았다. 그 산이 지도에는 '팔판산'이라고 되어 있다. 왜 우리 고향 어른들은 '팔판산'을 '갈판이'라고 불렀을까? 八'과 '가르다'가 연결이 되는 산 이름이다. '八'은 훈독할 글자이고 '갈'은 '가르-'라는 고유어를 그대로 사용한 것이다.

'汀'은 '물 가'이다. '모래'가 나오고 '물 가'가 나왔다. 그 '모래'와 '물 가'는 맞닿아 경계선을 이룬다. '모래'에 발을 디디고 있으면 산다. '물'에 발을 디디면 죽는다. 삶과 죽음의 경계선에서 '모래'를 선택할 것인가, '물'을 선택할 것인가의 기로에 기랑은 서 있었다.[20]

'자갈밭'은 불모지를 떠올린다. 죽음밖에는 선택할 다른 길이 없는 절체절명의 상황이다. 그런데 그 자갈은 '숨은내'에 있다. 무엇이 숨었을까? 물이 자갈 밑으로 숨었다. 경주에는 '건천[乾川]'이라는 물이 마른 내가 있다. 서울에도 '마른 내'가 있다.

제2연의 이 두 시행은, 이러지도 못하고 저러지도 못하는 '모래 가른 물 시울에' 처했던 기랑이 '숨은내 자갈밭에' 놓여 결국은 죽음을 선택할 수밖에 없었던 딱한 정치적 곤경을 나타낸다. 모래와 물의 경계선에서 망설이는 사람, 그런 사람이 높은 인격을 갖춘 신중한 사람이다. 살기 위하여 눈 감고 한쪽을 선택할 수 없는 사람, 사려 깊은 사람이고 여러 사람들과 얽히고설킨 인연과 의리를 존중하는 사람이다.

우리는 통일 신라 정치사에서 이런 처지에 놓였던 사람을 찾고 있다. 그것이 이 시의 주인공을 찾는 것이다. 이 시의 주인공은 '耆郎(기랑[60대의 늙은 화랑])'이다. 그 '기랑'을 정신착란 증세를 보이는 경덕왕, 이 자는 '늙보 화랑'이라고 낮추어 부르고 있다. '기파랑[늙보 화랑]'이다. 이런 사람을 찾아야 한다. '기파랑'은 사람 이름인 고유명사가 아니라 '늙보 화랑'이라는 일반 명사구이다.[21]

---

20) '汀理'는 '물가'를 뜻한다. 김완진(1980:86-87)에서는 당진의 '機汀市'를 '틀무시'라고 한다는 데서부터 출발하여 '무시'의 고형 '물서리'로 재구하였다. 현재 당진에는 '機池市'가 있다. 2017년 여름 선생님께 여쭈었더니 '機汀市'를 후대에 '機池市'로 적게 되었다고 하셨다. '機池市'는 '못 池'와 관련시키면 '틀모시' 정도로 읽는다. '물가'를 뜻하는 '물서리'는 현재 경상도에서 사용된다는 보고가 없다. '물시울'의 해독은 서재극(1974), 백두현(1988)을 따라 조정한 것이다. 경북에서 '물시보리'가 현재에도 사용된다고 한다. 물과 모래가 만나는 시울['활 시울', '입 시울'의 '시울'이다.] 같은 물가를 뜻한다.

낭이여 지니시던/ 마음의 가를 좇노라

'기랑이여 (그대가) 지니셨던'인데 뜻에 대한 설명이 필요 없다. 원래 향찰은 '郎也持以支如賜烏隱'이다. '郎也'는 호격(呼格) 조사를 가진 독립어로 보는 것이 통사론적으로는 옳다. 주격 조사나 속격 조사가 올 자리라고 하는 사람도 있지만 그러면 시의 언어로서의 맛이 반감된다.

중세국어의 호격 조사는 '-아, -이여, -하'가 있다. '-아'는 안 높이는 말이고 '-이여'는 중간 높임, '-하'는 매우 높임의 말이다. '님금하, 부텨하, 님하 등'으로 쓰일 때는 존칭의 호격 조사인데 근대국어를 거치면서 없어졌다. 이것이 독립어가 되면 당연히 '지니시던'의 주어는 생략되어 있다.

'持以-'는 '디니-'라는 동사의 어간을 적은 것이다. 근대국어에서 구개음화가 일어나면서 '지니-'가 되었다. 그 다음에 온 글자는 '支'이다. 흔히 '支'와 혼동하여 '지'로도 읽지만 이 글자 '支'은 왼쪽 획이 없다. 이 글자 '支'은 '가를 支'와는 달리 '두드릴 복, 둥글월 문'이다. 김완진(1980)에서는 '풀 敍' 자의 편방으로 앞 말을 풀어 읽으라는 지시를 하는 지정 문자라고 한 바 있다. 그에 따라 앞에 온 동사 '持以-'를 음독하지 않고 뜻으로 풀어 읽어 훈독하면 된다.

그 다음에는 3개의 선어말 어미가 와 있다. 여기서 '如'는 '과거 인식'의 문법적 기능을 나타내는 '-더-'를 적은 것이다. '賜'는 '존경[주체 존대]'의 문법적 기능을 나타내는 '-(으)시-'를 적은 것이다. 그런데 '-더-시-'의 순서로 통합되어 있다. 중세국어에서도 그렇다. 근대국어에 들어와서 '-시-

---

21) '기파랑'이라는 출판사가 생기더니 요새는 '해파랑 길'도 생겼다. 부산 해운대이 해운은 고운 최치원의 호와 관련된다. 당나라 최고 문재였으나 귀국하여 빛을 보지 못하고 평생을 유랑으로 보낸 비운의 천재이다. 마산골포, 합포에서는 월영대에서 놀았다. 그도 달을 보며 이승을 버린 것일까? 달맞이 고개에서 동해안 따라 강원도 고성까지 이르는 길이다. '해파랑'은 한자로 어떻게 쓸까? '海波瀇[바다 물결<믓결]'을 벗하며 걷는 길, 멋진 이름이다. 그러나 나는 이 이름을 듣고 비운의 장군, 신라의 '기파랑'을 떠올렸다.

더-'의 순서로 되었다. '烏'는 수식받는 명사가 목적어일 때 관형형 어미 앞에 나타나는 '-오/우-'를 적은 것이다. '-오/우-'가 '-(으)시-'와 통합되면 '-(으)샤-'가 된다. '隱'은 관형형 어미 '-(으)ㄴ'을 적은 것이다. 이렇게 하여 '디니더샨'이 되었다.

그런데 현대국어로 번역한 데는 '-셨던-'으로 하여 '과거 시제'를 나타내는 '-었-'이 들어 있다. 이 '-었-'은 '어 잇-'이 축약되어 생긴 것으로 중세국어에도 없던 것이다. 그러니 신라 시대에도 없었다. '-더-'로써 과거 인식을 나타내면 그 앞의 일은 자동적으로 과거에 일어난 일이다. 그래서 '디니시던'과 '디니셨던'이 둘 다 과거에 일어난 일을 과거에 인식하였다는 뜻이 나온다. 물론 '디니시던'은 사태시와 인식시가 동시이고 '디니셨던'은 사태시가 인식시보다 앞선다. 이것이 서정목(2017c)에 '사태 시제'와 '인식 시제'로 나누어 정리된 국어 시제 표현 형태소들의 체계이다.

기랑이 지니셨던 마음은 어떤 마음이었을까? 이어서 '잣나무'가 나오니 그 마음은 사철 변하지 않는 잣나무와 같은 변함없는 마음을 뜻한다. 이른바 지조가 높은 변하지 않는 절의(節義)를 지녔다고 한 것이다.

아아 잣가지 높아/ 눈이 못 덮을 화랑장이여

'아아(阿耶)'는 감탄사이다. 10행 향가의 제9행 첫 음보에는 감탄사가 오는 것이 일반적이다. 잣가지는 기랑의 인품을 은유한 표현으로 볼 수 있다. 변하지 않은 푸르름으로 변하지 않은 높은 절의를 나타낸 것이다. 이제 기랑이 어떤 일에서 누구를 위한 의리를 지키려 했는지가 밝혀져야 하게 되었다. '누구를 위한' 의리에서 '누구'가 개인이면 그것은 좀 그렇다. 가장 높은 가치는 '나라'이어야 한다. 나라가 아닌 인간에게 절의를 바치면 간신(奸臣)이 된다.[22]

---

22) 나는 내가 설마 '나는 사람에게 충성하지 않는다.'는 말을 하는 공직자를 보아야 하는 세상에 살 것이라고는 생각지도 못하였다. 우리가 배운 민주주의 국가에서는 그런 말

'눈 雪'은 훈독할 명사, 즉 실사이다. '이 분'는 그 훈을 이용하여 우리 말 주격 조사 '-이'를 적는 글자이다. '-이'의 음운론적 변이형 '-가'는 옛날에는 없었고 임진왜란[1592년 시잭 직전에 나타난다. 이 두 글자를 '서리'로 읽는 것은 적절하지 않다.

'毛冬'은 부정 부사 '몯'의 고형을 적은 것이다. 그런데 그 뒤에 이어지는 '乃乎尸'가 해독하기 가장 어려운 단어이다. 앞에 부사 '몯'이 오고 뒤에 '花判也'라는 명사가 왔다. 그러므로 이 단어는 무조건 용언의 관형형 활용형이다. '尸'는 관형형 어미 '-(으)ㄹ'을 적는 글자이다. '乎'는 관형형 어미 '-(으)ㄹ' 앞에 온 선어말 어미 '-오/우-'를 포함하고 있을 가능성이 크다. 그렇다면 이 단어의 어간은 '乃'이다. '乃'는 '이에 내'라는 훈과 음을 가진다. 즉, '이에, 곧, 너, 접때'라는 뜻을 가지는 대명사적 훈을 가진다. '내'라는 음으로 우리 말 어떤 용언을 적었다 하기도 어렵다. 이런 때는 '모른다'가 정답이다.

이 한자는 다른 한자를 잘못 적은 것일 수 있다. 그러나 어떤 글자를 잘못 적은 것일지 알 수 없다. 다만 이 문장의 뜻으로 보아 '눈이 못 V할 잣나무 가지 같은 화랑장이여'에서 V 자리에 들어갈 동사를 적는 한자가 들어와야 한다. '짓누를, 덮을, 가릴 등등'의 동사가 적절할 것이다.

'花判也'는 '화랑장이여'를 적은 것이다. '화판'은 '蘇判(소판[소도(蘇塗)를 관장하는 관서의 장, 3등관위명])에서 보듯이 그 업무를 맡은 관서의 장을 뜻한다. '화랑'의 업무를 관장하는 부서는 병부이다. 병부의 장은 병부령이다.

은 상식이고 사람에게 충성하는 공직자는 없어야 했다. 그러나 그것은 착각이었다. 알고 보니 모든 공직자는 사람에게 충성하지 나라에 충성하지 않았다. 누가 회사에 충성하겠는가? 사장에게 충성하지. 누가 학문에 충성하겠는가? 지도교수에게 충성하지. 나라, 회사, 학문은 너를 먹여 살리지 못한다. 그러나 그런 것이 없으면 왕도, 사장도, 지도교수도 없다. 자기가 무엇을 위하여 있는지 알지 못한다면 왕, 사장, 지도교수가 제 구실을 못하는 것이다.

4. 역사의 증언

가을 날 그믐쯤에 죽은 화랑장, 병부령을 찾아라

「찬기파랑가」는 '기랑'이 잣나무 같은 고고한 기개를 지닌 화랑의 표상이라고 읊고 있다. '화판', 화랑장에 가장 적합한 인물은 풍월주 출신 병부령이다. 그 병부령의 제사와 관련하여 8월 보름에서 그믐 사이의 어느 날 새벽에 지어졌을 이 시는 기랑의 죽음이 억울한 죽음이었을 수도 있음을 암시하고 있다.

『삼국사기』에서 765년 이전의 모든 해의 가을, 즉 7, 8, 9월 그믐 무렵에 일어난 일들을 점검하면 기파랑이 누구인지가 드러날지도 모른다. 제대로 된 역사 기록이라면 『삼국유사』에서 충담사로 하여금 이렇게 훌륭한 시를 창작하게 한 인물, 경덕왕으로 하여금 '그대가 지은 기파랑을 찬양하는 사뇌가가 뜻이 매우 높다고 하는데 과연 그러한가?'라고 물을 정도의 찬양을 받은 노화랑의 죽음에 대한 기록이 없을 수가 없다.

통일 신라 역사 기록에서 가을 날 그믐께에 죽은 고관을 찾는다면 딱 한 사람이 나온다. 우유부단하게 심사숙고하다가 이러지도 저러지도 못하고 죽어간 인물은 딱 한 사람뿐이다. 그는 681년 8월 28일에 자살 당한 김군관이다. 그는 문무왕 20년(680년)에 상대등이 되었다. 이때 병부령을 겸하고 있었다. 그는 24대 풍월주를 지낸 화랑 출신 장군 정치인이다. 이로 미루어 보면 그는 문무왕의 가장 충직한 신하였을 것이다.

『삼국사기』를 거슬러 읽어 올라가면 필연적으로 우리는 (7), (8), (9)와 같은 기록에 도달하게 된다. 놀라운 것은 (7)이다. 역사는 독자들이 무심코 읽고 넘어갈 수도 있게 두 인사 발령 기록을 담담하게 적고 있다. 담담하게, 드라이하게, 아무 감정도 평가도 없이 있었던 FACT를 있었던 그대로 적었다. 역사 기록의 전범(典範)을 보여 준다. 누구를 찬양하고, 누구를 폄하하고, 그런 날조된 내용은 역사 기록에 들어올 수 없다. 그러나 이 두 인사 발령 기록은 1340년이 지난 오늘날 읽어도 심약한 이의 간담을 서늘하게 하는, 그리고 형도, 아우도, 숙부도, 조카도, 고모부도 죽이는 권력 다툼의 비정함에 몸서리치게 하는 핏빛을 머금고 있다.

(7) a. 680년[문무왕 20년] 봄 2월, 이찬 김군관을 제수하여 상대등으로 삼았다. <『삼국사기』 권 제7 「신라본기 제7」「문무왕 하」>
    b. 681년[신문왕 원년] 8월, 서불한 진복을 제수하여 상대등으로 삼았다. <『삼국사기』 권 제8 「신라본기 제8」「신문왕」>

(7a)에서 김군관은 문무왕의 상대등이다. 백제, 고구려 정복 전쟁이 끝나고 그 부흥군들을 진압하는 치열한 전쟁이 계속되는 가운데 당나라 군대를 이 땅으로부터 몰아내기 위한 대당 항쟁이 677년까지 이어졌다. 그 긴 전쟁 기간을 거치면서 군사를 지휘하는 병부령을 맡고 있었던 김군관이 세상이 좀 안정된 680년에 상대등을 맡았다. 그리하여 문무왕이 승하할 때까지 병부령과 상대등을 겸하고 있었다. 김군관이 충신이었을까, 역적이었을까? 역적이라면 문무왕이 형편없는 왕이다. 그러나 역사는 문무왕이 형편없는 왕이라고 적지 않는다.

681년 7월 1일 문무왕이 승하하고, 7월 7일 즉위한 신문왕은 8월 들어서 상대등 김군관을 면직시키고 (7b)에서 보듯이 서불한(舒弗邯=각간(角干), 1등관위명) 진복을 상대등으로 삼았다.[23] '흠돌의 모반'을 수사하기에는 상

---

23) 이 1등관위명 각간(角干)은 이벌찬(伊伐飡), 주다(酒多), 서불한(舒弗邯), 각찬(角飡) 등으로 적힌다. 다 같은 말을 적은 것이다. 현대국어로는 '뿔칸'이다. 干, 邯, 飡은 모두 khan을 한자의 소리로 적은 것이다. '伊伐飡'이 제일 먼저 등장한다. 伊伐飡의 伊伐은 'eber'를 적은 것이다. 'eber'는 중세 몽골어 등 유라시아 유목민어에서 '角horn'을 나타낸다. 伊伐은 외래어를 한자의 소리로 적은 것이다. '伊伐飡'은 'horn khan', 즉 '뿔칸'이다. 그 다음에 '술 酒 많을 多'로 적은 '酒多'가 등장한다. '술'은 '스볼'을 거쳐 '스블'로 소급한다. 酒의 뜻으로 한자 角의 뜻을 적은 것이다. '多'는 뜻으로 '많을, 한'을 적었

대등 김군관이 적절하지 않았다고 볼 수 있다. 진복은 적절하였을까? 썩 적절한 인물은 아니다. 그는 나중에 나오는 삼간(三奸)의 한 사람 진공의 형이다. 살아 있는 새 권력에 빌붙기 위하여 아우를 죽인 전형적인 배신자이다. 그러나 왕권, 국가 폭력이 신하를 죽일 때 사용하는 신하는 다 정해져 있다. 그렇고 그런 인간들이다. 약점이 많은 제 한 몸 살리기 위해서 의리도 지조도 우애도 헌신짝 같이 던지는 사람들이 어느 시대 어느 나라에나 수두룩이 있는 법이다.

『삼국사기』에서 신문왕 즉위 후에 처음 나오는 기록은 (8)이다. (8)은 얼른 보면 특별한 것 같지 않다. 모든 왕의 즉위 원년에는 이렇게 새 왕의 신상명세서와 당나라의 책봉 사항이 기록되어 있다. 그러나 (8b)는 예사로 보고 넘길 기록이 아니다. 새 왕이 즉위하고 바로 왕비의 친정아버지가 반란을 일으켰고 그에 연좌시켜 왕비를 폐비시킨 것이다.

(8) a. 신문왕이 즉위하였다. 이름은 정명이다*{명지라고도 함. 자는 일초이다.}* 문무대왕의 장자이다. 어머니는 자의*{儀는 義로도 적음}* 왕후이다.

b. 왕비는 김씨로 소판 흠돌의 딸이다[妃金氏 蘇判欽突之女]. 왕이 태자가 될 때 들였으나 오래 아들이 없었다[王爲太子時納之 久而無子]. 후에 아버지가 난을 일으킨 데 연좌되어 궁에서 쫓겨났다[後坐父作亂 出

다. 한자의 뜻으로 khan을 적은 것이다. 그러므로 '酒多'는 '스블한/칸'으로 읽힌다. 이를 한자의 소리를 이용하여 적은 것이 舒弗邯이다. 角은 중세국어에서는 '쌜'로 적힌다. 고대어에서는 '스블'이었을 것이다. 角은 한자의 뜻으로 우리 말 '스블'을 적은 것이다. 그러니 角干도 '스블한/칸'을 적은 것이다. 이들은 모두 우리 말 '스블칸>쌜칸'을 한자의 소리와 뜻을 이용하여 적은 것이다. 중세 몽골어 'eber'도 고대 몽골어에서는 어두에 /s/를 유지하고 있었을까? 개연성은 크지만 모를 일이다. '*seber'. '스브르', '스블', 알타이어의 角이다. 우리말 '스블'이 외래어였을 수도 있다. 그러면 이 '스블'은 신라 김씨 왕실이 흉노어에서 가지고 온 어휘 요소일 수 있다. 아니 신라 왕실 언어 자체가 흉노어였을 것이다. 그래야 한국어가 왜 알타이어의 하나인지 설명된다. 통일 신라 시대 알타이 산맥, 유라시아 초원은 흉노[훈]족과 돌궐[투르크]족의 영토이었다.

閤].

　　c. 문무왕 5년[665년]에 책립하여 태자가 되었고 이때에 이르러 즉위
하였다. <『삼국사기』 권 제8 「신라본기 제8」 「신문왕」>

　　그리고 이어지는 기록은 (9)이다. (9b)에 '흠돌의 모반'이 적혀 있다. 김흠
돌, 그가 (8b)에서 폐비된 왕비의 친정아버지이다.

　　(9) a. 681년[신문왕 원년], 8월 서불한 진복을 제수하여 상대등으로
삼았다.
　　b. 681년 8월 8일 소판 김흠돌, 파진찬 흥원, 대아찬 진공 등이 모반
하여 복주하였다. <『삼국사기』 권 제8 「신라본기 제8」 「신문왕」>

　　(9a)는 이미 본 기록이다. 무심코 넘어가면 그만이지만 면직된 전임 상대
등이 누구인지 적혀 있지 않다. 정상적인 경우 '상대등 ○○ ○○○이 병
으로 물러났다. ○○ ○○○를 제수하여 상대등으로 삼았다.'로 적힌다. 그
러나 (7)에서 본 대로 전임 상대등 임명과 후임 상대등 임명을 나란히 놓고
보면 새 임금이 즉위하면서 아버지의 고굉지신을 숙청한 것 같은 섬뜩한
느낌을 받는다.
　　(9b)는 반란을 모의한 세 사람을 죽인 일을 적었다. 소판은 3등관위명이
고 파진찬은 4등관위명, 대아찬은 5등관위명이다. 고위 귀족들이 신문왕 즉
위 시에 반란을 일으켜 죽임을 당한 것이다. 삼국 통일을 이루었다고 영웅
처럼 적히고 있는 문무왕이 죽자 말자, 삼국 통일의 공신들인 화랑도 풍월
주 출신의 장군들이 무참하게 목 베이고 있는 것이다. 무슨 사연이 있는 것
일까? 신문왕은 무슨 콤플렉스를 가지고 있는 것일까? 무슨 까닭이 있겠지.
　　문무왕은 죽기 직전 (10)과 같은 유조를 남겼다. 우리 역사상 보기 드물
게 원대한 꿈을 품었던 지도자의 친설(親說) 유언이 남아 있는 것이다.

(10) a. 유조에 이르기를, 과인은 운이 어지럽고 시대는 전쟁에 당하여 서쪽을 정벌하고 북쪽을 토벌하여 강토를 봉하고, 반역을 정벌하고 손잡는 이를 불러들여 원근의 땅을 평정하여 위로는 종조의 남긴 돌아봄을 위로하고 <u>아래로는 아버지와 아들의 오랜 원한을 갚았다.</u> [遺詔曰 寡人運屬紛紜 時當爭戰 西征北討 克定疆封 伐叛招携 聿寧遐邇 上慰宗祖之遺顧 下報父子之宿寃]

b. 죽고 산 사람들을 좇아서 상 주어 관작을 내외에 고루 나누어 주고, 병기를 녹여 농구를 만들고 백성들을 인수의 터전에 살게 마련하여, 세금을 가볍게 하고 부역을 덜어 주니 집집마다 넉넉하고 사람들이 만족하여 민간이 편안하고, 나라 안에 우환이 없고 곡식이 창고에 산같이 쌓이고 감옥은 텅 비어 무성한 풀밭을 이루었으니, 가히 유현에 부끄러움이 없고 무사와 백성들에게 빚진 것이 없다 말할 만하나, 스스로는 바람과 서리를 무릅씀으로써 드디어는 고질을 얻고 정치와 다스림에 걱정과 노고가 겹쳐 더욱 병이 심하여졌다. 명운이 가고 이름만 남는 것은 예나 지금이나 마찬가지이므로 문득 대야로 돌아간들 무슨 여한이 있겠는가.

c. 태자는 일찍 어진 덕을 쌓으며 오래 동궁의 위에 있었다. 위로는 여러 재상을 따르고 아래로는 여러 관료에 이르기까지 가는 사람을 잘 보내는 의를 어기지 말고 있는 사람을 잘 섬기는 예의를 빠트리지 말라. 종묘사직의 주인은 잠시도 비워 둘 수 없다. 태자는 관 앞에서 왕위를 이어받으라.

d. 또 산곡은 변천하고 사람의 세대는 밀려간다. 오왕의 북산 무덤에서 어찌 금 향로의 광채를 볼 수 있으며 위왕의 서릉을 바라봄도 오직 동작대의 이름만 듣게 될 뿐이다. 옛날에 만기를 다스리던 영웅도 결국은 한 줌의 흙무덤을 이루어 나무꾼과 목동은 그 위에서 노래 부르고 여우와 토끼들은 무덤 옆에 구멍을 뚫는다. 한갓 재물만 허비하고 거짓과 비방만을 책에 남겨 공연히 사람들의 힘을 수고롭게 만들 뿐 영혼을 구제하는 길이 아니다. 고요히 이를 생각하면 마음이 상하고 아픔이

그지없을 따름이니 이와 같은 일은 내가 좋아하는 바가 아니다. 누에고
치에 묶인[屬纊], 운명한 지 10일이 되면 곧 궁문 밖 뜰에서 서국의 의
식에 따라 불에 태워 장사지내라. 복을 입는 기간의 경중은 스스로 떳
떳한 법도가 있거니와 장례 제도는 검약함을 따르라.

　　e. 변성을 지키는 일과 주, 현의 세금 부과는 요긴하지 아니 한 것은
마땅히 헤아려서 폐지하도록 하고 율령, 격식 중에 불편한 것이 있으면
곧 편리하게 고치도록 하라. 원근에 포고하여 이 뜻을 알리고 주관하는
사람은 시행하도록 하라. <『삼국사기』 권 제7 「신라본기 제7」 「문무왕
하」>

　　유조의 내용은 세속의 부귀영화나 권력을 넘어선 체념적 경지에 이르러
있다. 무엇이 이 위대한 왕을 이렇게 이승의 삶을 체념하게 만들었을까? 공
적 삶으로야 훌륭하다. 그러나 그에게도 사적인 삶에서의 아픔이 있을 수
있지 않겠는가? 가정사가 순탄하지 못했을 것 같은 느낌을 받는다. 평생을
전장에서 풍찬노숙 하였으니 집안이 편하기 어렵지. (9a)에서 가장 중요한
말은 '아버지와 아들의 오랜 원한을 갚았다.'는 말이다.

　　아버지 무열왕의 원한은 642년[선덕여왕 11년] 백제 장군 윤충의 군사가
대야성[합천]에서 춘추의 큰딸 고타소(古陀炤)를 죽여 시체를 부여의 감옥에
묻은 것을 가리킨다. 고타소: 아버지 춘추가 유신의 여동생 문희와 바람을
피워 법민을 낳아 어머니 보라가 속을 썩이다가 출산 중에 죽은 애녀(哀女)
이다. 대야성을 지키라고 보낸 그의 남편 김품석은 또 부하 장수 검일(黔日)
의 아내가 아름답다고 빼앗아 그 최전방 전선에서 바람을 피우다가 검일이
앙심을 품고 윤충이 쳐들어왔을 때 모척(毛尺)과 공모 내용하여 창고에 불
을 질러 성을 혼란에 빠트리고 적군을 불러들이는 배신을 당하였다.[24]

24) 이 모든 것이 업보이다. 그러니 석가모니는 그렇게 탐욕이 자신을 망치고 사회를 망
　　치고 나라를 망친다고 경계하였겠지. 코살라국의 비유리왕에 의하여 가비라국이 멸
　　망하고 석가씨가 멸족 당하는 것을 지켜본 그는 회자정리(會者定離), 생자필멸(生者必

'아들의 원한'은 무엇일까? 이것은 문무왕의 아들이 백제와의 전쟁에서 죽었다는 것을 암시한다. 신문왕 정명은 (8a)에서 보듯이 문무왕의 장자이다. 장자는 원자가 아니다. 장자는 형이 죽어서 큰아들이 된 아들을 가리키는 말이다. 문무왕의 원자의 죽음은 『삼국사기』와 『삼국유사』에서는 찾아볼 수 없다. 그러나 나중에 보는 대로 박창화의 『화랑세기』는 무열왕의 태손 소명전군의 죽음을 증언하고 있다.

(10c)에는 마지막 숨을 거두는 문무왕이 태자 정명에게 한 "위로는 여러 재상을 따르고 아래로는 여러 관료에 이르기까지 가는 사람을 잘 보내는 의를 어기지 말고 있는 사람을 잘 섬기는 예의를 빠뜨리지 말라."는 당부가 들어 있다. 이런 아버지의 마지막 당부를 어기고 아버지의 국방장관, 국무총리, 국회의장을 갈아치우는 새 왕이 정상적인 정신을 가진 왕이라 할 수는 없다. 그에게는 무엇인가 콤플렉스가 있다.

(11) 681년 8월 13일 보덕왕이 소형 수덕개를 사신으로 보내어 역적을 평정한 것을 축하하였다. <『삼국사기』 권 제8 「신라본기 제8」 「신문왕」>

(11)의 보덕왕은 고구려 멸망 후 신라에 항복해 온 고안승에게 내린 작위이다. 그는 고(보)장왕의 서자이다. 670년 고구려 장군 검모잠이 고구려 부흥 운동을 시작하여 익산에 보덕국을 세운 후 고안승을 왕으로 추대하였다. 그 후 고안승이 검모잠을 죽이고 신라에 투항하였다. 문무왕이 고구려 왕으로 책봉하였다. 679년 고안승은 신라와 연합해 백제 부흥군을 토벌하

滅을 말하며 친족들의 고뇌를 달래었다. 하녀의 딸을 석가씨로 속여 코살라국 파사닉왕에게 출가시켰고 그 하녀의 딸이 낳은 아들이 비유리왕이다. 약은 속임수를 쓰다가 나라를 망치고 종족을 절멸시킨 가비라국의 순혈 유지 제도가 낳은 비극이다. 순혈은 혼혈보다 못하다. 우리는 아예 처음부터 혼혈이다. 환인의 아들 환웅과 웅녀의 혼혈이 단군이다. 단군의 후예는 혼혈을 자랑으로 여긴다. 국제결혼을 겁내지 말라.

고 당군을 몰아내는 데에 협조하였다. 680년 문무왕의 조카딸과 결혼하고 신라의 진골이 되었다.

나라가 망하면 자기 나라를 정복한 나라에 가서 그 나라 작록을 받고 그 나라 왕이나 왕족의 사위가 되어 귀족으로 호의호식하는 자들이 꼭 있다. 망한 나라의 높은 놈들일수록 그런 짓을 많이 한다. 신라가 완전히 망한 후 견훤이 세운 엉터리 왕 경순왕 김부도 고려 태조 왕건의 젊은 딸 낙랑공주를 재취로 맞아 개성에서 호의호식하다가 죽어 그 무덤이 임진강 북쪽 파주 땅에 있다. 무책임한 사람 같으니라고

백제 멸망 후에 예식진은 당나라에 가서 고위 관직에 올라 호의호식하였다. 그 놈이 웅진성으로 도망쳐 온 자신의 주군 의자왕을 밧줄로 묶어서 당나라 소정방에게 바쳤다. 고구려 멸망 후의 천남생, 고려 멸망 후의 사람들, 조선 멸망 후의 왕속들과 귀족들의 일본 귀족화, 더 이상 들라면 얼마든지 들 수 있고 앞으로도 많이 나올 것이다. 배신자들. 그런 자의 하나가 저 보덕왕 고안승이다.

그 자가 고구려 정벌의 일등 공신들인 김흠돌, 진공, 흥원 등이 복주당하는 이 적폐청산의 숙청을 보면서 얼마나 고소해 했을까? 고구려 정벌 때 선봉인 한성주 행군총관을 맡았던 김군관이 681년 8월 8일 이후 이미 감옥에서 고문을 받고 있었다. 이를 보는 멸망한 고구려 보장왕의 서자 고안승에게는 이보다 더 후련한 복수극이 있을 수 없다. 신문왕, 이 자가 고구려를 대신하여 고구려를 멸망시킨 장군들을 죽이며 고구려의 복수를 해 주고 있는 것이다.

왜 이들은 신문왕의 즉위에 반대하였을까? 즉위하기 전의 정명태자에게는 무슨 문제가 있었을까? 그에게는 아버지의 신하들의 인사 검증을 통과하지 못할 만한 약점이 있었음에 틀림없다. 요새는 주로 여자 문제가 남자의 발목을 잡는다. 꼬리 싸움[尾鬪]이다. 그때라고 달랐겠는가?

그런데 (8b)를 보면 신문왕의 왕비가 소판 흠돌의 딸이다. 그녀가 문무왕

의 며느리이다. 그러면 흠돌은 문무왕의 사돈이다. 흠돌은 왕비의 친정아버지, 즉 국구(國舅)인 것이다. 신문왕은 즉위하면서 장인을 죽였다. 왜 그랬을까? 그리고 이어지는 기록은 이 왕비가 혼인한 지 오래 되었으나 아들이 없었다고 한다. 혼인은 언제 하였을까? 왕이 태자가 될 때 그 왕비를 들였으니 665년에 혼인한 것이다. 665년부터 681년까지 무려 16년 동안 아들이 없었다.

그리고 이 왕비는 그 후에 친정아버지가 난을 일으킨 데에 연좌되어 궁에서 쫓겨났다. 폐비된 것이다. 아들이 없어 폐비되고 친정아버지가 반란을 일으킨 것이 아니고 친정아버지가 반란을 일으켜서 아들 없는 왕비가 폐비되었다. 그러니 반란이 폐비의 원인이지 폐비가 반란의 원인이 아니다. 반란의 원인은 무엇일까? 아무 데도 없다. 반란과 왕비의 무자가 관련될 것 같지만 문맥상에는 반란의 원인이 없다.

김흠돌, 흥원, 진공을 죽인 지 여드레가 지난 8월 16일에야 이 모반에 대한 교서가 나왔다. 공영 문서가 어떻게 나오면 국민들이 수긍할까? 8일 동안 어지간히 역사를 조작하고 증거를 인멸하였을 것이다.

(12) a. (681년 8월) 16일 교서를 내려 말하기를, 공 있는 자에게 상을 주는 것은 옛 성인의 좋은 법도이고 죄 있는 자를 죽이는 것은 선왕의 법전이다. 과인은 약한 몸[眇(애꾸눈 묘)躬]과 부족한 덕으로 숭고한 기업을 이어 맡아 밥을 폐하고 찬을 잊어 일찍 일어나고 늦게 침소에 들어 여러 고굉지신들과 더불어 나라를 평안하게 하려고 하는데 어찌 상복 입은 기간에 서울에서 반란이 일어날 줄 알았겠는가.

b. 적의 수괴 흠돌, 흥원, 진공 등은 관위가 재주로 올라간 것이 아니고 관직은 실은 선왕의 은혜로 이은 것이다. 능히 극기하여 시종 신중하며 부귀를 보전하지 못하고 이에 불인 불의하여 복을 짓고 위의를 일으키어 관료들을 모멸하고 위를 속이고 아래를 능욕하였다. 날로 무염의 뜻을 나타내고 그 포악한 마음을 드러내어 흉사한 사람을 불러들

이고 근수들과 교결하여 화가 내외로 통하고 악한 무리들이 서로 도와 기일을 정하여 난역을 행하려 하였다. 과인은 위로는 천지의 보호에 의지하고 아래로는 종묘의 영에 힘입었다. 흠돌 등은 악이 쌓이고 죄가 차서 모의한 바가 드러났다. 이는 사람과 신이 모두 버린 바로서 다시 용납하지 못할 바이라. 의를 범하고 풍속을 상함이 이보다 심한 것은 없도다.

c. 이로써 추가로 군대를 소집하여 효경을 제거하려 하였더니 혹은 산골짜기로 숨어들고 혹은 대궐 뜰에 와서 항복하였다. 그러나 가지를 찾고 잎을 궁구하여 모두 목 베어 죽이니 3-4일 사이에 죄수들을 모두 죽였다. 이 일은 피치 못할 일이나 사졸과 사람들을 놀라게 하여 근심스럽고 부끄러운 마음을 어찌 아침저녁으로 잊을 수 있겠는가. 이제 이미 요망한 폭도들이 전부 청소되고 먼 곳 가까운 곳의 걱정이 없어졌으니 소집한 병마는 의당 속히 놓아 돌려보내어라. 사방에 포고하여 이 뜻을 알게 하라. <『삼국사기』 권 제8 「신라본기 제8」 「신문왕」>

이 반란은 석연치 않다. 정치 전쟁의 냄새가 물씬 풍긴다. 반란군들과 가까운 관계를 유지했던 친구들은 선택의 기로에 놓이게 된다. 반란군의 편에 설 것인가, 아니면 새 왕의 편에 설 것인가? 살려면 새 왕 편에 붙으면 된다. 그러나 그러면 그 순간 동지들을 배신한 것이 되고 신의를 저버린 의리 없는 인간이 된다. 역사에 배신자라는 이름을 남길 수밖에 없다. 목숨을 건져서 배신자라는 불명예를 자자손손 물려주면서 비굴하게 살 것인가? 아니면 죽음으로써 신의를 지킨 의리의 사나이로 역사에 기록될 것인가? 자신이 죽으면 자식들도 모두 죽거나 노비가 되니 배신자의 후예라는 불명예를 후손들에게 물려 줄 리는 없다. 반란군 편에 붙어서도 죽지 않으려면 반란이 성공하는 수밖에 없다. 그러나 이미 8월 8일에 반란의 우두머리들은 복주되었다. 복주는 죄를 인정하고 형벌을 받아서 죽는다는 뜻이다. 이렇게 되면 꼭 억울한 죽음이 뒤따르게 된다.

아니나 다를까, (13)에서 보듯이 국방장관 격인 병부령 김군관이 '모반을 알고도 일찍 알리지 않았다.'는 이상한 죄목으로 신문왕에 의하여 적자 1명과 함께 자살당하고 있다. 정규 군대의 사령관인 병부령이 자살을 당한 것이다. 흠돌 등이 처형된 8월 8일로부터 20일이 지난 8월 28일이다. 아마도 이렇게 높은 최고위층 귀족이 자살당한 것은 『삼국사기』에서 이것이 유일한 사례일 것이다. 누가 가장 좋아했을까? 망한 나라 고구려의 왕자 보덕왕 고안승일 것이다.

> (13) (681년 8월) 28일에 이찬 군관을 죽였다. 교서에 이르기를 왕을 섬기는 상규는 충성을 다하는 것을 근본으로 하고 벼슬을 하는 의리는 둘을 섬기지 않음을 주종으로 한다. 병부령 이찬 군관은 반서의 인연으로 윗자리에까지 올랐으나, 능히 남긴 것을 줍고 빠진 것을 기워 조정에 깨끗한 절개를 바치지도 못하고, 명을 받아 몸을 잊고 사직에 붉은 충성을 표하지도 못하였다. 이에 적신 흠돌 등과 교섭하여 그 역모의 일을 알면서도 일찍 알리지 않았다. 이미 나라를 걱정하는 마음이 없고 공을 위하여 순절하겠다는 뜻을 바꾸었으니 어찌 재상의 자리에 무거이 두어 헌장을 어지럽히겠는가. 마땅히 그 무리와 함께 죽임으로써 후진을 경계할 것이다. 군관과 그 적자 1인에게 스스로 죽을 것을 명한다. 원근에 포고하고 모두가 알도록 하라. <『삼국사기』 권 제8 「신라본기 제8」 「신문왕」>

병부령 이찬 김군관을 죽였다. 그 날은 가을 날, 그믐에 가까운 8월 28일이다. 그 날은 군관의 제삿날이다. 그가 기랑, 노화랑의 후보 1번이다.

김군관은 문무왕 20년에 상대등이 되었다. 그러니 그는 상대등 겸 병부령이다. 요새로 치면 국회의장 겸 국방장관이다. 그가 형편없는 군인이었을까? 그러면 문무왕이 그렇게 신임했을 까닭이 없다. 그런 그가 역적이라면 문무왕은 역적을 키운 형편없는 왕이다. 그러나 역사는 문무왕이 형편없는 왕이라고 적지 않았다.

그러면 아버지의 신임을 받은 충신을 죽인 신문왕이 형편없는 왕일 수밖에 없다. 천하에 가장 나쁜 왕이 전왕이나 아버지의 신하들을 죽이는 왕이다. 그것은 그 적폐청산이 나라를 운영할 인재를 없애는 일이기 때문이다. 국민들은 실의에 빠져 체념하거나 기개가 남아 있으면 반역을 도모한다.

김군관의 전공

김군관이 형편없는 군인이었는지, 훌륭한 군인이었는지 물으나 마나이지만 그래도 문증을 확보해야 할 필요가 있다. 그는 한창 시절 어떻게 살았을까? 젊은 하급 장교 시절에야 아무리 큰 공을 세워도 역사 책에 기록될 리가 없다. 그래도 『삼국사기』에 이름을 남기려면 영관급 이상은 되어 대단위 부대의 기동을 지휘할 정도는 되어야 한다.

군관은 어떤 사람이기에 '잣나무 같은 고고한 기개를 지닌 화랑의 표상'으로 그 이름을 남겼는가? 수많은 화랑도 풍월주 출신 장군들이 죽어 나간 피비린내 나는 모반의 소용돌이 속에서 그는 어떤 죽음을 죽었기에 절의의 상징으로 읊어졌을까? 그가 산 612년부터 681년까지, 특히 그가 40대였을 650년대에서 50대였을 660년대에 신라는 국운을 걸고 수십 년에 걸친 백제, 고구려 정복 전쟁과 당나라 군대 축출 전쟁을 치열하게 수행하였다. 그 전쟁 시기에 그는 어떻게 살았을까? 그의 이름을 『삼국사기』에서 찾아보면 (14)와 같다.

(14) a. 문무왕 원년[661년] 6월 입당 숙위하던 인문, 유돈 등이 이르러 왕에게 고하기를 황제가 이미 소정방을 보내어 수륙 35만 병을 거느리고 고구려를 정벌하니 명을 따라 왕은 군사를 일으켜 서로 응하라고 하여 비록 상복 입은 중이나 황제의 칙명을 어기는 것이 중하여, 가을 7월 17일 김유신을 대장군으로 삼고, 인문, 진주, 흠돌을 대당장군

으로 삼고, 천존, 죽지, 천품을 귀당총관으로 삼고, --- 군관, 수세, 고순을 남천주 총관으로 삼고, 진복을 서당총관으로 삼고 ---, 8월에 대왕은 여러 장군을 거느리고 시이곡에 이르러 머물러 묵었다. 그때 사자가 와서 이르기를, 백제의 잔적들이 옹산성[지금의 회덕]에 의지하여 길을 막아 더 갈 수 없다고 하였다. --- (9월) 27일에 이르러 먼저 큰 목책을 태우고 수천명을 참살하고 드디어 항복을 받았다.

b. 문무왕 4년[664년] 봄 정월 김유신이 늙어 사직을 청했으나 불허하고 궤장을 내렸다. 아찬 군관을 한산주 도독으로 삼았다. --- 가을 7월 왕은 장군 인문, 품일, 군관, 문영 등에게 일선, 한산 2주 군사를 이끌고 (웅진)부성의 병마와 함께 고구려 돌사성을 공격하여 격멸하였다.

c. 문무왕 8년[668년] --- (6월) 21일 대각간 김유신을 대당대총관으로 삼고, 각간 김인문, 흠순, 천존, 문충, 잡찬 진복, 파진찬 지경, 대아찬 양도, 개원, 흠〇l〇는 돌을 대당총관으로 삼고, --- 잡찬 군관, 대아찬 도유, 아찬 용장을 한성주 행군총관으로 삼고 --- 아찬 일원, 흥원을 계금당총관으로 삼고, (6월) 29일에 제도 총관들이 모두 출발하였다. --- 가을 7월 16일에 왕은 한성주에 행차하여 모든 총관에게 나가서 대군과 만나도록 하였다. 문영 등이 고구려 군대를 조우하여 사천의 언덕에서 조우하여 싸워서 대파하였다. --- 9월 21일에 대군과 합쳐 평양을 포위하였다. 고구려 왕은 먼저 천남산 등을 파견하여 영공을 보고 항복을 청하였다. --- 이때 영굉이젝이 보장왕, 왕자 복남, 덕남과 대신 등 20여만명을 끌고 당나라로 돌아갔다.

d. 문무왕 10년[670년] --- 가을 7월 왕은 백제의 남은 무리들이 반복할까 염려하여 --- 거병하여 백제를 토벌하는데 품일, 문충, 중신, 의관, 천관 등은 63 성을 공취하고 사람들을 내지로 이사시켰다. 천존, 죽지 등은 7 성을 취하고 2천명을 참수하였다. 군관, 문영 등은 12 성을 취하고 적병을 쳐서 7천명을 참수하였는데 획득한 전마와 병기가 매우 많았다. <『삼국사기』 권 제6 「신라본기 제6」「문무왕 상」>

e. 680년[문무왕 20년] 봄 2월, 이찬 김군관을 제수하여 상대등으로

삼았다. <『삼국사기』 권 제7 「신라본기 제7」 「문무왕 하」>

(14a)에서는 고구려 정벌군의 편성에서 김군관이 남천주[지금의 이천]의 총관(摠管)으로서 김유신의 휘하에서 종군하고 있음을 볼 수 있다. 이 기록 속에 김인문, 흠돌, 죽지 등이 등장하고 있다. 남천주는 고구려와 인접하여 있는 신라의 최전방 지역이라 할 수 있다.

(14b)에서는 김군관이 한산주[지금의 서울 지역] 도독(都督)이 되어 고구려와의 전쟁을 수행하고 있다. 이때의 관등은 아찬(阿飡)이다. (14c)는 고구려 정복 전쟁의 부대 편성에서 김군관이 한성주 행군총관으로 종군하고 있음을 보여 준다. 이때의 관등이 잡찬(迊飡)이다. 결국 고구려는 항복하고 왕과 왕자, 대신 등 20만명이 당나라로 끌려갔다. 정복당한 나라의 최후 모습이다. 넘천주, 한산주, 한성수는 명칭을 바꾼 것이다. 경우에 따라 한강 유역에 대한 신라의 지배 영역이 확대된 것을 반영할 수도 있다.

(14d)에서는 김군관이 백제 잔적들의 소탕 작전에서 혁혁한 공을 세웠음을 적고 있다. 그런데 한 번의 전쟁에서 7000명을 참수하다니? 아무리 적군이지만 저렇게 많은 인명을 살상하고도 뒤탈이 없을까? 백제 잔적들이 얼마나 대단하다고 그냥 좀 살려 주지. 나는 그의 불행이 전쟁터에서의 저런 무자비한 살상과 무관하다고 생각하지만, 그래도 살생유택과 임전무퇴도 적절히 조화를 시켰으면 좋았을 것을. 배부른 소리이다. 전쟁을 당해 봐야 알지. 함께 출전한 의관, 천관 등의 이름이 주목된다.

이렇게 문무왕 원년부터 10년 동안의 전쟁 기간에 김군관은 총관, 도독으로서 문무왕과 김유신을 도와 백제, 고구려 정복과 당나라 축출에 기여하였다. 그는 612년생이므로 661년에 50세이다. 총관, 도독은 부대의 사령관이다. 그 전에도 그는 오랜 기간 전쟁에 종군하였을 것이다. 관등도 6등관에서 3등관까지 승진하고 있다. 그 후 10여 년 동안 『삼국사기』에서 그의 이름을 찾아볼 수 없다.

그러다가 (14e)에서 보듯이 680년[문무왕 20년] 2월에 김군관이 상대등에 임명되었다. 문무왕은 681년 7월 1일 승하하였다. 그러니 이때는 문무왕이 이승을 떠나기 1년 5개월 전이다. 아마도 문무왕은 자신 사후의 일들을 김군관에게 당부하였을 것이다. 680년 2월에 상대등이 된 군관이 681년 8월 28일 자진당할 때의 관직은 병부령이다. 이로 보면 상대등이 될 때 병부령으로서 두 관직을 겸직하고 있었던 것으로 보인다. 지금으로 치면 국회의장, 국방장관을 겸직한 격이다.

681년 8월에 신문왕에 의하여 김진복이 상대등으로 임명되었다. 물론 그도 (14c)에서 보듯이 문무왕 시대에 김군관과 더불어 전쟁에 종군한 전우이다. 김진복은 진공의 형이다. 형이 동생을 죽이는 판정을 내려야 하는 기구한 운명에 놓였다.

그리고 이어지는 군관에 관한 기록은 (13)에서 본 죽음이다. 왜 그는 죽어야 했을까? (13)에서 보듯이 그는 왕비의 아버지 '김흠돌의 모반'을 알고도 '일찍 밀고하지 않았다.'는 얄궂은 죄명을 뒤집어쓰고 사약을 받아야 했다. 도대체 그의 처지는 무엇이었을까?

김흠돌은 아들을 못 낳은 딸을 왕비로 두었다. 그 왕비는 친정아버지의 모반으로 폐비되었다. 흠돌은 왜 사위 신문왕에게 모반한 것일까? 김흠돌과 김군관은 어떤 관계에 있었을까? 군관은 어떻게 흠돌의 모반을 사전에 알았으며 왜 고변하지 않고 숨겨야만 했을까?

왕 편에 서면 산다. 그러나 그러면 배신자가 된다. 누구에 대한 배신인가? 역적으로 몰린 자들에 대한 배신이다. 역적 김흠돌의 편에 서면 죽는다. 그러나 그를 배신하고 왕 편에 설 수가 없다. 김흠돌과 김군관은 무슨 관계일까? 이러지도 못하고 저러지도 못하는 처지, 모래에 발을 디딜 수도 없고 그렇다고 강물에 발을 담그고 죽을 수도 없는 딱하고 곤란한 처지, '모래 가른 물시울에', '숨은내 자갈밭에' 김군관은 놓인 것이다.

그것이 20여일의 시간이 의미하는 바이다. 보통은 온갖 고문과 회유와 협박으로, '목숨은 살려 줄 터이니 저 놈들이 역적모의를 했다는 것을 불어라.'는 것이다. 김군관은 병부령이고 김흠돌은 왕비의 아버지이다. 병권을 쥔 국방부 장관과 왕비의 아버지 사이가 예사 사이이겠는가?

김군관과 김흠돌은 어떤 관계인가? 아무 데도 없다. 아니 오로지 딱 한 곳에만 그것에 관한 정보가 있다. 화랑도 풍월주의 세계(世系)를 적은 박창화의 『화랑세기』가 김군관에 관한, 그리고 '흠돌의 모반'에 관한 본질적인 정보를 주고 있다.[25)]

(15) a. 29세 원선공. 원선은 병신[636년]생이고 갑자년[664년]에 화랑이 되었다. 공도 4년 재위하고 군관공의 적자 천관에게 물려주었다.

b. 30세 천관. 천관은 기해[639년]생이고 정묘년[667년]에 낭이 되었다. 공의 처는 곧 흠돌의 딸이다. 이때 낭정이 다시 흠돌의 무리들에게 돌아갔다. 천관은 8년간 풍월주의 지위에 있었다. <박창화, 『화랑세기』, 이종욱 역주해(1999), 「29세 원선공」, 「30세 천관」, 221-22, 312>

(15a)의 원선공은 김유신의 동생 김흠순의 아들이다. (15a)에는 '군관공의 적자 천관'이 있다. (15b)에는 '천관공의 처 흠돌의 딸'이 있다. 천관은 군관의 아들이고 흠돌의 사위이다. 그러니까 흠돌과 군관은 사돈이다.

아아, 30여 년 동안 『삼국유사』를 가르치면서 「효소왕대 죽지랑」의 「모죽지랑가」를 제대로 가르치기 위하여 '흠돌의 모반'과 그에 이어지는 병부

---

25) 지금 한국학계가 해야 할 일 가운데 가장 중요한 것은 박창화라는 분이 일제 시대에 일본 궁내성 도서료에서 필사한 것이라고 알려져 있는 『화랑세기』가, 과연 신라 시대에 김대문이 지었다고 『삼국사기』에 적혀 있는 그 책 진본을 보고 베낀 것인가, 아니면 동양 3국의 역사에 통달한 박창화가 상상으로 지어낸 위서인가를 판정하는 일이다. 「찬기파랑가」의 주인공 김군관과 관련된 이하의 논의를 읽고 어느 것이 옳을지 판단하기 바란다. 그러나 그것이 창작물이라 하더라도 박창화는 『삼국사기』, 『삼국유사』 및 관련 문헌을 참고하여 그것을 지었을 수밖에 없다. 그렇다면 최소한 연구물로서의 가치는 지닌다. 진서를 보고 필사한 것임을 의심하지 않지만 일본에서 진서 김대문의 『화랑세기』가 나타날 때까지는 박창화의 연구 결과로 이해하고 인용한다.

령 군관의 죽음을 적은『삼국사기』권 제8「신라본기 제8」「신문왕」즉위년의 그 두 교서를 이을 연결 고리를 찾지 못하여 헤매던 나에게 (15)의 군관의 아들 천관이 흠돌의 사위라는 첩보는 구세주 같은 정보가 되었다.「모죽지랑가」는 역사적 사실과 문학 작품이 일치하는 연구 결과를 낳으면서 마무리되었다(서정목(2014a) 참고). 그리고 이어서「찬기파랑가」도 탈고되었다. 그 원고는 다음의 내용을 포함하고 있다.[26]

(16) a. '기파랑'은 사람 이름인 고유명사가 아니라 '늙보화랑'이란 보통명사이다. '耆'는 60-69세 사이의 노인을 가리키는 '늙을 耆'이다.

b. '기파랑'은 김군관이다. 군관은 김흠돌의 사돈이다.

c. 김군관은 681년 8월 신문왕 즉위 직후에 다음과 같은 정치적 상황에 놓였다. 고종사촌 누이와 바람 피워 아들을 셋씩이나 낳은 사위 신문왕을 죽이려고 하는 사돈 김흠돌을 편 들어 모반에 가담할 것인가, 아니면 상대등 겸 병부령으로서 문무왕의 유조를 받은 탁고지신으로서의 의리를 지킬 것인가. 이 고민이 '모래 가른 물시울'로 표현되어 있다.

d. 그런 '숨은내 자갈밭' 같은 정치적 상황에서 군관은 '눈이 덮지 못할 잣나무 같은 기상'을 보이면서 아무도 배신하지 않고 스스로 죽음을 선택하였다.

e.「찬기파랑가」는 이렇게 억울하게 절의를 지키다가 죽은 김군관의 제사를 맞아 제가로 지어진 시이다. <저자>

김군관과 흠돌이 사돈 사이라면 왜 군관이 '흠돌의 모반'에 연루되어 자살을 당하였는지 설명이 된다. 그리고 그가 왜 흠돌이 모반하려는 것을 알고도 일찍 고변하지 않았는지도 이해할 수 있다. 나아가 그가 왜「찬기파랑가」의 (17)과 같은 두 행이 은유하는 진퇴양난의 처지에서 이러지도 못하고

---

26) 이 원고는 아직 햇빛을 보지 못하고 묵혀져 있다. 역사적 사실과 문학 작품의 융합 연구가 쉽지는 않은 일이다.

저러지도 못하는 딱한 상황에 놓였는지를 설명할 수 있다.

> (17) 모래 가른 물시울에[沙是八陵隱汀理也中]
>   숨은내 자갈밭에[逸烏川理叱磧惡希]

한편에는 사돈이 있다. 다른 한편에는 자신에게 못난 아들 정명의 일들을 부탁한 문무왕이 있다. 사돈의 편을 들어 모반에 가담하려니 문무왕의 당부가 걸린다. 아니 사돈의 편을 드는 순간 주군을 배신한 역적이 된다. 주군의 당부를 따라 왕의 편에 서려니 아들이 운다. 어차피 김흠돌은 죽게 되어 있고 그의 사위인 아들 천관도 죽음을 면하지 못하게 되어 있다. 그대가 병권을 쥔 병부령이라면 어느 편에 서겠는가?

현대라면 간단하다. 주저하지 않고 사돈의 편에 서서, 왕이고, 왕자이고, 주군의 왕비이고 가리지 않고 죽여 버리면 그만이다. 그것이 쿠데타이다. 이기면 역사의 주인공이 되고 지면 역적으로 더러운 이름을 남긴다. 그렇게 목숨을 걸고 들고 일어섰다가 죽은 자들이 역사에 넘쳐난다. 이기면 명분을 뒤에 만들면 되고, 지면 그만이다. 그 사이에 나라는 골병이 들고 국민의 삶은 도탄에 빠진다.

그러나 통일 신라 시대, 사군이충(事君以忠), 사친이효(事親以孝), 교우이신(交友以信), 임전무퇴(臨戰無退), 살생유택(殺生有擇)을 신조로 삼고 훈육된 화랑도 풍월주 출신 고위 귀족들에게는 그것이 그렇게 쉽지 않다. 왕에 대한 사군이충과 사돈에 대한 교우이신 사이에서 이러지도 못하고 저러지도 못하는 딱한 처지에 김군관은 놓였던 것이다.

'모래 가른 물시울'은 모래와 물의 사이를 가르는 경계선이다. 발을 물에 디디면 죽는다. 그러나 모래에 디딘다고 살 수 있을까? 불가능하다. 이러나 저러나 죽을 수밖에 없는 '(물이) 숨은 내 자갈밭'이 절체절명(絶體絶命)의 처지에 놓인 김군관의 정치적 곤경을 상징하고 있다. 그런 막다른 골목에

서서 그는 어떻게 하였을까?

(18) 낭이여 지니셨던[郎也持以支如賜烏隱]
마음의 끝을 좇노라[心未際叱肹逐內良齊]

그 마음을 그대로 유지하였다. 왕에 대한 사군이충도, 사돈에 대한 교우이신도 지키면서. 그러려면 어떻게 하면 되는가? 가만히 있으면 된다. 제대로 교육받은 인품을 갖춘 인물들은 이런 때에 아무 말 없이 가만히 앉아 죽음을 선택한다. 그리하여 주군에 대한 충(忠)도 친구에 대한 신(信)도 저버리지 않는 형극(荊棘)의 길을 가는 것이다.

5. 박창화의 『화랑세기』의 증언

김군관은 누구인가

681년 8월 8일의 8.8 쿠데타의 주역 김흠돌의 사돈인 김군관은 도대체 누구인가? 박창화의 『화랑세기』에 따르면 군관은 22세 풍월주 양도의 부제였다. (14c)에 대아찬 양도가 잡찬 군관과 나란히 참전하고 있다. 군관이 관등이 더 높은 것이 눈길을 끈다. 둘을 이해하는 데에 핵심 요소는 군관은 25대 진지왕의 외손자이고 양도는 26대 진평왕의 외손자라는 사실이다. 진지왕이 폐위되고 장조카 진평왕이 즉위하였으니 친가 촌수로는 군관이 양도의 아저씨뻘이다.

22세 풍월주 양도(609년-670년)은 어머니가 진평왕 딸 양명공주이다. 양도는 진평왕의 외손자이다. 양명공주는 미실궁주의 아들 보종에게 시집가서 딸 보래[김춘추의 첫 부인]과 보량을 낳았다.

보종이 조카 모종에게 문장과 그림을 가르쳤는데 양명공주도 같이 배웠다. 어느 날 양명공주가 꿈에 난새의 길조를 얻고 보종을 이끌었으나 보종이 누워 잠 들었다. 보종은 잠 들기 전 옆에서 묵화를 그리던 조카 모종의 벼루를 찼다. 모종의 옷이 먹물에 젖었다. 공주가 옷을 빨아 주면서 모종을 이끌어 사랑하여 양도를 낳았다. 양도는 조카 모종과 숙모 양명공주 사이에서 태어난 것이다. 모종의 그림 솜씨가 양도에게 이어져 양도는 그림, 특히 진도(陣圖)를 잘 그렸다.

양도는 이부동모의 누이 보량을 아내로 삼았다. 보량은 숙부 보종의 딸이고 양도는 조카 모종의 아들이므로 친가로는 보량이 양도의 고모가 된다. 어머니에게는 남매이지만 아버지 쪽으로는 고모와 조카인 것이다. 여기서는 외가 촌수가 중요하지 친가 촌수는 꽝이다.

보량의 언니가 춘추의 첫 부인 보라이므로 양도와 춘추는 동서이다. 진흥왕-진지왕-석명공주-군관으로 이어지고 진흥왕-진지왕-용수-무열왕-문무왕으로 이어지므로 군관은 무열왕의 고종사촌이고 문무왕의 5촌이다. 큰집은 진흥왕-동륜태자-진평왕-선덕여왕, 양명공주로 이어지므로 군관과 양명공주가 6촌이고 양도는 군관의 7촌 조카가 된다.

양도는 수품[자의의 삼촌]의 딸 천운을 첩으로 삼았다가 후에 천운을 부제 군관에게 혼인시켰다. 수품과 자의왕후의 아버지 선품이 형제이므로 군관은 자의의 사촌 천운을 아내로 삼은 것이다. 그러니까 문무왕과 군관은 사촌동서이다. 진흥왕-구륜-수품, 선품-천운, 자의로 이어지므로 천운, 자의는 문무왕의 7촌 고모이다. 족내혼에서는 친가의 촌수와 처가 쪽의 촌수가 뒤엉키게 되어 있다. 군관이 23세 풍월주가 되었을 때 천운의 동생 천광을 부제로 삼았다. 천광은 24세 풍월주가 되었다.

(19)에서 양도와 군관의 관계를 볼 수 있다. 박창화의 『화랑세기』에 들어 있는 김군관에 관한 이야기, 그 속에는 그것이 진서(眞書)를 베낀 것인지, 지어낸 위서(僞書)인지 판가름할 중요한 정보들이 잔뜩 들어 있다.

(19) a. 군관은 용기가 있어 전쟁을 잘 하였기에 (양도)공의 훈업 또
한 군관의 손에서 많이 나왔다. 일찍이 당나라에 사신을 가다가 도중에
점쟁이를 만나 점을 친 즉 말하기를, "두 공은 모두 장상의 운을 가졌
습니다. 다만 비명에 죽겠습니다." 하였다. (양도)공은 웃으며, "대장부
가 말가죽으로 송장을 싸야지, 아녀자의 손에 죽는 것이 아니다[大丈夫
馬革裹尸 不死兒女子手]. 진실로 당연하다[故當然也]."27) 하였다. 공은
과연 당나라 옥에서 죽었다.28) 군관은 점이 신통하게 맞는 것을 보고
소심해져서 조심하다가, 마침내 흠돌의 난에 연루되어 사사되었다.29)
아! 성하고 쇠하고 궁핍하고 영달하고가 문득 또한 운명이구나!

b. (양도)공은 7명의 아들과 ○명의 딸이 있었고, 서자녀는 각기 10
여명이 있었다. 군관 또한 공의 누이 2인을 아내로 맞아 아들 18인을
두었는데 흠돌의 옥사에 많이 연루되었다. 공의 처 보량은 공이 전사한

---

27) 『후한서』권24 「마원열전」 제14에 나오는 '男兒要當死於邊野 以馬革裹屍還葬耳 何能臥
床上在兒女子手中邪[남아 의당 변방 야전에서 죽어 말가죽에 시체를 싸서 돌아와 묻힐
따름이지 어찌 능히 침상에 누워 아녀자 수중에 있겠는가?]'와 비슷하다. 이 시기 화
랑들이 『후한서』를 읽었음을 알 수 있다.

28) 『삼국사기』권 제6 「신라본기 제6」 「문무왕 상」 10년[670년]에는 '봄 정월 고종은 흠
순의 귀국은 허락하고 양도는 감옥에 가두어 결국 원옥에서 죽었다[春正月 高宗許欽純
還國 留囚良圖 終死于圓獄]. (문무)왕이 마음대로 백제의 토지와 유민을 취한 까닭으로
황제가 노하여 다시 사자를 붙들어 둔 것이다[以王擅取百濟土地遺民 皇帝責怒 再留使
者].'가 있다.
　그 후 당 고종은 674년 정월에는, 고구려의 반중(叛衆)을 거두어들이고 백제의 옛땅
을 점거하여 사람들을 보내어 수리하게 한 문무왕을 폐위하고, 당나라에 있던 왕의
아우 김인문을 신라왕으로 책봉하여 유인궤, 이필, 이근행 등과 함께 보내어 신라를
정벌하게 하였다. 이 일은, 675년 2월 칠중성[지금의 파주 적성] 전투 후에 문무왕이
사죄함에 따라 해결되어 신라왕 직을 회복하고, 9월의 천성 전투에서 설인귀를 패퇴
시키고, 9월 29일 이후의 매초성[양주] 전투에서 이근행을 쳐부수어 해결되었다. 신라
가 당나라를 물리칠 만한 전투력을 갖추고 있지 않았더라면 이때 망하여 지금 이 땅
은 동북 삼성의 일부가 되어 있을 것이다. 물론 이 시기 당나라는 서쪽 토번[티베트]
의 침략을 받아 병력을 서쪽으로 이동시켜야 해서 신라와의 전쟁을 수행할 수 없었
다. 신라의 당나라 군대 퇴치는 토번의 당나라 침략이 없었으면 불가능했을 것이다.

29) '連'이라 하여 그 모반에 연루되어 사사되었음을 밝히고 있다. 『삼국사기』의 '일찍 告
하지 않았다.'와 종합하여 고려하면 모반에 가담하지는 않았으나 알고는 있었다고 보
아야 할 것이다.

것으로 잘못 듣고 칼로써 자결하였다.[30] 공의 아들 3인과 딸 2인은 절의 노비가 되었다.[31] <박창화, 『화랑세기』, 이종욱 역주해(1999), 「22세 양도공」, 199, 301.>

(19a)에서 김군관이 전쟁에 공이 많았음을 적고 있다. 아마도 젊은 날 화랑도 22세 풍월주 김양도의 부제로서 전공을 양도에게 많이 양보한 것으로 보인다. 말가죽으로 송장을 싼다는 말은 전장에서 죽는다는 말이다. 아니나 다를까, 김양도는 백제의 옛 땅을 차지한 문무왕을 탓하는 고종에게 사죄사로 갔다가 당나라 감옥에서 죽었다. 왜 죽었을까? 아마도 신라가 백제 고토를 차지하는 것이 옳다는 주장을 하다가 당했을 것이다.

가장 중요한 정보는 김군관의 아내 2인이 양도의 누이라는 사실이다. 670년에 양도는 이미 충성스러운 죽음을 죽었지만, 681년 8월의 흠돌의 모반으로 그 집안마저 박살이 나고 있다. 김군관의 처가인 양도 집안, 그의 아내, 아들, 딸들에게 무서운 연좌제가 적용되고 있다. 군관의 처가이고 천관의 외가이기 때문에 이리 저리 2중으로 3족에 걸린다.

양도가 문무왕을 위하여 당나라 감옥에서 죽은 것이 무슨 의미가 있는가? 그래서 나라나 왕을 위하여 죽은 자는 아무 의미 없는 개죽음을 한 것이다. 나라나 왕에게 충성하지 말라. 하기야 왕이 없는 세상을 살고 있으니 충성할 데도 없다. 좋은 세상이다. (19b)를 보면 군관의 아들들이 '흠돌의 모반'에 많이 연루되었음을 알 수 있다.

---

30) 김군관의 아내 2인이 김양도의 누이이다. 김양도의 아내[누나이기도 함] 보량이 꾀양도가 전사한 줄로 잘못 알고 자살하였다는 것은 매우 이상하다. 양도는 670년 경 당나라 감옥에서 죽었다. 아마 보량은 670년보다 더 앞에 백제, 고구려와의 싸움이 한창이던 660년대에 양도가 전사하였다는 오보를 듣고 자살했을 수도 있다. 아니면 양도가 죽은 후에 군관이 보량을 돌보았는데 흠돌의 모반에서 군관이 전사한 것으로 잘못 듣고 자살하였을 수도 있다. 후자가 맞을 것이다.
31) 꾀양도의 자녀가 절의 노비가 되었다는 말인지 군관의 자녀가 노비가 되었다는 말인지 불분명하다. 군관의 처가가 양도의 집안이다. 흠돌의 모반으로 군관의 처가인 양도공의 집안도 피해를 본 것으로 해석된다.

(20) a. 23세 군관공. 동란공의 아들이다. 어머니는 석명공주인데 진지제의 딸이다. 양도공보다 3살이 적었다. 인품이 넉넉하고 후덕한 것이 지소태후의 전형이 있었다.[32] 15살에 활을 잘 쏘았고 힘이 세서 당할 자가 없었다. 병서를 읽는 것을 좋아하였다. 사람들이 모두 그 그릇이 남다르다고 하였다. 석명이 말하기를 내가 해마의 꿈을 꾸고 이 아들을 낳았다. 반드시 우리 집의 천리구가 될 것이다.

b. (선덕)제가 군관에게 묻기를, "사람들이 말하기를 네가 아름답다고 하는데 무슨 재주가 있느냐?" 군관이 답하기를, "신의 아름다움은 외모에 있지 않고 단지 마음속에 있습니다." 하였다. 제가 말하기를, "네 마음속에 무슨 아름다움이 있느냐?" 하자, 군관이 대답하기를, "신은 보량 부처를 위하여 죽기를 원하고 보량 부처는 폐하를 위하여 죽기를 원합니다.[33] 소위 아름답다고 하는 것은 이것뿐입니다." 하였다. 제가 그 착함을 칭찬하며 음식을 내리고 보량에게 말하기를, "네가 데리고 있는 한 아이가 내 열 아이보다 낫다. 잘 기르기 바란다." 하였다.

c. 찬양하여 읊다. 보현공주의 후손이고 금륜왕의 손자이다. 한결같이 양도공에게 의지하고 생사도 같은 근본이다. 빛나는 공이 있는데 하루아침에 원통함을 머금었다. 오호! 푸른 하늘이여, 이 무슨 업의 뿌리인가.

d. 세계: 아버지는 동란이고 할아버지는 동종이며 증조는 오종이다. 오종공은 사실공주의 아들이다. 보현공주가 어렸을 때 법흥대제와 사랑하여 사실공주를 낳았다. 법흥대제가 사실을 입종공에게 시집보내어 오종공을 낳았다. 오종공은 곧 진흥대제의 배다른 형제이다.[34] 오종은

---

32) 지소태후는 진흥왕의 어머니이다. 법흥왕의 딸로서 법흥왕의 아우 입종의 아내이다. '법흥왕-지소태후-진흥왕-진지왕-석명공주-군관'으로 이어지는 혈통을 말한 것이다.

33) 보량(宝良)은 양도의 아내이다. 26대 진평왕의 딸 양명공주가 보종공과의 사이에서 보량을 낳고 모종공과의 사이에서 양도를 낳았다. 보량과 양도는 이부동모(異父同母) 남매이다. 보량이 5살 많았다. 누이와의 혼인을 꺼리는 아들 양도에게 진평왕의 딸 양명공주는 '신국에는 신국의 도가 있다. 어찌 중국의 도를 따르려는가?' 하고 있다. 신국? 그 나라는 어디에서 왔을까?

비차부의 딸 비란을 아내로 맞아 딸 오란을 낳고, 황종[거칠부]공의 아들 동종을 아들로 삼아 오란을 배필로 삼게 하여 동란을 낳았으니 (군관)공은 실로 보현과 사실의 적통 상속자이다. 석명공주가 처음에 진평제를 섬겨 두 딸을 낳고 출궁하였다. 동란공은 그때 음성서의 장으로 향가를 잘 하였다. 공주가 동란공에게 가무를 배웠는데 마침내 서로 사랑하여 딸 석란을 낳아서 (진평)제가 그와 혼인할 것을 허락하였다. 동란공은 감히 처로 대하지 못하고 (석명공주를) 군으로 섬겨 자녀를 계속 낳았는데 (군관)공은 그 네 번째이다. 석명공주의 어머니는 보명인데 금륜제[진지왕]을 섬겨 검은 새[제비] 꿈을 꾸고 석명을 낳았다.[35] 그러므로 공은 실로 황종[거칠부]의 증손이고 구진의 외손쪽 후예가 된다. <박창화, 『화랑세기』, 이종욱 역주해(1999), 「23세 군관공」, 201-206, 302-305.>

(20a)를 보면 23세 풍월주 김군관은 어머니가 25대 진지왕의 딸 석명공주이다. 군관은 거칠부(居柒夫[황종(荒宗)])의 증손자이고 진지왕의 외손자이다.[36] 진지왕의 아들이 용수(龍樹)와 용춘(龍春)이고, 용수의 아들이 무열왕

---

34) 23대 법흥왕의 아우 입종(立宗) 갈몬왕이 24대 진흥왕의 아버지이다. 진흥왕의 어머니는 지소부인 김씨로 법흥왕의 딸이다. 법흥왕은 아우를 사위로 삼은 것이다. 진흥왕은 친가로는 법흥왕의 조카이고 외가로는 법흥왕의 외손자이다. 법흥왕의 또 다른 딸 사실공주가 입종과의 사이에 오종을 낳았다. 그러므로 진흥왕과 오종은 아버지가 입종으로 같고, 어머니가 진흥왕은 지소공주, 오종은 사실공주로 서로 다르다. 이 둘은 동부이모 형제이다.

35) 보명은 25대 진지왕과의 사이에 석명공주를 낳았다. 진지왕이 폐위된 뒤에 보명은 26대 진평왕과의 사이에 양명공주를 낳았다. 진지왕과 진평왕이 숙질간이므로 아버지 쪽으로는 석명공주가 양명공주의 5촌 고모이다. 그러나 어머니는 둘 다 보명이므로 석명공주와 양명공주는 이부동모의 자매이다. 석명공주의 아들 23세 풍월주 군관과 양명공주의 아들 22세 풍월주 양도는 이종사촌이다. 보명이 진지왕과도 통정하고 진지왕의 조카 진평왕과도 통정하였다. 이런 것이 신라 김씨의 성 문화이고 흉노족의 성 문화이다.

36) 居柒夫의 夫는 '지아비 부'로 '마루 宗'과 같은 뜻을 가진다. '으뜸'이라는 뜻이다. '居柒'은 우리 말 '거칠-'를 한자의 음을 이용하여 적은 것이다. '荒宗'의 荒은 '거칠 황'이다. 한자의 뜻을 이용하여 우리 말을 적었다. '마루 종'은 '산마루, 용마루'의 '마

김춘추이다. 그러니 석명공주는 무열왕의 고모이고 군관은 무열왕의 고종 사촌이다.

문무왕은 임종을 앞두고 아버지의 고종사촌인 5촌 아저씨 김군관에게 상대등 겸 병부령을 겸직시키며 여자 문제가 순탄하지 않은 아들 신문왕의 치세에 대비하였다. 그런데 그 할아버지뻘 병부령(국방장관 격)을 죽여 버린 망나니 같은 왕이 31대 신문왕이다.

(20b)에서는 선덕여왕이 자기의 열 아이보다 이 한 아이가 더 낫다고 하면서 보량에게 군관을 극찬하고 있다. 출중한 인재였음을 알 수 있다. (20c)에서 보듯이 군관의 죽음에 억울한 점이 있었다. 그것은 김흠돌의 사돈으로서, 『삼국사기』가 말하는 대로 '흠돌의 모반의 기미를 알고도 일찍 고변하지 않았다.'는 이유로 적자 1명과 함께 자살당한 사실을 가리킨다. 이 적자 1명은 앞에서 본 30세 풍월주 김천관이다. 천관은 김흠돌의 사위이다.

김군관은 사돈의 모반 계획을 알았을 수도 있다. 무엇보다도 상관 김유신 장군의 딸인 흠돌의 아내 사부인(查夫人) 진광의 처지가 딱하였다. 왕비가 될 딸을 두었으나 그 딸이 아들 하나를 낳지 못하여 집안이 풍비박산이 나게 생겼으니 이러지도 저러지도 못할 일이었다. 김군관의 죽음, 그리고 그를 둘러싸고 있는 여러 인물들의 불행은 화랑의 세계에서 두고두고 억울한 죽음으로 모두의 가슴속에 오래 남았던 것으로 보인다.

쿠데타의 배경과 삼간(三奸)들의 관계

681년 7월 7일에 즉위한 신문왕은 8월 8일 이른바 3간, 김흠돌, 흥원, 진공을 죽였다. 소위 '흠돌의 모반'으로 몰려 죽은 이 세 사람의 관계는 어떻게 되는가? 『삼국사기』, 『삼국유사』에는 기록이 없다. 그러나 박창화의 『화랑세기』는 그 관계를 알 수 있게 자세히 적었다.

루'이다. 조정 중신의 이름에 주로 사용한다. 이 인물의 이름은 '거칠마루'이다. 조정 중신인데 거친 장군이었을까?

그 기록 속에는 세 사람의 관계뿐만 아니라 놀라운 사실들이 수두룩이 들어 있다. 이 사실들은 『삼국사기』나 『삼국유사』에 직접적으로 기록되어 있지는 않다. 『삼국사기』나 『삼국유사』에 나오지 않는 사건들과 개인들의 관계가 『화랑세기』에는 매우 자세히 적혀 있다. 그 속에는 『삼국사기』나 『삼국유사』에 이름이 나오는 사람도 있고 나오지 않는 사람도 있다. 그러나 박창화의 『화랑세기』가 적은 바를 『삼국사기』나 『삼국유사』의 비슷한 시기의 기록들과 비교해 보면 어긋난 것이 하나도 없다.[37]

이들의 모반은 통일 신라 최대의 쿠데타이다. 이 실패한 쿠데타의 회오리 속에 통일 신라는 수많은 화랑도 풍월주 출신 정치 지도자들을 처형하였다. 그 쿠데타에서 처형된 최고의 인물은 화랑도 23세 풍월주를 지낸 병부령 겸 상대등 김군관이다. 필자는 어느 화랑의 고고한 절의를 찬양하는 신라 시대 최고의 시 「찬기파랑가」는 김군관을 추모하는 제가(祭歌)일 것으로 추정하였다.

쿠데타는 제거한 세력과 제거당한 세력 사이의 정치 전쟁이다. 이 쿠데타로 제거당한 세력은 가야파 흠돌 세력이다. 그는 누구인가? 그는 김유신의 생질이고 사위이다. 유신은 할머니가 진흥왕의 딸이고 어머니가 진흥왕의 조카딸이므로 모계로는 왕실 혈통이다. 부계는 가야파이다. 이 신라 김씨와 가락 김씨 피의 혼효(混淆)는 무열왕과 유신의 누이 문명왕후의 아들 문무왕에서 그 절정을 이룬다. 그것이 신라의 절정이다. 그러나 절정의 뒤끝은 언제나 허망하다. 어떤 경우에나 인간들의 관계에는 배신의 씁쓸함이

---

37) 이 정보들을 신라인이 아니고 일제 시대의 조선인 박창화가 어떻게 상상으로 꾸며낼 수 있었겠는가? 일제 시대 조선은, 아니 조선은 주자학에는 도가 텄는지 몰라도 자기 선조들의 역사에 관해서는 젬병인 썩은 나라이다. 그런 지적 수준의 사회에서 동양의 역사와 신라의 속살에 관하여 저렇게 밝혀내어 창작할 만한 인재가 나올 수가 없다. 현대적 학문이 없던 땅에서 어떻게 창의적 학문 활동의 결과가 나오겠는가? 그는 이 이야기를 일본에 있는 무엇인가를 보고 베낀 것이지 결코 지어낸 것이 아니다. 그 무엇인가를 찾아야 하지 않겠는가? 그 무엇은 국보 제1호가 되어야 할 우리의 현존 최고(最古)의 역사서이다. 그러기 위해서는 그 내용에 대한 연구가 선행되어야 한다.

배어들기 때문이다.

이 쿠데타 후 통일 신라는 시름시름 앓다가 927년[경애왕 4년] 11월에 포석정에서 경애왕이 후백제의 견훤에게 살해되고 왕비가 견훤과 그 부하들에게 집단 강간을 당하는 치욕적 굴욕을 겪으면서 멸망의 구렁텅이로 굴러떨어졌다.

백제는 660년 7월 당나라 소정방과 신라 김유신 연합군대에 의자왕이 항복함으로써 패망하였었다. 그 전쟁의 원인은 백제군이 대야성에서 김춘추의 딸 고타소를 살해한 사건이다. 무열왕과 그 아들 법민은 그 원한을 갚으려고 당나라 군대를 불러들여 백제를 살육의 도가니로 몰아넣었었다.

패망 이후 끈질기게 복수를 벼르던 후백제 세력들은 267년이 흐른 뒤에 드디어 신라를 대상으로 통쾌한 복수극을 벌인 것이다. 복수는 복수를 낳고 피는 피를 부른다고 하지만 신라는 그 후 한 번도 후백제에 보복하지 못하고 스스로 고려에 항복하였다. 후백제도 스스로 견훤의 아들들의 분열로 멸망하였다. 역사는 끊임없이 반복된다.

(21) a. 이에 앞서 진공과 달복공의 아들 흠돌은 사이가 좋았다. 흠돌의 누나인 흠신이 보로전군에게 시집가서 두 딸을 낳았는데 아름다웠다. 진공과 흠돌이 꾀를 써서 흠신의 두 딸과 정을 통하였으나 흠신과 보로전군은 알지 못했다. 흠신의 어머니 정희는 곧 유신공의 누이인데, 진공의 무례함에 노하여 유신공에게 고하여 벌을 주려 하였다. 흠돌은 크게 두려워하여 곧 찰의에게 귀중한 뇌물을 주고 보량을 설득하게 하였다. 보량은 이에 알아듣고 정희를 제지하며 말하기를, "폭로하면 단지 내 자녀가 상처를 입지만 감추면 곧 물방울처럼 스스로 없어질 것입니다. 어찌 생각을 깊이 하지 않습니까?" 하니 정희가 곧 멈추었다. 이때부터 진공은 더욱 거리낌이 없어졌다.

b. 흠신 역시 진공이 출중하고 용감하다고 생각하여 보로를 버리고 진공에게 가려고 하였다. 보로는 그렇게 생각하고 곧 유신의 삼녀 작광

을 처로 삼았다. 진공은 이에 흠신을 아내로 삼았고 풍월주가 되자 화주로 삼았다. 논자들이 옳지 않게 여겼다. 진공은 개의치 않고 아울러 흠돌을 부제로 삼았다. 흠돌은 마음이 험악하고 간사한 꾀가 많아 사람들이 모두 꺼렸다.

c. 그때 가야파가 크게 성하여 찰씨 일문에서 낭정을 모두 장악하였다. 찰의는 도두별장인데 대도두로 행세하였다. 흠돌은 찰의와 죽음을 같이 할 친구가 될 것을 허락하고 보량과 득통을 하고 진덕제를 알현하였다.[38] (진덕)제는 흠돌의 작을 올려주고 총애하였다. 이에 앞서 흠돌은 자의의 아름다움을 듣고 보룡이 과부임을 업신여겨 (자의를) 첩으로 삼고자 하였으나 보룡이 물리쳤다. 얼마 안 있어 보룡이 당원전군을 낳았다. 흠돌은 사람을 시켜 보룡의 추함을 떠들게 하여 위협하였다. 대개 그에게 성총이 있음을 알지 못했기 때문이다. 자의가 태자비가 되자 흠돌은 장차 화가 미칠까 두려워하여 사람들로 하여금 자의가 덕이 없다고 험담을 하게 하여 궁지로 몰았다.

d. 그때 흠돌은 문명황후의 조카이었다. 그러므로 권세가 내외를 덮었다. 자의궁은 마음을 졸이며 조심했다. 흠돌이 문명후를 설득하여 말하기를, "자의가 후일 후가 되어 아들을 (태자로) 세우면 대권이 진골 정통에게 다시 돌아갈 것이므로 가야파는 위태로울 것이오니, 신광을 일찍 태자비로 책립함으로써 우리 집안을 안전하게 함만 못합니다." 하였다. 신광은 유신공의 딸로서 태자의 첩이 된 사람이다. <박창화,『화랑세기』, 이종욱 역주해(1999), 「26세 진공」216-17, 309-10.>

(21a)에서 김흠돌(627년-681년, 656년에 풍월주가 됨)은 달복의 아들이다. 『삼국사기』권 제47 「열전 제7」에 의하면 김흠운(?년-655년)도 달복의 아

---

38) 이 시기는 진덕여왕 시기이다. 654년 3월에 진덕여왕이 죽고 무열왕이 즉위하였다. 655년 1월에 김흠운이 죽었고 3월에 법민이 태자로 책봉되었다. 661년 6월에 무열왕이 죽고 문무왕이 즉위하였다. 665년 8월에 정명을 태자로 책봉하였다. 681년 7월에 문무왕이 죽고 신문왕이 즉위하였다.

들이다. 그러니 흠돌과 흠운이 형제이다. 흠돌의 누나가 흠신이고 흠신의 어머니가 정희이다. 그러니 흠돌, 흠운의 어머니도 정희이다. 달복의 아내가 정희인 것이다. 그 정희가 유신의 누이이다. 흠돌은 유신의 생질(甥姪)이다. 그러니 (21d)가 흠돌이 문명왕후의 조카라고 하였다.

(21b)에서 보로전군의 아내였던 흠돌의 누나 흠신이 진공(622년-681년, 652년 풍월주가 됨)에게로 개가하였다. 진공과 흠돌은 처남매부 사이가 되었다. 흠신이 화주가 되고 흠돌이 부제가 되었다.[39] 진공이 새 상대등 진복의 동생이니 형이 동생을 죽이는 잔인한 구도가 되었다.

(21c)의 '보룡이 당원전군을 낳았다.'가 주목된다. 보룡은 자의의 어머니이다. 그녀의 남편은 선품이다. (25)에서 보면 선품은 643년쯤에 죽었다. 보룡이 낳은 당원전군의 아버지가 누구일까? 이어지는 내용이 '그에게 성총이 있음을 알지 못했기 때문이다.'고 하였다. '그'는 보룡이다. '성총'은 임금의 총애를 말한다. 그때 왕은 28대 진덕여왕이다. 그가 당원의 아버지일 수는 없다. 보룡에게 성총을 입힌 사람은 다음 왕 29대 김춘추일 수밖에 없다.

(21d)에서 흠돌은 자의를 밀치고 자기의 처제인 유신의 딸 신광을 태자 법민의 비로 넣으려 시도하였다. 흠돌, 김유신 집안과 문무왕비 자의의 사이가 좋을 리 없다. 유신의 여동생 문명왕후가 자의의 시어머니이다.

(22) a. 신광의 형 진광은 곧 흠돌의 처였다. 그러므로 흠돌은 유신공의 공에 의탁하여 말했지만 마음속으로는 자기 당을 굳세게 하려 하였

---

39) 『삼국유사』 권 제2 「기이 제2」 「효소왕대 죽지랑」에 '조정 화주'가 나온다. 대부분의 번역서들이 '조정에서 화랑의 업무를 보던 관리'라고 설명하였다. 틀린 것이다. 화주는 풍월주의 아내이다. 익선 아간의 아들을 얼려 죽이는 그 대목의 '조정 화주'는 28세 풍월주 김오기의 아내 운명이다. 그녀는 자의왕후의 여동생이다. 김오기와 그 아들 김대문이 『화랑세기』를 썼으니 그 책은 흠돌을 나쁘게 적을 수밖에 없다. 그러나 그 책도 이렇게 김군관에 대해서는 아까운 인물이 억울하게 죽었다고 적었다. 나라는 망해도 절의를 지킨 자는 아름다운 이름을 남기고 나라를 배반한 자는 더러운 이름을 남긴다. 역시 역사는 역사다.

다. 문명후는 거의 기울었으나 태자가 받아들이지 않아 흠돌의 계책은 마침내 깨어졌다.

b. 진공은 풍월주가 된 지 5년 되어서 (656년에) 흠돌에게 물려주었다. 그때 태손 소명전군이 이미 태어났고 무열제는 자의의 현숙함을 매우 사랑하였다.[40] 흠돌은 감히 그 계책을 다시 말하지 못하였다. 이에 보룡궁에 정성을 바치고 그 딸을 순원의 첩으로 들일 것을 청하였다. 보룡궁은 속임수를 두려워하여 좋은 말로 거절하였다. 흠돌은 다시 사람을 시켜 야명궁과 나의 아버지 오기공에게 정성을 바치고 전에 저지른 악행을 덮고자 하였다. 그때에 야명 또한 인명전군을 낳았는데 준수하고 용봉의 자태가 있었다. 태자가 매우 사랑하니 흠돌이 스스로 말하여 인명의 신하 되기를 원하였다. 야명이 부득이 받아들였다. 그때 순원공이 흠돌에게 속아 비밀리에 흠돌의 딸과 사통하였다. 그리하여 (순원이) 흠돌을 위하여 야명궁을 설득한 것이다.

c. (661년 6월) 무열제가 죽고 문무제가 즉위하자 자의를 왕후로 삼았다. (자의는) 흠돌의 악함을 알았으나 문명태후에게 효도하였으므로 한 마디 말도 하지 않았다. (흠돌은) 야명궁에 정성을 바치게 되자 선위를 나의 아버지 오기공에게 전하고자 흥원을 계책으로 꾀어 양보하게 하였다. 아버지는 낭정이 무너졌기에 받지 않으려 하였다. 진골파의 낭두들이 머리를 조아리고 피를 흘리며 따져 말하기를, "공이 나아가지 않는다면 신들이 장차 자멸할 것입니다." 하였다. 자의황후 또한 나아가기를 권하여 마침내 받았다. 흠돌은 풍월주로 7년간 있고 나서---(663년). <박창화, 『화랑세기』, 이종욱 역주해(1999), 「27세 흠돌」, 218-19, 310-11.>

(22a)에서 흠돌의 아내 진광은 김유신의 딸 신광의 언니이다. 그러니 흠

---

40) 법민이 태자로 책봉된 것이 655년 3월이다. 법민과 자의의 혼인 시기는 미상이다. 소명전군은 650년대 초에 태어났을 것이다. 야명이 인명전군을 낳은 것도 그때쯤이다.

돌은 유신의 사위이다. 흠돌은 유신의 사위이면서 생질이다. 유신은 누이 정희의 아들을 사위로 삼은 것이다.

(22c)에서 661년에 법민이 왕이 되고 자의가 왕후가 되었다. 흠돌은 풍월 주를 김대문의 아버지 김오기에게 넘기려 자신의 부제인 흥원을 꼬이고 있다. 자의왕후도 오기에게 풍월주를 받을 것을 권하고 있다. 오기는 자의왕후의 여동생 운명의 남편이다. 권력의 중심축이 문명왕후에게서 자의왕후로 움직이고 있음을 실감할 수 있다. 염량세태(炎涼世態)이다.

여기까지의 역사 기술은 숨이 막힐 만큼 『삼국사기』, 『삼국유사』, 『화랑세기』가 추호도 어김없이 아귀가 맞게 돌아간다.

> (23) 이에 앞서 흠돌은 호원공의 아들 흥원을 부제로 삼았다. 처음에 태양공주는 진평대제를 섬겨 테원, 호원을 낳았으나 제를 닮지 않았다. 공주가 젊을 때 금륜태자를 섬기면서 사신을 좋아하였는데 (진평)제를 섬길 때도 그랬다. 그러므로 양군은 제통을 얻지 못하였다. 흥원은 스스로 제통이 자기에게 있다고 생각하여 조정을 원망하고 누이[언원]을 흠돌의 첩으로 삼아 결탁하였다. <박창화: 『화랑세기』, 이종욱 역주해 (1999), 「27세 흠돌」, 218-19, 310-11.>

(23)을 보면 흥원은 진평왕의 손자로 보인다. 그러나 할머니 태양공주가 금륜태자[진지왕]도 섬기고 사신(私臣)과도 정을 통하여 아버지 호원공이 진평왕의 아들인지 아닌지를 의심받은 것 같다. 흥원은 누이 언원을 김흠돌의 첩으로 넣었다. 흥원과 흠돌도 첩을 통한 처남매부 사이이다. 흠돌이 풍월주가 되었을 때 흥원을 부제로 삼았다.

이제 삼간(三奸)으로 알려진 흠돌, 진공, 흥원이 어떤 관계에 있는지 드러났다. 이들은 혼인을 통하여 인척(姻戚)으로 맺어진 처남매부 사이이다. 그리고 흠돌은 유신의 생질이고 사위이다. 흠돌의 사돈이 상대등 겸 병부령 김군관이다. 이렇게 가까운 사람들이 집단을 이루어 통일 신라 정치권력의 핵심에 자리 잡고 있었다. 삼간은 문명왕후의 생질, 유신의 생질이며 사위인 김흠돌을 중심으로 형성된 인척 집단이었다. 그러면 김유신과 문명왕후, 군관 및 삼간의 정적(政敵)은 누구일까?

문명왕후와 자의왕후의 정쟁

호시탐탐 복수를 노리는 정복당한 적국 후백제 세력을 곁에 두고 영남의 통일 신라는 끝도 없는 정치 전쟁을 벌여갔다. 그 정쟁의 한쪽은 가야파이다. 그들의 정적은 누구였을까? 김유신의 정적은 아마도 없었을 것이다.[41] 유신의 여동생 문명왕후에게는 정적이 있었을까? 누구일까? 가장 먼저 떠오르는 것은 고부관계이다. 여자의 적은 여자이니까. 문명왕후와 머느리 자의왕후와의 관계는 어땠을까? 그 답이 앞에서 이미 본 (21)에 들어 있다. 요약하면 (24)와 같다.

(24) a. 흠돌이 자의를 첩으로 들이려 했다.

b. 자의의 어머니 보룡이 춘추의 아들 당원전군을 낳은 것에 대하여 흠돌이 험담을 하였다.

c. 흠돌은 법민의 태자비로 유신의 딸 신광을 넣으려 했다.

---

41) 660년 정월 상대등에 오른 김유신은 혼효된 피에 워낙 강한 카리스마의 보유자라서 아마 대적할 사람이 없었을 것이다. 있었다면 김진주 정도? 김진주는 659년 무열왕 6년 8월 아찬으로 병부령에 임명되었다. 백제 정복 전쟁의 책임자라 할 수 있다. 그는 662년 문무왕 2년에 진흠과 함께 처형되었다. 처형 이유는 불분명하다. 필자는 과거에 김진주와 진흠이 백제 부흥군을 토벌하라는 문무왕의 군대 동원 명령에 불만을 품고 참여하지 않아 처형된 것으로 보았다. 그 백제 부흥군 토벌 부대의 사령관이 김유신의 동생 김흠순이었다. 김진주는 김유신과 맞먹을 정도의 위계였는데 김흠순의 수하로 들어가라는 것이 납득하기 어려웠을 것이라고 생각한 것이다. 그런데 박창화의 『화랑세기』, (이종욱 역주해(1999:180), 「20세 예원공」에는 김진주가 오랫동안 좌방화랑으로 있었으나 가야파이기에 풍월주가 되지 못하여 화랑을 떠나 병부에 들어갔다고 되어 있다. 김진주는 가야파와 진골정통의 권력 다툼에서 희생된 것으로 보인다.

d. 흠돌의 처고모가 문명왕후로 자의왕후의 시어머니이다.

　　결국 흠돌은 자의왕후와 척을 질 수밖에 없는 가족 관계에 있다. 그냥 흠돌이 문명왕후의 친정 조카사위라는 것 하나만으로도 그는 자의왕후에게 용납될 수 없다. 고부간의 갈등이 어제 오늘만의 일이었겠는가? 그런데 흠돌은 자의왕후의 처지에서는 미운 일만 골라 하였다.

　　(21a)에서 흠돌은 과부 보룡의 딸 자의를 첩으로 삼으려 하였다. 보룡의 남편 선품은 (25a)에서 보면 643년경에 죽었다. 그 직후 과부인 보룡이 당원전군을 낳았다. 흠돌은 그 사실로 보룡을 흉보았다. 당원의 아버지는 29대 무열왕이 되는 춘추일 수밖에 없고 당원의 출생은 643년 이후일 수밖에 없다. 흠돌은 자의의 어머니 보룡을 험담하였으니 흠돌과 자의와의 사이가 좋을 리 없다.

　　(22b)를 보면 흠돌은 문명왕후의 조카이다. 흠돌은 자의를 밀치고 유신의 딸 신광을 태자비로 넣으려 시도하였다. 자의가 태자비가 되고 왕후가 되어 자의의 아들로 왕통을 이으면 진골정통이 대권을 잡게 되므로 자신들인 가야파가 위태로워질 것이기 때문이다. 여기서 두 파벌 진골정통파와 가야파가 태자비 자리를 놓고 경쟁하였음을 알 수 있다. 진골정통파는 자의로 대표된다.

　　가야파는 신광으로 대표된다. 신광을 미는 세력은 신광의 고모 문명왕후, 문명왕후의 생질인 흠돌, 그리고 아버지 유신으로 짜여 있다. (22a)에서 보듯이 흠돌의 처는 진광이다. 진광은 유신의 딸 신광의 언니이다. 흠돌은 유신의 사위이며 문명왕후의 생질이다. 흠돌을 중심으로 가야파가 형성되어 있다.

　　(22b)에서는 '태손 소명전군이 이미 태어났다.' 태손은 왕의 맏손자다. 이때 왕은 654년에 즉위한 무열왕이다. 태자는 법민이다. 자의가 법민의 아들 '소명전군'을 낳은 것이다. 신문왕은 '정명전군'이다. 그에게는 형 소명전군

이 있었던 것이다. 이것이 『삼국사기』 신문왕 원년의 즉위 기사에서 신문왕이 문무왕의 '장자(長子)'라고 적힌 까닭이다. 정명은 원래는 문무왕의 차자였다. 그러나 형 소명전군이 죽은 후에는 가장 나이 많은 '어른 아들'이 되어 장자가 된 것이다.

(21c)에서 보룡이 643년 직후에 춘추의 아들 당원전군을 낳았다. (22b)에서 자의가 아들 '소명전군'을 낳았다. 모녀가 춘추, 법민 부자에게 각각 아들을 낳아 준 것이다. 자의가 아들을 낳음으로써, 그리고 무열왕이 자신의 아들 당원을 낳은 보룡의 딸 자의를 사랑함으로써 태자비 경쟁은 자의의 승리로 끝났다. 신광은 태자 법민의 첩이 되어 자의의 시앗이 되었다. 자의와 흠돌, 자의와 유신 집안과의 사이가 좋을 리 없다. 이제 흠돌이 코너에 몰렸다. 야명궁과 오기에게 붙으려 하였다.

(22c)에서 661년 6월 무열왕이 죽고 문무왕이 즉위하였다. 자의가 왕후가 되었다. 자의는 흠돌이 미웠으나 문명왕후에 대하여 효도하여 조용히 참고 지낸 것으로 보인다. 남편 문무왕도 어머니에 대한 효성이 극진하였을 것이다. 처녀의 몸으로 죽음을 무릅쓰고 자신을 낳아 준 어머니이다. 흠돌이 완전히 꼬리를 내리고 풍월주를 김대문의 아버지 오기공에게 바치려 한다. 자의왕후가 받도록 하였다. 문무왕의 즉위로 이제 왕비 자의와 야명궁, 김오기가 권력의 중심에 서게 되었다. 이들이 김유신, 문명왕후, 김흠돌의 정적이다.

자의왕후를 둘러싸고 있는 세력은 어떤 세력일까? 자의왕후, 야명궁, 김오기는 무슨 관계에 있을까? 이를 이해하기 위해서는 시대를 거슬러 올라가서 자의왕후의 가계를 알아야 한다. 자의왕후가 된 자눌의 아버지는 파진찬 선품이다.

선품은 구륜의 아들이고 구륜은 진흥왕/백숭부인의 아들이다. 백숭부인이 누구인가? 진흥왕의 정비 사도부인 박씨일까? 그러면 대원신통이다. 백숭부인이 혹시 진흥왕의 차비 백제 성왕의 딸일까? 그러면 백제파이다. 이

러나저러나 자의는 가야파를 용납할 수 없다. 그러므로 자의를 법민의 태
자비로 받아들인 무열왕에게 이 정쟁의 모든 책임이 있다. 며느리를 잘 골
라야 집안이 평안하지.

선품(609년?-643년?)은 제21세 풍월주이다. 20세 풍월주는 대원신통의
주축 예원이고 22세 풍월주는 양도, 23세 풍월주는 군관이다. 선품에 대한
기록 일부를 (25)에 옮겨 적는다.

(25) a. 21세 선품공. 구륜공의 아들이다. 예원공을 좇아 화랑에 들어
갔다. 용모가 절묘하고 언행이 매우 아름다웠다. 문장을 좋아하고 선불
을 통달하였으니 진실로 높은 골품의 인물이다. 예원공이 누이 보룡을
처로 삼게 하여 (풍월주) 위를 받았다. 공은 4년간 풍월주로 있으며 한
결같이 예원공의 제도를 따랐다. 부제인 양도공에게 전하여 주고 예원
공을 따라 내성에 들어갔다가 얼마 후 예부에 올랐다. 인평 10년[643년]
에 명을 받아 사신으로 당나라에 갔다가 병을 얻고 돌아와서 곧 죽었
다. 나이 35(36)세였다[壽三十五].[42] (선덕여)왕이 애통해 하였다. 작을
아찬으로 올렸다.

b. 후에 공의 딸 자의가 문무제의 후가 되자 파진찬을 추증하였다.
공의 차녀 운명은 예원공의 아들 오기에게 시집갔다. 3녀 야명 또한 문
무제를 섬겨 궁주가 되었다. 외아들 순원은 귀히 되어 이름을 떨쳤다.

c. 처음[643년경] 공이 죽고 보룡이 혼자 살았다. 그때 문명태후가 선

---

42) 이종욱(1999:186)에는 '필사본에서는 원래 '35'로 된 것을 '36'으로 고쳤다.'고 주가
붙어 있다. 인평은 선덕여왕 3년[634년]부터 사용한 연호이다. 선덕여왕은 632년에 즉
위하였으므로 인평 10년은 선덕여왕 즉위 12년인 643년이다. 642년 8월에 백제 장군
윤충이 대야성을 함락하고 김춘추의 사위 품석과 딸 고타소를 죽였다. 이 해 겨울 김
춘추가 백제를 칠 원병을 빌리러 고구려로 갔다. 643년 정월과 9월에 당나라에 사신
이 갔다. 9월에 간 사신이 백제를 칠 구원병을 청하자 이세민은 3가지 계책을 내어
사신에게 선택하게 한다. 사신은 '예, 예'만 하고 대답을 못하자 세민은 '위급할 때
구원병을 청할 재능이 없는 자'라고 탄식하였다. 이때 간 사신이 선품일 것이고 마음
의 병을 얻었을 것이다. 선품이 돌아와 곧[643년에] 35세로 죽었다면 그는 609년생이
다. 이 출생년과 나이가 통일 신라 시대의 일들에 관한 매우 중요한 기준이 된다.

원전군을 낳고 보룡에게 젖을 먹여 줄 것을 청하였다. 문무제[즉위 젠]이 이로써 보룡의 아름다움을 보고 기뻐하였다. 보룡이 이에 장녀[자눌]로써 허락하고 스스로는 여승이 되었다. 제가 애석하게 생각하였다. (법민이 655년에) 태자가 되기에 이르러 그 딸 자눌을 태자비로 삼아 궁궐을 세워 자의(궁)이라 하고 보룡에게 명하여 입궁시켜 감으로 삼았다. 순원은 이로써 궁중에서 자라 선원, 당원전군과 더불어 한 줄로 작이 올라가니 영화와 행운이 지극하였다. 남들이 모두 일러 (선품)공이 녹을 받지 않은 공을 누렸다고 하였다.

　d. 찬하여 말하기를, 보화의 아들이고 진흥의 손자이다. 녹이 있으나 받지 않아 복이 자손에 미쳤다.

　e. 세계: 아버지는 구륜이고 어머니는 보화이다. 구륜의 아버지는 진흥이고 어머니는 사도이다. 보화의 아버지는 진평이고 어머니는 미실이다. <박창화, 『화랑세기』, 이종욱 역주해(1999), 「21세 선품공」, 186-88, 295-96.>

　(25e)를 보면 자눌(慈訥)의 아버지 선품은 구륜의 아들이다. 구륜은 24대 진흥왕의 아들이다. 자눌은 진흥왕의 증손녀로 왕실 출신이다. 25대 진지왕 금륜과 구륜이 형제이다. 진지왕의 아들 용수와 구륜의 아들 선품이 4촌이다. 용수의 아들 춘추와 선품의 딸 자눌이 6촌이다. 자눌은 법민의 7촌 고모인 것이다. 선품은 선덕여왕 때인 643년경에 죽었다.

　(25a)에서 예원이 누이 보룡을 선품에게 시집보내었다. 예원과 선품은 처남매부 사이이다. 예원의 누이 보룡이 자눌의 어머니이다. 예원은 자눌의 외삼촌이다. (25b)에서 예원의 아들은 오기이다. 오기의 아들이 김대문이다.

　(25b)를 보면 자눌에게는 운명, 야명의 두 여동생이 있다. 야명은 문무왕의 후궁이 되었고 운명은 예원의 아들 오기에게 시집갔다. 오기와 문무왕이 동서이다. 처남매부인 예원과 선품은 사돈이 되었다. 운명의 어머니가 예원의 누이 보룡이니 예원은 운명의 외삼촌이었는데 시아버지가 되었다.

오기는 운명의 외사촌이고 운명은 오기의 고종사촌이다. 오기와 운명은 내 외종간에 혼인한 것이다. 이들은 철저히 혼인에 의하여 맺어진 인척 집단이다.[43]

순원은 자눌의 남동생이다. 선품의 집안은 순원이 이어받았다. 순원은 문무왕의 처남이고 신문왕의 외삼촌이다. 순원이 신문왕 이후 통일 신라의 권력 실세가 되었다. 이들이 문명왕후, 군관, 흠돌과 맞섰다.

이 자의왕후의 친정이 권력의 핵심에 들어간 계기가 (25c)에 있다. 그것은 '<u>문명태후가 선원전군을 낳아 보룡에게 젖을 먹여 줄 것을 청하였다.</u>'는 문장이다.[44] 이 문장은 많은 상상과 추리를 낳게 한다.

보룡이 선원의 유모가 되는 시기는 언제쯤일까? (25a)를 보면 인평 10년 [643년] 9월에 선품이 당나라에 사신으로 갔고 다녀와서 곧 죽었다. 선품이 643년에 죽었다면 순원은 643년 이전에 태어났다. (25c)를 보면 보룡이 선원의 유모가 될 때 과부였으니 선원도 643년 전후에 태어났다. (21c)에서 당원도 643년쯤에 태어났다. 보룡이 낳은 이부동모 아들들인 순원과 당원, 그리고 보룡이 젖을 먹인 문명왕후의 아들 선원이 나이가 거의 같다.[45]

보룡이 선원의 유모가 되어 643년 근방의 어느 시점에 궁에 들어갈 때, 아마 순원도 어머니를 따라 궁중에 들어갔을 것이다. 이 1차 궁중 생활 덕분에 순원은 어머니의 젖을 먹은 선원, 어머니가 낳은 이부동모 형제 당원

---

43) 군관의 아내 천운은 수품의 딸이다. 수품은 선품의 동생이다. 군관도 처가로는 이 세력에 속한다. 그러나 아들 천관이 흠돌의 딸과 혼인하는 바람에 저쪽 편으로 분류되었다. 아내를 따르려니 아들이 울고 아들을 따르려니 처가에서 용납하지 않는다.
44) 지금은 640년대이다. 아직 무열왕이 즉위하기도 전이다. (문명)태후는 문무왕 즉위 후 사용하는 용어이다. 이 태후는 기록 시의 관점에서 태후라 적은 것이다.
45) 박창화의 『화랑세기』가 『삼국사기』와 딱 들어맞지 않는 예로 당원, 선원과 순원의 출생 순서를 들 수 있을 것 같아서 세밀하게 따져 보았다. 그랬더니 김춘추가 선품이 죽은 직후 644년쯤에 보룡과의 사이에 당원을 낳고, 문명왕후가 그 직후 다른 남자와의 사이에 선원을 낳았다면 딱 들어맞는다. 순원은 643년 전후로 선품과 보룡 사이에 태어났을 것이다. 프리 섹스의 경향이 강한 신라 김씨 왕실의 풍습을 고려하면 충분히 가능한 일이다.

등과 공고한 유년기 연대를 맺었을 것으로 보인다. 이후 어머니 보룡이 비구니가 되어 절로 들어갔을 때 순원이 누나 자눌과 함께 궁에 남았는지 밖으로 나갔는지는 현재로서는 미상이다.

문희는 누구와의 사이에서 선원을 낳았을까? 남편 춘추와의 사이에서? 아닐 것 같다. 춘추와 문희의 아들이면 왕자로서 법민의 아우가 된다. 그런데 법민의 형제들의 이름 속에 선원이 들어 있지 않다. 선원은 왕비의 아들이지만 왕의 아들은 아니다. 그는 법민의 이부동모 아우이다. 문희도 프리섹스를 즐겼다.

(21c)를 보면 과부 보룡이 당원전군을 낳았다. 당원의 아버지는 춘추이다. 춘추도 문희 아닌 과부 당숙모 보룡과 자유혼을 즐겼다.[46]

문희가 자신이 낳은 선원의 유모로 남편 춘추의 아들 당원을 낳은 연적 보룡을 궁중으로 불러들였다. 문희 스스로 자신의 친정을 잡아먹을 호랑이를 키우기 시작한 것이다. 이렇게 궁에 들어온 보룡을 법민이 좋아하였다. 보룡은 장녀 자눌을 자기 대신 법민에게 내어 주고 자신은 절로 들어갔다. 이로써 자눌은 태자비가 될 기회를 잡았다.

---

46) 이러한 문란한 성 관계 문제로 박창화의 『화랑세기』를 위서라거나 정통 역사서가 아니라고 주장하는 사람도 있다. 가락 왕실과 신라 왕실이 대륙에서 왔다는 것을 인정하지 않으면 그렇게 된다. 김씨, 그들 흉노족의 풍습은 아버지가 죽으면 아버지의 여자를 아들이 데리고 살아야 하고, 형이 죽으면 형수를 아우가 데리고 살아야 하며, 친누이와도 혼인하고 숙질 사이에도, 사촌 간에도 혼인한다. 드넓은 초원을 가축들을 몰고 떠돌며 유목 생활을 하면 그렇게 될 수밖에 없다. 신라 왕실 혼인의 특이한 점 하나는 왕의 딸이 왕의 동생과 혼인하는 것이다. 그러면 거기서 태어나는 아이는 왕의 조카이면서 외손자이다. 왕에게 아들이 없으면 이 외손자가 왕위를 잇는다. 이 외손자들은 공주의 아들로서 외할아버지의 왕업을 승계한다. 지증마립간은 눌지마립간의 외손으로서 재종제인 소지마립간의 뒤를 이었고, 진흥왕은 법흥왕의 외손자로서 바로 법흥왕의 뒤를 이었으며, 태종무열왕은 진평왕의 외손자로서 이모[친가로는 6촌 누이] 선덕여왕, 오촌 이모 진덕여왕의 뒤를 이었다. 이때 혈통 대수를 헤아릴 때 외손자는 손자 대가 된다. 딸이 한 대를 감당하는 것이다. 아우의 배신을 원천적으로 배제하는 기가 막힌 좋은 제도라 아니 할 수 없다. 그러므로 박창화의 『화랑세기』야말로 흉노족의 후예인 신라 왕실, 가락 왕실의 참역사를 가장 잘 보여 주는 정통 역사서이다.

무열왕은 604년생이다. 24살인 627년에 풍월주가 되어 4년 동안 재위하였다. 626년에 법민이 태어났으니 춘추가 23살 때 일이다. 무열왕은 654년 51세에 즉위하였다. 그리고 655년 3월 30세의 법민이 태자가 되었다. 자눌이 태자비가 되고 자의궁의 궁주가 되었다. 이에 법민은 비구니가 된 보룡을 자의궁의 감(監)으로 다시 불러들였다. 655년쯤에 보룡은 2차로 궁으로 다시 들어갔다.[47] 순원이 이때 다시 궁으로 들어갔는지 아니면 누나 자눌을 따라 계속 궁에 머물러 있었는지 알 수 없다. 아마도 후자일 것이다. 어머니가 절로 갔으니 그 아들을 누나가 보살폈을 것으로 보인다.

순원은 아버지 선품이 죽은 643년 전후로 태어났다. 어머니가 두 번째 궁에 들어간 655년쯤에는 13세쯤 된다. 순원은 중시가 되던 698년에 최소 55세이다. (26c)에서 당원이 늙어서 물러나고 뒤를 이어 순원이 중시가 되었다. 문희가 선원을 낳기 전에 보룡이 먼저 당원을 낳았을 것이다. 보룡이 당원을 낳은 상태에서 문희가 보룡을 선원의 유모로 들였을 것이다. 그러면 춘추가 당숙모 보룡을 잉태시킨 것은 643년 선품이 죽은 해쯤이다.[48]

선원, 당원, 순원은 『삼국사기』에 그 이름을 남기고 있다. (26)에서 보듯이 이들은 차례로 중시 직에 나아가고 있다. 선원이 690년에, 당원이 696년에, 그리고 순원이 698년에 중시가 되었다.

(26) a. 690년[신문왕 10년] 봄 2월 중시 원사가 병으로 그만두어 아찬 선원을 중시로 삼았다. <『삼국사기』 권 제8 「신라본기 제8」 「신문왕」>

---

47) 측천무후가 당 태종이 죽은 후에 감업사에 들어가서 비구니가 되었다가 그녀를 못 잊은 당 고종이 찾아와서 다시 궁으로 와서 조정을 휘어잡은 사실을 떠올리게 한다.
48) 이 추리의 기준은 보룡이 선원의 유모가 될 때 과부였다는 사실이다. 643년 전후에 선원이 태어났을 가능성이 크다. 순원은 이보다 더 앞에 태어났을 수도 있다. 선품이 죽기 전에 보룡과 춘추가 관계를 맺었다면 당원도 643년쯤 태어났을 수도 있다. 그러나 선원이 맨 먼저 중시가 된 것을 고려하여 이 셋이 비슷한 시기에 태어난 것으로 추리하였다.

b. 696년[효소왕 5년] 봄 정월 이찬 당원을 중시로 삼았다.

c. 698년[효소왕 7년] 2월 --- 중시 당원이 늙어 물러나고 대아찬 순원을 중시로 삼았다. <『삼국사기』 권 제8 「신라본기 제8」「효소왕」>

그러면 선원, 당원, 순원이 함께 궁중에서 자랐다는 (25c)의 기록이 뜻하는 바를 이해할 수 있다. 이들이 신문왕 말기, 효소왕 때에 중시를 맡았다는 것은 신문왕의 외가, 즉 자의왕후의 친정이 이 시기에 외척 세도의 핵심에 있었다는 말이 된다.

여기에 보룡의 형제 오기[자의왕후의 제부], 그 아들 대문 등이 자의왕후 세력을 이루고 있다. 오기는 문무왕의 동서이고 대문은 신문왕의 이종사촌이다. 자의의 동생 순원은 신문왕, 김대문의 외사촌이다. 순원의 집안이 외가이고 신문왕의 집안, 대문의 집안이 고모집인 것이다.

당원이 이찬이고 선원이 아찬이며 순원이 대아찬인 것도 주목된다. 여기에는 신분이 반영된 것으로 보인다. 이찬 당원의 아버지는 무열왕이다. 당원은 문무왕의 동부이모 아우이다. 보룡은 무열왕의 애인이다. 아찬 선원은 문무왕의 이부동모 아우이다. 아버지가 왕이 아니니 아찬이다.

대아찬 순원은 문무왕의 처남이다. 순원은 706년[성덕왕 5년] '황복사 3층석탑 금동사리함'을 안치할 때는 64세 정도 된다. 그때 그는 소판이다. 그리고 720년 소덕왕후를 성덕왕의 왕비로 들일 때는 이찬이고 79세 정도 된다. 그 후 각간이 되었다.

무열왕의 선택

(22b)를 보면 무열제는 자의의 현숙함을 매우 사랑하였다. 여기에 자의가 소명전군을 낳았다. 무열왕에게 자의는 애첩 보룡의 딸이다. 655년 법민의 태자비로 유신의 딸 신광을 버리고 선품의 딸 자의를 선택한 것은 무열왕이었다. 여기서 두 세력 가야파와 진골정통파의 운명이 나뉘었다. 이 선택

이 치명적 실책이다. 자신의 친족에서 며느리를 데리고 옴으로써 세력이 움츠려들었다. 게임은 끝났다. 김유신의 딸 신광은 자의왕후의 시앗으로 전락하였다. 돌부처도 돌아앉게 되어 있다. 신라 김씨 무열왕이 가락 김씨 김유신을 배신한 것이다.

(22b, c)에는 이 권력 구도의 변화가 그대로 반영되고 있다. 자눌이 태자비가 됨으로써 권력의 중심이 문명왕후에게서 태자비에게로 이동하고 있다. 문명왕후, 김유신, 흠돌, 군관, 진공 등과 대립을 이루는 위치에 보룡, 자눌, 야명, 순원, 오기 등이 있다. 자눌의 동생인 야명도 법민과의 사이에 인명전군을 낳았다. 흠돌도 인명전군, 야명을 통하여 자눌에게 다가가려 하고 있다. 이때쯤 이미 권력의 중심은 태자비 자의궁에게 있었다.

661년 6월 무열왕이 죽었다. 58세였다. 36세의 법민이 즉위하였다. 태자비 자의는 왕후가 되었다. (27)에서 보듯이 27세 풍월주 흠돌은 663년에 대문의 아버지 오기에게 풍월주를 넘겨주었다. 흠돌도 살아남기 위하여 타협책을 제시하며 애를 많이 쓴 것으로 보인다. 그러나 정치의 세계는 그런 것이 통하는 곳이 아니지. 뿌린 대로 거두고 자신이 저지른 만큼 보복 당하게 되어 있다.

(27) 아버지가 비로소 (663년에) 풍월주의 위에 나아갔으니 실제로 28세이다. 이때 낭정이 이미 어지러워졌기에 급작스럽게 바로 잡을 수는 없었다. 진공, 흠돌, 흥원 등이 모두 낭도 사병을 거느리고 위에서 낭정을 전횡하였다. 아버지는 바로 잡을 수 없음을 알고 3년간 재위하고 부제 원선공에게 물려주었다. <박창화, 『화랑세기』, 이종욱 역주해 (1999), 『화랑세기』, 「28세 오기공」, 220, 311-12.>

김오기는 666년 29세 풍월주를 원선공에게 물려주었다. 김원선은 흠순의 아들이다. 가야파에 속한다. 흠순은 예원을 부제로 넣는 것 등으로 진골정통과도 사이가 좋았다.

(28)에서 흠돌의 딸이 정명태자의 태자비가 되었다. 흠돌은 유신의 사위이다. 그는 가야파이다. 흠돌은 문명왕후의 생질이자 친정 조카사위이다. 유신 생시, 문명왕후 생시에 그가 누렸을 권력이 짐작이 된다. 그런 권력을 기반으로 그는 문무왕의 태자 정명을 사위로 삼은 것이다. 그런데 자의왕후와 정명은 흠돌의 딸을 좋아하지 않았다.

> (28) 흠돌은 아첨으로 문명태후를 섬겼다. 이에 유신공의 외손인 그
> 의 딸을 (665년 8월에) 태재[정명]에게 바쳤다. 태자와 모후는 흠돌의
> 딸을 좋아하지 않았다. <박창화, 『화랑세기』, 이종욱 역주해(1999), 「32
> 세 신공」 224-25.>

이 혼인은 언제 이루어진 것일까? (29)의 '王爲太子時納之'는 '왕이 태자가 될 때 그녀를 들였다.'로 번역된다. 문무왕의 장자[49] 정명은 언제 태자로 책봉되었는가? 그의 형 소명전군이 죽고 665년[문무왕 5년] 8월에 태자로 책봉되었다. 그때 정명은 김흠돌의 딸과 혼인한 것이다.

> (29) 681년 신문왕이 즉위하였다[神文王立]. --- 왕비는 김씨로 소판
> 흠돌의 딸이다. 왕이 태자가 될 때 들였다[王爲太子時納之]. 오래 아들
> 이 없었다. 후에 아버지가 난을 일으킨 데에 연좌되어 궁에서 쫓겨났
> 다. <『삼국사기』 권 제8 「신라본기 제8」 「신문왕」>

무열왕이 법민의 태자비로 자눌이 아니고 유신의 딸 신광을 선택하였다면 무열왕비-문무왕비-신문왕비의 3대에 걸쳐 김유신 집안에서 왕비가 배출되었을 것이다. 그러나 자눌이 문무왕비가 됨으로써 김유신 집안은 왕비

---

49) 차자 이하의 아들이었으나 형(들)이 죽어 가장 나이 많은 아들이 되었다는 뜻이다.

자리를 이어가지 못하였다. 왕비가 되었던 흠돌의 딸마저 폐비되어 버렸다.

이것이 시대의 흐름을 결정지은 키[舵]이다. 방향타가 잘못 돌아가면 뱃머리가 잘못 돌아간다. 법민의 혼인이 통일 신라의 멸망을 앞당겼다. 자의를 선택한 것은 무열왕의 실책이다. 무열왕은 유신의 딸 신광을 며느리로 데려왔어야 한다. 아무리 자의의 현숙함을 높이 사고, 보룡이 자신의 아들 당원을 낳았더라도 평생의 은인이고 동지였던 김유신을 배신하면 안 되는 것이었다. 애인 보룡의 육탄 공격에 무너져 김춘추는 평생의 은인 김유신을 배신하였다. 배신자는 무열왕이었다.

이렇게 가락 김씨 왕비 문명왕후에서 신라 김씨 왕비 자의왕후로, 그리고 다시 가락 김씨 왕비 흠돌의 딸로 갔으니 신라 김씨 왕실 쪽에서 왕비 배출의 길을 되찾기 위한 반동이 일어나게 되어 있다. 며느리 선택이 한 나라, 집안의 흥망성쇠를 결정한다. 그런데 <u>이 왕비 배출을 둘러싼 갈등은 좀 더 깊은 연원을 가지고 있다.</u>

신라 김씨 왕실은 모계 사회였다

유의해야 할 것은 신라가 모계 사회라는 것이다. 골품은 모계로 이어진다. 이것은 네이티브 아메리칸의 혈통이 어머니의 혈통에 따라 정해지는 것과 같다. 이것을 알기 위해서 잠시 알라스카 여행을 다녀오기로 하자.

알라스카주 주도 주노, 키치칸, 수워드 등에 가면 두 부족의 원주민이 있다. 하나는 레이번[까마귀] 족이고 다른 하나는 이글[독수리] 족이다. 이들은 같은 부족 안에서는 혼인을 하지 못한다. 상대방 부족에서 배우자를 골라야 하는 것이다. 부족의 혈통은 어머니를 따라가게 되어 있다.

남자는 여자 집으로 장가를 가는 것이고 그 아이들은 다 여자 집안 아이들이 된다. 남자는 데릴사위, 씨내리에 지나지 않는다. 그렇게 해서 할머니가 이글이면 할아버지는 레이번인데 거기서 태어난 고/이모는 다시 이글이 되고, 이글인 고/이모의 남편인 고/이모부는 레이번인데 고/이종사촌 누이는 다시 이글이 되고, 그 고/이종사촌 누이의 남편은 또 레이번인데 그들의 아이들은 이글이 되는 것이다. 이글 혈통은 이글 집안의 딸들에 의하여 대대로 전승된다. 레이번 혈통은 레이번 집안의 딸들에 의하여 대대로 전승된다. 남자는 사냥이나 전쟁으로 밖으로 돌고 집안은 할머니, 고/이모가 지킨다. 시집오는 것이 아니므로 며느리의 개념은 없다. 아들은 처가로 떠나고 사위가 장가를 온다. 이를 정리하면 (30)과 같이 된다.

> (30) a. 어머니가 레이번이면 그 아들, 딸들은 레이번이 된다. 어머니가 이글이면 그 아들, 딸들은 이글이 된다. 그리고 같은 부족끼리는 결혼하지 못한다.
> b. 이글인 남자가 레이번인 여자와 혼인하면 그 자녀들은 레이번이 된다. 레이번인 남자가 이글인 여자와 혼인하면 그 자녀들은 이글이 된다. 남자는 한 대를 지나면 부족이 무조건 바뀐다. 할아버지가 이글이면 아버지는 레이번으로, 아버지가 레이번이면 다시 손자는 이글로, 손자가 이글이면 다시 증손자는 레이번으로, 이렇게 바뀌는 것이다.

그러나 이것은 남자의 처지에서 본 것, 남성 혈통을 중심으로 본 것이다. 여자의 처지에 서 보자.

> (31) a. 증조모가 레이번이면 할머니는 레이번이 된다. 할머니가 레이번이면 어머니도 레이번이 된다. 어머니가 레이번이면 딸도 레이번이 된다. 딸이 레이번이면 손녀도 레이번이다. 이 때 장가오는 남자는 모두 이글이다. 이 집의 레이번 아들은 이글 집안으로 장가간다.
> b. 이글인 증조모가 레이번인 남자와 혼인하면 할머니는 이글이 된다. 이글인 할머니가 레이번인 남자와 결혼하면 어머니가 이글이 된다. 이글인 어머니가 레이번인 남자와 결혼하면 딸이 이글이 된다. 딸이 이

글이면 손녀도 이글이다.

여자들의 혈통이 바뀌는가? 안 바뀐다. 레이번 여자 가문은 항상 레이번, 이글 여자 가문은 항상 이글이다. 이것이 모계 사회, 모계 혈통의 진수이다. 남자는 헛방이다. 씨만 뿌리고, 사냥이나 어로, 전쟁에 나갔다가 죽으면 그만이다. 초원의 유목민의 생활이 이와 똑같지 않았겠는가? 그들이 베링 해협을 건너가서 알라스카의 이뉴이트 족이 되었고 네이티브 아메리칸이 되었다. 우리의 선조들과 형제라고 한다. 고구려의 데릴사위 제도, 최근까지도 우리 전통 혼례에서 혼인식을 신부 집에서 치르고 사흘 후에 신랑 집으로 우귀하던 제도가 그 흔적으로 남아 있다.[50]

이 원리를 잘 알아야 신라 사회를 이해할 수 있다. 통일 신라는 이러한 모계 사회에서 부계 사회로 나아가는 중간 단계에 있었던 것으로 보인다. 예원이 선품의 선배이다. 예원이 누이 보룡을 선품에게 시집보내었으니 둘은 처남 매부 사이이다. 예원의 아들이 오기이다. 그러면 오기의 고모가 보룡이다. 보룡/선품의 딸인 자의, 운명과 오기는 내외종간이다. 오기는 고종 사촌 누이인 운명과 혼인한 것이다. 모계로 골품이 이어지니 당연히 고모 보룡-고모의 딸 운명으로 이어지는 핏줄이 중심이 된다.

지소태휘법흥왕의 딸은 법흥왕의 아우인 입종(立宗)과의 사이에 진흥왕을 낳았다. 그리고 이사부(異斯夫),[51] 즉 김태종(苔宗)과의 사이에 세종과

---

50) 이렇게 모계 사회이면서 같은 종족끼리는 혼인을 하지 않는 것이 동이족인 공공족의 혼습이었을 것이다. 신라 김씨는 순혈을 유지하기 위하여 같은 성씨끼리 혼인하는 모계 사회였다. 가비라국의 석가씨와 비슷하다. 아마 북적이나 서융의 혼인일 것이다. 어떤 지역이나 엄밀한 의미에서의 토인은 없다. 선주족과 후주족만 있을 뿐이다. 한 반도를 포함한 동북아시아의 선주민과 후주민은 몇 층의 스트라툼[strata]를 이루고 있을지 알 수 없다. 모두 밀려오고 밀려갈 뿐이다. 언젠가는 우리 후손들도 다른 종족들에게 밀려나서 추운 지방에 가 있을지도 모른다.

51) '독도는 우리 땅'에 나오는 이사부[태종]이다. 512년[지증마립간 13년] 아슬라쥐명주, 현 강릉] 군주로서 전함에 나무로 만든 사자를 싣고 가서 우산국[울릉되의 몽매한 토인들을 속여 복속시키는 권모술수를 썼다고 『삼국사기』 권 제4 「신라본기 제4」 「지

숙명공주를 낳았다. 숙명공주는 원래 이부동모 형제인 진흥왕의 왕비였으나 진흥왕을 버리고 4세 풍월주 이화랑과 혼인하였다.

숙명공주와 이화랑은 원광법사와 12세 풍월주 보리공을 낳았다. 보리공은 만룡과 혼인하였다. 만룡은 정숙태재동륜과 만호태후의 딸이다. 진평왕이 동륜[정숙태재]의 아들이니 만룡은 진평왕의 누이이고 보리는 진평왕의 매부이다. 보리공과 만룡 사이에 예원과 보룡이 태어났다. 예원과 보룡은 진평왕의 생질이다. 보룡이 선품에게 시집가서 자의와 운명을 낳았다. 그러니까 이 혈통은 배우지를 '여/남'으로 표시하면 (32a)처럼 된다. 이 혈통이 진골정통이다.[52] (32b)는 참고로 진흥왕의 후계들을 도표화한 것이다. 남/

증마립간」 조와 『삼국사기』 권 제44 「열전 제4」에 전해 온다[謀幷于山國 謂其國人愚悍 難以威降 可以計服 乃多造木偶師子 分載戰舡 抵其國海岸 詐告曰 汝若不服 則放此猛獸踏殺 之 其人恐懼則降].

이 장군의 이름은 무엇일까? 혹시 성은 李, 이름은 士夫, 아니면 師父로 생각하는 사람도 있을까? 우선 『삼국사기』 권 제44 「열전 제4」에 의하면 성은 김씨이다. '宗' 자의 옛 새김[訓]은 'ᄆᆞᆯ 宗'이다. 'ᄆᆞᆯ>마루'는 '산마루, 용마루[옥척(屋脊), 동(棟), 종마루]'의 '마루'로 남아 있다. 저자는 산마루는 산맥의 정상을 타고 흐르는 중심 줄기이고 용마루는 대들보 위의 기와로 지붕의 중심을 이루는 맥으로 이해한다. 나라나 집안의 중심인물이다. 처지아비 뷔도 '집 아비'로 가장을 뜻한다. '뷤'는 '읽 태'이다. 접미사 '-이'가 붙어 '잇기, 이끼'가 되었다. 뷤宗는 '읽ᄆᆞᆯ'에 가깝다. 오래 된 고가의 지붕 용마루에 이끼가 끼었을까? 조정 원로대신의 이름으로 '읽마루'만한 것이 없다. '이끼 긴 마루,' 얼마나 멋진 이름인가? '늑대와 춤을', '머릿속의 바람', 이런 이름을 지금도 사용하고 있는 사람들이 북아메리카 대륙, 알라스카, 멕시코에 있다. 그곳도 모계 사회이다. 오래 전에 헤어져 베링 해협을 건너간 우리의 형제들이다. '異斯夫'는 '읽마루'의 '읽'을 '異斯'로 적고 '마루'를 '夫'로 적은 것이다.

이 영웅의 이름은 '김읽마루'이다. 그것을 한자의 소리와 뜻을 이용한 표기법 향찰로 적은 것이 '金뷤宗, 金異斯夫'이다. 역사서에 언어가[言語家]가 할 일이 많다.

52) 이화랑의 아버지는 화랑도 초대 풍월주 위화랑이다. 이 두 화랑을 묘사한 문장에는, '얼굴이 백옥과 같고 입술은 마치 붉은 연지와 같고, 맑은 눈동자와 하얀 이를 가졌는데 말이 떨어지면 바람이 일었다[위화랑].' '피부가 옥과 같이 부드럽고 눈은 미소 짓는 꽃과 같고, 음률과 문장을 잘 하였다[이화랑].'으로 되어 있다. 완전 익조틱하다. 숙명공주가 반할 만도 하지 않은가?

이들은 어쩐지 나에게 우리 아버지를 연상시킨다. 백옥 같은 피부와 붉은 입술, 노란 맑은 눈, 우뚝한 코, 거기에 음률을 잘 하는 것까지. 우리는 경기도 이천에 터 잡았던 고구려의 최남단 지역 출신이다. 고구려의 부여씨(扶餘氏) 후예일 것이다. 서희

여로 배우자를 표시하였다.

(32) a. 지소태후/이사부-숙명공주/이화랑-만룡/보리-보단/흠순, 우약공주/예원, 보룡/선품-자의/문무왕, 운명/오기-??/대문-??/신충, ??/의충-만월/경덕왕

b. 진흥/사도-동륜/만호, 진지/지도, 구륜/??-진평/??, 국반/??, 용수/천명, 용춘/??, 선품/보룡-을제/선덕, ??/진덕, 춘추/문명, 자의, 순원/??-문무/자의, 진종/??-신문/신목-효소/성정, 성덕/엄정, 소덕-효성왕, 경덕왕

19세 풍월주 흠순[김유신의 아위는 예원의 누나 보단과 혼인하였다. 그

장군의 아버지 서필, 할아버지 서신일, 그 3분의 묘가 지금도 이천 부발, 어주 산북 상품에 있다. 그곳에 격구나 하러 다니다니.

위화랑은 날이(捺已, 영주)에서 왔다. 서기 500년 9월 미사흔의 외손자 21대 비처마립간[소지마립간]이 날이에 순행하였다. 그곳의 파로라는 사람이 명주로 감은 알 같은 선물을 수레에 실어 보내었다. 음식을 보낸 것으로 생각한 비처마립간은 명주를 풀었다. 명주 속에는 수놓인 비단옷을 입은 여인이 있었다. 국색(國色)이었다. 파로의 딸 벽화(碧花) 아가씨였다. 16세. 비처마립간은 돌려보내었다. 그러나 환궁한 후 그 아름다운 소녀를 잊지 못하고 멘붕 상태가 되어 서너 번 날이까지 몰래 미행하여 동침하였다. 그러다가 고타군[안동]의 노파에게 모욕당하고 벽화를 아예 궁중으로 데려와 별실에 숨겨두고 사랑을 나누었다.

그런 일이 있은 지 석 달 후 500년 11월에 비처마립간이 승하하였다. 불과 3개월 만에 왕위를 건 그 위험한 사랑은 끝을 맺었다. 자연사일까? 할아버지 눌지마립간의 외손자인 지증마립간이 즉위하였다. 비처마립간과 벽화후의 90일 간의 비운의 짧은 사랑도 경국지색답게 임금 하나를 망쳤다. 이러니 어찌 여색에 주의하지 않을 수 있겠는가? 벽화후는 그 후에 아들을 낳았다. 지증은 벽화의 아들이 태어나기도 전에 왕위에 오른 것이다. 지증은 소지와 벽화가 낳은 그 아들, 내물마립간의 장손을 어떻게 하였을까? 지증의 왕위 획득도 면밀하게 검토되어야 한다. 그는 찬탈자일 가능성이 크다. 벽화 아가씨는 지증의 아들인 법흥왕의 첩이 되었다.

그때 벽화의 어머니 벽아부인이 아들 위화랑을 데리고 함께 서라벌로 왔다. 위화랑이 제1대 풍월주가 되어 화랑도를 창시하였다. 위화랑, 이화랑이 북국의 하얀 피부를 가졌던 이유이다. 영주만 하여도 옛날에는 고구려의 영향 아래 있었다. 벽아부인, 벽화후의 후예들은 초기 화랑단을 이끌며 서북아시아 흉노제국의 후예 신라를 숭무(崇武)의 나라로 만드는 데에 이바지하였다. 이 집안이 대원신통이다. 원래의 혈통은 이렇게 동북아시아의 동이 공공족에 속하는 집안이다.

리하여 흠순이 풍월주가 되자 예원을 부제로 삼았다. 이때 가야파가 예원이 부제가 되는 것은 진골정통을 부흥하는 일이라고 비방하였다. 이에 예원이 스스로 물러나려 하자 흠순이 노하여 그 무리들을 내쫓고 말하기를 '부제는 곧 내 몸이다. 어찌 나와 조그마한 차별이라도 있겠는가? 또한 지금 천하가 한 집이 되었는데 어찌 진골과 가야가 있겠는가?' 하였다.

그러니까 선품의 딸인 자의는 진골정통으로 골품이 이어진다. 이에 반하여 유신의 딸 진광과 흠돌 사이에 태어난 신문왕의 첫 왕비는 가야파의 골품을 잇는다. 자의와 며느리 흠돌의 딸 사이에 알력이 생길 가능성이 크다. 물론 31대 신문왕의 둘째 왕비인 흠운의 딸은 어머니가 요석공주이니 왕실이긴 하다. 요석공주의 어머니는 보희라는 설이 유력하다. 이러면 신목왕후의 정파도 가야파로 간다. 32대 효소왕의 왕비인 성정왕후, 33대 성덕왕의 첫 왕비 엄정왕후의 정파도 가야파일 가능성이 크다.

30대 문무왕비 자의왕후, 33대 성덕왕비 소덕왕후, 34대 효성왕비 혜명왕비로 이어지는 3대 왕비 혈통은 부계 혈통을 기준으로 하고 있다. 이들의 부계는 보리공 집안이다. 이 집안은 진골정통이다. 성덕왕의 첫째 왕비 엄정왕후와 둘째 왕비 소덕왕후의 정파가 서로 다른 것이다.[53]

소명전군의 죽음

그런데 무열왕의 태손 소명전군은 어디 가고, 문무왕의 장자 정명이 태자로 책봉되었는가? 필자는 이것이 참으로 궁금하였다. 그러다가 박창화의 『화랑세기』를 보니 (33)이 있었다. (33)은 소명태자가 일찍 죽었다고 적고 있다.

---

[53] 그러므로 엄정왕후의 딸 사소부인, 그리고 그 아들 김양상으로 이어지는 혈통과 소덕왕후의 아들 경덕왕, 경덕왕의 아들 혜공왕으로 이어지는 혈통은 적대적 관계에 있다. 물론 혜공왕의 어머니 만월부인은 김의충의 딸이므로 진골정통으로 분류된다. 후술한다.

(33) 이에 앞서 소명태자는 무열제의 명으로 흠운의 딸을 아내로 맞기로 약속하였다. 그러나 (소명태자가) 일찍 죽었다. 흠운의 딸은 스스로 소명 제주가 되기를 원하였다.. 자의왕후가 이를 허락하였다. 이것이 소명궁이다. <박창화, 『화랑세기』, 이종욱 역주해(1999), 「32세 신공」, 224-25.>

문무왕의 맏아들의 죽음을 간접적으로 기록하고 있는 것은 『삼국사기』 권 제7 「신라본기 제7」 「문무왕 하」의 마지막 기사인 유조이다. 거기서 백제, 고구려의 정복을 아들의 원통함을 갚은 일이라고 하였다. 소명전군이 아마도 백제와의 전쟁에서 전사하였을 것이다.

그러나 이 박창화의 『화랑세기』는 왕위 계승 서열 제1순위 태자의 죽음을 이렇게 직접적으로 기록하고 있다. 이것을 박창화가 지어내어 썼다고? 그는 천재인가?

광복 전부터 치면 100년 이상을 수많은 국사학자들이 '정명태재신문왕)이 문무왕의 맏아들이다.'고 해 왔다. 그런데 박창화가 무슨 연구를 어떻게 하였기에, 내가 '장자'라는 말이 '원자'라는 말과는 달리 형이 죽은 후에 어른아들이 된 둘째 이하의 아들이기 때문에 신문왕이 문무왕의 맏아들이 아니라는 것을 증명하기도 전에, 정명전군의 형 '소명전군'을 만들어 내었다는 말인가?

그가 무엇을 안 보고는 어떻게 문무왕의 맏아들 소명전군이 일찍 죽었다는 것을 창안해 내었겠는가? 그는 일본에 있는 진본 『화랑세기』를 보고 그대로 베낀 것이다. 일본에 진본 『화랑세기』가 없고, 위서 필사본 『화랑세기』는 박창화가 상상력으로 지어낸 공상소설이라고 주장하는 자들은 그가 소명전군의 사망을 무엇을 보고 상상해 내었는지 설명해 보라.

(33)에서 더 중요한 것은 그 소명태자가 무열왕의 명에 의하여 흠운의 딸과 혼인하기로 하였다는 것이다. 이제 무열왕의 사위 김흠운과 문무왕의

맏아들 소명전군의 조기 사망으로써 신라 왕실에 생긴 문제가 무엇인지 확연히 드러났다.

첫째 문제는 전쟁미망인 요석공주의 존재이다. 그 공주는 김흠운의 아내이다. 공주와 김흠운 사이에 자식은 없었을까? 없었으면 좋았겠지만 불행히도 있었다. (29)에 '흠운의 딸'이 나온다.

둘째 문제는 전쟁고아 흠운의 딸의 존재이다. 그 외손녀는 외할아버지 무열왕의 명에 의하여 외사촌 소명전군과 혼약이 맺어졌다. 그러나 소명전군이 일찍 죽어 흠운의 딸이 시집도 가기 전에 과부가 되었다. 소녀과부이다.

청상과부 어머니와 시집도 안 간 과부 딸이 요석궁에 살고 있었다. 요석궁은 문천(蚊川[모기내, 몰개내]) 바로 옆, 월성의 서쪽에 위치하고 있었다. 이 요석궁을 둘러싸고 있는 음기의 충천, 그것으로부터 터져 나온 원효대사와 요석공주의 로맨스는 『삼국유사』 권 제4 「의해 제5」 「원효불기」를 통하여 세상에 전하여 온다. 그 설화가 없었으면 우리는 고승과 공주가 벌이는 그 멋진 로맨스를 몰랐을 것이다. 그 로맨스가 없었으면 요석공주를 통하여 무열왕과 문무왕의 전폭적인 연구비 지원을 받았을 원효대사의 찬란한 불경 사업, 그것도 없었을 것이다. 공주 하나가 사랑을 잘 하면 이렇게 종족과 나라의 문화가 융성하고 외래 종교가 번성한다.

그러면 또 다른 미망인, 시집도 안 간 소녀과부 흠운의 딸, 요석공주의 딸의 로맨스는 어디에 적혀 있을까? 『삼국사기』의 (34)에 그 정보가 들어 있다. 장인 흠돌을 모반으로 몰아 죽이고 그에 연좌시켜 마누라를 좇아낸 신문왕은 683년 5월 7일 새로 장가를 들었다. 그 새 왕비가 김흠운의 딸이다.

(34) 683년[신문왕 3년] --- 일길찬 김흠운의*{少(之의 誤:필자)* 딸을 들여 부인으로 삼기로 하고, 먼저 이찬 문영과 파진찬 삼광을 보내 기일을 정하고, --- 5월 7일에 이찬 문영과 개원을 파견하여 그 집에 이르러 부인으로 책봉하고 --- 부인은 수레를 타고 좌우에서 시종하

는 관인과 부녀자 등으로 아주 성황을 이루었다. <『삼국사기』 권 제8 「신라본기 제8」「신문왕」>

그런데 그 김흠운의 딸은, (33)에서 보았듯이 무열왕이 맏손자 소명전군과 혼인하라고 정해 준 무열왕의 외손녀이다. 정명태자에게는 고종사촌 누이이자 형의 약혼녀이다. 그런데 그 형이 죽었다. 아우는 형수 감을 어떻게 해야 하는가? 현대라면 '다 잊고 좋은 데 골라 가서 잘 사시오.' 하면 끝이다. 조선 시대라면 '양가의 체면을 보아 수절하시오.'가 답이다. 그러나 이 흉노족의 후예 신라 왕실은 그럴 수가 없다. '형사취수(兄死娶嫂: 형이 죽으면 아우가 형수를 아내로 취한다.)'가 그들의 혼습이다.

김흠운의 딸과 이공전군의 출생

이를 『화랑세기』는 어떻게 적고 있을까? (35)는 좀처럼 믿기 어려운 일을 적었다. 이 소명전군의 약혼녀 김흠운의 딸이 태자 정명과 정이 들어 이공전군을 낳았다는 것이다. 이공전군이 누구인가? 그가 32대 왕이 된 효소왕 이공{홍}이다. 이것은 상상을 불허한다.

(35) 태재[정명]이 모휘[자의왕휘]와 더불어 여러 번 소명궁에 갔다. 태자가 그녀를 좋아하여 (677년에) 이공전군을 낳기에 이르렀다. 후가 이에 소명궁에게 명하여 동궁으로 들어가게 하고 선명궁으로 이름을 바꾸었다. 총애함이 흠돌의 딸보다 컸다. 흠돌의 딸이 투기를 하였다. <박창화, 『화랑세기』, 이종욱 역주해(1999), 「32세 신공」, 224-25.>

서정목(2014)에서 (36)을 근거로 하여 "687년 2월에 '원자'가 출생하고 691년 3월에 '왕자' 이홍을 태자로 책봉하였으니 효소왕이 신문왕의 원자가 아니다.[54] 효소왕은 683년 5월 신문왕과 신목왕후가 혼인하기 전에 태어난 혼외자이다."는 주장을 처음 하였다. 그 이전 100년 동안의 한국사 연구에서는 효소왕이 신문왕의 원자이고 6살에 즉위하여 16살에 죽었다는 것이 정설이 되어 있었다. 그런데 박창화가 그것을 지어내었다고? 그런 것을 다 공상하여 그가 필사본 『화랑세기』를 썼다고? 만약 그렇다면 그는 최고의 신라사 연구자이다. 그는 진본 『화랑세기』를 보고 베낀 것이지 지어낸 것이 아니다. 지어내었다 하더라도 이런 수준의 연구 결과는 존중되어야 마땅하다.

(36) a. 687년[신문왕 7년] 봄 2월 원자가 출생하였다.
 b. 691년[동 11년] 봄 3월 1일 왕자 이홍을 책봉하여 태자로 삼았다. <『삼국사기』 권 제8 「신라본기 제8」 「신문왕」>

할아버지가 앞으로 왕이 될 맏손자 소명전군과 아버지가 일찍 죽은 외손녀 흠운의 딸이 혼인하도록 명하였다. 이 외할아버지야, 아무리 외손녀가 불쌍해도 그렇지, 니가 왜 거기서 나와? 외손녀에게는 외손녀의 인생이 있다. 외할아버지가 간여할 일이 아니다. 맏손자에게도 맏손자의 인생이 있다. 할아버지가 간여하면 망칠 수도 있다. 이 만고의 진리를 무열왕이 어기다니.

그런데 이렇게 형이 약혼녀를 남겨 두고 죽었을 때 그의 아우는 어떻게 해야 하는가? 아니 결혼한 형이 죽었을 때 아우는 형수를 어떻게 해야 하는가? 아무리 미워도 아우는 형수를, 형의 약혼녀를 책임져야 한다. 그것이 형사취수(兄死娶嫂) 제도이다. 그런데 (35)의 일은 형수를 아내로 취한 것

---

54) '원자'는 왕과 원비[정비] 사이에서 태어난 법적 적장자를 말한다. 왕자는 왕의 아들이기만 하면 누가 낳았든 왕자이다. 신라 시대에 원자로 기록된 왕자는 셋뿐이다. 지증왕의 원자 법흥왕 원종, 무열왕의 원자 문무왕 법민, 신문왕의 원자 석 무루 김근 {흠}질이 그들이다. 다른 원자들은 아마도 7세 이하의 무복지상(無服之殤)으로 죽어서 그랬는지 기록을 남기지 못하였다.

같지는 않다. 그냥 바람난 청춘남녀가 선을 넘고 불장난을 저질러 애를 낳아 놓은 것에 지나지 않는 것으로 보이지 않는가? 휘몰아치는 바람기. 이것이 유목 정복 종족 흉노족의 후예 신라 왕실의 본질이다.

이 흠운의 딸이 이공전군을 낳았을 때는 정명은 유부남이고 그의 형수감이었던 이 여인은 시집 못간 처녀과부 신세일 때이다. 이제 이공전군이 태어난 그 때가 언제인지가 문제가 된다. 몇 년도에 이공전군이 태어났을까? 알 수 없어 보인다. 그러나 잘 찾아보면 기록이 있다. 모든 사건은 언제나 어딘가에 흔적을 남기기 마련이다. 아무리 공영 서적『삼국사기』가 인멸하고 왜곡해도 그 깊은 뜻을 모르는 유언비어 '카더라 서적'『삼국유사』가 증언하여 까발려 버린다.

효소왕이 되는 이공은 언제 출생한 것인가? 그 흔적은 놀랍게도『삼국유사』에 있다. (37)에 의하면 효소왕은 692년 즉위할 때 16세였다. 그러므로 그는 677년에 출생하였다. 성덕왕은 702년 즉위할 때 22세였으니 그도 681년생이다.

(37) 살펴보면 효조*{照는 昭로도 적음}*는 천수 3년 임진년[692년]에 즉위하였는데 그때 나이가 16세였으며, 장안 2년 임인년[702년]에 붕어했으니 누린 나이가 26세였다. 성덕이 이 해에 즉위하였으니 나이 22세였다. <『삼국유사』권 제3「탑상 제4」「대산 오만 진신」>

677년은 문무왕 17년이다. 문무왕 재위 시에 태자 정명이 효소왕의 어머니와의 사이에 이공전군을 낳은 것이다. 665년 8월 정명이 태자가 되고 혼인한 후로 12년이 지난 때이다. 그런데 효소왕의 어머니는 (38)에서 보듯이 신목왕후이다. 그리고 그녀는 일길찬 김흠운의 딸이다. 흠운의 딸, 그녀는 바로 소명전군의 약혼녀, 무열왕의 외손녀였던 것이다.

(38) 692년[효소왕 원년] 효소왕이 즉위하였다. 휘는 이홍*{洪은 恭
으로도 적음}*이다. 신문왕의 태자이다. 어머니 성은 김씨 신목왕후이
고 일길찬 김흠운*{運은 雲이라고도 함}*의 딸이다. <『삼국사기』 권
제8 「신라본기 제8」 「효소왕」>

이들의 나이를 한 번 따져 보자. (22b)를 보면 656년 이전에 태손 소명전
군이 태어났다. 정명은 665년 8월에 태자로 책봉되고 혼인하였다. 정명이
그때 13세쯤 되었다고 보면 그는 653년생쯤 된다. 그의 형 소명전군은 651
년쯤에 태어났을 것이다. 655년 정월에 흠운이 전사했으니 흠운의 딸이 태
어난 것은 654년쯤이다. 그러면 소명전군과 흠운의 딸의 나이는 3살 차이
가 난다. 665년 8월 정명대자가 흠돌의 딸과 혼인할 때 사촌누이 흠운의
딸은 12살 정도 되었다.

정명이 태자가 된, 그리고 혼인한 665년 8월에 13세였다면 677년에 25
세쯤 된다. 흠운의 딸이 654년에 태어났다면 677년에 24세이다. 흠돌의 딸
도 665년에 13세 정도였다고 보면 677년에 25세이다. 기가 막히지 않는가?
이제 25세의 정명이 24세쯤인 고종사촌 누이, 형수 감 흠운의 딸과 통정하
여 효소왕이 되는 이공전군을 낳았다는 말이 나이 상으로는 큰 무리가 없
는 말이 되었다.

앞에서 본 대로 왕비인 김흠돌의 딸은 아들을 낳지 못하였다. 이것이 이
사태의 빌미를 제공하였다. 자의왕후 처지에서 보면 맏며느리 감이었으나
맏아들이 일찍 죽는 바람에 홀로 된 시누이의 딸, 흠운의 딸은 이미 677년
에 손자 이공전군을 낳아서 그가 681년에 5살이나 되어 있었다. 그의 동생
봇내도 이미 태어났고 성덕왕이 되는 효명도 태어났거나 뱃속에 있었다.

이 상황에서 터진 것이 '흠돌의 모반'이다. 왕비의 투기를 탓하는 것이
먼저일까? 아니면 왕의 바람기를 탓하는 것이 먼저일까? 현대에서야 이것
이 문제가 되어 남자가 이혼당하지만 이미 전제 왕권이 확립된 야만의 시

대에는 그런 것이 문제가 되지 않는다. 왕비가 아들을 낳았건 낳지 않았건 내키는 대로 주변의 여자와 상관하고 이곳저곳에서 아이들을 낳아도 그만인 것이다. 춘추도 과부인 당숙모 보룡과의 사이에 당원을 낳았다. 문희도 춘추 아닌 다른 남자의 씨를 받아 선원을 낳았다. 왕비는 딸만 낳았는데 후궁이 왕자를 낳는 것이야 다반사이지.

그러나 이렇게 태어난 아이들은 왕비의 아버지 처지에서는 미래에 자신의 목숨, 딸의 목숨, 나아가 그 딸이 앞으로 낳을 외손자들의 목숨을 거두어갈 정적으로 받아들여지게 된다. 누가 왕이 되는가에 따라 형제이고 말고를 가리지 않고 서로를 죽여야 하는 운명에 놓이는 것이다.

더욱이 지금 이 상황에서 왕의 아들을 낳은 여자는 왕의 형수 감이다. 그녀는 씨만 약혼자의 씨를 못 받았고 그 아우의 씨를 받았을 뿐이지, 어차피 자신이 낳을 아들이 문무왕의 장손자로서 왕위를 이어야 한다고 생각할 사람이다. 그런데 그 왕의 아들을 낳은 여자는 흠돌에게는 백제와의 전투에서 젊어서 전사한 동생 흠운의 딸이다. 조카딸인 것이다. 얄궂은 운명이다. 더욱이 그 조카딸은 무열왕의 외손녀이고 문무왕의 생질녀이다. 왕비인 자기 딸보다 더 강력한 정치적 배경을 가진 존재인 것이다.

흠돌은 자신의 운명을 알았다. 자기 딸의 운명도 알았다. 언젠가 다 죽게 되어 있는 운명이라는 것을. 그는 그때 죽는 것보다는 지금 그 화근을 제거하는 것이 더 이익이라고 판단한 것이다. 이 쿠데타가 성공했다면 먼저 요석공주, 이공과 그의 형제들, 흠운의 딸이 죽었을 것이다. 그 다음에는 그들을 싸고 돈 자의왕후, 동생 김순원, 여동생 운명의 남편 김오기, 그리고 그 아들 김대문이 철퇴를 맞았을 것이다.

그러나 모든 싸움은 선수를 쳐야 한다. 기습전을 벌여야 이긴다. 기습전을 벌인 것은 오히려 자의왕후와 요석공주 세력이었다. 거기에 『화랑세기』를 지은 김오기와 김대문이 행동대로 동원되었다.

김흠돌 모반의 실상

(39)는 이 쿠데타가 진행되는 과정을 가장 실감나게 그리고 있는 박창화의 『화랑세기』의 내용이다. 지방 병력의 동원, 선제 공격의 의미, 화랑도의 폐지와 국선이 되는 것의 허용 등등이 눈에 뜨인다. 군사, 정치 지도자의 양성 기관이 폐쇄된 것이다. 사관학교의 폐교? 그러면 교육 받은 좋은 군사, 정치 지도자가 나오지 않는다. 그러면 나라가 망한다. 하기야 망하지 않은 나라가 어디 있는가? 이러나저러나 망하지.

(39) a. 수년 내에 낭정은 세 간흉의 손으로 들어갔다. 흠돌은 아첨으로 문명태후를 섬겼다. 이에 유신공의 외손인 그의 딸을 태자에게 바쳤다(665년). 태자와 모휘[자의왕휘]는 흠돌의 딸을 좋아하지 않았다.

b. 문명태후가 죽자 흠돌 등이 스스로 그 죄가 무거운 것을 알고 두렵고 불안하였다. 또 흠돌의 딸이 총애를 잃었다. 흠돌 등이 이에 모반을 하였다. 야명궁을 핑계대어 인명을 옹립하려 하였으나 실제로는 스스로 왕이 되려 한 것이다. 문무제의 병이 크게 악화되자 아버지 오기공이 북원으로부터 들어와 호성장군이 되었는데 실제로는 자의황후의 명에서 나온 것이었다. 그때 진공이 호성장군으로서 인부를 내어주지 않으며 말하기를, 주상이 와병중이고 상대등이 문서가 없는데 어찌 중요한 직을 가벼이 남에게 넘겨주겠는가 하면서 물러서지 않았다. 대개 적들의 모의가 이미 치밀했기 때문이었다. 제가 죽었으나 비밀에 부쳐 발설하지 않고 사람들을 시켜 비밀리에 서라벌 밖 지방의 군대를 입성시켰다. 흠돌 등이 군사로써 야명궁과 군관공의 집을 포위하고 난을 일으키려 하였다.

c. 오기공의 심복 낭두가 그 모의를 공에게 일러바쳤다. 그때 시위삼도는 적 편에 많이 서 있었다. 자의왕후가 그것을 근심하였다. 오기공이 이에 순지, 개원, 당원, 원수, 용원공 등과 더불어 비밀히 사병을 불러들여 호위하고 삼도의 대감을 모두 파면하여 다스렸다. 흠돌 등은 이

에 크게 놀라 진격하여 대궁을 포위하였다. 서불한 진복공이 수하의 친병를 이끌고 포위를 깨고 들어와 말하기를, "서라벌 밖 지방의 병력이 많이 이르렀다. 너희들은 역적에게 속았다. 죽음을 면하지 못할 것이다." 하였다. 그때 흠돌 등이 그 무리를 속여 말하기를, "상대등 군관과 각간 진복이 임금의 밀조를 받아 인명을 즉위시켰다." 하였으나, 군관은 움직이지 않았고[軍官不動], 진복은 포위를 깨뜨렸으므로 무리들이 의심하여 서로 다투었다. 이에 큰 소리로 '왕에게 충성할 자는 오른 쪽에, 역적을 따를 자는 왼쪽에 서라.'고 외쳤다. 이때 무리의 많은 수가 오른쪽으로 나아갔다. 흠돌 등은 일이 이루어지지 않았음을 알고 포위를 풀고 불러기려 하였다. 오기공 등이 병사를 풀어 대파하였다. 경외의 병력이 또 이르렀다. 적은 이에 삼간을 사로잡아 바쳤다. 반란이 드디어 평정되었고 삼도 중에는 이로써 죽임을 당한 자가 매우 많았다.

d. 자의태후가 화랑을 폐지하라고 명하고 오기공으로 하여금 낭도들의 명단을 작성하여 모두 병부에 속하게 하고 직을 주었다. 비록 그러하나 지방 낭정은 옛처럼 스스로 남았고 실직이 가장 성하였다. 오래지 않아 그 풍조가 다시 서라벌에도 점점 퍼졌다. 중신들이 모두 오래 된 풍속을 갑자기 바꾸면 안 된다고 하였다. 태후가 이에 득도하여 국선이 되는 것을 허락하였다. 화랑의 풍조가 이에 크게 바뀌었다. <박창화, 『화랑세기』, 이종욱 역주해(1999), 「32세 신공」 224-25, 312-14.>

e. 발문. 돌아가신 아버지가 일찍이 향음[향찰]로 화랑세보를 지었는데 완성하지 못하고 돌아가셨다. 불최[아버지만 못한 아들]은 공직으로(바쁘나) 낭정의 큰 줄기를 살펴서 그 파맥의 옳고 그름을 밝힘으로써 아버지의 옛 일을 연구한 뜻을 잇고자 한다. 그것이 혹 화랑의 역사에 하나라도 보태는 것이 있을 것인가? <박창화, 『화랑세기』, 이종욱 역주해(1999), 「발문」, 227, 314.>

(39e)를 보면 김대문의 『화랑세기』의 저술 의도를 명확하게 알 수 있다. 그 책은 김흠돌과 진공, 흥원을 모반으로 몰아 숙청하여 왕비를 폐비시키

는 역쿠데타의 주역인 김오기가 자신의 거사를 정당화하기 위하여 저술한 역사 왜곡서이다. 앞 부분 풍월주들의 계보야 객관적이고 무수한 정보를 담고 있지만 자의왕후 등장 이후의 사건들의 기술은 어느 편에 서는가에 따라 충분히 다르게 쓸 수 있는 내용으로 되어 있다.

누가 이기는가에 달렸다. 지면 모든 것이 바뀐다. 역사란 이긴 자의 기록이다. 문명왕후파와 자의왕후파 사이에 누가 이기는가에 따라 역사 기록은 바뀌는 것이다. 그러니 역사 기록에는 진실이 없다. 거기에는 이긴 자의 합리화만 있을 따름이다.

그러나 가장 눈길을 끄는 것은 (39b)이다. 김오기가 북원소경[원쥐의 군대를 이끌고 서라벌로 와서 월성의 호성장군 김진공이 이끄는 서라벌 경비사령부 군대와 맞서는 것이다. 현직 호성장군인 진공도 모르는 사이에 자의왕후가 비밀리에 원주 북원소경 사령부의 제부 김오기에게 월성의 호성장군 발령장을 주고 김흠돌 일당을 쳐부수라고 지령한 것이다.

그에 대한 김진공의 항의는 '주상이 와병중이고 상대등 김군관의 문서가 없는데 어찌 호성장군 직을 넘겨줄 수 있겠는가?'이다. 문서가 뭐겠는가? 호성장군 변경 발령장이지. 김진공을 동해안(?) 경비사령관으로 보내고 김오기를 서라벌 경비사령관으로 부르는 것이지.

그리고는 김흠돌 등은 김군관의 집을 포위하고 모반하려 하였다. 왜 군관의 집을 포위해? 일단 병부령 겸 상대등을 잡아야 군령이 자기들에게 유리하게 나올 것이니까. 누가 선수를 쳤고 누가 방어를 하고 있는가? 원주에서 경주까지 오는 데에 얼마나 걸리겠는가?

문무왕도 상대등도 병부령도 모르게 호성장군을 바꾼 것은 자의왕후이다. 감히 내명부에서 군 인사에 관여하다니. 그러나 그때는 국정농단 처벌법도 없었다. 있어도 이기면 그만이다.

그러므로 '흠돌의 모반'은 뒤에 뒤집어씌운 것일 수 있다. 김흠돌 등은 모반한 것이 아니라 모반하려 한 것이다. 김흠돌의 딸을 폐비시키고 흠운의 딸을 새 왕비로 삼으려는 원대한 계책을 세우고 흠돌을 둘러싼 친인척 무관들을 제거하기 위하여 먼저 원주의 김오기 부대를 불러들인 것은 자의왕후이다. 선수는 자의왕후가 쳤다. 쿠데타 모의가 있었고 그 쿠데타 모의 부대를 잡기 위한 역쿠데타가 있었던 것이다. 승리는 역쿠데타 군의 것이었다. 모든 역사는 자의왕후, 신문왕, 김오기의 편에서 새로 작성되어야 하였다.

참으로 재미있는 것은 (39c)이다. 김오기의 심복인 낭두가 흠돌 등이 모반할 기미가 있다고 일러 바쳤다. 28세 풍월주를 지낸 오기는 재임 중에 화랑도 안에 간자를 심어 둔 것이다. 역시 역사의 흐름은 한 사람의 간자에 의하여 그 물줄기를 바꿀 만큼 연약한 것이다. 아니면 한 사람의 간자는 역사의 흐름을 바꿀 만큼 큰 산처럼 버티고 서 있는 것인지도 모른다.

역사는 정치 전쟁에서 이긴 극소수 권력자가 모든 것을 독식하는 제로-섬 게임의 전제화로 진행되어 왔다. 그 진화의 최후 모습이 지금 대륙에 펼쳐진 거대한 공산 독재 국가와 그 아류이다. 황제도 사람 죽이기를 파리 죽이듯이 한 한 무제, 당 태종, 측천무후 같은 독재자 외에는 제대로 된 권력을 누리지 못하였다.

그러한 역사의 흐름은 세작에 의하여 일순간 눈앞에 나타난다. 어떤 나라나 멸망 직전에는 적국의 세작들에게 시달린다. 한성 백제 개로왕은 고구려 세작 승려 도림과 바둑 두며 그의 권유에 따라 대토목공사를 벌여 국가 재정을 축내고 허송세월하다가 고구려 장수왕에게 목이 날아갔다.

『삼국사기』, 『삼국유사』에서 편린(片鱗)을 주워 모으고, 거기에 박창화의 『화랑세기』의 내용을 종합하니 무열왕 때부터 '흠돌의 모반'이 일어나고 화랑도 풍월주 출신 장군들이 무더기로 죽어나간 681년 8월까지의 정치 전쟁의 상황이 깔끔하고 합리적으로 설명되었다. 그 시대의 일들이 박창화의 『화랑세기』보다 더 잘 정리될 수 있겠는가?

김군관의 선택

김오기는 북원소경을 진수하는 임무를 맡고 있었다. 그가 처형인 자의왕후의 명에 따라 전방의 군대를 서라벌로 회군시켜 반월성의 호성장군 김진공이 맡고 있던 서라벌 경비사령부 군과 맞서 있다. 이 싸움에서 흠돌이 '군관과 진복이 문무왕의 밀조를 받아 인명을 즉위시켰다.'고 거짓 선전하고, (아마도 진복이나 오기가) 왕에게 충성할 자 오른쪽에 서고 역적을 따를 자 왼쪽에 서라고 하니 반도들이 많이 오른 쪽으로 섰다. 여기서도 배신의 쓸쓸함을 엿볼 수 있다.

(39c)에서 보듯이, 이 화랑도 풍월주 출신 전우들끼리의 싸움을 지켜보고 있던 상대등 겸 병부령 "군관은 움직이지 않았다[軍官不動]." 그는 가야파나 진골정통 어느 한 쪽을 편들 수 없었다. 그가 가야파를 편 들어 싸웠으면 서라벌은 전우들의 싸움으로 피바다를 이루었을 것이다. '진복이 포위를 깨뜨리니 무리들이 의심하여 서로 싸웠다[眞福破圍衆疑相爭].' 그래서 군관의 제삿날 추모가인 「찬기파랑가」의 끝은 (40)처럼 되어 있다.

(40) 아야, 잣가지 높아[阿耶 栢史叱枝次高好]
　　　눈이 못 덮을 화랑장이여[雪是毛冬乃乎尸花判也].

잣가지는 노화랑의 인품을 은유한 표현이다. 변하지 않는 푸르름으로 변하지 않은 높은 절의를 나타낸 것이다. 이제 노 화랑이 어떤 일에서 누구에 대한 의리를 지키려 했는지 다 밝혀졌다. 김군관은 '흠돌의 딸과 흠운의 딸의 왕비 자리 정치 전쟁'에서 문무왕과 김유신에 대한 의리를 지키려 한 것이다.

문무왕과 김유신은 가락 김씨와 신라 김씨를 융합시킨 상징적 인물이다. 자신은 신라 김씨 진골정통이면서 아들을 가야파 흠돌의 딸에게 장가들인 김군관이 지키려 한 가치는 진골정통과 가야파 두 세력의 협력과 융화이다.

그 가치를 지키지 못하고 저렇게 정쟁으로 나라에 공이 큰 인물들을 홀대하거나 죽이면 그 나라는 결국 국민들의 충성심을 이끌어내지 못하고 스스로 멸망의 길로 들어선다. 그것을 통일 신라의 멸망이 이렇게 뼈저리게 일러 준다. 그럼에도 불구하고 고려도, 조선도 똑같은 정쟁으로 스스로 멸망의 길로 걸어갔다. 그래서 역사는 반복된다고 한다.

이 실패한 쿠데타의 기록은 권력 교체기에 병권을 쥔 무인들이 어떤 말로를 걷게 되는지 적나라하게 보여 준다. 정치 전쟁에서 이기지 못하면 아무리 공이 커도 소용이 없다. 새로 집권한 왕은 어떤 핑계를 붙여서라도 자기편에 서지 않는 전 조정의 무인들, 경우에 따라 아버지의 무인들을 제거하기 마련이다. 그러지 않고서는 자신의 왕권이 제대로 작동하지 않는다. 그러나 그러면 나라는 멸망의 길로 들어선다.

지금까지 박창화의 『화랑세기』를 통하여 살펴본 통일 신라의 역사는 (41)과 같이 정리된다.

(41) a. 소명전군의 죽음: 29대 태종무열왕의 원자 문무왕은 자의왕후와의 사이에 소명전군, 정명전군의 두 아들이 있었고 후궁 야명궁과의 사이에 인명전군이 있었다. 문무왕은 유조에서 백제를 정복한 일을 '위로는 종조의 남은 돌아봄을 위로하고 아래로는 아버지와 아들의 숙원을 갚았다.'고 하였다. 여기서 아들은 소명전군을 가리킨다. 문무왕의 맏아들이 백제와의 전쟁에서 일찍 죽은 것이다. 그리하여 차자인 정명이 장자가 되었고 태자가 되었다. 이 소명전군의 죽음이 통일신라 멸망의 근원적 요인이다.

b. 김흠운의 딸: 655년 정월 무열왕의 사위 흠운이 조천성[옥천]으로 진격하는 길목의 양산 아래에서 새벽에 백제의 기습을 받아 전사하였다. 흠운과 요석공주 사이에는 어린 딸이 하나 있었다. 무열왕은 맏손자 소명전군에게 흠운의 이 어린 딸과 혼인하게 명하였다. 그러나 소명전군 또한 백제와의 싸움에서 전사하였다. 어려서 약혼자를 잃은 흠운

의 딸은 소명제주가 되기를 자원하여 소명궁에서 살았다. 자의왕후는 맏며느리 감, 시누이의 딸이 사는 소명궁에 자주 갔다. 정명도 어머니를 따라 자주 소명궁에 갔다. 정명은 665년 8월 태자로 책봉될 때 흠돌의 딸과 혼인하였다. 태자비는 흠돌의 딸이다. 흠돌은 문명왕후의 언니 정희의 아들이고 김유신의 딸 진광의 남편이다. 흠돌과 흠운은 형제로서 유신의 누이 정희와 달복의 아들들이다.

c. 효소왕, 성덕왕의 출생의 비밀: 태자 정명이 죽은 형의 약혼녀이자 고종사촌 누이인 소명궁과 통정하여 677년에 이공[32대 효소왕], 679(?)년에 봇내[오대산의 스님], 681년에 융기[33대 성덕왕]을 낳았다. 이에 반하여 소명궁의 사촌자매인 태자비 흠돌의 딸은 이때까지 아들을 낳지 못하였다. 두 여인, 태자비 흠돌의 딸과 세 아들의 어머니 흠운의 딸은 자차기의 왕위를 두고 치열한 권력 다툼을 벌일 수밖에 없다. 이 왕자들의 출생의 비밀은 『삼국사기』에는 전혀 기록되어 있지 않다. 그러나 『삼국유사』 권 제3 「탑상 제4」 「대산 오만 진신」에는 정확하게 기록되어 있다. 이 혼외자들이 통일 신라를 멸망으로 몰고 간 직접적 핵심 요인이다.

d. 신문왕의 즉위와 흠돌의 모반: 681년 7월 1일 문무왕이 죽고 7월 7일 신문왕이 즉위하였다. 왕비 흠돌의 딸이 원자를 낳으면 왕위는 원자에게 가게 되고 혼외에서 낳은 왕자들인 요석공주의 세 외손자는 정치적 처지가 어렵게 된다. 자의왕후는 시어머니 문명왕후와 함께 세력을 형성하고 있는 흠돌과 사이가 나빴다. 자신의 아들이 왕이 되자 자의왕후는 시어머니 세력에 대한 보복을 개시하였다. 681년 8월 8일 신문왕, 자의왕후, 요석공주 세력은 왕비의 친정아버지 흠돌과 진공, 흥원을 죽이고 8월 28일 병부령 김군관과 그 아들을 죽였다. 결국 이 싸움은 문명왕후, 김유신의 딸 진광, 진광의 딸인 태자비 대 자의왕후, 김유신의 누이 보희, 보희의 딸 요석공주, 요석공주의 딸의 싸움이다. '흠돌의 모반'으로 왕비를 쫓아낸 후 신문왕은 683년 5월 7일 세 아들을 낳은 요석공주의 딸[흠운의 딸]과 재혼하였다. 그 왕비가 신목왕후이다.

e. 화랑도 풍월주들의 세계(世系): 유신은 15세 풍월주이다. 그의 할아버지는 금관가야 마지막 왕 구형왕의 아들 무력이다. 무력은 24대 진흥왕의 딸 아양공주의 남편이다. 무력의 아들이 서현이다. 서현은 만명[진흥왕의 동생 숙흘종과 만호부인의 딸과 야합하여 유신을 낳았다. 유신의 어머니 만명은 진흥왕의 조카딸이다.

16세 풍월주는 보종이다. 미실의 아들이다. 17세 풍월주는 염장이다. 진흥왕의 손자이다. 18세 풍월주는 유신의 부제 춘추[29대 무열왕]이다. 그는 25대 진지왕의 아들 용수와 26대 진평왕의 딸 천명공주의 아들이다. 19세 풍월주는 유신의 동생 흠순이다. 20세 풍월주는 예원이다. 예원의 어머니는 정숙태자[동륜]의 비 만호태후의 딸 만룡이다. 예원의 아버지는 12세 풍월주 보리이다.

21세 풍월주는 자의왕후의 아버지 선품이다. 그는 643년에 당나라에 사신으로 갔다가 병을 얻어 돌아와서 곧 죽었다. 35세였다. 그의 차녀는 예원의 아들 오기에게 시집갔다. 22세 풍월주는 양도이다. 흠순과 함께 당나라에 문무왕의 사죄사로 갔다가 감옥에서 죽었다. 23세 풍월주는 김군관이다. 거칠부의 증손자이다. 그는 612년생이다. 군관은 25대 진지왕의 딸 석명공주의 아들이다. 무열왕의 고종사촌이고 문무왕의 5촌 아저씨이다. 24세 풍월주는 수품[선품의 동생]의 아들 천광이다. 천광은 군관의 아내 천은의 동생이다.

25세 풍월주는 염장의 아들 춘장이다. 26세 풍월주는 진공이다. 그의 부인 흠신은 흠돌의 누이이다. 진공의 형이 상대등 진복이다. 27세 풍월주는 유신의 사위 흠돌이다. 문무왕의 사돈이고 신문왕의 장인이다. 그의 동생이 무열왕의 사위 흠운이다. 흠운의 아내는 요석공주이다. 흠운과 요석공주의 딸이 신문왕의 계비 신목왕후이다.

28세 풍월주는 오기이다. 오기는 20세 풍월주 예원의 아들이다. 자의왕후의 여동생 운명의 남편이다. 그의 아들이 대문이다. 대문의 『화랑세기』는 오기가 향음으로 쓴 것을 대문이 한문으로 고쳐 쓴 것이다. 29세 풍월주는 흠순의 아들 원선이다. 30세 풍월주는 군관의 아들 천관이다. 그는 흠돌의 사위이다. 31세 풍월주는 흠돌과 언원[흥원]의 누이[의 아들인 흠언이다. 32세 풍월주는 신공이다. 흠돌의 여동생 흠신과 진공의 아들이다. 『화랑세기』는 32세 신공 조에 '흠돌의 모반'을 자세히 적었다. 이 내용은 『삼국사기』, 『삼국유사』에는 없다.

f. 김오기의 역할: 24세 풍월주 오기는 문무왕 18년[678년]부터 북원소경[원주]를 진수하고 있었다. 그는 자의왕후의 동생 운명의 남편이다. 자의왕후는 제부에게 연락하여 문무왕 사후 서라벌로 와서 흠돌 일당을 진압하게 하였다. 이후 오기는 서라벌의 권력 핵심이 되었다. 그의 아들이 김대문이다. 대문의 아들이 신충, 의충이다. 의충의 딸이 경덕왕의 계비 만월부인이다.

g. 군관과 천관의 자살당함: 군관은 거칠부의 증손자이다. 어머니가 진지왕의 딸 석명공주이니 그는 진지왕의 외손자이나. 신지왕의 손자인 무열왕의 고종사촌이다. 오랫동안 한성주 행군총관 등으로 종군하였다. 병부령으로 있던 문무왕 19년[679년]에 상대등을 겸하였다. 그의 아들 천관이 흠돌의 사위였다. 문무왕이 죽고 신문왕이 즉위한 후 '흠돌 등의 모반을 고변하지 않았다.'는 이유로 681년 8월 28일 적자 천관과 함께 자살 당하였다. 612년생이니 681년에 69세였다. 「찬기파랑가」의 '기[60-69세]파랑'이 김군관이다.

(41)에서 가장 중요한 것은 화랑도 풍월주들의 계보이다. 물론 『화랑세기』에는 '대원신통', '진골정통'으로 나누어지는 계파가 있다. 거기에 따르면 (41e)에 등장한 인물들은 (42a, b)처럼 계보가 나누어진다. (42c)의 26세 풍월주 진공과 29세 풍월주 원선은 계보가 명기되어 있지 않다.

(42) a. 진골정통: 15유신-18춘추-19흠순-20예원-22양도-23군관-27흠돌-30천관-31흠언-32신공

b. 대원신통: 16보종-17염장-21선품-24천광-25춘장-28오기

c. 불명: 26진공–29원선

이 계보는 아메리카 원주민들처럼 어머니의 혈통에 따라 결정된다. 그리하여 아버지와 아들이 서로 다른 계보에 속할 수도 있다. (42a)의 진골정통인 20세 풍월주 예원의 아들인 28세 풍월주 오기가 (42b)에서 대원신통에 속하여 있다.

이 화랑도 풍월주들의 세력 구도가 (42)의 진골정통, 대원신통이라는 혈통만으로 나누어지는 것은 아닌 것 같다. 그보다는 오히려 혼맥으로 이루어지는 친인척 망으로 뭉치어 권력 구도를 형성하는 것으로 보인다. 초기의 풍월주들에게서는 별로 드러나지 않지만 후기 풍월주로 갈수록 파벌 비슷한 것이 느껴진다. 이를 분류해 보면 (43)과 같다.

(43) a. 15유신–19흠순[유신 동생]–23군관[흠돌 사돈]–26진공[흠돌 매부]–27흠돌[유신 사위]–29원선[흠순의 아들]–30천관[흠돌의 사위]–31흠언[흠돌 아들]–32신공[진공 아들] <가야파>
b. 16보종–17염장–18춘추–20예원–21선품[진흥왕 손자]–22양도[진평왕의 외손자]–23군관[진지왕 외손자]–24천관[진흥왕 증손자]–25춘장[진흥왕 증손자]–28오기[예원 아들, 선품 사위] <진골정통>

(43a)에서 김유신과 흠순은 형제이다. 여기서 제일 중요한 것은 무열왕 춘추의 왕비가 김유신의 여동생(??) 문명왕후라는 사실이다. 문명왕후가 무열왕–문무왕 시대의 권력의 핵이다. 흠돌은 유신의 사위이고 생질이다. 진공은 흠돌의 매부이다. 군관은 흠돌과 사돈이다. 천관은 군관의 아들이고 흠돌의 사위이다. 원선은 흠순의 아들이다. 흠언은 흠돌의 아들이다. 신공은 진공의 아들이다.

그 나머지 (43b)의 인물들 중에서 분명한 것은 선품이 자의왕후의 아버지라는 사실이다. 문무왕비 자의왕후는 문명왕후 이후 권력의 핵이 된다.

선품의 또 다른 딸은 운명이다. 운명의 남편이 오기이다. 오기의 아버지는 예원이다. 예원과 선품이 사돈인 것이다. 선품은 진흥왕의 아들 구륜의 아들이다. 선품이 진흥왕의 손자인 것이다.

구륜의 또 다른 아들은 수품이다. 수품의 아내는 염장의 누이인 천장이다. 천장은 진흥왕의 손녀이다. 수품과 천장의 아들은 천광이고 딸은 천운이다. 천광은 염장의 생질이다. 수품의 딸인 천운은 군관과 혼인하였다. 군관은 천광의 매형이다. 군관은 풍월주의 지위를 처남인 천광에게 물려 준 것이다. 군관은 원래 수품, 선품, 자의왕후의 세력이다.

이 두 계열에서 핵심은 문명왕후와 자의왕후이다. 시어머니와 며느리 사이인 이 둘의 배후 세력이 이 화랑도 풍월주들의 계보에 의하여 결정되었음을 알 수 있다.

문명왕후 세력은 오빠 유신, 언니 정희의 아들 흠돌과 그의 친인척들로 짜여 있다. 흠돌은 유신의 딸 진광의 남편이다. 이들은 흠돌의 딸[신문왕 첫 왕비]를 지지하였다.

자의왕후 세력은 아버지 선품과 외삼촌 예원을 중심으로 짜여 있다. 예원은 자의왕후의 어머니 보룡의 오빠이다. 예원의 아들이 오기이고 그 아들이 대문이다. 오기의 아내가 자의왕후의 여동생 운명이다. 삼촌 수품과 그의 아들 천광도 이 그룹에 속한다. 이들은 흠운의 딸[신문왕의 둘째 왕비]를 지지하였다.

그런데 군관은 원래 (43b) 계열에 속한다. 그렇지만 아들 천관이 흠돌의 딸과 혼인함으로써 (43a) 계열에도 속하게 되었다. 군관이 '흠돌의 모반' 때에 어느 편에 서야 했을까? 수품의 딸인 아내 천운이나 집안의 내력으로 보면 선품, 자의왕후 계열에 서야 한다. 그러면 흠운의 딸을 지지해야 한다. 그러나 아들 천관이 흠돌의 사위이다. 그리고 흠돌의 딸이 왕비이다. 아들의 처지를 고려하면 흠돌의 딸 편에 서야 한다.

현재의 권력 왕비의 편에 설 것인가, 왕의 아들을 셋이나 낳은 미래의 권력 흠운의 딸 편에 설 것인가? 이것이 군관이 부닥친 문제였다. 이럴 때 약삭빠른 자들은 미래의 권력 편에 선다. 그러나 제대로 교육을 받고 수신을 한 사람들은 그러기가 어렵다. 망설이고 머뭇거리고 고민한다. 그러다가 아무 것도 하지 못하고 당한다. 세속에서는 우유부단하다고 한다.

문무왕은 죽을 때 상대등 겸 병부령 군관에게 무슨 부탁을 했을까? 문무왕은 선품의 딸 자의와 결혼하였고, 군관은 선품의 동생 수품의 딸 천운과 결혼하였다. 문무왕은 선품의 사위이고 군관은 수품의 사위이다. 이 둘은 4촌 동서인 것이다. 문무왕은 죽을 때 가장 신뢰하는 4촌 동서이며 재상인 상대등 겸 병부령 군관에게 훗날의 일들을 부탁하였을 것이다.

기파랑은 김군관이다

문제는 「찬기파랑가」가 찬양하는 기파랑이 군관인가 아닌가 하는 것이다. 저자는 90% 이상의 가능성으로 기파랑이 군관일 것으로 본다. 시의 내용과 그의 자살당함이 거의 일치한다.

경덕왕은 할아버지 신문왕 즉위년[681년, 경덕왕의 아버지 성덕왕 출생년] 8월에 있었던 '흠돌의 모반'에 대하여 들어서, 또 『화랑세기』를 읽어서 알고 있었을 것이다. 경덕왕은, 큰아버지 효소왕과 아버지 성덕왕이 원인이 되어, 할머니 신목왕후와 다투고 있었던 왕비인 흠돌의 딸의 존재를 알고 있었을 것이다. 경덕왕은 '흠돌의 모반'에서 왕비의 편에 설지, 할머니 신목왕후의 편에 설지, 권력의 향방을 결정지을 화랑 출신 최고위직 화랑을 알고 있었을 것이다.[55] 그것이 (44a) 힐문의 진정한 의미이다. 이 물음에 대하여 충담사도 (44b) 대답 이외의 다른 답을 할 수 없는 처지에 놓여 있었다.

---

55) 이 모반 사건에서 병부령 겸 상대등 김군관이 적자 1명과 함께 자진하라는 신문왕의 명을 받고 이승을 떠났다. 경덕왕은, 할아버지 신문왕에 의하여 석연치 않은 죄목으로 처형당한 그 김군관을 찬양한 시일지도(?) 모르는 「찬기파랑가」를 지은 충담사를 우연히 만난 것이다.

(44) a. 짐이 일찍이 듣기에 그대의 늙보 화랑을 찬양한 사뇌가가 그 뜻이 매우 높다고 하는데, 이것이 과연 그러한가?

b. 그렇소이다. <『삼국유사』 권 제2 「기이 제2」 「경덕왕 충담사 표훈대덕」>

「찬기파랑가」의 기파랑이 군관일 것이라는 추리에 한 가지 우려되는 사항은 충담사의 나이 문제이다. 충담사가 765년[경덕왕 24년]에 「안민가」를 지을 때 몇 살이나 되었을까? 80여세라고 보자. 그러면 출생 연도가 685년쯤 된다. '김흠돌의 모반'이 일어난 681년에는 아직 태어나지도 않았다. 그러니까 충담사가 자신이 경험한 일을 소재로 하여 「찬기파랑가」를 지은 것이라 하기는 어렵다.

충담사가 70여세에 「찬기파랑가」를 지었다면 그때는 755년경이 되고 742년에 즉위한 경덕왕 14년쯤 되는 때이다. '김흠돌의 모반'은 681년에 있었던 일이다. 그러니 755년으로부터는 75년 정도 전의 일이다. 그 모반에서 억울하게 죽었을지도 모르는 군관 부자의 사연에 대하여 충담사가 어떻게 알았을까?

이 모반 사건은 신라 화랑도 낭도들에게 오랫동안 구전되어 왔을 것이다. 그리고 그들에게 『화랑세기』는 필독서 같은 것이었다. 특히 그들에게 김군관 같은 고위직의 억울한 죽음은 특별히 더 강한 인상을 남겼을 것이다. 충담사는 '김흠돌의 모반'와 김군관 부자의 억울한 죽음을 간접 경험에 의하여 알았을 것이다.

이 죽음이 억울한 죽음이라는 것은 어떻게 논증할 것인가? 그것은 두 가지 단계를 거쳐서 생각할 수 있다.

첫째 단계, '흠돌의 모반' 자체가 억울한 것일 수도 있다. 이 경우 흠돌의 세력권에서는 움직임이 없었는데 자의왕후 편에서 미리 선수를 써서 흠돌을 죽이고 왕비를 폐비시켰다고 보는 것이다. 이것은 (41c, d)에서 요약하여 보인 31대 신문왕의 기이한 여난과 연관되어 있다.

둘째 단계, 흠돌이 실제로 반란을 모의하였다 하더라도 군관은 그 모반에 관련이 안 되었다. 그는 그냥 아들이 흠돌의 사위라서 엮이어 들어갔을 수도 있다. 시의 내용으로 보면 이럴 가능성이 더 크다. (39c)에서 '군관은 움직이지 않았고'가 이를 증명해 주는 단서이다.

이 가운데 어느 단계일까? 그것을 우리는 이상의 내용에서 어느 정도 짐작할 수 있다. 문무왕의 차자 정명은 형 소명전군이 일찍 죽어 장자가 되었다. 정명은 665년 8월 태자로 책봉될 때 흠돌의 딸과 혼인하였다. 흠돌은 유신의 사위였고 생질이었다. 흠돌의 딸인 왕비는 아들이 없었다. 681년 7월 1일 문무왕이 승하할 때까지 16년 동안 태자비였던 흠돌의 딸은 아들을 낳지 못한 것이다. 이것이 가장 중요한 사실이다. 태자비가 아들 하나만 낳았으면 아무 문제가 일어나지 않았을 것이다.

그런데 정명태자는 다른 여자, 그것도 죽은 형 소명전군의 약혼녀인 고종사촌 누이와 통정하여 아들을 셋이나 낳아 놓았다. 첫째는 677년생 이공{홍}, 둘째는 679(?)년생 봇내, 셋째는 681년생 융기이다. 다음 왕은 이 혼외자 가운데 첫째 아들인 이공이 될 가능성이 크다. 만약 태자비였다가 681년 7월 7일 왕비가 된 흠돌의 딸이 앞으로 아들을 낳으면 왕위는 '원자(元子)'인 이 아들에게 가는 것이 정상적이다. 이미 태어난 아들들의 운명도 위험하고, 새로 태어날 그 '원자'의 운명도 짐작이 안 된다.

이런 콩가루 집안인 왕실 내부 상태를 눈앞에 두고 문무왕은 죽음을 맞게 되었다. 앞에서 본 대로『삼국사기』에는 아주 드물게 문무왕의 '유조'가 길게 적혀 있다. 그 속에는 태자 정명에게 당부하는 말이 들어 있다. 16년 동안이나 태자 자리에 있었던 아들 정명이 얼마나 못 미더웠으면 저런 부탁까지 해야 하나. 30세도 더 되어 아들을 셋이나 낳고서 즉위하는 아들에게 '가는 신하 섭섭하게 하지 말고 있는 신하 잘 대우하라.'니? 이것이 아버지가 아들에게 부탁할 일인가? 왕이 되면 제가 알아서 할 일이지.

태자 정명이 665년에 태자로 책봉되었으니 16년 동안 오래 태자 자리에 있은 것은 맞다. 그러나 무슨 덕을 쌓았는가? 그 기간에 그가 한 일이 무엇인데? 한 번도 아버지를 모시고 전장에 나갔다는 기록이 없다. 그리고 수신제가는커녕, 고종사촌 누이와 통정하여 아들을 셋이나 낳아 놓고 태자비와 부부싸움이나 하고 있는 못난 놈이다. 거기에 문무왕비 자의왕후도 시어머니 문명왕후와 사이가 안 좋았다. 더욱이 문명왕후의 언니 보희의 딸인 요석공주는 남편 흠운이 일찍 죽은 후 원효대사와의 사이에 설총을 낳아 놓고 있었다. 그 요석공주의 딸이 시동생 감인 태자 정명과 통정하여 아들을 셋씩이나 낳은 것이다.[56]

이런 망나니 아들을 둔 문무왕의 고통을 옆에서 지켜보았을 화랑 출신 고위 장군들은 어떤 생각을 하고 있었을까? 이 고통의 해결책은 왕비와 왕비의 친정 세력을 숙청하는 것일 수밖에 없다. 그리고 아들을 낳은 여인을 왕비로 삼아야 한다. 그 아들을 낳은 여인이 훗날 신목왕후가 된다.

아버지의 이런 유조를 받은 아들 정명태자가 681년 7월 1일 승하한 아버지 문무왕의 상중에, 무덤에 흙도 마르지 않았을 시점인 8월 8일에 '흠돌의 모반'으로 서라벌을 살육의 도가니로 만들었고, 8월 28일에 문무왕의 재상, 상대등 겸 병부령 군관을 자진(自盡)시켰다. '인간이 어찌 그럴 수가 있으리오?' 하고 생각하겠지만 인간이기에 그런 짓도 할 수 있다. 예나 이제나 1인 독재 세습 권력 유지에 눈먼 인간들이 벌이는 잔혹한 일의 한 예

---

56) 신라 왕실의 이 혼외정사 문제는 다른 각도에서 좀 더 깊게 조명되어야 할 것이다. 당원이나 선원처럼 부하의 아내나 상급자의 아내에게 씨를 뿌려 낳은 혼외재마복재도 흔하다. 문무왕 비편의 기록대로 김씨 왕실이 흉노족의 후예라면 남녀 관계는 매우 자유분방해진다. 아버지의 여자를 아들이 물려받고 형이 죽으면 형수를 아우가 데리고 산다. 혼인이 3촌, 4촌, 5촌, 6촌, 7촌 사이에 이루어지는 족내혼(endogamy)이기 때문에 현대나 유교적 도덕관으로 평가할 수 없는 측면도 있다. 양도는 누나 보량을 아내로 삼았는데 그의 어머니 양명공주는 그것을 '신국의 도'라고 하고 있다. 법흥왕이 아우 입종을 사위로 삼아 그의 아들 진흥왕이 조카이면서 외손자가 되는 것과 같은 경우도 비일비재하다. 내외종, 이종 사이의 혼인이야 말할 것도 못 된다. 유라시아 초원의 유목민들의 자연과 삶이 낳은 생존 방식이 반영된 혼습이다.

에 지나지 않는 것이다.

어머니 자의왕후와 정부의 어머니 요석공주의 치마폭에 휩싸여, 장인 흠돌과 그 일당들을 죽이고 병부령도 죽이고 왕비도 내쫓은 망나니 신문왕은, 683년 5월 7일 흠운의 딸과 재혼하였다. 이 여인이 효소왕, 성덕왕의 어머니로 기록된 신목왕후이다. 그리고 684년에 첫 번째 원자 김사종이 태어났으나 700년의 '경영의 모반'에 연루되어 부군의 지위를 잃었다. 687년[신문왕 7년] 2월 최종적으로 '원자'가 된 김근{흠}질이 태어났다.[57] 합법적인 혼인 관계에서 아버지가 재위 중일 때 태어난 맏아들이므로『삼국사기』권 제8「신라본기 제8」「신문왕」7년 조는 그를 '원자'라고 적었다. 그것은 이 공이 677년[문무왕 17년] 할아버지 문무왕이 재위하고 있을 때 태어났지만 혼외자이어서 원손이 될 수 없었던 것과 대조를 이룬다. 효소왕 이공의 인생은 첫출발부터 어렵게 시작된 것이다.

681년 8월 8일에 신문왕은 김흠돌, 흥원, 진공 등을 죽이고 8월 16일에 (45)와 같은 교서를 내렸다.

(45) a. 16일 교서를 내려 말하기를, 공 있는 자에게 상을 주는 것은 옛 성인의 좋은 법도이고 죄 있는 자를 죽이는 것은 선왕의 법전이다. 과인은 약한 몸과 부족한 덕으로 숭고한 기업을 이어 맡아 밥을 폐하고 찬을 잊어 새벽에 일어나고 밤늦게 침소에 들어 여러 고굉지신들과 더불어 함께 나라를 평안하게 하고 있다. 어찌 상복 입은 기간에 서울에서 반란이 일어날 줄 알았겠는가.

b. 적의 수괴 흠돌, 흥원, 진공 등은 관위가 재주로 올라간 것이 아니고 관직은 실은 선왕의 은혜로 이은 것이다. 능히 극기하여 시종 신중하며 부귀를 보전하지 못하고 이에 불인 불의하여 복을 짓고 위의를

---

57) 서정목(2019)에 나오는 두 원자 684년생 김사종과 687년 2월생 김근{흠}질, 그들이 중국 불교에서 500나한의 한 사람인 당 현종의 지인 무상선사, 그리고 당 숙종의 지인 무루이다. 지장보살 김교각은 효소왕과 성정왕후의 아들 696년생 김수충이다.

일으키어 관료들을 모멸하고 위를 속이고 아래를 능욕하였다. 날로 무염의 뜻을 나타내고 그 포악한 마음을 드러내어 흉사한 사람을 불러들이고 근수들과 교결하여 화가 내외로 통하고 악한 무리들이 서로 도와 기일을 정하여 난역을 행하려 하였다. 과인은 위로는 천지의 보호에 의지하고 아래로는 종묘의 영에 힘입었다. 흠돌 등은 악이 쌓이고 죄가 차서 모의한 바가 드러났다. 이는 사람과 신이 모두 버린 바로서 다시 용납하지 못할 바이라. 의를 범하고 풍속을 상함이 이보다 심한 것은 없도다.

　c. 이로써 추가로 군대를 소집하여 효경을 제거하려 하였더니 혹은 산골짜기로 숨어들고 혹은 대궐 뜰에 와서 항복하였다. 그러나 가지를 찾고 잎을 궁구하여 모두 목 베어 죽이니 3~4일 사이에 죄수들을 모두 죽였다. 이 일은 피치 못할 일이나 사졸과 사람들을 놀라게 하여 근심스럽고 부끄러운 마음을 어찌 아침저녁으로 잊을 수 있겠는가. 이제 이미 요망한 폭도들이 전부 청소되고 먼 곳 가까운 곳의 걱정이 없어졌으니 소집한 병마는 의당 속히 놓아 돌려보내어라. 사방에 포고하여 이 뜻을 알게 하라. <『삼국사기』권 제8 「신라본기 제8」 「신문왕」>

　이 교서는 신문왕이 화자이다. 그러니 통일 신라인이 쓴 글이다. 이 교서도 잘 읽어야 한다. 피상적으로 읽으면 안 된다. 제 재주로 오르지 않고 왕은으로 올랐다는 말이 진골 귀족이라서 출세하였다는 말로 읽히는가? 아니면 반란자들을 죽이는 일의 정당화를 위하여 갖다 붙인 말로 읽히는가? 잘 생각해야 한다. 이것은 죽여 놓고 죽인 명분을 찾아 합리화한 정치 공작적인 수사이다. 그 시대에 왕은을 입지 않고 제 실력만으로 고위직에 오른 이가 어디 있는가? 모두 왕족이고 왕과 친인척이고 왕은을 입고 출세한 것이다. 그러니 이 말을 그대로 믿으면 안 된다.

　이 교서는 참 이상하다. 잔뜩 길게 적었지만 수사학적 단어가 태반이고 정작 왜 흠돌이 모반하였는지 그 이유가 적혀 있지 않다. 더 중요한 것은 반란을 진압한 세력이 적혀 있지 않다는 사실이다. 정규 군대가 반란군을 진압한 것이니까 적을 필요가 없었을까? 그러나 '어찌 상복 입은 중에 서울에서 내란이 일어날 줄 알았겠는가?'나 '소집한 병마는 당연히 속히 놓아 돌려보내라.'는 구절을 보면 '서울 정규 군대가 반란을 일으켜 지방의 군대를 소집하여 진압하였다.'는 의미가 드러난다.

쿠데타가 일어난 것이 아니라 난역을 행하려 하였고 모의한 바가 드러났을 뿐이다. 사전에 발각되어 진압당한 것이다. 그러므로 사실은 정치적 숙청에 가깝다. 정치권력 다툼의 희생양이 된 것일 수도 있다. 이 모반을 진압하는 데 추가로 군대를 소집하였다. 그리고 반란군을 진압하고 나서는 돌려보내라고 하였다. 아마 지방 군대를 동원하여 흠돌이 거느리고 있는 중앙 군대를 진압한 것으로 보인다.

앞에서 신문왕이 즉위 후 8월 상대등을 진복으로 교체한 것을 보았다. 그 전 상대등은 679년[문무왕 19년]에 임명된 군관이다. 군관은 그때 상대등과 병부령을 겸하고 있었던 것으로 보인다. 그렇다면 문무왕의 가장 충직한 신하였을 것이다. 그런 군관을 교체하였다는 것은 그가 이 모반에 연루되었을 가능성을 암시한다.

(46)에서는 병부령 김군관이 '모반을 알고도 일찍 알리지 않았다.'는 죄목으로 자살당하고 있다.

(46) 681년 8월 28일 이찬 군관을 죽였다. 교서에 이르기를 왕을 섬기는 상규는 충성을 다하는 것을 근본으로 하고 벼슬을 하는 의리는 둘을 섬기지 않음을 주종으로 한다. 병부령 이찬 군관은 반서의 인연으로 윗자리에까지 올랐다. 능히 남긴 것을 줍고 빠진 것을 기워 조정에 깨끗한 절개를 바치지도 못하고, 명을 받아 몸을 잊고 사직에 붉은 충성을 표하지도 못하였다. 이에 적신 흠돌 등과 교섭하여 그 역보의 일을 알면서도 일찍 알리지 않았다. 이미 나라를 걱정하는 마음이 없고

공을 위하여 순절하겠다는 뜻을 바꾸었으니 어찌 재상의 자리에 무거이 두어 헌장을 어지럽히겠는가. 마땅히 그 무리와 함께 죽임으로써 후진을 경계할 것이다. 군관과 그 적자 1인에게 스스로 죽을 것을 명한다. 원근에 포고하고 모두가 알도록 하라. <『삼국사기』 권 제8 「신라본기 제8」 「신문왕」>

이 교서도 핑계 투성이다. 군관이 반서의 인연으로 윗자리에 올랐다고 한다. 말이나 되나? 그가 연줄로 그 자리에까지 올라갔겠는가? 능력도 없이 반서의 인연으로 재상에까지 올랐다면 그것이 그의 책임인가, 신문왕의 할아버지 무열왕, 아버지 문무왕의 책임인가?

문무왕이 실력도 없는 군관을 고모할머니 석명공주의 아들이라는 이유만으로 상대등에 앉혔을까? 그럴 리가 없다. 석명공주도 해마의 꿈을 꾸고 낳은 아들이어서 우리 집안의 천리구가 될 것이라고 기대했던 아이다. 그 시절에 반서의 연이 아닌 다른 인연으로 출세한 사람이 있기나 한가? 모두 왕은을 입고 반서의 인연으로 출세한 것이다.

'흠돌의 모반'을 기록한 두 교서를 샅샅이 읽어도 그들이 모반한 까닭을 알 수가 없다. 군관과 흠돌의 관계도 알 수 없다. 단순 적폐 청산일까?

(46)에서 군관이 적자 1명과 함께 자살 당하였다는 것이 주목된다. 이 아들 1명이 문제가 되었을 것이다. 앞에서 이미 본 대로 박창화의 『화랑세기』에 의하면 군관의 적자로 천관이 있었고 그의 처가 흠돌의 딸이다. 그러니 군관과 흠돌은 사돈이었던 것이다. 그 천관이 30세 풍월주였다. 천관은 667년[문무왕 7년]부터 674년[문무왕 14년]까지 고구려 정복 전쟁, 그리고 백제 부흥운동 진압, 대당 투쟁 등에 화랑단 풍월주로 활약하였다. 그런 사람을 문무왕이 죽자 말자 그 아들 신문왕이 숙청해 버렸다.

김군관은 이 모반에 동참한 것이 아니다. 그는 상대등 겸 병부령이니 최고위 관직을 맡고 있었다. 그가 어느 편에 서는가가 이 모반의 승패를 가를 열쇠였을 것이다. 그는 '모래가 갈라진 강물 가장자리에서 이러지도 못하고 저러지도 못하고' 망설이다가 자살을 당했다. 아니 아들이 흠돌의 사위이고 그 사돈이 모반하는데 왜 망설였을까? 이기면 살고 지면 죽는데.

아마도 훌륭한 장군이었을 것이다. 거칠부의 증손자로서 대대로 한성주를 지키며 살아온 그 집안의 내력이 섣불리 문무왕을 배신하고 사돈 편을 들 수 없게 하였을 것이다.[58] 덕이 높고 훌륭한 인품을 지녔음에 틀림없다. 이 군관이 어릴 때 공주 덕맨(선덕여왕)이 양도의 아내 보량에게 한 말은 '내가 데리고 있는 열 아이보다 너의 한 아이가 더 낫다.'이다. 그녀는 사람을 보는 눈이 있었던 것이다. 이렇게 훌륭한 장군을 자살시키는 왕이 잘 될 리가 없다.

『삼국사기』에서 '흠돌의 모반'을 적은 기록에는 흠돌이 모반한 이유가 밝혀져 있지 않다. 문면은 번잡하게 많이 적고 모반한 자들의 부덕함을 꾸짖고 있지만 정작 구체적인 모반 원인이 밝혀져 있지 않다. 분명한 것은 왕비인 흠돌의 딸에게는 혼인한 지 16년이 되도록 아들이 없었다는 것이다. 이로 하여 흠돌에게 어떤 불이익이 올지는 더 세월이 흘러야 알 수 있다. 딸이 아들이 없다고 친정아버지가 반란을 일으킨다는 것이 말이나 되는가? 왕자를 못 낳는 딸을 두었으면 백배 사죄를 해야지 반란을 꾀하다니? 먼저 폐비가 되고 그 후에 반란이 일어나야 순서가 상식적이지 반란이 먼저 있고 폐비가 되었다는 것은 상식을 벗어난다.

그러나 『삼국사기』, 『삼국유사』와 『화랑세기』의 관련 기록을 다 모아서 종합하면 흠돌이 모반한 까닭이 분명하게 드러난다. 그것은 바로 흠운의 딸이 낳은 혼외자 이공전군의 문제였다. 그가 살아 있으면 앞으로 태어날 흠돌의 외손자가 왕위에 오르는 일이 어려워진다. 두 왕자 가운데 하나는

---

58) 이 집안이 망한 후 한성주는 누가 차지할 것인가? 역적으로 몰리면 자신은 죽고 집안 식구들은 노비가 된다. 압수된 재산은 모반을 진압한 세력에게 돌아간다. 김대문이 「한산기」를 지었다. 김군관에 이어 한성주를 지배한 것은 김오기-김대문 집안이다.

죽여야 한다. 형을 죽이든 아우를 죽이든. 이것을 적지 않으면 '흠돌의 모반'을 제대로 설명한 것도, 역사를 제대로 적은 것도 아니다.

흠돌은 문명왕후 편이고 태자와 자의왕후는 흠돌의 딸인 태자비를 좋아하지 않았다. 이중으로 고부간의 갈등이 드러나 있다. 문무왕이 죽기 전에 자의왕후가 북원소경[원주]의 오기에게 밀령을 내려 서라벌로 와서 월성의 호성장군이 되라고 하였다. 이것이 중요하다. 흠돌이 모반하기 전에 모반하려는 기미가 있어 북원소경의 지방 군대를 불러들인 것이다. 김대문의 아버지, 자의왕후의 동생 운명의 남편 김오기는 (47)에서 보듯이 678년부터 북원소경을 진수하고 있었다.

(47) 678년[문무왕 18년] 정월 --- 북원소경을 설치하여 대아찬 오기로 하여금 진수하게 하였다. <『삼국사기』 권 제7 「신라본기 제7」 「문무왕 하」>

그러므로 흠돌이 모반한 후에 그 반란에 대한 진압이 이루어진 것이 아니다. 흠돌이 모반하기도 전에 자의왕후는 북원소경의 김오기에게 밀령을 내려 흠돌을 죽이라고 한 것이다.

이 『화랑세기』의 정보들을 모두 종합하여 고려하면 왜 「찬기파랑가」의 '기랑'이 김군관 장군일 수밖에 없는지를 이해할 수 있다. 『화랑세기』를 읽고 있던 화랑도 낭도들과 충담사 등이 왜 두고두고 억울하게 죽은 화랑의 표상 '기랑'을 칭송하고 그리워했는지가 『화랑세기』에는 명백하게 드러나 있다.

김오기와 대문도 정적을 제거하면서 군관은 죽이기 아깝다는 생각을 했을까? 그들이 쓴 『화랑세기』도 박창화의 『화랑세기』와 마찬가지로 군관에 대하여 저렇게 안타까운 사연을 적고 있을까? 나는 그러리라고 생각한다. 그러면 두 『화랑세기』의 관계는 스스로 드러난다. 후자는 전자를 보고 베낀 것이다.

　그러나 아무리 훌륭한 인품을 가진 장군이라도 적과 연줄을 맺고 있는 사람이라면 죽이는 것이 옳다. 그런 자를 살려 두면 언젠가는 보복 당하기 때문이다. 자의왕후는 이것을 알았던 것으로 보인다. 그리고 진골정통인 자의왕후는 군관과 혈통으로 맺어진 관계가 아니다. 진골정통이었던 군관은 흠돌의 딸을 며느리로 맞는 순간 그 자손들이 모계 혈통을 따라 가야파로 분류되게 된다.

　통일 신라 시대에 명멸한 인간 군상들 중에 억울한 죽음으로 인하여 뭇 사람들의 가슴 속에 가장 아픈 기억을 남기고 애통함을 금할 수 없게 한 인물이 바로 김군관이다. 그를 제외하고 그 어떤 인물도 「찬기파랑가」의 '기랑'이 될 수 없다. 이러한 역사적, 문학적 해석은 「찬기파랑가」에 대한 김완진(1980) 해독의 시 내용과 정확하게 합치하는 것이기도 하다.

6. 국민이 편안히 다스려지지 않는 이유

경덕왕의 첫 왕비 폐비와 재혼

　국민이 왜 편안하게 다스려지지 않는가? 그 답은 뻔하다. 왕이 나쁘기 때문이다. 어떤 왕이 나쁜 왕인가? 자신의 욕심을 위하여 민심을 거역하고 제 마음대로 하는 왕이 나쁜 왕이다. 나라야 망하든 말든 아들 하나 얻어 오라고 표훈대덕을 천제에게 보내어 떼를 쓰는 경덕왕 같은 놈이 나쁜 왕의 전형이다.

　「안민가」 창작에 이어지는 이야기는 경덕왕의 첫 왕비 사량부인의 폐비 사건, 그리고 경덕왕과 후비 만월부인의 재혼 이야기이다. 이 기록이야말로 통일 신라 멸망의 요인을 가장 정확하게 보여 주는 기록이다. 그것은 아마도 『삼국유사』 소재 설화 가운데 최고의 기록이라 하여도 좋다.

이 기록이 「안민가」 창작에서 드러난 국민이 편안하게 다스려지지 않는 이유이다. 국민이 편안하게 다스려지지 않으니 국민이 나라 지니기를 단념하고 '이 땅을 버리고' 다른 데로 가는 것이다. 북쪽의 국민은 북쪽으로 강 건너 도망가고 남쪽의 국민은 바다 건너 남쪽으로 배나 뗏목을 타고 보트 피플이 되어 도망간다.

『삼국유사』 전체를 통 털어 대부분의 이야기는 신라에 관한 것이다. 그 신라도 신문왕, 효소왕, 성덕왕, 경덕왕, 혜공왕 시대의 기록이 압도적으로 많다. 그것은 그만큼 일연선사가 통일 신라 시대를 중시하고 애정을 가지고 보기 때문일 것이다.

그런데 그 많은 통일 신라 시대의 기록 가운데 이 대목, 표훈대덕이 천제에게 다녀오는 이 대목을 저자는 가장 중요한 이야기라고 생각한다. 왜 이 대목이 가장 중요한가? 그것은 그 속에 '그러면 나라가 위태로워질 것이다.'는 천제의 경고가 들어 있기 때문이다.

상제나 천제가 어디에 있겠는가? 요새 식으로 말하면 국민의 목소리이지. '그러면 나라가 위태로워질 것이다.' 너무나 많이 들던 말이 아닌가? 어떻게 하면? 그것은 시대에 따라 다르다. 그런데 이 경고에 대한 경덕왕의 답은 '나라가 비록 위태로워져도'이다. 저런 망할 놈의 지도자가 있나? '나라가 망해도 절에 퍼주기를 마다하지 않은 임금', 그가 경덕왕이다.

'나라가 비록 위태로워져서 망하게 되더라도' 제 하고 싶은 대로 하고야 만 왕. 그 왕에 대한 역사의 평가가 왜 그렇게 후한지 나는 모르겠다. 불국사, 석굴암, 에밀레종으로 문화를 꽃 피운 왕이라고? 문화? 국고를 기울여 기자 불사를 하고, 아비의 명복을 빌 종 만든다고 숟가락까지 수탈해 간 왕 시대에 이루어진 문화가 무슨 진정한 문화이겠는가? 국민을 굶겨 죽이고 나라를 망친 왕을 문화를 융성시킨 왕이라니? 문화는 왕이 융성시키는 것이 아니라 예술가들이, 장인들이, 지식인들이, 학자들이 혼을 기울여 융성시키는 것이다. 왕이 융성시킨 문화란 약탈의 문화이다.

이 기록 「경덕왕 충담사 표훈대덕」의 후반부인 '경덕왕 때의 표훈대덕'
은 (48)과 같이 시작된다. 그런데 (48)은 그대로 읽어서는 무슨 말인지 알
수 없게 되어 있다. 제대로 갖추어진 문법적인 문장이 아닌 것이다. 이런
경우 다른 기록을 참고하여 무슨 말인지 알 수 있게 문장을 제대로 다듬은
후에 읽어야 한다.

(48) 王玉莖長八○無子廢之封沙梁夫人後妃滿月夫人謚景垂太后依忠角
干之女也[왕이 성기의 길이가 8○이나 되었다. 아들이 없어 폐하였다.
사량부인을 봉하였다. 후비 만월부인은 시호가 경수태후인데 의충 각
간의 딸이다. <『삼국유사』 권 제2 「기이 제2」 「경덕왕 충담사 표훈대
덕」>

판독 불가능한 ○ 속의 글자는 '마디 寸'으로 보인다. 성기의 길이가 8치
[당나라 때의 1치는 2.45cm 정도]라는 것은 큰 것일까, 작은 것일까? 작았으
면 무자의 책임이 왕에게 있고, 컸으면 옥문이 작았을 왕비에게 그 책임이
있다. 수수께끼 같은 이야기이다. (48)은 그 내용이 이상하다. 문맥이 통하
지 않는다. 이 문장은 잘못 새긴 것이다.

이를 바로 읽기 위해서는 필수적으로 『삼국사기』 권 제9 「경덕왕」 조를
참고하여야 한다. 거기에 『삼국유사』 권 제1 「왕력」에서 경덕왕과 그 아버
지, 어머니, 왕비, 왕비의 아버지에 관한 기록을 더하면 금상첨화이다.

『삼국사기』에 의하면 경덕왕에게는 즉위 시에 (49a)처럼 순정의 딸인 왕
비가 있었다. 그러나 (49b)에서 보듯이 743년 4월 새로 서불한 김의충의 딸
을 맞아 왕비로 삼았다.[59] 이로 보면 첫 왕비 순정의 딸은 폐비되고 의충의

---

59) 의충은 737년 2월 경 효성왕이 즉위할 때 중시가 되었다. 그때는 아찬이었다. 그리고
739년 정월 중시 의충이 죽어서 이찬 신충을 중시로 삼았다고 하였다. 2년 동안에 관
등이 올랐으면 대아찬 정도가 되었을 것이다. 왕비의 아버지로서는 너무 낮은 관등이

딸 만월부인이 새로 왕비가 된 것이다.

(49) a. (742년) 경덕왕이 즉위하였다. 휘는 헌영이고 효성왕의 같은 어머니 아우이다. 효성왕이 아들이 없어 헌영을 세워 태자로 삼았으므로 왕위를 이을 자격을 얻었다. 왕비는 이찬 순정(順貞)의 딸이다.
    b. 743년[경덕왕 2년] 봄 3월 --- 당 현종은 --- 조서에 말하기를 — 신라왕 김승경의 아우 헌영은 — 요즘에 형이 나라를 이었으나 돌아간 후에 사자가 없으므로 아우가 그 위를 계승하게 되었으니 문득 생각하면 이것도 떳떳한 법도라 할 것이다. 이에 빈회를 이용하여 우대하여 책명하니 마땅히 옛 왕업을 번장의 이름으로 계승하도록 하라. — 여름 4월에 서불한 김의충의 딸을 들여 왕비로 삼았다. <『삼국사기』 권 제9 「신라본기 제9」 「경덕왕」>

(49)만을 보고서 경덕왕의 혼인에 대한 진실을 알 수 있을까? 없다. (49a)에서는 742년에 왕비가 이찬 순정의 딸이라고 적어 놓고, 왜 느닷없이 (49b)에서는 743년 8월에 서불한 김의충의 딸을 들여 왕비로 삼았다고 적고 있는가? 엄밀히 말하면 경덕왕의 혼인 문제에 관한 한 『삼국사기』는 엉터리 역사 기록이다. 그러나 첫 왕비가 순정의 딸이고 두 번째 왕비가 각간 의충의 딸인 만월부인인 것은 분명하게 보여 주고 있다. 이것을 통하여 경덕왕의 혼인에 대하여 합리적 추론을 하여야 한다.

경덕왕의 폐비와 재혼을 더욱 확실하게 보여 주는 것은 (50)의 『삼국유사』 권 제1 「왕력」의 기사이다. (50)에 의하면 경덕왕의 선비가 삼모부인이고[60] 후비가 만월부인[경수{목} 태휘라고 한다. (48)에서 말한 '사량부인'이

다. 이로 보면 만월부인이 혼인할 때 서불한 의충으로 적힌 것은 후에 추증된 관등으로 보인다.
60) 삼모부인은 『삼국유사』 권 제3 「탑상 제4」 「황룡사종 분황사약사 봉덕사종」에도 나온다. '삼모(三毛)'는 특이하다. '세 털 부인이라(?)', 혹시 이 왕비는 음모가 너무 적은 민짜이어서 쫓겨난 것일까? 설마 그렇다고 하여 이름까지 '세 털 부인'이라 하여 모

(50)에서 말하는 '삼모부인'일 가능성이 크다. 아니면 삼모부인이 사량부 출신이어서 사량부인이라는 별칭으로 불리었는지도 모른다.

> (50) 제35 경덕왕. 김씨이다. 이름은 헌영이다. 아버지는 성덕왕이다. 어머니는 소덕태후이다. 선비는 삼모부인으로 궁에서 쫓겨났는데 무후 하였다. 후비는 만월부인으로 시호는 경수*{垂는 穆으로도 적음}*왕 후이다. 의충 각간의 딸이다. <『삼국유사』 권 제1 「왕력」>

(50)은 정확하게 선비 삼모부인이 궁에서 쫓겨났는데 무후하였다고 적고 있다. 그리고 후비는 의충 각간의 딸인 만월부인이다. (48)과 (49), (50)을 비교해서 보면 (48)은 (51)처럼 재구성하여 읽는 것이 옳다. 그러면 (48)의 말이 안 되던 문장 내용도 분명해진다.

> (51) 왕이 성기의 길이가 8○이나 되었대[王玉莖長八○]. 사량부인이 아들이 없어 폐하였대[沙梁夫人無子廢之]. 후비 만월부인을 책봉하였는 데 시호는 경수태후이고 의충 각간의 딸이대[封後妃滿月夫人 謚景垂太 后 依忠角干之女也]. <저자>

경덕왕은 아들 못 낳는다고 순정의 딸인 첫 마누라 사량부인[삼모부인]을 내쫓고 의충의 딸인 만월부인을 새 마누라로 들인 것이다. 새 왕비 만월부 인은 어떤 심정이었을까? 단 한 마디.

> (52) 나도 아들을 못 낳으면 쫓겨나겠구나!

이리 되면 수단과 방법을 가리지 않게 된다. 그것이 사람이다. 그러면 다른 남자의 씨를 받을 수도 있고, 남의 아들을 훔쳐 올 수도 있고, 여아를

욕하지는 않았을 것이다.

남아로 만들 수도 있다. 경덕왕은 나쁜 놈이다. 만월부인은 스트레스를 받게 되어 있다.[61]

그런데 빨라야 721년에 태어났을 경덕왕이 743년에 삼모부인을 쫓아내었다. 23살 정도일 때이다. 결혼한 지 얼마나 되었을까? 13살에 결혼하여 10년 되었다고 치자. 혼인한 지 10여 년밖에 안 된 20대 청춘 남녀가 아들 못 낳는다고 아내를 쫓아내어? 현대라면 상상도 못할 일이다. '무자'는 핑계일 것이다. 형 왕이 갑자기 죽어 왕이 된 헌영이 즉위 1년 만에 조강지처를 쫓아내고 새 마누라를 들였다면 그 이유는 단순한 무자가 아니었을 것이다. 정치적 배경이 있는 것으로 보인다.

새로 743년에 혼인한 만월부인은 758년에 아들 건운을 낳았다. 몇 년 만인가? 15년 만이다. 삼모부인은 아들 못 낳는다고 10년도 안 되어 쫓아내었는데 만월부인은 왜 15년이나 참고 기다렸을까? 당연히 만월부인도 쫓아내고 새 왕비를 들였어야지. 이 왕비 교체에는 흑막이 있다.

순정(順貞)은 누구일까? 알 수 없다. 추리가 허용된다면,『삼국유사』권 제2「기이 제2」「수로부인」조에 나오는 강릉태수 순정공(純貞公)이『삼국사기』권 제9「신라본기 제9」「경덕왕」조의 경덕왕의 첫 장인 이찬 순정과 관련될 가능성이 크다. 순정공의 부인 수로(水路)는, 서라벌에서 강릉으로 가다가 철쭉을 탐하여 암소를 몰고 가던 노인이「헌화가」를 지어 바친 스캔들, 그에 이어 동해용에게 납치되어 남편 순정공이 사람들을 시켜「바다 노래」를 불러[唱 海歌] 구해 낸 스캔들로 유명하다.

---

61) 어쩐지 부처님 시대 고대 인도가 떠오른다. 마가다국 빔비사라왕은 바라나시를 지참금으로 가지고 시집온 코살라국 파사닉왕의 누이 데비가 아들을 낳지 못하자 새로 케임 왕비를 들였다. 케임 왕비도 아들 없이 출가하였다. 빔비사라왕은 새로 베데히 왕비를 들였다. 점쟁이들은 설산에서 수도하는 선인이 왕자로 환생할 것인데 그의 수명이 3년 남았다고 하였다. 3년을 기다리지 못한 빔비사라왕은 자객을 보내어 선인을 죽였다. 아들 아사세가 태어났다. 15년 후 그 아사세는 아버지를 유폐시키고 스스로 왕위에 올랐다. 모든 것은 인과응보이다. 석가모니 부처는 그승의 업으로 이승에서 고뇌하며 이승에서 지은 업을 저승에서 보하게 한다는 가르침을 남겼다.

이 두 순정이 같은 사람이라면 이 폐비 사건의 흑막 뒤를 엿볼 수 있는 창이 뚫린다. 이야기의 핵은 수로부인이다. 수로부인은 이름이 이상하다. 가락국 태조왕 수로(首露)를 연상시킨다. 그리고 그를 구하기 위하여 부른 노래인 「바다 노래」는 「구수{지}가」와 매우 닮았다. 이 수로부인의 딸이 경덕왕의 첫 왕비 삼모부인이다. 수로부인과 삼모부인은 가락 김씨일까? 신라 김씨일까? 신라 김씨라면 논란의 여지가 없지만 가락 김씨라면 문제가 있을 수 있다. 아버지가 신라 김씨라도 어머니가 가락 김씨라면 역시 문제가 생길 수 있다.(후술)

새 왕비 만월부인의 친정이 막강한 집안일까? 그럴 수밖에 없다. 만월부인의 아버지는 의충 각간이다. 의충은 (53a)에서 보듯이 735년 정월에 당나라에 사신으로 갔다. 그가 돌아올 때 당 현종은 패강[대동강] 이남 땅을 신라에 주었다. 아마도 (53b)에서 보는 당 나라 등주를 침공한 빌해의 배후를 신라가 공격하여 당나라의 방어에 협조해 준 데 대한 보상일 것이다.

(53) a. 735년[성덕왕 34년] 정월 김의충을 파견하여 당에 들어가 하정하였다. 2월 부사 김영이 당나라에서 몸이 죽으므로 광록소경을 추증하였다. --- 의충이 돌아올 때에 칙령으로 패강 이남의 땅을 주었다.

b. 733년[성덕왕 32년] 가을 7월 당 현종이 발해, 말갈이 바다를 건너 등주를 침입해 와서 태복원외경 김사란을 귀국시켜 왕에게 개부의동삼사영해군사를 더하여 주고 군사를 내어 말갈의 남쪽 변경을 공격해 달라고 하여 군사를 내었으나 한 길이나 되는 큰 눈을 만나고 산길이 막아서 사졸이 과반이 죽어 공 없이 돌아왔다. 김사란은 본래 왕족인데 먼저 입조하였을 때 공손하고 예의가 있어 숙위로 머물러 있었는데 이때에 이르러 사신의 책임을 맡게 되었다. <『삼국사기』 권 제8 「신라본기 제8」 「성덕왕」>

그 의충이 737년 효성왕 즉위년에 중시가 되어 있다가 효성왕 3년[739

년에 사망하였다. 그러니 딸이 경덕왕의 계비로 들어가는 데에 의충의 역할은 없었다. 그러면 누가 의충의 딸을 왕비로 넣었을까? 그것도 막강한 순정의 집안을 물리치고서.

의충이 죽은 후에 뒤를 이어 중시가 된 인물이 「원가」의 작자 신충이다. 그 신충이 742년 효성왕이 사망하고 경덕왕이 즉위하는 이 시점까지 내내 중시이다.

그런데 의충과 신충은 이름이 이상하다. '신의(信義)'에 충(忠)이라, 그리고 또 한 쪽으로는 충효(忠孝)에 신(信)이 있다. 신충, 의충, 충신, 효신, 통일 신라 말기를 주름잡은 이 이름들이 저자의 뇌리를 떠나지 않는다. 이자들이 통일 신라를 말아먹은 원흉일 것이라는 심증은 확고한데 아직 물증은 부족하다. 이 자들은 모두 혈연으로 관련될 것이다.

중요한 것은 의충이 죽었는데도 그의 딸이 왕비가 되었다는 것이다. 그것도 막강할 것 같은 순정공의 딸, 삼모부인을 폐비시키고서. 그런데 신충이 의충과 무슨 관계가 있다면 이 폐비 사건과 계비를 선택하는 과정에는 신충이 개입하였다고 볼 수밖에 없다. 혹시 신충이 조카딸인 만월부인을 경덕왕의 계비로 넣은 것이 아닐까?

이 김의충은 저자의 직관으로는 신충의 동생이다. 그리고 신충과 의충은 김대문의 아들일 것이다. 이들은 김진종의 아들로 보이는 김충신, 효신과 6촌이다. 진종은 자의왕후의 남동생 김순원의 아들이고 대문은 자의왕후의 여동생 운명의 아들이다.

진종과 대문은 내외종간이다. 대문의 아버지는 '흠돌의 모반'을 진압한 김오기이다. 순원과 오기가 처남매부 간이다. 만월부인의 아들인 혜공왕은 의충의 외손자이고 김대문의 외증손자이다.

순원의 딸이 성덕왕의 계비 소덕왕후이다. 진종의 딸이 효성왕의 계비 혜명왕비이다. 순원 집안은 문무왕비 자의왕후, 성덕왕 계비 소덕왕후, 효성왕 계비 혜명왕비 등 3대에 걸쳐 3명의 왕비를 배출한 집안이다.[62] 의충의 딸이 경덕왕의 계비 만월부인이다. 순원과 오기의 후예, 진종과 대문의 후예들이 통일 신라 후반 성덕왕의 계비 소덕왕후, 효성왕의 계비 혜명왕비, 경덕왕의 계비 만월부인 등을 줄줄이 배출한 외척 세력이다. 이들이 신라 김씨의 중심 가문이다.

그러면 그동안 일어난 폐비 사건은 비신라 김씨 왕비를 내쫓고 신라 김씨 왕비를 들이는 정쟁으로 볼 수 있다. 비신라 김씨의 핵심이 가락 김씨이다. 역시 모든 싸움은 진골정통과 가야파 사이에서 일어난 것이다.

신문왕의 첫 왕비 흠돌의 딸, 계비 흠운의 딸 신목왕후, 효조왕의 왕비 성정왕후, 성덕왕의 선비 엄정왕후, 효성왕의 선비 박씨, 경덕왕의 선비 삼모부인 등은 이 신라 김씨 왕비들과 싸우다가 불행해진 왕비들이다. 친정 세력이 약하여 왕의 외가 세력에 의하여 거세된 불운한 왕비들이다.

'신의'가 통일 신라에서 가장 신의 없었던 이 두 사람의 이름에 들이 있다. 역사상 가장 불충했던 신하 신충의 이름에 '충' 자가 들어 있다. 자기와 혈연으로 전혀 관련이 없는 효성왕을 시해하고 할머니 운명의 친정 조카딸 소덕왕후의 아들인 경덕왕을 즉위시킨 배신자 신충이 일연선사의 말대로 '효성왕, 경덕왕 양조'에 걸쳐 높은 벼슬을 산 것이다.

역사는 이긴 자의 기록으로서 불의한 이긴 자들은 자기들에게 불리한 기록을 남기지 않는다. 그리고 이긴 자들은 자기들에게 유리하게 기록을 조작하기까지 한다. 패자는 말이 없는 법이다. 패자들에 관한 기록은 처참하게 왜곡되기 마련이다.

---

62) 혜명왕비는 순원의 딸이 아니라 진종의 딸로서 소덕왕후의 친정 질녀이다. 즉, 혜명왕비는 순원의 손녀이다. 그는 효성왕 사후 태후로서 경덕왕에게 형사취수 되었다가 영명신궁(永明新宮)으로 옮겨 살았다. 혜명왕비에 대한 자세한 내용은 서정목(2016c)를 참고하기 바란다.

아들 하나 낳기에 올인 한 경덕왕

(51)의 경덕왕의 성기 크기와 그로 인한 왕비의 무자, 그 무자로 인한 왕비 교체에 이어지는 기록은 (54)와 같다

> (54) a. 왕이 하루는 표훈대덕을 불러 말하기를, "짐이 복이 없어 뒤를 이을 아들을 얻지 못하였소 원컨대 대덕이 상제에게 청하여 아들이 있게 해 주시오." 하였다.
> b. 표훈이 하늘에 올라가서 천제에게 고하고 돌아와서 아뢰기를, "제의 말씀이 있었으니 딸을 구하면 가하지만 아들은 마땅하지 않다." 합니다. 왕이 말하기를, "원컨대 딸을 바꾸어 아들로 이루어 주시오." 하였다.
> c. 표훈이 다시 하늘에 올라가서 청하였다. 제가 말하기를, "그렇게 하려면 그렇게 할 수 있다. 그러나 아들이 되면 나라가 위태로울 것이다." 하였다. 표훈이 내려오려 할 때 제가 다시 불러 말하기를, "하늘과 사람은 섞여서는 안 되는데 지금 스님이 이웃 동네처럼 오가며 천기를 누설하였다. 지금 이후로는 마땅히 다시는 통하지 말라." 하였다.
> d. 표훈이 와서 하늘의 말로 깨우쳤다. 왕이 말하기를, "나라가 비록 위태로워져도 아들을 얻어 뒤를 이으면 족하다." 하였다. <『삼국유사』 권 제2 「기이2」 「경덕왕 충담사 표훈대덕」>

(54a)에서 경덕왕과 만월부인이 재혼한 후에 아들을 낳기 위하여 눈물겨운 공을 들이고 있다. 어찌 표훈대덕을 상제[천제]에게 보내는 것만으로 끝났겠는가? 온갖 불사를 하고 탑을 세우고 굿을 하고, 참 할 말이 없다. 이러니 불국사, 석불사를 김대성이 이승의 부모와 전생의 부모의 명복을 빌기 위하여 지었다는 제2장의 말을 어찌 믿을 수 있겠는가? 제 아들 하나 낳기에 정신이 없는 경덕왕이 어찌 퇴직 중시 김대정이 이승의 부모와 전생의 부모의 명복을 빌 절을 짓는 것을 허용해 주었겠는가? 제2장의 불국

사, 석불사 창건 설화, 대정의 전생이 믿어지지 않는 까닭이다.

여기에 대하여 아무런 기록도 남기지 않은『삼국사기』도 싸잡아 비난받을 수밖에 없다. 숨길 것을 숨겨야지. 그 책에 경덕왕이 아들 하나 낳으려고 국고를 쏟아 부어 불국사, 석불사를 지었다는 기록 한 줄만 썼어도 제대로 된 책이라는 대접을 받지. 어찌 불국사, 석불사 창건에 대하여 단 한 글자도 적지 않았다는 말인가?

겁이 났는지『삼국유사』도 경덕왕 시대의 두 사건을 두 항목「대성 효이세 부모 신문대」와「경덕왕 충담사 표훈대덕」 속에 나누어서 조용히 적어 두었다. 그것은『삼국유사』의 편찬 지침에 따라 나누어진 것이기는 하다. 하나는 효도를 주제로 한 권 제5「효선 제9」에 들어 있고, 다른 하나는 나라의 흥망성쇠를 적은 권 제2「기이 제2」에 들어 있다.

나라의 흥망성쇠를 적은「기이 제2」에 들어 있는 그 기사는 '경덕왕의 아들 낳기 올인과 그 아들 혜공왕의 나라 망치기'와 '충담사의 왕이 왕 노릇 잘못하여 나라가 망하고 있다는「안민가」'를 담고 있다.「효선 제9」에 들어 있는 기사는 경덕왕이 아들 낳기에 올인 하던 시기에 겁도 없이 시중을 그만 둔 김대성[김대정]이 '제 전생, 이승의 두 짝 부모의 명복을 빌기 위하여 불국사, 석불사를 창건하였다.'고 적고 있다. 맞아 죽을라고? 감히 아들 못 낳아 안달복달하는 왕의 복은 빌지 않고 제 부모를 위한 절을 지어?

(54b)부터는 경덕왕이 표훈대덕을 상제에게 보내어 '딸로 점지(點指)된 아이를 아들로 바꾸어 오는 과정'이다. 나는 이 '점지'라는 말 자체를 믿지 않는다. 그러나 그 전의 사람들은, 심지어 우리 할머니까지도 아들, 딸을 천제나 삼신할머니가 점지한다고 믿고 살았으니 난들 어쩌랴?

(54b)에서 천제는 '딸은 되지만 아들은 안 된다.'고 하였다. 천제는 어디 있으며 딸이나 아들 낳는 것이 무슨 천제의 힘이겠는가? 말도 안 되는 소리이지만 표훈대덕이 워낙 도가 튼 스님이라 그리 할 수도 있었다고 하면

믿을 것인가? 내가 가르친 아이들은 워낙 영악한 아이들이어서 그런지 그런 말은 믿지 않았다. 그러나 색동저고리에 관한 나의 헛소리에는 귀를 기울였다. 그러니 천제가 없고 저 말을 천제가 하지 않았다고 보면 이 말은 거짓말이다. 이 거짓말을 지어내어 경덕왕에게 전한 사람은 누구일까?

그 말에 대하여 경덕왕은 '딸을 바꾸어 아들로 해 달라.'고 한다. 이 말을 천제에게 누가 전했겠는가? 그 사람은 표훈대덕이다. 이런 거 다 표훈대덕이 중간에서 심부름하여 전달된 정보들이다. 누구의 장난인지 알 만하지 않는가? 이렇게 하여 어리석은 왕실의 돈을, 국민들로부터 수탈하여 쌓은 재물을, 천제를 팔아 교묘하게 빼내어 간 스님이 표훈대덕이다. 혹세무민이 아니라 아예 혹세무왕(惑世誣王)이다. 지도자가 귀 밝고 눈 맑지[聰明] 않으면 간신배들이 속여 먹게 마련이다. 아니 국민이 정신 차리지 않으면 지도자들이 국민을 속여 먹는다.

더욱 가공할 일은 천제의 말에 대한 경덕왕의 반응이다. 중간에 표훈대덕이 하늘과 땅을 오르내리며 심부름으로 전하는 말들을 천제와 경덕왕의 대화로 바꾸면 (55)와 같다. 오늘날은 천제도 없고, 표훈대덕이 하늘나라를 오갔을 리도 없다고 생각하지만 그때는 그렇게 믿었을지도 모른다.

(55) a. 경덕왕: 제가 복이 없어 뒤를 이을 아들을 얻지 못하였습니다. 상제이시여, 원컨대 아들이 있게 해 주소서.

b. 천제: 딸을 구하면 가하지만 아들은 마땅하지 않느니라.

c. 경덕왕: 딸을 바꾸어 아들로 이루어 주소서.

d. 천제: 그래? 그러려면 그렇게 할 수 있다. 그러나 아들이 되면 나라가 위태로울 것이다.

e. 경덕왕: 나라가 비록 위태로워져도 아들을 얻어 뒤를 이으면 족하옵나이다.

(55d)에서 천제는 '딸을 아들로 바꿀 수는 있다. 그러나 그러면 나라가

위태로워질 것이다.'고 경고하였다. 경덕왕이 한 말은 (55e)에서 보듯이 '나라가 비록 위태로워져도 아들을 얻어 후사를 이으면 족하다.'이다.

저런 죽일 놈이 있나? 나라가 망하는 것보다 더 중요한 일이 어디 있다고 네 아들 아니면 왕 할 사람이 없다더냐? 이 쳐 죽일 왕아. 나라를 망쳐서 국민들을 힘들게 만들고 학살당하게 만든 자들은 역사의 단죄를 받아야 한다. 저렇게 하여 통일 신라를 말아먹은 왕이 경덕왕이다. 저로써 나라는 망하게 되어 있다. 저러고도 안 망하면 경제 펀더멘털이 엄청나게 튼튼했거나 당나라와의 군사 동맹이 견고하였다고 할 수밖에 없지.

그러나 경제 펀더멘탈은, 아버지를 봉양할 수 없는 향덕이 자신의 넓적다리 살을 베어 아버지를 먹여 살리는 (56a)를 보면 이미 끝장이 난 것으로 보인다. (56b)에서 보듯이 당나라도 이미 '안사의 난'에 이어 나라의 멸망 과정에 들어서서 동맹국을 챙길 여유가 없었다.

(56) 755년[경덕왕 14년] 봄.

　a. 곡식이 귀하여 국민들이 굶주렸다. 웅천주의 향덕은 가난하여 어버이를 봉양할 수 없어 제 넙적다리 살을 베어내어 그 아버지를 먹여 살렸다. 왕이 이 말을 듣고 상을 자못 후하게 주고 이어 그 마을에 정려를 내렸다.

　b. 망덕사의 탑이 흔들렸다. *{당의 영호징이 『신라국기』에서 말하기를 그 나라가 당나라를 위하여 이 절을 세워서 그로써 이름으로 하였다. 두 탑이 서로 마주보고 있었는데 높이가 13층이었다. 홀연히 진동 개합하여 무너지려 하는 것이 여러 날이었다. 그 해에 안록산의 난이 일어났으니 그에 응한 것이 아닌가 한다.}* <『삼국사기』 권 제9 「신라본기 제9」 「경덕왕」>

(56b)에서 당나라를 위하여 망덕사를 짓고 13층이나 되는 탑을 두 개 세웠는데 '안사의 난'이 일어난 해에 그 탑이 흔들렸으니 탑도 당나라의 국난

에 감응하여 흔들렸다고 쓰고 있다. 그것도 당나라의 『신라국기』를 보고 베낀 것이다. 『삼국사기』는 이런 책이다. 망덕사는, 문무왕이 사천왕사를 짓고 당나라 황제의 만수무강을 빈다고 하면서, 실제로는 문두루 비법을 써서 당나라 군대를 몰아내니 당나라가 검열하러 와서, 부랴부랴 눈가림 하려고 지은 절이다.

이 향덕의 지극한 아버지 공양은 (57)에서 보듯이 『삼국유사』에도 실려 있다. 제목은 '향득 사지가 아버지를 공양하기 위하여 넓적다리 살을 베었다[向得舍知割股恭親].'이다. 향덕을 향득으로 쓴 것만 차이 나고 상의 내용을 조 500석이라고 구체적으로 적은 것이 특징적이다.

향득의 관등은 사지(舍知)이다. 17관등 중 13등관위이다. 낮은 관등이긴 하지만 공무원이다. 철밥통, 죽을 때까지 세금 털어 연금 받는 공무원조차 아버지 먹일 양식이 없었을 정도이다. 일반 국민들은 그야말로 '미루링 다 래랑 따먹는' 초근목피로 굶주림을 면하였을 것이다.

(57) 웅천주에 향득 사지가 있었다. 흉년이 들어 아버지가 거의 굶어 죽게 되었다. 이에 향득이 넓적다리 살을 베어 봉양하였다. 고을 사람 들이 이를 왕에게 아뢰니 경덕왕이 상으로 조 500석을 하사하였다. <『삼 국유사』 권 제5 「효선 제9」 「향득사지할고공친 경덕왕대」>

그래 놓고서 천제는 (54c)에서 보듯이 엉뚱하게 표훈대덕에게 다시는 하 늘나라에 오르내리지 못하게 입국 비자를 발급하지 않았다. 이렇게 하늘나 라에 오가지 못한 것이 결국 표훈 이후로 신라에 성인이 나지 않았다는 결 과에 이르렀으니 성인이 되기 위해서는 하늘나라를 오가는 입국 비자가 있 어야 했던 모양이다. 요새도 수십억 달러[弗] 대도가 되려면 사우스[南] 도 둑놈처럼 쌀[米]나라 도망갈 비자가 필요하다. 에라이, 신성한 가톨릭 학교 에서 법 배워 고작 사기꾼 하수인 되는 데에 써 먹었는가?

혜공왕 건운의 출생과 시해

그런데 정작 중요한 것은 이어지는 기록 (58)이다.

(58) 이때 만월왕후가 태자를 낳았다. 왕이 기뻐하기를 심히 하였다.
　　　<『삼국유사』 권 제2 「기이 제2」 「경덕왕 충담사 표훈대덕」>

이 기록의 내용은 『삼국사기』에서도 그대로 확인된다. (58)은 (59a)에서 볼 수 있는 758년 7월 23일의 왕자 출생을 말한다. 743년 4월에 재혼한 후 15년이 지나서야 그 만월왕후가 (59a)처럼 왕자를 낳았다. 그 15년 동안 무슨 일이 있었겠는가?

하늘과 땅 사이에서는 표훈대덕이 발에 땀이 나도록 오르락내리락 하고 있었다. 땅 위에서는 무슨 일이 있었을까? 김대정이 선 재산을 기울여 불국사를 짓고 석불사를 짓지 않았을까? 그러니 석불사가 완성된 뒤에 표훈대덕이 그 절에 주(住)하였다는 기록이 남았지.

이때 태어난 왕자가 경덕왕의 외동아들인 것은 명백하다. 그리고 폐비후의 재혼 과정으로 보아 만월부인이 정비인 것도 확실하다. 그런데 왜 왕비의 외아들인 건운을 '원자'라고 적지 않고 '왕자'라고만 적고 있는 것일까?[63] 그것은 그가 첫째 아들이 아님을 뜻한다. 그들의 첫 아들, 즉 원자가 사망한 것이다. 첫째 아들은 물론이고 경우에 따라 여러 왕자가 태어났으나 7세 이전의 무복지상으로 조졸하였음을 암시한다. 그러니 만월부인이 혼인한 지 15년이나 지나서 최초의 왕자 출생 기록이 보이지. 그런데 이어지는 벼락 맞은 절들은 무언가 불길한 예감을 느끼게 한다.

---

63) '원자'는 원비 또는 정비가 낳은 맏아들을 가리킨다. 정비가 아닌 여인이 낳은 아들이나 혼외의 아들, 그리고 맏아들이 아닌 왕자는 어느 누구도 원자가 될 수 없다. 『삼국사기』의 원자, 왕자, 장자, 차자, 제2자 등의 정의와 용례는 서정목(2015c, 2017a 재수록)을 참고하기 바란다.

(59) a. 758년[경덕왕 17년] 가을 7월 23일 왕자가 태어났다. 큰 뇌전이 있어 절 16개소에 벼락이 떨어졌다.

b. 760년[경덕왕 19년] 가을 7월 왕자 건운을 책봉하여 왕태자로 삼았다. <『삼국사기』 권 제9「신라본기 제9」「경덕왕」>

(59b)를 보면 그 왕자의 이름은 '건운(乾運)'이다. 하늘 乾을 天으로 적고 돌 運을 구름 雲으로 적어 일명 '천운(天雲)'이라고도 한다.[64] 그리고 만 2살짜리 아이를 왕태자로 책봉하고 있다. 어지간히 급했던 모양이다. 마치 왕망이 2살짜리 유자 영을 황태자로 세우듯이. 경덕왕이 만사 제치고 후사 잇기에 올인 한 것을 알 수 있다. 무엇이 그를 이렇게 아들 낳아 대를 잇는 데에 골몰하게 하였을까? 그 강박관념은 어디서 온 것일까?

큰아버지 효소왕, 형 효성왕이 아우를 부군으로 두었다가 결국 안 좋은 죽음을 맞이하였다. 32대 효소왕은 혼외자여서 7세 연하의, 아버지의 첫째 원자 사종을 부군으로 두었다가 696년 자신의 아들 수충이 태어난 후 700년 5월 경영의 모반으로 6월 1일 어머니 신목태후를 잃고 자신도 702년 7월 27일에 죽었다. 34대 효성왕은 후궁 영종의 딸에 빠져서 선비 박씨, 후비 혜명왕비와 갈등을 겪고 결국 740년 이복동생 헌영을 태자로 책봉하는 수모를 겪고 743년 죽어 화장당하여 동해에 뼈가 흩뿌려졌다.

이 두 사례가 경덕왕 헌영으로 하여금 아들을 낳아 후사를 잇는 데에 골몰하게 하였을 것이다. 왜냐하면 경덕왕 자신도 아들을 낳지 못하면 아우를 부군으로 두어야 하고 언젠가는 큰아버지나 형처럼 불행한 최후를 맞을 수 있기 때문이다. 아들이 없어서 망한 집안이야 사가에서도 얼마든지 볼 수 있다. 무리하게 비정상적으로 못난 아들을 낳아 망한 집안도 또한 수두

---

64) 사천 선진리 신라비에서는 혜공왕을 '天雲大王'으로 적고 있다. '찬'은 측천무후가 만든 측천문자를 썼다. '하늘구름대왕', 바람에 날리어 뜬 구름처럼 왔다가 뜬 구름처럼 떠나는 것이 인간이다. 왕인들, 왕비인들, 황제인들 별 수 있으랴? 헛되고 헛된 일이다. 그러니 '하늘의 구름'이다.

룩하다.

결국 국민이 편안하게 다스려지지 않는 이유는 '아들 하나'로 귀결된다. 거기서 표훈대덕을 천제에게 보내는 말도 안 되는 외교 처사가 나왔고 불국사, 석불사 창건 등의 모든 불사가 나왔다. 표훈대덕은 천제와 소통되는 그 높은 깨달음을 십분 발휘하여 혹세무왕을 자행하였다. 하늘나라가 당나라가 아니고 천제가 황제가 아닌 것이 다행이라고나 할까. 하늘나라 오가는 노자야 부르는 게 값이지. 그 돈은 어디에서 나오나? 국민의 고혈을 짠 국고에서 나온다. 국고의 탕진이 뒤따랐다. 영수증이나 제대로 챙겼을까? 그렇게 퍼주고도 남아나는 나라가 있을 수 있을까? 국민이 세금을 낼 수 없는데 무슨 나라가 지탱되겠는가?

표훈대덕이 단순히 하늘나라만 오갔겠는가? 거기 오가기 위하여 드리는 공덕은 어디에서 쌓아야 할 것인가? 당연히 새로운 사찰을 지을 수밖에 없다. 그것도 하늘나라에 이르는 가장 가까운 길목에다가. 그러니 불국사, 석불사가 완성된 후에 불국사에는 신림이 주하였고 석불사에는 표훈이 주하였다고 『삼국유사』가 적어 두었지. 하늘에 가까운 석불사는 표훈이 하늘나라 오가던 지름길이었을지도 모른다. 아니, 표훈은 거기서 천제를 만났는지도 모른다. 사람이 하늘나라 가는 것보다는 천제가 사람나라에 오는 것이 더 쉽지. 그러려면 천제의 거마비까지 대어 주어야 한다. 천제에게 영수증을 받기나 했을까? 에라이, 얼어 죽을 ---!

이제 (60)과 같은 이 책의 기상천외한 가설이 납득이 될 것이다.

    (60) 불국사, 석불사는 김대성이 이승의 부모와 전생의 부모의 명복을 빌기 위하여 지은 것이 아니다. 그 두 절은 김대정이 경덕왕의 아들 낳기를 빌기 위하여 짓기 시작한 것을 그가 죽고 나서 나라가 이어받아 완성한 것이다. <저자>

이런 것이 '역사 책 다시 읽기'의 본령이다. '다시 읽기'라는 말은 '제대로 읽지 못한' 것을 '다시 제대로 읽는다.'는 뜻이다. 그 절을 완성하기 전에 왕자는 태어났고, 그 후 대정이 죽어서 남은 공사를 나라가 이어받아 완성하였다. (60)과 같은 설명이 훨씬 더 현실적이고 합당하지 않은가?

김대정이 시중에서 물러나 불국사, 석불사를 짓기 시작한 것은 751년이다. 경덕왕의 지시에 의한 것일 수도 있고, 대정 자신이 스스로 알아서 절을 짓고 경덕왕의 아들 낳기를 도와주려 하였을 수도 있다. 묵시적 청탁, 겉으로는 자신을 낳아 준 부모와 길러 준 부모의 명복을 빌기 위하여 짓는다고 하면서. 그런데 이것은 너무나 선하게 생각한 것이다. 아무리 효자라도 이미 죽은 부모, 즉 과거를 위하여 미래의 자손들이 쓸 재산을 낭비하려 하지 않는다.

그러나 현대적 관점에서 이를 보면 훨씬 더 리얼한 과정이 상정될 수 있다. 아마도 정세는 왕이 아들 낳으려고 국고를 들여 절을 짓는다고 하면 국민들이 들고 일어날 것 같았을 것이다. 그래서 2대에 걸쳐 중시[시중, 국왕비서실장 겸 경호실장 격을 지내고 부정한 재물을 많이 긁어모은 김대정을, 조사하면 다 나온다고 협박하며, 재산을 희사하여 절을 지으면 불문에 붙이겠다고 윽박질렀는지도 모른다. 대정은 울며 겨자 먹기로 그 일을 하였을 것이다. 2대에 걸쳐 수집한 보물도 기증하지 않았을까?

어떻든 『삼국사기』의 김대정은 세월 가면 어차피 없어질 재산을 불국사, 석불사에 던지고 전생과 이승 二世의 부모에게 효도한 효자로 전생의 이름인 김대성을 『삼국유사』에 남기고 있다. 있는지 없는지도 모르는 가상공간인 전생의 이름을. 그러니 그런 이름 김대성은 실제의 현실 세계인 『삼국사기』의 세계에는 없다. 이 책은 그 이름을 현실공간인 이승의 이름 김대정으로 고쳐 부른다.

그러므로 역사 책에 적힌 것을 그대로 믿으면 안 된다. 그뿐 아니라 어떤 기록도, 소문도 그대로 믿으면 안 된다. 모든 기록과 소문은 다 윤색된,

꾸며진 것이다. 하기야 실제 존재한 김대정을 내세우면 그 실제로 있었던 일이 드러날 것 같으니까 가상공간의 이름 페이퍼 컴퍼니 김대성을 내세웠는지도 모른다. 김대성 자체가 『삼국사기』에 없는데 그의 재산을 경덕왕의 아들 낳기를 빌 불국사, 석불사를 짓는 데에 희사하도록 윽박지르는 왕실의 밀명이 있었다는 것을 수사할 증거가 있겠는가? 그래서 내 고향 대장동에서도 모든 증거는 사라졌고, 또 사라질 것이다.

이런 것이 '『삼국유사』 다시 읽기'의 묘미이다. 어찌 『삼국유사』뿐이랴. 아무튼 김대정의 절 짓기와 천제에의 특사 표훈대덕, 그리고 경덕왕과 만월부인의 천제에 대한 아들 낳기 청탁을 엮으면 불국사, 석불사 창건 동기와 과정이 어느 정도 밝혀진다. 경덕왕의 아버지 성덕왕을 위한 절이, 효성왕이 짓기 시작하여 경덕왕, 혜공왕이 에밀레종을 만들어 닮으로써 완성된 봉덕사라는 것을 감안하면, 경덕왕은 아버지를 위하여 새로 절을 지을 필요는 없었다. 그렇다면 불국사, 석불사는 김대성의 두 세상 부모를 위한 절이 아니라 경덕왕의 아들 낳기를 위한 절이었다는 참역사를 밝혀낼 수 있다. 나라 말아먹을 그 잘난 아들을 얻느라고 나라 말아먹을 그 잘난 왕을 만드느라고 80년 역사가 꼴랑????

그러니 김대정이 죽고, 대정의 재산이 소진된 뒤에는 나라에서 남은 공사를 이어받아 완성하였다는 기록이 뒤따라 나오지. 이렇게 불국사, 석불사는 지어졌다. 석불사는 석굴암으로 남았다. 통일 신라 왕실은 그렇게 절에다 '퍼주기'를 하였다. 어디든 퍼주기를 하면 나라는 망하게 마련이다. 그래서 안 되는 것이다. 하급 공무원은 먹을 것이 없어서 다리 살을 베어 아버지를 봉양하는 판인데 임금은 고위 벼슬을 지낸 고관의 재산을, 국민들의 기름을 짜서 모았을 재물을 또 빼앗아 절에다 쏟아 붓고 있다.

이런 나라가 망하지 않으면 어떤 나라가 망하겠는가? 결국 왕 하나 잘못 세운 결과가 나라의 멸망으로 이어진 것이다. 멀쩡한 효성왕을 후궁을 가까이 한다는 말도 안 되는 이유로 죽이고 효성왕의 이복동생 경덕왕을 왕으로 세운 김신충 일당의 배신과 불충이 통일 신라를 멸망으로 몰아넣었다. 배신과 불충, 이 종족의 본성에 깊이 들어앉은 이 DNA가 나라를 멸망으로 몰아넣었다. 후궁을 가까이 하지 않은 왕이 어디 있다고? 정말로 후궁을 가까이 하는 것이 왕을 갈아치울 이유가 된다면 얼마나 많은 왕이 그 이유로 쫓겨나야 했겠는가? 3천 궁녀를 거느렸다는 의자왕도, 자식을 24명이나 둔 세종대왕도 그 일로 하여 지탄을 받은 것은 아니다.

김신충은 김의충의 형제이고 김대문의 아들일 것이다. 그렇다면 경덕왕의 계비 만월부인에게는 큰아버지나 작은아버지인 친정붙이 외척이다. 한 대를 더 거슬러 가면 자의왕후의 여동생 운명의 아들 김대문, 자의왕후의 친정 동생 김순원의 아들 김진종이 신문왕과 사촌이 된다. 그들의 후손인 효소왕, 성덕왕 형제와 충신, 효신 형제와 신충, 의충 형제는 6촌이 된다. 성덕왕의 아들이 효성왕, 경덕왕은 충신, 효신 형제 그리고 신충, 의충 형제와 7촌이 된다. 7촌 재종숙들이 조카들의 왕권을 농락하고 있었다.

이 시기는 이렇게 경덕왕이 아들 하나를 낳기 위하여 나라가 위태로워지는 것을 무릅쓰면서 표훈대덕을 천제에게 보내어 애원하던 때이다. 그리고 (58), (59)에서 보듯이 758년 7월 23일에 왕자가 태어났다. 그 왕자가 36대 혜공왕이 되는 건운이다.

그러니까 751년 김대정이 불국사를 짓기 시작한 때로부터 8년만에 경덕왕은 김의충의 딸인 만월부인과의 사이에서 아들을 낳은 것이다. 표훈대덕은 이 시기에 천상과 지상을 오르내리며 천기를 누설하였고 석불사가 완공된 후에는 거기에 주하였다.

이러한 정황으로 보아 불국사, 석불사는 중시에서 퇴직한 김대정이 경덕왕을 위하여 기자 불사를 행한 것임이 분명하다. 단순히 김대성이 전생의 부모와 이승의 부모에 효도하기 위하여, 즉 사적인 복을 추구하기 위하여 23년 이상 절을 지었다는 것은 적절하지 않다. 또 그런 사적인 복을 추구하는 절을 김대정이 죽은 후에는 나라가 이어서 진행하여 완성하였다는 것도 이해하기 어렵다. 아무리 시중을 지낸 고위 관리라 하더라도 그 사람이 효도를 하고자 절을 짓는 데 왜 국민의 세금을 쏟아 붓는다는 말인가? 처음부터 김대정은 경덕왕의 아들 낳기를 기원하는 불공을 드리기 위하여 사재를 털어 절을 지으면서 겉으로는 부모에 효도하기 위하여 짓는다고 했을 수도 있다.

제2장에서 본 불국사, 석불사 창건 설화의 뒤에는 숨겨진 진실이 따로 있다. 그것은 경덕왕과 만월부인의 기자 불사의 일환이었다. 그것을 처음에는 나랏돈을 사용한다는 비난을 피하기 위하여 재상을 지낸 김대정의 사재로 짓는다고 호도하였을 것이다. 아니면 실제로 대정이 사재로 왕실의 득남을 위하여 불국사를 창건하려고 했을 수도 있다. 그런데 대정이 죽고 그 집의 재력도 바닥이 났을 때쯤에는 어쩔 수 없이 국고를 쏟아 부어 절을 완공할 수밖에 없었을 것이다.

이에 이어지는 기록은 (61)이다. 그렇게 불공을 드리고 표훈대덕을 특사로 보내어 천제에게 애걸복걸하여 얻은 아들 혜공왕이 시원치 않았다는 것이다.

(61) a. (태자가) 나이 8세에 이르러 왕이 승하하고 태자가 즉위하였으니 이 이가 혜공대왕이다.

b. 어려서 태후가 조정에 임하였는데 정사와 법률이 이치에 맞지 않아 도적들이 벌떼같이 일어났으나 막을 준비가 되어 있지 않았다.

c. 표훈대덕의 말이 그대로 증험되었다. <『삼국유사』 권 제2 「기이 제2」 「경덕왕 충담사 표훈대덕」>

(61a)는 혜공왕이 8세에 즉위하였음을 적고 있다. 758년에 왕자 건운이 태어나서 2세에 태자가 되었다. 그리고 8세가 된 765년에 왕위에 오른 것이다. 그런데 나이가 8세밖에 안 되어 어머니 만월부인[경수태휘가 섭정을

하였다. '정사와 법률이 이치에 맞지 않아' 도적들이 벌떼같이 일어났다고 한다. 도적이 '정조(政條)가 불리(不理)하여' 일어나다니? 이건 산적이나 좀 도둑이 아니다. 산적이나 좀도둑이야 배가 고파서 벌떼처럼 일어나지 정조 가 불리하다고 하여 일어나지 않는다.

정조가 불리하다고 벌떼처럼 일어나는 도적들은 조정의 벼슬아치들이거 나 귀족들이다. 왕의 어머니가 섭정한다고 문제가 생길 수야 있겠는가? 당 나라 측천무후는 아들들이 시원찮다고 둘씩이나 차 버리고 자신이 직접 다 스려 당나라를 천하 최강대국으로 만들었다.

혜공왕 때에는 모반이 줄을 이었다. 거의 3년마다 큰 반란이 일어났다. 그것도 모두 고위 관등의 인물들이 반란을 일으켰다. 무력을 동원한 농성 이나 시위가 이어졌다는 말이다. 아마도 경수태후에게 무슨 약점이 있고 그것을 직언하는 중신들을 역적으로 몰아 죽인 것을 나타낸 말일 것이다. 수많은 신하들이 파직되고 감옥에 갇혔으며 고위 귀족들이 죽임을 당하고 그들의 3족이 멸족되었다. 원한의 아우성이 서라벌 거리에 넘쳐나고 악정 을 펼치고 있는 만월부인에 대한 저주가 서라벌 하늘을 찔렀다.

이런 상황을 『삼국유사』는 '訓師之說'이 그대로 증험되었다고 적고 있 다. 표훈대덕의 말이 들어맞았다는 말이다. 그 말은 천제의 말인 '딸을 아 들로 바꾸면 나라가 위태로워질 것이다.'이다. 이제 표훈은 천제와 동급이 되었다. 그러니 하늘나라 오간다고 신청한 거마비와 정보비는 영수증 처리 가 어려웠을 것이다. 천제가 있긴 어디에 있어.

혜공왕은 (62)에서 보듯이 김지정의 모반 시에 난병에게 시해당한 것으 로 기록되었다. 그런데 이 반란군 병사가 김지정의 군사인지 김양상의 군 사인지 분명하지 않다. 왕이 경호실장이나 참모총장, 정보부장 정도에게 시 해되지 않고 일개 병사에 의하여 시해되었다니 이럴 수가 있는가?

(62) a. 780년[혜공왕 16년] 봄 정월 황색 안개가 끼었다. 2월 흙비가

내렸다. 왕이 어려서 즉위하여 장성함에 이르러 성색에 음란하고 순유가 도를 잃어 기강이 문란해지고 재해가 여러 번 나타났고 인심이 반측하고 사직이 허물어졌다. 이찬 김지정이 모반하여 모인 무리가 궁궐을 둘러싸고 범하였다.

b. 여름 4월 상대등 김양상이 이찬 경신과 함께 거병하여 지정 등을 목 베어 죽였다. 왕이 태후, 왕비와 더불어 난병에게 살해되었다. 양상 등은 왕을 혜공왕으로 시호를 정하였다. 원비 신보왕후는 이찬 유성의 딸이다. 차비는 이찬 김장의 딸인데 역사는 입궁 연월을 잃어버렸다.
<『삼국사기』 권 제9 「신라본기 제9」 「혜공왕」>

『삼국사기』의 이 기록은 『삼국유사』의 기록과는 다르다. 『삼국유사』의 이어지는 기록은 (63)과 같다. 여기서는 난병에게 시해되었다는 『삼국사기』 (62b)와는 달리 선덕왕과 김양상에게 시해당한 것으로 적혀 있다. 왕 시해의 책임자, 혹은 왕을 죽인 공을 세운 혁명아를 분명히 밝힌 것이다. 왕을 죽이고 혁명을 일으킨 자는 새로운 왕국을 건설하여야 한다.

(63) a. 왕이 이미 여자였는데 남아로 만들어서 돌 때부터 왕위에 오르기까지 늘 부녀자의 놀이를 하였다. 비단 주머니 차기를 좋아하고 도류들과 어울려 놀기를 좋아하였다. 그리하여 나라에 큰 난리가 나서 결국 선덕왕과 김양상에게 시해되었다.

b. 표훈 이후로부터 신라에 성인이 나지 않았다. 운운. <『삼국유사』 권 제2 「기이 제2」 「경덕왕 충담사 표훈대덕」>

역사는 이렇게 기록하는 것이 옳다. 혜공왕은 당연히 김양상에게 시해당한 것이 맞다. 어떻게 난병이 왕을 죽일 수 있겠는가? 그렇게 허술하게 왕을 방치할 리야 없지. 왕은 제2인자나 그에 근접한 인간에 의하여 배신당하고 살해되는 것이지 일개 난병에게 살해되지 않는다. 신라 시대 왕의 시해는 중시나 상대등은 되어야 할 수 있는 일이다. 일인지하 만인지상에서 만인지상을 치는 것이 맞지.

그런데 원문은 '終爲宣德與金良相所弑[결국 선덕과 김양상에게 시해되었다.'고 적었다. 선덕왕이 김양상이다. 선덕왕과 함께 거병한 자는 김경신이다. 단순 착오일까? 그러기 어렵다. 이것은 어쩌면 김경신의 후손들이 김경신으로 적힌 것을 김양상으로 고침으로써 이 주군 시해 책임을 김양상에게 뒤집어씌운 것일지도 모른다. 이 사건으로 즉위한 37대 선덕왕이 5년 뒤에 아들 없이 죽고 38대 원성왕이 되는 자가 김경신이다. 그가 괘릉(掛陵)의 주인공이다. 장례 때에 묻을 곳을 팠더니 물이 나서 관을 걸어 두어 '괘릉'이라 한다는데 모를 일이다.

이렇게 혜공왕을 죽이고 왕위에 오른 자가 상대등 김양상이다. 이 자는 이미 764년[경덕왕 23년]에 시중이 되었고 774년[혜공왕 10년]에 상대등에 이르러 있는 자이다.

(64) 선덕왕이 즉위하였다. 성은 김씨이고 이름은 양상이다. 내물왕 10세손이다. 아버지는 해찬 효방이고 어머니는 김씨 사소부인인데 성덕왕의 딸이다. 왕비는 구족부인으로 각간 양품의 딸이다*{또는 의공 아찬의 딸이라고도 한다.}* 크게 사면하였다. 아버지를 추봉하여 개성대왕이라 하고 어머니 김씨를 높여 정의태후라 하고 처를 왕비로 하였다. 이찬 경신을 제수하여 상대등으로 삼고 아찬 의공을 시중으로 삼았다. <『삼국사기』 권 제9 「신라본기 제9」 「선덕왕」>

(64)는 36대 혜공왕을 죽이고 즉위한 37대 선덕왕 김양상이 사소부인의 아들이라고 하였다. 사소부인은 성덕왕의 딸이다. 이 사소부인의 어머니가 누구일까? 33대 성덕왕의 왕비는 둘이다. 704년에 혼인한 선비 엄정왕후와 720년에 혼인한 후비 소덕왕후. 엄정왕후는 김원태의 딸이다. 소덕왕후는

김순원의 딸이다. 이 두 왕비 중에 누가 사소부인을 낳았을까?

김원○는 김유신 집안 사람들의 이름에 많이 보인다. 원술, 원정 등. 김흠순의 아들들도 원사, 원선 등 원○가 많다. 가락 김씨일 가능성이 높다. 김○원은 당원, 선원, 개원 등 무열왕 집안 사람들의 이름에 많이 보인다. 신라 김씨일 가능성이 크다. 실제로 김순원은 자의왕후의 동생으로 무열왕의 6촌 동생이다. 김순원의 어머니 보룡은 남편이 죽은 후 무열왕의 아들 김당원을 낳았다.

그러니 엄정왕후의 아버지인 김원태와 소덕왕후의 아버지인 김순원은 서로 다른 당파에 속할 수가 있다. 두 왕비의 혼인 시기가 많이 차이가 나므로 전 왕비 폐출이나 사후에 후 왕비를 넣었을 가능성이 크다. 경우에 따라 권력 투쟁이 있었을 수도 있다. 그때의 모든 권력 투쟁은 가락 김씨를 신라 김씨가 거세한 일반적인 경향을 보이고 있다.

물론 김양상은 성덕왕의 외손자이기도 하다. 왕의 외손자가 왕이 되는 것은 흔한 일이었으니 여기까지는 통일 신라가 망한 것은 아직 아니다. 그러나 그것은 왕에게 아들이 없을 때 부득이 하여 왕의 아우와 혼인한 공주의 아들을 즉위시키는 것이었다.

그런데 이 경우는 왕의 고모의 아들이 외사촌인 왕을 죽이고 스스로 왕위에 오른 것이다. 왕위를 찬탈한 정권이지 정상적으로 교체된 왕이 아니다. 그러니 그는 아버지 효방을 개성대왕으로 추봉하고 왕비였던 적도 없는 어머니를 정의태후로 추봉하고, 난리 블루스를 추고 있다. 김효방은 (65)에서 보듯이 김충신이 당나라 현종에게 올린 표문에 충신과 교대하러 당나라에 가다가 죽은 것으로 되어 있다.

(65) a. 734년[성덕왕 33년] 정월 --- 입당 숙위하는 좌령군위원외장군 김충신이 (당제에게) 표문을 올려 말하기를, --- 이때를 당하여 교체할 사람인 김효방이 죽어 편의상 신이 그대로 숙위로 머물렀습니다.

신의 본국 왕은 신이 오래도록 당나라 조정에 모시고 머물게 되었으므로 종질 지렴을 파견하여 신과 교대하도록 하여 지금 여기 왔사오니 신은 즉시 돌아가는 것이 합당할 것입니다.

　b. 735년[성덕왕 34년] 정월 --- 김의충을 파견하여 당에 들어가 하정하였다. --- 의충이 돌아올 때에 칙령으로 패강 이남의 땅을 주었다. <『삼국사기』권 제8「신라본기 제8」「성덕왕」>

　그런데 성덕왕과의 친인척 여부가 적히지 않은 '김충신'이 (65) 기사의 중심에 있다. 이 이름 '김충신'이 어떤 암시를 주는가? 이 '김충신'은 저자에게 '김효신'이라는 이름을 우선적으로 떠올렸다. 그러나 이름이야 우연히 비슷할 수도 있으니 무슨 증거가 되겠는가?

　그래도 주당대사 김충신, 혜명왕비의 후궁 살해 공모자 효신, 효성왕을 협박한「원기」의 작가 신충, 만월부인의 아버지 의충, 부임중 사망한 주당대사 효방, 효방의 아내 성덕왕의 공주 사소부인, 그들의 아들이 시중을 지내고 상대등이 된 김양상이다.

　이들이 성덕왕, 효성왕, 경덕왕, 혜공왕 시대의 서라벌 정가를 주름잡은 인물들임에는 틀림없다. 그런데 효성왕의 총애를 받던 후궁을 죽인 효성왕의 계비 혜명왕비의 아버지가 김진종이고 혜명왕비의 오라비가 김효신이다. 김효신은 김충신과 형제일까, 아닐까?

　그 김순원과 김진종이 나란히 (66)의 '황복사 3층석탑 금동사리함기 명문'에 나온다. 이 명문은 706년에 성덕왕[융기대왕]이 황복사 3층석탑에 직접 만들어 넣은 금동사리함에 새긴 것이다. 황복사 3층석탑은 신목왕후와 효소왕이 신문왕의 명복을 빌기 위하여 세운 것이다. 이 탑 속에 융기대왕의 교지를 받들어 새로 사리함을 넣는 주체가 김순원, 김진종이다.

　(66) 절 주지 사문 선륜, 소판 김순원, 김진종이 특별히 교지를 받들어, ---중략--- 장인 계생 알온과 더불어 탑을 세웠다. <황복사 3층

석탑 금동사리함기 명문, 『한국 금석문 종합 영상정보 시스템』>

이로 보면 700년 5월의 '경영의 모반' 때에 파면된 김순원은 이때 이미 다시 왕실에서 강력한 세력을 갖고 있었던 것으로 보인다. 어쩌면 오대산 상원사에서 효명 왕자를 데려와서 성덕왕으로 앉힐 때부터 순원은 권력을 되찾았는지도 모른다.

소덕왕후는 순원의 딸이고 혜명왕비는 진종의 딸이다. 그러니까 진종은 순원의 아들이다. '순원, 자의왕후/문무왕-진종, 소덕왕후/성덕왕-충신, 효신, 혜명왕비/효성왕'으로 이어지는 집안이 정치 세력의 한 축을 이룬다. 순원은 자의왕후의 동생이다. 그 다음은 '김오기/운명-대문-신충, 의충-만월왕비/경덕왕-혜공왕'으로 이어지는 가문이 정치 세력의 다른 한 축을 이룬다. 김오기는 자의왕후의 여동생 운명의 남편이고 그 아들이 김대문이다. 신충, 의충은 김대문의 아들일 수밖에 없다. 의충의 딸 만월왕비의 아들이 혜공왕이다.

제2장에서 본 불국사, 석불사 창건 설화의 뒤에는 숨겨진 진실이 있다. 그 절들의 창건은 경덕왕과 만월부인의 기자 불사의 일환이었다. 그것을 처음에는 나랏돈을 사용한다는 비난을 피하기 위하여 겉으로는 재상을 지낸 김대정이 자기 부모의 명복을 빌기 위하여 짓는다고 호도하였다. 실제로 김대정이 사재로 왕실의 득남을 위하여 불국사, 석불사를 창건하려고 했을 수도 있다. 그런데 김대정이 죽고 그 집의 재력도 바닥이 났을 때에는 어쩔 수 없이 국고를 쏟아 부어 절을 완성할 수밖에 없었던 것이다.

(67) 혜공왕 때를 거쳐 대력 9년[774년, 혜공왕 10년] 갑인년 12월 2일에 대성이 죽었다. 국가에서 이에 완성을 마쳤다. <『삼국유사』 권 제5 「효선 제9」 「대성 효 이세 부모 신문대」>

(67)만 잘 읽었어도 불국사, 석불사 창건의 비밀은 진작 드러났을 것이다. 774년에 죽은 재상이 누구인가를『삼국사기』에서 찾아보라. '대성'이 있는가? 없다. 그 대신 그 자리에는 '대정'이 있다. 아무리 시중을 지냈다고 하지만 그도 개인일 따름이다. 사인(私人)이 부모의 명복을 빌기 위하여 짓던 절을 왜 국가가 이어받아 완성해야 하는가?

한국사학계는『삼국유사』의 기록을 불신한다. '효조왕이 16세에 왕위에 올라 26세에 죽었다.'는 일연선사의 명백한 증언마저 무시한다. 그러고는『삼국사기』가 명백하게 '687년 2월 원자가 태어났다.', '691년 3월 1일 왕자 이홍을 태자로 책봉하였다.'는 기록의 '원자'와 '왕자'를 구분하지도 못하고 '효소왕이 692년 6세에 즉위하여 16세에 죽었다.'는 엉터리 학설을 고집하고 있다.

그러면서 왜 불국사, 석불사 창건에서만은『삼국유사』의 '김대성이 이승의 부모를 위하여 불국사를 짓고 전생의 부모를 위하여 석불사를 지었다.'는 기록은 철석같이 믿는가? 왜 그런 거짓말을 온 세상 사람들을 대상으로 일상적으로 하고 있는가? 그것은 그들의 전생의 일이지 이승의 일이 아니다.『삼국사기』에 '김대성'이 있는가?『삼국사기』에 불국사, 석불사 창건의 기록이 있는가? 없다. 역사는 기록으로 존재한다. 기록을 떠나면 역사 연구는 실패할 수밖에 없다. 역사 기록을 왜곡시킨 시대도 실패할 수밖에 없다. 이 시대가 왜 총체적으로 실패하였는가? 모든 역사 기록을 사실이 아닌 거짓으로 도배하였기 때문이다. 역사 읽고 쓴 식자들이 이 땅에 끼친 해악이 너무 크다.

제 5 장

망국의 과정

망국의 과정

1. 경덕왕의 앞 시대

35대 경덕왕의 아버지는 33대 성덕왕이고 어머니는 소덕왕후이다. 소덕왕후가 누구인지 알아야 경덕왕이 누구인지 알 수 있고 통일 신라를 망친 혜공왕이 누구인지 알 수 있다. 소덕왕후는 혜공왕의 할머니이다. 소덕왕후의 친정은 경덕왕의 외가이고 혜공왕의 진외가이다. 이 집안을 알지 않으면 통일 신라 망국의 원인을 알 수 없다.

이찬 김순원의 딸인 소덕왕후는 720년 3월에 성덕왕과 혼인하였다. 성덕왕은 704년 봄에 아찬 김원태의 딸 엄정왕후와 이미 혼인하였으므로 소덕왕후는 성덕왕의 후비이다.[1] 그런데 대아찬 순원은 698년 중시에 임명되었다가 700년 5월에 '경영의 모반'에 연루되어 파면되었다. 『삼국유사』 권 제1 「왕력」에는 소덕왕후의 아버지가 순원 각간이라고 되어 있다. 이것이 『삼국사기』, 『삼국유사』를 통하여 알 수 있는 경덕왕의 외가에 대한 정보 모두이다.

---

1) 『삼국유사』 권 제1 「왕력」에는 엄정왕후를 선비(先妃), 소덕왕후를 후비(後妃)라고 적고 있다. 선비가 죽어 후비를 들였는지 알 수 없다. 계비라면 선비가 죽었을 것인데 후비라 하니 의구심이 남는다.

그런데 김순원의 이름이 706년 5월에 작성된 '황복사 3층석탑 금동사리함기 명문'에 소판 김순원으로 나온다. 중시가 된 698년부터 720년까지 대아찬, 소판, 이찬, 그리고 각간에까지 이른 이 김순원은 누구일까? 즉, 경덕왕의 외할아버지는 어떤 인물일까? 이 책의 136면, 222면에 거듭 인용한 이 집안의 내력을 이종욱 역주해(1999)의 박창화의 필사본『화랑세기』에서 다시 검토해 보기로 한다.

김순원은 자의왕후의 동생이다. 그러면 그는 문무왕의 처남이다. 그의 딸 소덕왕후는 문무왕비 자의왕후의 친정 조카딸이다. 경덕왕은 순원의 외손자로서 자의왕후의 친정 세력의 영향권에 들어간다. 자의왕후는 이미 죽었지만 그의 남동생이 권력실세로서 딸을 왕비로 밀어 넣은 것이다. 이와 같은 유형의 권력 장악, 혼인계 어디서 보던 것이다. 어디서 보았을까?

대륙에서 왕망(王莽)이 전한(前漢)을 멸망시키고 신나라를 세울 때 9살 평제를 옹립하고 자신의 딸을 황후로 넣었다가 사위 평제를 독살하는 장면에서 보았다. 그 왕망의 이종사촌이 투후 김일제의 증손자 투후 김당이다.[2] 김일제는 흉노제국 번왕 휴저왕의 태자였다가 곽거병에게 포로로 붙들려 한나라에 온 흉노 디아스포라의 원조이다. 그 김당의 현손(玄孫)이 이 땅 계림에 황금 함 속의 아기로 나타나서 신라 김씨의 시조가 된 김알지라는 것이 저자의 가설이다.

그들의 작은 집 김일제의 아우 김륜의 후예들은 도성후 김탕의 손자인 김수로를 앞세워 가락국을 세웠다. 6가야의 중흥조가 다 이 김씨 집안 출신이다. 당시로서는 이 세상에서 가장 권력 투쟁에 능했던 왕망의 이종사촌 집안, 권모술수의 도사들이다. 그들이 협력하여 한나라, 전한을 멸망시켰다. 한나라의 황제를 내쫓고 황제 자리를 빼앗았다.

김순원의 아버지는 선품[아내 보룡]이고, 선품의 아버지는 구륜[아내 보화]

---

2) 서정목(2021), "『삼국유사』 다시 읽기 2-「가락국기」: 너와 나의 뿌리를 찾아서, 글누림." 제2장을 참고하기 바란다.

이며, 구륜의 아버지는 진흥왕[왕비 사도]이다. 순원은 진흥왕의 증손자인 것이다. 구륜이 조카 진평왕[동륜의 아들]의 딸 보화와의 사이에서 선품을 낳았다. 보화는 구륜에게 촌수로는 4촌 손녀뻘이다. 동륜과 구륜이 30여세 나이 차이가 나는 형제임을 알 수 있다.[3]

선품의 5촌 조카인 무열왕[금륜의 손자]의 왕비 문명왕후가 선원을 낳았을 때 무열왕의 당숙모인 선품의 아내 보룡이 유모가 되었다. 보룡과 선품의 딸인 자눌이 문무왕과 혼인하였다. 자눌은 문무왕의 7촌 고모이다. 진흥왕의 아들 동륜, 금륜, 구륜의 후손들 사이에서 족내혼[endogamy]이 이루어졌음을 알 수 있다.

거기에 선품의 어머니 보화는 진평왕과 미실의 딸이다. 미실은 대원신통의 중심 인물이다. 순원의 할머니 보화가 진평왕의 딸이니 순원의 진외가도 왕실이다. 선품의 아내 보룡은 예원의 동생인데 선품의 딸 운명은 예원의 아들 오기와 혼인하였다. 고종사촌, 외사촌 사이의 혼인이다.

무엇이 연상되는가? 저자에게는 흉노족의 혼습이 떠올랐다. 1989년 가을 하버드 옌칭의 도서관에서 우연히 읽은 왕소군의 이야기가 떠올랐다. B.C. 33년 왕소군은 호한야 선우에게 시집가서 아들 우일축왕(右日逐王) 이저지아사(伊屠智牙師)를 낳았다. 그녀는 호한야 선우가 죽고 나서 선우를 이어받은 호한야의 아들인 복주루약제(福株累若鞮)와 살고 그 사이에서 딸 둘을 낳았다. 복주루약제는 호한야의 본부인의 아들이었다.

---

3) 여기서 조금 이상한 점은 진평왕의 딸 보화가 진평왕의 삼촌 구륜과 혼인하여 선품을 낳았다는 것이다. 보화는 작은할아버지와 혼인한 셈이다. 진흥왕의 맏아들 동륜과 막내 구륜의 나이 차이가 30여세라고 치면 가능하다. 진흥왕이 15세에 동륜을 낳고, 동륜이 15세[진흥 30세]에 진평왕을 낳고, 진평왕이 15세[진흥 45세]에 보화를 낳았다고 가정하고, 구륜과 보화가 15세에 혼인하였다고 가정하면, 진흥왕이 45세에 구륜을 낳은 셈이 된다. 30세에 손자를 보던 시대이다. 진흥왕이 늦은 나이 45세에 아들을 낳았는데 15세 된 큰손자가 그때 증손녀를 낳은 것이다. 그래서 15년 뒤 그 늦둥이 아들과 증손녀가 혼인하였다는 말이다. 이런 것을 이해할 수 있어야 신라 사회를 이해할 수 있다.

그리고 다음에 떠오른 것은 대마도(對馬島[쓰시마])였다. 대마도의 와타즈미[和多都美] 신사에는, 뱀[악어], 용으로 화한 토요타마히메노 미코토[豊玉姬命]가 남편이 출산 과정을 훔쳐보았다고 아들을 낳아 두고는 용궁으로 돌아가 버렸고, 그 아들이 자라서 이모 다마요리 히메노 미코토[玉依姬命]와 혼인하여 신무(神武)천황을 낳았다는 설화가 있다. 그 신무천황이 동정(東征)하여 나래[奈良]에서 야마퇴[大和]국을 접수하였다. 일본 천황가의 천손강림 설화의 인물들을 모셔 둔 큐슈의 기리시마시[霧島市]에 있는 기리시마 신궁에는 토요타마히메노 미코토가 신무천황의 할머니로 정확하게 기록되어 있다.

어떻든 동이, 서융, 남만, 북적의 고대 동아시아 여러 종족의 혼습은 우리의 상상을 벗어난다. 동북 아시아인들이 동이이고 투르크, 몽골, 퉁구스가 북적, 토벤[티베트]가 서융이다. 남만은 동남아와 그 북쪽에 위치한 양자강 상류에 거주한 종족이다. 흉노제국은 투르크, 몽골을 아우르는 방대한 나라이다. 서융과 북적을 통합한 개념에 가깝다.

'신국의 도', 양명공줘진평왕의 딸이 누나 보량과의 혼인을 꺼리는 아들 22세 풍월주 양도에게 '신국에는 신국의 도가 있다. 어찌 중국의 도로 하겠는가?'라고 한 이른바 '신국의 도'이다(박창화, 『화랑세기』, 이종욱 역주해(1999), 191-92). 이 신국은 어느 나라일까? 이 신국, 신국의 도를 이해해야 신라가 이해된다.

통일 신라 김씨 왕실의 혼맥

김순원의 누나가 문무왕비 자의왕후이다. 순원은 문무왕의 처남인 것이다. 순원의 누나 자눌이 태자비가 되어 어머니 보룡이 자의궁의 감이 되었다.[4] 순원은 궁중에서 문무왕의 동생들인 선원, 당원과 함께 자랐다.[5] 또

---

4) 문무왕 왕비의 이름이 『삼국사기』에는 자의라고 되어 있고 『삼국유사』에는 자눌이라고 되어 있다. 이를 보면 혼인하기 전에는 자눌이었는데 혼인 후에 대궁 안에 자의궁

다른 누나 운명은 김오기와 혼인하였고 다른 누이 야명은 문무왕의 후궁이 되어 인명전군을 낳았다.

이 정보를 이용하여 저자가 파악한 진흥왕의 후예들로 이루어지는 통일 신라 왕실과 그들의 외가 김순원 집안의 후손들이 이루는 가계를 정리하면 (1)과 같다. 그리고 신문왕의 이모집인 김오기/운명의 집안 가계를 정리하면 (2)와 같다.

(1) a. 진흥/사도-동륜/만호-진평/미실-천명/용수, 보화/구륜, 선덕여왕/용춘, 진덕여왕(신문왕 큰집)

b. 진흥/사도-금륜(진지)/지도-용수/천명, 용춘/선덕-무열/문명-문무/자의-신문/신목-효소/성정, 성덕/엄정/소덕-효성/박씨/혜명, 경덕/삼모/만월-혜공(신문왕 집)

c. 진흥/사도-구륜/보화-선품/보룡, 수품-자의/문무, 운명/오기, 순원-진종, 소덕/성덕-충신, 효신, 혜명/효성(신문왕 외가)

(2) 이화랑/숙명-보리/만룡-예원/우약, 보룡/선품-오기/운명-대문-신충, 의충-만월/경덕-혜공/신보(신문왕 이모집)

(1)과 (2)에서 가장 중요한 사실은 문무왕과 자의가 혼인함으로써 순원은 문무왕의 처남이 되고 신문왕의 외삼촌이 된다는 점이다. 그러면 순원의 아들 진종과 신문왕이 외사촌, 고종사촌, 즉 내외종간이 된다.

그 다음으로 중요한 점은 선품과 예원의 동생 보룡이 혼인하였다는 것이

이라는 전을 지어 자의라 부르게 되었다는 것을 알 수 있다.

5) 선원은 문명왕후의 아들이고 당원은 무열왕의 아들이다. 『삼국유사』 권 제2 「기이 제2」 「태종춘추공」 조에는 무열왕과 문명왕후 사이의 아들이 법민, 인문, 문왕, 노차, 지경, 개원 6명으로 되어 있다. 서자는 개지문, 차득, 마득과 딸 2명이라고 되어 있다. 문명왕후는 정식 남편 무열왕과의 사이에 6명의 아들을 낳고 또 딴 남자와의 사이에 선원을 낳았다. 당원은 무열왕과 보룡 사이에서 태어났다. 현대인의 시각으로는 이해하기 어려운 흉노족의 자유혼 관습이다.

다. 그 결과 예원의 아들 오기와 선품의 자녀 자의, 운명, 순원이 또 외사촌, 고종사촌이 된다. 그런데 오기와 운명이 결혼했으니 순원의 아들 진종과 오기의 아들 대문이 다시 내외종간, 사촌이 된다. 또 자의와 운명이 자매이니 신문왕과 대문이 다시 이종사촌이 된다. 외사촌, 고종사촌, 이종사촌들의 견고한 정치권력 집단이 만들어진 것이다.

이것이 신라 김씨 왕실의 혼맥을 지배하는 원리이다. 시집간 딸의 집안에서 며느리, 사위를 데리고 옴으로써 이루어지는 세력권, 그리고 시집간 딸의 집안으로 다시 손녀를 시집보냄으로써 대를 이어 형성되는 친인척 관계는 정치권력을 유지해 주는 중요 바탕이 되었다. 더욱이 고모들의 아들들인 이종사촌끼리 손을 잡으면 외할머니의 지배하에 있는 외사촌이나 그 후손들의 권력을 조정하는 것이야 누워서 떡먹기가 된다.

(1c)의 외할아버지 김순원과 그 후손들을 중심으로 순원의 누이의 후손인 (2)의 김대문의 후손들이 손을 잡고 또 다른 누이의 후손들인 왕실 (1b)를 좌지우지한 특징을 지닌다. 순원의 딸 소덕왕후가 33대 성덕왕의 계비로 들어가고 진종의 딸 혜명왕비가 34대 효성왕의 계비로 들어간다. 의충의 딸 만월은 35대 경덕왕의 계비로 들어갔다. 이것을 이상하게 생각하지 말라. 족내혼, 진흥왕의 후손들인 신라 김씨 안에서 배필을 구하는 이 혼인 제도는 3촌, 4촌, 5촌, 6촌, 7촌끼리의 혼인을 기본으로 하고 심지어 오누이 사이에도 혼인하게 된다.[6]

---

6) 무엇이 떠오르는가? 나는 가비라국의 석가씨를 떠올렸다. 석가모니의 조국 가비라국의 석가씨가 순혈을 유지하기 위하여 석가씨끼리만 혼인하는 것과 똑같지 않은가? 그것이 가비라국에서 코살라국으로 석가씨라고 속이고 시집간 하녀의 딸 비사바카티야에게서 난 비유리왕[비두다배]에게 석가씨들이 멸족되고 가비라국이 망한 원인이 되었다. 비두다바는 어릴 때 외가인 가비라성에 갔다가 하녀의 딸의 아들이라 버릇이 없다는 모욕을 받고 왕이 된 뒤에 석가씨를 멸족시켰다. 가비라국의 석가씨와 신라국의 김씨는 어쩌면 같은 혈통을 가졌을지도 모른다. 외손자에게 친손자가 죽는 것까지 비슷한 양상을 보인다. 가비라국의 석가씨와 신라 김씨 왕실이 같은 찰(제)리족[刹(帝)利族]이라는 사실은 『삼국유사』 권 제3 「탑상 제3」 「황룡사구층탑」에서 볼 수 있다.

24대 진흥왕의 혼인을 보자. 그의 아버지는 입종갈문왕이다. 입종(立宗)은 『삼국사기』, 『삼국유사』 모두에서 23대 법흥왕의 동생이다. 이것만 보면 진흥왕은 법흥왕의 조카이고, 법흥왕은 진흥왕의 큰아버지이다. 아들 없는 큰집이 종손을 만들기 위하여 작은집에서 조카를 양자로 들여오는 것이야 우리 전통사회에서는 흔하디 흔한 일이었다. 그런데 진흥왕의 어머니에 관해서는 두 가지 서로 다른 기록이 있다. 이것은 좀 따져 볼 필요가 있다.

『삼국사기』에는 (3a)처럼 되어 있다. 일단 진흥왕의 어머니는 김씨이고 아내는 박씨 사도부인이다. 그런데 그 어머니 김씨가 큰아버지 법흥왕의 딸이다. 『삼국유사』는 진흥왕에 대하여 (3b)처럼 적고 있다. 진흥왕의 어머니 지소부인이 박씨인 것처럼 보인다. 그러나 『삼국사기』와 비교해 보면 『삼국유사』에 빠진 글자들이 있다. '식도부인'은 박씨이고 진흥왕의 왕비인 사도부인으로 보인다.

(3) a. 모부인 김씨는 법흥왕의 딸이다[母夫人金氏法興王之女]. 왕비는 박씨 사도부인이다[妃朴氏思道夫人]. <『삼국사기』 권 제4 「신라본기 제4」 「진흥왕」>
   b. 어머니 지소부인*{식도부인으로도 적음}* 박씨는 모량리 영사 각간의 딸이다[母 只召夫人*{一作息道夫人}*朴氏 牟梁里英史角干之女]. <『삼국유사』 권 제1 「왕력」 「진흥왕」>

그러면 『삼국유사』 권 제1 「왕력」의 (3b) 기록은 (3c)에서 밑줄 그은 '김씨는 법흥왕의 딸이다. 왕비 사도부인[金氏法興之女也 妃思道夫人]'이 누락된 것이다. 진흥왕의 어머니는 지소부인으로 김씨이고, 왕비는 사도부인{식도부인} 박씨이다.

(3) c. 어머니 지소부인[母只召夫人]은 김씨이다. 법흥왕의 딸이다. 왕비는 사도부인*{식도부인으로도 적음}*[金氏法興之女也 妃思道夫人*

{一作息道夫人}*] 박씨이다. 모량리 영사 각간의 딸이다[朴氏 牟梁里英
史角干之女]. <저자>

진흥왕의 어머니는 『삼국사기』, 『삼국유사』를 비교해 보면 김씨이고 법
흥왕의 딸이다. 즉, 입종의 아내는 지소부인 김씨인 것이다. 진흥왕의 어머
니 지소부인은 삼촌 입종과 혼인한 것이다. 그러니 진흥왕은 법흥왕의 조
카이면서 외손자이기도 하다.

누가 연결고리인 중심축일까? 진흥왕의 즉위 결정을 누가 했겠는가? 법
흥왕이 죽은 뒤이니 당연히 진흥왕의 큰어머니이자 외할머니인 법흥왕의
왕비가 했을 것이다. 아니면 법흥왕의 이머니 지증왕의 왕비가 했을 것이
다. 법흥왕의 왕비는 보도부인(保刀夫人[삼국사기]) 또는 파도부인(巴刀夫人
[삼국유사])이다. '保刀', '巴刀'는 같은 말을 다른 글자로 적은 것이다.[7]

그 다음으로 29대 무열왕의 부모 용수와 천명공주의 혼인을 보자. 무열
왕은 26대 진평왕의 딸 천명공주의 아들이다. 진평왕은 진흥왕의 태자 동
륜의 아들이다. 동륜과 25대 진지왕 금륜이 형제이다. 진지왕 금륜의 아들
이 용수이다. 진평왕과 용수가 사촌이다. 천명공주는 5촌 당숙과 혼인한 것
이다. 용수의 아들이 무열왕이다. 무열왕은 어머니 천명공주와 6촌이 된다.
무열왕은 진평왕의 외손자로서 왕위에 오른 것이다.

또 30대 문무왕의 혼인을 보자. 진흥왕의 아들 진지왕 금륜과 구륜이 형
제이다. 진지왕의 아들 용수와 구륜의 아들 선품이 4촌이다. 용수의 아들
춘추와 선품의 딸 자눌{자의}가 6촌이다. 춘추의 아들 법민이 자눌과 혼인
하였다. 문무왕은 7촌 고모와 혼인한 것이다. 한 집안에서 며느리를 데려오
게 되면 대가 내려갈수록 촌수가 늘어난다.

---

7) 이런 경우의 한자 사용법은 '巴'의 음이 '保'와 비슷했음을 보여 준다. 장보고(張保皐)를
적은 弓福, 弓巴, 사복(蛇福)을 적은 蛇巴, 蛇卜 등을 통하여 이 한자들이 /po/와 비슷한
음을 가져 이두, 향찰에서 통용되었다는 것은 이기문(1970)을 참고하기 바란다. 보주
(普州)와 파주(巴州)도 관련이 있지 않을까?

문무왕과 자의왕후의 아들이 31대 신문왕이다. 신문왕의 어머니 자의왕후는 신문왕에게 친가 촌수로는 8촌 할머니이고 외가 촌수로는 1촌이다. 자의왕후의 남동생 순원은 신문왕에게 친가 촌수로는 8촌 할아버지이고 외가 촌수로는 외삼촌이다. 그런 신문왕은 다시 요석공주의 딸과 혼인하였다. 무열왕의 딸인 요석공주는 신문왕에게 고모이다. 신문왕은 고종사촌 누이 신목왕후와 혼인한 것이다.

쌍놈? 그것은 동성동본혼도 금지한 조선 유교 성리학자들의 관점에서 본 것이다. 북적(北狄) 흉노족, 유라시아 대륙을 기마군단으로 유린한 우리 선조들은 그런 옹졸한 남녀관계에 얽매이지 않았다. 기본적으로 정복 유목민들에게는 정해진 짝이 없었다. 말 닿는 데서 닥치는 대로 일단 깃발을 꽂고 보는 것이 체화되어 있었다. 자유혼(自由婚), 약탈혼(掠奪婚, 알라 카추), 상대가 누구든 곁에 있으면 야합하는 자유로운 영혼(自由魂)의 소유자들인 것이다.[8]

이 김순원이라는 이름으로부터 우리는 이와 같은 통일 신라 김씨 왕실의 속살을 훔쳐볼 수 있는 (1), (2)와 같은 정보를 박창화의 『화랑세기』에서 찾아왔다. 이 필사본을 두려워하라. 어느 날 일본이 이 필사본의 원본인 김오기, 김대문의 진본 『화랑세기』를 공개하면 이 땅의 가짜 삼국 시대 역사는 전부 파기될 것이다.[9]

더 중요한 것은 순원은 700년 '경영의 모반' 때 파면되었고, 『삼국사기』의 기록대로라면 720년 3월에 성덕왕의 계비가 되는 소덕왕후의 아버지이

---

8) 신라만 그런 것도 아니었다. 고려 4대 광종의 첫째 왕후는 이복누이였고 둘째 왕후는 형 혜종의 딸이었으니 조카였다. 족내혼의 전형은 오히려 고려 왕실에서 볼 수 있다.

9) 머지않은 앞날에 중국 학자, 일본 학자들이 이 문제를 파고 들면 우리가 읽는 역사의 허구가 낱낱이 밝혀질 것이다. 그 날이 왔을 때 당황하지 말고 우리는, 우리의 선조가 유라시아 대륙을 누비던 유목민의 후예이며 지난 2000년 농경민과 유목민의 조화로운 공존을 누렸고 현대에 와서 잊혀졌던 유목민의 잠재 기억을 되살려 정보를 취득하는 현대적 첨단의 유목 생활을 창출하고 있다고 가르치면 된다. 어차피 역사는 후손들을 가르치기 위하여 연구하는 것이다.

고, 739년 3월에 효성왕의 계비가 되는 혜명왕비의 아버지(?, 사실은 할아버지)이다. 그런데 그가 자의왕후의 남동생이라고 한다. 이러니 신라 중대는 전제왕권을 확립한 시대가 아니라 외척권력이 확립된 시대라 해야 하지 않겠는가? 신라는 항상 왕의 할머니의 형제인 진외종조부, 왕의 외할아버지, 외삼촌, 그리고 왕의 할머니를 외할머니라고 부르는 고모집 세력의 위세에 왕권이 짓눌려 지낸 시대이다. 왕위 계승을 비롯한 왕실의 중요 사항들을 최종 결정하는 사람은 죽은 왕의 왕비, 즉 왕의 할머니나 어머니이기 때문이다.

이것이 통일 신라 시대 정치 전쟁의 핵심을 뚫고 흐르는 중심 혈맥이다. 신라사의 중심 혈맥도 할머니이다. 왕위 계승의 모든 문제는 왕의 할머니로부터 비롯된다. 새 왕이 즉위할 때 왕의 할머니는 죽은 왕의 어머니이다. 죽은 왕의 어머니가 자신의 손자나 외손자 가운데 선택하여 새 왕을 즉위시키는 것이다. 친할머니와 외할머니, 손주들의 처지에서는 두 사람이지만 할머니 처지에서는 왼쪽으로 보면 친손주이고 오른쪽으로 보면 외손주가 된다.

흔히들 모계사회라 했던가? 아니다. 할머니 중심사회이다. 할머니 한 사람이 죽고 나면 기득권 세력은 거세되고 새 할머니와 그 친정이 새 권력의 중심이 된다. 정권 교체가 이루어지는 것이다. 그 할머니가 죽고 나면 결국 대궁에는 왕의 어머니와 그의 직계 비속만 남는다. 어머니의 직계 비속, 그들이 성골이다.

이 원리를 모르면 신라 사회가 보이지 않는다. 그러니 진덕여왕이 승하한 후 성골녀마저 모두 사라져서 진덕여왕의 6촌 아우 무열왕이 밖에서 왕이 되어 들어갔지. 이후로 신라 왕족은 모두 진골이고 성골은 하나도 없었다. 사실은 새로운 성골이 생겨난 것으로 설명해야 합리적이다.

경덕왕이 그렇게 애를 쓰서 낳은 혜공왕은 법적 고종사촌 형 김양상에게 시해되었다. 그는 왜 법적 고종사촌 형에게 살해되었을까? 그것은 할머니 때문이다. 혜공왕의 친할머니는 소덕왕후이다.

김양상은 성덕왕의 딸 사소부인의 아들이다. 그러면 김양상의 외할머니는 누가 될 것인가? 정상적으로는 소덕왕후가 되어야 한다. 그러나 정상적이 아니면 달라진다. 어떤 경우가 비정상적인가? 외할머니가 둘일 경우이다. 성덕왕의 왕비가 둘이어서 혜공왕의 할머니가 둘이고 김양상의 외할머니가 둘일 경우 비정상적인 상황이 만들어진다. 이것이 혜공왕의 불행한 죽음과 관련된다.

신문왕의 혼외정사와 성덕왕의 두 왕비

문무왕의 맏아들{원자} 소명전군이 일찍 죽어서 그 동생 정명이 681년 7월 7일에 신문왕이 되었다. 신문왕은 아들을 못 낳은 왕비 김흠돌의 딸을 폐비하고 형수 감이었던 김흠운의 딸과 재혼하였다. 신문왕과 형수 감 사이에는 첫째 아들 이공{홍}, 둘째 아들 봇내, 셋째 아들 효명이 혼인 전에 이미 태어나 있었다. 692년 7월 첫아들 이홍이 32대 효조왕이 되었고 702년 셋째 아들 효명이 33대 성덕왕이 되었다.[10]

성덕왕 효명은 693년 8월부터 702년 8월까지 형 봇내와 함께 오대산에서 승려가 되어 수도 생활을 하였다. 성덕왕의 형인 32대 효조왕이 702년 7월 27일에 죽었다. 성덕왕이 702년 8월에 서라벌로 와서 왕위에 올랐다.

효조왕은 677년생으로 정명태자{31대 신문왕}와 김흠운의 딸 사이에서 혼전, 혼외의 아들로 태어났다. 성덕왕은 681년에 태어났다. 그 중간{아마도 679년}에 성덕왕의 형 봇내도 태어났다. 그들의 부모인 31대 신문왕과 흠운의 딸은 683년 5월 7일 정식으로 혼인하였다. 그 사이인 681년 8월 8일 '흠돌의 모반'이 있었고 왕비 흠돌의 딸은 폐비 당하였다. 김흠운의 딸이 새로 왕후가 되었다. 신목왕후이다.

---

10) 서정목(2019)에 오대산 상원사의 스님이었던 성덕왕 효명{융기, 흥광}의 즉위와 그의 동생들인 두 원자 사종과 근질의 당나라 행과 불교에의 귀의 등에 대한 자세한 논의가 들어 있다. 이하의 내용은 그 책의 핵심을 간추린 것이다.

이러한 사정을 보면 '흠돌의 모반'은 자의왕후가 아들 못 낳는 며느리 흠돌의 딸을 쫓아내고 이미 아들을 셋이나 낳은 흠운의 딸을 며느리로 들이기 위하여 벌인 정치 전쟁이다. 자의왕후는 신문왕의 어머니로 효조{소}왕이나 성덕왕의 처지에서 보면 할머니이다. 이 할머니는 누구를 왕위에 올리기 위하여 이 무서운 정치 전쟁을 벌인 것일까? 맏아들 소명전군의 약혼녀가 낳은 이공을 왕위에 올리기 위해서였다. 그 약혼녀의 어머니는 요석공주로 신문왕의 고모였다.

흠운의 딸은 정명태자의 형 소명전군의 약혼녀였으나 소명전군이 일찍 죽는 바람에 소녀 과부로 남아 있었다. 그런데 시동생인 정명이 흠운의 딸과 통정하여 혼인하기 전에 아들을 셋이나 낳은 것이다. 이 아이들은 자의왕후의 손자들이다. 이 혼외정사는 형시취수 제도와 자의왕후의 묵인 아래 이루어진 것으로 보인다.

신문왕과 흠운의 딸이 혼인한 후에 684년 김사종이 태어났고 687년 2월 김근{흠}질이 태어났다. 처음에는 사종이 원자였다. 692년 7월 2일 신문왕이 죽었다. 692년 7월 효조왕이 즉위하였다. 사종은 부군{왕}이 아들이 없을 때 태자 역할을 한 왕의 아위에 책봉되었다. 그러나 그는 700년 5월에 일어난 '경영의 모반'에 연루되어 부군에서 폐위되었다. 그의 동생 김근{흠}질이 새로 원자가 되었다.

692년부터 702년까지 재위한 효조왕은 성정왕후와의 사이에 696년에 김수충을 낳았다.[11] 700년 5월에 '경영의 모반'이 일어났다. 이 모반은 부군 사종을 지지하는 세력이 효조왕의 왕자 수충을 태자로 책봉하려는 움직임에 대하여 반발한 것이다. 중시 김순원이 이에 연좌되어 파면되었다. 이 모

---

11) 『삼국사기』 권 제8 「신라본기 제8」 「성덕왕」 16년[715년]에 당나라로 숙위 가는 왕자 김수충이 효소왕의 아들이고 지장보살의 화신으로 숭앙되는 김교각이라는 것은 서정목(2016, 2019)를 참조하기 바란다. 그는 717년에 귀국하였다가 719년 경에 다시 당나라로 간 것으로 보인다. 99세 되던 765년에 입적하였다. 안휘성 지주시 청양현의 구화산에 그의 육신불이 안치되어 있다.

반으로 700년 6월 1일 신목왕후가 죽고 효조왕도 702년 7월 27일에 죽었다. 16세에 즉위하여 26세에 죽은 것이다.[12]

702년 가을 22세로 즉위한 성덕왕은 704년 봄 김원태의 딸 엄정왕후와 혼인하였다. 그 전 2년 동안에는 형수 성정왕후를 취수하였을 것이다. 엄정왕후는 죽은 효상태자 중경, 34대 효성왕 승경을 낳았다. 성덕왕은 720년 3월 김순원의 딸 소덕왕후와 다시 혼인하였다. 소덕왕후가 낳은 자식은 경덕왕 헌영과 그의 동생임이 확실하다. 그런데 성덕왕에게는 사소부인이라는 딸이 있다. 그 딸은 엄정왕후, 소덕왕후 가운데 어느 왕비가 낳았을까? 그것이 혜공왕 피살 문제를 푸는 핵심 열쇠이다.

성덕왕은 714년 조카 김수충을 당나라로 숙위 보내었다. 형 효조왕의 아들인 수충을 당나라로 숙위 보낸 것이다. 그리고는 715년 12월 자신과 엄정왕후의 아들인 중경을 태자로 책봉하였다. 장조카, 신문왕의 장손 수충을 제치고 자신의 아들을 왕위에 올리고자 한 것이다. 이 시기의 왕위 계승을 중심으로 본 왕실 인물 상황은 (4)와 같다.

(4) a. 30문무왕/자의왕후 - 소명전군/흠운의 딸[약혼녀]
　　　31신문왕/흠돌의 딸 -- 무자
　b. 31신문왕/신목왕후 - 32효조왕/성정왕후 - 수충[地藏, 金喬覺]
　　　보천[寶叱徒]
　　　33성덕왕/엄정왕후 - 사소, 중경, 34효성왕/박씨/혜명
　　　33성덕왕/소덕왕후 - 35경덕왕/만월부인 - 36혜공왕
　　　사종[無相]/경영의 딸 -- 지렴
　　　근{흠}질[무루(無漏)]

---

12) 국사편찬위원회(1998:96-101)은 687년 2월생 원자가 효소왕이라고 보고 그가 6세에 즉위하여 16세에 죽었다고 가짜 역사를 적고 있다. 『삼국사기』 권 제8 「신라본기 제8」, 「신문왕」에는 687년 2월에 원자가 출생하고 691년 3월 1일 왕자 이홍을 태자로 책봉하였다고 적었다. 이 '원자'가 어찌 '왕자 이홍'으로 둔갑하겠는가? 현재의 국사학계의 신라 역사에 관한 인식이 '원자'와 '왕자'도 구분하지 못하는 수준이다.

성덕왕의 형수 성정왕후가 자신의 아들 김수충이 태자가 되어야 한다고 항의하였다. 성덕왕은 형수를 대궁 밖으로 쫓아내었다. 어머니의 연락을 받은 수충이 717년 9월 부랴부랴 귀국하였다. 와서 보니 태자 김중경이 717년 6월에 이미 죽어 있었다. 중경의 시호가 효상(孝殤)태자이다. '殤'은 '일찍 죽을 상'이다. 아마 10살쯤에 죽었을 것이다. 수충은 또 다른 사촌동생 김승경과 태자 자리 경쟁을 벌일 수밖에 없었다. 그리고는 기록이 없다.

성덕왕은 엄정왕후를 어떻게 했는지 아무 기록 없이 720년 3월 김순원의 딸인 소덕왕후와 재혼하였다. 아마 이 혼인이 추진되는 것을 보고 김수충은 자신에게는 기회가 없다는 것을 알고 719년경 당나라로 떠났을 것이다. 이 수충이 김교각이라는 이름으로 당나라 안휘성 지주시의 청양현에 있는 구화산에서 수도하여 지장보살의 화신이 되었다. 그가 죽은 후에 그의 시신에 금을 입혀 보존한 것이 지금까지 안휘성 지주시 청양현의 구화산 육신보전에 전해 오는 등신불, 육신불이다.

성덕왕은 재혼한 소덕왕후와의 사이에 왕자 김헌영을 낳았다. 소덕왕후가 720년 3월에 혼인하여 724년 12월에 죽었으므로 헌영의 출생년도는 721년-724년 사이이다.

성덕왕 시대의 일로 아무리 강조해도 부족하지 않을 두 가지가 『삼국사기』와 『삼국유사』에 각각 실려 있다. 『삼국사기』의 기록 (5)는 '김유신의 적손 김윤중이 왕의 총애를 입었고 그것을 조정의 중신들이 시기했다.'는 것이다. 『삼국유사』의 기록 (6)은 '소 모는 노인으로부터 철쭉꽃과 「헌화가」를 받은 수로부인, 그 수로부인이 동해용에게 납치되어 갔다.'는 이야기이다.

이 두 기록은 비슷한 시기의 일을 적은 것으로 보인다. 성덕왕 시기의 두 정파, 가야파와 진골정통이 어떠한 관계에 있었는지를 암시적으로 보여 준다. 성덕왕은 즉위하여 처음에는 가야파와 가까웠던 것으로 보인다. 김원태의 딸 엄정왕후를 들이는 시기이다. 아마도 보희의 딸 요석공주가 김순원 세력을 제어하면서 친정 세력을 챙기고 있었기 때문일 것이다.

그러나 곧 진골정통, 즉 김순원 세력에게 밀리어 가야파는 소수파가 된 것으로 보인다. 그 표면적 현상이 720년 김순원의 딸이 왕비가 된 일이다. 소덕왕후의 아들 경덕왕은 외가가 진골정통인 김순원 집안임이 확실하다.

성덕왕 시대는 김원태로 대표되는 김유신, 김흠순 계열의 가야파가 김순원으로 대표되는 진골정통과의 세 대결에서 밀리는 시기로 보인다.

(5) a. (김유신의) 적손 윤중이 성덕왕 때에 벼슬하여 대아찬이 되어 여러 번 승은을 입었다. 왕의 친속들이 이를 질투하였다. 8월 보름에 왕은 월성 봉우리에 올라 주변 산 경치를 둘러보며 시종관과 더불어 주연을 베풀고 놀며 윤중을 불러오게 하였다. [嫡孫允中仕聖德大王 爲 大阿湌 屢承恩顧 王之親屬頗嫉妬之 時屬仲秋之望 王登月城岑頭眺望 乃 與侍從官置酒以娛 命喚允中]

b. 간언하는 자가 말하기를, "지금 종실과 외척들 중에 어찌 좋은 사람이 없겠습니까? 허나 유독 소원한 신하를 부르니 어찌 친척을 친한다고 하겠습니까?" 왕이 말하기를, "지금 과인이 경들과 더불어 안평무사한 것은 윤중의 할아버지 덕이다. 만약 공의 말과 같이 이를 잊어버린다면 착한 사람을 잘 대우하여 그 자손에게까지 미친다는 의리에 맞지 않는다." [有諫者曰 今宗室戚里豈無好人 而獨召疎遠之臣 豈所謂親親者乎 王曰 今寡人與卿等安平無事者 允中祖之德也 若如公言忘棄之 則 非善善及子孫之義也]

c. 드디어 윤중을 가까이 불러 앉히고 그 할아버지의 한 평생에 대하여 이야기하였다. 날이 저물어 물러날 것을 고하자 절영산[부산 영도]의 말 한 필을 하사하였다. 여러 신하들이 부러운 눈으로 바라보았다. [遂賜允中密坐 言及其祖平生 日晚告退 賜絶影山馬一匹 羣臣觖望而已]

d. 733년[성덕왕 32년, 개원 21년] 당나라가 사신을 보내어 이르기를, "말갈과 발해는 겉으로는 번국이라 칭하나 속으로는 교활한 마음을 품고 있으므로 지금 군사를 내어 그 죄를 물으려 하니 경[성덕왕]도 또한

군사를 내어 서로 힘을 합하기를 바라오 듣건대 옛 장군 김유신의 손자 윤중이 있다는데 모름지기 이 사람을 뽑아 장군으로 삼아 주시오" 하였다. 인하여 윤중에게 금과 비단 약간을 하사하였다. 이에 대왕은 윤중과 아우 윤문 등 4장군에게 군대를 거느리고 당병과 합쳐 발해를 정벌하게 하였다. [開元二十一年 大唐遣使教諭曰 靺鞨渤海 外稱藩翰 內懷狡猾 今欲出兵問罪 卿亦發兵相爲掎角 聞有舊將金庾信孫允中在 須差此人爲將 仍賜允中金帛若干 於是大王命允中金中弟允文等四將軍 率兵會唐兵伐渤海] <『삼국사기』 권 제43 「열전 제3」 「김유신 하」>

(5a)에서 성덕왕은 김유신의 적손인 김윤중을 후하게 대접하려 하고 있다. 김윤중은 김유신의 아들 삼광의 아들일 것이다. 그러나 간언하는 신하는 '친가인 신라 김씨에도 친할 사람이 많은데 하필 먼 인척인 가락 김씨를 가까이 하려 하느냐?'고 간하고 있다.

성덕왕의 어머니 신목왕후는 요석공주의 딸이고 요석공주는 김유신의 누이 보희의 딸이다. 성덕왕은 김유신의 공덕을 잊지 않고 보답하려고 그 후손들을 챙기고 있다. 그러나 주변의 친척들인 신라 김씨들은 '흠돌의 모반'을 거치면서 이미 상당히 조정에서 멀어진 가락 김씨들을 왕실로부터 차단하려는 경향을 보이고 있다.

(5d)에서 733년[성덕왕 32년] 당나라가 발해, 말갈을 공격할 때 신라에 그 배후를 공격하게 요청하였다. 이때 성덕왕은 당나라의 요청에 따라 윤중과 그 아우 윤문을 장군으로 삼아 출정시켰다. 성덕왕이 죽기 4년 전쯤의 일이니 성덕왕 시기 내내 가야파는 진골정통의 견제 아래 왕의 특별한 보호를 받은 것으로 보인다.

(6)은 순정공과 수로부인을 어떻게 자리매김 하는가에 따라 해석이 달라진다. 남편 순정은 진골정통으로 보인다. 2등관위인 이찬에 오르고 강릉태수가 될 정도면 진골정통이다. 그런데 이찬 순정과 비슷한 관등과 이름을

가진 사람으로 이찬 효정이 있다. 이 책 제3장에서 본 대로 효정 이간(伊干)은 이찬 순정의 딸인 경덕왕의 폐비 삼모부인과 함께 황룡사 종을 시주하였다. 왕비가 되었으나 아들을 낳지 못한 조카딸 삼모부인을 위하여 숙부 이간 효정이 황룡사 종을 시주한 것이다. 이찬 순정과 수로부인, 그들의 딸인 폐비 삼모부인과 경덕왕, 그리고 삼모부인을 위하여 황룡사 종을 시주한 이간 효정이 한 집안 사람들이라는 것은 분명하다.

그런데 수로부인의 가계가 불분명하다. 그가 진골정통인지 가야파인지 확실하지 않다. 그러나 그의 이름 수로와 그를 구하기 위하여 부른 노래「海歌」가사를 보면 어쩐지 가야파와 가까운 것으로 보인다. 만약 그렇다면 이 부부의 혼인은 진골정통과 가야파의 정략결혼이었을 가능성이 있다. 그러면 둘 사이에는 가야파와 진골정통의 갈등이 배어 들 수 있다. 물론 수로부인의 딸인 삼모부인과 경덕왕 사이에도 갈등이 생길 여지가 있다. 더욱이 삼모부인은 태자비가 되어 아들을 낳지 못하였다.[13]

(6) 수로부인[水路夫人]

a. 성덕왕 때 순정공이 강릉*{지금의 명주}*태수로 부임하는 길에 바닷가에서 점심을 먹었다. 곁에는 병풍 같은 바위가 바다에 닿아 있는데 높이가 천 길이나 되고 그 위에는 철쭉꽃이 활짝 피어 있었다. 공의 부인 수로가 그것을 보고 좌우에 일러 말하기를, "꽃을 꺾어 바칠 사람 그 누일꼬?" 하였다. 시종들이, "사람의 발길이 이를 수 없는 곳입니

---

13) 경덕왕은 즉위하자 말자 삼모부인을 폐하였다. 721년-724년생일 경덕왕이 742년 즉위할 때 몇 살이나 되었겠는가? 겨우 22세 정도이다. 경덕왕에게는 금방 죽은 형 효성왕의 계비 혜명왕비도 있었다. 형사취수가 이루어졌을 것이다. 그녀는 경덕왕의 외사촌 누이이다. 742년 삼모부인 폐비 후 경덕왕은 만월부인과 743년 4월에 혼인하였다. 이 폐비와 재혼이 어찌 삼모부인이 아들 못 낳아서 생긴 일이겠는가? 경덕왕 헌영은 13세경인 733년쯤 혼인하였을 것이다. 그때는 성덕왕 때로 가락 김씨 엄정왕후의 후손인 효성왕 승경이 태자였다. 그때 가락 김씨 수로부인의 딸 삼모부인과 혼인한 경덕왕이 외가인 신라 김씨 김순원 집안의 세력권인 김의충의 딸 만월부인을 왕비로 들이기 위하여 삼모부인을 쫓아낸 것이다.

다." 하고 모두 사양하여 할 수 없었다. 옆에 한 노인이 있어 암소를 몰고 지나다가 부인의 말을 듣고 그 꽃을 꺾고 또 가사를 지어 바쳤다. 그 노인이 어떤 사람인지 알지 못한다. [聖德王代 純貞公赴江陵太守* {今冥州}*行次海汀晝饍 傍有石峰如屛臨海高千丈 上有躑躅花盛開 公之 夫人水路見之謂左右曰折花獻者其誰 從者曰非人跡所到 皆辭不能 傍有老 翁 牽牸牛而過者 聞夫人言 折其花 亦作歌詞 獻之 其翁不知何許人也]

b 순행 이틀째 또 임해정에서 점심을 먹을 때 해룡이 홀연히 부인을 잡아 바닷속으로 들어가는 일이 있었다. 공이 땅에 구르며 계책을 원하 였으나 나오는 바 없었다. 또 한 노인이 있어 말하기를, "옛사람이 말 이 있어 여러 사람의 입은 쇠도 녹인다고 했으니 지금 바닷속의 짐승 이 어찌 여러 사람의 입을 두려워하지 않겠소? 마땅히 경내의 백성들 을 모아 노래를 지어 부르고 장대로 언덕을 치면 바로 부인을 볼 수 있을 것입니다." 하였다. 공이 그 말대로 하였다. 용이 부인을 받들고 나와 바쳤다. 공이 부인에게 바닷속의 일을 물었다. 대답하기를, "칠보 궁전의 음식이 달고 기름지며 향기롭고 깨끗하여 이 세상의 요리가 아 니었습니다." 부인의 옷에서는 세상에서 아직 들어본 적이 없는 이상한 향이 풍기었다. [便行二日程 又有臨海亭晝饍次 海龍忽攬夫人入海 公顚 倒躄地計無所出 又有一老人告曰 故人有言 衆口럭金 今海中傍生何不畏 衆口乎 宜進界內民作歌唱之 以杖打岸 則可見夫人矣公從之 龍奉夫人出 海獻之 公問夫人海中事 曰 七寶宮殿所饌甘滑香潔 非人間煙火 此夫人衣 襲異香 非世所聞]

c. 수로의 자태와 얼굴이 절세여서 매번 깊은 산과 큰 못을 지날 때 마다 여러 번 신물에게 붙들려갔다[水路姿容絶大 每經過深山大澤 屢被 神物掠攬].

d. 여러 사람이 부른 「해가」의 가사는 다음과 같다[衆人唱 海歌 詞 曰], [龜乎龜乎出水路 掠人婦女罪何極 汝若悖逆不出獻 入網捕掠燔之喫].

e. 노인의 「헌화가」는 다음과 같다[老人獻花歌曰], [紫布岩乎邉希 執 音乎手母牛放教遣 吾肹不喩斬肹伊賜等 花肹折叱可獻乎理音如]. <『삼국

성덕왕 때에 강릉 태수로 부임하는 (6a)의 순정공은 당연히 김씨이다. 김순정이 서라벌을 출발하여 강릉으로 가는데 그 부인이 바닷가 높은 바위에 핀 꽃에 한눈을 팔았던가 보다. 높은 바위 위에 핀 철쭉을 보고 갖고 싶어 하였다. 바위가 너무 높아 아무도 가지 못하였다. 암소를 몰고 가던 노인이 그 꽃을 꺾어다 바치면서 노래를 불렀다. 향가 「헌화가」이다.

이 시는 한문으로 읽어서는 무슨 말을 적었는지 알 수 없다. 한자의 뜻대로 읽어도 뜻이 안 통하고 소리대로 읽어도 무슨 말인지 알 수 없다. 예를 들어 둘째 행을 뜻으로 읽어 '잡은 소리 어조사 손 어미 소 놓을 가르칠 보내다.'로 읽어도 말이 안 되고 소리로 읽어 '집음호수모우방교견'으로 읽어도 문장이 안 된다.

그러나 그 한자에 대한 우리 말의 뜻과 소리를 적절히 활용하여 읽으면 무슨 말을 적었는지 짐작은 할 수 있다. 어느 한자를 어떤 뜻으로 읽고 어느 한자를 어떤 소리로 읽을 것인가? 이런 것을 하는 학문이 향가 해독이다.

(7)에서 보는 이 시의 해독은 김완진(1980)을 따랐다. 필자의 현대국어 해석을 일별하는 것으로도 충분하다.

(7) 헌화가(獻花歌)	중세국어로의 해독	현대국어로 해석
紫布岩乎辺希	지배 바회 ᄀ새	자주 빛 바위 가에
執音乎手母牛放教遺	자브몬 손 암쇼 노히고	잡은 손 암소 놓고
吾肹不喩慚肹伊賜等	나를 안디 붓그리샤든	나를 아니 부끄러워하신다면
花肹折叱可獻乎理音如	고즐 것거 바도리이다.	꽃을 꺾어 바치오리이다

이 시야 뭐가 그리 뜻이 높은가? '몰고 가던 암소 잠깐 두고 나를 부끄러

워하지 않는다면 내가 꽃을 꺾어 바치겠다.'는데. 그러나 사회적 관계를 고려하면 그렇게 쉽게 넘어가기 어렵다.

이찬[2등관위명] 순정, 강릉태수로 가는 지체 높은 최고위 귀족의 부인, 소 몰고 지나가는 촌부, 시종하는 군졸들이 아무도 오르지 못한 바위, 그 바위에 올라 수로부인을 위하여 꽃을 꺾어 바치는 촌로, 그 꽃을 부끄러워하지 않고 받는 수로부인, 부끄럽기야 촌로가 더 하지.

노인은 높은 바위에 이르는 돌아가는 길을 알고 있었겠지. 아니면 매일 나무하러 다녀 뛰듯이 바위를 오를 수 있었거나. 그래도 시종하는 젊은 군사들조차 못 오르는 바닷가 높은 바위에 오를 수 있었으니 보통 촌로가 아니다. 혹시 신선도나 혈기도를 하여 축지법이나 날아서 뛰어오르기를 할 수 있었을까?

이런 거 잘 하는 사람이 김유신이었다. 효조왕 시절에 이미 화랑의 후예들이 구름 타고 하늘을 날으시며 만파식적 피리 타고 북적에게 납치되어 간 부례랑을 구하여 왔다. 성덕왕 시절도 그런 시절이다. 화랑의 후예들은 동해안을 따라 설악산, 금강산을 주된 무대로 축지법 쓰며 유람하는 영랑, 술랑, 남랑, 안상의 사선(四仙)을 표상으로 남겼다. 어쩐지 이 노인은 화랑의 후예, 김유신을 숭상하는 가락 김씨의 후예로 보인다.

가락 김씨로 추정되는 수로부인은 강릉으로 부임하는 남편을 따라가며 답답한 서라벌 도회 생활에서 벗어나 대자연의 풍광에 취하여 몸속 깊숙이 체화된 유랑, 유목의 피의 부름을 받았을까? 그곳에서 소 몰고 지나가는 촌로를 보며 옛 유목 생활의 잠재의식이 되살아났을까? 부인은 「헌화가」를 짓는 견우노인에게서 태생적 정조, 3구 6명 트롯트의 포근함을 느꼈을까? '홍도야/ 울지 마라/ 오빠가/ 이있다/ 아내의/ 걸을 길을/ 너어는/ 지켜라' 3-3 음절로 이어지는 유장한 노래, 그것이 유라시아 유목 종족들의 기본 가락이다. 물론 3-4-3-4의 변형도 있고 7-5조의 변형도 생긴다. 모두 흉노족의 노래를 기반으로 한다. 지금도 차마고도를 넘나드는 마방들은 그런 노래를 부르며 위험을 무릅쓴다. 참, 그들도 형제 공처가 기본이다. 아이가 형의 아이인지, 아우의 아이인지 어머니는 말하면 안 된다.

수로부인은, 그러나 기록상으로는 그 노인에게 아무 보답을 하지 않았다. 목숨 걸고 꺾어 바친 사나이의 철쭉꽃을 받고서는 끝이었다. 더 이상 어쩌겠는가? 주위에 눈도 많고 지체도 다르고. 그러나 잠시잠시 다녀오는 고향길, 그 고향을 떠나 도회로 오면서 수많은 사나이들은 첫사랑 순이, 자야를 보지도 못하고 오는 아쉬움에 한숨을 쉰다. 여우같은 아내와 토끼 같은 자식들이 곁에 있으므로. 사나이는 미련이 남았을까? 수로부인은 핏속에 잠재된 유목의 자유분방함에 떨고, 목숨 걸고 철쭉꽃 꺾어 무릎 꿇고 바친 촌로는 처음 본 수로부인의 황홀함에 눈이 먼다.

이어지는 이야기는 (6b)이다. 이 (6b)가 나는 평생 이해되지 않았다. 도대체 무슨 이야기를 하고 있는 것일까? 이제 다 늙어 생각하니 수로부인의 행적이 이해되고도 남는다. 그녀도 1000년도 더 전에 떠나온 고향, 머언 먼 하서회랑, 흉노족의 근거지 중앙아시아 초원의 푸른 잔디를 그리워하는 디애[Dia-, 넘어서] 스포래[Spora, 씨를 뿌리다]의 한에 젖어 있었던 것이다.

(6b)는 철쭉꽃 헌화 사건 이틀 후의 일이다. 길을 가다가 바닷가 정자에서 점심을 먹는데 해룡(海龍)이 순정공의 아내 수로부인의 미모를 탐하여 납치해 갔다. 해룡이 무엇인가? 바다에 용이 있단 말인가? 그렇게 생각하지 않는 우리 귀에는 이 해룡도 사람으로 들린다. 그런데 누가 감히 태수로 부임하는 높은 사람의 부인을 훔쳐간다는 말인가? 치안이 불안할 정도로 신라의 통치력이 흔들리고 있는 것일까?

참말로, 이 무슨 짓인가? 강릉 태수로 임명되어 임지로 가는 순정공이 부인을 빼앗기다니. 그것도 다른 곳이 아니고 자신들의 통치력이 옛날부터 미치던 울진, 삼척 근방을 지나고 있는데. 말이나 되는 소리인가? 남파 간첩이 말갈로부터 넘어 왔나? 그곳은 원래 간첩 출몰 지역이지. 발해의 영향력이 미쳤을까?

그러나 적국인의 소행은 아닌 것으로 보인다. 지혜 있는 노인의 말에 따라 여러 사람을 시켜 노래를 불렀더니 해룡이 수로부인을 돌려주었다. 사람들의 노래를 알아듣는 해룡은 용이 아니다. 그도 사람이다. 누구일까? 수로부인과 적대적인 관계가 아니다. 이 지역에 살고 있는 토호 세력이지. 그들이 수로부인에게 하소연할 일이 있었던가 보다.

수로부인도 남편의 물음에 대답하기를 "칠보 궁전의 음식이 달고 기름지며 향기롭고 깨끗하여 이 세상의 요리가 아니었습니다." 하였다. 부인의 옷에서는 세상에서 아직 들어본 적이 없는 이상한 향이 풍기었다.

칠보 궁전이 이상하다. 일곱 가지 보석으로 장식한 궁전이라? 용궁으로 가장한 이 궁전은 아마도 바다에 있었을 것이다. 바다에 있는 것은 크루즈선이거나 무역선, 아니면 잠수함이거나. 그때는 잠수함 기술이 없었으니까 큰 범선. 그런 배를 타고 동해 먼 곳에 정박한 채 작은 배를 해안에 보내어 여자를 약탈하는 자들, 알라 카취약탈혼을 하나? 이른바 해적이다. 왜구(倭寇), 당구(唐寇), 페르샤구, 아라비아구, 아이누구, 캄차카구, 멸망한 가락구(駕洛寇) 등등. 어느 구일 가능성이 가장 큰가? 첫 번째가 아니면 마지막이지. 그런데 왜는 가락인이 가서 정복자가 되었으니 왜구나 가락구나 거기서 거기다.

수로부인이 붙들려 간 곳은 낙원이었다. 좋은 음식 대접을 받았다. 세상에서 들어 본 적도 없는 냄새가 나는 향수를 사용하는 곳, 불가리, 샤넬, 구찌, 조말론, 아모레, 아니 박하 냄새라도 나면 좋지. 향수와 향료를 다루는 곳, 간지스강 유역 바라나시, 먼 옛날 그곳의 아요디아를 출발하여 사천성 보주(普州)에서 수백년을 살고 양자강을 흘러내려 서기 48년에 김해에 온 가락국 김수로 왕비 허황옥, 그녀의 후손인 수로부인은 1000년 전의 어머니 냄새를 기억하고 있는 것일까? 그곳은 그녀의 이상향이었다. 가락 김씨 가락구들이 살고 있는 곳이었을까?

수로부인은 그 뒤에도 (6c)에서 보듯이 여러 차례 심산, 대택을 지날 때

마다 신물에게 붙들리어 가기를 반복하였다. 수로의 자태와 얼굴이 절세여서라니? 가마 타고 군사들의 호위를 받으며 남편을 따라 가는 태수 부인이 절세의 미인인 줄 남들이 어떻게 아는가? 정말로 붙들리어 갔을까? 아니면 스스로 가마를 떠나 탈영을 했을까? 한 번 빼앗겼으면 그 뒤부터는 조심해야지. 진골정통 남편 순정공은 바보라서 여러 번 아내를 신물에게 빼앗기는가? 이것은 자발적 외출이지 잡혀간 것이 아니다.

동해안, 남해안에는 지금도 용신제를 지낸다. 어느 날 내가 망산도에 갔더니 용원 사는 할머니들이 굿을 하고 있었다. 무엇 하시는가는 물음에 '수로왕비에게 제사 지낸다.'고 답하였다. 신물을 만나러 수로부인은 잠시잠시 가야파의 냄새가 나는 칠보 궁전에 외출했다가 오는 것이 아닐까? 마치 어릴 때의 어머니 품을 못 잊어 도회를 떠나 잠시잠시 외출하여 그곳에 다녀오듯이. 고향에 대한 그리움, 어머니 냄새에 대한 집착은 상상을 넘어선다.

요약하면 수로부인은 진골정통 김순정에게는 정을 붙이지 못하고 친정쪽인 가야파의 냄새에 목말라 하고 있다. 김유신의 후예들, 그들은 삼국 통일 후 거세되어 핍박 받으며 진골정통의 아래 계층에 위치하여 서러운 삶을 살고 있었다. 가락국 마지막 왕 구충왕, 그 자가 나라를 신라의 법흥왕에게 팔아먹었기 때문이다. 매국노. 그 망국의 설움을 후손들이 두고두고 당하는 것이다.

이 시 「해가」 (8)은 한자의 뜻으로 해석하면 말이 된다. 즉, 한문으로 적혀 있다.[14]

---

14) 그래서 향가가 아니다. 향가는 앞에서 본 「헌화가」처럼 한자의 뜻과 소리를 적절히 이용한 향찰(鄕札) 표기법으로 적혀 있는 노래만을 가리킨다. 에이, 표기에 따라 시의 장르가 달라져서야 되나. 우리나라 노래면 다 향가지. 향가를 꼭 향찰로만 적어야 한다는 법이 신라 때에는 없었는데. 향찰로도 적고 구결로도 적고 이두로도 적고 한문으로도 적을 수 있는 것이지. 내가 우리 말을 한글로도 쓰고, 영어 알파벳으로도 쓰고, 한자로도 메모하듯이. 그래도 그것은 우리 말이고 우리 시인데. 나는 「해가」를 향가에 넣지 않는 이유를 모른다. 「헌화가」와 무엇이 다른가?

(8) 해가(海歌)

龜乎龜乎出水路　거북아 거북아 수로 내어 놓아라.
掠人婦女罪何極　남의 부녀 약탈 죄 얼마나 크랴?
汝若悖逆不出獻　너 만약 거스르고 내어 바치지 않으면
入網捕掠燔之喫　그물에 넣어 잡아 구워서 먹으리.

　해룡에게 붙들리어 간 수로부인을 찾는데 '거북'을 협박하고 있다. 해룡이 거북인가 보다. 거북이야 실존하지. 그러나 아무리 거북이가 커도 사람을 잡아가기야 할까?

　「해가」의 내용은 (9)의 「구지가」와 너무 닮았다. 가락국 김수로왕이 나타날 때 그의 할아버지, 아버지가 지어 가야 사람들에게 부르게 한 노래, 「구지가」. 그때는 거북의 머리가 나온 것이 아니고 거북의 알이 나왔고 그 알 속에서 수로왕을 비롯한 6가야의 왕이 될 아이들이 출현하였다. 이 땅의 정복자, 지배자가 출현한 것이다. 그러나 아직 이 두 노래의 연관성은 밝혀지지 않았다.

(9) 구지가(龜旨歌)

龜何龜何　거북아 거북아
首其現也　머리 내놓아라
若不現也　만약 내놓지 않으면
燔灼而喫也　구워서 먹으리.
<『삼국유사』 권 제2 「기이 제2」 「가락국기」>

　심산의 철쭉꽃은 수로부인이 좋아한 것이고, 큰 못의 용은 수로부인을 좋아하였다. 심산에는 기세등등한 도둑이나 지방 호족이 터를 잡고 있었을 것이다. 대택, 큰 호수와 바다에는 해적들, 이양선들이 정박하여 노략질하였을 가능성이 있다.

지방관으로 부임하는 고위 귀족의 부인이 한 눈을 팔거나 누군가에게 가고 있다. 수로부인은 소 모는 노인, 큰 못과 바다에 터 잡은 이들에게 친근감을 느끼고 있다. 그녀는 도시 생활보다 소 모는 유목 생활, 배 타고 오가는 유랑의 해상 생활에 더 큰 매력을 느끼고 있다. 온 세상 두루 다녀 본 뒤에도 가장 기억에 남는 것은 어릴 때 굴암 절터 아래 용수골, 두꺼비바위[蟾巖, 厚巖] 근방에 소 먹이러 다니던 시절에 본 새빨간 까치 독사와 이스랏[山櫻]이다. 유목, 유랑의 자유 추구는 본능이다.

8세기 초반 신라의 각 지방에 깔려 있는 저층 국민들은 어떤 사람들이었을까? 그들은 상층을 형성한 왕실을 어떻게 보았을까? 어느 시대에나 상층부를 형성하는 집권자들은 약탈자들이었을까? 내가 산 시대, 이 땅의 지배층들은 어떤 자들이었던가? 평생을 그들의 행태를 보면서 진저리를 쳤다. 결국 국민을 약탈하는 놈들이 정권을 잡는 것일까? 정복자, 지배자-피정복자, 피지배자의 운명은 주-종 관계, 상전-노비의 관계를 벗어날 수 없는 것인가?

효성왕의 불행한 일생

724년 봄 성덕왕은 김승경을 태자로 책봉하였다. 717년에 태자 중경이 죽고 나서 새로 태자가 된 왕자이다. 이름으로 보아 이 승경은 중경의 동생으로 엄정왕후의 아들이다. 엄정왕후의 아버지는 김원태이다. 이름으로 보면 가야파이다. 그러면 태자 승경은 가야파의 외손자이다. 소덕왕후의 아들, 진골정통 김순원의 외손자 헌영이 태자가 되지 못한 것이다.

김승경은 몇 살이나 되었을까? 엄정왕후와 성덕왕은 704년에 혼인하였다. 승경에게는 누나 사소부인이 있다. 아마 사소부인이 첫아이로 보인다. 승경에게는 또 죽은 형 효상태자 중경이 있다. 그리고 중경이라는 이름이 둘째 아들의 이름이므로 첫아들도 있었다고 보아야 한다. 그러면 승경은 빨라야 712년생이다. 그는 13세쯤에 태자로 책봉된 것이다. 이때 이복 아우 헌영은 많아야 4살이다.

이렇게 살아 있는 권력 김순원의 외손자인 이복동생 헌영을 제치고 태자로 책봉된 승경의 앞날은 어떻게 될 것인가? 순탄할 리가 없다. 승경은 즉위하자 말자 이복동생 헌영을 죽여야 한다. 인정사정 볼 것 없이 죽여야 자기가 살지 인정에 끌려 머뭇거리면 자신이 죽는다.[15] 이 만고불변의 정쟁의 제1 원리가 통일 신라의 멸망에도 작용하고 있다.

724년 12월 소덕왕후가 죽었다. 이 죽음은 헌영에게 어떠한 정치 상황을 만들었을까? 외가의 힘이 강력하지 못할 때 어머니가 죽은 왕자는 끈 떨어진 연 신세이다. 그러나 헌영은 외가가 막강하다. 그의 외가는 문무왕의 처가로 외할아버지 김순원, 외삼촌 김진종이 고위 귀족이다. 외사촌들도 무럭무럭 자라고 있었을 것이다. 훗날 당나라 조정과 서라벌 정가를 주름잡는 김충신, 효신이 그들이다.

702년부터 737년까지 35년간 재위한 성덕왕이 죽자 태자 승경이 즉위하였다. 34대 효성왕이다. 『삼국사기』 권 제9 「신라본기 제9」, 「효성왕」 조와 『삼국유사』 권 제1 「왕력」에는 효성왕의 모가 소덕왕후라고 되어 있다. 그러나 그것은 법적 어머니를 적은 것이고 효성왕의 생모는 엄정왕후이다(서정목(2018) 참고). 효성왕은 즉위 2년 후에 왕비 박씨를 어떻게 했는지 아무 기록 없이 739년 3월 김진종의 딸인 혜명왕비와 재혼하였다. 진종은 순원의 아들이다. 효성왕은 계모 소덕왕후의 친정 조카딸과 혼인한 것이다. 자

---

15) 조선의 경종은 이복 아우 연잉군을 죽이지 않았다. 역모 사건에 연루되어 눈앞에서 엎드려 떨고 있는 연잉군을 살려 주었다. 아버지 숙종이 펼친 피비린내 나는 당쟁을 겪으면서 선비들의 목숨이 파리 목숨 같던 시대에 자신은 그러지 않으려고 다짐했던 것이었을까? 결국은 연잉군을 미는 측에게 독살되었을 것이라는 안 좋은 기억을 남기고 사라졌다. 연잉군 영조는 아들 사도세자까지 죽이고 긴 재위 기간을 기록하였다. 그의 독재가 손자 정조의 죽음을 배태하였다.
　광해군은 영창대군을 온돌을 달구어 삶아 죽였다. 능창군 등 적을 다 죽인 광해군도 서인의 인조반정을 당하여 능양군에게 왕위를 빼앗기고 절해고도에서 죽을 수밖에 없었다. 인조는 대북파의 이이첨, 정인홍 등 수십 명을 처형하였다. 적을 절멸시키지 못한 세력은 그 적에게 절멸 당한다. 현대 한국인들이 잊었던 만고불변의 진리이다.

의반 타의반으로? 아니지. 완전 타의겠지.

이 재혼 직후인 739년 5월 효성왕은 이복동생 헌영을 태자로 책봉하였다. 아아니, 즉위하자 말자 죽였어야 할 이복동생을 죽이지 않고 있다가 왜 태자 자리까지 주었을까? 제 자식은 어떻게 하라고 자기 목숨은 부지할 수 있을 것인가? 부지하긴 어떻게 부지해. 이 바보야. 그런데 왜 그랬을까? 왜 그러긴. 계모 소덕왕후 친정 집안, 즉 김순원 집안에게 물을 먹은 것이지.

그들은 자신들의 외손자가 아닌 효성왕을 물 먹이고 자신들의 외손자인 헌영을 새 왕으로 옹립할 흉계를 세웠다. 이 흉계를 적고 있는 『삼국사기』 효성왕 조의 기록은 (10)과 같다.

(10) a. 737년[효성왕 즉위년] 효성왕이 즉위하였다. --- 이찬 정종을 상대등으로 삼고 아찬 의충을 중시로 삼았다.

b. 738년[동 2년] 봄 2월 당 현종은 성덕왕이 승하하였다는 부고를 듣고 애도하고 슬퍼하기를 오래 하였다.

c. [동 2년] --- 당에서 사신을 파견하여 조칙으로 왕비 박씨를 책봉하였다.

d. 739년[동 3년] 봄 정월 조부, 부의 묘에 제사하였다. 중시 의충이 죽어서 이찬 신충을 중시로 삼았다.

e. [동 3년] 2월 왕제 헌영을 제수하여 파진찬으로 삼았다.

f. [동 3년] 3월 이찬 순원의 딸 혜명을 들여 왕비로 삼았다.[16)]

g. [동 3년] 여름 5월 파진찬 헌영을 책봉하여 태자로 삼았다.

h. 740년[동 4년] 봄 3월 당이 사신을 보내어 부인 김씨를 책봉하여 왕비로 삼았다.

i. [동 4년] --- 가을 7월 붉은 빛 명주 옷을 입은 한 여인이 예교 아래로부터 나와 조정의 정사를 비방하며 효신공의 문을 지나다가 홀

---

16) 이 기록의 '이찬 순원'은 오기나 오각이다. 혜명왕비의 아버지는 『삼국유사』 권 제1 「왕력」, 「효성왕」 조의 '진종 각간'이 옳다(서정목(2016b, 2018) 참고).

연히 보이지 않았다.

j. [동 4년] 8월 파진찬 영종이 모반하였다. 목 베어 죽였다. 이에 앞서 영종의 딸이 후궁에 들어왔다. 왕이 그녀를 지극히 사랑하여 은총을 쏟음이 날로 심하여 갔다. 왕비가 질투를 하여 족인들과 모의하여 그녀를 죽였다. 영종이 왕비의 종당들을 원망하여 이로 하여 모반하였다.

k. 742년[동 6년] 5월 – 왕이 승하하였다. 시호를 효성이라 하였다. 유명으로 널을 법류사 남쪽에서 태우고 동해에 유골을 뿌렸다. <『삼국사기』 권 제9 「신라본기 제9」 「효성왕」>

(10a)에서 보면 이때 중시가 된 사람이 아찬 김의충이다. 의충은 이미 735년에 당나라 사신을 다녀올 정도로 고위 인사이다. 그의 이름 '의충'은 '신충'을 떠올리게 한다. (10c)를 보면 당나라가 이때 박씨를 왕비로 책봉하였음을 알 수 있다. 효성왕에게는 본마누라가 있는 것이다. 그 본마누라는 아마도 13세 경 태자로 책봉될 때부터 함께 산 태자비 출신일 것이다. 아들은 없었을까? 712년생 정도일 효성왕은 이때 26세쯤 되었다. 아들이 있었을 수도 있지만 기록은 아무 것도 알 수 없게 되어 있다.

(10d)에서 중시 의충이 죽어서 이찬 신충이 중시가 되었다고 하였다. 이둘은 형제일 가능성이 크다. 신충이 형일 것이다. 왜? '信義' 때문에 그렇다. (10e, g)를 보면 새로 중시가 된 신충이란 자가 한 짓이 드러나 있다. 효성왕에게 헌영을 파진찬으로 책봉하게 하고 이어서 태자로 책봉하게 한다. 그리고 (10f)에서는 김진종의 딸, 순원의 손녀 혜명을 새 왕비로 들이게 한다. (10h)를 보면 당나라는 새 왕비 김씨 혜명을 왕비로 책봉하였다. 전에 책봉한 박씨 왕비에 대해서는 묻지도 따지지도 않았다. 신충과 헌영은 무슨 관계일까? 신충과 혜명은 또 무슨 관계일까?

미리 답하면 신충과 헌영은 7촌이고 신충과 혜명은 6촌이다. 이들을 둘러싼 통일 신라 시대 집권 세력의 중심축은 자의왕후의 친정 김순원 집안이다. '김순원, 자의왕후/문무왕-진종-혜명/효성왕, 충신, 효신'이 신문왕의 외갓집이다. 자의왕후는 진종의 고모이니 '문무왕/자의-신문왕-성덕왕/소덕왕후-경덕왕/만월부인'으로 이어지는 왕실은 진종에게 고모집이다. 신충은 김대문의 아들로 보인다. 그러면 자의왕후의 여동생 운명의 시대도 진종에게는 고모집이다. '김오기/운명-대문-신충, 의충-만월부인/경덕왕'이 또 고모집인 것이다. 김대문과 신문왕은 이종사촌이다. 이 인척 관계를 잘 이해해야 통일 신라 정치권력의 구조를 알 수 있다.

이를 요약하면 (11)과 같다.

(11) a. 김순원-----진종---혜명/효성왕, 충신, 효신 : 외가
  b. 문무왕/자의왕후-신문왕/흠돌의 딸, 신목왕후-효조왕/성정왕후, 성덕왕/엄정왕후, 소덕왕후-효성왕/박씨, 혜명왕비, 경덕왕/삼모부인, 만월부인-혜공왕 : 고모집
  c. 김오기/운명--김대문--신충, 의충----만월부인/경덕왕 : 고모집

(10j)를 보면 효성왕은 새로 혼인을 한 뒤에도 새 왕비에게는 가까이 가지 않고 전부터 총애하던 후궁에게 승은(承恩)을 입히기를 날로 심하게 하였다. 이에 혜명왕비는 후궁을 질투하여 740년 친정 사람들과 모의하여 효성왕이 총애하는 후궁을 죽였다.

(10i)에서는 어떤 여인이 조정의 정사를 비방하며 효신공의 문 앞을 지나다가 쥐도 새도 모르게 증발하였다. 이 여인은 누구일까? 왜 조정의 정사를 비방하였을까? 왕비의 후궁 살해 사건과 관련이 없을까? 만약 관련이 있다면 조정의 정사는 후궁 살해 사건일 것이다. 그 여인은 죽은 후궁의 친정 집안 인물일 것이다. 죽은 후궁의 어머니라고 보는 것이 가장 타당하다. 어머니가 아니고서야 어찌 왕궁에서 일어난 살인 사건과 연관된 권력자 효신공의 집 앞에서 '조정의 정사'를 비방할 수 있겠는가?

왜 하필 효신공의 문 앞을 지나갔을까? 효신공, 그가 혜명왕비와 모의한 친정 족인이 아닐까? 혜명왕비는 김씨이다. 그렇다면 효신도 김효신이다. 김효신과 가까운 이름은 김충신이다. '충효'로 보아 김효신이 아우이다. 김충신은 733년[성덕왕 32년]에 당나라 조정에 등장한다. 숙위를 하고 있었다. 그리고 '종질 김지렴이 당나라에 왔다.'고 했으니 그는 왕질(王姪)인 지렴을 5촌 조카, 7촌 조카로 부르는 왕족이다.

(10j)에서 후궁의 아버지 영종이 모반하였다. '영종의 모반'이다. 누가 영종을 죽였을까? 효성왕이 죽였을까? 그럴 리가 없다. 왜 사랑하던 후궁, 억울하게 죽은 애인의 아버지를 효성왕이 죽여? 영종을 죽인 세력은 혜명왕비 세력이고 그의 오빠로 보이는 효신이며 그 당시의 중시 신충이다.[17]

이 후궁 스캔들을 겪고 시달리던 효성왕은 (10k)에서 보듯이 즉위 5년만인 742년에 죽었다. 그의 시신은 화장되고 유골은 갈리어 동해에 흩뿌려졌다. 우리 역사책에서 볼 수 있는 왕의 최후로는 가장 비참한 죽음이다. 그런 그의 시호를 '孝成'이라고 붙여? '孝를 완성(完成)했다고?' 무슨 孝를? 그리한 자들은 누구일까? 신충, 효신 그들이지. 안 봐도 비디오다. 孝를 가장 못 이룬 왕에게 '효성'이라는 시호를 붙인다. 孝를 가장 못 밝힌 왕에게 '孝照'라는 시호도 붙였다.[18] 시호란 그런 것이다. '建統', '興統', '統統'의 별명

---

17) 후궁 때문에, 첩 때문에 나라를 망친 표본적 사례는 주(周)나라를 망친 유왕(幽王)이다. 그의 후궁이 유명한 포사(褒姒)이다. 포나라가 성 상납으로 바친 경국지색 포사를 즐겁게 하기 위하여 유왕은 태자 희의구를 폐위하고 포사의 아들 희백복을 태자로 삼았다. 그래도 포사는 잘 웃지 않았다. 비단 찢어지는 모습을 보고 웃는 포사를 웃기기 위하여 유왕은 매일 비단 100필을 찢게 하였다. 온 나라에 비단 품귀가 빚어져 값이 폭등하였고 포사도 더 이상 웃지 않았다. 그 뒤 다시 비단 값이 정상화되었을까? 그럴 리가 없다. 민초들은 비단 구경도 못하게 되었다. 다시 비상 봉화를 피워 제후들이 모이는 것을 보고 웃는 포사를 또 웃기기 위하여 유왕은 심심하면 비상 봉화를 올렸다. 유왕의 전 장인 신후가 흉노족을 불러들여 견융(犬戎)이 쳐들어왔다. 급하게 비상 봉화를 피웠다. 군사를 몰고 오는 제후는 한 명도 없었다. 흉노족은 유왕과 포사가 낳은 태자 희백복을 죽이고 포사를 끌고 가서 성 노예로 삼았다. 이를 노래한 시가 『시경』「소아편」의 「각궁(角弓)」이다. 그리고 동주와 서주로 나뉘어 왕자끼리 싸운 주나라는 망하였다(서정목(2018:66-69) 참고).

은 누구에게 붙이게 될까? 언젠가는 '亡統'도 나오겠지. 역사 두려운 줄 알아야지. 조선 시대 이복 아우 연잉군 세력에 의하여 간장 게장과 생감으로 암살되었을 것이라는 설이 도는 이복형 경종도 화장되어 그 뼈를 갈아 바다에 뿌려진 것은 아니다. 서울 성북구 석관동에 경종과 왕비 어씨가 앞뒤로 묻힌 의릉(懿陵)이 남아 있다. 이렇게 죽은 효성왕의 뒤를 이어 즉위한 것이 이복 아우 경덕왕이다.

이렇게 비참하게 죽은 이복형을 생각하지 않고 경덕왕을 생각할 수 있겠는가? 그런데 그때의 중시가 「원가」의 작자 김신충이다.[19] 더러운 배신자, 자기 일파들의 권세를 유지하기 위하여 정통성을 갖춘 태자 출신 왕을 배반하고 자기 편 여자를 왕비로, 아마도 강제로 들이고 코너에 몰린 왕을 겁박하여 이복동생을 태자로 책봉하게 하고 결국 효성왕을 죽음으로 내몬 역사상 가장 더러운 '배신의 아이콘'이 신충이다. 그의 이름이 '믿을 信', '충성 忠'으로 되어 있으니 기가 찰 노릇이다. 배신[兎死狗烹]과 거짓이 이 종족의 기본 속성인데 어찌하랴.

국문학계는 요새 이 자를 어떻게 가르칠까? 설마 우리가 배운 것처럼 '신충은 백면서생으로 약속을 어기고 벼슬을 주지 않은 효성왕을 원망하는 「원가」를 지어 벼슬을 얻고 충성스러운 신하로서 복무한 후 50세에 벼슬을 버리고 지리산에 은둔하여 단속사를 짓고 왕과 나라의 복을 빌었다.'고 엉터리로 가르치지는 않겠지. 대학 국문학사도 저 모양인데 언제 고등학교 국문학사까지 바뀌겠는가? 이제 「신충 괘관」과 「원가」는 시험에 낼 수도 없는 주제가 되었다.

그리고 즉위한 왕이 35대 경덕왕이다. 그의 즉위는 수긍하기 어렵다. 그

---

18) 한나라 황제들의 시호가 효무제, 효소제, 효선제, 효원제, 효성제처럼 '孝' 자를 앞에 붙이고 있다. 관련성이 있을 것 같지만 그 내용은 알 수 없다.

19) 그가 벼슬을 버리고 지리산에 피은하여 왕과 나라의 복을 빈 충성스러운 신하라고 가르치는 것은 틀린 것이다. 그 자는 '信忠'이 아니라 군신 사이의 의리를 갉아먹은 '信蟲'이다.

가 그의 손으로 이복형 효성왕을 죽였다는 증거는 없다. 물론 영조가 경종을 죽였다는 증거도 없다. 그러나 젊은 효성왕이 재혼한 지 얼마 안 되어 아우를 태자로 책봉한다는 것이 이상하다. 효성왕이 재혼한 왕비는 계모 소덕왕후의 친정 조카딸 혜명이고 태자로 책봉한 그의 아우 헌영은 계모 소덕왕후의 아들이다. 자의왕후의 시가 쪽으로 보면 문무왕/자의왕후-신문왕/신목왕후-효소왕/성정왕후, 성덕왕/엄정왕후, 소덕왕후-경덕왕/삼모부인, 만월부인-혜공왕으로 이어지므로 경덕왕은 자의왕후의 증손자이다. 경덕왕의 아들인 혜공왕은 자의왕후의 현손이다.

그러나 다른 한편으로 자의왕후의 친정으로 가서 따져 보면 '자의왕후, 김순원-소덕왕후/성덕왕-만월부인/경덕왕-혜공왕'으로 이어지므로 경덕왕이 김순원과 자의왕후의 손자뻘이다. 경덕왕은 김순원의 외손인 것이다. 경덕왕의 아들인 혜공왕은 친정에서는 자의왕후의 증손자뻘이 된다.

자의왕후의 친정 조카딸 소덕왕후의 소생으로는 경덕왕 외에도 그의 아우가 하나 있다. 이 아우[王弟]는 743년[경덕왕 2년] 12월에 당나라에 사신으로 가서 현종에게서 좌청도솔부원외장사의 벼슬을 받았다.

그런데 성덕왕에게는 공주 사소부인이 있었다. 경덕왕의 누나이다. 그러므로 사소부인은 경덕왕의 아들 혜공왕에게 고모이다. 이 사소부인의 아들이 37대 선덕왕 김양상이다. 그는 혜공왕의 고종사촌 형이다. 그 김양상이 혜공왕을 죽였다. 이 사실이 가장 중요하다. 김양상은 왜 외사촌 아우를 죽였을까? 김양상의 어머니 사소부인의 어머니는 누구일까? 할아버지 성덕왕이 2번 장가 들어 할머니가 둘이 되니 고모가 어느 할머니의 딸인지가 문제된다. 나중에 보기로 한다.

고종사촌 누나 혜명왕비를 이용하여 이러저러한 방법으로 이복형 효성왕을 죽이고 왕이 된 경덕왕, 그의 아들 혜공왕은 다시 자신의 고종사촌 형에게 시해 당하고 나라가 망하였다. 배신의 종말은 이렇게 귀결되었다. 그것이 사필귀정이었을까? 답은 제1장에서 본 김유신 장군의 분노와 관련되어 있다. 배신의 종말은 멸망으로 가는 것이 사필귀정이다. 그런데 그 망국의 과정은 좀 더 깊은 연원을 가진 것이었다.

2. 경덕왕의 시대

경덕왕은 742년부터 765년까지 24년 동안 왕위에 있었다. 『삼국사기』 권 제9에서 그의 재위 기간 중요 사항들을 요약한다.

> (12) (742년) 경덕왕이 즉위하였다. 휘는 헌영이고 효성왕의 같은 어머니 아우이다. 효성왕이 아들이 없어 헌영을 세워 태자로 삼았으므로 왕위를 이을 자격을 얻었다. 왕비는 이찬 순정(順貞)의 딸이다. <『삼국사기』 권 제9 「신라본기 제9」 「경덕왕」>

(12)에서 경덕왕이 효성왕의 '같은 어머니 아우'라는 것은 역사 왜곡이다. 720년 3월부터 724년 12월까지 왕비로 있은 소덕왕후가 헌영, 헌영의 아우, 거기에다가 효성왕까지 3명의 아이를 낳기는 어렵다. 사관들이 헌영을 미는 세력이 범한 효성왕 시해를 숨기기 위하여 역사를 날조하다 보니 명백한 이 사실까지 거짓으로 적은 것이다.

효성왕은 어머니가 엄정왕후이고 경덕왕은 어머니가 소덕왕후이다. 이 사실은 서정목(2018)에서 자세히 논증되었다. 효성왕의 예사롭지 않은 죽음은 이러한 출생의 비밀을 왜곡한 것으로부터도 짐작이 되는 일이다. 그는 이복동생 헌영의 외가에 의하여, 특히 의충이 죽어 새로 중시가 된 신충에 의하여 시해되었을 것이다.

(12)를 보면 경덕왕의 첫 왕비는 이찬 순정의 딸이다. 여기서는 順貞으로 적혔지만 『삼국유사』 권 제2 「기이 제2」 「수로부인」에는 純貞으로 적혔다.

한자가 다르니 다른 사람일 수도 있다. 그렇지만 이 시기의 인명 적기는 음이 같은 한자를 통용하는 일이 많다. 이 순정은 같은 사람을 적은 것이다.

(13a)에서 즉위 원년에 일본의 사신이 왔는데 받아들이지 않았다고 한다. 효성왕 사망으로 두 나라 사이에 외교적 긴장이 있었던 것일까?

(13b)는 형 김승경이 죽어 헌영이 왕위를 이은 것을 적고 있다. 왕위 계승이 순조롭지 않았음을 암시하는 것은 '빈회(賓懷)'라는 말이다. '손님으로 접대하고 위로함'이라고 풀이되는 이 단어는 무슨 의미로 사용되었을까? 어주『효경』 1부를 주었다는 것도 의미심장하다. 효성왕 시해와 경덕왕 즉위 사이의 앙금을 암시하고 있다. 왕위를 놓고 형제 사이에 싸운 것은 불효의 표본이다. 고모들을 죽이고 황태자가 된 당 현종 자신도 골육상쟁을 벌였던 것은 마찬가지이다.

(13) a. 742년[경덕왕 원년] 10월 일본 국사가 이르렀으나 받아들이지 않았다.

b. 당의 현종은 찬선대부 위요를 파견하여 와서 조문하고 제사지내고 왕을 책봉하여 신라왕으로 삼고 선왕의 관작을 이어받게 했다. ― 제서[制]에[20] 말하기를 ― 신라왕 김승경의 아우 헌영은 ― 요즘에 형이 나라를 이었으나 돌아간 후에 사자가 없으므로 아우가 그 위를 계승하게 되었으니 문득 생각하면 이것도 떳떳한 법도라 할 것이다. 이에 빈회를 이용하여 우대하여 책명하니 마땅히 옛 왕업을 번장의 이름으로 계승하도록 하라. ― 아울러 어주 효경 1부를 하사하였다.

c. 여름 4월에 서불한 김의충의 딸을 들여 왕비로 삼았다. 가을 8월에 지진이 일어났다. 12월에 왕의 아우를 당에 보내어 하정하니 좌청도솔부원외장사를 주고 녹포 은대를 주어 돌려보내었다. <『삼국사기』 권 제9 「신라본기 제9」 「경덕왕」>

---

20) '制書(제서)'는 임금이 제도에 관련한 사항을 내릴 때 사용하는 명령의 글이다. 임금이 내리는 글에는 목적에 따라 책서, 제서, 조서, 계칙 등이 있다.

(13c)에서 새로 서불한 김의충의 딸을 들여 왕비로 삼았다. (12)에서 말한 이찬 순정의 딸인 첫 왕비가 폐비되었다는 말이다.

경덕왕의 재혼과 중시 김대정

『삼국유사』권 제2「기이 제2」「경덕왕 충담사 표훈대덕」은 사량부인이 아들이 없어 폐하고 만월부인을 왕비로 책봉하였다고 적었다. 이 사량부인을 『삼국유사』권 제1「왕력」은 삼모부인이라고 하였다.

폐비된 이 왕비 사량부인, 즉 삼모부인은 이찬 순정의 딸이다. 그러니 강릉태수로 부임하던 순정공을 따라가다가 견우노인에게「헌화가」를 헌정받고 해룡, 거북이에게 붙들리어 갔던 수로부인의 딸이다. 수로부인은 경덕왕의 첫 장모였던 것이다. 그 폐비의 아버지 순정공은 진골정통일 가능성이 크지만 어머니 수로부인은 가야파일 가능성이 크다.

그런데 새로 왕비가 된 이는 각간 김의충의 딸이다. (10d)에서 본 대로 김의충은 중시로 있다가 739년에 죽었다. 그를 이어 새로 중시가 된 인물이 김신충이다. 만월부인, 삼모부인을 폐하고 새로 들인 왕비는 진골정통 집안이다. 김의충의 부인이 누구인지는 아직 밝혀져 있지 않다.

성덕왕은 김유신의 공적을 높이 평가하였고 그의 손자 김윤중과 김윤문을 장군으로 등용하는 것 등으로 가야파를 대우하였다. 그는 가야파 엄정왕후의 아들 승경을 태자로 삼았다. 이때까지는 가야파가 잘 나갔다. 그 시기에 혼인하였을 삼모부인, 그녀도 어머니 수로부인이 가야파이다.

그런데 성덕왕 말년에 진골정통의 세력이 커지면서 가야파가 위축되었다. 태자 승경이 즉위하기 직전에 진골정통 김신충에게 '잣나무를 두고 잊지 않을 것'을 맹서하면서 겨우 왕이 될 수 있을 정도였다. 그 약속이 지켜지지 않았다고 김신충은「원가」를 지어 잣나무에 붙이고 잣나무 뿌리에 소금을 뿌려 말라 죽게 하는 쇼를 벌이며 효성왕을 겁박하고 공신록에 이름을 올리고 작록을 높였다. 그 권모술수가 이와 같았다.

그 후 효성왕은 당나라로부터 책봉 받은 박씨 왕비를 어떻게 했는지 아무 기록도 없이 김순원의 손녀인 혜명을 새 왕비로 맞아하였다. 이복동생 헌영의 외사촌 누이였다. 효성왕이 후궁에게 빠져 김순원의 손녀 혜명왕비를 소박하였다. 혜명왕비는 친정 오빠 효신공과 모의하여 그 후궁을 살해하였다. 이 사건이 터진 뒤로 진골정통은 가야파를 더 이상 용납하려 하지 않았다. 가야파 엄정왕후의 아들 효성왕이 죽었다. 효성왕의 제수인 경덕왕의 부인 삼모부인도 코너에 몰렸다. 삼모부인은 가야파 수로부인의 딸이다. 설상가상으로 삼모부인은 아직 아들을 낳지 못하였다. 그리하여 폐비되기에 이르렀다. 이 폐비 사건으로 경덕왕 이후 가야파는 세력이 더욱 위축되었을 것이다.

아들을 낳지 못한 삼모부인의 폐비를 보면 경덕왕이 왜 아들 낳기에 집착하였는지 알 수 있다. 아들 없는 형의 태자로 책봉되어 형의 왕위를 빼앗은 경덕왕은 자신의 뒤를 이을 아들을 얻는 데에 집착할 수밖에 없다. (13d)를 보면 경덕왕에게 아우가 한 명 있었던 것으로 파악된다. 경덕왕도 아들을 못 낳으면 이 아우를 태자로 삼아야 한다. 그리고 언제 죽을지 알 수 없는 불안한 왕위에 앉게 된다.

(14) a. 744년[경덕왕 3년] 정월에 이찬 유정을 중시로 삼았다. 윤 2월에 사신을 당에 보내어 하정하고 아울러 방물을 바쳤다. 여름 4월에 친히 신궁에 제사 지내고 사신을 당에 보내어 말을 바쳤다. 겨울에 요성이 중천에 나타났는데 크기가 닷 말들이 그릇만 하였는데 열흘 만에 없어졌다.

b. 745년 동 4년] 봄 정월에 이찬 김사인을 상대등으로 삼았다. 여름 4월 서울에 우박이 왔는데 크기가 달걀만 하였다. 5월에 가물었다. 중시 유정이 퇴직하여 <u>이찬 대정을 중시로 삼았다.</u>

c. 가을 7월 <u>동궁을 수리하였다.</u> 또 사정부 소년감전과 예궁전을 설

치하였다. <『삼국사기』권 제9 「신라본기 제9」「경덕왕」>

(14b)에서 745년 5월 이찬 대정이 중시가 되었다. 이 사람이 모든 정황으로 보아『삼국유사』의 김대성임에 틀림없다. 불국사, 석불사를 지었다는 인물이다. 그러나 그 절 창건에 대해서는 아무 기록이 없다. (14c)의 동궁월지궁, 안압지는 즉위하기 전에 태자 헌영이 살던 곳이다. 태자도 없는데 그곳을 수리하여 누가 거처하려고 하는 것일까? 아마도 대궁에서 만월부인과 함께 살기 어려운 누군가를 월지궁으로 내어보낼 필요가 있었을 것이다.

(15) a. 746년[동 5년] 봄 2월 사신을 당에 보내어 하정하고 방물을 바쳤다. 여름 4월 크게 방면하였다. 크게 술과 안주를 하사하였다. 150인이 중 되는 것을 허락하였다.
   b. 747년[동 6년] 봄 정월 중시를 시중으로 고쳤다. 국학에 제업박사와 조교를 두었다. 사신을 당에 보내어 하정하고 방물을 바쳤다. 3월 진평왕릉에 벼락이 쳤다. 가을에 가물었다. 겨울에 눈이 안 왔다. 백성들이 기근이 심하고 역질도 있었다. 10도에 사절을 보내어 안무하였다.
   c. 748년[동 7년] 봄 정월 천구성이 땅에 떨어졌다. <u>가을 8월 태후가 영명신궁에 이거하였다.</u> 처음으로 정찰 1원을 두어 백관을 규정하였다. 아찬 정절을 파견하여 북변을 검찰하고 대곡성 등 14군현을 설치하였다.
   <『삼국사기』권 제9 「신라본기 제9」「경덕왕」>

(15c)가 주목되는 기록이다. 태후가 영명신궁에 옮겨 살았다는 말이 이상하다. 이 태후는 33대 성덕왕의 왕비이기 어렵다. 성덕왕의 왕비는 엄정왕후와 소덕왕후이다. 35대 경덕왕의 어머니 소덕왕후는 724년에 죽었다. 이 왕비는 엄정왕후이거나 34대 효성왕의 왕비일 가능성이 있다. 효성왕의 왕비는 첫 왕비 박씨와 계비 혜명왕비 김씨 둘이다. 이 태후로 가장 가능성이 큰 왕비는 혜명왕비이다. 그는 경덕왕의 형수이다.

만약 혜명왕비가 궁에 함께 살았다면 이 경우도 형사취수가 이루어졌을 가능성이 있다. 시동생을 왕으로 만들기 위하여 남편을 죽인 형수와 왕이 된 그 시동생이 어떤 관계에 있었을까? 그들은 고종사촌, 외사촌이다. (14c)의 동궁 수리가 이 혜명왕비와 관련이 있다면 영명신궁은 월지궁을 가리킬 가능성이 크다.

(16) a. 749년[동 8년] 봄 3월 폭풍이 나무를 뽑았다. 3월에 천문박사 1원과 누각박사 6원을 두었다.

b. 750년[동 9년] 봄 정월 <u>시중 대정이 직을 면하였다.</u> 이찬 조량을 시중으로 삼았다. ---하략--- <『삼국사기』 권 제9 「신라본기 제9」「경덕왕」>

(16b)에서 시중 대정이 직을 면하였다. 5년 동안 시중[=중시]를 지내고 물러난 것이다. 그와 이름이 비슷한 김대성이 751년부터 불국사, 석불사를 짓기 시작하였다고 『삼국유사』는 말하고 있다.

(17) a. 752년[동 11년] 봄 3월 급찬 원신, 용방을 대아찬으로 삼았다. <u>가을 8월 동궁아관(東宮衙官)을 두었다.</u>

b. 753년[동 12년] 가을 8월 일본국 사신이 왔는데 오만하고 무례하여 왕이 접견하지 않아 이에 돌아갔다. 무진주에서 흰 꿩을 바쳤다.

c. 754년[동 13년] 여름 4월 경도에 우박이 왔는데 크기가 달걀만 하였다. 5월 <u>성덕왕비를 세웠다.</u> 우두주에서 상서로운 지초를 바쳤다. <u>가을 7월 왕은 관청에 영흥(永興), 원연(元延) 두 절을 수리하게 명하였다.</u> 8월 가뭄과 황충의 재해가 들었다. 시중 조량이 퇴임하였다. <『삼국사기』 권 제9 「신라본기 제9」「경덕왕」>

(17a)에서 동궁에 또 손을 대었다. 태자도 없는데 동궁을 관리할 관리를

둔 것일까? 동궁에 누가 있는가? 그곳에 누가 수시로 들렀을까? 영명신궁
에는 태후가 있고 왕은 태후가 된 형수를 품으러 가지 않았을까? (17b)에서
또 일본과의 외교 관계가 원만하지 못함을 적었다.

(17c)에서 성덕왕 비를 세웠다. 지금 성덕왕릉 앞에 귀부만 남아 있는 그
비를 세웠다는 말이다. 경덕왕이 아버지 비를 세우는 것이야 당연하다. 봉
덕사 종이 성덕대왕 신종인 이유도 그를 뒷받침한다. 영흥사, 원연사 두 절
을 보수하라는 명을 왕이 내렸다. 이것을 적으면서 불국사, 석굴암 창건에
대해서는 한 자도 적지 않았다. 이것이 상식적으로 이해가 되는가? 낡은 절
수리하는 것은 적으면서 새 절 신축하는 것은 왜 안 적었을까?

(18) a. 755년[동 14년] 봄 곡식이 귀하여 백성이 굶주렸다. 웅천주
향덕이 가난하여 봉양할 것이 없어 허벅지 살을 베어 그 아버지를 먹
였다. 왕이 듣고 후한 상을 주고 이어 그 마을 문에 정표를 세웠다. 망
덕사의 탑이 흔들렸다. ---하략---
b. 여름 4월 사신을 당에 보내 하정하였다. 가을 7월 죄인들을 풀어
주고 나이든 환자들과 홀애비. 과부, 고아, 독거인을 위문하고 차등을
두어 곡식을 주었다. 이찬 김기(金耆)를 시중으로 삼았다. <『삼국사기』
권 제9 「신라본기 제9」 「경덕왕」>

755년 봄에 곡식이 귀하여 백성들이 굶주렸다. 이른바 보릿고개이다. 웅
천주의 향덕이 가난하여 봉양할 곡식이 없어 허벅지 살을 베어 그 아버지
에게 먹였다고 한다. 왕이 듣고 상을 후하게 주고 이에 정표문려를 내렸다.
망덕사 탑이 흔들렸다.

(18b)에는 이찬 김기가 시중이 되었다. 학계 일부에는 '김기'를 '기랑(耆
郎)'으로 보고 「찬기파랑가」의 주인공이 이 사람이라고 하는 설이 있다. 증
명되지 않는 말이 안 되는 가설이다. '김기'는 억울하게 죽은 것도 아니고
화랑이었다는 보장도 없다.

왕자 건운의 출생

(19a, c)는 재해와 이상한 일이 많았다는 것을 보여 준다. (19b)에서는 사대의 극치를 보여 준다. 당 현종의 시를 길게 적은 중략 부분은 『삼국사기』의 성격을 잘 보여 준다. 문무왕 대의 기록이 두 권이나 되는 것도 이와 같다. 거의 모두 『당서』에서 베낀 것이다. 하긴 국내 역사 기록을 다 인멸하였으니 외국 책에서 가져올 수밖에 없지. 제 역사를 무시하거나 왜곡, 인멸하면 이렇게 처량한 신세가 된다. (19a)는 시절이 하수상하고 나라가 어지러움을 말하고 있다. .

(19) a. 756년[동 15년] 봄 2월 상대등 김사인이 근년에 재해와 이상한 일이 많이 보여서 상소하여 시정의 득실을 극론하였다. 왕이 기쁘게 받아들였다.

b. 왕은 현종이 촉에 있다는 말을 듣고 사신을 당에 보내어 강을 거슬러 올라 성도에 이르러 조공하였다.[21] 현종은 5언 10운 시를 친히 지어 써서 왕에게 주며 말하기를 신라왕이 해마다 조공하고 예악과 명분과 의리를 잘 실천하는 것을 기뻐하여 시 한 수를 준다 하였다. --- 중략--- 선화송 휘종 연회 때에 입조사 김부의[22]가 당 현종의 시의 각본을 가지고 변경으로 들어가 황제에게 올렸고 황제는 이를 양부 및 제학사들에게 선시하고 뜻을 전하기를 진봉시랑이 올린 시는 정말 당 명황의 글이다 하고 상탄함을 마지 아니 하였다.

c. 여름 4월 큰 우박이 왔다.

d. 대영랑이 흰여우를 바쳐서 남변에서 제일가는 작위를 주었다. <『삼국사기』 권 제9 「신라본기 제9」 「경덕왕」>

---

21) 이 사신이 가락 허씨 허기이다. 현종은 그에게 이씨 성을 하사하여 이허기로 하였다. 그가 인천 이씨 득성조이다. 그의 후손이 고려 문종 때의 국구 이자연이다.
22) 김부식의 동생이다. 고려 때도 신라 김씨와 가락 허씨 사이의 인연이 작동하고 있었을까? 관찬 역사서에 동생 이름을 넣은 배짱도 대단하다.

(19b)의 사천성 성도까지 사신을 보낸 것이 주목된다. 이때에 사천성 성도까지 간 사신이 가락 허씨 허기(許奇)인데 현종이 당 황실 성인 李氏를 사성하여 이허기가 되었다. 그의 17세손 이허겸(李許謙)이 소성백(邵城伯)이 되었다. 소성은 인천의 옛 이름이다. 이허겸이 인천 이씨의 시조이다. 이허겸의 손자인 이자연의 딸 셋이 모두 고려 문종의 왕비가 되어 최고 권력 집안이 되었다. 이자연, 이자겸, 이인로 등이 인천 이씨이다. 중략 부분에는 당 현종의 시가 길게 인용되어 있다.

(19d)의 '대영랑'이나 흰 여우, 그로 인한 벼슬 주기 등도 마땅한 일이라 하기 어렵다. 그리고 여기 적힐 만큼 중요한 일도 아니다.

(20) a. 757년[동 16년] 봄 정월 상대등 사인이 병으로 면직되었다. 이찬 신충이 상대등이 되었다. 3월 내외 여러 관리들의 월봉을 없애고 다시 녹읍을 주었다. 가을 7월 영창궁을 중수하였다. 8월 조부사 2인을 더하였다.
b. 겨울 12월 사벌주를 상주로 고치고 1주, 10군, 30현을 거느리게 했다. ---하략--- <『삼국사기』 권 제9 「신라본기 제9」 「경덕왕」>

(20a)에서 김신충이 상대등이 되었다. 더러운 악인이 마지막까지 고위직을 꿰차며 권력을 누리고 있다. 통일 신라를 망친 자라 할 수 있다. (20b)에는 지명 바꾸기를 적었다. 고유어 지명을 적은 향찰 표기를 버리고 한자를 음으로만 사용하는 당나라 식 지명이 되었다. '몰개벌'로도 읽힐 수 있는 '沙伐州'를 '尙州'로 바꿈으로써 그 고장이 낙동강변의 모래 벌판과 관련된다는 의미를 지워 버렸다.

(21) a. 758년[동 17년] 봄 정월 시중 김기가 죽었다. 이찬 염상을 시중으로 삼았다. ---하략---
b. 가을 7월 23일 왕자가 출생하였다.

c. 큰 벼락이 쳤다. 절 16개소가 흔들렸다. <『삼국사기』권 제9「신라본기 제9」「경덕왕」>

(21b)는 경덕왕의 소원이던 아들이 태어났음을 적었다. 이 왕자가 나중에 혜공왕이 되는 건운이다.

(22) a. 759년[동 18년] 봄 정월 병부의 경과 창부의 감을 시랑으로 고쳤다. ---하략---

b. 3월 혜성이 나타나서 가을에 이르러 없어졌다.

c. 760년[동 19년] 봄 정월 도성의 인방에 벌고 같은 소리가 있었는데 여러 사람이 귀신 북이라고 불렀다.

d. 2월 궁중에 큰 연못을 파고, 또 궁 남 문천 위에 월정교와 춘양교 두 다리를 세웠다.

e. 여름 4월 시중 염상이 물러나고 이찬 김옹을 시중으로 삼았다.

f. 가을 7월 왕자 건운을 책봉하여 왕태자로 삼았다.

g. 761년[동 20년] 봄 정월 초하루 무지개가 해를 뚫었다. 해에 고리가 있었다. 여름 4월 혜성이 나타났다.

h. 762년[동 21년] 여름 5월 다섯 골짜기에 성을 쌓았다. 휴암, 한성, 장새, 지성, 덕곡 6성에 각각 태수를 두었다.

i. 가을 9월 당에 사신을 보내어 조공하였다. <『삼국사기』권 제9「신라본기 제9」「경덕왕」>

(22a)는 관청 이름과 관직 이름을 대량으로 고치고 있다. 당나라화이다. (22b, g)에 혜성이 출현하였다. (22f)에서 왕자 건운을 왕태자로 책봉하였다. 만 2살짜리 어린애를 태자로 삼다니 어지간히 급했던 모양이다. (22d, h)에서는 거대한 공사를 벌이고 있다.

이순의 괘관과 신충의 면직

(23)은 국어국문학과가 가장 중시해야 할 기록이다. (23c, d)는 매우 주의 깊게 읽어야 한다. 이는 「원가」를 논하는 데에 꼭 필요한 기록이다.

(23) a. 763년[경덕왕 22년] 여름 4월 사신을 보내어 당에 들어가 조공하였다.

b. 가을 7월 서울에 큰 바람이 불어 기와를 날리고 나무가 뽑혔다.

c. 8월 복숭아, 오얏이 다시 꽃 피었다. <u>상대등 신충, 시중 김옹이 면직되었다</u>[上大等信忠侍中金邕免].

d. <u>대내마 이순은 왕의 총애하는 신하가 되었으나</u> 홀연히 하루아침에 산에 들어가 여러 번 불렀으나 나오지 않고 머리를 깎고 중이 되어 왕을 위하여 단속사를 짓고 살았다[大奈麻李純爲王寵臣 忽一旦避世入山 累徵不就 剃髮爲僧 爲王創立斷俗寺居之]. 뒤에 왕이 음악을 즐긴다는 소문을 듣고 즉시 궁문에 와서 간하여 말하기를, 신이 듣기에 옛날 걸 임금, 주 임금이 주색에 빠져서 음란한 음악을 그치지 아니하여 이로써 정사가 무시되고 늦어져서 나라가 패멸하였다 합니다. 앞에 있는 자국을 밟으며 뒤의 수레는 마땅히 경계해야 합니다. 엎드려 바라건대 대왕께서는 잘못을 고치시어 스스로 새로워져서 나라의 수명을 영원하게 하소서. 왕이 듣고 감탄하여 음악을 멈추게 하고 곧 정실로 이끌어 왕도의 묘미와 세상 다스리는 비방을 설파함을 듣기를 여러 날 하고서 그치었다. <『삼국사기』 권 제9 「신라본기 제9」 「경덕왕」>

국사학계 일각에서는 「원가」의 창작 시점을 경덕왕대로 늦추어 보는 학설이 있다(이기백(1974)). 경덕왕 22년[763년] 신충이 상대등에서 면직된 시점에 지은 것으로 보는 것이다. 그러나 그러한 해석은 '효성왕 잠저 시에 ---'로 시작되는 『삼국유사』 권 제5 「피은 제8」 「신충 괘관」의 기사와 너무 다르다.

『삼국사기』는 (23c)에서 보듯이 '상대등 신충과 시중 김옹이 면직되었다.'고 되어 있다. 그들의 면직 사유는 그 바로 앞에 있다. 7월에 큰 바람이 불었고 8월에 복숭아, 오얏이 꽃이 피었다. 이 기상이변 때문에 그에 대한 책임을 지고 상대등과 시중이 면직된 것이다.

그 뒤에 (23d)에서 보듯이 '대내마 이순이 벼슬을 그만 두고 산으로 들어가서 중이 되어 단속사를 짓고 살았다.'고 되어 있다. (지리)산으로 들어가 단속사를 짓고 피은한 사람이 누구이겠는가? 피은한 사람은 당연히 이순이다.

이 (23c, d)를 잘못 읽어서 『삼국유사』의 권 제5 「피은 제8」 「신충 괘관」 조가 앞부분은, 마치 '상대등 신충이 시중 김옹과 대내마 이순의 두 벗을 데리고 남악으로 피세하여 단속사를 짓고 산 것'처럼 되어 있다. 그리고 이어서 뒷부분에서는 '「별기」에는 직장 이준이 단속사를 짓고 살았다고 되어 있다.'고 또 다른 설을 적고 있다. 핵심은 단속사를 신충이 창건했는가 아니면 이순이 창건했는가 하는 것이다.

서정목(2016a, 2018)에서 밝힌 대로 『삼국사기』 권 제9 「신라본기 제9」 「경덕왕」 조가 (23c)에서 자연재해를 적고 이어서 상대등 신충과 시중 김옹을 면직시켰다고 하였다. 그러므로 이 이야기는 '免'에서 한 단락이 끝난다. 이때 면직된 2명 가운데 지금까지는 상대등 신충이 악역이었다. 그러나 앞으로는 시중 김옹도 만만찮은 악역으로 등장한다.

그 다음 단락은 (23d)에서 대내마 이순이 벼슬을 그만 두고 산에 들어간 것으로 되어 있다. 그러므로 지리산에 피은하여 단속사를 짓고 산 사람은 상대등 김신충, 시중 김옹이 아니라 직장 대내마 이순이다. 「신충 괘관」은 '신충의 불충'과 '이순의 충직'으로 대조적인 두 이야기를 가지고 한 조를 구성한 것이다.

세월을 거슬러 올라가서 지난날을 살펴보기로 한다. 736년 가을 성덕왕 승하 직전에 고위 관리[아마도 병부령] 김신충은, 엄정왕후의 아들인 태자 승경에게 잣나무를 두고 왕이 되면 '중히 여기겠다[多]'는 다짐[有如栢樹]을 받고, 소덕왕후의 아들인 이복동생 헌영과 왕위 계승전을 벌이고 있는 승경의 즉위를 허여하기로 하였다.[23] 그러나 737년 2월 성덕왕이 승하하고 효성왕이 즉위한 뒤에 공신들을 상 줄 때 신충은 공신 명단에서 빠졌다. 효성왕이 총애하는 후궁의 아버지 영종 측이 반대하였을 것이다.

이에 신충은 효성왕을 원망하는 「원가」를 지어 잣나무에 붙였다. 잣나무가 누렇게 시들었다. 이를 보고받은 효성왕은 '만기(萬機)를 앙장(鞅掌)하느라 각궁(角弓)을 잊을 뻔하였구나!' 하고 신충에게 작록을 주었다.[24] 계급을 올리고 봉록을 더 많이 주었다는 말이다.

739년[효성왕 3년] 1월 의충이 죽어 그를 이어서 중시가 된 신충은 왕의 이복동생 헌영을 즉위시키기 위한 모든 음모를 실행하였다. 3월에 효성왕은 헌영의 외사촌 누이 혜명왕비와 혼인하였고, 5월에 헌영은 형의 태자로 봉해졌다. 그리하여 742년 5월 효성왕은 죽임을 당하여 화장당하고 동해에 뼈가 뿌려져서 왕릉도 없는 왕이 되고 말았다. 그리고 헌영이 제35대 경덕왕으로 즉위하였다. 신충은 757년[경덕왕 16년] 정월에 상대등으로 임명되었다.

『삼국유사』는 이를 '由是寵現於兩朝[이로 말미암아 총애가 두 조정에 두드러졌다.]'라고 표현하였다. 이 두 조정은 효성왕과 경덕왕의 조정을 가리킨다. 이복형제 사이에 골육상쟁을 벌였으므로 이는 신충의 불충을 에둘러 비판한 것이라고 할 수밖에 없다. 이것이 향가 「원가」에 얽힌 역사의 진실이다. 이렇게 해석하는 것이 『삼국유사』의 편자의 편찬 의도를 가장 잘 반영한 것이다.

---

23) '有如'는 『시경』 「대거」에 나오는 말이다. '유여교일(有如曒日)'로 사용되었는데 '저 밝은 해를 두고 맹세한다.'는 뜻이다. 이와 같이 '유여백수(有如栢樹)'도 '이 잣나무를 두고 맹서한다.'는 말이다.

24) 「각궁」도 역시 『시경』 「소아」에 나온다. 주(周) 나라 말기에 형제 사이에 동주의 평왕과 서주의 휴왕으로 나뉘어 골육지쟁을 벌이느라 신하들이 갈피를 잡지 못하는 상황을 풍자한 시이다. 효성왕은 아우 헌영을 미는 세력과 다툼을 벌이느라 「각궁」의 교훈을 잊고 있었다고 말한 것이다.

이것으로 「원가」의 작가 김신충은 지리산이나 단속사와는 관련이 없음이 분명해졌다. 현재까지 국문학계에서 통용되는 '어진 선비 신충이 「원가」를 지은 후 효성왕으로부터 중시 벼슬을 얻었다.'는 학설이나 국사학계에서 통용되는 '신충이 763년 이후 상대등에서 물러나 피은하여 「원가」를 지었다.'는 학설은 다 틀린 것이다.

「원가」는 효성왕이 즉위한 737년 즉위 논공행상이 이루어질 때 지어졌다. 그때 효성왕이 내린 작록은 신충이 739년 중시가 되는 것과는 전혀 관련이 없다. '작관등'과 '녹녹봉'을 올려 주었다는 말이지 '중시'라는 직책을 주었다는 말이 아니다. 신충은 공신록에 이름이 오르지 않아 효성왕을 원망하여 「원가」를 지어 잣나무에 붙였다. 잣나무가 시들었다. '작록'을 올려 주었더니 잣나무가 되살아났다. 신충이 중시가 된 것은 739년이다. 잣나무가 시들고 소생하는 데에는 하룻밤도 길다. 어찌 2년이나 지나서 소생할수 있겠는가? 말이 되는 말을 해야지.

(23c)에서 신충은 상대등에서 면직되었다. 그것으로 끝이다. 그가 지리산에 피은하여 단속사를 지었다는 것은 사실이 아니다. 그렇다면 그가 상대등에서 면직된 것을 원망하여 「원가」를 지었다는 말도 성립되지 않는다. 상대등에서 물러난 신충이 무슨 공신록에 이름이 오르지 않아 왕을 원망하여 「원가」를 지으며 또 왕은 신충의 무슨 작록을 올려주어 시들던 잣나무를 소생하게 한단 말인가?

(23d)의 후반부 기록은 경덕왕이 음란한 음악에 탐닉하여 정사를 소홀히 하고 있음을 증언하고 있다. 음란한 음악? 음악이라 하니 오해할 수 있다. 그러나 이 음악은 정신을 맑게 하는 아름다운 음악이 아니다. '옛날 걸 임금, 주 임금이 주색에 빠져서 음란한 음악을 그치지 아니하여'에서 알 수 있듯이 주지육림에 빠진 왕과 측근 신하들 앞에서 벌거벗은 무희들이 음란한 가사의 노래와 성적 교태를 본뜬 춤과 성교 시의 교성을 내지르는 질탕한 잔치가 이어지고 술에 취한 왕들이 마구잡이로 바른 말 하는 신하들을

죽이는 타락한 조정이 있고 그로 하여 나라가 망했다는 것을 의미한다.

얼음과자가 횡행하는 불타는 태양 아래 사군이충도 교우이신도 다 잊은 임전이 없는 태평성대의 화랑의 후예들은 무퇴의 기개를 잃어버리고 흐물거리는 쇠락한 군상들로 타락하였을까? 왕도, 이제 '아들도 태어났겠다.' 하여 마음 놓고 쾌락에 탐닉하였다는 것일까? 언제, 어디서나 나라가 망하기 직전에 나타나는 풍조는 꼬리싸움[尾鬪 一作 我亦(미투는 '나도 역시'라고도 적음)]이 줄을 잇는 성적 타락이다.

지리산 단속사에서 중이 되어 속세를 떠난 이순이 달려와서 간한다. 간하는 신하가 있고 그 충언을 들어 개과천선하려는 의지를 보이는 왕이 있어 다행이다. 그러나 그것은 말로 그쳤고 실제로 행동으로 옮겨진 것으로 보이지는 않는다. 이미 즐겁고 음란한 음악이나 사상, 심지어 얼음 뿡에 빠진 사악한 왕이 좋은 사람으로 되돌아올 수는 없는 일이다.

(24) a. 764년[동 23년] 봄 정월 이찬 만종을 상대등으로 삼고 아찬 양상을 시중으로 삼았다.

b. 3월 패성이 동남에 나타났다. 용이 양산 아래 나타났다가 갑자기 날아갔다.

c. 겨울 12월 11일 크고 작은 유성이 보는 사람들이 헤아릴 수 없이 많았다. <『삼국사기』 권 제9 「신라본기 제9」 「경덕왕」>

(24a)에서는 아찬 양상이 시중이 되었다. 이 김양상을 주목하기 바란다. 양상은 성덕왕의 딸 사소부인과 김효방 사이에서 태어났다. 성덕왕의 외손자인 것이다. 경덕왕의 생질이고 혜공왕의 법적 고종사촌이다. 이 이가 어떤 일을 하는지 나중에 보기로 한다.

그 밖의 기록들은 천문이 이상하게 돌아갔음을 적었다. 불길하다고 할 수 있다. 유성은 수도 없이 많이 나타났다. (24b)에서도 별이 이상하게 움직이고 경덕왕이 죽었다. 『자치통감』의 治를 理로 한 것이 고려 성종의 휘를 피한 것이라고 적고 있다. 모르지. 신라 시대의 기록이라면 당 고종의 이름 治를 피휘한 것이라 할 수도 있지만 신라 시대에는 『자치통감』이 없었으니 이것은 고려 성종의 휘를 피한 것이 옳다.

 (25) a. 765년[동 24년] 여름 4월 지진이 있었다. 사신을 당나라에 보내어 조공하였다. 황제가 사신에게 검교예부상서를 주었다.
 b. 6월 유성이 심성을 범하였다. 이 달에 왕이 죽어 시호를 경덕으로 하고 모지사 서쪽 언덕에 장사지냈다. *{「고기」에 말하기를 영태 원년 을사에 죽었다고 하였으나 구당서와 자리*{고려 성종의 휘 치를 피하여 리로 썼음}*통감은 모두 말하기를 대력 2년 신라왕 헌영이 죽었다고 하였다. 왜 잘못되었을까? <『삼국사기』 권 제9 「신라본기 제9」「경덕왕」>

 (25b)에서 765년 6월 경덕왕이 죽었다. 그리고 즉위한 이가 36대 혜공왕이다. 경덕왕의 시대는 결코 편안한 시대가 아니다. 그의 시대에 불교 문화가 활짝 꽃 피었고 그것은 아버지 성덕왕 시대가 전제 왕권이 확립된 태평성대였기 때문이라고 적은 역사책은 진실을 외면한 책이다.
 역사적 진실은 다음과 같다. 성덕왕 때에는 엄정왕후[아들 효성왕]으로 대표되는 가야파 가락 김씨 김유신의 후예들이 어느 정도 균형을 갖추어 등용되었다. 그러나 720년에 김순원의 딸 소덕왕후[아들 경덕왕]을 들이는 신라 김씨 진골정통의 세에 밀리어 성덕왕 말년에 이르면 엄정왕후의 아들 태자 승경이 즉위하기 어려울 만치 가야파의 세력은 위축되었다.
 737년 즉위한 효성왕은 박씨 왕비가 있었으나 739년에 김순원의 손녀 혜명왕비를 들이고 이복아우 헌영을 태자로 책봉하였다. 효성왕은 후궁에게 빠져 왕비가 후궁을 죽이는 사건을 야기하였다. 이 사건에 왕비의 친정 오빠 김효신이 간여하였다. 효신은 충신의 아우로 자의왕후의 동생 김순원의 아들 진종의 아들로 보인다. 당시의 중시는 신충이다. 이에 후궁의 아버지 영종이 모반하였다. 곧 효성왕도 의문의 죽음을 당하였다.

742년 즉위한 경덕왕은 가야파 수로부인의 딸인 삼모부인이 왕비였으나 아들이 없다고 즉위 후 바로 폐비하였다. 그리고 중시로 있다가 이미 죽은 김의충의 딸 만월부인을 새 왕비로 들였다. 의충은 신충의 형제로 진골정통이었다. 이들은 자의왕후의 누이 운명의 아들 김대문의 아들로 보인다. 가야파는 더욱 세력이 줄어들었다. 경덕왕에게는 이 만월부인이 아들을 낳는 것이 최대의 소원이었다. 『삼국유사』에는 거대한 불사가 곳곳에서 이루어졌음을 적었다.

『삼국유사』 권 제5 「효선 제9」 「대성 효 이세 부모 신문대」는 불국사, 석굴암은 재상을 지낸 김대성이 전생과 이승의 두 부모를 위하여 지었다고 적고 있다. 그러나 『삼국사기』의 해당 시기에는 불국사, 석굴암 창건에 관한 기록이 일언반구도 없다. 물론 김대성도 없다. 있는 것은 김대정이다. 그 절의 창건은 역사 편찬자의 처지에서는 자랑할 만한 일이 아닌 것이다. 불국사, 석불사 창건은 망국을 초래한 아들 낳기 기자 불사에 지나지 않는다. '절에 퍼주기 하다 망한 것이다.' 어디든 퍼주면 망하지.

3. 혜공왕의 시대

『삼국사기』의 혜공왕 즉위 후 첫 기사는 (26)과 같다. '경덕왕의 적자'라 한 것이 특이하다. 보통은 '원자, 태자, 제2자 등'으로 적히는 자리이다. 왜 하필 '적자'라고 썼을까?

(26) (765년) 혜공왕이 즉위하였다. 휘는 건운이다. 경덕왕의 적자(嫡子)이다. 어머니는 김씨 만월부인으로 서불한 의충의 딸이다. 왕이 즉

위 시에 나이가 8살이어서 태후가 섭정하였다. <『삼국사기』 권 제9 「신
라본기 제9」 「혜공왕」>

'원자'라고 적히지 않은 것은 원비의 맏아들이 아니라는 뜻이다. 그의 어
머니 만월부인이 원비가 아닐까? 삼모부인[사량부인] 폐비 후에 만월부인을
맞이하였으니 그녀는 계비이다. 계비도 정비이기는 하다. 그러니 혜공왕은
아마도 맏아들이 아닐 것이다. 형이 여럿 죽은 후에 태어났을 것이다. 그럴
경우 보통은 '장자'로 적는다. 여기서 '적자'로 적은 것은 그의 어머니 만월
부인의 지위를 강조한 것으로 보인다. 혜공왕의 어머니 만월부인은 경덕왕
이 즉위하자 말자 원비를 폐비하고 재혼한 계비이다. 사후 시호는 경수태
후이다.

742년 즉위한 경덕왕의 왕비는 이찬 순정의 딸 삼모부인이다. 그런데
743년 4월에 새로 서불한 김의충의 딸을 왕비로 들였다. 김의충은 효성왕
원년인 737년에 아찬으로 중시가 되었다가 739년 1월에 죽었다. 6등관인
아찬이 2년 후에 죽을 때 기껏 올라야 대아찬이나 파진찬이지, 정상적으로
소판, 이찬을 거쳐서 각간에까지 오를 수는 없다. 각간은 딸이 왕비가 된
후에 추증한 관등일 것이다.

왜 새로 왕비를 들였을까? 그 이유는 『삼국유사』 권 제1 「왕력」에 들어
있다. 아들 못 낳는 왕비를 쫓아내고 아들을 낳기 위해서였다.

(27) 제35 경덕왕. 김씨이다. 이름은 헌영이다. 아버지는 성덕왕이다.
어머니는 소덕태후이다. 선비는 삼모부인으로 궁에서 쫓겨났는데 무후
하였다. 후비는 만월부인으로 시호는 경수*{垂는 穆으로도 적음 }*왕
후이다. 의충 각간의 딸이다. <『삼국유사』 권 제1 「왕력」>

이렇게 아들 낳기 위하여 들어온 계비가 낳은 아이가 혜공왕이다. 만월

부인의 배후는 누구일까? 왕비를 볼 때는 그 왕비의 친정을 보아야 한다. 왕비의 친정을 볼 때는 그 아버지를 본다. 그 아버지 '김의충'은 이미 죽었다. 아버지가 죽었으니 그 왕비의 친정은 정치에 관여하지 않았을까? 친정 아버지가 없으면 친정 큰아버지, 작은아버지도 있다. 더 나쁘게는 친정 오빠도 있다.

아마도 김의충이 죽고 나서 중시가 되는 김신충이 의충과 관련이 있을 것이다. 만월부인의 정치적 배후도 신충과 무관할 수 없다. 만월부인의 친정 큰아버지는 신충이고 오빠는 그 신충이 기상 이변으로 상대등에서 물러날 때인 763년 8월에 함께 물러난 시중 김옹(金邕)일 것이다.

만월왕후의 섭정과 어지러운 세상

혜공왕이 8살로 어려서 즉위하여 만월부인이 섭정하였다. 누가 권력 실세일까? 김신충과 김옹이 권력 실세이다. 항상 그렇지 않은가? 민비 뒤에는 민씨들이 즐비하였다. 오죽했으면 태종은 세종의 장인 심온을 죽였겠는가? 어느 시대에나 외척이 권력 실세였다.

성덕왕의 계비 소덕왕후, 효성왕의 계비 혜명왕비의 친정인 자의왕후 친정 김순원 집안에서 효성왕을 죽이고 경덕왕을 세웠으니 그 경덕왕의 계비 간택에도 이 집안이 관여했을 것이다. 그 집안은 '김순원-진종, 소덕/성덕-충신, 효신, 혜명/효성'으로 이어진다. 그리고 자의왕후의 여동생 운명의 집안은 '김오기/운명-대문-신충, 의충-만월/경덕, 김옹'으로 이어진다. 이 집안은 원래 대원신통이다.

(28b)에서 두 해가 나란히 나타난 것이 주목된다. 다리가 다섯이 달린 송아지는 또 무엇을 암시하는 것일까?

(28) a. 765년[혜공왕 원년] 원년 대사하였다. 왕이 태학에 가서 박사에게 상서의 의를 강의하게 명하였다.

b. 766년[동 2년] 봄 정월에 두 해가 나란히 출현하였다. 널리 사면하였다. 2월 왕이 친히 신궁에 제사하였다. 양리 공의 집 암소가 송아지를 낳았는데 다리가 5개인데 하나는 위로 향하였다. 강주의 땅이 꺼져 못이 되었는데 세로 넓이가 50여 자였고 물 색깔이 검푸르렀다. 겨울 10월 하늘에 북과 같은 소리가 있었다.

c. 767년[동 3년] 여름 6월 땅이 흔들렸다. 가을 7월 이찬 김은거를 보내어 입당하여 지방 산물을 바치고 이어 책명을 청하였다. 황제가 자신전(紫震*{當作宸}*殿*{震은 당연히 宸으로 적어야 함}* 연회에서 보았다. 삼성 운석이 대궐 뜰에 떨어져 서로 치는데 그 빛이 마치 불이 흩어지는 것 같았다. 9월에 금포현의 벼 열매가 모두 쌀이 되었다[今浦縣禾實○皆米].

d. 768년[동 4년] 봄 혜성이 동북에 나타났다. ---중략--- 겸하여 왕의 어머니 김씨를 대비로 책봉하였다. 여름 5월 사형 아닌 죄는 사하였다. 6월 서울에 우레와 우박이 있어 초목이 상하였다. 대성 운석이 황룡사 남쪽에 떨어져 땅이 진동하는 소리가 우레와 같았다. 샘과 우물이 모두 마르고 범이 궁중에 들어왔다. <『삼국사기』 권 제9 「신라본기 제9」 「혜공왕」>

이어지는 기록은 고위 귀족들의 연속되는 반란과 주륙이다. 편안한 날이 없을 정도로 끝없이 반복되는 모반과 죽임이 피를 튀기고 있다. (29a)에는 '대공, 대렴 형제의 모반'이 기록되어 있다. 33일 동안이나 왕궁을 포위하고 반란이 성공할 뻔하였다. 9족을 멸하였다.

(29) a. 768년[혜공왕 4년] 가을 7월 일길찬 대공이 아우인 아찬 대렴과 더불어 모반하였다. 반란군이 33일 동안 왕궁을 포위하였다. 왕군이 토평하고 9족을 주살하였다. 9월 사신을 당에 보내어 조공하였다. 겨울 10월 이찬 신유(神猷)를 상대등으로 삼고 이찬 김은거(金隱居)를 시중

<u>으로 삼았다.</u>

b. 769년[동 5년] 봄 3월에 임해전에서 여러 신하들에게 연회를 베풀었다. 여름 5월 황충의 재난이 있었고 가물었다. <u>백관에게 각각 아는 인재를 천거하라고 명하였다.</u> 겨울 11월 치악현의 쥐 80여 마리가 평양을 향하였다. 눈이 오지 않았다.

(29b)는 참 이상한 기록이다. 백관에게 아는 인재를 추천하라 했단다. 왜? 공개경쟁 채용을 안 하고 추천으로 인사를 하려고 했을까? 인사 채용과 검증에 관한 국가 운영 시스템이 무너졌나 보다. 누가 하늘구름왕불알이 빈 헛대왕에게 벼슬하려 하겠는가? 고관이 줄줄이 사직서를 내고 명망 있는 이들이 출사를 꺼려서 관의 장 감이 없어 회전문 인사를 반복하면서 그 정권은 끝장이 났다.

(30d)에는 가장 중요한 '김융의 모반'이 기록되어 있다. 김융은 김유신의 후손이다.

(30) a. 770년[혜공왕 6年] 봄 정월 왕이 서원경에 가는데 지나가는 주현의 갇힌 죄수들을 사하였다.

b. 3월 흙비가 내렸다. 여름 4월 왕이 서원경으로부터 돌아왔다.

c. 5월 11일 혜성이 오차의 북쪽에 나타나서 6월 12일에 이르러 없어졌다. 29일 범이 집사부에 들어와 잡아 죽였다..

d. 가을 8월 <u>대아찬 김융이 모반하여 주살하였다.</u>

e. 12월 시중 은거가 물러나고 이찬 정문을 시중으로 삼았다.

(31c)에서는 김양상이 상대등에 임명되었다. 그는 764년[경덕왕 23년] 봄 정월 아찬으로 시중이 되었었다.

(31) a. 772년[동 8년] 봄 정월 이찬 김표석을 보내어 조공하고 하정

하였다. (당나라) 대종이 위위원외소경을 주어 돌려보내었다.

　b. 773년[동 9년] 여름 4월 사신을 보내어 하정하였다. 금은, 우황, 어아주, 조하 등 특산물을 바쳤다. 6월 사신을 보내어 사은하니 대종이 정영전에서 불러 보았다.

　c. 774년[동 10년] 여름 4월 사신을 당에 보내어 조공하였다. 가을 9월 이찬 양상을 제수하여 상대등으로 삼았다. 겨울 10월 사신을 당에 보내어 하정하였다. 당 대종은 정영전에서 보고 원외위위경을 주어 보내었다.

　d. 775년[동 11년] 봄 정월 당에 사신을 보내어 조공하였다. 3월 이찬 김순을 제수하여 시중으로 삼았다.

　e. 776년[동 12년] 봄 정월에 하교하여 백관의 칭호*{당연히 호로 적어야 한다}*를 모두 옛날식으로 돌리게 했다. 감은사로 행차하여 바다에 제사를 지냈다. --중략--

　f. 여름 6월 이찬 김은거가 모반하여 목 베어 죽였다.

　g. 가을 8월 이찬 염상이 시중 정문과 모반하여 목 베어 죽였다.

　(31f)에는 768년에 시중이 되었던 이찬 김은거가 반란을 일으켜서 목 베어 죽였다. (31g)에는 이찬 염상과 770년 시중이 되었던 정문이 함께 반란을 일으켜 죽였다. 고위 귀족이 반란하여 목 베어 죽이는 일이 연속된다. 죽이고 옥에 넣고, 이런 세상에서 사람이 어떻게 살 수 있겠는가?

혜공왕 시해와 왕통의 변경

　(32a)에서는 상대등 양상이 그 당시의 정사를 심히 비판하였다. 무슨 정사일까? 이상한 무엇이 있다. 적히지 않은 역사, 수치스러운 사실이 있음에 틀림없다. 무엇이 수치스러운가? 남녀 문제가 아닐까? 성 문란 사건, 꼬리 싸움[尾鬪] 사건이 자주 일어나면 그 사회가 기강이 무너지고 타락한 것이

지. 곧 망할 것이라는 것을 암시한다.

(32a)에서 시중이 된 이찬 주원은 나중에 왕 후보였으나 계략에 의하여 왕위를 잃고 강릉으로 도망가 강릉 김씨 시조가 되었다. 나중에 주원의 아들 김헌창이 모반하여 '장안국'을 세운다.

(32) a. 777년[동 13년] 3월 서울에 지진이 있었다. 여름 4월 또 지진
이 있었다. 상대등 양상이 상소하여 당시 정사를 심하게 논하였다. 겨
울 10월 이찬 주원을 시중으로 삼았다.
b. 779년[동 15년] 3월 서울에 지진이 있어 민가가 무너지고 죽은
자가 100여 인이었다. 태백이 달을 침범하였다. 백좌법회를 열었다.

천문에 이변이 많고 자연이 험악해지고 민심이 이반하면 그 나라는 넘어 간다. (33b)에는 혜공왕이 성색 음란, 순유 부도하여 기강 문란, 재해 빈번, 민심 이반, 사직이 허물어졌음을 적고 있다. 이 기록은 죽은 혜공왕에게는 억울한 것일 수도 있다. 그러나 정치권력 싸움에서 지면 그것으로 끝이다. 지고 죽은 자에 대한 평가는 좋을 수가 없다. 이 기록은 무조건 김양상, 김경신 측에서 남긴 것이다. 역사 왜곡이 있을 수밖에 없다. 양쪽 말을 다 듣고 싶으나 죽은 자는 말이 없다. 무엇인가가 있다.

(33) a. 780년[혜공왕 16년] 봄 정월 황색 안개가 끼었다.
b. 2월 흙비가 내렸다. 왕이 어려서 즉위하여 장성함에 이르러 성색
이 음란하고 순유가 도를 잃어 기강이 문란해지고 재해가 여러 번 나
타났고 인심이 반측하고 사직이 허물어졌다[王幼少卽位 及壯淫于聲色
巡遊不度 綱紀紊亂 災異屢見 人心反側 社稷杌陧].
c. 이찬 김지정이 모반하여 모인 무리가 궁궐을 둘러싸고 범하였다
[伊飡金志貞叛 聚衆圍犯宮闕].
d. 여름[夏] 4월 상대등 김양상이 이찬 경신과 함께 거병하여 지정

등을 목 베어 죽였다[四月 上大等金良相與伊湌敬信擧兵誅志貞等]. 왕이
태후, 왕비와 더불어 난병에게 살해되었다[王與后妃爲亂兵所害]. 양상
등은 왕의 시호를 혜공왕으로 정하였다. 원비 신보왕후는 이찬 유성의
딸이다. 차비는 이찬 김장의 딸인데 역사는 입궁 연월을 잃어버렸다.
<『삼국사기』 권 제9 「신라본기 제9」 「혜공왕」>

(33c)의 780년 2월에 김지정이 반란을 일으켰다. 4월에 상대등 김양상이
이찬 김경신과 함께 거병하여 지정 등을 죽였다. 그 난리 통에 혜공왕과 그
의 모후, 왕비가 난병에게 시해되었다. 그러나 이 기록은 이상하다. 난병이
어떻게 왕을 죽이겠는가? 이미 앞에서 본 대로 『삼국유사』는 이 일을 (34)
와 같이 적었다. 이를 보면 혜공왕은 김양상에 의하여 시해된 것이 옳다.

(34) 왕이 이미 여자였는데 남아로 만들어서 돌 때부터 왕위에 오르
기까지 늘 부녀자의 놀이를 하였다. 비단 주머니 차기를 좋아하고 도류
들과 어울려 놀기를 좋아하였다. 그리하여 나라에 큰 난리가 나서 결국
선덕왕과 김양상에 의하여 시해되었다. <『삼국유사』 권 제2 「기이 제2」
「경덕왕 충담사 표훈대덕」>

(29)-(33)에는 5번의 모반이 기록되어 있다. 이찬 급이 3번, 대아찬 급이
2번의 모반을 일으켰다. 시중을 지낸 김은거까지 모반하였다. 가히 고위 귀
족이 연속하여 반란을 일으켜 나라가 어지러웠다고 할 만하다. 이런 모반
들은 대체로 정치 전쟁에 의한 적폐청산의 성격을 띤다. 아마도 바른 말을
하다가 태후에게 밉보여 모반으로 몰렸을 수도 있다. 그 외의 기록은 기상
이변과 지진, 그리고 조공이 대부분이다. 『삼국사기』는 혜공왕의 시대가 어
지럽기 짝이 없는 난세였음을 말하고 있다. 이게 나라인가? 하늘이 신라를
버린 것이다.

그런데 마지막 모반인 (33c, d)의 '김지정의 모반'은 매우 이상하다. 780

년 2월 김지정이 반란을 일으켰다. 4월에 상대등 김양상과 이찬 김경신이 거병하여 김지정 등을 죽였다. 진압 과정에 혜공왕과 그의 모후, 왕비가 난병에게 시해되었다. 두 달 동안이나 반란이 계속되었고 김지정이 궁을 범한 것으로 되어 있다. 어떻게 두 달이나 반란군과 왕이 궁에 동거하였을까? 왜 상대등은 궁 밖에서 거병하여 궁으로 쳐들어갔을까? 누가 반란군이고 누가 왕군인가? 왕을 죽인 쪽이 반란군이고 왕과 함께 죽은 쪽이 왕군이지 않은가?

지금까지의 정황으로 보아 이 사건은 왕과 태후를 싸고 돌며 악행을 저지르는 김지정을 반란으로 몰아 상대등 김양상이 김경신의 군사를 빌어 제거한 것으로 보인다. 만약 이 싸움에서 김지정이 이겼으면 이 반란은 '김양상의 모반'으로 적혔을 것이다. 더욱이 『삼국사기』의 (33d) 기록은 참으로 이상하다. 난병이 어떻게 왕을 죽이겠는가? 주범이 사라져 버렸다. '혜공왕 시해 사건'은 재수사가 불가피하다.

『삼국유사』가 말하는 도적이 벌떼같이 일어났다는 것은 이런 상황을 가리킬 것이다. 이것만 보아도 혜공왕 시대의 어지러운 나라 상황을 알 수 있다. 특히 (30d)의 '김융의 모반'은 의미심장하다. 우리는 앞에서 김유신 장군의 혼령이 미추왕릉에 들어가서 경술년에 후손이 죄 없이 죽은 일에 대한 억울함을 호소하는 사건을 이미 보았다. 경술년에 죽은 이는 김융이다. 김유신의 혼령은 왜 억울했을까?

김융이 바른 말 하다가 죽었으니까. 왜 바른 말 하는 신하를 죽여? 태후와 왕의 역린을 건드렸으니까. 아킬레스건을 찔렀나? 무엇이 태후와 왕의 약점일까? 중년의 과부와 남장 여자 빈불알왕과 젊은 왕비, 그들의 약점은 무엇일까? 여자들의 약점은 남자이겠지. 남자 문제일 것이다.

신문왕 시대 이후 지속적으로 가야파는 진골정통에게 밀리고 있었다. 혼인으로 맺어진 두 세력이 어려울 때 서로 손잡고 통일 신라를 창업하였다. 김춘추와 문희 사이에 법민이 태어난 것이 625년이다. 681년 8월 김흠돌의 모반으로 가야파의 주류가 숙청되었다. 그러나 가야파의 후예인 요석공주의 영향으로 효조왕비 성정왕후, 성덕왕 선비 엄정왕후까지는 가야파가 잔존하고 있었다. 720년 진골정통의 핵심 김순원의 딸 소덕왕후가 성덕왕의 왕비가 되었다. 그리고 가야파의 외손 효성왕이 의문의 죽음을 죽고 진골정통의 외손 경덕왕이 왕위에 올랐다. 742년의 일이었다. 성덕왕 생시에 혼인한 것으로 보이는 경덕왕의 첫 왕비 삼모부인은 수로부인의 딸이다. 가야파로 보인다. 그러나 그는 곧 폐비되고 743년 4월 김의충의 딸인 만월부인이 들어왔다. 신충의 조카딸로 진골정통이다.

780년 혜공왕이 시해되었다. 김유신이 문희와 김춘추를 맺어준 624년으로부터 156년이 흘렀다.

진골정통 '무열-문무-신문-효소, 성덕-효성, 경덕-혜공'의 6대를 거치면서 가야파의 '유신-삼광-윤중-??-융'을 거친 두 집안은 애증의 갈등을 거듭하였다. 삼한을 통일하고 외환이 없는 태평성대를 이루자던 김춘추-김유신의 약속은 어디로 갔는가? 왜 동업을 하면 안 되는지 이보다 더 잘 보여주는 사례는 드물 것이다. 가락 김씨에 대한 신라 김씨의 거듭된 배신이 최종적으로 만월부인, 혜공왕의 김융 주살로 결말을 맺었다.

혜공왕 시대에 대하여 『삼국유사』는 (35)와 같이 적고 있다.

(35) 혜공왕[惠恭王]

a. 766년[대력 원년, 혜공왕 2년]에 강주[현재 진주] 관아의 큰 집*{딴 판본에는 큰 절의 동쪽 작은 못이라 한다}* 동쪽에서부터 땅이 점점 꺼져 못이 되었는데 세로 13자, 가로 7자이었다. 갑자기 잉어 5-6마리가 서로 잇달아 점점 커지니 못도 따라서 커졌다.

b. 767년[대력 2년, 혜공왕 3년] 정미년에 이르러 또 천구성이 동루 남쪽에 떨어졌는데 머리가 항아리만 하고 꼬리가 3자 가량 되며 빛은 활활 타는 불 같고 천지 또한 진동하였다. 또 이 해에 금포현의 논 5경에 모든 쌀이 이삭을 이루었다. 이 해 7월에 북궁 뜰에 먼저 별 둘이

떨어지고 또 별 하나가 떨어져서 별 셋이 모두 땅 속으로 꺼져 들어갔다. 이보다 앞서 궁궐 북쪽 측간에 두 줄기 연꽃이 나고 또 봉성사 밭에 연꽃이 났다. 범이 궁성 안에 들어왔는데 쫓아 찾다가 잃어버렸다. 각간 대공의 집 배나무 위에 참새가 셀 수 없이 많이 모였다. 『안국병법』 하권에 이르기를, (이러한 변괴가 있으면) 천하에 큰 병란이 일어난다고 하여 이에 크게 사면하고 자숙 반성하였다. 7월 3일 대공 각간역적이 일어났다. 왕도 및 5도 주군의 96 각간이 서로 싸워 크게 어지러웠다. 대공 각간의 집이 망하였다. 그 집의 자산 보배 비단이 왕궁으로 수송되었다. 신성의 긴 창고가 불탔다. 사량리, 모량리 등에 있는 반역당의 보배와 곡식을 역시 왕궁으로 수송하였다. 반란이 석달이 되어서야 멎었고 상 받은 자도 많고 죽은 자도 셀 수 없이 많았다. <u>표훈의 말, '나라가 위태로워진다.'가 이것이었다</u>[表訓之言國殆 是也]. <『삼국유사』 권 제2 「기이 제2」 「혜공왕」>

표훈대덕의 말대로 되었다는 것이다. 그의 말은 천제의 말을 빈 '딸로 점지된 아이를 아들로 바꾸면 나라가 위태로워질 것이다.'는 것이었다. 이에 대한 경덕왕의 답은 '나라가 비록 위태로워져도 사자(嗣子)를 얻어 후사를 이으면 그만이다.'였다. 그래서 황룡사종도 만들고, 분황사 약사여래상도 만들고, 불국사도 짓고, 석불사도 짓고, 에밀레종도 만들고, 온갖 불사를 하다가 나라가 어려워진 것이었다.

그러나 그것만으로 상대등[국회의장 겸 국무총리 격]씩이나 된 왕실 인척 인사가 왕과 왕비와 왕의 어머니를 죽이는 만행을 저지르기까지 했겠는가? 좀 원대한 정치 세력 구도로 설명해야 설득력이 더 있지 않겠는가. 그동안 쭈욱 진행되어 온 가야파와 진골정통의 대립은 어디로 갔다는 말인가? 혜공왕과 경덕왕비 만월부인이야 진골정통이다. 혹시 김양상이 가야파일까?

이제 '가락 김씨/신라 김씨' 두 흉노족 집안의 동맹은 영원히 돌아올 수 없는 강을 건넜다. 이것은 신라 김씨 혜공왕이 가락 김씨 김융을 죽임으로써, 서기 40년대에 대륙에서 쫓겨 오면서 피눈물을 흘리며 협조를 다짐했던 투후 김당과 도성후 김탕의 창업 동맹, 가락국 구충왕이 금관가야를 신라에 합병한 후 자연스럽게 맺어진 '김해/경주 동맹'을 배신하였기 때문이다. 김유신 장군의 혼령은 더 이상 신라를 진호하지 않고 떠나버렸다.

제 6 장

김양상은 가락 김씨이다

김양상은 가락 김씨이다

1. 혜공왕 시해 사건 재수사

'경주/김해 동맹'이 파기되고 정권이 망하였다. 이 역사의 회오리 속에서 왕이 신하에게 시해되었다. 왕의 어머니도 죽고 왕비도 죽었다. 이야기는 다 끝났다. 그렇지만 이 '하늘구름왕, 뭉개구름왕 시해 사건'을 재정리하지 않을 수가 없다. 더욱이 기록은 이 시해 사건의 원인과 과정, 그리고 특히 주범에 대하여 명백하게 밝히지 않았다. 이런 것이 밝혀져 있지 않으면 이 엄청난 사건의 역사적 교훈이 무엇인지를 알 수가 없다. 이렇게 되면 후손들에게 어떻게 하면 나라가 망하고 집안이 망하고 개인이 망하는지를 깨우칠 수가 없다.

답이야 뻔하다. 우선 왕이, 가장이, 개인이 어리석으면 망한다. 거기에 신하가, 가족 구성원이, 개인의 주변이 악인들로 포위되어 있으면 망한다. 나아가 설상가상으로 도덕적 타락, 육체적 쾌락, 분에 넘친 사치, 술과 음악, 춤, 얼음에 취하여 일을 하지 않으면 망하는 첩경으로 간다. 그러나 다 알면서도 그 지름길을 피하여 돌아가기가 어렵다.

혜공왕과 경수태후, 그리고 2명이나 되는 왕비는 도대체 누가, 왜, 어떻게 죽인 것일까? 왕이 죽었으니 그 범인을 확정해야 한다. 역사 기록은 문자 그대로 믿으면 안 된다. 1241년이나 지난 후에 재수사가 필요하게 되었다. 한번 역사에 기록되면 몇 번이고 두고두고 재수사를 받게 된다.

수사 지침은 항상 같다. 모든 사건의 뒤에는 여자/남자가 있다. 주범은 늘 그 사건으로 가장 큰 이익을 본 자이다. 관련된 기록들을 살펴서 누가 누구랑 통하고 재물이 어떻게 흘러갔는지 초고속 승진을 하고 벼락출세를 한 자가 누구인지를 추적하면 된다.

혜공왕 시해 사건 기록 검토

하늘구름왕이 죽고 나서 신라인들이 남긴 『삼국사기』의 공식 기록을 다시 보자. 엉성한 것 같지만 적을 것은 다 적었다. (1)-(3)을 비교하여 잘 읽어 보고 이 사건의 윤곽을 그리자. 우선 이 사건으로 가장 큰 이익을 본 자가 누구인가? 김양상인가, 김경신인가?

(1) a. 780년[혜공왕 16년] --- 2월 흙비가 내렸다. 왕이 어려서 즉위하여 장성함에 이르러 성색이 음란하고 순유가 도를 잃어 기강이 문란해지고 재해가 여러 번 나타났고 인심이 반측하고 사직이 허물어졌다. 이찬 김지정이 모반하여 모인 무리가 궁궐을 둘러싸고 범하였다.

b. 여름[夏] 4월 상대등 김양상이 이찬 경신과 함께 거병하여 지정 등을 목 베어 죽였다. 왕이 태후, 왕비와 더불어 난병에게 살해되었다. 양상 등은 왕의 시호를 혜공왕으로 정하였다. <『삼국사기』 권 제9 「신라본기 제9」, 「혜공왕」>

(2) a. 선덕왕이 즉위하였다. 성은 김씨이고 이름은 양상이다. 내물왕 10세손이다.[1] 아버지는 해찬 효방이다. 어머니는 김씨 사소부인인데

---

[1] 선덕왕이 내물왕 10세손이라고 하는 것은 적절하지 않다. 내물마립간은 356년에 즉위하였고 선덕왕은 780년에 즉위하였다. 무려 424년의 간격이 있다. 그 사이에 10대만 흘렀을 리가 없다. '내물-1눌지, 기보-2습보/조생-3지증-4법흥-5지소/입종-6진흥-7진

<u>성덕왕의 딸이다.</u> 왕비는 구족부인으로 각간 양품의 딸이다*{또는 의공 아찬의 딸이라고도 한다}*. 아버지를 추봉하여 개성대왕으로 하였다. 어머니 김씨를 높여서 정의태후로 하였다. 처를 왕비로 하였다.

b. 이찬 경신을 제수하여 상대등으로 삼았다. 아찬 의공을 시중으로 하였다. 어룡성을 바꾸어 봉어위경으로 하였다. 또 경을 바꾸어 감으로 하였다. <『삼국사기』 권 제9 「신라본기 제9」 「선덕왕」>

(3) a. 785년[원성왕 원년], 원성왕이 즉위하였다. 이름은 경신이다. 내물왕 12세손이다. 어머니는 박씨 계오부인이다. <u>왕비 김씨는 신술 각간의 딸이다.</u>

b. 먼저 혜공왕 말년에 역신들이 발호할 때 선덕왕이 상대등이었는데 처음 <u>임금 곁의 악을 제거하자고 주창하였다.</u> 경신이 이에 참여하여 반란을 평정하는 데에 공이 있었다. 선덕왕이 즉위하자 뒤를 이어*{구본의 蓋는 오각이다}* 상대등이 되었다.

c. (1월 13일에) 선덕왕이 승하함에 이르러 아들이 없으므로 신하들이 의논 후 <u>왕의 집안 아들[王之族子]</u>인 주원을 즉위시키기로 하였다. 주원의 집이 서울 북쪽 20리에 있었는데 <u>큰 비를 만나</u> 알천이 넘쳐서 주원이 건널 수 없었다. 혹자가 말하기를, 인군의 대위는 인간이 도모할 바가 아니다. 오늘 폭우는 하늘이 혹시 주원을 세우는 것을 원하지 않는 것일까? 지금 상대등 경신은 <u>전왕의 아우[前王之弟]</u>로서 덕망이 평소에 높았고 임금이 될 체모를 갖추고 있다. 이에 중의가 모아져서 경신을 세워 왕위를 잇게 하였다. 곧 비가 그쳐서 국인들이 모두 만세를 불렀다.

d. 2월 고조 대아찬 법선을 현성대왕으로, 증조 이찬 의관을 신영대왕으로, 조 이찬 위문을 흥평대왕으로, 아버지 일길찬 효양을 명덕대왕으로, 어머니 박씨를 소문태후로 추봉하였다. 아들 인겸을 왕태자로 책립하였다. <u>성덕대왕, 개성대왕 2묘를 헐고</u> 시조대왕, 태종대왕, 문무대

지-8진평-9천명/용수-10무열-11문무-12신문-13효소, 성덕-14사소/효방-15혜공, 선덕'으로 헤아리면 15세손이 된다. 물론 외가 대수이다.

왕 및 할아버지 흥평대왕, 아버지 명덕대왕으로 5묘를 삼았다.

　　e. 3월 전왕비 구족왕후를 외궁으로 내보내었다. 조 34000석을 주었
다. --- 총관을 바꾸어 도독으로 했다. <『삼국사기』 권 제10「신라본
기 제10」「원성왕」>

　　(2a), (3d)를 보면 김양상의 아버지는 효방이고 김경신의 아버지는 효양
이다. 두 사람 사이가 가까울 것 같지만 할아버지가 양상은 각간 원훈이고
경신은 이찬 위문이다. 나아가 양상의 증조부는 각간 흠순이고 경신의 증
조부는 이찬 의관이다. 양상의 고조부는 각간 서현이고 경신의 고조부는
대아찬 법선이니 같은 가락 김씨라 하더라도 촌수는 매우 멀다. 양상은 내
물왕 10세손이고 경신은 내물왕 12세손이라는 것은 정확한 정보라 하기 어
렵다. 친가 쪽만 보는 것이 아니고 외가 쪽도 보기 때문에 섣불리 짐작하기
어렵다.

　　중요한 정보는 김양상의 어머니가 성덕왕의 딸이고 원성왕 김경신의 장
인이 각간 김신술(金神述)이라는 점이다. 김양상은 성덕왕의 외손자이니 외
가가 혜공왕 집안이다. 그의 처가는 불투명하다. 김신술은 사천 선진리 신
라비에 天雲[하늘구름]大王인 혜공왕과 나란히 적혀 있는 인물이다. 768년
[혜공왕 4년] 10월에 상대등이 되는 이찬 김신유(金神猷)와 동일인이거나 가
까운 사이로 보인다. 경신의 처가가 권력실세임을 알 수 있다.

　　가장 많은 이익을 챙긴 이가 37대 선덕왕 김양상인가? 아니면 38대 원성
왕 김경신인가? 원성왕 김경신이다. 그의 조상들이 줄줄이 왕으로 추봉되
었다. 김경신은 상대등이던 김양상[선덕왕]을 도와 김지정의 난을 진압하였
다. 그 통에 혜공왕이 죽고 상대등이 선덕왕으로 승진하자 김경신이 상대
등이 되었다. 초고속 승진이다.

　　그리고 5년 뒤 김주원을 왕으로 세우려 하였으나 비가 와서 주원이 즉위
식에 참석하지 못하였다. 그 틈에 어떤 간신배가 '그냥 상대등께서 보위에

오르시지요.' 하고 꼬득였다. 사실 이때 오간 말은 (4)일 것이다.

　(4) 목숨 걸고 혁명은 우리가 했는데 차차기 왕은 왜 주원에게 주남?
칼과 횃불은 누가 들었는데 왜 그놈이 왕을 해? 그놈 5년 전 그때 왕
경호실장이었잖아? 우리와 맞섰는데--- <저자>

　이 시점은 785년 정월 13일 37대 선덕왕이 즉위 5년 만에 죽은 뒤[『삼국
사기』권 제9「신라본기 제9」「선덕왕」] 새 왕을 정하던 때이다. 여기서는
정월이 가장 중요한 정보이다. 정월에 왜 갑자기 비가 왔을까?
　선덕왕이 죽으면서 아마 김주원을 후계자로 지명한 것으로 보인다. 이찬
김주원은 777년[혜공왕 13년] 10월에 시중이 되었다. 혜공왕 시해가 있던
날의 경호책임자이다. 보기에 따라 적폐세력이다. 항상 시중 벼슬 근방에서
불미스러운 일이 일어난다. 김주원은 'O원'으로 보아 혈통상으로 무열왕
계열이다. 그가 왕이 되면 그날 밤 왕을 시해한 자들에게 정치 보복을 하게
되어 있다. 그것을 막은 것이다.
　이제 살인 주범의 윤곽이 뚜렷이 드러났다. 가장 큰 이득을 보고 대대로
왕이 된 자가 살인 주범일 것이다. 현재까지 가장 크게 이득을 본 자는 김
경신이다.
　거기에 (3d)에서 파묘된 개성대왕은 37대 선덕왕 김양상의 아버지 김효
방이고, 성덕대왕은 김양상의 외조부이다. 김경신이 제 조부, 부를 5묘에
넣으려고 선덕왕의 외할아버지 성덕왕의 묘와 선덕왕의 아버지 김효방[개
성대왕]의 묘를 파묘한 것이다. 7묘로 하지 왕이 되었는데 뭐를 못해서 남
의 것을 허물어. 김양상의 아버지와 외할아버지 묘에는 제사를 지내지 않
겠다는 것이지. 김양상에게 얼마나 원한이 맺혔으면 그 외조부와 아버지
묘를 파내고 싶었겠는가?
　(3e)의 궁에서 쫓겨나는 전왕비 구족왕후는 선덕왕의 왕비이다. 정상적

왕위 교체라면 전왕의 왕비로서 대비가 되어 후왕의 보살핌을 받을 사람이다. 경우에 따라 형사취수 되기도 하고.

이래저래 김경신은 혁명 동지 선덕왕에게 앙심을 품고 있다. (4)와 같은 심정이다. 그러나 (4)는 감성적 추정이지 이성적 증거는 못 된다. 이런 것으로는 거짓말쟁이라 하더라도 진범으로 엮기가 힘들다. 선덕왕은 김경신에게 적폐청산 당하다시피 하였다. 이것은 김양상이 김경신에게 업혀서 쿠데타의 얼굴 마담이 되었다는 것을 의미한다. 김양상은 이 쿠데타로 덕본 것이 없다. 왕 시해 주범일 수도 없다.

시해 사건의 원인은 무엇이었을까? 사건은 780년에 일어났다. 그때 제일 중요한 말은 (3b)의 '상대등 김양상이 임금 곁의 악을 제거하자.'고 했다는 것이다. 임금의 성총을 가리고 있는 '악(惡)', 그는 누구일까? 제1 후보는 태후, 혜공왕의 어머니 경수태후, 만월부인이다. 다른 인물은 없었을까? 경수태후는 누가 지배하고 있었을까? 또 다른 증거를 보자.

성덕대왕신종지명 검토

'성덕대왕신종'은 일명 '에밀레종'이라고도 한다. 이 종을 만들게 된 과정은 『삼국유사』에 자세히 기록되어 있다. 『삼국사기』는 이 종 만든 일에 관하여 단 한 글자도 적지 않았다. 희한하게도 왕실과 관련된 중요한 사건들에 관하여는 적지 않는 것이 『삼국사기』의 특징이다. 그러니 궁금증만 더 불러일으키고 상상력만 자극한다. 후세인들은 숨겨진 사건들에 더 관심이 많다.

(5)는 황룡사종, 분황사 약사여래, 봉덕사종, 봉덕사 창건에 대한 증언이다. (5a)를 보면 754년[경덕왕 13년]에 황룡사 종을 만들었다. 얼추 50만근을 넣었다. 그 시주가 효정 이간과 삼모부인이다. 효정 이간은 삼모부인의 친정 친척일 것이다.[2] 삼모부인은 폐비된 경덕왕의 첫 왕비이다.

(5b)를 보면 755년에 30만 6700근을 들여 분황사에 약사여래상을 만들고 있다. 751년부터 한창 불국사, 석불사를 짓고 있을 때이다. 곳곳에서 불사가 이루어지고 있음을 알 수 있다. 경덕왕은 왜 이렇게 많은 불사를 곳곳에서 벌이고 있는 것일까? 불심이 깊어서? 글쎄.

(5) a. 신라 제35대 경덕대왕이 천보 13년 갑오년[754년]에 황룡사 종을 주성하였다. 길이가 1장 3촌이고 두께는 9촌이었다. 49만 7581근을 넣었다. 시주는 효정 이간, 삼모부인이다. 장인은 이상택 하전이다. 숙종 조에 새 종을 다시 지었는데 길이가 6척 8촌이었다.

b. 이듬해 을미년에 분황사 약사 동상을 주성하는 데 무게가 30만 6700근이었다. 장인은 본피부 강고내미였다.

c. 또 황동 12만근을 희사하여 돌아가신 아버지 성덕왕을 위하여 큰 종 하나를 주조하려 하였으나 이루지 못하고 죽었다. 그 아들 혜공대왕 건운이 대력 (5년) 경술년[770년] 12월 유사 구공도에게 명하여 기어이 완성하여 봉덕사에 안치하였다.[3] 그 절은 효성왕이 개원 26년 무인년[738년]에 선고 성덕대왕의 명복을 빌기 위하여 창건한 것이다. 그러므로 종명에 이르기를 성덕대왕신종지명이라 하였다. *{성덕왕은 경덕왕의 아버지 전광대왕이다[聖德乃景德之考 典光大王也].[4] 종은 본래 경

---

[2] 742년 5월 34대 효성왕이 갑자기 사망하고 이복아우 헌영[경덕왕]이 즉위하였다. 경덕왕은 빨라야 721년생이므로 이때 22세 정도밖에 안 된다. 첫 왕비는 삼모부인이다. 그런데 즉위하자 말자 743년 4월에 삼모부인을 무자하다고 폐하고 각간 김의충의 딸인 만월부인[경수태후]를 왕비로 들였다. 이 폐비 이유는 합당하지 않다. 삼모부인은 이찬 순정과 수로부인의 딸이다. 효정 이갠=이찬은 이찬 순정과 무관하기 어렵다. 이찬 순정, 이찬 효정이 형제일 가능성이 크다. 황룡사에는 선덕여왕이 자장법사의 주청을 받아 외적의 침입을 방지하기 위하여 9층탑을 쌓았다. 743년 4월 이전에 폐비된 삼모부인이 10년이나 지난 752년에 완성된 종을 시주하였다는 말은 매우 이상하다. 왕비일 때 시주한 돈이 있어서 그 돈으로 10년 뒤에 종을 완성하였을까? 폐비된 삼모부인도 전남편 경덕왕을 위하여 기자불사를 한 것일까? 삼모부인의 폐비와 만월부인의 혼인에는 무슨 사연이 있는 것일까? 폐비된 왕비와 왕은 절대로 만날 수 없는 것일까?

[3] 「성덕대왕신종지명」에는 신해년[771년] 12월이라고 되어 있다. 명문 작성일과 유사에게 명한 날짜 사이의 차이일까?

덕왕이 돌아가신 아버지를 위하여 시주한 금이 있으므로 성덕종이라
한 것이다}.* 조산대부 겸 태자사의랑 한림랑 김필월{또는 오}이 교지
를 받들어 종명을 지었는데 글이 길어서 적지 않았다. <『삼국유사』 권
제3 「탑상 제4」 「황룡사종 분황사약사 봉덕사종」>

(5c)는 '성덕대왕신종'의 제작 과정이다. (5c)에 따르면 이 절 봉덕사는
<u>738년[효성왕 2년]에 34대 효성왕이 아버지 성덕왕의 명복을 빌기 위하여
지었다.</u> 경덕왕은 황동 12만근을 들여 아버지 33대 성덕왕을 위하여 봉덕
사에 달 '성덕대왕신종', 즉 '에밀레종'을 주조하다가 완성하지 못하고 죽
었다. 36대 혜공왕 때 겨우 완성하여 봉덕사에 달았다.

그런데 (5c)에는 그 종에 심필월이 지은 종명(鐘銘)이 있다고 한다. 글이
길어서 적지 않았다는데 얼마나 길어서 그 중요한 기록을 『삼국유사』에 옮
겨 적지 않았을까? 그것을 옮겨 적었으면 진작 이 비밀이 밝혀졌을 터인데.
아무튼 이 종명을 읽으러 서라벌 국립박물관까지 가야 할 모양이다. 내가
이 책에 옮겨서 번역해 적어 놓으면 이제 후손들은 경주 왕복 여비는 절약
할 수 있을 것이다.

이 「성덕대왕신종지명」은 혜공왕 시대를 산 인물들이 자신들의 시대에
관하여 남긴 유일한 기록이다. 이것보다 그 시대 상황을 더 정확하게 적은
기록은 없다. 몇 글자로 되어 있든, 아무리 길어도, 또는 짧아도, 그 종명은

---

4) 이 典光大王은 興光大王을 오각한 것으로 성덕왕을 가리킨다. 통일 신라 시대에 살아
  있는 왕을 어떤 말로 지칭했는지는 잘 밝혀져 있지 않다. 현재까지 시호 외의 지칭으
  로 왕을 가리킨 것은 『삼국유사』 권 제2 「기이 제2」 「가락국기」에 문무왕을 '법민왕',
  신문왕을 '정명왕'이라고 적은 예, 권 제3 「탑상 제4」 「대산 오만 진신」에서 신문왕을
  '정신왕'이라고 적은 예, '황복사 3층석탑 금동사리함기'에 성덕왕을 '융기대왕'으로
  적은 예, '사천 선진리 신라비'에서 혜공왕을 '천운(天雲)대왕'으로 적은 예가 있다. 이
  지칭어는 휘(諱, 이름)에 '왕, 대왕'을 붙인 것이다. 성덕왕의 휘는 원래 융기(隆基)였으
  나 당 현종의 휘와 같아서 712년에 흥광으로 고쳤다. 그러니 흥광대왕이다. 에밀레종
  덕분에 추정하고 있던 두 가지 논제, 왕의 생시 지칭어, 효성왕의 봉덕사 창건을 확정
  하였다.

수사의 제1 증거가 될 수밖에 없다. 이것이 혜공왕 시해 사건의 제1 물증이
되어야 한다.

경덕왕의 이복형 효성왕이 아버지 성덕왕의 명복을 빌기 위하여 봉덕사
를 지었다. 경덕왕은 그 절에 달 종을 주조하다가 성공하지 못하고 죽었다.
그것을 경덕왕의 트랜스 젠더 아들 혜공왕이 완성하여 봉덕사에 달았다.
그때 가렴주구(苛斂誅求)가 심하여 숟가락 몽둥이 하나 바칠 여유가 없는
어머니가 '우리 집에는 세금으로 낼 것이 이 딸밖에 없다.'면서 등에 업고
있던 아이를 울면서 내어 주었고, 세리가 약탈해 온 그 아이를 장인들이 끓
는 구리 쇳물에 넣어 종을 완성했다는 끔찍한 가짜뉴스, 악성 루머가 돌고
있는 그 '에밀레종'이다.

그 어린아이의 어머니를 원망하는 울음은 오늘도 '에밀레---, 에밀레
---' 하면서 울려 퍼진다고 한다. 왜 어머니를 원망해? '허녕이 이노ㅁ
---, 하늘구르미 이뇨ㄴ---' 하고, 잘못 선택하여 세운 왕을 원망해야지.
왕이 조금만 정신 차리고 나라를 다스렸으면 이런 가짜뉴스가 전해오지는
않았을 것이다.

국립경주박물관에 있는 그 종에는 (6)과 같은 「聖德大王神鍾之銘」이 새
겨져 있다. 별로 길지도 않다. 현재로서는 이 「성덕대왕신종지명」이 신라인
이 남긴 혜공왕 시대에 관한 가장 믿을 수 있는 기록이다. 이 명문(銘文)은
(6a)처럼 성덕왕의 덕을 칭송한 후, (6b)와 같이 경덕왕이 일찍 어머니[소덕
태휘]를 여의고 또 아버지를 잃음에 따라 그 <u>명복을 빌려는 마음이</u> 간절해
<u>졌음을 적고</u>, (6c)와 같이 혜공왕 시대의 상서로운 조짐들을 적었다.

(6) a. 엎드려 생각건대, 성덕대왕은 덕이 산하처럼 높고 이름이 일월
   의 높이와 가지런했으며 충성스럽고 어진 신하를 등용하여 풍속을 어
   루만지고 예악을 받들어 풍습을 살폈대伏惟聖德大王 德共山河而幷峻
   名齊日月而高 懸擧忠良而撫俗崇禮樂而觀風]. --- 안가 이래 지금까지

34년이 되었다[晏駕已來于今三十四也].5)

b. 근자에 효성스러운 후계자 경덕대왕이 살아 있을 때[頃者 孝嗣景德大王在世之日] --- 어머니를 일찍 여의어 세월이 흐를수록 그리움이 일어났는데 거듭 아버지를 잃어 대궐 전각에 임할 때 슬픔이 더하고 조상을 생각하는 정이 더 처량해져 명복을 빌려는 마음이 다시 간절해졌다[早隔 慈規對星霜起戀重違 嚴訓臨闕殿以增悲追遠之情轉悽益魂之心更切]. 삼가 구리 12만근을 희사하여 1장 되는 종 1구를 주조하고자 하였으나 그 뜻이 이루어지기 전에 문득 세상을 떠났다[敬捨銅十二萬斤欲鑄一丈鍾一口立志未成奄爲就世].

c. 지금 우리 성군[혜공왕]은 행함이 조종에 합치하고 뜻이 지극한 도리에 부합하여 빼어난 상서로움이 천고에 다르며 아름다운 덕이 당시의 으뜸이다[今我 聖君行合祖宗意符至理 殊祥異於千古 令德冠於常時]. --- 이러한 상서는 곧 그 태어난 날과 정사에 임한 때에 보응한 것이다[此卽報玆誕生之日應其臨政之時也].

d. 우러러 생각컨대 태후[경수태후]는 은덕이 땅처럼 평평하여 국민들을 어진 가르침으로 교화하고 마음은 하늘처럼 맑아서 부재[경덕왕]과 혜공왕의 효성을 도왔다[仰惟太后恩若地平化黔黎於仁敎 心如天鏡奬父子之孝誠].6) 이는 아침에는 왕 외숙[김옹]의 현명함과 저녁에는 충신[???]의 보필임을 알 수 있다[是知 朝於元舅之賢 夕於忠臣之輔]. 가려들

---

5) 晏駕(안가)는 임금이 세상을 떠났다는 뜻이다. 771년에 완성된 종에서 34년 전에 안가하였다고 했으니 그 해는 737년이다. 성덕왕은 737년 2월에 승하하였다. 정확하다.

6) 이 문장의 태후를 소덕태후, 부자를 성덕왕과 경덕왕으로 보는 해설이 많이 있다. 말도 안 되는 헛소리이다. 소덕태후는 724년 12월에 죽었다. 이 종 주조는 771년이다. 이 종을 만드는 왕은 경덕왕과 혜공왕이다. 그러면 이 부자의 효성을 도와 종을 이루는 주체는 누구일까? 경덕왕의 계비 경수태후이다. 경수태후는 아들 낳기 불사 때부터 절 짓고 종 만드는 일에 열심이었고 그것을 아침에는 오빠 김옹이 조정에서 돕고 저녁에는 원조 라스푸틴 김지정이 이불 밑에서 보필한 것이다. 이래서 '에밀레종'의 비극적 설화도 실화일 가능성이 높아진다. 경수태후는 당나라 측천무후의 흉내를 내고 있었다. 아니 나는 그녀를 통일 신라의 측천무후라고 부른다. 측천무후를 능가하는 여인들도 많기도 하다. 본받을 것을 본받아야지.

지 않은 말이 없었으니 어찌 행함에 허물이 있으리외[無言不擇 何行有 愆]. 이에 유언을 돌아보고 드디어 옛 뜻을 이루고자 하여 유사가 일을 주관하고 기술자들은 본을 그렸으니 때는 신해년[771년] 12월이었다[乃 顧遺言遂成宿意爾其 有司辦事工匠畵模 歲次大淵月惟大呂]. 이때 해와 달이 교대로 빛나고 음양의 기운이 조화롭고 바람은 따뜻하고 하늘은 고요한데 신성한 그릇이 완성되었다[是時日月替暉陰陽調氣風和天靜神 器化成]. 형상은 산이 솟은 듯하고 소리는 용의 소리 같았다[狀如岳立聲 若龍音].

e. 검교사 병부령 겸 전중령 사어부령 수성부령 감사천왕사부령 병 검교진지대왕사사 상상 대각간 신 김옹[檢校使 兵部令兼殿中令 司馭府 令修城府令監四天王寺府令 幷 檢校眞智大王寺使 上相大角干臣金邕].

f. 검교사 숙정대령 겸 수성부령 검교감은사사 각간 신 김양상[檢校 使肅政臺令 兼 修城府令檢校感恩寺使 角干臣金良相. <「성덕대왕신종 지명」>

(6d)에 따르면 에밀레종은, 성덕왕에 대한 경덕왕과 혜공왕의 효성을 경 수태후가 도와서 조성하는 주축이 되고, 김옹과 김양상이 태후를 도와 완 성한 것으로 보인다. 섭정하는 경수태후를 도와 정사를 운영하고 있는 주 체가 '아침에는 왕의 외숙의 현명함, 저녁에는 충신[???]의 보필'이었다고 되어 있다. 충신이 어느 집 요조숙녀의 이름일까? 세상에 이럴 수가. 이들 에게 공식 직함이 없었다면 이것은 국정 농단이다. 이 아침의 원귀왕의 외 삼촌은 누구이고 저녁의 충신[???]은 누구일까?

왕의 외삼촌은 (6e)의 병부령 겸 상상 대각간 김옹일 것이다. 김옹이 만 월부인의 오빠로서 원구일 가능성이 가장 크다.[7] 김옹은 경수태후의 아버

---

7) 섭정하는 경수태후를 도와 정사를 돌보고 있는 원구에게도 혜공왕의 실정에 대한 책 임이 있을 것이다. 이것은 외척 세도이다. 김옹은 경덕왕 22년[763년]에 상대등 김신충 과 함께 기상이변에 대한 책임을 지고 시중에서 물러난 적이 있다. 저자의 추리로는 김신충, 의충은 김대문의 아들이다. 김의충의 아들인 김옹은 김신충의 조카이다. 신라

지 의충의 아들일 것이다. 그는 대각간으로서 국방장관과 총리를 겸하는 상상이고 기타 많은 관장을 겸하고 있으니 공식 직함이 있다. 그가 간신에 속할 수는 있겠지만 국정농단으로 구속영장을 신청하면 기각된다.

그러면 저녁, 밤의 충신[???], 저녁에 보필한 충신은 누구일까? 여인이면 오죽 좋으랴. 퇴근도 안 하고 낮이나 밤이나 궁중에서 충성을 다 바친 진짜 충신이 있었을까? 이 이야기를 들은 이들은 그럴 수도 있는 것 아니냐고 우겼다. 그러나 처음에는 마음으로 충성만 바치던 신하도 밤마다 농염한 중년의 태후를 가까이 하다 보면 어느 순간 냄새에 취하여 수캐가 될 수도 있다. 그래서 '꼬리싸움[尾鬪] 사건'이 그렇게 많다.

이 저녁의 충신[???]은 태후를 육체적으로 지배하는 악인일 수 있다. 여기서 경수태후를 움직이는 밤의 사나이, 원조 라스푸틴이 있었을 가능성을 상정할 수 있다.[8] 경수태후를 밤에 이불 밑에서 조종하는 그 충신은 누구일까?

(6f)의 김양상은 성덕왕의 딸 사소부인의 아들로 혜공왕을 죽인 후에 37 대 선덕왕이 되는 인물이다. 김양상은 (3b)에서 보면 왕을 둘러싸고 있는

시대의 이 모든 기록은 김오기, 김대문의 집안에서 관리한 것이다. 그래도 그때에도 이런 약점 잡힐 증거들을 기록해 두었다. 역사에 대한 책임을 지려고 하였으니 온갖 증거를 다 지우는 자들보다는 100배 더 낫다. 그래도 나라는 망하였다.

8) 1917년 공산 혁명 직전 제정 러시아의 귀부인들을 홀린 라스푸틴의 팔뚝만한 성기가 세간의 관심을 모은 적이 있다. 멸망 직전의 로마노프 왕가는 니콜라이 2세 뒤에 드센 황후 알렉산드라가 있었고 황후 뒤에는 돌중 라스푸틴이 있었다. 그들은 황제를 총사령관으로 만들어 전장으로 내보내고 밤마다 호화 궁전에서 파티를 즐겼다. 러시아의 황후, 공주, 귀부인들은 라스푸틴을 섬겼다.

어쩐지 경덕왕의 뒤에는 친정 세력을 등에 업고 안방 권력을 휘두르는 만월부인이 있고 그 뒤에는 돌중이 있었을 것 같은데 경덕왕의 성기가 8치[8x2.45=19.6cm]였다는 기록이 남아 있다. 그나마 '성덕대왕신종지명'에 경수태후를 보좌한 이가 아침에는 그의 오빠 김옹이고 저녁에는 충신(忠臣)이라고 하여서 이 충신이 이찬 김지정일 거라는 의혹의 눈초리를 보내고 있다. 다 나라가 망하기 직전에 나타나는 요상한 일들이다.

안방 권력, 베개 밑 송사, 중년 여인을 녹이는 젊은 남자, 한나라 왕정군, 당나라 측천무후를 다 알지 않는가? 측천무후의 뒤에는 젊은 돌중과 장씨 소년들이 있었다. 우리도 고려말 신돈이라는 돌중의 뼈아픈 기억을 갖고 있다.

'惡', 즉 태후와 그의 정부를 처단할 것을 주창하였다. 그러니 이에 해당할 것 같지는 않다. 그는 일단 정의파이다. 목숨을 걸고 태후의 정부를 비판하고 있다.

그 다음 후보는 (1)에서 모반으로 몰려 죽은 김지정(志貞)이 있다. 이 이가 오랫동안 경수태후의 정부로서 밤에 태후를 조종하며 혜공왕 정권을 농락하였을지도 모른다. 조정 중신들은 지정을 내보내라고 왕에게 상소하다가 태후에게 모반으로 몰려 죽었을 것이다. 안 그러면 이럴 수가 없다. 모든 왕명은 그의 입에서 나와 태후의 입을 거쳐 왕의 입을 통하여 조정에 나왔는지도 모른다.

'無言不擇 何行有愆'.[9] 이 말은 어떻게 번역해야 할지 모를 정도로 교묘하게 써진 말이다. '어찌 행함에 험이 있으리오?'로 설의법으로 읽는 것까지는 알겠다. 그러려면 그 앞에 올 말은 '모든 말을 가려들어'가 되어야 하는데 저 말이 그 뜻이 될까? '없는 말을 택하지 않아'는 오역이고 '택하지 않는 말이 없어'가 문법적으로는 옳은데 '가리지 않고 다 들어준다면' 거기에는 필히 험이 있지 어찌 험이 없겠는가?

중요한 것은 이것이 '에밀레종의 명문'이라는 것이다. 그 종은 시아버지 성덕왕의 명복을 빌기 위하여 바치는 종이다. 며느리가 허물이 있다고 쓸 수야 없지. '저녁에 충성스러운 신하의 보필', 그것을 시아버지 '성덕대왕신종'에다가 새기다니. 간도 크다. 콩깍지가 씌면 무얼 못해.

이찬 김지정이 원조 라스푸틴이라는 것을 어찌 아는가? 그렇게 생각하는 이유는 다음과 같다.

첫째, 그날 밤, 혜공왕, 태후, 왕비, 지정 등이 모두 죽임을 당했다. 안 그

---

9) 이 명문의 '無言不擇 何行有愆'을 '택하지 않는 말이 없었으니 어찌 행함에 허물이 있으리오?'로 번역하면 안 된다. 여기서의 '擇'은 '採擇'보다는 '選擇'의 뜻에 가깝다. '가려들어야지 다 채택하면 허물이 없을 수 없다.' 그러나 '가려들어도' 저녁에, 밤에 남자에게 취한 상태로 듣는 말을 태후가 어찌 제대로 가려들을 수 있었겠는가? 하물며 얼음 과자에 취하면 아무 말도 가려 듣지 못한다.

랬다면 김지정만 죽이지 왜 태후, 왕, 죄 없는 왕비까지 죽여. 왕비도 믿을 수 없다. 혜공왕 시대에 그 종명을 작성한 김씨, 김필월{오}는 멋진 선비였을까? 그러지 않을 수도 있다. 그때에도 태후를 조종하던 김지정이 자기도 거기에 끼워달라고 김필월에게 압력을 넣었을 수도 있고, 그때까지는 세간에서 '설마 태후와 김지정이 거기까지 갔을까?' 하고, 그냥 정말 저녁에 충성스러운 보필을 하는 것으로 알고 있었을지도 모른다. 그런 이의 이름이 '뜻이 곧은 志貞'이다.

둘째, (1a)를 보면 왕이 성색이 음란하고, 순유가 도를 잃어 기강이 문란하고 민심이 이반하여 사직이 허물어졌다. 2월에 이찬 김지정이 모반하여 모인 무리가 궁궐을 둘러싸고 범하였다. 이미 궁궐 안에 반군이 들어가 있다. 그런데 (1b)에서 4월에 상대등 김양상이 이찬 경신과 함께 거병하여 지정 등을 목 베어 죽였다. 그러면 두 달 동안 반란군이 궁궐을 점령하고 왕, 왕비, 태후와 동거하고 있었다는 말이다. 이것은 이미 왕, 태후와 한편이 되어 궁궐을 차지하고 있는 김지정을 모반으로 몰아 모두 죽인 것을 의미한다. 진실을 말한다면, 이 사건은 김양상과 김경신이 반란을 일으켜 태후와 정부 김지정, 하늘구름왕, 왕비를 제거한 것이다.

셋째, 상대등이 군사가 없으니 무인이었을 것 같은 김경신의 군대를 빌려 대궐로 쳐들어가서 지정과 왕, 태후, 왕비를 죽였다. 무엇이 떠오르는가? 쿠데타는 실병력을 거느리는 사단장, 연대장 하다못해 대대장이라도 되어야 엄두를 낼 수 있다. 국무총리가 무슨 쿠데타를 한다는 말인가? 보안사령관도 못하여 전방의 친구 사단장 군대를 빌리고 후배인 30단장의 지원을 받아야 할 수 있다. 쿠데타는 항상 소장이 한다.

역사는 이긴 자가, 자신의 거사는 정의롭다 하고 악정을 펴고 있던 집권자는 하늘이 벌하였다고 적는 것이다. 『후한서』 권1 상 「광무제기」 제1 상에서도 유수가 왕망을 잡은 사실을 꼭 그렇게 표현하고 있다. 누가 악정을 폈는지 두고 보면 알지. 삶이 더 고달파지면 국민들은 그 시대 통치자들이

악정을 폈다고 생각한다. 하물며 세금까지 올랐으면, 그런 것을 가렴주구(苛斂誅求)라 한다.[10)

혜공왕 시해 사건에 대한 『삼국사기』의 기록과 『삼국유사』의 기록이 다르다. 앞에서 본 『삼국사기』의 기록과는 달리 『삼국유사』는 이 사건을 (7)과 같이 적었다. 얼핏 보면 하늘구름왕은 김양상에 의하여 시해된 것으로 보인다.

(7) a. 왕이 이미 여자였는데 남아로 만들어서 돌 때부터 왕위에 오르기까지 늘 부녀자의 놀이를 하였대小帝旣女爲男 故自期晬至於登位 常爲婦女之戱]. 비단 주머니 차기를 좋아하고 도류들과 어울려 놀기를 좋아하였다. 그리하여 <u>나라에 큰 난리가 나서 결국 선덕과 김양상에게 시해되었다</u>[故國有大亂終爲宣德與金良相所弑].
b. 표훈 이후로부터 신라에 성인이 나지 않았다. 운운. <『삼국유사』권 제2 「기이 제2」 「경덕왕 충담사 표훈대덕」>

이어지는 『삼국유사』의 혜공왕 조 기록은 (8)과 같다. 천제가 경고한 대로 '딸을 아들로 바꾸어서 나라가 위태로워진 것이다.'

(8) 혜공왕
a. 766년[대력 원년, 혜공왕 2년]에 강주[지금의 진주] 관아의 큰 집*{딴 판본에는 큰 절의 동쪽 작은 못이라 한다}* 동쪽에서부터 땅이 점점 꺼져 못이 되었는데 세로 13자, 가로 7자이었다. 갑자기 잉어 5-6마

---

10) '苛政猛於虎(가정맹어호)', 『예기』 「단궁하편(檀弓下篇)」에 나오는 말이다. 공자가 혼란스러운 노나라에 환멸을 느끼고 제나라로 가던 중 태산 기슭을 지나는데 여인의 울음소리가 들렸다. 자로를 보내어 연유를 알아보았다. 여인은 자로에게, 몇 년 전엔 시아버지, 작년엔 남편이 호환을 당했는데 이번에는 아들이 먹혔다 하였다. 자로가 물었다. '그런데 왜 이곳을 떠나지 않는가요?' '그렇지만 이곳에는 가렴주구가 없소.' 자로의 전언을 듣고 공자가 탄식하며 말했다. '잘 알아 두어라. 세금 많이 걷는 가혹한 정치가 호랑이보다 더 무섭다.'

리가 서로 잇달아 점점 커지니 못도 따라서 커졌다.

b. 767년[대력 2년, 혜공왕 3년] 정미년에 이르러 또 천구성이 동루 남쪽에 떨어졌는데 머리가 항아리만 하고 꼬리가 3자 가량 되며 빛은 활활 타는 불 같고 천지 또한 진동하였다. 또 이 해에 금포현의 논 5경에 모든 쌀이 이삭을 이루었다(?)[又是年今浦縣稻田五頃中皆米顆成穗]. 이 해 7월에 북궁 뜰에 먼저 별 둘이 떨어지고 또 별 하나가 떨어져서 별 셋이 모두 땅 속으로 꺼져 들어갔다. 이보다 앞서 궁궐 북쪽 측간에 두 줄기 연꽃이 나고 또 봉성사 밭에 연꽃이 났다. 범이 궁성 안에 들어왔는데 쫓아 찾다가 잃어버렸다.

c. 각간 대공의 집 배나무 위에 참새가 셀 수 없이 많이 모였다[角干 大恭家梨木上雀集無數]. 『안국병법』 하권에 이르기를[據安國兵法下卷云], (이러한 변괴가 있으면) 천하에 큰 병란이 일어난다고 하여 이에 크게 사면하고 자숙 반성하였다[天下兵大亂於是大赦修省]. 7월 3일 대공 각간 역적이 일어났다[七月三日 大恭角干賊起]. 왕도 및 5도 주군의 96 각간이 서로 싸워 크게 어지러웠다[王都及五道州郡幷九十六角干相戰大亂]. 대공 각간의 집이 망하였다. 그 집의 자산 보배 비단이 왕궁으로 수송되었다. 신성의 긴 창고가 불탔다. 사량리, 모량리 등에 있는 반역당의 보배와 곡식을 역시 왕궁으로 수송하였다. 반란이 석달이 되어서야 멎었고 상 받은 자도 많고 죽은 자도 셀 수 없이 많았다. 표훈의 말 '나라가 위태로워진다.'가 이것이었다[表訓之言國殆 是也]. <『삼국유사』 권 제2 「기이 제2」 「혜공왕」>

그런데 (8b)의 皆米顆成穗'는 무엇을 의미하는 것일까? '낟알 顆(과)' '이삭 穗(수)'이다. '모든 쌀 낟알이 이삭이 되었다.' 『삼국사기』는 앞에서 본 대로 '今浦縣禾實○皆米[금포현의 벼 열매가 모두 쌀이 ○다.'라고 적었다. 이것은 길조일까, 흉조일까? 문맥상으로는 길조라 하기 어렵다.

'이삭 줍기'는 추수 후 논바닥에 떨어진 벼 머리를 줍는 것이다. '쌀 낟알이 이삭이 된 것', '벼 열매가 쌀이 된 것'은 수확하기도 전에 벼가 땅에 떨어져 버렸다는 뜻이 아닐까? 나락이 제대로 여물지 않았다는 말에 가까워 보인다. 그러면 흉년이 든다.

(9) 원성대왕

a. 처음 이찬 김주원이 상재가 되고 (원성)왕은 각간이 되어 2재가 되었다. 꿈에 두건을 벗고 흰 삿갓을 쓰고 12현금을 들고 천관사 우물 속으로 들어가는 꿈을 꾸었다. 깨어서 사람을 시켜 점을 치게 하였더니. 말하기를 두건을 벗은 것은 직을 잃을 징조요, 금을 든 것은 목에 칼을 찰 징조요, 우물에 들어가는 것은 옥에 갇힐 징조입니다. (원성)왕이 듣고 매우 걱정이 되어 두문불출하였다.

b. 이때 아찬 여삼*{다른 판본에는 여산이라고도 하였다.}*이 와서 뵙기를 통지하였다. (원성)왕은 병으로써 사양하고 나가지 않았다. 다시 통지가 와서 한 번만 뵙기를 원한다고 하였다. 왕이 허락하였다. 아찬이 말하기를 공은 무슨 일을 두려워합니까? 왕은 꿈을 점친 사연을 자세히 말해 주었다. 아찬이 일어나 절하면서 말하기를, 이것은 길상의 꿈입니다. 공이 만약 대위에 오르면 저를 버리지 마십시오 즉, 공을 위하여 꿈 풀이를 해 드리리이다. 왕은 이에 좌우를 물리치고 꿈 풀이를 청하였다. 말하기를 두건을 벗은 것은 윗분이 없는 데에 들어감이요, 흰 삿갓을 쓴 것은 면류관을 쓸 징조요, 12현금을 잡은 것은 12손에게 대를 물릴 징조이며, 천관사 우물에 들어간 것은 궁궐에 들어가는 서징입니다. 왕이 말하기를, 위에 주원이 있는데 어찌 상위에 앉겠는가 하였다. 아찬이 말하기를 <u>북천 신에게 비밀리에 제사를 드려 청하면 가할 것입니다</u> 하였다. 그렇게 하였다.

c. 얼마 지나지 않아 선덕왕이 죽었다. 국인이 주원을 왕으로 모시고자 하여 입궁하는 것을 맞이하려 하였다. <u>집이 시내 북쪽에 있었는데 갑자기 물이 불어 내를 건널 수 없었다.</u> (원성)왕이 먼저 입궁하여 즉위

하였다. 상재[주원]의 무리들이 모두 내부하여 절하며 새로 임금으로 오른 것을 축하하였다. 이 이가 원성대왕이다. 휘는 경신이다. 김씨이다. 대개 꿈의 반응을 입었다. 주원은 명주로 물러나 살았다. 왕이 등극하였을 때 여산은 이미 죽었다. 그 자손을 불러 작을 주었다. <『삼국유사』권 제2 「기이 제2」「원성대왕」>

『삼국사기』와 『삼국유사』 사이에 차이가 있는가? 없는가? 큰 차이가 있다. 정부 공식 기록과 민간에서 기록한 것이 서로 다르다. 이런 때는 1차적으로 정부 공식 기록이 의심의 대상이 된다.

첫째, 왕을 죽인 주범이 다르다. 『삼국사기』(1b)에서는 난병이 주범이고, 『삼국유사』(7a)에서는 '선덕과 김양상'이 주범이다. 이를 정리하면 (10)과 같다.

(10) a. 여름 4월 상대등 김양상이 이찬 경신과 함께 거병하여 지정 등을 목 베어 죽였다. 왕과 태후, 왕비가 난병에게 해를 입었다[王與后妃爲亂兵所害]. 양상 등은 왕의 시호를 혜공왕이라 하였다. <『삼국사기』권 제9 「신라본기 제9」「혜공왕」>

b. 그리하여 나라에 큰 난리가 나서 결국 선덕과 김양상에 의하여 시해되었다[故國有大亂 終爲宣德與金良相 所弑]. <『삼국유사』권 제2 「기이 제2」「경덕왕 충담사 표훈대덕」>

정부 공식 기록 (10a)는 왕 시해 책임을 아예 난병들, 궁수, 도부수, 창수들에게 전가하였다. 이름 없는 민초라고 졸병에게 덮어씌웠다. 높은 놈들은 진급 심사를 받아야 하니까. 야사 (10b)는 왕을 죽이고 왕이 된 '선덕왕과 김양상'이 주범이라고 적었다. 무엇인가 어색하다. '선덕왕'이면 선덕왕이고 '김양상'이면 김양상이지, 무슨 '선덕과 김양상'인가? '與' 자는 왜 적었을까?

둘째, 비[雨]가 온 과정이 다르다. 김경신이 김주원의 왕위를 가로챈 것은 비 덕분이다. 그런데 이 비가 자연히 온 비인가, 아니면 권모술수로 내리게 한 비인가의 차이가 있다. 권모술수가 있었다면 권모술수를 쓴 쪽으로 혐의를 많이 두어야 한다. 『삼국사기』(3c)는 우연히 비가 온 것처럼 적었다. 1월인데? 한 겨울에 비가 와? 『삼국유사』는 (9b, c)처럼 그 흉계가 어느 정도 드러나게 적었다. 거짓말 하는 놈들이 죄를 범한 놈들이다. 죄를 뉘우치고, 그리하여 왕을 죽인 후 5년 만에 죽는 선덕왕 같은 인물은 살인을 할 만한 간담을 가지고 있지 않다.

이제 37대 선덕왕 김양상에 대한 재수사는 끝났다. 그런데 이 과정에서는 그가 통일 신라를 멸망시킨 그 엄청난 '혜공왕 시해 사건'에 관련되었다는 『삼국사기』(1)의 기록과 그가 혼자서 혜공왕을 죽였다는 『삼국유사』(7a)의 기록을 뒷받침할 만한 정보가 거의 없다.

그는 젊은 왕과 싸워 이길 것 같지 않은 나이 든 상대등이다. 그가 무슨 힘으로 왕과 태후, 왕비를 죽였겠는가? 그가 정말 혜공왕 살해의 책임자일까? 역사에 주군을 죽인 자, 그것도 외가에 가서 외사촌 동생을 죽이고 왕위를 찬탈한 자로 더러운 이름을 남긴 그가 왜 내게는 자꾸 착한 인물로 다가오는 것일까?[11]

---

11) 마치 외가인 가비라국의 석가씨를 멸족시킨 코살라국의 비유리왕, 비두다바를 보는 듯하다. 그도 석가씨라고 속여서 시집온 어머니로 인한 신분 컴플렉스 때문에 외가에 가서 어머니의 주인인 석가씨들을 모두 죽였다. 거짓말이 석가씨의 멸족을 불러왔다.
    심리적 콤플렉스가 있는 자가 최고 통치자가 되면 그 사회에는 비극이 초래된다. 김양상도 어머니 사소부인의 원한 때문에 외가의 혜공왕을 죽인 것이다. 폐비되었을지도 모르는 외할머니 엄정왕후의 딸 사소부인의 원한, 소덕왕후의 아들 경덕왕을 왕위에 올리기 위한 계략에 희생된 친외삼촌 효성왕의 죽음에 대한 원한이 이 비극을 낳았을지도 모른다.
    조선조 연산군의 비극이 어디에서 왔던가? 그것이 인과응보이다. 남에게 상처 입히는 죄 짓지 말라. 단 한 사람의 원한만으로도 가비라국처럼 전 석가씨가 멸족 당하는 상황이 벌어질 수도 있다. 그 단 한 사람을 낳은 것은 석가씨들이었다.

혜공왕 시해 진범과 역사의 왜곡

어쩌면 그 당시의 수사 기록들은 선덕왕에 관하여 잘못 적었는지도 모른다. 특히 (7a)의 '終爲宣德與金良相所弑[결국 선덕과 김양상에게 시해되었다.]'는 앞으로의 수사에 중요한 단서가 될 것이다. 37대 선덕왕이 김양상이다. '선덕과 김양상'은 이치에 닿지 않는다.

더욱이 혜공왕과 관련된 기록에서만 김양상이 혜공왕 시해범이라는 것이 나오지 김양상 자신에 관한 기록에서는 그런 흔적이 없다. 그에 대한 더 이상의 수사 기록은 없다. (7a)의 저 기록은 누군가가 마사지한 것이다. 역사의 왜곡, 날조, 인멸이다. 용서할 수 없다.

758년 7월 23일 여아로 태어나서 남장 하고(?) 자라며 온갖 콤플렉스에 젖었을 불쌍한 왕이다. 765년 8살에 즉위하여 모후의 섭정을 받으며 삼년들이 큰 반란을 겪고 살던 불쌍한 왕이다. 그를 780년 4월에 죽였으니 지금까지 1241년이 되었다. 그 1241년 동안 진범을 찾아내지 못했단 말인가? 그 1241년 동안 왕 시해범으로 억울하게 몰린 민초들은 어찌할 것이며, 단독범으로 몰려 죽어간 선덕왕의 원혼은 또 어찌 할 것인가?

혜공왕 시해 책임을 몽땅 김양상에게 떠넘긴 (7a)와 같은 기록은 왜 남았을까? (7a)의 이 자리는 '宣德與○○○'으로 적어야 옳다. 원래 이 ○○○에는 다른 이름이 있었을 것이다.

(1)에서 보면 선덕왕과 함께 거병한 자는 김경신이다. 그가 이 사건에 관여한 것은 틀림없다. 현재로서는 (1), (7)과 (9) 사이의 수사 기록의 차이, 특히 (9b, c)의 권모술수에 비추어 보아 ○○○에 가장 적합한 자는 김경신이다. 이 자가 혜공왕 시해의 진범이고 단독범일 수도 있다. ○○○에 들어갈 제1 후보는 김경신이다. 저 ○○○에는 원래 김경신이 있었을 것이다. 그를 제외하고 다른 어느 누구도 떠올릴 수 없다. 단순 착오일까? 그럴 리 없다. 누가 왕을 죽였는가를 적는 자리이다.[12] 설마 일연선사가 선덕왕이 김양

상이라는 것을 몰랐을 리가 있었겠는가. 일연선사는 '宣德與金良相'으로 적을 만큼 무성의한 인물이 아니다. 설사 실수로 그렇게 적었다 해도 그 후로 고칠 기회도 얼마든지 있었을 것이다. 그런데 아직도 저 자리에 '김양상'이 적혀 있다는 것은 역사 기록이 어떻게 왜곡되는지, 그래서 그 역사 기록을 왜 믿을 수 없는지를 보여 주는 좋은 사례이다. (7a)에 들어가야 할 김경신을 지운 자들은 누구일까? 그의 후손들이다.

선덕왕이 5년 재위하고 병에 걸렸다. 병상에서 김양상은 후회하였다. 외사촌 동생이 나라를 잘못 다스린다고 외숙모와 외사촌 동생을 죽이고 왕위에 올라 본들 할 수 있는 일은 아무 것도 없다. 이미 망하게 되어 있는 나라, 더 빨리 망치지나 않으면 다행이지. 누구나 애써 모아도 결국은 못난 후손 놈이 한 입에 툭 털어 넣고 만다. 제행무상이다.[13] 그는 죽기 전에 김

---

[12] '박정희 대통령은 중앙정보부장과 김재규에게 시해되었다.' 이렇게 적어도 되는가? 공범이 없었으면 한 명만 적고 공범이 있었으면 '김재규와 김개똥'으로 적어야 한다.

[13] 『삼국유사』 권 제4 「의해 제5」, 「비양보는 말이 없었다蛇福不言」에는 고승 '비양보'의 이상한 일화가 적혀 있다. 서울 만선북리에 한 과부가 살고 있었다京師萬善北里有寡女. 지아비 없이 임신하여 아이를 낳았는데 나이 12세에 이르도록 말도 못하고 서지도 못하였다不夫而孕 旣産 年至十二歲 不語亦不起. 그로 하여 이름을 '비양보'라 하였다因號蛇童. *{아래 글자를 (蛇卜, 또는 巴 또는 伏 등으로도 적는데 모두 '-보(아이童)'을 뜻한다下或作蛇卜 又巴 又伏等 皆言童也.}*

'뱀 蛇'는 훈독할 글자이다. 중세국어에서는 '비얌', '브암'이다. '福'은 /po/ 정도의 음을 가졌다. 우리말 '울보, 먹보, 짬보 등'에 있는 접미사 '-보'를 적는 데 사용되었다. 이 '-po'가 흉노어에도 있었을까? 그 '-보'를 '福, 卜, 巴, 伏'으로도 적었다는 말이다. 일본어에 'boku'라는 말이 있다. 이 큰스님의 이름은 '비얌보'이다. 앉아서만 살았다.

비양보의 어머니가 열반에 들어 원효가 문상을 왔다. '더불어 그 집에 도착하여 원효에게 보살수계를 명하자 시신 곁에서 축도하기를遂與到家 令曉布薩授戒 臨尸祝曰, '나지 말라 그 죽음이 괴로움이다莫生兮其死也苦, 죽지 말라 그 태어남이 괴로움이다莫死兮其生也苦.' 하였다. 비양보가 말하기를 '말이 번다하다福曰 詞煩.' 하고 고치기를更之曰, '죽고 나는 것이 고다死生苦兮.' 이렇게 고수의 교정은 간결하다. '元曉'의 '으뜸 元'은 훈독하면 '설'이다. 姓 '薛'을 적은 것이다. 아들 이름이 '薛聰'이다. '효'는 '새벽, 깨달음'의 뜻을 가진다. 그의 이름은 '설깨달음'일까, '설새비'일까? 신라인들, 흉노의 후예들의 이름을 함부로 한족의 한자음으로 부르지 말라. '荒宗, 居柒夫'는 '거친마루', 苔宗은 '이끼마루', 世宗은 '누리마루'이다. 일본인의 성 '大谷'이 '다이고꾸'인지 '오오타니'인지는 본인만 안다. 왜 淸水寺는 '기요미즈데라'라고 읽고 東大

주원을 상재로 두어 다음 왕으로 지명하였다. 김주원은 (3c)에서 '王之族子'로 적혔다. '왕의 집안 아들'이라. 무엇을 의미하는 것일까?

그러나 (9b)에서 보듯이 김경신이 여삼의 말을 좇아 북천 귀신에게 제사를 지내는 권모술수를 써서 김주원이 냇물을 건너지 못하게 막고 선덕왕 사후의 왕위를 도둑질 하였다. 김경신은 (3c)에서 '前王之弟'로 적혔다. '전왕의 아우'라. '왕의 집안 아들'과 '전왕의 아우'는 김주원과 김경신의 출신 성분을 가르는 표현이다.

이것은 김주원과 김양상, 김경신의 출신 성분이 근본적으로 달랐다는 것을 암시한다. 김양상은 김주원과 같은 집안이 될 수 있지만 김경신은 김주원과 같은 집안이 될 수 없다. 그러나 김양상과 김경신은 형제라 하니 같은 집안이다. 어떤 경우가 이렇게 될까? 둘이 같은 집안이려면 친가나 외가로 연결되어야 한다. 둘이 형제려면 친가나 외가로 연결되어야 한다. 그런데 둘이 다른 집안이려면 친가와 외가 모두 연결되지 않아야 한다. 김양상은 김주원과 외가로 연결된다. 김양상은 김경신과 친가로 연결된다. 김경신과 김주원은 외가로도 친가로도 연결되지 않는다.

김양상은 어머니가 성덕왕의 딸이니 외가가 왕실이다. 김주원도 왕실이다. 둘은 한 집안이다. 김양상은 김경신과 형제이다. 김경신은 김주원과 연결되지 않으니 왕실이 아니다. 김양상도 친가는 왕실이 아니다. 이런 경우 저 '王之族子'와 '前王之弟'가 정확하게 그 사정을 반영한다 할 수 있다.

그 후 신라의 왕위는 김경신의 후손들이 이어갔다. 주군을 죽인 그 더러운 이름 자리에 자신들의 시조 왕인 김경신의 이름을 그대로 둘 수는 없었

寺는 '도다이지'로 읽는지, 飛鳥寺가 왜 '아스카데라'인지, 지명 明日香이 왜 또 '아스카'로 읽히고 '아스카역'은 왜 '飛鳥驛'으로만 적는지, '날 새'면 아침[asa 朝]이 오는 것을 아침이 되어야 알지. 한자를 혼용하고 그 한자도 훈독, 음독으로 구분하여 읽어야 고유어도 살아남는다. '먹는 물'을 적은 '食水'를 '식수'로만 읽으면 '먹-'도 잃고 '물'도 잃어버린다. 그리고는 중화와 동문동궤가 되어 소중화가 되었다고 거들먹거리다가 임진왜란도 당하고 병자호란도 당하고 드디어는 경술국치도 당하였다.

을 것이다. 바꾸려면 어떻게 하는 것이 좋을까? 이미 버린 몸, 그리고 아들이 없어 보살펴 줄 후손이 없는 선덕왕(김양상), 명백하게 주군 시해에 책임이 있는 김양상에게 뒤집어씌우는 것이 가장 좋은 방법이다.

김경신 세력에 의하여 김양상이 독박을 쓴 것은 아닐까? 원래 김경신으로 적힌 것을 김양상으로 고침으로써 이 주군 시해 책임을 김양상에게 뒤집어씌운 것 아닐까? 혜공왕 시해로 즉위한 37대 선덕왕이 상대등으로 임명한 인물이 바로 김경신이다. 거꾸로 김경신이 김양상을 선덕왕으로 추대하고 자기는 상대등을 차지했다가 선덕왕을 독살했을 수도 있다. 그러니 아무도 진실을 말할 수 없었을 것이다.

혜공왕은 난병에게 죽은 것이 아니라 최고위 관직인 상대등 김양상, 2등 관위인 이찬 김경신에게 살해당한 것이다. 특히 칼로 직접 살인을 하였을 자는 김경신이다. 그러면 그렇지. 난병들이 어떻게 왕을 죽여. 왕을 죽이는 것은 언제나 왕의 지근거리에 있는 최고위층들이다.

이렇게 비열한 권모술수를 써서 상대등 김경신이 즉위하였다. 38대 원성왕이다. 결국 김양상은 외갓집 박살내어 김경신에게 주고 말았다.

원성왕은 '괘릉(掛陵)'의 주인공이다. 장례 때에 묻을 곳을 팠더니 물이 나서 관을 걸어 두어 괘릉이라 한다. 모르긴 하지만 공교롭긴 하다. 관이 걸려 있으면 시신이 불안하지 않았을까? 그는 물 때문에 왕이 되고 죽어서도 물 때문에 땅에 눕지 못하고 공중에 매달린 배신자이다. 목을 매어 몸을 저잣거리에 매달았어야 하는데 그러지는 못하고 죽은 후 관을 매달았다. 불로 일어난 자 불로 망하고, 물로 일어난 자 물로 망한다. 물로 망한 자 물위에 관을 걸고 불로 망한 자 지옥불 위에 관을 건다. 이렇게 하여 그나마 '신문왕-성덕왕-사소부인-선덕왕'을 통하여 조금이나마 남아있던 무열왕, 문무왕의 피가 이제 신라 왕의 피 속에서 사라졌다. 이렇게 하여 통일 신라의 왕위는 무열왕 김춘추의 후손들을 완전히 떠났다.

왕위를 빼앗긴 김주원의 후손들은 강릉으로 도망가서 강릉 김씨가 되었다. 김주원이 억울하게 왕위를 빼앗겼다고 생각하면 그 후손들이 왕위를 되찾기 위하여 반란을 일으키게 되어 있다. 실제로 김주원의 아들 김헌창이 반란을 일으켜 장안국을 세움으로써 나라는 혼란스러워졌다.[14]

그 후 김경신의 후손들은 숙부가 조카를 죽이고 사촌이 사촌을 죽이는 처참한 골육상쟁을 벌이며 나라를 말아먹었다. 그들은 못나고 못난 왕들을 거쳐서 남들에게는 보이지 않는 헛것을 보는 정신이상자 헌강왕을 배출하는 추태까지 보이다가 결국 헌강왕의 외손자 박씨 경애왕이 후백제의 견훤에게 죽고 왕비를 비롯한 비빈들이 후백제의 난병들에게 집단 강간당하는 역사상 최악의 비극을 연출하며 망하였다. 신라는 만신창이가 되었다. 속된 말로 양상은 죽 쑤어 개 준 것이다. 그런 나라가 통일 신라이다.

2. 김양상의 외할머니는 누구인가

36대 혜공왕이 죽고 37대 선덕왕, 38대 원성왕으로 바뀐 것은 왕의 혈통이 바뀐 것이다. 헌 나라가 망하고 새 나라가 섰다고 기술해야 한다. 그것이 나라 이름을 바꾸는 것이다. 그러나 이때는 나라 이름을 바꾸지 않았다.

---

14) 왕망은 평제를 즉위시켜 사위로 삼은 후에 독살하고, 유자 영을 황태자로 삼았다가 정안공으로 강등시켜 내어 쫓고 자신이 신나라 황제가 되었다. 아마 김주원의 아들 김헌창의 모반이 성공하였으면 신라는 국명까지 잃고 장안국으로 바뀌었을 것이다. 김헌창의 장안국과 김경신의 후손들이 왕인 신라의 전쟁은 신나라 왕망 군대, 공손술의 성가 왕국과 후한 유수 군대의 싸움과 흡사하다. 반란의 속성이다. 구정권이 큰 저항 없이 신정권에 무릎을 꿇은 것이 금관가야 김수로왕의 집권이다.

　국명이야 유지하여 망국이라 할 수는 없지만 역사상 가장 어이없이 정권을 잃은 왕은, 자신이 대장장이 후손이라고 속여 호공의 집을 탈취한 사기꾼 석탈해를 사위로 삼고 그에게 왕위를 넘겨 준 2대 박씨 남해차차웅과 그 아들 유리임금이다. 유리임금은 아들이 둘씩이나 있는데도 왕위를 이을 지혜가 없다고 매부 석탈해에게 왕위를 넘겼다. 8대 박씨 아달라임금은 9대 석씨 벌휴임금에게 어떤 연유로 왕위를 넘겼는지조차 기록에 없다. 그러고는 또 박씨 경애왕이 견훤에게 살해되는 비극을 겪었다.

그러니 국민들은 나라가 망한 것도 모르고, 자신들이 어느 나라 국민에서 어느 나라 국민으로 바뀌었는지도 모르고 살았다.

하늘구름왕은 조상 대대로 맺어온 혈맹의 관계인 '신라 김씨/가락 김씨 동맹'을 깨트림으로써 배신자로 영원히 역사에 이름을 기록하였다. 배신하면, 개인이라면 죽어서도 나라라면 망해서도 후손들에게 존중받지 못한다. 역적과 배신국이라는 오명을 벗을 길이 없다. 이 경우는 왕이 배신하여 역적이 되었다.

그런데 앞에서 논의한 '혜공왕 시해 사건 재수사'에는 왜 이런 일이 일어났는지에 관한 근본 원인이 드러나 있지 않다. '경수태후[만월부인]과 김지정의 은밀한 관계'가 원인이라고 볼 수도 있지만 그것은 필연적인 원인이 되기는 어렵다. 그 스캔들은 김양상과 김경신이 김지정만 죽이고 수습해도 될 만한 일이었다. 더욱이 그 스캔들은 혜공왕이 김유신의 후손 김융을 죽임으로써 '가락 김씨/신라 김씨 동맹'을 파기한 배신행위를 하였다는 사실을 포함하지 못한다. 이것이야말로 더 필연적인 원인이라 할 수 있다.

혜공왕과 경수태후가 죽임을 당한 시해 사건의 이면에는 더 깊은 본원적인 원한이 쌓여 있었던 것이 아닐까? 혜공왕과 관련된 기록에서만 선덕왕 김양상이 혜공왕 살해 책임자라는 것이 나오지 김양상 자신에 관한 기록에서는 그런 기미가 없다. 『삼국유사』는 그에 대하여 더 이상의 기록을 남기지 않았다. '혜공왕 살해 사건'과 관련하여 선덕왕에 대한 더 이상의 수사는 불가능하다. 그러나 이 수사를 하면서 부수적으로 그에 관하여 밝혀진 사실들이 많이 있다.

김양상의 신상명세에 관한 기록은 (11)과 같다.

(11) a. 선덕왕이 즉위하였다. 성은 김씨이고 이름은 양상이다. 내물왕 10세손이다. 아버지는 해찬 효방이다. 어머니는 김씨 사소부인인데 성덕왕의 딸이다. 왕비는 구족부인으로 각간 양품의 딸이다*{또는 의

공 아찬의 딸이라고도 한다}*. 아버지를 추봉하여 개성대왕으로 하였다. 어머니 김씨를 높여서 정의태후로 하였다. 처를 왕비로 하였다.

b. 이찬 경신을 제수하여 상대등으로 삼았다. 아찬 의공을 시중으로 하였다. 어룡성을 바꾸어 봉어위경으로 하였다. 또 경을 바꾸어 감으로 하였다. <『삼국사기』 권 제9 「신라본기 제9」 「선덕왕」>

(12) a. 785년[선덕왕 6년] 봄 정월 당 덕종은 호부낭중 개원을 지절사로 보내어 왕을 검교대사계림주자사영해군사신라왕으로 책명하였다.

b. 이 달에 왕은 병으로 침대에 누워 교서를 내려 말하기를, 과인은 본래 덕이 적으므로 대보를 맡을 마음이 없었으나 추대를 피할 수도 없어서 즉위하였는데 왕위에 있은 이래로 농사가 순조롭지 못하여 국민이 쓸 것이 부족하였다. 이는 모두 덕이 국민의 바람에 부합하지 못하고 정치가 천심에 합치하지 못하였기 때문이다. 항상 왕위를 물려주고 밖으로 물러나 있으려 하였으나 백관이 매번 성의껏 말리어 뜻과 같이 되지 못하고 지금까지 미루어 오다가 홀연히 병을 만나 다시 일어나지 못하게 되었다. 죽고 사는 것이 운명이니 다시 무엇을 한탄하랴. 사후에 불교식으로 화장하여 동해에 뿌려 달라. 13일에 이르러 죽어서 시호를 선덕이라 하였다. <『삼국사기』 권 제9 「신라본기 제9」 「선덕왕」>

하늘구름왕이 죽고 상대등 김양상이 왕이 되고 이찬 김경신은 상대등이 되었다. 부인 구족부인의 아버지가 각간[1등관위명] 양품인지 아찬[6등관위명] 의공인지 헷갈린다. 각간과 아찬은 신분 자체가 다르다. 아찬 의공이 시중이 되는 것을 보면 당시의 장인은 의공이었을 것이다. 상처를 하고 재취를 하였을까? 아니면 아내가 둘이었을까? 왕을 죽이면 그 다음에는 왕도, 상대등도, 시중도 할 수 있다.15)

---

15) 이 쿠데타가 실패하였으면 '양상의 모반'이 기록되고 함께 목이 잘린 역적들의 명단 속에 '경신'이 들어 있었을 것이다.

그런데 (12)를 보면 이 왕의 사망 기록이 좀 이상하다. 우선 왕이 된 뒤에 너무 빨리 죽었다. 고작 5년, 그 5년 동안 왕 하려고 외가에 가서 외사촌 동생을 죽이고 외숙모를 죽이는 난리를 쳤을까? 특히 (12b)의 교서는 쿠데타의 주역이 되어 외사촌 동생인 왕을 죽이고 왕위를 빼앗은 사람의 말이라 하기에는 겸손하고 자신의 책임을 통감하고 있는 것으로 보인다. 약간의 후회도 곁들인 것 같고 전제왕권 시대에도 국민이 쓸 것이 부족한 것을 이렇게 왕의 책임으로 여길 줄 아는 염치 있는 왕이 있었다. 이 사람이 무슨 배짱으로 세상을 뒤집어엎고 철없던 날 꿈꾸었던 새 세상을 열겠다고 손에 피를 묻혔을까? 새 세상이 있긴 어디에 있어.

(11)에서 선덕왕 김양상의 어머니는 사소부인이고 아버지는 해찬(海湌) 김효방(芳 또는 方)이다.[16] 사소부인은 성덕왕의 딸이다. 김양상은 성덕왕의 외손자이다. 사소부인은 경덕왕의 누이이고 혜공왕의 고모이다. 김양상은 혜공왕의 고종사촌 형이다. 고종사촌 형이 외사촌 아우인 왕을 죽이고 스스로 왕위에 오른 것이다. 남의 왕위를 도둑질하여 찬탈한 정권이다. 그러니 그는 아버지 효방을 개성대왕으로 추봉하고 어머니 사소부인을 정의태후로 추봉하였다.

사소부인의 아버지는 성덕왕이다. 그러면 이 사소부인의 어머니는 누구일까? 즉, 김양상의 외할머니는 누구일까? 김양상의 외할머니는 성덕왕의 왕비이다. 성덕왕의 왕비는 둘이다. 성덕왕은 702년에 오대산에서 와서 즉위하여 704년 5월에 김원태의 딸 엄정왕후와 혼인하였다. 그리고 720년 3월에 김순원의 딸 소덕왕후와 다시 혼인하였다. 엄정왕후의 사망 시기는 기록에 없다. 소덕왕후는 724년에 죽었다.

첫 왕비 엄정왕후, 둘째 왕비 소덕왕후. 이 두 왕비 중에 누가 사소부인

---

16) '海湌'은 '海干', '波珍湌'이라고도 적는다. '물결 波'는 음독, '돌 珍'은 훈독할 글자이다. '바돌찬'이 나온다. 중세국어에는 '바롤'이 나온다. 그 전에는 '바돌'이었을 것이다. 이 4등관위명은 '*바돌칸'이다. '바다칸'. 그 '바돌칸'의 '바돌'을 한자의 뜻을 이용하여 적으면 '海干, 海湌'이 된다. 해군 참모총장 직을 맡는 정도의 관등으로 보인다.

을 낳았을까? 사소부인을 낳은 왕비가 김양상의 친외할머니이다. 사소부인이 엄정왕후의 딸인지 소덕왕후의 딸인지는 아직 밝혀져 있지 않다. 이것이 밝혀지면 신라 하대, 즉 후신라의 역사는 스스로 분명해진다. 그리고 김양상이 친외사촌 아우를 죽인 것인지 남을 죽인 것인지도 가려진다. 이것을 아직 안 하고 있었다니. 내가 보기에는 이것이 통일 신라 망국의 핵심 직접 요소인데도.[17]

여기서 정리해 두어야 할 가장 큰 문제는 34대 효성왕과 35대 경덕왕의 관계이다. 이 두 왕이 동복형제일까, 아니면 이복형제일까? 이 문제에 대하여 『삼국사기』와 『삼국유사』는 오해하기 좋게 적고 있다.

(13) a. (737년) 효성왕이 즉위하였다[孝成王立]. 이름은 승경이다[諱承慶]. 성덕왕의 제2자이다[聖德王第二子]. 어머니는 소덕왕후이다[母炤德王后]. <『삼국사기』 권 제9 「신라본기 제9」 「효성왕」>

b. 제34 효성왕. 김씨이다. 이름은 승경이다. 아버지는 성덕왕이고 어머니는 소덕태후이다. 왕비는 혜명왕후이다. 진종 각간의 딸이다. <『삼

---

17) 엄정왕후와 소덕왕후, 성덕왕의 이 두 왕비를 정확하게 탐구하지 않으면 통일 신라 정치사를 연구한 것이 아니다. 국사편찬위원회(1998)이 효소왕의 왕비, 지장보살 김교각이 된 김수충의 어머니 '성정왕후 쫓아냄 사건'을 '엄정왕후의 출궁사건'이라고 적은 <다음>을 보고 나는 국사학계가 통일 신라 정치사를 제대로 모르고 있다고 판단하였다.

<다음> 그렇지만 이와는 달리 엄정왕후로서 상징되며 성덕왕의 왕권을 제약하던 진골귀족세력은 상대적으로 크게 위축되었을 것임은 틀림이 없다. 그러므로 이러한 두 세력의 대립 충돌은 필연적이었을 것이다. 이러한 두 세력의 대립 충돌을 상징적으로 보여주는 사건이 바로 성덕왕의 첫째 왕비인 엄정왕후의 出宮事件이다. <국사편찬위원회(1998), 『한국사 9』 「통일신라」 100-101면>

바닷물 짠지 싱거운지 한 방울만 맛보면 알지 바다를 다 마실 필요는 없다. 현대 한국 국사학계가 써 둔 통일 신라 정치사, 그것 읽어 보나 마나 성정왕후, 엄정왕후, 소덕왕후, 사소부인, 김양상에 관한 내용은 틀린 것이다. 그것 틀리고도 다른 것은 옳을 수 있을까? 그러기 어렵다. 다 틀린 것이다.

(14) a. (742년) 경덕왕이 즉위하였다[景德王立]. 이름은 헌영이다[諱憲 英]. 효성왕의 같은 어머니 아우이다[孝成王同母弟]. 효성왕이 아들이 없 어 헌영을 세워 태자로 삼았으므로 왕위를 이을 자격을 얻었다[孝成無 子立憲英爲太子故得嗣位]. 왕비는 이찬 순정의 딸이다[妃伊飡順貞之女 也]. <『삼국사기』 권 제9 「신라본기 제9」 「경덕왕」>

b. 제35 경덕왕. 김씨이다. 이름은 헌영이다. 아버지는 성덕왕이다. 어머니는 소덕태후이다. 선비는 삼모부인으로 궁에서 쫓겨났는데 무후 하였다. 후비는 만월부인으로 시호는 경수*{垂는 穆으로도 적음 }*왕 후이다. 의충 각간의 딸이다. <『삼국유사』 권 제1 「왕력」>

(13)은 잘 생각하여 읽어야 한다. 효성왕의 어머니는 누구일까? (13a, b) 모두 소덕왕후라고 적고 있다. 이것은 법적 어머니를 적은 것이지 생모를 적은 것이 아니다. 소덕왕후의 아들은 헌영과 그의 아우이다. 소덕왕후는 720년 3월에 혼인하여 724년에 죽었다. 그 5년 사이에 어찌 승경, 헌영, 헌 영의 아우 셋을 낳을 수 있겠는가?

승경은 724년에 태자로 책봉되어 737년에 즉위하였고 740년에 후궁을 총애하여 혜명왕비의 후궁 살해 사건을 겪었다. 만약 그가 721년생이라면 불과 19세에 이런 사건을 겪었다는 말이 된다. 여기에 그의 형 이름은 중경 이다. 중경, 승경은 엄정왕후 소생이고 헌영과 그의 아우는 소덕왕후 소생 이라야 합리적이다. 그러면 (14a)의 경덕왕이 효성왕 동모제라는 말도 법적 어머니 기준으로 말한 것이다.

성덕왕의 두 왕비 문제, 그 갈등은 이 시대의 가장 큰 문제였다. 성덕왕 은 처음에 외할머니 요석공주의 영향으로 가야파를 중시했던 것으로 보인 다. 엄정왕후의 아버지 김원태는 아마도 김유신 집안 사람일 것이다. 성덕 왕은 그러다 중간에 김순원, 김진종의 세력 회복과 더불어 진골정통에 휘 둘린 것으로 보인다. 720년 김순원의 딸 소덕왕후와의 혼인은 가락 김씨 세력이 거세되고 신라 김씨 세력이 득세하는 과정을 보여 주는 것이다. 성덕왕이 김유신의 적손(嫡孫) 김윤중을 만나려 할 때 주위에서 말린 중신들은 신라 김씨들일 것이다.

문제의 핵심은 김양상의 친외삼촌이 누구인가 하는 것이다. 김원태의 딸 엄정왕후의 아들 34대 효성왕이 김양상의 친외삼촌일까? 아니면 김순원의 딸 소덕왕후의 아들 35대 경덕왕이 김양상의 친외삼촌일까? 사소부인이 어느 왕비의 딸인가에 따라 김양상의 왕위 찬탈이 효성왕의 억울한 죽음에 대한 복수인가, 아니면 친외사촌 아우를 죽이고 왕위를 빼앗은 패륜의 극치인가가 판가름 난다.[18]

35대 경덕왕의 아버지는 33대 성덕왕이고 어머니는 소덕왕후이다. 소덕왕후는 혜공왕의 할머니이다. 소덕왕후의 친정은 경덕왕의 외가이고 혜공왕의 진외가이다. 소덕왕후가 누구인가? 소덕왕후는 김순원의 딸이다. 김순원은 자의왕후의 친정 동생이다. 그러면 소덕왕후는 자의왕후의 친정 조카딸이다. 자의왕후의 친정, 이 집안을 모르면 통일 신라 정국을 알 수 없다.

---

[18] 조선의 선조는 김희철의 딸에게서 임해군, 공빈 김씨에게서 광해군을 낳았다. 선조는 후에 인목대비와의 사이에서 영창대군을 낳았다. ○○군과 ○○대군의 차이는 '왕자'와 '원자'의 차이보다는 가깝다. ○○대군은 한 왕에게 여러 명 있을 수 있다. 그러나 '원자'는 한 왕에게 딱 한 명뿐이다. 영창대군은 유배지의 뜨거운 온돌방에서 삶겨 죽었다. 뜨거운 방바닥을 피하여 문살을 잡고 울부짖었다는 기록이 남아 있다. 이복형 광해군이 이복아우 영창대군을 삶아 죽인 것이다. 광해군은 인빈 김씨 소생의 이복아우 정원군의 아들 인조에게 처참하게 보복 당하였다. 영창대군의 외할아버지 김제남의 둘째 며느리가 정원군의 누나 정신옹주와 서경주의 딸 서미생이었다. 서미생도 시아버지 김제남, 남편 김규와 함께 광해군에게 처형되었다. 역사를 잘 보라. 원한과 보복이 어떻게 순환하였는가? 당쟁의 비극이 어디에서 유래하였는가?

효성왕은 누구에게 죽임을 당하였겠는가? 형 중경은 이미 죽었다. 남은 것은 아우 헌영뿐이다. 만약 효성왕의 죽음이 자연사가 아니라면 그 의심의 눈초리는 당연히 아우인 헌영, 즉 경덕왕으로 향할 수밖에 없다. 효성왕의 죽음에 경덕왕이 관여되었다면 효성왕의 생질 김양상이 경덕왕의 아들 혜공왕을 죽인 것은 새로운 해석을 받게 된다. 김양상은 외삼촌 효성왕의 죽음에 대하여 복수를 한 것이다. 원한을 쌓지 말라. 원한은 보복을 부르고 보복은 다시 원한을 낳는다. 오죽하면 진 자는 감옥 가서 죽기 전에는 못 나온다는 말이 있겠는가? 저지른 업보는 피할 수 없다. 찬탈한 자는 감옥에서 썩을 수밖에 없다. 옳고 그름은 역사가 판정한다.

이 집안을 알아야 경덕왕이 누구인지 알 수 있고 통일 신라를 망친 혜공왕이 누구인지 알 수 있다.

사소부인도 소덕왕후의 딸이겠는가? 사소부인의 외가도 김순원 집안이겠는가? 만약 그렇다면 사소부인이 소덕왕후나 경덕왕과 갈등을 빚을 가능성은 줄어든다. 사소부인이 소덕왕후의 딸이 아니라면 심각한 갈등이 빚어질 가능성이 있다.

얼핏 보면 사소부인의 어머니가 성덕왕의 선비 엄정왕후일지 후비 소덕왕후일지 알기 어렵다.[19] 즉, 김양상의 외할머니가 엄정왕후일지 소덕왕후일지 불분명한 것이다. 그러나 찬찬히 따져보면 여러 증거에 의하여 소덕왕후는 절대로 사소부인의 어머니가 될 수 없다. 사소부인은 성덕왕의 선비 엄정왕후의 딸일 가능성이 100%이다.

엄정왕후가 사소부인의 어머니라는 것을 어떻게 알 수 있는가? 어떻게 그것을 증명할 수 있겠는가? 세 가지 증거가 있다.

첫째 증거는 김양상의 나이와 관직이다. 만약 사소부인이 720년에 혼인한 소덕왕후의 딸이라면 빨라야 721년생이다. 사소부인이 15살쯤에 양상을 낳았다 치면 양상은 735년생쯤 된다. 그런데 (13a, b)에서 보듯이 그가 시중이 된 해는 764년이고, 상대등이 된 해는 774년이다.

(13) a. 764년[경덕왕 23년] 정월 이찬 만종을 상대등으로, 아찬 양상을 시중으로 삼았다. <『삼국사기』 권 제9 「신라본기 제9」 「경덕왕」>
b. 774년[혜공왕 10년] --- 가을 9월 이찬 양상을 제수하여 상대등으로 삼았다. <『삼국사기』 권 제9 「신라본기 제9」 「혜공왕」>

김양상이 735년쯤 태어났다면 30세에 시중이 되고 40세에 상대등이 된

---

19) 서정목(2016a) 이래 저자도 깊이 따져 보지 않고 사소부인이 소덕왕후의 딸일 것으로 간주하고 쓴 글들이 있다. 이 책으로써 사소부인이 엄정왕후의 딸이라고 정정한다.

것이다.[20] 이것이 가능한 일일까? 나이가 너무 적다. 아마도 이렇게 젊은 나이에 그런 고위직에 오르는 것은 불가능한 일일 것이다. 그러면 혜공왕을 죽이던 780년에는 45세 정도이고 죽을 때는 50세 정도이다.

김양상의 나이는 이 추정 나이에 15세는 더해야 할 것이다. 45세에 시중, 55세에 상대등, 그것도 성덕왕의 외손자이니 가능한 일이다. 일반 귀족은 중시[=시중] 하다가 나이 많아 물러나고 죽는다. 김양상이 45세에 시중이 되었다면 60세 남짓에 혜공왕을 살해하고, 65세에 사망한 것이 된다. 그래도 너무 나이가 적은 편이다.

김양상은 늦어도 720년생 정도는 되어야 한다. 그러면 그가 태어났을 때 그의 어머니 사소부인이 15세라 해도 그녀는 705년생 정도이다. 702년에 즉위한 성덕왕은 704년 5월 엄정왕후와 혼인하였다. 705년은 성덕왕이 엄정왕후와 혼인한 다음 해이다. 아마도 사소부인은 성덕왕과 엄정왕후 사이의 첫째 아이일 가능성이 크다.

소덕왕후는 720년 3월에 성덕왕과 혼인하였다. 720년에 혼인한 소덕왕후가 언제 사소부인을 낳아 그 사소부인이 720년경에 김양상을 낳겠는가? 당연히 705년쯤에 태어난 사소부인은 엄정왕후의 딸이지 소덕왕후의 딸이 아니다. 사소부인이 태어나던 시기의 성덕왕의 왕비는 엄정왕후이다. 김양상의 어머니 사소부인은 당연히 엄정왕후의 공주이다. 김양상은 엄정왕후의 외손자인 것이다.

둘째 증거는 사소부인의 남편 김효방이 죽을 때의 나이이다. (16)에서 보듯이 김효방은 734년경에 당나라에 숙위 가다가 죽었다. 이때 몇 살쯤 되었을까? 30세는 되었겠지. 그러면 그는 704년생쯤 되어야 한다.

  (16) 734년[성덕왕 33년] 정월 --- 입당 숙위하는 좌령군위원외장군

---

20) 김양상의 관등 변화도 주목된다. 그는 764년 아찬에서 10년만에 대아찬-파진찬-소판을 거쳐 774년에는 이찬이 되어 있다. 이렇게 초고속으로 승진한 예는 흔치 않다.

김충신이 (당제에게) 표문을 올려 말하기를, --- 이때를 당하여 교대할 사람인 김효방이 죽어 편의상 신이 그대로 숙위로 머물렀습니다. 신의 본국 왕은 신이 오래도록 당나라 조정에 모시고 머물게 되었으므로 종질 지렴을 파견하여 신과 교대하도록 하여 지금 여기 왔사오니 신은 즉시 돌아가는 것이 합당할 것입니다.[21] <『삼국사기』 권 제8 「신라본기 제8」 「성덕왕」>

김순원의 딸 소덕왕후는 720년에 성덕왕과 혼인하여 724년에 죽었다. 사소부인이 소덕왕후의 첫 아이라 해도 721년생이다. 남편이 죽은 734년에 14살 이하이다. 성덕왕이 아무리 새 마누라 소덕왕후의 친정 세력에 짓눌려 제 구실을 못한 왕이라 해도 겨우 14살도 안 된 어린 딸의 남편 김효방을 당나라에 숙위 보내는 것을 허락하지는 않았을 것이다. 물론 사소부인이 소덕왕후의 딸이었다면 소덕왕후의 친정에서도 이를 받아들이기는 어려웠을 것이다.

김원태의 딸 엄정왕후는 704년에 성덕왕과 혼인하였다. 사소부인이 엄정왕후의 첫 아이로서 705년생이라면 734년에 30세이다. 그 정도 나이의 딸의 남편 김효방이라면 당나라에 숙위 갈 만하다. 성덕왕은 왜 젊었을 것 같은 이 사위 김효방을 당나라로 보냈을까? 숙위 갈 때 아내는 데리고 가는 것일까? 그러면 시안(西安)의 비림박물관의 '대당고김씨부인묘명(大唐故金氏夫人墓銘)'에 나오는 864년에 시안에서 사망한 김씨 부인이 왜 그곳에서 죽었는지도 설명할 수 있다.[22] 그들은 당나라 수도에 자리 잡은 외교 사절

---

21) 이 표문을 올린 김충신이라는 인물도 주목의 대상이 된다. 김순원의 손자로 보이는 김충신이 당나라 조정에 있다. 이것을 보면 김효방의 죽음도 의심의 대상으로 삼을 만하다.

22) 이 묘명은 1954년 산시성 시안시 교외에서 출토되어 현재 시안시 비림박물관에 소장되어 있다. 864년 5월 29일 32세로 사망한 김씨 부인에 관한 자세한 사항과 김씨의 유래, 김씨 부인의 선조 등에 관하여 적고 있다. 김씨 부인은 김충의(金忠義)의 손녀이고 김공량(金公諒)의 딸이다. 이 묘지명은 김씨의 먼 선조에 관하여 '遠祖諱日磾 自龍庭貴命西漢仕武帝慎名節陟拜侍中常侍封秺亭侯自秺亭已降七葉 원조 일제는 용정으로

역할을 하였고 그 역할은 후세에도 이어졌을 것이다.

사소부인이 성덕왕의 첫째 아이라고 해도 734년에 30세도 채 안 된다. 만약 첫째 아이가 아니라면 더 젊다. 대략 20대의 젊은 공주가 남편을 잃고 홀로 되었다. 그 젊은 공주 과부 사소부인의 아들이 김양상이다. 그가 어떻게 자랐을지 짐작이 간다. 이때 제일 중요한 것은 할머니이다. 김양상의 친할머니 김효방의 어머니야 역사에서 흔적이나 찾겠는가? 이 친할머니의 흔적도 나중에 보듯이 찾을 수 있다. 김양상의 외할머니, 즉 사소부인의 어머니는 왕비이니까 찾을 수 있다.

일단 김효방이 죽은 해가 734년경이기 때문에 사소부인은 소덕왕후의 딸이기 어렵다. 김효방/사소 부부는 734년에 30여세 되어 사소부인이 721년보다 더 전인 705년경에 태어나는 것이 정상이다. 그러면 소덕왕후가 혼인하기 전이다. 사소부인이 적출이라면 엄정왕후의 딸이다.

이에 비하여 경덕왕 헌영은 소덕왕후의 아들로서 아무리 빨리 태어났어도 어머니가 혼인한 720년 3월로부터 10개월 이상 지난 721년 이후에 출

부터 서한에 귀명하여 무제 때에 벼슬을 하였다. 신중하고 절의가 있어 시중과 상시에 제수되고 투정후로 책봉되었다. 투정후 이래로 7대를 전하였다.'라고 적었다. 김일제가 투정후로 책봉되었고 그로부터 7대가 전하였다는 내용이 문무왕 비문과『한서』권68「곽광김일제전」제38의 내용과 동일하다. 여기서 가장 중요한 말은 '용정'이다. '용정'은 흉노제국의 조정을 말한다. 흉노제국의 서쪽 번왕 휴저왕의 태자 김일제가 그의 아우 김륜, 어머니 연지와 함께 한나라에 포로로 잡혀왔다는 것은『한서』권68「곽광김일제전」제38의 내용을 읽은 사람들에게는 널리 알려진 일이다.

이 묘명은 부산외대의 권덕영 교수가 2009년 5월 9일의 한국고대사학회 제108회 정기발표회에서 국내에 알렸다. 국사학계에서는 이러한 신라 김씨의 뿌리 의식은 관념상일 뿐 역사적 사실일 가능성은 거의 없다고 본다. 틀린 주장이다. 신라 김씨 왕실은 흉노제국의 번왕 휴저왕의 태자 김일제의 후예이고 가락 김씨 왕실은 김일제의 아우 김륜의 후예이다. 문무왕 사후 신문왕이 681년경에 문무왕 비문을 새길 때, 그리고 9세기 중반 당나라의 장안에 이 김씨 부인의 묘명을 지을 때, 신라 김씨들은 자신들이 흉노족의 후예라는 것을 역사적 사실로 알고 있었다. 이것이 역사적 사실이 아니라고 주장하는 것은 틀린 것이다. 이것을 고치지 않으면 한국 고대사는 거짓말 역사를 지어내어 후손들에게 가짜 역사를 가르치는 가짜 학문이라는 오명을 벗어날 수 없다(서정목(2021) 참고).

생하였다. 705년생 정도인 사소부인이 누나이고 721년생 정도인 경덕왕이 아우이다. 나이 차이가 15세 이상 난다. 소덕왕후의 아들인 경덕왕과 엄정 왕후의 딸인 사소부인은 이복남매이다. 사소부인은 경덕왕의 이복누나이다.

셋째 증거는 성덕왕의 죽은 태자 중경(重慶)의 이름과 효상태자(孝殤太 子)라는 그의 시호이다. 이름으로 보아 중경은 둘째 아들이다. 첫아들의 이 름은 첫 번째 경사라는 뜻의 원경(元慶)이었을 것이다.[23] 중경의 아우는 (17b)에서 보듯이 효성왕이 된 승경(承慶)이다. 태자 중경은 (17a)에서 보듯 이 717년 6월에 죽었다. 그의 시호 '孝殤'의 상(殤)은 '일찍 죽을 상'이다. 그의 시호를 효상이라고 했다는 것은 그가 8-13세 정도의 하상(下殤)으로 죽었음을 뜻한다. 첫아들은 무복지상[7세 이하에 죽음]으로 조졸하였을 것이다.

(17) a. 717년[성덕왕 16년] 6월 태자 중경이 죽어 시호를 효상(孝殤) 으로 하였다.

b. 724년[동 23년] 봄에 왕자 승경을 태자로 책립하여 태자로 삼고 대사하였다. <『삼국사기』 권 제8 「신라본기 제8」 「성덕왕」>

이로써 704년에 혼인한 성덕왕과 엄정왕후 사이에는 대략 705년생인 사 소, 707년생인 첫째 아들, 709년생인 중경, 711년생인 승경의 4남매가 있었 을 것으로 추정된다. 승경은 724년에 태자로 책봉되었으니 그때 14세 정도 이다. 이때 승경은 박씨 왕비와 혼인하였을 것이다. 이 이름들과 시호는 이 들의 나이를 말해 준다. 그리고 705년생쯤인 사소부인이 성덕왕과 엄정왕 후의 첫째 아이임을 방증해 준다.[24]

---

23) 아니면 누나[사소부인]이 원경이라는 이름을 가졌을 수도 있다. 만약 사소부인 출생 을 첫 번째 경사로 보아 그녀의 이름을 元慶 정도로 지었다면 둘째인 重慶과 셋째인 承慶으로 되어 3명의 남매가 되고 나이도 조금씩 조정될 수 있다. 신라 사회는 여성 의 지위가 높았으므로 이럴 가능성도 크다.
24) 성덕왕의 선비 엄정왕후의 아들 중경은 715년 12월에 태자로 책봉되었으나 717년 6 월에 죽었다. 그가 효상태자(孝殤太子)이다. '일찍 죽을 殤'은 20살을 넘기지 못하고

이 세 가지 증거를 바탕으로 사소부인은 엄정왕후의 딸이라는 것이 분명해졌다. 그러면 무슨 문제가 생기는가? 그것은 성덕왕의 가족 관계를 보면 알 수 있다. 지금까지 밝혀진 성덕왕의 가족 관계는 (18)처럼 된다.

(18) a. 김원태-융기[33성덕왕/엄정왕후-사소/효방, 중경, 승경[34효성 왕/박씨, 혜명-양상[37선덕왕

b. 김순원-융기[33성덕왕/소덕왕후-헌영[35경덕왕/만월부인-건운[36 혜공왕

(18a)에서 보듯이 사소부인은 엄정왕후의 아들인 효성왕과 동복 오누이가 된다. 37대 선덕왕 김양상은 엄정왕후의 외손자가 된다. 비운의 죽음을 죽은 34대 효성왕이 친외삼촌이 된다.

소덕왕후의 아들인 35대 경덕왕은 (18b)에서 보듯이 김양상과 모계로는 아무런 혈연관계가 맺어지지 않는다. 경덕왕이 김양상의 친외삼촌이 아닌 것이다. 당연히 36대 혜공왕은 김양상의 친외사촌이 아니다.

사소부인은 소덕왕후의 손자인 36대 혜공왕의 친고모가 아니다. 그러니 김양상도 혜공왕의 친고종사촌 형이 아니다. 사소부인은 어머니 엄정왕후의 시앗 소덕왕후에게 안 좋은 감정을 가졌을 수도 있다. 물론 소덕왕후의

죽은 것을 의미한다. 효상태자를 이어 724년 봄에 승경이 태자로 책봉되었다. 724년 겨울에 소덕왕후가 죽었다. 태자 승경은 736년 가을 신충 앞에서 '他日若忘卿 有如栢樹[훗날 경을 잊지 않기를 이 잣나무를 두고 맹서하오].' 하고 737년 2월 왕위에 올랐다. 34대 효성왕이다. 그에게는 박씨 왕비가 있었다. 그러나 740년 3월 김순원의 손녀 혜명을 다시 왕비로 맞이하였다. 효성왕은 후궁을 총애하여 혜명왕비가 질투를 하여 후궁을 죽였다. 혜명왕비는 경덕왕의 외사촌 누이이다. 740년 8월 후궁의 아버지 영종이 모반하여 죽였다. 742년 5월 효성왕도 의문의 죽음을 하였다. 효성왕 시기의 중시가 737년에서 739년까지 의충이고, 의충이 죽은 후 739년부터 744년 정월까지 신충이었다. 신충이 효성왕의 이 괴상한 사망으로부터 자유로울 수 없다. 그가 혜명왕비와 모의하여 효성왕을 시해하였을 가능성이 크다. 신충의 아버지 김대문은 혜명왕비의 아버지 김진종의 고종사촌이다.

아들인 경덕왕과 소덕왕후의 손주인 혜공왕에게도 좋은 감정을 가질 수 없다.

김양상도 자신의 친외삼촌인 34대 효성왕을 살해하고 왕위를 찬탈해 간 35대 경덕왕과 그의 트랜스 젠더 아들 혜공왕, 하늘구름왕, 빈불알왕을 원수처럼 여겼을 것이다. 김양상은, 외할머니 엄정왕후를 어떻게 하고 들어왔을 새외할머니 소덕왕후의 친정 김순원 집안, 그리고 그 집안 인물인 김진종의 딸 혜명왕비, 김의충의 딸 만월부인에게 안 좋은 감정을 가질 수밖에 없었을 것이다.

엄정왕후의 딸 사소부인에게는 효성왕의 죽음이 내내 의심스러웠을 것이다. 친정에서 일어난 의문의 죽음, 친동생인 효성왕이 어느 날 밤 갑자기 죽어 버리고 이복동생인 경덕왕이 왕이 되었다. 친동생의 아내 올케 혜명왕비는 새 왕 경덕왕의 외사촌 누이였다. 출가한 사소부인은 혜명왕비와 그의 친정붙이들에게 의심의 눈초리를 거둘 수가 없었다.

그러면 734년에 당나라에 가다가 객사한 남편 김효방의 죽음에 대해서도 재수사를 요구할 수 있다. 그때 당나라 주재 특명 전권대사는 김순원의 손자로 보이는 김충신이다. 그 자가 권모술수의 도사이다. 혜명왕비의 친정, 김순원 집안은 도대체 무슨 짓을 한 것일까?

사소부인의 아들인 김양상도 소덕왕후의 아들인 새외삼촌 경덕왕, 소덕왕후의 손자인 새외사촌 동생 혜공왕에게 안 좋은 감정을 가졌을 수도 있다. 김양상도, 외할머니 엄정왕후를 어떻게 하고 들어왔을 소덕왕후. 그 왕후의 친정 김순원 집안, 그리고 그 집안사람인 김진종의 딸 혜명왕비, 김의충의 딸 만월부인에게 안 좋은 감정을 가질 수밖에 없었을 것이다.

엄정왕후의 친외손자 김양상도, 친외삼촌 효성왕을 독살했을지도 모르는 새외숙모 혜명왕비와 새외삼촌 헌영[경덕왕], 그 당시의 중시 김신충에게 의심의 눈초리를 보내었다. 눈물로 세월을 보냈을 것임에 틀림없는 공주 어머니 미망인 사소부인을 보면서 어릴 때부터 김양상의 마음속에 '친외삼촌이 왕이었으면, 친외삼촌 효성왕과 아버지 김효방이 더 오래 살았으면 어

머니가 저렇게 불행한 세월을 보내지 않았을텐데---.' 이런 마음이 없었다
는 보증서는 없다.

　김양상이 혜공왕을 죽인 것은 친외삼촌 효성왕의 죽음에 대하여 복수한
것이다. 원한은 복수를 낳고 복수는 보복의 피를 부른다. '남의 원한을 살
짓 하지 말라.'[25]

　김양상은 친외할머니 엄정왕후의 원수를 갚기 위하여 새외할머니 소덕
왕후의 손자인 새외사촌 혜공왕을 죽인 것이다. 그러니 친외사촌을 죽였다
는 죄로부터는 벗어난다. 거기에 경덕왕이 새외삼촌이 되니 만월부인을 죽
인 것은 새외숙모를 죽인 것이다. 나아가 효성왕이 헌영을 미는 김신충, 헌
영의 외사촌 누이 혜명왕비, 혜명왕비의 오라비 김효신 등에 의하여 살해
되었다는 저자의 주장이 옳다면, 김양상은 친외숙부 효성왕의 원수를 갚은
것이기도 하다.[26]

---

25) '선하게 살면 아무도 건드리지 않는다.' 아버지의 가르침이었다. 그러나 선하게 산다
　는 것은 얼마나 어려운 일이던가?
26) 성덕왕의 두 왕비 엄정왕후와 소덕왕후 사이의 갈등이 엄정왕후의 친외손자 김양상
　과 소덕왕후의 친손자 혜공왕 사이에 나타난 것이다. 한마디로 성덕왕이 두 아내를
　두어 그 손자들을 싸우게 만든 것이다. 전왕비 엄정왕후의 딸 사소부인에게서 난 김
　양상이 후왕비 소덕왕후의 아들 경덕왕이 낳은 혜공왕을 죽였다.
　　이것은 코살라국으로 시집 간 하녀의 딸 비사바카티야에게서 난 비두다바가 외가
　인 가비라국의 석가씨들을 멸족시키는 것과 똑같다. 그때 가비라국왕을 맡고 있던 마
　하나마는 "내가 연못에 들어가 있는 동안만이라도 내 종족들의 살육을 멈추어 달라."
　고 부탁하였다. 그는 연못 속에 들어가 머리카락을 나무뿌리에 매어 죽었다. 한 순간
　이라도 친척들이 도망갈 수 있는 시간을 벌기 위하여 자신을 희생한 것이다. 혜공왕,
　경수태후는 무엇을 했을까? 비두다바는 이 전쟁을 마치고 회군하던 중에 강물에 휩
　쓸려 죽었다. 이 정쟁의 끝도 또한 어떻게 종결될지 흥미진진하다.
　　부처님은 왕비가 수드라의 딸이라는 것을 알고 찾아온 파사닉왕에게 이렇게 설법
　하였다. "어머니가 수드라인 것이 그 어머니의 잘못인가? 그 어머니의 딸로 태어난
　것이 그 딸의 잘못인가? 그 딸의 아들로 태어난 것이 그 아들의 잘못인가?" 이 모두
　를 내다 본 석가모니의 깨달음이 '탐욕이 모든 불행의 근원'이라는 것이다. 남자의
　거시기가 세상을 망친다. 원한을 갚으면 또 다른 원한이 쌓인다. 복수심에 불타는 비
　두다바의 살육을 부처님도 세 번밖에는 막지 못하였다. 석가족에게는 갚아야 할 업보
　가 있다는 것도 깨달음이었다. 사랑으로 용서하기에는 너무나 큰 비두다바의 원한이
　었다. 신분 제도가 낳는 원한이 쌓이고 쌓이면 그 사회는 폭발한다. 더욱이 돈이 계

김양상은, 친동생인 효성왕을 이복동생인 경덕왕 세력에게 잃고 평생을 눈물로 지새웠을 어머니 사소부인의 원한을 풀어 드린 것이다. 37대 선덕왕 김양상은 친외사촌 아우를 죽이고 왕위를 찬탈한 나쁜 왕이 아니다. 김양상은 못난 왕, 외가를 망치고 있는 혜공왕, 정신이상 증세를 보이고 성색이 음란한 새외사촌 혜공왕을 죽임으로써, 친외삼촌 효성왕을 죽이고 왕이 된 새외삼촌 경덕왕에게 복수를 한 것이다.

거기에 새외숙모 경수태후는 김지정과 그렇고 그런 사이가 되어 왕실을 욕보이고 있었다. 그 경수태후가 외삼촌을 죽였을지도 모르는 김신충의 조카딸이었다. 그 꼴을 못 보고 상대등 김양상은 목숨을 건 간언을 하였다. 시정의 부조리를 극간한 것이다. 그러면 경수태후의 정부 김지정이 모반으로 몰아 죽이게 되어 있다. 많은 중신들이 이미 그렇게 모반으로 몰려 죽었다.

경덕왕과 그의 외사촌 혜명왕비, 경수태후는 그렇게 원한을 쌓아 왔다. 원한을 쌓으면, 남의 눈에 피눈물이 나게 하면 자기 눈에도 피눈물이 나게 된다. 성덕왕, 경덕왕, 혜공왕 시대의 집권 실세, 자의왕후의 친정 집안 김순원 집안은 그렇게 남의 눈에 피눈물을 흘리게 하였다. 그런 자들은 역사의 보복을 당한다. 그리하여 그들은 김양상에게 보복을 당하였다. 이것이 역사의 교훈이다.

사소부인은 소덕왕후의 딸일 수가 없다. 사소부인은 엄정왕후의 딸임이 틀림없다. 확실한 증거는 세 가지이고 심증은 경덕왕의 형 효성왕의 의심스러운 죽음이다. 누구라도 어머니가 이런 처지에 놓였으면 혁명을 해야 한다. 거기에 자신을 겨누는 절대 왕권의 칼날이 시시각각 다가오고 있을 때 사람이라면 누구나 목숨을 걸고 역성혁명을 해야 한다. 혁명을 해야 할 때가 별을 볼 때이다. 혁명을 해야 할 때 혁명을 하지 못하고 비겁하게 목

<hr>

급을 결정하는 시대에 돈의 획득이 부정한 방법으로 이루어지면 그 계급 사회는 비극적 파탄에 도달할 수밖에 없다. 그러므로 부정 축재는 사회를 망치는 암이다. 그래서 그들을 용서해서는 안 되는 것이다.

숨을 구걸하면 정의는 죽는다. 그렇게 하여 정의가 지고 불의가 이기는 세상이 되면 역사는 역진한다. 진보가 퇴보가 되는 것이다.

이렇게 하여 37대 선덕왕 김양상은 성덕왕의 후처 소덕왕후의 외손자가 아니고 성덕왕의 전처 엄정왕후의 외손자임이 분명해졌다. 그러면 그는 모계로는 경덕왕, 혜공왕과 전혀 다른 핏줄이다. 신라는 모계 혈통 중심 사회이다. 아버지의 피는 헛방이고 어머니의 피가 중요하다. 그러므로 피로 보아서는 '37대 선덕왕의 36대 혜공왕 살해'는 남이 남을 죽인 것이다. 외사촌 동생을 죽이다니, 나쁜 놈, 그런 비난은 하지 말아야 한다.

김양상은, 일찍 과부가 된 어머니 사소부인이 친어머니 엄정왕후를 어떻게 하고 들어온 새어머니 소덕왕후를, 그리고 친동생 효성왕을 어떻게 하고 새로 왕위에 오른 이복동생 경덕왕을, 저주하고 또 저주하는 것을 보고 자랐을 것이다. 그 저주는 어머니를 빼앗긴 출가한 딸, 남동생을 빼앗긴 시집간 누나가 가질 수 있는 인지상정이다. 어릴 때부터 그 어머니의 피맺힌 눈물을 보고 자란 김양상은 새외할머니, 새외삼촌, 새외숙모, 그리고 새외사촌 동생 혜공왕이 망치고 있는 외가, 통일 신라 왕실을 그대로 두고 볼 수 없었다.

김양상은 이들을 일망타진하여 어머니의 원수를 갚고 나아가 외할아버지 성덕왕과 그의 선조들인 무열왕, 문무왕이 세운 나라를 반듯하게 다시 세워야 한다는 소명의식을 가졌을 것이다. 그것이 그로 하여금 혜공왕을 죽이고 나라를 뒤엎는 혁명을 하게 한 원동력이다.

혜공왕을 죽인 것으로 기록된 김양상은 경덕왕의 이복누나 사소부인의 아들이다. 사소부인은 동복동생인 34대 효성왕을 이복동생인 경덕왕의 외가, 김순원 집안 세력에게 잃었다. 그때도 불구대천의 원한이 사소부인의 가슴 속에 쌓였을 것이다. 그래서 이복형제를 키우는 것은 집안을 망치는 길이고 왕가가 그렇다면 그것은 나라를 망치는 길이다.

이렇게 함으로써 김순원의 딸 소덕왕후 쪽 손자 혜공왕이 왕위에서 제거되었다. 그리고 김원태의 딸 엄정왕후 쪽 외손자 김양상이 새 왕이 되었다. 다 거세된 것은 아니겠지만 문무왕 사후부터 681년 8월의 '흠돌의 모반'을 통하여 가락 김씨[가야파]를 몰아내고 100년 동안 계속된 신라 김씨[진골정통], 특히 자의왕후 친정 김순원 집안 중심의 외척세도가 780년 37대 선덕왕의 즉위로 막을 내렸다. 시어머니 문명왕후와 며느리 자의왕후, 이 고부 간의 대립에서 패배하였던 문명왕후 세력이 다시 권력을 회복한 것이다. 정권 교체가 이루어진 것이다.

이 정권 교체는 일반적인 왕위 교체나 찬탈과는 다르다. 선덕왕이 혜공왕을 죽이고 새로 정권을 잡은 것은 대단히 중요한 역사적 의미를 갖는다. 그것은 단순히 왕을 죽이고 새로 왕이 된 것이 아니라 역사의 교훈을 남겼기 때문이다. 이 정권 다툼에서 우리는 무슨 역사적 교훈을 얻을 수 있는가? 그것은 원한은 보복을 부르고 보복은 다시 원한을 쌓는다는 교훈이다. 그래서 지배층들끼리 싸우고 죽고 죽이는 정쟁은 끝 모르게 이어지게 되어 있다. 자기네들끼리 죽고 죽이든가 말든가, 그런 것은 국민과는 아무 관계가 없다.

그러나 나는 그 교훈보다도 더 큰 중요성을 이 정권 교체에 부여한다. 이 정권 교체가 왜 중요한가? 그것은 이러한 내용이 일본에 김오기, 김대문 부자가 지은 진본 『화랑세기』가 있음에 틀림없다는 확신을 주기 때문이다. 박창화의 필사본 『화랑세기』도 가야파와 진골정통의 갈등이 이러한 결말에 이를 만치 심각하게 진행되었음을 적고 있다. 그리고 그것은 『삼국유사』의 「미추왕 죽엽군」 설화와도 일치한다. 박창화가 무엇을 보지 않고 이렇게 지어낼 수는 없다.

『삼국사기』는 적고 있지 않지만, 『삼국유사』와 『화랑세기』가 암시적으로 적고 있는 가락 김씨와 신라 김씨의 치열한 정쟁이 어떻게 귀결되었는지 잘 읽어 보고 왜 일본에 신라 때 지은 진본 『화랑세기』가 있을 수밖에 없는지 판단하기 바란다. 그 확신이라도 얻어야 망국의 한이라도 달래지.

3. 김양상은 가락 김씨이다

여기서 유의할 것은 「미추왕 죽엽군」 설화이다. 김유신 장군은 왜 미추 임금의 혼령에게 항의하면서 '더 이상 이 나라를 진호하지 않겠다.'고 선언하였던가? 그 직접적이고 표면적인 이유는 김유신의 후손 김융이 혜공왕에게 죄 없이 죽임을 당하였기 때문이다.

김융은 왜 죽임을 당했을까? 그가 모반으로 몰린 이유는 무엇일까? 기록에 없다. 그러나 짐작은 할 수 있다. 어쩌면 그도 경수태후의 불합리한 정사와 경수태후를 이불 속에서 조종하는 김지정의 비리를 규탄하다가 제거되었을 수 있다.

김유신 혼령의 '나는 더 이상 이 나라를 진호하지 않겠다.'는 말은 바른 말 하다가 죽은 김융의 원수를 갚겠다는 말이지 않을까? 김융의 원수를 갚아 혜공왕을 죽인 김양상은 김유신 혼령의 사주를 받은 것은 아닐까? 그러나 이것은 김지정 살해와 경수태후 살해의 이유는 될 수 있지만 혜공왕 시해의 이유는 될 수 없다. 김지정과 경수태후를 죽이는 것만으로 김융 살해의 원한은 갚은 것이 될 수도 있다. 김양상이 혜공왕과 그 어머니 경수태후, 그리고 김지정, 거기에 왕비까지 싸잡아 죽여 버린 데에는 김융의 죽음보다 더 큰 원한이 들어 있는 것은 아닐까?

김양상의 어머니 사소부인은 성덕왕의 딸이다. 그러니 김양상의 어머니의 부계는 '사소부인-성덕왕-신문왕-문무왕-무열왕'으로 이어지는 왕실 진골정통이다.

사소부인의 어머니는 엄정왕후이다. 엄정왕후의 아버지는 김원태이다. 사소부인의 모계는 '사소부인-엄정왕후-김원태-??'로 이어지니 김원태의 아버지가 누구인가에 따라 정파가 결정된다.[27] 김원태의 이름은 金元〇에

---

27) 엄정왕후의 아버지 김원태가 누구의 아들일지가 가장 중요한 문제로 남는다. 만약 그의 이름이 암시하듯이 그도 김유신 집안이라면 좀더 진한 이야기를 할 수 있을 것이

해당한다.[28] 이 이름은 김유신, 김흠순 집안의 이름이다. 원술, 원정, 원선, 원수, 원문 등등. 가야파이다. 그러므로 엄정왕후는 가야파일 수 있다. 사소부인의 모계가 가야파일 수 있는 것이다. 신라는 모계 혈통을 중시하는 사회이다. 이것만으로도 가야파의 외손인 김양상이 진골정통의 혜공왕을 죽인 것이 된다.

그러나 김양상의 아버지의 핏줄은 또 다른 문제이다. 김양상의 부계 혈통이 진골정통의 자의왕후 친정 집안과 연결된다면 왕만 바뀌고 집권 세력은 그대로 있는 앙시앙 레짐이 되고 만다. 그럴 경우 김양상이 혜공왕을 죽인 것은 원수를 제대로 갚은 것이라 할 수 없다.

김양상의 친가, 부계 혈통은 어디로 이어질 것인가? 그의 기본 신상명세서는 (19)와 같다.

(19) 선덕왕이 즉위하였다. 성은 김씨이고 이름은 양상이다. 내물왕 10세손이다. 아버지는 해찬 효방이다. 어머니는 김씨 사소부인인데 성덕왕의 딸이다. <『삼국사기』 권 제9 「신라본기 제9」 「선덕왕」>

김양상의 아버지는 해찬(海湌) 김효방(芳 또는 方)이고 어머니는 사소부인이다. 사소부인은 33대 성덕왕의 딸이다. 그녀는 공주인 것이다. 이러면 김양상은 성덕왕의 외손자이다. 그런데 그가 죽였다는 혜공왕은 성덕왕의 손자이다. 성덕왕의 외손자가 성덕왕의 손자를 죽였다. 혜공왕의 고모 사소부인의 아들이 혜공왕을 죽인 것이니 나이를 고려할 때 고종사촌 형이 외사촌 아우를 죽인 것이다.

왜 이런 일이 일어났을까? 그런데 그 김양상은 선덕왕이 되어 겨우 5년

다. 김원태의 딸 엄정왕후를 어떻게 하고 김순원의 딸 소덕왕후가 새로 들어온 것은 '원○'의 가야파를 내쫓고 '○원'의 진골정통이 왕비로 들어온 것이기 때문이다.

28) 진골정통의 무열왕 다음 대에는 金○元이 주축이다. 개원, 당원, 선원, 순원 등등이 진골정통파이다.

왕위에 있었다. 5년 왕 하려고 외가에 가서 외사촌 동생, 그 왕비, 그리고 외숙모를 죽이는 짓을 해? 이 나쁜 놈아. 여기까지가 (19)의 『삼국사기』의 정보로부터 나올 수 있는 수준 낮은 넋두리이다.

김양상의 아버지 김효방은 누구일까? 그는 어떻게 성덕왕의 사위가 되었을까? 보통 집안 인물은 아닐 것이다.

김양상의 고급 신상명세서는 『삼국유사』 권 제1 「왕력」의 (20)에 있다. 『삼국유사』는 『삼국사기』와는 차원이 다른 정보를 담고 있다. 『삼국사기』에 적히지 않은 높은 차원의 정보를 보여주고 있는 것이다. (20)은 효방의 아버지가 원훈(元訓) 각간이라고 하였다. 김양상의 할아버지가 김원훈이라는 말이다. 이를 통하여 그의 부계를 찾아볼 수 있다.

(20) 제37 선덕왕
　　김씨이다. 이름은 양상이다. 아버지는 효방 해간[海干]으로 추봉한 개성대왕이다. 즉, <u>원훈 각간의 아들이다.</u> 어머니는 사소부인인데 시호는 정의태후이다. 성덕왕의 딸이다. <『삼국유사』 권 제1 「왕력」>

'김원훈'이라, 그는 누구인가? 『삼국사기』에서 김원훈은 (21a)에서 보듯이 성덕왕 즉위 원년[702년]에 중시가 되었고 703년[성덕왕 2년]에 중시를 아찬 원문에게 물려주었다.

(21) a. 702년[성덕왕 원년] 9월 크게 사면하고 문무관작을 1급씩 더해주고 제 주군의 1년 조세를 감면하였다. <u>아찬 원훈을 중시로 삼았다.</u>
　　b. 703년[동 2년] --- 가을 7월 영묘사에 화재가 났다. 서울에 큰물이 져서 익사자가 많았다. <u>중시 원훈이 물러나고 아찬 원문을 중시로 삼았다.</u> <『삼국사기』 권 제8 「신라본기 제8」 「성덕왕」>

이러면 성덕왕은 704년 5월에 혼인한 엄정왕후와의 사이에 낳은 딸 사소를 중시 원훈의 아들 효방과 혼인시킨 셈이다. 705년경에 사소가 출생하였다면 효방은 아버지 원훈이 중시였을 때인 703년경에 태어났을 것이다. 누가 이 두 아기의 혼약을 결정하였을까? 이때는 700년 6월 1일 신목왕후가 죽고 702년 7월 27일 효소왕이 죽은 직후이다. 700년 5월의 '경영의 모반'에 연좌된 중시 순원은 파면되어 있었다. 누가 권력 실세일까?

성덕왕의 할머니 자의왕후도 죽고, 어머니 신목왕후도 죽었다. 외할아버지 김흠운은 이미 554년 정월에 전사하였다. 704년 5월에 살아 있었을 것으로 보이는 유일한 혈족은 외할머니 요석공주뿐이다. 요석공주는 무열왕과 김유신의 누이(?) 보희 사이에서 태어났다. 그녀가 기댈 수 있는 곳은 어디일까? 정부 원효대사 집안? 그곳엔 설총이 있지. 그러나 무슨 힘이 있었겠는가? 그녀가 기댈 곳은 친정, 가락 김씨 집안이었을 것이다. 그곳에 김유신, 김흠순의 후예들이 버티고 있었다.

『삼국사기』와 『삼국유사』를 통해서는 그 이상은 알 수 없다. 다만 김유신의 아들들 가운데 삼광(三光), 원술(元述), 원정(元貞), 장이가 알려져 있다. 딸은 진광, 신광, 작광 등이 있다. '○광', '원○'의 어머니들과 또 한 인물 지조공주(?). 무엇이 문제인가?

원훈, 원수, 원선, 이런 이름들을 보면 왜 『삼국사기』가 김양상의 아버지가 효방이라는 것은 밝히면서 효방의 아버지가 원훈이라는 것을 적지 않았는지 짐작할 수 있다. 이 이름들은 김유신 장군 아들들, 즉 가락 김씨 혈통을 잇는 이름들과 불가분리의 관계에 있다.

선덕왕이 즉위한 지 5년 만에 죽었다. 그나마 '문무왕-신문왕-성덕왕-사소부인-선덕왕'을 통하여 조금이나마 남아 있던 태종무열왕의 피가 이제 신라 왕의 피 속에서 완전히 사라졌다. 선덕왕은 그래도 왕위를 무열왕계로 되돌리고 싶었는지 시중 김주원을 후계 왕으로 정하였다. 그런데 상대등 김경신이 모사꾼으로 보이는 여삼의 술수를 받아들여 북천 신에게 제사를 드리고 비가 오게 하여, 김주원이 물이 불은 북천을 건너오지 못하게 하였다. 그 사이에 김경신과 그 일당이 스스로를 추대하여 왕위에 올라 버렸다. 김주원은 명주로 도망가서 강릉 김씨의 시조가 되었다. 왕위를 도둑맞은 그의 후손들이 반란을 일으킬 것은 자명한 이치이다.

이럼으로써 김양상은 김주원과 한 집안이 되어 왕실의 외손이지만, 김경신은 김양상의 아우이긴 하나 김주원과는 한 집안이 되지 못하는 것도 분명해졌다. 김주원은 신라 김씨이고 김양상과 김경신은 가락 김씨인 것이다. 혜공왕까지만 신라 김씨이고 선덕왕부터는 가락 김씨이다. 기원전 120년 흉노 땅에서 아버지 휴저왕이 죽은 후 포로로 잡혀온 형 김일제와 아우 김륜에서 갈라진 투후 집안과 도성후 집안이 서기 780년 한반도 동남쪽에서 다시 갈라진 것이다.

그러나 그것으로도 다 끝난 것이 아니다. '김양상의 아버지 김효방이 김원훈의 아들이라.'는 이『삼국유사』의 고급 정보를 뺨치는 정보가 들어 있는 기밀 문서가 있다. 이 문서가 가장 고급 정보를 담고 있다. 그 문서가 바로 박창화의『화랑세기』이다.

김양상의 증조부는 김흠순이다

박창화의『화랑세기』는 김양상의 부계에 관하여『삼국유사』보다 훨씬 더 고급 정보를 주고 있다. 그 책은 「29세 풍월주 원선공」에서 김흠순의 아들들로 반굴(盤屈), 원수(元帥),[29] 원선(元宣), 원훈(元訓)을 들고 있다. 김유신의 동생 김흠순의 아들들 이름이 '元'자를 돌림자로 하고 있는 것이다. '元' 자 이름 세 명이 모두 중시를 지낸 것으로 기록되어 있다.

원훈이 중시를 지낸 것은『삼국사기』의 (21)에서 확인하였다. 나머지 2명의 '원○'이 중시를 지냈음도 (22), (23)에서 확인할 수 있었다. 그런데 이 3명의 '원○'들이 모두 김흠순의 아들이라는 것이다. 그들은 김유신 장군의

---

29)『삼국사기』권 제8「신라본기 제8」「신문왕」에서는 원사(元師)라고 하였다. 帥와 師의 문제이다.『화랑세기』에 따라 원수(元帥)로 보는 것이 옳을 것이다.

조카들이다. 이 정도면 박창화의 필사본 『화랑세기』도 그가 공상으로 지어낸 허황한 책은 아니지 않겠는가?

(22) a. 688년[신문왕 8년] 봄 정월 중시 대장이 죽었다. 이찬 원사(元師)를 중시로 삼았다.

b. 690년[동 10년] 봄 2월 중시 원사가 병으로 죽었다. 아찬 선원을 중시로 삼았다. <『삼국사기』 권 제8 「신라본기 제8」 「신문왕」>

(23) a. 692년[효소왕 원년] 8월 대아찬 원선을 중시로 삼았다. 고승 도증이 당나라로부터 돌아와서 천문도를 바쳤다.[30]

b. 695년[동 4년] 자월을 세워 정월로 삼았다. 개원을 제수하여 상대등으로 삼았다. 겨울 10월 --- 중시 원선이 늙어서 물러났다. <『삼국사기』 권 제8 「신라본기 제8」 「효소왕」>

---

[30] 도증(道證)은 신라 출신 승려로 당나라에서 측천무후의 총애를 받던 원측법사(圓測法師)의 제자이다. 그가 신문왕의 승하 조위 사절단과 함께 서라벌에 온 것이다(서정목 (2014a) 참고). 원측법사는 측천무후를 보좌하며 불경을 한문으로 번역하는 일의 최고 권위자였다. '歸依無量壽{光}佛{귀의무량수{광}불}: 南無阿彌陀佛{나무아미타불}'.

내 고향 뒷산의 성흥사 가는 길 옆 계곡에는 누군가가 큰 바위에 붉은 글씨로 '南無阿彌陀佛'을 크게 새겨 놓았다. 어릴 때 왜 '나무아미타불'을 '남무아미타불'로 썼을까 하는 의문을 품은 지 60년이 훌쩍 넘었다. 아무도 풀어 주지 않던 그 의문을 스스로 풀어 "'귀의무량수{광}불'은 '아미타불에게 돌아가 의지한다.'는 뜻의 'namo-amita'라는 인도 맬산스크리트어를 한문으로 의역(意譯)한 것이고, '南無阿彌陀佛'은 그 인도 말을 한자의 소리를 이용하여 적은(音寫) 것이다. 향가의 훈독자와 음독자 운용 원리와 같다."에 도달하고 혹시 저런 일을 한 것이 원측법사가 아닐까 하는 추측을 한다. amita는 'amitabha[헤아릴 수 없는 광명(光明), 지혜(智慧)], amitayus[헤아릴 수 없는 수명(壽命)]을 뜻하는 말에서 앞부분만 따 온 것이다. 수명이 한량없는 부처보다 지혜가 한량없는 부처가 더 윗길로 보이지만, 나이 들어 보라, 지혜, 지식은 하나도 안 부럽고 수명이야말로 부럽다는 것을 알게 된다. 정말 세월이 아깝다. 一寸光陰不可輕{일촌광음불가경}이다. 寸陰{촌음}을 아껴 쓰라.

원측법사는 인도에서 고승들이 당나라에 와서 측천무후와 대담하면 통역 역할을 하였다. 아프가니스탄의 왓칸회랑이 이 고승들이 다니던 길목이다. 나도 명색이 통역 장교라 온 세계 관광지의 국경 지대에만 가면 이 지역 말과 저 지역 말에 능통한 변경의 인재들에 대한 생각을 한다. 원측법사도 흉노족의 후예라서 비슷한 출신인 가비라국의 경전에 친숙했던 것일까? 인도에서 대학원에 유학 왔던 니디[가명]는 훌륭한 학자가 되었을까, 통역사가 되었을까?

선덕왕 김양상의 할아버지 원훈이 김흠순의 아들이라면 선덕왕은 김흠순의 증손자이다. 즉, 37대 선덕왕의 증조부는 김흠순이다. 김흠순은 김유신의 동생이다. 원훈은 김유신의 조카이다. 이 집안은 가락 김씨 계열로 분류된다. 김흠순은 원래 김오기의 아버지 예원을 부제로 두는 등 가야파와 진골정통 사이의 융화를 중시한 인물로 '김흠돌의 모반' 때에도 그 후손들은 다치지 않았다. 그리하여 신문왕 때 원수, 효소왕 때 원선, 성덕왕 때 원훈 형제가 내리 중시를 지내며 권세를 누린 것으로 보인다.

그런 원훈의 아들이 김효방이고 손자가 김양상이다. 이들은 가락 김씨인 것이다. 성덕왕은 김유신 집안, 문명왕후 친정에서 사소공주의 남편, 즉 사위를 골랐다. 이 김효방과 사소부인의 혼인 시점은 705년쯤 출생한 사소부인이 14세쯤 되었을 때인 719년 이전이었을 것이다. 김순원의 딸 소덕왕후가 성덕왕과 혼인한 것은 720년 3월이다. 그 전에 이 혼인이 이루어진 것이다.

이를 보면 이 혼인뿐만 아니라, 사소부인의 어머니 엄정왕후와 성덕왕의 혼인도 성덕왕의 외할머니인 요석공주가 관여하였을 것이다. 요석공주는 외가인 가락 김씨 집안의 김원태의 딸 엄정왕휘를 외손자 성덕왕의 왕비로 선택한 것이다. 그리고 그 엄정왕후가 낳은 외증손녀 사소부인을 다시 외가 집안인 원훈의 아들 효방의 아내로 맞이하도록 정해 두었을 것이다. 이런 혼약들은 대체로 그 아이들이 4-5세경에 이루어졌던 것으로 보인다. 이에 대한 명백한 증거로 들 수 있는 것이 김수로왕/허황옥의 혼약, 소명전군/김흠운의 딸 혼약 둘이다.

이제 김흠순의 아들들인 '원○'들, 특히 원훈의 처가를 보지 않을 수 없다. 원훈이 어느 집 딸과 혼인하였는가에 따라 효방의 모계 핏줄이 정해진다. 박창화의 『화랑세기』 「29세 풍월주 원선공」 조는 또 다시 이 시대의 정치권력 구도를 알 수 있는 최고급 정보를 보여주고 있다. 원훈의 외가가 분명하게 드러나는 것이다. 김원훈의 외가, 즉 김흠순의 처가는 어느 집안인가?

　김흠순의 아내는 보단이다. 보단은 보리공과 후단의 딸이다. 이·보단이 원수, 원선을 낳았다. 원훈을 낳은 김흠순의 여자는 보리의 딸 이단이다. 김흠순은 보단, 이단의 자매를 데리고 살았다. 처제가 첩이 되는 구도가 적나라하게 드러나고 있다. 그러나 그런 것은 이들이 유목민[Nomad] 흉노족의 후예 투후 김일제, 김상, 김당, 도성후 김안상, 김탕의 후예라는 것을 다 밝힌 이상, 이제 조금도 대수롭지 않다(서정목(2021) 참고).

　보단과 이단의 친정, 즉 김흠순의 처가는 도대체 어떤 집안일까? 이 두 여인의 아버지 보리는 12세 풍월주이다. 573년생이다. 591년에 화랑주(花郎主)가 되었다. 보리의 아들이 20세 풍월주 예원이다.[31] 18세 풍월주가 춘추공이고, 19세 풍월주가 김흠순이다. 예원이 김흠순의 부제이다. 예원의 아들이 28세 풍월주 김오기이고, 김오기와 그의 아들 김대문이 대를 이어서 진본 『화랑세기』를 집필하였다.[32] 김흠순의 아들 원훈은 외가가 김예원,

---

31)　『화랑세기』에는 예원이 당나라 인물 유향과 나눈 대화를 적고 있다. 『연서(燕書)』에 대하여 문자 암송하여 주고, 혼도에 대하여 물어서 신의 뜻에 따른다고 하였다. 어떤 신이 시조냐고 물어 일광(日光)의 신이라고 하였다. 일광과 금천씨가 같은가고 물어 금천씨가 어찌 신이 되겠는가고 반문하였다. 또 가야가 너희 나라를 부용국으로 삼았는지 너희 나라가 가야를 부용국으로 삼았는지 어느 것이 옳으냐고 물어 우리나라는 한 선제 오봉 원년[기원전 57년]에 섰고 가야는 한 광무제 건무 18년[서기 42년]에 섰으니 어느 것이 옳은지 알 수 있다고 하였다.
　　　이 시기는 648년[진덕왕 2년]으로 예원은 김춘추가 당나라에 청병 갔을 때의 수행원이었다. 돌아올 때 바다에서 고구려 군사들의 검문에 걸렸으나 온군해(溫君解)에게 기신[紀信, 한 고조 유방의 신하. 항우가 영양성에서 유방을 포위 공격할 때 유방과 닮은 용모의 기신이 유방으로 변장하여 거짓 항복함으로써 유방이 영양성을 빠져나가게 하였다.]의 계책을 쓰게 하여 벗어났다. 온군해가 김춘추 의관을 하고 위장하여 고구려 군사들에게 피살되는 사이 부하의 옷으로 바꾸어 입은 춘추는 작은 배를 타고 달아났다. 이 내용은 『삼국사기』, 『삼국유사』의 내용과 일치하여 박창화 『화랑세기』의 진서 필사 근거가 되기도 하고 두 사서를 보고 지어낸 가짜 책이라는 근거도 된다(이종욱(1999:181-183) 참고).

32)　김부식은 『삼국사기』를 편찬할 때 『화랑세기』를 보았다. 그런데 거기서 중요한 것은 옮겨 적지 않고 무시하였다. 고려 시대에 확립된 유교적 관점에서 흉노족의 관습으로 보이는 사항들을 인멸한 것이다. 다음에서 보는 지소태후, 숙명공주의 성 생활을, 점

김오기의 집안인 것이다. 김오기가 김유신의 사위 김흠돌을 거세하면서도 김흠순의 후예들을 건드리지 않은 이유가 여기에 있다.

보리의 딸 보룡이 진흥왕의 손자 김선품과 혼인하여 자의, 운명, 야명, 김순원을 낳았다. 자의는 왕비로서, 야명은 후궁(?)으로서 자매가 문무왕을 섬겼고, 운명은 김오기에게 시집가서 김대문을 낳았다. 이들이 자의왕후를 중심으로 하는 통일 신라의 외척 세력이다. 김순원의 집안이 신문왕의 외가이다. 김오기의 집안은 신문왕의 이모집이다.

현재까지 밝혀진 이들의 혼인 관계를 도표로 보이면 왕실 (24a, b), 김순원-진종 집안 (24c), 김오기-김대문 집안 (25), 김효방-양상 집안 (26)과 같다.[33]

(24) a. 24진흥/사도-동륜/만호, 25진지/지도, 구륜-26진평/만호, 마야 -천명/용수, 27선덕, 28진덕

b. 진흥/사도-25진지[금륜]/지도-용수/천명, 용춘-29무열/문명-30문 무/자의-31신문/신목-32효소/성정, 33성덕/엄정, 소덕-사소/효방, 34효 성/혜명, 35경덕/만월-36혜공

c. 진흥/사도, 백제 성왕 딸-구륜-선품/보룡-자의/30문무, 순원-진종, 소덕/33성덕-충신, 효신, 혜명/34효성

(25) a. 위화랑/오도-이화랑/숙명-보리/만룡-예원, 보단/흠순, 이단/흠 순-오기/운명-대문-신충, 의충-만월/35경덕

b. 위화랑-이화랑/숙명-보리-보룡/선품-자의/30문무, 운명/오기, 야

잖은 양반 경주 김씨 김부식은 선조들의 성 생활로서 받아들이기 어려웠을까? 그러니 『화랑세기』는 우리 모두에게 참 껄끄러운 책이 된다.

33) 여기서는 부계를 중심으로 작성하였다. 진골정통, 대원신통의 골품은 모계로 헤아리기 때문에 이와는 달라진다. 예컨대 김유신의 경우, 아버지 서현은 그의 어머니 아양 공주가 진흥왕비 사도의 딸이기 때문에 대원신통이 된다. 사도는 위화랑의 딸 옥진의 딸이다. 그러나 김유신은, 어머니가 만명, 만명의 어머니가 만호, 만호의 어머니가 지소이기 때문에 진골정통이 된다. 지소는 법흥왕과 보도 사이의 딸이다. 이 지소가 삼촌 입종과의 사이에 진흥왕을 낳았다.

명/30문무, 순원

　　(26) a. 구충–세종–솔우–서운–정희/달복, 보희/무열, 문명/무열–흠돌/
진광, 요석/흠운–신목/30신문

　　　b. 구충–무력/아양–서현/만명–유신–삼광, 원술, 원정

　　　c. 구충/계화–무력/아양–서현/만명–흠순/보단, 이단–원사, 원선, 원훈/
염장 딸–효방/사소–양상/구족부인

　보리의 아버지는 4세 풍월주 이화랑이고 어머니는 숙명공주이다. 숙명공
주는 처음 이부동모의 형제 진흥왕의 왕비였으나 골품[성골]을 초개(草芥)같
이 버리고 대궁을 나와 사랑하는 사람 이화랑의 아내가 되었다.[34] 진골이
된 것이다. 여성이 남성을 선택하는 자유를 누렸다.

　숙명공주의 두 번째 시대 이화랑의 집안이 김대문 집안이다. 진노한 진
흥왕의 형벌, 경우에 따라 죽음을 무릅쓰고 두 사람은 종신 변치 않고 동혈
(同穴)의 벗이 되기로 맹서하였다. 이화랑과 숙명공주의 첫아들이 원광법사
이고 막내아들이 보리이다. 보리의 아들이 예원, 예원의 아들이 오기, 오기
의 아들이 김대문이다.

　이화랑의 아버지 위화랑은 북녘 날이[捺已, 영주] 출신이다. 서기 500년
21대 비처[소지]마립간이 날이에서 파로의 딸 벽화 아가씨를 데리고 올 때
어머니 벽아부인이 함께 왔다. 그때 어머니를 따라온 아들이 위화랑이다. 1
세 풍월주이다. 그들도 김씨이다. 그들은 42년 김수로왕이 가락에 나타나던

---

34) 1930년대 말에서 1940년대에 세상을 가장 시끄럽게 한 일로 '세기의 사랑'이 있었다.
1936년 1월 20일 즉위한 영국 왕 에드워드 8세[원저 공]이 한 번의 이혼 경력이 있는
미국의 서민 유부녀 심슨 부인[Simpson은 두 번째 남편의 성이다. 그 자신의 원 이름
은 Bessie Wallis Warfield[戰野]이다.]과 혼인하려고 즉위 1년도 채 안 되어 왕위를 아
우 조지 6세에게 양위한 것이다.
　　그들도 인간의 운명은 못 벗어나 윈저 공은 1972년에 죽으며 후회하는 듯하였고,
전야(戰野) 부인은 1986년에 죽었다. 그들보다 1450년도 더 전에 이 땅에 왕비 자리,
그것도 신라 최고의 정복왕 이부동모의 형제 진흥왕을 버리고 사랑을 찾아간 여인
숙명공주가 있었다. 우리의 핏속에 유목민의 이 자유분방함이 흐르고 있다.

시대에 한반도로 이주하여 와서 고구려 세력을 밀어내면서 소백산 아래까지 진출했던 것으로 보인다.[35]

숙명공주의 부모는 이사부(異斯夫) 김태종(苔宗)과 지소부인이다. 지소부인은 법흥왕의 딸로서 삼촌인 입종(立宗)과의 사이에 진흥왕을 낳았다. 진흥왕 시대 이래 지소부인이 왕실의 최고 권력자가 되었다. 그 지소부인이 이사부와 입종, 두 인물과 사랑을 나눈 것이다. 유목민들로 이루어진 흉노 제국의 전형적인 혼인 풍습이다.[36] 진흥왕은 법흥왕의 외손자이고 조카이기도 한 까닭에 법흥왕 사후 왕위를 계승하였다. 이것은 지소부인의 힘에 말미암은 것이다. 진흥왕 재위 시에는 지소부인이 권력 실세였으므로 그의 딸 숙명공주도 권력 중심에 있었다. 이 두 모녀 공주도 상당히 자유분방한 성 생활을 누린 것으로 보인다.

이제 김흠순의 처가, 원훈의 외가 집안이 신라 김씨 왕실에 왕비를 공급

---

35) 『삼국사기』권 제3 「신라본기 제3」 「조지마립간」 22년[500년]에는 기이한 이야기가 실려 있다. 벽화 아가씨는 날이(捺己, 영주) 사람 파로(波路)의 딸이다. 500년 9월 날이에 순행갔던 조지마립간은 파로가 바친 선물 벽화 아가씨에게 반하였다. 그녀를 잊지 못하고 날이까지 남몰래 몇 번 오가던 소지마립간은 결국 벽화를 궁중으로 데려왔다. 그때 벽화의 어머니 벽아부인과 오빠 위화랑이 함께 서라벌로 왔다. 이 애절한 사랑은 500년 11월 조지마립간이 갑자기 죽음으로써 3개월 만에 끝이 났다. 훗날 조지의 아들 하나를 낳았다고 기록되어 있다. 벽화의 오빠 위화랑이 23대 법흥왕이 태자일 때 벽화로 하여금 태자를 섬기게 하여 법흥왕의 여자가 되었다. 조지의 照는 측천무후의 이름이라 '昭'로 적기도 한다. 위화랑과 이화랑은 백옥 같은 얼굴을 가졌다고 한다. 이들의 혈통이 어디로 연결되는지가 큰 문제로 남는다. 얼굴이 흰 투르크계 유목민의 후예들이었을까? 경주 괘릉에 서 있는 석상들의 얼굴은 신라 지배층의 얼굴을 모사한 것이 아닐까?

36) 가축의 먹이를 따라 초원을 이동하는 유목민들은 한 곳에 머무르면 생존을 이어갈 수 없다. 계절에 따라 풀을 찾아 추우면 남으로 내려오고 따뜻해지면 북으로 올라간다. 이동식 천막 게르를 주(住)로 하며 가축의 젖과 고기를 식(食)으로 한다. 입는 것[衣]는 가축의 가죽이다. 투르크계 유목민 토니요쿠크 비문에는 '성(城)을 쌓는 자는 반드시 망할 것이다.'고 적었다. 남자는 언제 죽을지 모르는 위험에 놓여 있고 가(家)를 유지하는 책임과 권리는 여인들에게 있다. 아프간이 전형적인 유목민의 후예이다. 그러니 전승 후에 점령지의 여인들을 전사들에게 전리품으로 나누어준다. 결국 세상을 제패하는 삶의 방식은 야전에서 익힌 유동성이다. 앉아서 배부른 개, 돼지는 제 밥벌이도 할 수 없게 된다. 현대의 유목성, 유동성은 어떤 것일까? 무역이다.

하는 핵심 집안임이 분명해졌다.

(27) 공의 셋째 아들만이 홀로 (염장공의 딸을) 마다하고 유신공의 딸 영광을 아내로 맞아 아들 영윤을 낳았으니 그(셋째 아들)이 곧 반굴 공이다.[37] 부자가 마침내 전쟁에서 죽으니 아름다운 이름이 백세에 남을 것이다. 넷째 아들 원수, 여섯째 아들 원선은 모두 중시가 되었는데 보단의 소생이다. 아홉째 아들 원훈 또한 중시였는데 곧 이단의 소생이다. <박창화 『화랑세기』, 이종욱 역주(1999), 「19세 풍월주 흠순공」, 175>

김흠순의 아들 가운데 셋째 아들인 반굴은 김유신의 딸, 즉 4촌인 영광을 아내로 맞아 영윤을 낳았다. 반굴은 백제와의 전쟁에서 전사하고 영윤은 고구려 잔적들과의 전투에서 전사하였다. 이 부자가 『삼국사기』 권 제47 「열전 제7」 「김영윤」 조에 나란히 찬란한 이름을 남기고 있다. 박창화의 『화랑세기』가, 무엇인가 알 수 없지만 신라 시대의 기록을 보고 필사한 것임은 분명하다.

김흠순의 그 밖의 아들들은 대체로 염장의 딸들과 혼인하였다. 이단의 소생인 아홉째 아들 원훈도 염장의 딸과 혼인하였을 것이다. 염장은 진흥왕의 아들 천주공과 폐위된 진지왕의 왕비 지도부인이 재혼하여 낳았다. 지도부인은 남편 진지왕이 도화녀와의 사랑으로 폐위되어 유폐된 뒤에 이복 시동생인 천주공과 혼인한 것이다. 전형적인 형사취수이다. 천주공은 동륜[진평왕의 아버지], 금륜[진지왕], 구륜[순원의 할아버지]의 이복형제이다. 즉, 진흥왕-천주공-염장으로 이어지니 염장은 진흥왕의 손자이다.

---

37) 김흠순의 아들들은 염장공의 딸들과 혼인하였다. 그 아들들은 이름이 원○이다. 그런 데 김흠순의 셋째 아들은 원○이 아니고 김반굴이다. 반굴은 염장공의 딸과 혼인하 지 않고 큰아버지 유신공의 딸 영광을 아내로 맞았다. 이 딸은 삼광처럼 ○광 항렬 이다. 그리고 반굴과 영광의 아들은 김영윤이다. 원훈의 아들이 효방인 것과 차이난 다. 자식들의 이름도 어머니가 누구인지에 따라 차이가 난다.

'지도부인/진지왕—천명공주/용수, 용춘—무열왕/문명왕후'로 이어지니, 지도부인의 아들 염장은 무열왕의 할머니의 아들이다. 무열왕의 할머니가 배다른 시동생인 작은 할아버지와 재혼하였다. '진흥왕—진지왕—용수, 용춘—무열왕'으로 이어지니, '진흥왕—천주공—염장'으로 이어진 염장이 무열왕의 5촌 당숙이 된다.

무엇이 떠오르는가? 같은 성끼리만 혼인하는 석가씨가 떠오르는가? 그것은 오누이도, 3촌도, 4촌도, 심지어 죽은 아버지의 젊은 첩, 특히 죽은 형의 부인과 혼인하는 유목민 흉노족의 혼습이다.[38] 이 혼습이 가락 김씨와 신라 김씨가 한나라에 포로로 잡혀온 김일제, 김륜의 후예라는 것을 의심할 수 없게 한다. 김알지는 김일제의 증손자 김당의 증손자이다. 김수로는 김륜의 증손자 김탕의 손자이다. 김수로는 김알지의 15촌 아저씨이다(서정목 (2021) 참고).

원훈의 처가, 김효방의 외가 집안은 염장의 집안으로 신라 왕실 김씨 계열, 진골정통의 핵심 집안이다. 원훈이 염장의 딸과 혼인하였다면 그는 왕실과 혼인한 것이다. 따라서 김효방의 외가도 왕실이다. 이 혼인도 '신라 김씨/가락 김씨의 동맹'을 그대로 반영하고 있다. (26c)처럼 이어지는 이 집안은 6대에 걸쳐 '가락 왕실 남/신라 왕실 여'로 혼인이 이어졌다. 이것은 가락국의 왕비가 좌지왕 이후 신라에서 왔다는 전통을 이어받은 것이다. 719년쯤에 신라 왕실 집안 사소부인과 가락 김씨 집안 김효방을 결합시킨 혼인도 역시 전형적인 '경주/김해 동맹'의 일환이다.

681년 8월의 '흠돌의 모반' 후로도 김흠순의 후계들을 중심으로 가야파는 진골정통 '보리—예원—오기—대문'의 집안과 가까웠다. '신라 김씨/가락 김씨'가 힘을 합쳐 동방의 흉노족 디아스포라 신라를 북적 오랑캐 시절의

---

38) 자장이 당나라 오대산에서 만난 문수진신은 '석가씨'와 너희 왕은 원래 같은 '찰(제) 리족(刹(帝)利紇'으로 동이의 '공공족'과는 다르므로 불가와 인연이 깊다고 하였단다. 『삼국유사』권 제3 「탑상 제3」 「황룡사구층탑」에서 이 탑을 세우라고 선덕여왕을 꼬이면서 한 말이다.

문화와 관습, 특히 자유분방한 성 생활을 유지하며 지탱해 가려는 뜻을 가지고 있었다. 이것을 혜공왕이 김융을 죽임으로써 결판낸 것이다.

김양상의 친외삼촌 효성왕은 742년에 죽었다. 이어 즉위한 새외삼촌 경덕왕은 왕비 삼모부인[가야파(?) 수로부인의 딸]을 폐하고 743년 3월 만월부인을 후비로 맞이하였다. 만월부인은 김신충의 동생으로 보이는 의충의 딸이다. 이들은 김대문의 집안일 가능성이 크다. 그렇다면 진골정통이다. 그 만월부인이 시집와서 15년이 지난 758년 7월 23일에 낳은 아들이 혜공왕이다. 혜공왕이 시원찮은 왕이라면 김양상으로서는 외갓집을 망치고 있는 이 새외사촌 동생을 죽일 수밖에 없다. 그것이 인지상정이다.

김양상이 임금의 총기를 가리는 경수태후나 그의 친정 오빠 김옹, 저녁에 태후에게 충성하는 김지정을 제거하자고 앞장서서 주창할 만하지 않은가? 양상에게 설득된 무장(?) 김경신이 지정을 제거하면서 혜공왕, 경수태후, 왕비를 싸잡아 죽이고 양상을 추대하여 왕으로 옹립하였을 것이다. 이것이 '혜공왕 살해 사건'의 정치적 배경이고 진짜 모습이 아니겠는가?

그러면 김양상은 김경신을 이용하려다가 그에게 업어치기 당한 것이다. 문관이 쿠데타 아이디어를 내어도 결국은 병력을 거느리고 손에 피를 묻힌 무관에게 정치권력을 내어주게 되어 있다. 성공 후 즉각 사살하지 않으면. 그것이 토사구팽의 원뜻이다. 정도전도 이방원에게 당하고, 한신도 유방에게 당했거늘.

706년 5월 30일에 새긴 '황복사 3층석탑 금동사리함기 명문'에 '소판 김순원, 김진종'이 나란히 나오고 있다. 이들이 자의왕후의 친정 집안이다. 왕실의 중요한 일은 이미 다 이 집안에서 처리하였을 것이다. 성덕왕의 딸 사소부인을 김흠순의 손자 김효방에게 출가시키는 데에도 요석공주와 자의왕후의 친정 동생 순원의 입김이 미쳤을 것이다. 자의왕후의 친정은 진골정통이다. 자의왕후의 여동생 운명은 김오기 집안으로 출가하였다. 거기가 딸을 공급하는 외가의 근원이다.

김양상은 모계뿐만 아니라 부계로도 경덕왕, 혜공왕과 전혀 핏줄이 닿지 않는 완전한 남이다. 김양상의 부계는 '효방-원훈-흠순'으로 이어진다. 그러니 그는 김흠순의 증손자이다. 가야파이다. 김양상이 혜공왕을 죽인 것은 가야파의 후예가 진골정통의 후예를 죽이고 왕위를 찬탈한 것이 된다. 이러면 가락 김씨가 신라 김씨로부터 왕위를 빼앗아온 것이 된다. 그것이 김유신 장군 혼령이 말한 진정한 의미이다. '미추임금, 너희의 후손이 내 후손을 죽였으니 나도 내 후손을 통하여 너희의 후손을 죽이겠다.'가 실천된 것이다.

이제 김양상이 36대 혜공왕을 죽이고 37대 선덕왕으로 즉위함으로써 무슨 문제가 생겼는지 짐작이 간다. 그것은 신라 왕의 부계 혈통이 가락 김씨로 바뀌었다는 사실이다. 혜공왕 6년[770년]에 김유신 장군의 혼령이 미추왕릉에 들어가서 항의하며 '이제 나는 신라를 진호하지 않겠다.'고 선언한 것은 이와 관련되는 것이다.

4. 새외숙부, 새외숙모, 새외사촌이 있는 외가

720년에 혼인한 성덕왕의 계비 소덕왕후는 (28)에서 보듯이 김순원의 딸이다. 김순원은 문무왕비 자의왕후의 동생으로 신문왕, 효소왕, 성덕왕 시기를 관통하여 권력의 중심에 있었던 사람이다.

(28) 제33 성덕왕
이름은 흥광, 본명은 융기이다. 효소왕의 동모제이다. 선비는 배소왕후, 시호는 엄정이다. 원태 아간의 딸이다. 후비는 점물왕후, 시호는 소덕이다. 순원 각간의 딸이다. <『삼국유사』권 제1「왕력」>

김순원은 효소왕 때인 698년 대아찬으로서 중시가 되었다가 700년 '경영의 모반'에 연좌되어 파면되었다. 그러나 그 김순원이 (29)의 '황복사 3층석탑 금동사리함기 명문'에 나온다. 이 사리함은 신목왕후와 효소왕이 신문왕의 명복을 빌기 위하여 지은 황복사 3층석탑 2층 속에 706년 5월 30일 성덕왕인 융기대왕의 교지를 받들어 새로 안치한 것이다.

(29) 절 주지 사문 선륜, 소판 <u>김순원</u>, <u>김진종</u>이 특별히 교지를 받들어[寺主沙門善倫 蘇判金順元金眞宗特奉 教旨], 승 영휴, 승 영태, 한내마 아모, 한사 계력이 승 혜안, 승 심상, 승 원각, 승 현방, 한사 일인, 한사 전극, 사지 조양, 사지 순절, 장인 계생 알온과 더불어 탑을 세웠다.39) <황복사 3층석탑 금동사리함기 명문, 『한국 금석문 종합 영상정

---

39) 韓奈麻10등관위명은 大奈麻, 韓舍는 大舍12등관위명으로도 적는다. '韓'은 음독할 글자이고, '大'는 훈독할 글자이다. '한'은 '크다, 많다'를 뜻하는 '하다[多]'의 관형형 활용형이다. 이 명문이 '大'로 적지 않고 '韓'으로 적었다는 것은 이들 관등명에 나오는 '大'가 성덕왕 때까지도 우리 말 '한'으로 발음되었다는 것을 뜻한다. 즉, 김유신 장군을 '大角干'으로 적을 때 그 관등의 발음은 '한스블칸', '한이블칸'이었음을 말해 준다. '스블[酒]', '이블[角, 伊伐]'은 중세국어의 '쌀'을 나타내는 몽골어, 투르크어 등 유목 종족들이 이룬 흉노제국의 언어재[言語材]이다.
   '단'으로 '谷'을 나타내는 것은 북방계 고구려어의 특징이다. 『삼국사기』 권 제37 「잡지」 제6의 고구려 지명 표기에는 '수곡성현(水谷城縣)'을 '매단홀(買旦忽)'이라고 하였다는 기록이 나온다. 이에서 보면, '골[짜기][谷]'을 '댄[旦]'이라 하였음을 알 수 있다. '댄[旦]'이 다른 기록에서는 '탄(呑)'이나 '돈(頓)'으로도 나온다. 일본어는 지금도 '谷'을 [tani]로 읽는다. 이에 대해서 신라 지방에서 '골'을 뜻하는 말은, '실개[絲浦]가 지금의 울주곡포(今蔚州谷浦)'라고 한 데서 나타나는 '실[谷]'이다. 여기에 나타나는 북방계의 '단'과 남방계의 '실'은 양계 언어가 상당히 달랐음을 드러낸다. '물'이 북방계에서 '미'로 나타나고 남방계에서는 '믈[勿]'로 나타나는 것도 다소 차이를 보인다. 고구려 지방에서는 '물[水]'을 '미[買]'로 적었다. '물'은 퉁구스제어에서는 mū로 나타나고, 몽고제어에서는 mören으로 나타난다. 고구려어의 '홀[忽]'은 일정한 넓이를 가진 공간 혹은 취락을 의미하는 것으로 백제어의 '부리(夫里)'와 신라어의 '벌(伐)'에 대응된다. 성채(城砦)를 나타내는 말은 남방계에서 '잣' 혹은 '긔(記)'로 나타난다. '잣'과 '긔'는 고대일본어의 sasi 또는 ki에 대응된다. sasi와 ki는 각기 신라어와 백제어에서 차용된 것으로 본다(이기문(1998) 등 참고).
   한국어가 투르크어, 몽골어, 퉁구스어 등과 같이 알타이 제어를 형성한다고 할 때, 그리고 신라어가 고구려어와 차이가 있다고 할 때, 신라 왕실과 가락 왕실이 흉노족

보 시스템』>

706년 5월에 작성된 '황복사 3층석탑 금동사리함기 명문'의 일부인 (29)를 보면 김순원과 김진종이 나란히 적혀 있다. 이들이 성덕왕의 특별 지시를 받아 이 불사를 시주한 것으로 보인다. 김순원이 700년 파면된 후에 얼마 지나지 않아 복권되어 관등이 소판에 이르러 있음을 알 수 있다.

그런데 그와 나란히 등장하는 김진종은 (30)에서 보듯이 혜명왕비의 아버지이다.

(30) 제34 효성왕
김씨이다. 이름은 승경이다. 아버지는 성덕왕이고 어머니는 소덕태후이다.[40] 왕비는 혜명왕후이다. 진종 각간의 딸이다. <『삼국유사』 권제1「왕력」>

그런데『삼국사기』는 (31a)처럼 소덕왕후도 김순원의 딸, (31b)처럼 혜명왕비도 김순원의 딸이라고 적고 있다. 왜 이렇게 되었을까?

(31) a. 720년[성덕왕 19년] 3월에 이찬 순원의 딸을 들여 왕비로 삼았다[三月納伊湌順元之女爲王妃]. <『삼국사기』 권 제8「신라본기 제8」「성덕왕」>

의 후예로 이루어졌다는 사실이 어떤 의미를 가지는지 국어사상으로 깊이 있게 논의되어야 할 것이다. 적어도 고구려가 신라와는 전혀 다른 大路, 大兄, 大使者, 褥薩 등의 관등명을 사용하였다는 것은 두 나라가 서로 다른 세력기반과 전통 위에 서 있었음을 의미하는 것이다.

신라와 고구려의 상층부는 동족이 아니다. 하층부를 이루는 피지배자들은 어차피 족을 따지기 어려운 혼혈인들이다. 고대국가의 정체성은 왕과 지배층들의 혈통에 의하여 결정되는 것이지 피지배자들의 혈통에 의하여 결정되지 않는다. 그러니 왕실은 순혈을 지키기 위하여 족내혼을 할 수밖에 없다.

40) 효성왕의 어머니가 소덕태후라고 적고 있다. 이런 기록의 어머니는 생모가 아니고 법적 어머니인 최종 왕비를 적는 것이 일반적이다.

b. 739년[효성왕 3년] 3월에 이찬 <u>순원</u>의 딸 혜명을 들여 왕비로 삼
았다[三月納伊湌順元女惠明爲妃]. <『삼국사기』 권 제9 「신라본기 제9」
「효성왕」>

(31b)의 '순원'은 오식이다. 순원이 720년에도 딸을 왕비로 들이고 739년
에도 딸을 왕비로 들인다는 것은 있을 수 없는 일이다. 순원의 아버지 김선
품은 643년 당나라에 사신으로 다녀온 뒤에 곧 죽었다.[41] 643년에 죽었다
고 보면 순원은 늦어도 644년에는 태어났어야 한다. 중시가 되던 698년에
55세 가까이 된다. 720년에 소덕왕후가 혼인할 때는 77세가 된다. 혜명왕
비가 효성왕과 혼인하던 739년에는 96세가 된다. 몇 살에 혜명왕비를 낳았
어야 하는가?

혜명왕비가 16세에 혼인하였다고 하여도 순원은 80세에 그 딸을 낳았어
야 한다. 말이 안 된다. 누가 80세에 딸을 낳을 수 있다는 말인가? 이것을
계산해 본 역사학자 하나가 없어 모두 혜명왕비가 순원의 딸이라고 하고
(30)의 진종은 혜명왕비가 죽인 후궁의 아버지 '영종의 오식'일 것이라 하
고 있다.[42] 영종은 나중에 '영종의 모반'을 일으켜 목 베이어 죽었다.

---

41) 21세 선품공은 구륜공의 아들이다. --- 인평 10년[643년] 새임금의 심부름을 받들어
당나라에 갔다가 병을 얻어 돌아와서 죽으니 나이 35세였다[壽三十五]. <박창화, 『화
랑세기』, 이종욱 역주해(1999), 186.>
『삼국사기』 권 제5 「신라본기 제5」 「선덕왕」을 보면 선덕여왕 12년[643년] 9월에
고구려, 백제의 침공을 견디지 못한 선덕여왕은 당나라에 청병하러 사신을 보내었다.
이 신라 사신에게 당 태종은, (1) 당나라 군대의 신라 주둔, (2) 붉은 깃발로 가짜 당
군을 만들어 적군을 물리침, (3) 자신의 친척을 신라 왕으로 삼아 군사와 함께 보냄의
3가지 계책을 제시하고 선택하라고 하였다. 이때 사신이 대답을 하지 못하자 당 태종
은 그가 용렬한 사람으로 위급할 때 구원병을 청할 재능이 없는 자라고 탄식하였다.
이 사신이 김선품일 것이다. 이런 상황에 놓인 사신이 병이 나지 않을 수가 없다.
제 나라를 제 힘으로 지키지 못하고 강대국에 의존하면 이렇게 된다.
42) 여기에 더하여 이 영종이 혜명왕비가 죽인 후궁의 아버지이고, 그 후궁은 원래 효성
왕의 왕비였던 박씨였는데 혜명왕비가 들어옴으로써 후궁으로 강등되었고, 효성왕은
새 왕비를 들이고도 옛 왕비인 후궁 박씨를 더 총애하여 혜명왕비가 후궁 박씨를 죽
이게 되었다고 쓴 책도 있다. 전혀 논증되지 않는 헛소리이다.

『삼국유사』의 (30)을 보면 '진종'은 34대 효성왕의 계비 혜명왕비의 아버지이다. 이에 비하여 (31a)를 보면 '순원'은 33대 성덕왕의 계비 소덕왕후의 아버지이다. 그러니 (31b)의 '順元'은 '眞宗'으로 적을 것을 잘못 적은 오식이다.

김순원은 성덕왕의 장인이고 김진종은 효성왕의 장인이다. 그런데 그 두 사람이 '황복사 3층석탑 금동사리함기 명문'에 이렇게 나란히 적혀서 성덕왕의 교지를 특별히 받들어 이 탑에 새로 사리 4과, 금아미타불상 1구, 무구정광대다라니경 1권을 넣는 불사를 주관하고 있다. 이들이 부자 관계가 아니면 이럴 수가 없다. 이 집안은 문무왕의 종증조부 구륜의 후손으로 문무왕의 작은집이자 처가이다.

(32) a. 24진흥/사도-25진지/지도-용수/천명, 용춘-29무열/문명-30문무/자의-31신문/신목-32효소/성정, 33성덕/엄정, 소덕-사소/효방, 34효성/혜명, 35경덕/만월-36혜공

b. 진흥/사도, 백제 성왕 딸-구륜-선품/보룡-자의/30문무, 순원-진종, 소덕/33성덕-충신, 효신, 혜명/34효성

(32b)에서 보듯이 자의왕후가 선품의 딸이고 소덕왕후가 순원의 딸이므로 자의왕후는 소덕왕후의 고모이다. 이 촌수로 보면 (33a)처럼 문무왕은 7촌 고모와 혼인한 것이다. 문무왕의 손자 성덕왕은 외가 촌수로는 (33b)처럼 진외가의 5촌 이모 소덕왕후와 혼인한 것이지만 친가 촌수로는 (33a)처럼 10촌 할머니와 혼인한 셈이다.

큰집의 손자뻘과 작은집의 할머니뻘이 혼인하였다. 이로부터 우리는 큰집의 진지왕과 작은집의 구륜 사이의 나이 차이가 컸음을 알 수 있다. 이것은 진지왕과 구륜이 동복형제가 아니고 이복형제였을 가능성을 암시한다. 진흥왕의 왕비로는 모량리 영실 각간의 딸 박씨 사도부인과 백제 성왕의

딸 소비[백승부인?]이 있었다.

(33) a. 자의
　　　소덕　　문무
　　　혜명　　신문
　　　　　　　성덕
　　　　　　　효성, 경덕
　　b. 자의　　문무
　　　소덕　　신문
　　　혜명　　성덕
　　　　　　　효성, 경덕

　　혜명왕비는 순원의 아들 진종의 딸이다. 순원의 딸 소덕왕후는 혜명왕비의 고모이다. 소덕왕후의 아들 헌영[경덕왕]은 혜명왕비의 고종사촌이다.
　　이렇게 30대 문무왕비 자의왕후, 33대 성덕왕 계비 소덕왕후, 34대 효성왕 계비 혜명왕비가 모두 한 집안에서 배출되었다.[43] 그리고 경덕왕의 계비 만월부인은 문무왕의 처제 운명의 증손녀이다. 신문왕 시대 이후 외척 세도가 그만큼 강했다. 그것이 통일 신라를 망국으로 내몰았다.
　　소덕왕후는 720년에 성덕왕의 계비로 들어와서 경덕왕[헌영], 경덕왕의 아우를 낳고 724년 12월에 죽었다. 김순원의 아들 진종은 충신, 효신, 혜명을 낳았다. 김효방의 죽음을 증언하고 있는, 당나라에 숙위하고 있던 김충신이 바로 김진종의 아들이고 김순원의 손자이다.
　　김순원의 또 다른 누나 운명은 김오기와 혼인하였다. 그들은 김대문을 낳았다. 그 김대문이 김신충, 의충을 낳았다. 혜공왕의 어머니 만월부인은 의충의 딸이다. 김진종과 김대문이 이종사촌이다. 성덕왕과 의충이 6촌이

---

43) 이렇게 대를 이은 왕비 배출 때문에 혜명왕비가 순원의 딸이 아닌데도 순원의 딸인 것으로 착각하고 진종으로 쓸 자리에 순원이라고 잘못 썼다는 것이 저자의 상상이다.

고 경덕왕과 만월부인은 8촌이다.

(34) a. 선품/보룡-순원-진종, 소덕/성덕-충신, 효신, 혜명/효성 (외가)
b. 선품/보룡-자의/문무-신문-효소/성정, 성덕/엄정, 소덕-효성/혜명, 경덕/만월 (신문왕 본가)
c. 선품/보룡-운명/오기-대문-신충, 의충-만월/경덕 (이모집)

경덕왕은 김순원의 외손자이다. 혜공왕은 김의충의 외손자이다. 김의충은 김순원의 누나 운명의 손자이다. 만월부인은 운명의 증손녀이다. 혜공왕은 김순원의 누나 운명의 증손녀의 아들이다. 이 두 왕은 김순원 집안, 자의왕후의 친정 세력권에 드는 왕들이다.

김양상은 아버지 김효방이 김원훈의 아들이다. 김원훈은 김흠순의 아들이다. 김흠순은 김유신의 아우이니 일단 문명왕후의 친정 집안사람들이다. 김양상은 부계가 가락 김씨이다.

김원훈을 낳은 김흠순의 여자는 김보리의 딸 이단이다. 김보리의 아들이 김예원이고 손자가 김오기, 증손자가 김대문이다. 원훈은 외가가 김오기, 김대문의 집안인 것이다. 김원훈의 아들 김효방은 성덕왕의 딸 사소공주와 혼인하였다. 효방은 성덕왕의 사위인 것이다. 김양상은 어머니는 신라 김씨이고, 할머니[원훈의 아내]는 알 수 없고, 증조모[흠순의 아내 이단]은 진골 정통이다.

그러나 양상의 어머니 사소부인의 친모인 엄정왕후가 김원태의 딸이다. 김원태는 김보리 집안 인물이라는 보장이 없다. 이름으로 보아서는 오히려 김원○ 계열에 들어 김유신, 흠순의 아들 항렬인 가락 김씨일 가능성이 크다. 사소부인은 계모인 소덕왕후의 친정 집안으로부터 견제를 받았을 것이다. 이에 따라 김양상도 신라 왕실의 외손으로서의 충분한 대우를 받아왔다고 하기 어렵다. 살얼음을 밟는 듯한 벼슬길을 걸어왔을 것이다.

선덕왕의 짧은 통치 기간의 기록은 (35)와 같다. 쓸쓸하다. 한 일도 없고, 의욕적으로 일을 해 보려 한 기척도 없다. 어쩌면 그는 김경신의 등에 업히어 억지로, 친외할머니 엄정왕후를 폐비하고 들어왔을 것 같은 새외할머니 소덕왕후의 자손들이 다 망치고 있는 외갓집을 새외사촌 동생 혜공왕과 새외숙모 만월부인을 죽임으로써 끝장내려 한 것인지도 모른다.

낡은 나라를 끝장내려고 했으면 좋은 나라를 만들었어야지. 어찌 다른 놈에게 빼앗겨 더 나쁜 망조(亡兆)의 나라를 만들었을까? 찬탈의 저주를 벗어날 수 없었기 때문이다.[44]

   (35) a. 781년[선덕왕 2년] 봄 2월 신궁에 친히 제사지냈다. 가을 7월 사신을 보내어 패강 남쪽 주군을 안무하였다.
   b. 782년[동 3년] 봄 윤정월 당에 사신을 보내어 조공하였다. 2월 왕이 한산주에 순행하여 패강진으로 국민을 이주시켰다. 가을 7월 시림

---

44) 어차피 찬탈하여 잘 된 나라는 없다. 찬탈의 후과는 원한의 피눈물과 보복의 처절한 유혈이 반복되는 죽음의 땅이다. 국민들은 손발 둘 곳을 알지 못하고 유리걸식으로 굶주려 죽게 된다. 살려면 떠나는 수밖에 없다. 이복형 효성왕을 죽이고 왕위에 오른 경덕왕은 끊어진 대를 억지로 이었다가 이복누나의 아들 김양상이 억지로 이은 대 하늘구름왕을 죽임으로써 영원히 대가 끊어졌다. 가까이서 볼 수 있는 찬탈의 후과를 셋만 든다.
  아버지의 이복형 광해군을 죽이고 왕위를 찬탈한 인조는 청나라에서 새로운 문물을 목도하고 귀국하여 나라를 개혁하려 했던 아들 소현세자를 죽였다. 이복형 경종이 노론에게 의문의 죽음을 당하고 왕위에 오른 영조는 소론의 의견에 귀를 기울여 탁상공론 주자학을 벗어나려는 아들 사도세자를 제 손으로 뒤주에 가두어 굶겨 죽였다. 탁상공론 마르크스 이론에 갇히어 황제를 죽이고 러시아제국을 찬탈한 레닌과 그 후예들은 결국 러시아를 회복 불능의 동토로 만들었다. 이것이 찬탈의 후과이고 배신에 대한 보복이다. 인간은 이 굴레를 영원히 벗어날 수 없다. 어떠한 지배 세력도 영원할 수 없기 때문이다.
  5년 만에 무엇을 할 수 있을 것이라고 외사촌 동생 왕을 죽이고 왕비를 죽이고 외숙모를 죽여? 중년의 미망인 경수태후가 밤에 충신의 보좌를 받든 말든 그것이 무슨 대수라고, 쯧쯧. 그녀가 743년 4월에 경덕왕과 혼인한 때 15세라고 해도 죽은 때인 780년 4월에 불과 52세에 지나지 않는다. 남편 경덕왕은 이미 765년에 죽었다. 그때 만월부인은 겨우 37세이다. 그리고 그 사회는 모계사회이다.

벌판에서 큰 열병(閱兵)을 하였다.

　c. 783년[동 4년] 봄 정월 아찬 체신을 대곡진 군주로 삼았다. 2월에
서울에 눈이 석자나 왔다.

　d. 784년[동 5년] 여름 4월 왕위 손위하려 했으나 신하들이 3번 표
를 올려 간하여 멈추었다.

　e. 785년[동 6년] 봄 정월 당 덕종은 호부낭중 개원을 지절사로 보
내어 왕을 검교대사계림주자사영해군사신라왕으로 책명하였다. 이 달
에 왕은 병으로 침대에 누워 교서를 내려 말하기를, '과인은 본래 덕이
적으므로 대보를 맡을 마음이 없었으나 추대를 피할 수도 없어서 즉위
하였는데 왕위에 있은 이래로 농사가 순조롭지 못하여 국민이 쓸 것이
부족하였다. 이는 모두 덕이 국민의 바람에 부합하지 못하고 정치가 천
심에 합치하지 못하였기 때문이다. 항상 왕위를 물려주고 밖으로 물러
나 있으려 하였으나 백관이 매번 성의껏 말리어 뜻과 같이 되지 못하
고 지금까지 미루다가 홀연히 병을 만나 다시 일어나지 못하게 되었다.
죽고 사는 것이 명이 있으니 다시 무엇을 한탄하랴! 사후에 불교식으로
화장하여 동해에 뿌려 달라.' 하였다. 13일에 이르러 죽어서 시호를 선
덕이라 하였다. <『삼국사기』 권 제9 「신라본기 제9」 「선덕왕」>

　(35e)는 죽음을 앞둔 처연함이 묻어난다. 억지로 떠밀려 왕위에 앉아 마
음고생이 심했던 것으로 보인다. 부덕의 소치로 흉년이 들고 농사도 망쳐
서 국민이 살기 어려웠다는 것은 인정하고 있다. 여러 번 그만 둘 생각이었
으나 신하들이 말려서 죽을 때까지 왔다고 참회의 말을 하고 있다. 옛날 왕
도 이 정도로 제 잘못은 인정하였다. 화장하여 동해에 뿌려달라고 했으니
그 유언이 34대 효성왕의 그것과 똑같다. 엄정왕후의 아들인 효성왕이야말
로 사소부인과 동복남매였으니 선덕왕으로서는 친외삼촌이다. 친외삼촌 왕
과 친생질 왕이 왕릉 없이 동해에 산골되었다.

　36대 혜공왕을 죽이고 즉위한 37대 선덕왕 김양상은 사소부인의 아들이

다. 사소부인은 33대 성덕왕과 엄정왕후의 딸이다. 김양상은 성덕왕의 외손자이다. 왕의 외손자가 왕이 되는 것은 흔한 일이었으니 여기까지는 통일신라가 망한 것은 아직 아니다. 그러나 그것은 왕에게 아들이 없을 때 부득이 하여 왕의 아우와 혼인한 공주의 아들을 즉위시키는 것이었다.

그런데 이 경우는 왕의 고모의 아들이 외사촌인 왕을 죽이고 스스로 왕위에 오른 것이다. 왕위를 찬탈한 정권이지 정상적으로 교체된 왕이 아니다. 그러니 그는 아버지 효방을 개성대왕으로 추봉하고 왕비였던 적도 없는 어머니 사소부인을 정의태후로 추봉하였다.

지증마립간 이후의 왕실은 '22지증-23법흥-지소/입종-24진흥-동륜, 25진지-26진평, 용수-천명/용수, 27선덕, 28진덕-29무열-30문무-31신문-32효소, 33성덕-34효성, 35경덕-36혜공'으로 이어진다. 이 혈통은 '내물-기보-습보-지증'의 핏줄이다. 이 핏줄이 혜공왕에서 끊어졌다. 혜공왕이 아들 없이 시해당하여 고종사촌 양상이 즉위하여 선덕왕이 되었다. 선덕왕은 부계로는 가락 김씨 혈통이다. 혜공왕의 죽음은 기보의 후손이 끊어졌음을 뜻한다. 그러니까 '17내물-19눌지-20자비-21소지'의 대도 끊어지고 지증의 대도 끊어진 셈이다. 남은 것은 종손이 아니고 방계 지손들이다.

선덕왕은 새외할머니의 후손인 새외사촌을 죽인 후 스스로 왕이 되어 겨우 5년을 통치하고 아들 없이 죽었다. 아마도 후계자로 족자인 김주원을 지명하고 눈을 감은 것으로 보인다. 그러나 그를 도와 새외사촌 동생 혜공왕을 죽이는 데에 칼을 휘둘렀던 김경신이 모사 여삼의 흉계에 따라 북천신에게 제사 지내고 비를 불러와 북천의 물이 불어 김주원이 내를 건너지 못하게 막았다. 결국 궁에 오지 못한 주원은 왕위에 오르지 못하였다. 물이 막았는지 군사가 막았는지 상상에 맡긴다. 그나마 『삼국유사』는 그 흉계를 어느 정도 적었지만 『삼국사기』는 그마저 우연히 비가 온 것처럼 적었고 혜공왕의 죽음도 난병에게 죽은 것으로 호도하였다.

죽으며 김양상은 후회하였다. 새외사촌 동생이 나라를 잘못 다스린다고 새외숙모와 새외사촌 동생을 죽이고 왕위에 올라 본들 할 수 있는 일은 아무 것도 없다. 망치지나 않으면 다행이지. 5년 동안 무엇을 할 수 있었겠는가? 이렇게 5년 재위하고 죽은 김양상에 이어 김경신이 즉위하였다. 38대 원성왕이다. 결국 외갓집 박살내어 김경신에게 주고 말았다.

김경신의 후손은 다시 숙부가 조카를 죽이고 사촌이 사촌을 죽이는 난장판을 벌이며 나라를 말아먹었다. 속된 말로 양상은 죽 쑤어 개 준 것이다. 김경신보다 즉위 우선권을 가졌던 김주원이 비가 와서 북천을 건너지 못하여 김경신이 왕이 되었다. 운명의 장난인지 정치권력 다툼이 있었는지 알 수 없다. 김주원은 강릉으로 도망가서 강릉 김씨의 시조가 되었다.

이 38대 원성왕부터는 신라 하대이다. 신라 하대는 원성왕의 후손들끼리 골육상쟁을 벌이며 날 새는 줄 모르고 정치 전쟁을 벌였다. 혜충태자 인겸이 791년에 죽어 그의 아들이 799년에 즉위하여 39대 소성왕이 되었다. 이듬해 800년 6월에 소성왕이 죽고 태자가 즉위하여 40대 애장왕이 되었다. 809년 애장왕의 삼촌 언승이.왕을 죽이고 왕위에 올랐다. 41대 헌덕왕이다. 헌덕왕이 아들이 없어 그 아우 수종이 부군으로 있다가 826년에 즉위하여 42대 흥덕왕이 되었다. 이 흥덕왕이 아들 없이 836년 12월에 죽었다.[45)]

---

45) 흥덕왕 비에는 흥덕왕이 성한왕의 24세손이라 적고 있다. 문무왕의 15대조 성한왕은 미추임금이다. 문무왕 이전은 15미추-14미추 딸/말구-13내물 조부-12내물 부-11내물-10눌지, 기보-9자비, 습보-8소지, 지증-7법흥-6지소/입종-5진흥-4동륜, 진지-3진평-2천명/용수-1무열-문무이다. 문무왕 이후는 '16문무-17신문-18효소, 성덕-19사소/효방, 효성, 경덕-20혜공, 선덕-21명덕-22원성-23인겸-24소성, 헌덕, 흥덕-25애장, 정목왕휘소성왕 딸]/(흥덕)'이 된다. 부계로만 보면 흥덕왕이 미추임금의 24세손이 된다. 정확하다. 흥덕왕비 정목왕휘장화부인, 창화부인은 헌덕왕 김언승이 죽인 애장왕의 누이로 소성왕의 딸이다. 흥덕왕이 소성왕의 후계를 이었다고 보면 사위 자리로 갈 것이다. 딸이 한 대를 감당하는가, 않는가가 정치적 상황에 따라 달라질 수밖에 없다. 애장왕이 헌덕왕에게 시해 당하였기 때문에 흥덕왕은 소성왕의 후사를 이은 것으로 볼 수 없다. 따라서 소성왕의 딸이 한 대를 차지할 수 없다. 그러니 흥덕왕은 성한왕[미추임금]의 24세손이 맞다. 신라 시대 왕의 계대(繼代)를 제대로 하기 위해서는 왕의 대수와 혈통의 대수를 구분하고 딸과 사위의 지위를 고려하여 헤아려야 한다.

이때 김균정(均貞)과 김제륭(悌隆)이 서로 왕이 되려 하였다. 시중 김명, 아찬 김이홍, 배훤백 등은 제륭을 밀고, 김우징, 김예징, 김양 등은 우징의 아버지 김균정을 밀었다. 궁내에서 서로 싸워 김양은 화살에 맞고 김우징 등은 도망가고 김균정은 살해되었다. 이에 김제륭이 836년 12월 즉위하여 희강왕이 되었다. 시중 김명을 상대등으로, 아찬 김이홍을 시중으로 삼았다. 1년 뒤인 838년 정월에 상대등 김명, 시중 김이홍이 군사를 일으켜 난리를 꾸며 왕의 좌우를 죽이자 43대 희강왕은 궁중에서 스스로 목을 매어 죽었다. 상대등 김명이 스스로 왕이 되었다. 44대 민애왕이다.

김우징은 837년 5월에 청해진으로 가서 궁복장보고에게 의지하였다.[46] 6월에 김예징, 양순 등도 김우징과 합류하였다. 838년 2월에 김양은 군사를 모집하여 청해진으로 우징을 찾아갔다. 우징 등은 청해진 대사 궁복에게 김명이 찬탈하였으니 그와 같은 하늘을 이고 살 수 없다고 설득하였다. 12월에 궁복은 김양을 평동장군으로 삼고 염장, 정년 등을 거느리고 무주[광주]의 철야현[나주]에 이르니 민애왕은 대감 김민주에게 군사를 이끌고 나가 싸우게 하였다. 김양은 낙금, 이순행에게 기병 3천으로 돌파하게 하였다. 이어 839년 윤정월에 김양은 달벌[대구]에 이르렀고 왕군은 패퇴하였다. 민애왕은 서쪽 교외에 있었으나 좌우가 흩어지므로 어찌할 바를 모르고 월유택에 달려 들어갔으나 군사들이 뒤따라와 죽였다.

우징이 즉위하여 45대 신무왕이 되었다. 신무왕은 38원성왕-예영-균정-45신무로 이어지므로, 38원성왕-인겸-39소성왕, 41헌덕왕, 42흥덕왕-40애장왕과는 다른 계통이다. 38원성왕-헌정-43희강왕과도 다르다.

이들의 가계를 정리하면 (36)과 같다. 원성왕의 아들들은 왕이 되지 못하

---

46) 장보고(張保皐)를 적은 '弓福, 弓巴, 保皐' 등을 통하여 '福, 巴, 保' 등이 /po/와 비슷한 음을 가져 이두, 향찰에서 통용되었다는 것은 이기문(1970)을 참고하기 바란다. '保皐' 는 일본어 'poku'와 가깝다. '張'은 '弓'을 이용하여 흔한 姓인 張을 적은 것이다. 이 분의 이름은 '활뵈弓巴'였던 것으로 보인다. 그는 원래 성이 없었다. 그를 장씨라고 생각하면 안 된다.

였고 손자들이 왕이 되었다.

(36) a. 38원성왕-예영[혜강]-균정[성덕]-45신무왕
b. 38원성왕-인겸[혜충]-39소성왕--40애장왕
41헌덕왕,
42흥덕왕
충공-문목왕후, 44민애왕
c. 38원성왕-헌정------43희강왕/문목왕후

여기서 가장 중요한 것은 원성왕의 맏아들이 일찍 죽어 둘째 아들이 태자가 되었고, 큰집 손자 균정과 증손자 신무왕이 작은집 손자들이 왕 자리를 차지하는 데에 불만을 품었다는 사실이다. 43대 희강왕은 충공의 사위인 덕택으로 왕위에 올랐으나 처남 44대 민애왕의 협박에 스스로 목을 매어 죽었다. '스스로 죽었다'는 것도 아마 처남이 4촌인 매부를 시해한 것을 에둘러 표현한 것 아니겠는가? 결국 하대 신라는 원성왕의 아들인 인겸, 예영, 헌정의 후손들끼리 죽고 죽이는 골육상쟁을 벌이다가 망국의 구렁텅이로 빠져들게 된다. 김경신[원성왕]의 왕위 도둑질이 후손들에게 끼친 업보이다. 역사의 교훈이다.

『삼국사기』의 편자는 (37)과 같이 사평을 하고 있다. 결국은 역사의 FACT를 그대로 기록하는 것밖에 할 일이 없다는 것이다.

(37) 논하여 말한다. 구양수의 사론에 말하기를, 노나라 환공은 은공을 죽이고 제 마음대로 왕위에 오른 자이고, 선공은 왕자 적을 죽이고 제 마음대로 왕위에 오른 자이고, 정려공은 세자 홀을 쫓아내고 제 마음대로 왕위에 오른 자이고, 위 공손표는 자기의 임금인 간을 쫓아내고 제 마음대로 왕이 된 자이다. 성인은 『춘추』에 그들이 왕 노릇 한 것을 하나도 지우지 않고 그대로 두었다. 글자가 그 사실을 전하여 후세 사

람들로 하여금 알게 하기 위함이다. 즉, 이 네 임금의 죄는 귀를 가릴
수 없는 것이니 사람들의 악을 행함이 그치기를 바라는 것이다. 신라의
언승[헌덕왕]은 애장왕을 죽이고 왕이 되고, 김명[민애왕]은 희강왕을
죽이고 왕이 되고, 우징[신무왕]은 민애왕을 죽이고 왕이 되었다. 이제
그 역사적 사실을 모두 적은 것도 역시 『춘추』의 뜻이라 하겠다. <『삼
국사기』 권 제10 「신라본기 제10」 「신무왕」>

신라 최후의 모습을 『삼국사기』에서 가져 오면 (38)과 같다. 이 기록이
비교적 가치 있는 기록이다. 나라가 망하면 최고 지도자와 그의 여자들이
어떤 상황에 놓이는지를 이보다 더 명확하게 보여 주는 기록은 없다.

(38) a. 927년[경애왕 4년] 봄 정월 (고려) 태조가 (후)백제를 친히 정
벌하여 왕이 군사를 내어 도왔다.
    b. 가을 9월에 견훤이 고울부[영천]에서 아군을 침노하므로 왕은 (고
려) 태조에게 구원을 청하여 명을 내려 정예 군대 1만명을 보내어 구원
하러 가려 하였다. 견훤은 구원병이 이르기 전 겨울 11월에 왕경을 엄
습하여 왔다. 왕은 비빈 종척들과 포석정 연회에서 노느라고 적병이 이
른 것을 알지도 못하고 있었다. 창졸간에 어찌할 바를 모르고 왕은 왕
비와 부리나케 후궁으로 들어갔다. 종척 및 공경대부 귀족 부인들이 사
방으로 흩어져 쥐새끼처럼 도망치다가, 적군에게 산 채로 잡혀 귀하고
천함을 가리지 않고 모두 놀라 땀을 줄줄 흘리며 배를 땅에 대고 네
발로 기면서, 종이라도 되겠으니 살려만 달라고 구걸하였다. 견훤은 또
병사를 풀어 공적 사적 재물을 거의 다 약탈하고 궁궐로 들어가서 좌
우에 명하여 왕을 찾게 하였다. 왕은 왕비, 첩 몇 명과 더불어 후궁에
있었다. 묶어서 군사들 가운데로 끌고 나와 왕을 윽박질러 자살시키고
왕비를 강간하고 수하 군사를 풀어 그 왕비와 첩들을 내어 주어 집단
강간하게 하였다[拘致軍中 逼令王自盡 强淫王妃 縱其下亂其妃妾]. 왕의

집안 아우를 권지국사로 세우니 이 이가 경순왕이다. <『삼국사기』권
제12「신라본기 제12」「경애왕」>

(38b)가 망한 나라의 최후 모습이다. 후백제의 견훤은 신라의 왕비를 강
간한 뒤 부하들에게 내어 주어 군사들이 왕비와 왕의 첩들을 집단으로 강
간하게 하였다. 높은 놈들은 모두 왕이고 왕비고 다 내팽개치고 네 발로 엉
금엉금 기면서 노비가 되어도 좋으니 목숨만 살려달라고 애걸복걸하였다.
이렇게 하여 신라는 마지막 숨을 거두었다.

경순왕은 견훤이 세운 허수아비로 신라의 마지막 왕이 아니다. 그는 고
려에 항복한 매국노이다. 적국에 항복하면 매국노이지 마지막 왕이 될 수
없다. 마지막 왕은 살해되거나 자진해야 한다. 그래야 후손에게 나라 지니
기의 소중함과 고단함을 깨우치는 교훈이라도 줄 수 있다.

혜공왕은 김경신, 김양상에 의하여 시해되었다. 8세에 즉위한 혜공왕이
어려서 모후 경수태후가 섭정하였다. 태후의 오빠 상대등 대각간 김옹이
권력을 잡았다. 밤에는 김지정이 경수태후를 성으로 지배하며 에밀레종을
주조하였다. 고위 귀족들의 모반이 끊이지 않고 정사가 조리를 잃었다. 김
양상은 김지정을 처단하자고 무리를 모았다. 무사 김경신이 동조하였다.
'지정의 모반'은 2월에 일어났고 궁궐을 차지하고 있는 지정을 토벌하러
상대등 양상과 이찬 경신의 군대가 4월에 월성을 에워쌌다. 그 난리 통에
혜공왕, 경수태후, 왕비가 죽었다.

김양상의 어머니 사소부인은 성덕왕의 딸이다. 성덕왕에게는 왕비가 둘
있었다. 첫째는 김원태의 딸 엄정왕후이다. 둘째는 김순원의 딸 소덕왕후이
다. 사소부인은 엄정왕후의 딸이다. 엄정왕후의 아들은 34대 효성왕이다.
그는 의문사하였다. 35대 경덕왕은 소덕왕후의 아들이다. 이복형제 사이에
왕위를 두고 살인극이 벌어졌다.

혜공왕은 경덕왕의 아들이다. 선덕왕 김양상에게는 외사촌 동생이다. 고

종사촌 형인 선덕왕은, '김원태-성덕왕/엄정왕후-사소부인/김효방, 효성왕/혜명왕비-선덕왕'으로 이어졌다. 외사촌 동생 혜공왕은 '김순원-성덕왕/소덕왕후-경덕왕/만월부인-혜공왕'으로 이어졌다. 고종사촌과 외사촌을 내외종이라 한다. 내외종은 {외, 친}할머니가 같아야 사이가 좋다. 너의 할머니가 나의 외할머니가 아닐 때에도 그 사이가 좋으려면 많은 수양이 필요하다. 그러나 나뭇가지는 조용하려 하여도 바람이 가만 두지 않는다. 주변 친인척들의 이권이 걸려 있기 때문이다. 그들을 둘러싼 친인척의 구도는 (39)와 같다.

(39) a. 친가(왕실): 진흥왕/사도-진지왕/지도, 동륜/만호, 구륜-진평왕-천명/용수, 선덕여왕, 진덕여왕-무열왕/문명왕후-문무왕/자의왕후-신문왕/신목왕후-효소왕/성정왕후, 성덕왕/엄정왕후, 소덕왕후-사소부인/효방, 효성왕/혜명왕비, 경덕왕/삼모부인, 만월부인-혜공왕

b. 작은집: 진흥왕/사도-구륜-선품/보룡-자의왕후/문무왕, 운명/오기, 순원-소덕왕후/성덕왕, 진종-혜명왕비/효성왕, 충신, 효신

c. 외가: 위화랑-이화랑-보리-예원-오기/운명-대문-신충, 의충-만월부인/경덕왕-36혜공왕

d. 고모집(양상): 구충왕-세종, 무력-솔우, 서현-서운, 유신, 흠순-문명왕후/무열왕-원태{?}, 원훈-엄정왕후(?)/성덕왕-효방/사소부인-선덕왕

어디에서 문제가 포착되는가? 성덕왕의 딸 사소부인에서 원한이 맺혔다. 사소부인은 생모 엄정왕후와 계모 소덕왕후 사이에서 동복아우 효성왕과 이복아우 경덕왕이 죽고 죽이는 골육상쟁을 벌이는 것을 경험하였다. 그리고 엄정왕후는 김원태의 딸이니 (39d)와 관련될 수 있다. 소덕왕후는 (39b) 출신이다. 그 윗대는 (39d)의 시어머니 문명왕후와 (39b)의 며느리 자의왕후의 대결이다. 동맹이 누구를 중심으로 어디로 맺어지겠는가? (39c)의 운명(雲明), 자의왕후의 여동생 운명이 연결고리이다. 그의 남편이 김오기이다.

681년 8월 서라벌을 피바다로 만든 '김흠돌의 모반'이 일어났다. 자의왕후의 제부 김오기가 이끄는 북원소경[원주]의 군대가 문명왕후의 언니 정희의 아들 김흠돌이 이끄는 서라벌 월성 경비 부대를 격파하고 김유신 계열의 무력을 초토화시켰다. 김흠돌은 김유신의 사위였다.

100여 년 후 780년, 김유신의 혼령이 떠나버린 서라벌에서 김유신의 아우 김흠순의 증손자인 김양상이 자의왕후의 현손(玄孫)인 혜공왕을 죽이는 복수를 하였다. 김양상이 37대 선덕왕이 되었다. 김양상은 김효방의 아들이고 김원훈의 손자이며 김흠순의 증손자이다. 가락 김씨이다. 왕위가 신라 김씨의 손을 떠나 가락 김씨에게로 넘어간 것이다.

배신은 경덕왕을 미는 진골정통파가 가야파의 외손자 효성왕을 죽임으로써 멀리서 한 번, 또 하늘구름왕이 김유신의 후손 김융을 죽임으로써 가까이서 한 번, 그렇게 일어났다. 그 외에도 '김흠돌의 모반' 등 신라 김씨가 가락 김씨를 토사구팽한 사례는 많다. 가락 김씨와 신라 김씨의 오랜 동맹도 이러한 배신으로 그렇게 깨어졌다.

'不以怨毒相헐[원한으로써 서로를 해치지 말라].' 원한은 보복을 낳고 보복은 다시 원한을 낳아 끝없이 피의 보복은 이어진다. 그리하여 나라를 망치고 국민들을 살 수 없게 만든 그런 시대의 지도자들은 역사의 혹독한 비판을 면할 수 없다. 누가 이 원한과 보복의 고리를 끊을 것인가?

제7장

논의의 요약

논의의 요약

    통일 신라는, 681년 7월 1일의 문무왕 승하 후 특별한 외적의 침공이 없었는데도 비실비실, 흐물흐물 망해 갔다. 흥망성쇠, 나라가 서고 망하는 것이야 해가 뜨고 지는 것처럼 일상적인 일이다. 그 찬란했던 나라가 망했다 하더라도 더 이상 괴로워하지 않고 잊어버리기 위하여, 역사상 가장 어이없이 망해 간 황금의 왕국 신라에 관한 역사의 진실을 아무도 안 듣는 대나무 숲, 골방에서나마 혼자 중얼거리기로 하였다.

    통일 신라는 문명왕후로 대표되는 가야파와 자의왕후로 대표되는 진골 정통 두 세력의 권력 다툼으로 자멸하였다. 681년 7월 7일 신문왕 즉위 후 자의왕후가 아들 없는 며느리를 쫓아내기 위하여 벌인 681년 8월의 '김흠돌의 모반', 그로 인한 화랑도 풍월주 출신 장군들의 숙청, 700년 5월 효조왕과 아우인 부군 사종의 왕위 다툼 '경영의 모반'으로 인한 어머니 신목왕후와 아들 효조왕의 사망, 성덕왕 시대의 엄정왕후 집안과 소덕왕후 집안 사이의 암투, 소덕왕후의 아들 경덕왕 세력에 의한 엄정왕후의 아들 효성왕 압박, 경덕왕 즉위와 삼모부인 폐비 및 만월부인과의 재혼, 엄정왕후의 외손자 선덕왕에 의한 소덕왕후의 손자 혜공왕의 시해 사건들을 거치면서 그 황금의 나라는 서서히 몰락해 갔다.

    이 몰락의 이면에는 신문왕의 원비 김흠돌의 딸, 성덕왕의 선비 김원태의 딸 엄정왕후, 효성왕의 선비 박씨, 경덕왕의 선비 삼모부인 등등 쫓겨난 왕비들의 원한이 들어 있다. 그들은 진골정통 자의왕후의 친정 동생 김순원 집안에서 배출된 왕비들과 다투다가 왕비 자리에서 쫓겨났다.

통일 신라는 자의왕후의 동생 김순원으로 대표되는 외척 세력의 발호에 신음하다가 김원태의 딸 엄정왕후의 외손자인 김양상이 김순원의 딸 소덕왕후의 손자인 혜공왕을 죽이고 스스로 왕위에 오름으로써 문을 닫았다. 문무왕비 자의왕후, 성덕왕 계비 소덕왕후, 효성왕 계비 혜명왕비가 차례로 김순원의 누나, 딸, 손녀이고 경덕왕 계비 만월부인이 자의왕후의 여동생 운명의 증손녀이다. 이렇게 누대에 걸쳐 왕비를 배출하는 한 가문이 있으면 그 가문은 번창하고 왕실은 약화되어 어린 왕들이 외척 세력에게 억눌리어 힘을 쓸 수 없게 된다

혜공왕을 죽이고 즉위한 선덕왕은 사소부인의 아들이다. 사소부인은 엄정왕후와 성덕왕 사이의 딸이다. 선덕왕 김양상의 아버지는 효방이고 김효방의 아버지는 원훈이며 김원훈은 김유신의 동생 김흠순의 아들이다. 이들은 가락 김씨인 것이다. 왕의 혈통은 신라 김씨 무열왕계를 떠났다. 김유신 혼령의 말대로 더 이상 김유신은 신라 김씨의 나라를 보호하지 않았다. 혜공왕이 김융을 죽임으로써 가락 김씨를 배신한 대가이다.

거기에 신문왕의 선비 김흠돌 딸 폐비, 김원태 딸 엄정왕후의 아들 효성왕의 의문사, 김순정과 수로부인의 딸 경덕왕의 선비 삼모부인 폐비 등으로 가락 김씨는 누대에 걸쳐 원한이 쌓일 만큼 핍박받았다. 그래서 이 복수는 더 큰 의미를 가진다. 배신의 대가는 혜공왕의 죽음과 정권의 소멸이었다. 원한은 보복을 낳고 보복의 피는 다시 원한을 낳아 보복의 피를 부른다. 역사를 읽으며 얻을 수 있는 가장 큰 교훈이다.

경덕왕[소덕왕후/성덕왕의 아들]과 사소부인[엄정왕후/성덕왕의 딸]은 이복남매이다. 거기에 이복아우 경덕왕 세력에게 의문사 당한 효성왕도 엄정왕후의 아들이다. 이복형제 사이의 골육상쟁에 따른 원한과 복수의 처절한

정치사가 742년 효성왕의 죽음부터 780년 혜공왕의 죽음까지 60년 동안 길게 펼쳐진 것이다. 오대산 효명암[상원사]에서 중이 되었다가 왕이 되어 두 왕비를 거느렸던 성덕왕의 가정사가 빚은 불행이다(서정목(2019) 참고). 거기에 경덕왕은 742년 즉위한 직후 수로부인과 김순정의 딸 삼모부인을 폐비하고 743년에 김의충의 딸 만월부인과 재혼하였다. 만월부인은 자의왕후의 여동생 운명의 증손녀이다. 만월부인의 아들이 혜공왕이다.

역사를 이 책처럼 왕과 왕실 내부, 특히 왕비 집안들의 권력 암투 중심으로 보는 것은 편협한 사관이다. 문화도 산업도 일반 국민의 삶도 있을 것이다. 그러나 망국은 결국 왕위 계승의 성패와 주류 지도층의 물갈이로 판가름 나는 것이지 민초들의 삶에 의하여 결정되는 것이 아니다. 왕이 비명에 죽거나 탄핵되거나 지도자 승계가 기존 질서를 따르지 않았거나 왕위가 찬탈된 경우에는 그 나라가 망한 것이다. 권력 암투에 의하여 상층 지도부가 교체되면 그것으로써 기존하던 국가는 사라진 것이다. 그런 면에서 김씨 통일 신라는 신라 김씨 혜공왕이 가락 김씨 선덕왕에게 시해되어 왕위를 찬탈당하는 순간에 망하였다.

제1장은 『삼국유사』 권 제1 「기이 제1」 「미추왕 죽엽군」에 관한 해석이다. 이 이야기의 핵심은 혜공왕 때인 779년에 김유신 장군의 혼령이 미추왕릉에 가서 13대 미추임금의 혼령에게 노하여 울부짖었다는 것이다. 김씨로서 최초로 신라 왕이 된 미추임금의 혼령에게 가락국의 왕손인 김유신 장군 혼령이 항의하는 이유가 무엇일까?

그 이유는 기록상 '경신년[770년]에 내 후손이 죄 없이 죽었다.'는 것이다. 경신년에 일어난 사건은 '김융의 모반'이고 이 사건으로 죽은 사람은 김융이다. 어찌 이 한 가지 사건뿐이었겠는가? 미추임금의 혼령이 세 번이나 말렸으나 김유신 장군의 혼령은 신라를 떠났다. 이 '가락 김씨/신라 김씨 동맹' 파기와 결별이 결국 통일 신라의 멸망으로 귀결되었다. 불의와 배신이 어떤 결말에 이르는지 보여 주는 역사의 교훈이다.

이 「미추왕 죽엽군」 설화는 통일 신라 멸망 원인을 말하고 있다. 겉으로는 신라를 도운 댓잎 군대라는 신병, 그리고 혼령들의 이야기인 것처럼 보인다. 그러나 중요한 것은 김유신의 혼령이 미추임금의 혼령과 부딪힌 일이다. 혼령은 없다. 그러니 이 일은 거짓말이다. 이런 거짓말은 왜 생기며 무엇을 뜻하는가? 누가 이런 거짓말을 지어내었을까? 민심이 그리 하였다.

이 이야기는 신라 김씨와 가락 김씨의 누대에 쌓인 애증을 보여 주는 가장 핵심적인 기록이다. 같은 피를 나눈 혈족 동맹, 자신의 이익을 위한 친인척 이용과 토사구팽, 배신에 대한 원한과 보복을 가장 잘 보여 주는 역사상의 교훈을 적은 기록이다.

혜공왕 시대에는 많은 반란이 일어났다. 그것도 고위 귀족들이 2-3년에 한 번씩 모반하였다. 이런 모반은 이상한 것이다. 대체로 왕에게 바른 말 하는 신하를 모반으로 몰아 죽인 일이 이렇게 적힌다. 그런데 혜공왕은 어려서 어머니 경수태후(만월부인)이 섭정을 하였다. 경수태후의 뒤에는 누가 있는 것일까?

'성덕대왕신종지명'에는 경수태후가 아침에는 오빠 김옹의 도움을 받고 저녁에는 '충신(?)'의 도움을 받아 혜공왕을 잘 섭정한 것처럼 적혀 있다. 그러나 실상은 모반이 연속되고 흉년이 계속되어 편안한 날이 없었다. 그래서 상대등 김양상이 김경신과 더불어 '김지정의 난'을 진압할 때 왕, 왕비, 태후가 함께 죽었다. 나는 저 '밤의 충신'이 김지정이라고 판정하였다. 이러면 누가 반란을 일으킨 것인가? 김양상, 김경신이 밤의 황제, 경수태후의 정부를 죽이려 반란을 일으켜서 성공한 것이다.

(1) a. 13대 미추임금은 신라 왕실 김씨를 대표한다. 김유신 장군은 가락 왕실 김씨를 대표한다. 이 두 집안의 동맹은 서기 40년대의 유이민으로 시작되어 금관가야의 구충왕이 신라 법흥왕에게 귀부함으로써 재현되었다. 구충왕의 아들 중 한 명 김무력의 손자가 김유신이다. 김

유신이 태종무열왕, 문무왕과 손잡고 백제와 고구려를 무너뜨렸다. 이 동맹이 통일 신라의 바탕이다.

b. 이 설화는 신라 망국의 근본 원인을 보여 주는 것이다. 혜공왕이 김융을 죽임으로써 이 동맹의 신의 관계가 깨어졌기 때문이다. 김융은 김유신의 후손이다. 신라 김씨가 가락 김씨를 배신하고 김유신의 후손을 죽임으로써 동맹을 깨트린 것이다. 그리고 통일 신라는 망하였다. 김유신 장군의 혼령이 신라를 떠났기 때문이다. 나라에 큰 공을 세운 공신을 푸대접하는 왕실에 대한 민심이 반영되어 나타난 설화이다.

c. 이 설화 속의 댓잎 군대는 동맹국의 원조 군사를 말한다. 이서국은 지금의 청도이다. 이서국이 침공해 오자 서라벌은 인접한 나라에 구원을 요청하였다. 그 인접한 나라는 금관가야를 비롯한 가락국들이라 할 수 있다. 이것을 미추임금의 음덕이 신병을 부려 나라를 구했다고 적은 『삼국유사』의 기록은 전형적인 선조 위인화 상징 조작이다.

d. 765년 경덕왕이 죽고 건운이 8세에 즉위하여 36대 혜공왕이 되었다. 어머니 만월부인[경수태휘가 섭정하였다. 정사가 조리를 잃어 반란이 끊이지 않았다. 혜공왕이 770년 김유신의 후손인 김융을 죽였다. 이 일로 유신의 혼령이 미추임금의 혼령과 다투고 신라를 떠났다. 이로써 이 두 집안 '가락 김씨/신라 김씨' 사이의 오랜 동맹이 파기되었다.

제2장은 『삼국유사』에 있는 불국사, 석불사 창건에 관한 기록을 검토한 결과이다. 경주에 남아 있는 신라 시대의 문화재 가운데 둘째로 손꼽으면 서운해 할 것이 불국사, 석굴암이다. 그러나 불국사, 석불사 창건 설화의 내용 (2a)는 진실이 아니다.

(2) a. 김대성이 재상에서 물러나 751년에 이승의 부모의 명복을 빌기 위하여 불국사, 전생의 부모의 명복을 빌기 위하여 석불사를 짓기 시작하였다. 그러나 완성하지 못하고 774년에 김대성이 죽어서 나라가

이어받아 절을 완성하였다.

　　b. 경덕왕 말년에서 혜공왕 시대까지에 김대성이라는 인물은 없다. 실제로 존재한 사람은 중시[시중] 김대정이다. 그 김대정이 불국사, 석불사를 짓기 시작한 것은 부모의 명복을 빌기 위한 것이 아니다.

　　c. 경덕왕은 민심 이반 때문에 후사를 이을 아들을 낳기 위한 불사를 국고로 하기 어려웠다. 할 수 없이 김대정을 윽박질러 대신 절을 짓도록 하였다. 김대정이 자의반 타의반으로 했을 수도 있다. 김대정이 죽고 나서 나라가 그 공사를 이어받아 완성한 것이 이를 보여 준다.

　역사적 진실은 (2c)에 가까울 것이다. 그러나 이런 것이야 어찌 논증이 가능하겠는가? 모든 것은 정황적 증거에 의하여 온전한 양식으로 판단하는 것이지. 그러나 (2b)는 차원이 다르다. 그것은 1차원적인 것이다. 『삼국유사』는 전생의 김대성을 이야기하고 있다. 『삼국사기』는 이승의 일을 적는 책이다. 그러니 『삼국유사』의 '불국사는 김대성이 지었다.'는 전생의 이야기를 하면 안 된다. 『삼국사기』의 그 시대 기록에는 '중시 김대정'이 있고 그보다 40여 년 전에 김문량이 있다. 이것이 이승의 이야기이다.

　제3장은 통일 신라 시대에 지어진 큰 절들의 창건 배경을 검토하였다. 한 마디로 그 시대 왕들은 돌아가신 아버지 왕의 명복을 빌기 위하여 절을 지었다. 이것을 증명하는 데에 결정적인 근거가 된 기록은 '황복사 3층석탑 금동사리함기 명문'이었다. 706년 5월 30일에 새겨진 그 기록은 신문왕 사후에 신목태후와 효조왕이 신문왕을 위하여 선원 가람과 탑을 바치고 성덕왕이 어머니 신목태후와 효조왕의 명복을 빌기 위하여 그 탑에 금동사리함을 안치한다고 적었다.

　35대 경덕왕의 아버지 33대 성덕왕의 명복을 빌기 위한 절은 34대 효성왕이 지은 봉덕사이다. 그러므로 경덕왕은 아버지를 위하여 절을 지을 필요가 없었다. 그는 에밀레종을 주조하여 봉덕사에 달면 충분하였다. 그것도 완성하지 못하여 그 아들 혜공왕 때 완성되었다. 그런데도 경덕왕 시대에 불국사, 석불사를 짓기 시작하였다. 이 절은 왜 지은 것일까?

제4장은 『삼국유사』 권 제2 「기이 제2」 「경덕왕 충담사 표훈대덕」에 관한 연구 결과이다. 이 기록은 향가 「찬기파랑가」와 「안민가」가 실려 있기 때문에 유명하다. 그러나 이 두 시(詩)로 말미암아 정작 중요한 역사적 사실이 가리어졌다. 그 가려진 사실은 통일 신라 멸망의 요인이다. 연구 결과를 요약하면 (3)과 같다.

(3) a. 경덕왕은 즉위 직후 무자한 삼모부인을 폐한 후 만월부인을 들이고 아들을 낳기 위하여 국고를 기울여 불국사, 석불사를 짓는 불사를 벌였다. 그 불사의 표면상의 책임자는 김대정이었다. 국가 재정은 파탄에 이르렀고 국민들은 도탄에 빠졌다. 758년에 왕자가 태어났다. 혜공왕이 되는 건운, 일명 천원하늘구름, 뭉개구름이다. 774년에 김대정이 죽어서 나라가 불국사 공사를 이어받아 완공하였다.

b. 765년 3월 경덕왕은 충담사를 만나서 그대가 지은 「찬기파랑가」가 뜻이 높다는데 그것이 사실인가 물었다. 「찬기파랑가」는 '이러지도 저러지도 못하는' 정치적 상황에서 억울했을지도 모르는 자살을 당한 화랑장을 찬양한 시이다. '모래 가른 물시울에/ 숨은내 자갈밭에'는 이러한 정치적 상황을 상징하는 언어이다. 이 시는 681년 8월 28일에 자살당한 김군관의 제삿날 사용하기 위하여 지은 제가(祭歌)이다. 그는 문무왕의 병부령[국방장관격] 겸 상대등[국회의장격]이었다.

c. 그런 시를 지은 충담사에게 경덕왕은 "그러면 나를 위하여 치리안민하는 「안민가」를 지어라."고 명하였다. 이에 충담사는 「안민가」를 지어 올렸다. 이 시는 "임금이 임금답지 못하고 신하가 신하답지 못하여 국민들이 나라 지니기를 단념한 정치적 절망 상태"를 읊고 있다. 이 어려운 정치적 상황은 아들을 낳기 위하여 "절에 퍼다 주기한 결과"이다. 그리하여 재정은 파탄에 이르고 백성들은 굶주렸다. "이 땅을 버리

고 어디로 가겠는가?"「안민가」의 이 한 행은 유이민을 양산하는 신라의 경제 상황을 가장 잘 보여 준다. 이 시는 경세가(經世歌)이다.

「경덕왕 충담사 표훈대덕」에서 가장 중요한 문장은 '표훈 이후로 신라에 성인이 나지 않았다[自表訓後聖人不生於新羅].'이다. 이 문장이 그 기록의 맨 마지막 문장이다. 일연선사는 이 긴 이야기를 이 한 문장을 쓰기 위하여 『삼국유사』에 가져다 놓은 것인지도 모른다. 성인이 어디 있겠는가? 다만 표훈대덕처럼 천제의 입을 빌어 왕에게 '이러면 나라가, 정권이 위태로워진다.'는 간언을 할 수 있으면 그는 그것으로도 성인이다. 역사 기록을 허투루 읽지 말라. 그 속에는 선조들이 피를 토하며 하고 싶었으나 다 하지 못한 이야기가 들어 있다. 더욱이 亡國(망국)의 기록 속에 들어 있는 나쁜 지도자들의 속성을 놓치지 말라.

제5장에서는 신라 망국의 과정과 그 결과를 정리하였다. 35대 경덕왕, 36대 혜공왕의 시대가 배태된 원천적인 정치적 배경을 정리하고 8세기 중, 후반 이 땅에 있었던 비극적 망국이 초래된 원인을 추구하였다. 어떻게 하면 나라가 망하는지, 어떻게 하면 집안이 망하는지가 이 속에 들어 있다. 연구 내용을 요약하면 (4)와 같다.

(4) a. 31대 신문왕은 태자비 김흠돌의 딸과의 사이에는 아들이 없었다. 그 대신 형수 감이었던 김흠운의 딸과의 사이에는 혼인 전에 이공, 봇내, 융기의 세 아들이 있었고 683년 5월 혼인한 후에 사종, 근{흠}질의 두 아들이 태어났다. 신문왕은 681년 7월 7일 즉위한 후 8월 8일 '김흠돌의 모반'으로 장인 흠돌과 그의 인척들인 진공, 흥원 등을 죽이고 8월 28일 병부령 김군관과 그의 아들 천관을 자살시켰다.

b. 신문왕이 죽은 후 692년 7월 태자 이공이 즉위하여 32대 효조왕이 되었다. 첫째 원자인 사종이 부군으로 책봉되고 봇내와 융기는 오대산으로 가서 중이 되었다. 696년 효조왕과 성정왕후 사이에 왕자 김수

충이 태어났다. 700년 5월 효조왕 폐위와 사종 옹립을 시도한 음모인 '경영의 모반'이 일어났다. 700년 6월 1일 신목왕후가 죽고 702년 7월 27일 효조왕도 죽었다. 사종을 부군에서 폐하고 근질이 원자가 되었다. 근질이 왕위를 거부하여 오대산에 있던 융기를 데려와서 왕위에 올렸다. 33대 성덕왕이다.

c. 성덕왕은 704년 엄정왕후와 혼인하여 사소부인, 중경, 승경을 낳았다. 714년 조카 수충을 당나라로 숙위 보내고 중경을 태자로 책봉하였다. 715년 중경이 죽었다. 수충이 돌아왔다가 719년경 도로 당나라로 갔다. 수충은 지장보살의 화신 김교각이 되었다. 성덕왕은 720년 자의왕후의 동생 김순원의 딸을 왕비로 들였다. 소덕왕후이다. 소덕왕후는 헌영을 낳았다. 724년 엄정왕후의 아들 승경을 태자로 책봉하였다. 소덕왕후가 죽었다.

d. 737년 성덕왕이 죽고 승경이 즉위하여 34대 효성왕이 되었다. 효성왕은 739년 3월 김순원의 손녀 혜명왕비를 계비로 맞이하였다. 그리고 5월 순원의 외손자인 헌영을 태자로 책봉하였다. 740년 왕비의 후궁 살해 사건과 후궁의 아버지 '영종의 모반'을 겪은 후에 742년 효성왕이 아무런 사인 없이 죽고 화장하여 동해에 산골되었다. 의심스러운 죽음이다. 헌영이 즉위하여 35대 경덕왕이 되었다. 경덕왕은 아들을 낳지 못한 왕비 김순정의 딸 삼모부인을 폐비시키고 김의충의 딸인 만월부인을 왕비로 삼았다. 이 당시 중시는 김의충의 형 김신충이다.

f. 만월왕비가 아들을 낳지 못하자 경덕왕은 표훈대덕을 상제에게 보내어 아들 낳기에 올인 하였다. 급기야 751년 전 시중 김대정을 압박하여 불국사, 석불사를 짓기 시작하였다. 나라 재정이 파탄이 났다. 백성들의 삶이 도탄에 빠졌다. 756년 7월에 왕자 건운이 태어났다. 「찬기파랑가」를 지은 충담사가 국가 위기를 경고하는 「안민가」를 지었다. 김대정이 죽어 나라가 불국사, 석불사를 이어받아 지었다.

제6장은 혜공왕을 시해하고 스스로 왕위에 오른 김양상에 대한 연구이

다. 그는 성덕왕의 딸 사소부인의 아들이다. 겉으로는 그가 혜공왕의 고종 사촌 형으로 보인다. 성덕왕에게는 왕비가 둘 있었다. 엄정왕후와 소덕왕후. 사소부인이 어느 왕비의 딸인가에 따라 외사촌을 죽였는지 남을 죽였는지가 결정된다. 연구 결과는 (5)와 같다.

(5) a. 765년 경덕왕이 죽고 건운이 8세에 즉위하여 36대 혜공왕이 되었다. 왕이 어려서 모후 경수태후가 섭정을 하였다.

b. 경수태후의 뒤에서 김지정이라는 요물이 태후를 조종하고 있었음이 '성덕대왕신종지명'에 '저녁에는 충신의 보필을 받았다.'로 적혀 있다. 정사가 조리를 잃어 반란이 끊이지 않았다. 혜공왕이 770년 김유신의 후손인 김융을 죽였다. 장군의 혼령은 '죄 없이 죽었다.'고 한다. 이 일로 김유신의 혼령이 미추임금의 혼령과 다투고 신라를 떠났다. 이로써 '가락 김씨/신라 김씨' 사이의 오랜 동맹이 파기되었다.

c. 결국 780년에 소덕왕후의 손자 혜공왕은 엄정왕후의 외손자 고종 사촌 형 김양상에게 시해되었다. 김양상의 어머니 사소부인은 성덕왕의 선비 엄정왕후의 딸로서 효성왕의 친누나이다. 김양상은 친외사촌이 아니라 새외할머니의 손자인 혜공왕을 죽인 것이다. 그는 남을 죽인 것이다. 어머니의 원수, 친외삼촌 효성왕의 원수를 갚았다.

d. 김양상이 즉위하여 선덕왕이 되었다. 양상의 아버지 효방은 김원훈의 아들이고 원훈은 김유신의 동생 흠순의 아들이다. 이제 신라 왕위는 신라 김씨에서 가락 김씨로 넘어갔다. 선덕왕이 즉위 5년 뒤에 죽고 다시 신라 김씨 주원을 제치고 김경신이 즉위하였다. 김경신이 신라 김씨인지 가락 김씨인지는 불분명하다. 원성왕이다. 왕의 혈통은 김춘추의 핏줄, 무열왕의 혈통을 벗어났다. 통일 신라가 멸망한 것이다.

이것이 '통일 신라 망국사'이다. 이 멸망의 <u>먼 원인은</u> 자의왕후, 요석공주, 신문왕에 의한 '김흠돌의 모반'으로 야기된 화랑도 풍월주 출신 정치지도자들의 무더기 숙청이다. 그 적폐청산으로 김유신 장군으로 상징되는 화랑도의 사군이충, 교우이신, 임전무퇴의 선공후사, 호국무사의 신라 정신은 사라졌다. 이 숙청의 회오리 속에서 억울하게 자살 당한 상대등 겸 병부령 김군관을 추모하는 시가 충담사의 「찬기파랑가」이다. '모래 가른 물시울에/ 숨은내 자갈밭에' 서서도 '잣나무같이 변함없는 절의를 지킨 화랑장이여.' 그는 화랑정신을 배신하지 않았다.

그 후 왕실 내부의 골육상쟁은 이 멸망을 재촉해 갔다. 그 골육상쟁은 자의왕후의 친정 동생 김순원 집안의 외척세도에 의하여 야기되었다. 성덕왕의 계비 순원의 딸 소덕왕후, 효성왕의 계비 순원의 손녀 혜명왕비가 모두 선비를 내치고 계비로 들어왔다. 특히 성덕왕의 왕비가 둘인 것이 문제이고 그 가운데 후비로 들어온 순원의 딸 소덕왕후가 문제의 핵이다. 마지막에는 자의왕후의 여동생 운명의 증손녀 만월부인이 경덕왕의 계비가 되어 아들 낳기 위한 불사를 대대적으로 벌임으로써 국가 재정을 파탄으로 몰아넣었다.

이렇게 '임금이 임금답지 않고 신하가 신하답지 않은' 망조(亡兆)가 든 나라에서 '국민이 나라 지니기를 포기한 말세(末世)'를 충담사의 시 「안민가」가 읊고 있다. '이 땅을 버리고 어디로 갈 것인가?' '임금은 임금답게/ 신하는 신하답게/ 한다면 국민이 나라 지니기 알리라.' 이런 나라가 망하지 않으면 어떤 나라가 망하겠는가?

통일 신라가 멸망한 것이 뭐 그리 안타까운 일이겠는가? 어차피 한 번선 나라는 언젠가는 망하게 되어 있다. 망하면 망한 나라의 왕족과 귀족들이 처참한 죽음을 당하면 그만이다. 그러나 신라의 망함은 특이하여 성덕왕과 소덕왕후의 손자 혜공왕이 성덕왕과 엄정왕후의 외손자 김양상에게 시해된 뒤에도 비실비실 명맥을 유지하였다. 왕의 혈통이 바뀌고도 국명을 유지하여 망한 것처럼 보이지 않는다.

38대 원성왕 후 그 후손들이 왕위를 두고 벌이는 골육상쟁은 차마 두 눈

뜨고 읽기가 민망하다. 그거야 뭐 나라라 할 수도 없다. 그나마 박씨 왕 경애왕이 포석정에서 견훤에게 붙잡혀 죽고 왕비와 후궁들이 견훤의 군사들에게 집단 강간당한 뒤에 네 발로 기면서 목숨을 구걸하다가 죽는 것이 비교적 패망한 나라의 본모습을 보여 주었다.

그러나 그 뒤 견훤이 세운 신라 김씨 왕 경순왕 김부가 고려에 항복함으로써 대대로 부귀영화를 누린 사실이 이 망국의 비참한 진실을 눈가림해 버렸다. 그 후손들이 고위직에 나가 역사 편찬에 관여함으로써 자신의 선조들의 역사를 왜곡한 결과 이 땅의 역사는 정복과 피정복이라는 인류 역사의 보편성으로부터 멀리 떨어진 태평성대였던 것처럼 윤색되어 있다.

신라의 이러한 비정상적인 망함이 가진 가장 큰 실패는, 망한 나라의 왕과 높은 자들은 모조리 죽임을 당하거나 살아남아도 처참한 노예의 처지에 놓인다는 역사의 교훈을 주지 못한다는 것이다. 신라의 멸망은, 고려의 망함 뒤에 왕씨 일족이 겪은 몰살과 처참한 거제도 귀양살이, 그리고 최영, 정몽주의 죽음 같은 나라를 지키려는 충신들의 저항을 보여 주지 못하였다. 조선이 망한 뒤에도 일부 친일 족속들을 제외하고 보통의 선비들은 정상적인 삶을 살지 못하였다. 나라가 망하면 그렇게 된다.

어떤 시대, 어떤 지역에서도 망한 나라의 상층부는 전멸된다. 그러니 나라 지니기의 제1 책임은 상층부에 있다. 적국에 항복하여 우대 받는 극히 일부는 역사에 더러운 이름을 남길 뿐이다. 하물며 제 나라를 배신하고 다른 나라와 내통한 자들은 배신자로서의 이름을 지울 길이 없다. 그런 의미에서 신라의 멸망은 별다른 교훈을 남기지 못한 멸망이다. 나라는, 망하려면 장렬하게 망해야 후손에게 교훈이라도 남긴다.

이 멸망의 <u>가까운 원인</u>은 혜공왕이 김융을 죽인 것이다. 김융은 김유신 장군의 후손이다. 고조할아버지 문무왕의 피를 인연으로 하여 맺어졌던 '신라 김씨/가락 김씨의 동맹'을 혜공왕이 배신한 것이다. 김융의 죽음으로 하여 김유신의 호국 혼령은 미추임금 혼령의 3번에 걸친 간곡한 만류를 뿌리치고 신라를 떠났다.

혼령이 어디에 있겠는가? 민심이 반영된 이야기이지. 백제와 고구려를 정복하여 나라에 큰 공을 세운 인물의 후손을 박대하고 대를 끊었으니 그 나라, 그 왕이 온전할 수 있겠는가? 배신의 대가는 혜공왕의 죽음으로 돌아왔다. 그 쪽도 대가 끊긴 것이다. 대를 끊은 자에게는 대를 끊음으로써 역사는 보복한다. 배신자의 말로가 어떠한지를 이보다 더 잘 보이기도 어렵다. 모든 것은 인과응보이다.

그러나 이 가까운 원인의 이면에는 다시 '가락 김씨/신라 김씨 동맹'의 균열이 작용하고 있다. 성덕왕 초기에는 가락 김씨에 대한 대우가 김유신의 후손 김윤중에 대한 존중 등으로 구체적으로 나타나고 있다. 엄정왕후와 그의 아들 승경이 효성왕이 되는 것도 그 일환일 것이다. 그러나 김순원의 딸 소덕왕후의 혼인과 그의 아들 경덕왕의 즉위는 가락 김씨를 밀어내고 신라 김씨의 세력이 확대되었음을 보여 준다.

"통일 신라는 '가락 김씨/신라 김씨 동맹'의 기반 위에 이루어졌다. 그러나 신라 김씨는 이 동맹을 배신하고 가락 김씨를 숙청해 갔다. 배신의 응보는 대 끊김이었다. 가락 김씨의 후손 김양상이 신라 김씨의 후손 혜공왕을 살해함으로써 나라가 망하였다. 김양상은 성덕왕의 선비 엄정왕후의 딸 사소부인의 아들이고, 혜공왕은 성덕왕의 후비 소덕왕후의 아들 경덕왕의 아들이다. 가락 김씨 김흠순의 증손자인 김양상이 혜공왕을 죽였다. 그는 엄정왕후의 외손자이고 효성왕의 생질이었다. 그 시해 사건은 가락 김씨의 외손 이복형 효성왕을 어떻게 하고 왕이 된 신라 김씨의 외손 경덕왕의 인과응보였다. 경덕왕의 외가 김순원 집안은 엄정왕후의 아들 효성왕을 제거하고 소덕왕후의 아들 헌영을 왕위에 앉혔었다. 그것은 김신충의 무리한 정쟁이었다."

역사의 이 대목에서 『삼국사기』는 사평을 남겼어야 한다. 그러나 혜공왕 시해로 신라 중대가 끝났음에도 김부식은 한 마디 사평도 없이 넘어갔다.

그리고는 엉뚱하게 제6장 (30)에서 본 '신무왕의 민애왕 시해 사건' 대목에서 (6)으로 끝나는 사평과 마지막 대목에서 (7)과 같은 사평을 남겼다.

(6) 신라의 언숭(헌덕왕)은 애장왕을 죽이고 왕이 되고, 김명[민애왕]은 희강왕을 죽이고 왕이 되고, 우징[신무왕]은 민애왕을 죽이고 왕이 되었다. 이제 그 역사적 사실을 모두 적은 것도 역시 『춘추』의 뜻이라 하겠다. <『삼국사기』 권 제10 「신라본기 제10」 「신무왕」>

(7) 논하여 말한다. 신라는 운수가 다하고 도의를 잃어 하늘이 돕지 않고 국민들이 돌아오지 않았다. 이 틈을 타서 도적들이 일어나서 무리를 이루어 떼를 짓게 되었는데 그 극심한 놈이 궁예, 견훤 두 놈이었다. 궁예는 본래 신라 왕자이나 배반하여 밑나라와 원수가 되어 그 멸망을 도모하고 선조의 초상화까지 목을 베는 데에 이르렀으니 그 어질지 못함이 심하였다. 견훤은 신라 국민으로 일어나서 신라의 녹을 먹었으나 나쁜 마음을 먹고 나라의 위기를 요행으로 삼아 서울에 쳐들어와서 임금과 신하를 참혹하게 칼로 죽였으니 이는 짐승이 풀을 깎는 것과 같은 것으로 실로 천하의 큰 악마이다. 그러므로 궁예는 그 신하에게 버림을 받게 되었고 견훤은 그 아들에게서 화가 생기게 되었다. 이는 모두 스스로 자초한 것이니 누구를 원망하겠는가. 비록 항우, 이밀과 같은 웅재라도 한나라와 당나라가 서는 것을 대적하지 못하였는데 황차 궁예, 견훤 같은 흉인들이 어찌 가히 우리 태조 왕건과 더불어 상대할 수 있었겠는가. <u>그들은 다만 자신들을 위하여 국민들을 못 살게 한 놈들일 뿐이다.</u> <『삼국사기』 권 제50 「열전 제10」 「궁예 견훤」>

그러나 고려인들 별 수 있었으랴? 그들 또한 자신들의 호의호식을 위하여 국민들을 가렴주구의 대상으로 삼아 약탈하는 악덕 왕실에 지나지 않는 것을. 나아가 외적의 침입에 맞서 싸울 생각도 못하고 제 살려고 국민들을 팽개치고 강화도에 들어가 불공이나 드리는 통에 국민들은 계속하여 삶의 터전을 잃고 떠나서 돌아오지 않고 있었다.

고려 무신정권의 최고 권력자 최우(崔瑀)의 원찰인 강화도의 선원사(禪源社)에서 새긴 그 불경, 팔만대장경이 몽골의 야만적 약탈과 살인, 강간을 막아 주리라고 기대했던가? 인류 역사에 그런 일은 결코 없었다.

> 살어리 살어리랏다
> 靑山에 살어리랏다
> 멀위랑 다래랑 ᄠᅡ먹고
> 靑山에 살어리랏다
> ------중략------
> 살어리 살어리랏다
> 바ᄅᆞ래 살어리랏다
> 나ᄆᆞ자기 구조개랑 먹고
> 바ᄅᆞ래 살어리랏다
> <『악장가사』, 『시용향악보』에서>

맑은 공기 마시고 자연 식품 먹고 오염 안 된 청정한 바다의 굴과 조개를 먹고 신선같이 살고 싶은 바람을 읊었다고? 아직도 그렇게 가르치나? 그랬으면 오죽 좋으랴? 그러나 그것은 풍요에 물린 현대인의 편견이다.

「청산별곡」은 그런 시가 아니다. 왜 청산에 살고 섬에 살겠는가? 도회에 살 수 없고 들판에 살 수 없어서 청산과 바다에 사는 것이다. 도회와 들판은 이미 몽골인과 그 앞잡이들에게 다 점령당하였다. 먹고 살 것이 없는 국민들은 청산에 들어 머루랑 다래랑 따먹는 초근목피로 생을 유지하고 있다. 섬에 도망가서 굴과 조개를 주식으로 하는 망국인이 되어 있다. 패망한 나라의 모습이다. 다시 바로 세워도 그 새 나라는 원래의 그 나라가 아니다.

<끝>

곽철환(2003), 『시공 불교사전』, 시공사.

국사편찬위원회(1998), 『한국사 9』「통일신라」, 탐구당.

권덕영(1997), 『고대 한중 외교사』, 일조각.

권중달 옮김(2009), 『자치통감』 22, 도서출판 삼화.

김병모(2008), 『허황옥 루트: 인도에서 가야까지』, 역사의아침.

김성규(2016), 「향가의 구성 형식에 대한 새로운 해석」, 『국어국문학』 제176호, 국어국문학
    회, 177~208.

김수태(1996), 『신라 중대 정치사 연구』, 일조각.

김열규(1957), 「원가의 수목(栢) 상징」, 『국어국문학』 18호, 국어국문학회.

김열규, 정연찬, 이재선(1972), 『향가의 어문학적 연구』, 서강대학교 인문과학연구소

김완진(1979), 「모죽지랑가 해독의 고구」, 『진단학보』, 48, 진단학회.

김완진(1980), 『향가 해독법 연구』, 한국문화연구총서 21, 서울대 출판부.

김완진(1985), 「모죽지랑가 해독의 반성」, 『선오당 김형기 선생 팔질기념 한국어학 논총』, 창
    학사.

김완진(2000), 『향가와 고려가요』, 서울대 출판부.

김완진(2008), 「향가 해독에 대한 약간의 수정 제의」, 『진단학보』, 48, 진단학회.

김원중 옮김(2002), 『삼국유사』, 을유문화사.

김종권 역(1975), 『삼국사기』, 대양서적.

김종권 역(1988), 신완역 『삼국사기』, 명문당.

김종우(1971), 『향가문학론』, 연학사.

김준영(1979), 『향가문학』 개정판, 형설출판사.

김태식(2011), 「'모왕'으로서의 신라 신목태후」, 『신라사학보』 22, 신라사학회, 61~98.

김태식(2017), 「박창화, 『화랑세기』 필사자에서 역사학도로」, 『한국고대사탐구』 27, 한국고
    대사탐구학회, 467~483.

김희만(2015), 「신라의 관등명 '잡간(찬)'에 대한 검토」, 『한국고대사탐구』 19집, 한국고대사
    탐구학회, 209~234.

남풍현(1977), 「국어 처격조사의 발달」, 『이숭녕선생 고희기념 국어국문학 논총』, 탑출판사.

노덕현(2014), 정혜(正慧)의 세상 사는 이야기, 7. 무상선사: 사천 땅에서 동북아 불교 법맥을

지키다, 현대 불교 2014. 3. 28.

박노준(1982), 『신라 가요의 연구』, 열화당.

박정진(2011), 「박정진의 차맥, 23. 불교의 길, 차의 길 1. 한국 문화 영웅 해외수출 1호, 정중 무상선사」, 세계일보 2011. 10. 24.

박창화, 『화랑세기』, 이종욱 역주해(1999), 소나무.

박해현(1993), 「신라 효성왕대 정치세력의 추이」, 『역사학연구』 12, 전남대.

박해현(2003), 『신라 중대 정치사 연구』, 국학자료원.

백두현(1988), 「영남 동부 지역의 속지명고 –향가의 해독과 관련하여–」, 『어문학』 49집, 한 국어문학회, 1988.

서정목(2013a), 「모죽지랑가의 새 해독과 창작 시기」, 『언어와 정보사회』 20호, 서강대 언어 정보연구소, 93~159.

서정목(2013b), 「모죽지랑가의 시대적 배경 재론」, 『한국고대사탐구』 15호, 한국고대사탐구 학회, 35~93.

서정목(2014a), 『향가 모죽지랑가 연구』, 서강학술총서 062, 서강대 출판부, 368면.

서정목(2014b), 「효소왕의 출생 시기 관련 기록 검토」, 『진단학보』 122, 진단학회, 25~48.

서정목(2014c), 「찬기파랑가의 단락 구성과 해독」, 『시학과 언어학』 27, 시학과언어학회.

서정목(2014d), 「찬기파랑가 해독의 검토」, 『서강인문논총』 40, 서강대 인문과학연구소, 327~377쪽.

서정목(2015a), 「『삼국유사』의 '정신왕', '정신태자'에 대한 재해석」, 『한국고대사탐구』 19, 한국고대사탐구학회, 319~366.

서정목(2015b), 「「원가」의 창작 배경과 효성왕의 정치적 처지」, 『시학과언어학』 30, 시학과 언어학회, 29–67.

서정목(2015c), 「『삼국사기』의 '원자'의 용법과 신라 중대 왕자들」, 『한국고대사탐구』 21, 한 국고대사탐구학회, 121~238.

서정목(2015d), 「찬기파랑가에 대한 새로운 생각」, 『제49회 구결학회 전국 학술대회 발표논 집』, 구결학회.

서정목(2016a), 『요석-「원가」에 대한 새로운 생각: 효성왕과 경덕왕의 골육상쟁』, 글누림, 700면.

서정목(2016b), 「신라 제34대 효성왕의 계비 혜명왕비의 아버지에 관하여」, 『진단학보』 126, 진단학회, 41–68.

서정목(2016c), 「신라 제34대 효성왕의 생모에 관하여」, 『한국고대사탐구』 23, 한국고대사탐 구학회, 105~162.

서정목(2016d), 「입당 구법승 교각지장, 무상, 무루의 정체와 출가계기」, 『서강인문논총』

47, 서강대 인문과학연구소, 361-392.

서정목(2017a), 『삼국시대의 원자들』, 역락, 390면.

서정목(2017b), 「'기랑/기파랑'은 누구인가?」, 『국어국문학의 고전과 현대』, 계명대 한국학연
계전공 엮음, 역락, 241-296.

서정목(2018), 『삼국유사 다시 읽기 12-효성왕의 후궁 스캔들』, 글누림, 368면.

서정목(2019), 『삼국유사 다시 읽기 11-왕이 된 스님, 스님이 된 원자들』, 글누림, 404면.

서정목(2021), 『삼국유사 다시 읽기 2-가락국기: 너와 나의 뿌리를 찾아서』, 글누림, 500면.

서재극(1972), 「백수가 연구」, 『국어국문학』 55-57 합병호, 국어국문학회.

서재극(1975), 『신라 향가의 어휘 연구』, 계명대 출판부.

성호경(2000/2008), 「지정문자와 향가 해독」, 『국어국문학』, 127, 국어국문학회.

성호경(2007), "사뇌가의 성격 및 기원에 대한 고찰", 진단학보 104, 성호경(2008) 소수.

성호경(2008), 『신라 향가 연구』, 태학사.

신동하(1997), 「신라 오대산 신앙의 구조」, 『인문과학연구』 제5집, 동덕여대 인문과학연구소

신종원(1987), 「신라 오대산 사적과 성덕왕의 즉위 배경」, 『최영희선생 화갑기념 한국사학논
총』, 탐구당, 91-131.

안병희(1987), 「국어사 자료로서의 「삼국유사」」, 『「삼국유사」의 종합적 검토』, 한국정신문화
연구원, 안병희(1992) 소수.

안병희(1992), 『국어사 자료 연구』, 문학과지성사.

양주동(1942/1965/1981), 증정 고가연구, 일조각.

양희철(1997), 삼국유사 향가연구, 태학사.

여성구(1998), 「입당 구법승 무루의 생애와 사상」, 『선사와 고대』 제10호, 한국고대학회,
161-178.

여성구(2017), 「신라의 백률사와 관음보살상」, 『한국고대사탐구』 제27호, 한국고대사탐구학
회, 311-350.

여성구(2018), 「당 영주 하란산의 불교와 무루」, 『한국고대사탐구』 제28호, 한국고대사탐구
학회, 119-154.

유창균(1994), 『향가비해』, 형설출판사.

이가원, 장삼식 편저(1973), 『상해 한자대전』, 유경출판사.

이기동(1998), 「신라 성덕왕대의 정치와 사회-'군자국'의 내부 사정」, 『역사학보』 160. 역사
학회.

이기문(1970), 「신라어의 「福」(童)에 대하여」, 『국어국문학』 49-50합병호, 국어국문학회, 201-
210.

이기문(1971), 「어원 수제」, 『해암 김형규 박사 송수기념 논총』, 일조각.

이기문(1972), 『개정 국어사 개설』, 민중서관.

이기문(1998), 『신정판 국어사 개설』, 태학사.

이기백(1974a), 『신라 정치사회사 연구』, 일조각.

이기백(1974b), 「경덕왕과 단속사, 원가」, 『신라 정치사회사 연구』, 일조각.

이기백(1986), 「신라 골품체제하의 유교적 정치이념」, 『신라 사상사 연구』, 일조각.

이기백(1987a), 「부석사와 태백산」, 『김원룡선생 정년기념 사학논총』, 일지사.

이기백(1987b), 「『삼국유사』「탑상편」의 의의」, 『이병도선생 구순기념 사학논총』, 지식산업사.

이기백(2004), 『한국고전연구』, 일조각.

이병도 역(1975), 『삼국유사』, 대양서적.

이병도, 김재원(1959/1977), 『한국사』, 고대편, 진단학회, 을유문화사.

이숭녕(1955/1978), "신라시대의 표기법체계에 관한 시론", 서울대 논문집 2. 국어학연구선
　　　서 1, 탑출판사.

이영호(2003), 「신라의 왕권과 귀족사회」, 『신라문화』 22, 동국대 신라문화연구소.

이영호(2011), 「통일신라시대의 왕과 왕비」, 『신라사학보』 22, 신라사학회, 5~60.

이재선 편저(1979), 향가의 이해, 삼성미술문화재단.

이재호 역(1993), 『삼국유사』, 광신출판사..

이종욱(1986), 「『삼국유사』 죽지랑조에 대한 일고찰」, 『한국전통문화연구』 2, 효성여대 한국
　　　전통문화연구소

이종욱(1999), 『역주해, 화랑세기』, 소나무.

이종욱(2017), 「『화랑세기』를 통해 본 신라 화랑도의 가야파」, 『한국고대사탐구』 27, 한국고
　　　대사탐구학회, 485-527.

이한우 옮김(2020), 『한서』, 21세기북스

이현주(2015a), 「신라 중대 효성왕대 혜명왕후와 '정비'의 위상」, 『한국고대사탐구』 21호, 한
　　　국고대사탐구학회, 239-266.

이현주(2015b), 「신라 중대 신목왕후의 혼인과 위상」, 『여성과 역사』 22.

이홍직(1960/1971), 「『삼국유사』 죽지랑 조 잡고」, 『한국 고대사의 연구』, 신구문화사. .

정렬모(1947), 「새로 읽은 향가」, 『한글』 99., 한글학회.

정렬모(1965), 『향가연구』, 사회과학원출판사.

정 운(2009), 「무상, 마조 선사의 발자취를 찾아서, 2. 사천성 성도 정중사지와 문수원」, 『법
　　　보 신문』 2009. 11. 09.

정재관(1979), 「새로운 세계에의 지향」, 『심상』 1979년 9월호, 심상사.

정재관 선생 문집 간행위원회(2018), 『문학과 언어, 그리고 사상』, 도서출판 경남.

조길태(2000), 『인도사』, 민음사.

조명기(1949), 「원측의 사상」, 『진단학보』 16, 진단학회.

조범환(2008), 「신라 중고기 낭도와 화랑」, 『한국고대사연구』 52. 한국고대사연구회.

조범환(2010), 「신목태후」, 『서강인문논총』 제29집, 서강대 인문과학연구소

조범환(2011a), 「신라 중대 성덕왕대의 정치적 동향과 왕비의 교체」, 『신라사학보』 22, 신라
　　　　사학회, 99-133.

조범환(2011b), 「왕비의 교체를 통해 본 효성왕대의 정치적 동향」, 『한국사연구』 154, 한국
　　　　사연구회.

조범환(2012), 「화랑도와 승려」, 『서강인문논총』 제33집, 서강대 인문과학연구소

조범환(2015), 「신라 중대 성덕왕의 왕위 계승 재고」, 『서강인문논총』 43, 서강대 인문과학
　　　　연구소, 87-119.

지헌영(1947), 『향가여요신석』, 정음사.

홍기문(1956), 『향가해석』, 조선민주주의인민공화국 과학원.

謝樹田(1993), 「慈風長春 慧日永曜」, 『佛敎大學院論叢』 1.

小倉進平(1929), 鄕歌 及 吏讀의 硏究, 京城帝國大學.

『역주 한국고대금석문 3』, 1992.

『한국 금석문 종합 영상정보 시스템』

『한서』, 『후한서』, 『구당서』, 『신당서』, 『자치통감』, 『법구경』, 『역대법보기(歷代法寶記)』,
　　　　『고승전(高僧傳)』.

서기	신라왕 연 월 일	일어난 일
기원전 5세기 전반		인도에서 마가다국이 코살라국속국 아유타국을 합병
300년경		찬드라 굽타의 마우리아 왕조에 마가다국 멸망
180년경		마우리아 왕조(아소카왕 이후) 멸망
180년{또는 185년}		슝가 왕국 건국, 불교도 탄압
미상		아유타국의 허씨들 사천성으로 이주 추정
120		휴저왕의 왕자 김일제, 김륜, 왕비 연지 포로로 장안에 옴
86		김일제 투후 책봉
한 선제 때		김안생(김륜의 아들), 김일제의 조카) 도성후 책봉
57		1박혁거세 즉위
서기 2(?)		석탈해 출현
4		2남해차차웅(박) 즉위
4		김당(김일제 증손자, 왕망의 이종사촌) 투후 계승
4		김흠(김당의 8촌) 도성후 계승
미상		김탕(김흠의 5촌 조카) 도성후 계승
9		왕망 신나라 건국
22		유수 민란 가담, 신나라와 후한의 패권 전쟁 시작
23		왕망 피살
24		3유리임금 즉위, 선비 이간생(부인 박씨, 일지갈몬왕 딸)
25. 4.		공손술 사천성에서 성가 왕국 건국,
25. 6.		광무제 유수 후한 건국
36		사천성 성도 공손술 성가 왕국 패망
40		사천성 남군의 만족 반란
42. 3. 초순		김수로 김해 구지봉 출현, 김씨들 '구지가' 창작
미상		유리임금 차비 사요부인 김씨, 허루갈몬왕 딸을 들임
47		사천성 남군 만족 반란, 7000명 강하 이주
48. 7. 27		허황옥 창원 진해 웅동 용원 망산도 출현
48. 7. 28.		김수로, 허황옥 김해 지사리 배필정고개 혼인
57		4탈해임금(석) 즉위
60{65}		김알지 계림 출현
80		5파사임금(박) 즉위, 사요부인(허루 딸) 김씨 아들
미상		김허루 서불한이 됨

1. 문무왕의 친가 쪽, 외가 쪽 가계도

친가: 1김알지-2세한-3아도-4수유-5욱부-6구도-7미추, 말구 부-8미추 딸/말구 부-9말구-10내물 부-11내물, 실성-12눌지, 기보, 미해, 복호-13자비, 눌지 딸 조생/습보, 통리[미해 딸]-14소지{비처}, 지증-15법흥-16지쇠[법흥 딸]/입종-17진흥-18진지, 동륜-19진평-20천명[진평 딸]/용수-21무열-22문무 [저자, 3대 실전, 미추임금이 문무왕의 15대조]

외가: 1수로왕/허황옥-2거등왕/모정-3마품왕/호귀조광 외손녀]-4??-5??-6??-7??-8??-9것미왕/아지-10이품왕/정신-11좌지왕/복수-12취희왕/인덕-13질지왕/통리[미해 딸]/방원, 납수공/계황-선통/방원, 14감지왕/숙씨-15구충왕/계화-16세종-17솔우-18서운-19문명왕후-20문무왕[저자, 5대 실전, 김수로는 대륙 출생, 거등왕부터 한반도 출생]

2. 혜공왕의 친가 쪽, 외가 쪽 가계도

친가(왕실): 진흥왕/사도-진지왕/지도, 동륜/만호, 구륜-진평왕-천명/용수, 선덕여왕, 진덕여왕-무열왕/문명왕후-문무왕/자의왕후-신문왕/신목왕후-효소왕/성정왕후, 성덕왕/엄정왕후, 소덕왕후-사소부인/효방, 효성왕/혜명왕비, 경덕왕/삼모부인, 만월부인-혜공왕

작은집: 진흥왕/사도-구륜-선품/보룡-자의왕후/문무왕, 운명/오기, 순원-소덕왕후/성덕왕, 진종-혜명왕비/효성왕, 충신, 효신

외가: 위화랑-이화랑-보리-예원-오기/운명-대문-신충, 의충-만월부인/경덕왕-36혜공왕

고모집(양상): 구충왕-세종, 무력-솔우, 서현-서운, 유신, 흠순-문명왕후/무열왕-원태{?}, 원훈-엄정왕후(?)/성덕왕-효방/사소부인-선덕왕

3. 선덕왕의 친가 쪽, 외가 쪽 가계도

친가 쪽: 김수로-거등-마품-??-??-??-??-?? - 것미 - 일품 - 좌지 - 취희 - 질지 -감지-구형-세종-솔우-서운-유신, 흠순-원훈-효방-선덕(양상)

외가 쪽: 진흥-진지-용수-무열/문명-문무/자의-신문/신목-효조/성정, 성덕/엄정-사소부인/효방-선덕

발문(跋文)

고대국어 연구를 위해서는 향가 연구가 필수적이다. 이승녕(1955)는 향찰 표기법의 원리가 어휘 요소는 한자의 의미를 이용하여 적고 문법 요소는 한자의 음을 이용하여 적는 것임을 밝히고, 그 원리에 따라 신라 시대 한국어의 전체적인 모습을 그렸다. 그리고 향가 해독이 신라 시대 한국어의 음운, 형태, 통사, 어휘 체계 내에서 이루어져야 함을 강조하였다. 선생님은 1979년 '향가 연구의 새 방법론의 제창'이라는 강연에서 방언 연구, 비교언어학적 연구, 역사 언어학적 연구에서 나아가 민속학적, 종교학적, 고고학적 준비도 필요하다고 하셨다. 나는 『삼국유사』의 향가 관련 설화들을 가르치면서 향가 연구에는 인간관계를 고려하는 사회학적, 정치학적 접근도 필요하지 않을까 생각하였다.

향가에 대한 언어학적 연구는 김완진(1980)과 그 후속 연구들에서 거의 완성되었다. 언어학적으로 향가 연구를 향상시키는 것은 우리 세대 이후에는 거의 불가능한 일이 되었다. 남은 일은 각 향가가 지어진 시대상을 밝혀 선생의 해독이 타당한지 않은지를 논증하는 일밖에 없어 보인다.

이 책은 「찬기파랑가」, 「안민가」가 지어진 정치적 배경을 분석하여 김완진(1980)의 해독이 사회과학적으로도 그 시대의 정치적 정세에 부합하는 것임을 논증하였다. 특별히 저자는 「찬기파랑가」가 681년 8월의 '김흠돌의 모반'에 연루되어 8월 28일 숙청된 김흠돌의 사돈 김군관의 제사 때 제가로 지어진 시임을 밝히는 데에 전력을 기울였다. 그리고 경덕왕, 혜공왕 시대의 정치적 상황을 정밀 분석함으로써 경세가 「안민가」가 지어질 수밖에 없었던 암울한 시대상을 논증하려 하였다. 그 시대 신라는 가렴주구에 의하여 민심이 이반하고 모반이 줄을 이어 망국으로 치닫고 있는 구제불능의 썩은 나라였다.

이 책은 왕들이 선왕의 명복이나 자신의 득남을 빌기 위하여 벌인 불사가 이 멸망을 재촉하였다는 데에 초점을 맞추어 '통일 신라는 절에 퍼주기 하다가 망하였다.'는 사평을 제시하였다. 절 아니라 어디에든 퍼다 주기 하면 그 나라는 재정이 빚더미에 앉게 되고 결국은 차관 들여와서 나라를 팔아먹게 된다.

『삼국유사』는 부자 양대에 걸쳐 재상을 지낸 김대성이 이승과 전생의 부모의 명복을 빌기 위하여 불국사와 석불사를 지은 것처럼 적어 두었다. 다른 큰 절들은 왕이 선왕의 명복을 빌기 위하여 지었는데 불국사, 석불사는 왜 일개 재상이 이승과 전생의 부모를 위하여 지었을까? 『삼국사기』에는 불국사, 석불사 창건에 관한 기사는 물론 김대성이라는 이름조차 나오지 않는다. 그렇지만 『삼국유사』의 김대성의 아버지 김문량은 『삼국사기』에도 나온다.

김문량이 중시가 된 706년[성덕왕 5년]으로부터 40년 후인 745년[경덕왕 4년] 에 중시가 된 사람이 김대정이다. 김대정이 『삼국유사』에 김대성으로 적힌 바로 그 사람이다. 『삼국유사』는 김대성의 전생의 일을 적은 것이다. 그러니 김대성이 불국사를 지었다고 할 것이 아니라, 이승의 일을 적은 『삼국사기』의 김대정이 불국사를 짓기 시작한 것이라고 기술하여야 정확한 역사 기술이 된다.

왜 이렇게 되었을까? 그것은 역사가 이긴 자들의 기록이기 때문이다. 예나 이제나 역사 기록은 집권자들의 입맛에 맞게 지워지고 윤색된다. 역사 기록자들은 권력자들의 눈치를 보아 권력자들에게 불리한 역사적 사실을 기록하지 않거나 악독한 독재자의 입맛에 맞게 역사를 날조하기도 한다.

이 책은 『삼국사기』에서 사관들이 지우고 왜곡한 참역사를 『삼국유사』에서 찾아내어, 국민들의 뜻을 어기고 고승들의 만류를 뿌리치고 심지어 하늘의 경고까지 무시하고, 자신의 고집대로 밀고 나가 나라를 멸망의 구렁텅이로 몰고 간 나쁜 지도자의 전형, 고집불통 경덕왕의 모습을 그려내어 역사의 참모습을 보이고자 하였다. 이 멸망의 근원적 요인과 누적된 패착을 『삼국유사』, 『삼국사기』에서 찾아 읽는 것, 그것은 현대 한국인들에게 단순히 옛 역사를 읽는 것 이상의 의미를 가질 것이다. 나라를 망치고 국민을 사지로 내몬 시기에는 늘 조선의 고종 같은 썩어빠진 암군이 독재 정권의 중심에 똬리를 틀고 있다.

나는 이 나라 고전문학계가 역사 기록에 토대를 두지 않고, 그리고 80여 년 전 국어사가 제대로 연구되지도 않았던 시기의 해독을 텍스트로 하여 향가를 연구하지 말고, 역사 기록에 따라 설정된 실제의 시대상을 배경으로, 그리고 국어사가 충분히 연구된 시기 이후의 해독인 김완진(1980)을 텍스트로 하여 향가를 연구하는 방향으로 나아가기를 충고한다. 역사와 언어, 문학을 융합하여 연구한 업적만이 먼 훗날 진정한 향가 연구의 업적으로 평가될 것이다.

1970년 여름 동숭동 캠퍼스에서 열렸던 국어학회에서 '청산별곡의 사슴에 대하여'를 발표하시는 서강대의 김완진 선생님을 처음 뵙고 놀라움을 금하지 못하였다. "'사슴'은 '사름'인데 사슴의 탈을 쓴 사람이다." 1969년 2학기 이기문 선생님의 '국어음운론' 강의 리포트를 작성하며 '국어 모음체계의 신연구'를 읽을 때의 상상과는 전혀 다른 분이었다. 1970년, 3학년 2학기 때 처음으로 김완진 선생님 강의 '국어사'를 수강하였다. 거서간, 차차웅, 이사금, 마립간, 건질지 등과 관련하여 호한한 유라시아 대륙의 유목민[Nomad]의 역사가 펼쳐졌다. 그때는 그러려니 하였다. 데모에 정신이 팔려서. 그 학기에 선생님은 '국어통사론'도 개설하셨다. 강의 교재는 복사한 A Transformational Approach to Syntax[N. Chomsky]이었다. 복사본 1부를 주시고 읽어오라고 하셨다. 그때는 복사 사정이 안 좋아 우리는 두어 장씩 나누어 갖고 맡은 학생이 번역해 오기로 하였다. 그 강의에서 선생님의 모습은 영어 통사론 교수였지 '청산별곡'이나 '중세국어의 모음체계'를 논의할 분으로는 보이지 않았다. Flying planes are dangerous. Flying planes can be dangerous. Flying planes is dangerous.를 나무 그림을 그려 설명하였는데, 지금 그 책을 보니 그때 내가 그것이 무슨 의의를 지니는지 알았을까 하는 생각이 든다. 학기말이 되어 복사 교재가 다 갖추어지지 않아 1970년 12월 5일 안암동 고려대 서점에 가서 그 논문이 실린 *The Structure of Language*와 *Syntactic Structure*를 사 와서는 동기생들과 둘러앉아 각자 발표했던 부분을 읽고 설명하며 학기말 시험 준비를 하던 기억이 새롭다.

어느 날, 한 연구실에 김완진 선생님 명패가 붙었다. 이숭녕 선생님께서 정년이 되시어 김완진 선생님께서 새로 오신 것이었다. 1971년 4학년 1학기에 '국어학 특강'이 개설되었다. 우리를 놀라게 한 것은 그 과목이었다. 중세국어

성조를 가르치셨다. 백묵과 출석부만 들고 강의실에 오셔서, 100분 동안 중세 국어 문헌의 온갖 예문들을 드시면서 여기는 점이 둘, 저기는 점이 하나, 이곳 에는 안 찍힌다. 그런 것을 다 외고 체계적으로 설명해 내시는 것이었다. 1974 년 봄 전방에서 군복무 중 휴가를 나와 인사드리러 잠시 연구실에 가 뵈었는 데 그때 "중세국어성조의 연구, 국어학기요 제1집"을 주셨다. 1971년에 배운 내용이 고스란히 들어있는 선생님의 박사학위 논문이었다.

대학원 석, 박사 과정에서는 향가 해독을 집중적으로 가르치셨다. 그렇게 철저하게 향가를 배우지 않았으면 1983년 서강대에 오자 말자 감히 학부생들 을 대상으로 『삼국유사』를 강독하는 과목을 맡을 엄두를 내었을 리가 없다. 『삼 국유사』는 그때 사학과 대학원에서 이기백 선생님이 가르치고 계셨다. 그로부 터 30년 『삼국유사』를 가르치는 '원전판독/고전문헌해독'은 '국어통사론'과 더 불어 내 삶을 지탱해 주는 양대 기둥이 되었다.

선생님은 향가의 운율에 관한 '三句六名'이라는 용어를 '1, 3, 7 세 개의 구 가 여섯 음절로 되어 있다.'는 것을 나타낸 말이라는 새로운 학설을 제안하셨 다. 그리고 7-8세기 투르크어로 적힌 突厥碑文, 특히 暾欲谷[토니오쿠크] 비문 의 군주와 신하들의 공적을 기리는 찬시들의 운율을 3-3조의 6음절로 이해하 려는 연구를 진행하셨다. 유라시아 대륙 초원에서 유목 생활을 하는 알타이어 사용 종족들의 음악의 기본 음수률을 염두에 두신 것이었으리라.

다른 데 가서 평생을 다른 삶으로 보내었을지도 모르는 우둔한 이가 아직도 젊었을 때 방황하며 고뇌하던 삶을 그대로 살고 있는 것은 세상에서 가장 매 력적인 강의를 하시던 선생님을 뵌 덕분이라고 생각합니다. 선생님 고맙습니다.

2021년 5월 15일
서정목 謹識

**저자
소개**

서정목

1948.11.15. 경상남도 창원군 웅동면 대장리 45번지 출생
1965.3.-1968.2. 마산고등학교 졸업
1968.3.-1987.8. 서울대학교 국어국문학과 문학사, 문학석사, 문학박사
1983.3.-2014.2. 서강대학교 국어국문학과 조교수, 부교수, 교수, 현재 명예교수
2009.3.-2011.2. 국어학회 회장
2013.10.-2019.10. 문화체육관광부 국어심의회 위원장
2014.2. 황조근정훈장 받음
2017.6.9. 제15회 일석 국어학상(일석학술재단) 받음

저서 : 1987. 국어 의문문 연구, 탑출판사, 438면.
　　　1994. 국어 통사구조 연구 1, 서강대학교 출판부, 450면.
　　　1998. 문법의 모형과 핵 계층 이론, 태학사, 330면.
　　　2000. 변형과 제약, 태학사, 276면.
　　　2014. 향가 모죽지랑가 연구, 서강대학교 출판부, 368면.
　　　2016. 요석(공주), 글누림, 702면.
　　　2017. 한국어의 문장 구조, 역락, 590면.
　　　2017. 삼국 시대의 원자들, 역락, 390면.
　　　2018. 삼국유사 다시 읽기 12-원가: 효성왕의 후궁 스캔들, 글누림, 368면.
　　　2019. 삼국유사 다시 읽기 11-왕이 된 스님, 스님이 된 원자들, 글누림, 404면.
　　　2021. 삼국유사 다시 읽기 2-가락국기: 너와 나의 뿌리를 찾아서, 글누림, 500면.
역서 : 1984. 변형문법이란 무엇인가(이광호, 임홍빈 공역), 을유문화사.
　　　1990. 변형문법(이광호, 임홍빈 공역), 을유문화사.
　　　1992. GB 통사론 강의, 한신문화사.